Silke Schellhammer

Askendor

Spiel mit der Wirklichkeit

Silke Schellhammer wuchs in einer Großfamilie auf, in der viele Geschichten erzählt wurden. Sie waren nicht unbedingt wahr, aber immer gut. Das Erstaunen darüber, wie großartig wirkliche und erfundene Begebenheiten nebeneinander existieren können, ließ sie mit dem Schreiben beginnen. Nach ihrer Bestsellerreihe »School of Talents« schreibt sie jetzt auch für die ältere Zielgruppe.

Für meine Paula, die eigentlich Fatima heißt.

1

Gedankenverloren kaute ich am Ende des Kugelschreibers. Mein Blick wanderte aus dem Fenster und verfing sich in den Schneeflocken, die langsam durch die Dämmerung des Spätnachmittags tänzelten. *Nicht träumen – konzentrier dich!*

Na super, das Einpeitschprogramm meiner Mutter zeigte Wirkung. Sogar wenn sie nicht da war, konnte ich ihre Ermahnungen hören.

Was ich von meinem Leben erwartete? Die viel dringendere Frage schien mir, welches bescheuerte Vögelchen unserer Deutschlehrerin ihre Aufsatzthemen zwitscherte. Missmutig starrte ich auf das Blatt. »Was erwartest du von deinem Leben?« Ja, da stand es. Schwarz auf weiß. Hatte ich da überhaupt ein Mitspracherecht? Meine Mutter sollte diesen Aufsatz schreiben. Oder mein Trainer. Meine Klavierlehrerin oder meine Lehrer. Mir fielen spontan jede Menge Menschen ein, die große Pläne für mich und mein Leben hatten. Ich gehörte nicht dazu. Doch ich spürte ihre Bemühungen, etwas Bedeutendes aus mir zu machen. Etwas, worauf sie stolz sein konnten. Immerhin waren sie nicht wählerisch. Klaviervirtuosin, Olympiateilnehmerin, Nobelpreisträgerin, alles vertretbare Ziele. Unumgänglich waren jedenfalls Bestnoten, freie Studienplatzwahl, Abschluss summa cum laude. »Durchschnittlich« schien für meine Mutter ein Schimpfwort zu sein. So direkt sagte sie mir das natürlich nicht. Doch ich konnte es ihr ansehen.

Die Panik, mit der sie an mir rumpolierte, als wäre ich ein Rohdiamant. Immer mit der Angst im Nacken, ich könnte mich als einfacher Kieselstein entpuppen. Einer, wie es Millionen gab. Dabei sollte ich Spuren hinterlassen. Und mal ehrlich, wir redeten hier nicht von Schleifspuren in der Geschichte oder ungelenken Tapsern auf meinem Lebensweg, sondern von richtungsweisenden Schritten in eine bessere Zukunft. Sowohl für mich als auch für die gesamte Menschheit. Ganz ohne jeden Zweifel: Weniger würde meine Mutter nicht akzeptieren. So viel zu den Erwartungen an mein Leben.

Mein Brainstorming wurde durch das dumpfe Brummen meines Handys unterbrochen. Außenweltkontakt. Rettung. Die beste Möglichkeit, diesem quälenden Aufsatz zu entkommen, war, mit meiner Freundin Paula darüber zu lästern. Kaum hatte ich das Gespräch angenommen, schrillte mir mehrstimmiges Kindergeschrei entgegen. Paula hatte drei kleinere Geschwister. Bei ihr zu Hause war es laut, die Türklinken klebten und man musste aufpassen, wo man sich hinsetzte. Ich liebte es, dort zu sein.

»Flo, Flo …«, hörte ich Paula im Hintergrund.

Da ich wusste, dass sie das Telefon noch nicht einmal am Ohr hatte, sparte ich mir eine Antwort. Wir waren noch in Phase 1 des Anrufs: Geschwister bedrohen – Privatsphäre schaffen.

»Ben, wenn du mich jetzt nicht telefonieren lässt, kannst du dir jemand anderen suchen, der ›Mopsi, das traurige Riesenungeheuer‹ mit dir liest.«

Eine Durchhalteparole für mich: »Flo, Flo, ich bin gleich da …«

Neues von der Chaosfront: »Lilly, nimm sofort den Klebestift aus dem Mund. Fiiiiiinn, beweg deinen faulen Hintern hierher, aber pronto!«

Dann plötzlich Ruhe. Mein Ohr näherte sich vorsichtig dem Hörer.

»Flo?!« Ihre Stimme klang jetzt ganz nah und verzweifelt.

»Bin da«, beruhigte ich sie und unterdrückte ein Lachen.

»Ich schwör dir, die sind ganz friedlich, bis ich mein Telefon in die Hand nehme, dann drehen sie alle durch!«, jammerte sie.

»Ist schon in Ordnung. Was gibt's?«

»Hausaufgabendesaster!«, raunte ihre Stimme sensationslüstern.

»Echt jetzt? In Deutsch?« Das klang gar nicht nach Paula. Irgendwie hatte ich angenommen, dass sie problemlos den weiteren Verlauf ihres Lebens unter Missachtung realistischer Chancen in den schillerndsten Farben darstellen konnte.

»Ich doch nicht!«, widersprach sie auch sofort. »Der kleine Freak scheitert am großen Cäsar.« Dechiffriert: Finn hatte Schwierigkeiten mit seinen Lateinhausaufgaben. Heute war Montag und Paulas Mutter arbeitete außer Haus.

»Soll ich vorbeikommen?«

»Jaaaa!«

Nachdem ich meiner Mutter glaubhaft versichern konnte, dass alle Hausaufgaben gemacht wären, ließ sie mich trotz noch nicht gelernter Vokabeln für zwei Stunden aus dem Haus. Wahrscheinlich sah sie in Finns Lateinnotfall eine willkommene Wiederholung der Unterrichtsinhalte der ersten Jahre.

Inzwischen hatte es aufgehört zu schneien. Die Luft war trocken und bitterkalt. Ich lauschte dem knarzenden Geräusch, das jeden meiner Schritte begleitete. Die Straßen der Wohnsiedlung, in der ich mit meinen Eltern wohnte, waren menschenleer. Doch in den meisten Häusern waren mehrere Fenster erhellt. Fast alle unsere Nachbarn kannte ich, seit ich auf der Welt war. Paula wohnte mit ihrer Familie zwei Parallelstraßen weiter. Ich hatte sie in der Grundschule getroffen. Damals gab es nur sie und ihren Bruder Finn. Bereits kurz nach dessen Geburt entdeckte Paula, dass ihr Bedarf an Geschwistern mehr als gedeckt war. Sie wäre das geborene Einzelkind. Und obwohl sie nie müde wurde, dies zu betonen, setzten ihre Eltern noch Ben und Lilly ins Nest und machten sie zur dreifachen großen Schwester. Laut Paula das Schlimmste, was einem im Leben passieren konnte. *Mir fallen da zwar spontan ein paar Alternativen ein, aber was weiß ich schon! Einzelkind!*

Paulas Familie hatte meiner Meinung nach gigantischen Unterhaltungswert. Von Chaos sprach man dort erst, wenn die entlaufenen Springmäuse sich wie wild im Haus vermehrten. Oder wenn Ben mit einer selbst installierten Wasserleitung den gesamten oberen Stock flutete. Der alltägliche Wahnsinn von Kleinkindern, die sich in Schubladen übergaben, Knallfröschen, die in geschlossenen Marmeladegläsern gezündet wurden, oder der geheimen Wurmfarm unterm Bett wurde meist nur schulterzuckend registriert. Und genauso wie Paula die Ruhe in meinem Elternhaus schätzte, liebte ich das schrille Durcheinander in ihrem.

»Super, dass du da bist. Das Genie schmollt oben in seinem Zimmer!«, begrüßte mich Paula, während sie Lilly im Schwitzkasten hinter sich herzog und ihr mit einem Waschlappen energisch das Gesicht abwischte.

Ich schälte mich aus meiner Jacke. Die Stimmung schien angespannt zu sein.

Paula bugsierte Lilly unsanft ins Badezimmer. »Wenn ich sage ›Wasch dir das Gesicht‹, dann hat das auch ohne Springflut stattzufinden, comprende, amiga?« Lilly begann zu zetern.

Leise schlich ich die Treppe rauf.

Als ich die Tür zu Finns Zimmer öffnete, bekam ich eine volle Dröhnung seiner pubertierenden Drüsen. Vielleicht sollte sich mal jemand dranmachen, das Gen, das für die gleichzeitige Entwicklung von Schweißfüßen und der Abneigung gegen Frischluft zuständig war, zu isolieren. Das wäre ein wirklich hilfreicher Beitrag der Wissenschaft. Finn lümmelte, vom Gestank vollkommen unbeeindruckt, vor seinem Computer. Er ignorierte mich und meinen Erstickungsanfall.

Wenn es jemanden gab, der für mich einem kleinen Bruder nahekam, so war es Finn. Ich war praktisch mit ihm aufgewachsen. Aber ohne die ganzen Streitereien und geschwisterlichen Rivalitäten. Unser meist entspannter Umgang miteinander war für Paula vollkommen unerklärlich. Zehn Minuten mit ihm im selben Raum und sie fing an, über mittelalterliche Foltermethoden und qualvolle Tötungsrituale nachzudenken.

»Hey, ich habe gehört, hier gibt es ein paar Probleme?«, versuchte ich mich in sein Bewusstsein zu schieben.

Umsonst, er drosch unvermindert auf seine Tastatur ein. Das schnelle Klicken bestätigte, was ich ohnehin schon wusste: Nur noch der müffelnde Teil seiner Person war hier. Sein Geist war längst in einem Paralleluniversum verschwunden. Askendor, ein imaginäres Land voller Gnome, Drachen, Krieger und Magier. Laut Paula war das Finns wahre Heimat. Dort gab es keine Schulpflicht, die ihn zwang, an so etwas wie einem sozialen Leben teilzunehmen. Keine nervige Familie, keine Verpflichtungen, kein Druck, und ich schätze, auch kein Latein.

»Hallo? Erde an intergalaktische Außenstelle …!«, unternahm ich einen weiteren Versuch.

»Moment noch«, flüsterte er, ohne den Blick vom Bildschirm zu lösen.

Hurra, wir hatten Kontakt. Zumindest kurzzeitig.

Dann hämmerte er wie ein Bekloppter gleichzeitig auf mehrere Tasten ein und knurrte: »Nimm das, du Opfer!«

Im nächsten Moment entspannte er sich plötzlich und sank erschöpft in seinen Stuhl zurück. *Herzinfarkt mit zwölf?* Oder doch nur das Ende eines Kampfes? Zwei tiefe Atemzüge später reckte er sich zufrieden.

»Denen haben wir's gegeben.« Er gähnte herzhaft.

»Hallo, Flo!«, begrüßte er mich dann, als würde ich täglich eben mal so in seinem Zimmer vorbeischneien.

»Schwierigkeiten? Latein?«, half ich ihm auf die Sprünge. Warum hatte ich immer geglaubt, Paula würde übertreiben, wenn sie sich darüber beschwerte, dass man ihm außerhalb seiner imaginären Welt jeden Handschlag erklären müsse?

Er würgte grollende Laute hervor, die wohl sein nicht in Worte zu fassendes Entsetzen zum Ausdruck bringen sollten. Das zog bei mir nicht. Ich unterstrich mein Desinteresse an seiner unartikulierten Meinungsäußerung, indem ich betont gelangweilt die Spitzen meiner langen braunen Haare begutachtete. Er stellte die Geräuschkulisse wieder ab.

Stattdessen blinzelte er mir zu. Seine dunkelbraunen Augen leuchteten fast. *Hey, vergiss es! Ich kenne deine Schwester!* Oft genug hatte ich miterlebt, wie Paula es schaffte, mithilfe ihrer hinreißenden Blicke das Eis zum Schmelzen zu bringen. *Versucht dieser kleine Scheißer etwa mich weichzuklopfen?*

»Hey, Don Juan, spar dir das für jemanden, der drauf steht!«, wies ich ihn zurecht.

Sofort senkte er schuldbewusst den Kopf.

»Komm schon! Mit einem Hauch mehr Motivation könnten wir schon fast fertig sein«, versuchte ich ihn wieder auf das Thema zu bringen.

Sein Widerstand bröckelte. »Kann ich vorher noch was erledigen?«, fragte er kleinlaut.

»Holst du etwa dein Gehirn aus dem Safe?« *Man darf ja hoffen!*

»Nee!« Er richtete sich wieder auf, legte die Hände auf die Tastatur und begann für einen Zwölfjährigen erstaunlich routiniert zu tippen.

»Ich geb den anderen schnell noch Bescheid.«

»Was? Kommen etwa noch ein paar versetzungsgefährdete Zwerge vorbei?«

Endlos vernichtender Blick. Erst das Blinken auf dem Bildschirm erlöste mich von seiner visuellen Voodoo-Beschwörung. Finns Aufmerksamkeit richtete sich wieder voll und ganz auf seine imaginären Freunde.

»Scheiße zum Quadrat, das geht aber gar nicht!«, polterte er plötzlich los. »Wie lange brauchen wir hier für diesen Mist?« Die Frage galt mir.

»Kommt darauf an, wie begriffsstutzig du bist. Und wann wir anfangen. Ich habe auch nicht ewig Zeit.«

Er fuhr sich mit beiden Händen durch seine rötlich braunen Haare. Danach standen sie wild in alle Richtungen ab.

»Na, dann mal los.« Hektisch zog er einen Hocker für mich unter seinem Schreibtisch hervor. Dann fischte er sein Lateinbuch und ein vollkommen zerfleddertes Heft aus einem Haufen Müll, der sich bei näherer Betrachtung als wildes Tohuwabohu von Schulbüchern, Heften, Stiften, Turnschuhen, jeder Menge Kleidungsstücke, Lebensmittel, Comics, CDs und unfassbar viel Kleinkram entpuppte. *Interessantes Ordnungssystem.*

Er legte mir ein Gekrakel vor, das seine Übersetzung sein sollte. Ich vertiefte mich in den Text. Es schien ihn überhaupt nicht zu stören, dass seine Sätze, soweit ich sie entziffern konnte, vollkommen sinnfrei waren. Aussagelose Wortketten, die willkürlich von Punkten unterbrochen wurden. Mehr war es nicht.

Während ich ihm meine Schnelldiagnose mitteilte, sprang sein Blick immer wieder zum Bildschirm. Ich versuchte ihn auf die Existenz von Zeitformen aufmerksam zu machen. Er trommelte nur nervös mit dem Stift.

»Finn, so wird das nichts. Entweder du machst jetzt die Kiste aus und konzentrierst dich, oder wir lassen es bleiben!« *Uuuh, wir hören uns aber extrem nach Oberstreberzicke an.*

»Nein, nein, ich konzentrier mich«, versuchte er zu beteuern, konnte aber selbst jetzt den Blick nicht vom Bildschirm lösen.

»Das war's!« Ich sprang auf und war schon an der Tür.

»Stopp, halt, warte!«, rief er verzweifelt. »Wenn ich durchfalle, nimmt mir Ma den Computer weg.«

»Nicht die schlechteste Idee!« *Bloß kein Mitleid zeigen.*

»Du verstehst das nicht.« Da hatte er sogar recht.

»Wir haben ewig gebraucht, uns bis hierher durchzukämpfen«, begann er unaufgefordert zu erzählen. *Sehe ich etwa aus, als würde ich mich für irreale Zwergenschicksale interessieren?*

»In einer halben Stunde treffen wir uns mit dem wichtigsten Stammesführer des Landes.«

»Kann der dir Latein erklären?«, fragte ich genervt. Unten war inzwischen Ruhe eingekehrt. Paula hatte nun sicher Zeit. Und für mich gab es wirklich spannendere Themen als die Sorgen von Finns kleinen Freunden. Ich hatte die Türklinke bereits in der Hand, als er einen weiteren Versuch unternahm. Einen ganz verzweifelten. Er bettelte!

»Ich würde nur noch mit den anderen auf die Lichtung gehen. Das dauert höchstens fünf Minuten. Dann müssen wir sowieso warten.«

Oh, da war er schon wieder, der Welpenblick. Er hatte Glück, dass ich in ›Rettet-die-Zwerge-Laune‹ war.

»Na gut, aber mach schnell!« Widerwillig setzte ich mich zurück auf meinen Hocker und blätterte in seinem Lateinbuch.

»Fertig!«, vermeldete er nach ein paar Minuten fröhlich.

»Das ging wirklich schnell«, musste ich zugeben, während ich einen kurzen Blick auf den Bildschirm warf. »Ihr veranstaltet ein Barbecue?« *Ernsthaft?! Ich verplempere hier meine Zeit, damit die Zwerge gegrillte Marshmallows essen können!?*

»Nein, es ist dunkel, und falls du es noch nicht bemerkt haben solltest: Wir haben kein elektrisches Licht.«

»Gibt es denn keinen Coffeeshop, in dem ihr euch treffen könnt?«

Neugierig musterte ich die Trolle, die sich um ein Lagerfeuer scharten. Eigentlich sahen sie ganz putzig aus mit ihren langen Ohren. Die Haare standen ihnen wild vom Kopf ab. Sie hatten dünne Gliedmaßen und überproportional große Hände und Füße. Einer hielt eine flammende Rede. Seine Augen schienen Funken zu sprühen und seine riesigen Hände flogen wie wild durch die Luft.

»Hat dem Kleinen einer die Schaufel geklaut oder warum regt der sich so auf?«

»Das ist Sankor, unser Anführer.«

»Wenn er so weitermacht, wird er gleich einen imaginären Minischlaganfall bekommen!«, entfuhr es mir, während ich fasziniert das kleine Rumpelstilzchen beobachtete.

»Keine Sorge, der macht das immer so. Du solltest ihn mal schreien hören.«

»Hören?« Mein Blick fiel auf das Textfeld am unteren Rand des Bildschirms, in dem der Dialog zu lesen war. »Wie kannst du ihn hören?«

»Speechoption! Die Stimmen klingen aber alle voll blechern.«

»Welcher davon bist du?«, fragte ich und tippte vorsichtig an den Joystick. Ein rothaariger Zwerg fiel rückwärts von seinem Baumstamm. Ich konnte mir das Lachen nicht verkneifen.

»Hey, lass das!«, fuhr Finn mich an.

»Süß, du hast rote Haare.«

Er hatte nur ein abwertendes Schnauben für mich übrig und verdrehte entnervt die Augen. »Lernen wir jetzt oder willst du weiterspielen?«, fragte er gereizt.

»Oh, ich vergaß, du kannst es ja kaum erwarten!«, zog ich ihn auf.

Meinen Spott ignorierend schnappte er sich das Lateinbuch, angelte aus dem Drucker zu seinen Füßen ein leeres Blatt und schaute mich erwartungsvoll an.

»Wirst du jetzt wie ein Marienkäfer auf dem Rücken strampelnd liegen bleiben?«, wollte ich wissen und deutete auf den Bildschirm.

Ohne mich aus den Augen zu lassen, drückte er auf eine Taste. Der Zwerg sprang auf und setzte sich wieder zu seinen Kumpels.

»Jetzt zufrieden?«, murrte Finn.

Ich ging mit ihm den ersten Satz durch. Seine Anstrengung, nicht auf das Spiel zu schauen, minderte seine Konzentration deutlich. Ich drehte den Bildschirm so, dass nur noch ich ihn sehen konnte.

»Hey, was soll das?«, motzte er sofort los.

»Nichts, ich beobachte das nur ein bisschen für dich.«

»Sicher?« Die Ungläubigkeit in seiner Stimme hatte etwas Beleidigendes.

»Na klar, kann ja nicht so schwer sein. Ein paar Zwerge sitzen ums Feuer und warten auf einen weiteren.«

Er holte tief Luft. Doch bevor er protestieren konnte, hob ich die Hand. »Schschschtttt! Oder ich mach es ganz aus.«

Er gab sich geschlagen und konzentrierte sich in der nächsten halben Stunde tatsächlich auf Latein. Ich kontrollierte pflichtbewusst alle paar Minuten den Bildschirm, kämpfte gegen den fiesen Wunsch, den rothaarigen Zausel noch mal vom Baumstamm zu werfen, und korrigierte Finns wilden Endungensalat.

Plötzlich kam Bewegung in die kleine Truppe auf dem Bildschirm. Alle Zwerge drehten sich wie auf ein Kommando zum Wald hin. Erst jetzt erkannte ich eine dunkle Gestalt, die sich aus dem Schatten eines Baumes löste.

»Spielen bei euch auch Menschen mit oder ist das nur ein großer Zwerg?«, entfuhr es mir und sofort drehte Finn den Bildschirm zu sich.

»Das ist Thosse von Baar«, war sein einziger Kommentar. Dem ehrfürchtigen Klang seiner Stimme nach zu urteilen, war das wohl ein ganz, ganz großer Zwerg. Dann schaltete er den Lautsprecher neben dem Monitor ein. Ich konnte das Lagerfeuer prasseln hören.

»Sankor, Gnome des Epistemes …«, hörte ich eine Stimme aus dem Lautsprecher. Sie klang wirklich blechern.

»Gnome des Epistemes?«, wiederholte ich amüsiert.

»Ja, wir sind keine Zwerge, wir sind Gnome!«, gab Finn pikiert zurück. *Wie konnte mir dieser Unterschied nur entgehen?*

Fast augenblicklich versank Finn völlig im Spiel.

Was gab es dort nur so Spannendes? Ich verrenkte mir fast den Hals, um irgendetwas sehen zu können. Während Thosse von Baar weiterhin zu den Zwergen sprach, erhaschte ich einen Blick auf ihn.

»Schick!«, entfuhr es mir.

Finns Mimik war deutlich zu entnehmen, dass gutes Aussehen nicht spielrelevant war. Immerhin hatte ich genug Interesse gezeigt, dass er den Bildschirm ein Stück in meine Richtung drehte. Es reichte, um zu erkennen, dass Finn die Perspektive im Spiel geändert haben musste. Der Blickwinkel war nun mehr von oben.

»Was hast du jetzt gemacht?«, wollte ich von ihm wissen.

»Späherfunktion.« *Okay, geh einfach weiter davon aus, dass ich diese Spielersprache perfekt verstehe.*

Ich beobachtete, wie er mit den Pfeiltasten den Ausschnitt hin- und herschwenkte und mit der Auf- und Abwärtstaste einzelne Dinge heranzoomte.

Dann hörte ich Paula nach ihm rufen. Stimmgewaltig. Sie könnte einen Ruderachter über die Ziellinie dirigieren, ohne Megafon, vom Ufer aus! Trotzdem gelang es Finn, sie zu ignorieren.

»Finn? Bist du taub? Paula ruft nach dir. Unten ist ein Anruf für dich.«

Widerwillig erhob er sich. Kaum war er draußen, drehte ich den Bildschirm zu mir. *Na, dann lasst mal sehen, was hier so los ist!*

Die Grafik war erstaunlich. Alles sah richtig echt aus. Die Flammen des Lagerfeuers züngelten und knisterten, als könnten sie wirklich wärmen. Die Schatten der Gnome sprangen bei jeder ihrer Bewegungen über die dunklen Baumstämme und der Wald war von solcher Tiefe, dass man dachte, man könnte hineingehen.

Ich fuhr mit der Späherfunktion das Gelände ab, zoomte mal hier, mal dort ran. *Krabbelt dort tatsächlich eine Spinne über ein Blatt?* Dann streifte mein Blick Thosse von Baar. Ziemlich überzeugende Erscheinung. Ich war mir nicht sicher, was seine Attraktivität ausmachte. Vielleicht war es die perfekte Balance zwischen gefährlicher Bedrohung und gelassener Würde. Das schwarze Cape, die klobigen Stiefel, der schillernde Schwertgriff, der bei jeder Bewegung unter dem Umhang hervorblitzte – eine durch und durch düstere Figur. Ich konnte ihn mir problemlos als kraftstrotzenden, erbarmungslosen Krieger vorstellen. Dazu die wilde schwarze Mähne, die ihm bis weit über die Schultern reichte, und die fest entschlossene, unerbittliche Miene. *Puh! Niemand, dem man im Dunkeln begegnen möchte.* Doch die Art, wie er das Gespräch führte, widersprach dem Bild der hirnlosen Kampfmaschine. Besonnenheit und Intelligenz bei einer imaginären Gestalt? Bisher hatte ich noch kein Online-Rollenspiel gesehen. War es üblich, dass die Charaktere derart ausgefeilt waren? Ich zoomte ein Stück heran. *Respekt! Da hat sich jemand richtig Mühe mit seiner Spielfigur gegeben.* So widersprüchlich wie seine Ausstrahlung war sein Gesicht. Seine markanten Züge mit kantigem Kinn und hohen Wangenknochen waren faszinierend. Nicht übertrieben maskulin, aber unverschämt wirkungsvoll. Plötzlich stockte mir der Atem. *Starrt er mich etwa an?* Ich zuckte zurück. Das war kein unverbindliches Anschauen. Kein kurzes Mit-den-Augen-Streifen. Er starrte richtig, ziemlich sauer sogar!

Erschrocken wich ich ein Stück vom Bildschirm zurück. Ohne nennenswerten Erfolg. Es hatte den Anschein, als ob er mich weiterhin sehen konnte. Ich glaubte sogar zu beobachten, dass er sich minimal in meine Richtung bewegte. Meine Haut begann zu kribbeln. Langsam und vorsichtig legte ich meine Finger auf die Abwärtstaste und zoomte von seinem Gesicht weg. *Entschuldigung, war vielleicht ein wenig aufdringlich dicht.*

Doch die finster dreinblickenden Augen fixierten mich weiterhin. Vorsichtig bewegte ich mich nach rechts. Sein Blick verfolgte mich unbeirrt. *Wäre jetzt ein kleiner Nervenzusammenbruch angebracht?* Um ganz sicherzugehen, dass es kein Zufall war, neigte ich mich zur anderen Seite. Was soll ich sagen? Seine Augen folgten jeder meiner Bewegungen. Sein Blick bohrte sich direkt in meine Pupillen. *Das hat nichts mehr mit Technik zu tun! Das ist gruselig!* Inzwischen traute ich mich nicht einmal mehr zu blinzeln. Ich spürte, wie sich Schweißperlen auf meiner Stirn bildeten. *Das ist kompletter Schwachsinn. Augen zu!* Es war verrückt, ich bekam es nicht hin, meine Lider zu schließen. Er hatte mich visuell am Haken. Und er starrte mich unvermindert finster an. *Äußerst einschüchternd!* Plötzlich, ohne erkennbaren Grund, lösten sich seine Augen von mir und er beteiligte sich wieder an dem Gespräch am Lagerfeuer. Erleichtert atmete ich aus. Hatte ich etwa die ganze Zeit die Luft angehalten?

Im selben Moment kam Finn ins Zimmer gestürmt.

»Finn«, flüsterte ich, »kann mich jemand von da drin sehen?«

Sichtlich amüsiert grinste er mich an. »Aber klar doch, und wusstest du, dass sie festgestellt haben, dass die Erde doch eine Scheibe ist?«

»Nein, jetzt bleib mal ernst. Funktioniert das über eine Kamera, wie bei Facetime oder so?«

»Nein«, antwortete er zögernd. Ihm war anzumerken, dass er sich fragte, was in den letzten paar Minuten geschehen war.

»Er hat mich gerade angeschaut.« Ich hielt meine Stimme gesenkt, als könnte er uns hören, und zeigte unauffällig auf Thosse von Baar.

»Wer, er hier?«, fragte Finn laut und pikste mit dem Finger so fest auf seinen geliebten Flachbildschirm, dass ein dunkler Kreis erschien. Fast erwartete ich, dass Thosse von Baar ausweichen würde, aber nichts geschah. Außer dass Finn nun absolut die Oberhand hatte.

»Oh, hoffentlich habe ich ihm jetzt nicht wehgetan.« Er grinste mich überlegen an.

Idiot. Ich schnaubte verächtlich.

Er wedelte mit seiner Hand vor dem Bildschirm herum. »Das sind Animationen, nur ionisiertes Gas, keine echten Menschen.«

Seine Überheblichkeit ging mir gehörig auf den Geist. Ich wusste schließlich, was ich gerade erlebt hatte.

»Ach, Animationen? Abgeleitet vom lateinischen Begriff *animare*, was so viel bedeutet wie ›zum Leben erwecken‹?«

Wissen konnte ganz schön cool sein, stellte ich vergnügt fest, als Finn wie ein Fisch auf dem Trockenen nach Luft schnappte, weil ihm keine schlagfertige Antwort einfallen wollte. Doch dem kurzen Triumph folgte der schale Geschmack der Gemeinheit. Nur weil es mir unheimlich war, hackte ich auf Finn rum. Aber mein Hirn forderte eine logische Erklärung. Sofort!

»Vielleicht kann der Spieler, der ihn steuert, irgendwie durch ihn in dein Zimmer sehen«, flüsterte ich. Computertechnik gehörte definitiv nicht zu meinen Kernkompetenzen.

»Thosse von Baar ist ein NPC«, erklärte mir Finn. *Ein bitte was?*

Meine Unwissenheit war so deutlich zu spüren, dass ich nicht laut um weitere Erklärungen bitten musste. »Ein Non-Player Character. Er ist ein personifiziertes Steuerungsprogramm des Spielbetreibers, um den Spielverlauf zu kontrollieren.«

Yeah, ging es noch erbärmlicher? Ich hatte mich gerade von einem personifizierten Steuerungsprogramm in Angst und Schrecken versetzen lassen. Es musste also doch eine optische Täuschung gewesen sein.

»Übrigens lässt Paula fragen, ob wir nicht bald fertig sind«, erinnerte er sich, bevor er wieder in sein Spiel versank.

Mein Blick fiel auf die fast fertige und fehlerfreie Übersetzung. Nur noch ein Satz fehlte. Den würde er allein verbocken müssen. Ich wollte einfach nur noch weg von hier.

Auf dem Weg nach unten hörte ich Paula lautstark mit ihrer Mutter diskutieren.

»Jetzt komm schon, ich bin sechzehn«, jammerte sie.

»In zwei Monaten, meine Liebe.«

»Och, Ma, echt jetzt! Da gehen echt viele aus meiner Klasse hin.«

»Dann sind sie entweder sechzehn oder machen sich alle strafbar.«

»Es ist doch aber eine geschlossene Veranstaltung! Und da gibt es jede Menge volljähriges Aufsichtspersonal!«

»Laut Jugendschutzgesetz sind Discobesuche unter sechzehn nur in Begleitung eines Erziehungsberechtigten erlaubt.«

»Wie peinlich ist das denn? Du willst mich wirklich mit Dad oder dir dort auflaufen lassen?«

»Na, wenn es dir zu peinlich ist, bleiben wir einfach zu Hause. Ich brenne nicht darauf, meine alten Knochen in einen Tanzschuppen zu schleppen.«

»Tanzschuppen?! Das sind hier nicht die Siebziger. Wir reden von einer hippen, coolen Bar, in der Eltern nichts verloren haben. Ma, es sind doch nur zwei Monate«, motzte Paula.

Ich schob mich leise in die Küche.

»Hallo, Florentine«, begrüßte Paulas Mutter Susanne mich. »Was sagen deine Eltern denn zu dieser Schnapsidee?« *Sollte ich eingeweiht sein?*

Unsicher schaute ich zu Paula, die mir tatsächlich mittels Blicken etwas mitteilen wollte. Falls es nicht ›Mir fallen gleich die Augen raus‹ heißen sollte, hatte ich keine Ahnung, um was es ging. Ich war noch nie gut im Zeichenlesen. Allerdings konnte ich improvisieren:

»Ich habe es ihnen noch nicht erzählt.«

Susanne wollte mich weiter befragen, doch Paula war schneller: »Und, hat das Siebhirn irgendetwas begriffen?«

Ich nickte langsam. Das komische Erlebnis drängte sich wieder in mein Bewusstsein. Vielleicht hatte ich einfach ungünstig gesessen. Aber nein, seine Augen hatten mich definitiv verfolgt, als ich mich bewegt hatte. Mit einem Blick, als ob er mich zertreten wollte.

»Florentine, was ist denn? Du bist ja ganz blass«, bemerkte Susanne plötzlich und legte mir fürsorglich die Hand auf die Stirn.

»Das ist dieser Mief in Finns Pumakäfig. Irgendwann ersticke ich da drin mal«, fiel Paula sofort ein.

»Halluziniert man unter Sauerstoffmangel?«, fragte ich leise.

»Was?« Sie musterte mich irritiert.

»Ach, vergiss es.«

»Ich finde es sehr lieb, dass du dich dieses Chaos angenommen hast«, mischte sich Susanne wieder ins Gespräch ein.

»Kein Problem.«

»Ich wollte dich schon lange mal fragen, ob du Finn Nachhilfe geben könntest«, fing sie an.

»Ja, eigentlich ganz gern«, antwortete ich vorsichtig. Dass ich mich um die Schulprobleme anderer kümmerte, stand definitiv nicht in den Top Ten meiner Mutter.

»Wir würden dich selbstverständlich dafür bezahlen«, ergänzte Susanne, die mein Zögern bemerkte und prompt falsch verstand.

Ich schüttelte den Kopf. Darum ging es nicht.

»Und lüften!«, krähte Paula. Sie konnte es einfach nicht lassen.

Darum ging es auch nicht. Im Gegensatz zu Paula lebte ich in einer Diktatur. Da konnte man nicht einfach sagen, was man wollte. Paula und ihre Ma diskutierten ihre unterschiedlichen Standpunkte. Manchmal holperten die Verhandlungen oder wurden laut, aber sie kamen immer irgendwie zu einer Einigung.

Bei mir zu Hause lief es viel ruhiger und ungerechter. Meine Mutter teilte mir ihre Entscheidung mit. Punkt. Veto? Ein Fremdwort. Diskussionen? Mehr was für Hippies.

»Ich überleg es mir«, versprach ich.

»Gehen wir nach oben?«, fragte Paula. Ihr Blick verriet: gigantische Neuigkeiten. Das konnte selbst ich problemlos erkennen.

Uhrencheck. Meine Mutter war mit Pünktlichkeit extrem pingelig.

»Halbe Stunde!«, nickte ich und folgte Paula nach oben.

Ihr Zimmer lag unter der Dachschräge im zweiten Stock.

Um dem Horror der zwei Kinderzimmer zu entgehen und das Überleben all seiner Kindern zu sichern, hatte Paulas Vater letzten Sommer den Speicher ausgebaut. Jetzt konnte sie von ihrem Bett durch ein riesiges Dachflächenfenster den Himmel sehen. Sie hatte einen begehbaren Kleiderschrank. Eigentlich war es mehr ein bestehbarer Kleiderschrank, aber er hatte eine Lampe und eine Tür. In einer Nische unter der Dachschräge, die voll mit Polstern, Decken und einem gigantischen Sitzsack war, konnte man sich stundenlang verkriechen und reden, lesen, Musik hören, träumen. Einfach der Oberhammer!

»Wohin gehen wir denn, wo alle aus unserer Klasse hingehen?«, fragte ich gespannt, während ich mich auf ihr Bett setzte.

»In die Makabar!«, antwortet sie mit unverkennbarem Stolz, schob ein paar Bücher zur Seite, schwang sich auf ihren Schreibtisch und lächelte mich erwartungsvoll an.

Ehrlich, mir blieb vor Entsetzen der Mund offen stehen.

»Du meinst … zur Oberstufenparty?«, vergewisserte ich mich

ungläubig. Der heilige Gral der Schulfeste! Mir blieb die Spucke weg.

Die Veranstaltung fand nicht wie alle anderen in unserer miefigen Aula statt. Sie hatten eine total coole Bar organisiert. Jeder wollte auf diese Party. Doch eine ziemlich exklusive Gästeliste und mehrere Türsteher machten es eigentlich unmöglich, dort reinzukommen.

Doch so begeistert, wie Paula nickte, waren wir jetzt wohl mit dabei.

»Das hat nicht rein zufällig etwas mit, äh, wie heißt er doch gleich, zu tun?«, fragte ich lauernd.

Ihr Nicken blieb, sie setzte noch ein Honigkuchenpferdgrinsen darauf.

»Marc«, hauchte sie ehrfürchtig.

Seit er vor etwa einem halben Jahr mit seinen Eltern aus Norwegen gekommen war, galt Marc Nygård als der unangefochtene Gott an unserer Schule. Er sah aus, wie man sich einen Sohn Odins vorstellte. Groß, blond, stahlblaue Augen und von der Aura, Naturgewalten beherrschen zu können, umweht. Lässig mit einem Finger an der Felswand baumeln, Spaß in einer Zwanzig-Meter-Welle, all das traute man Marc sofort zu. Was äußerst witzig war, da man kaum einen unsportlicheren Jungen an unserer Schule finden konnte. Er war der lebendige Beweis dafür, dass die Figur sehr wohl etwas mit Genen zu tun haben musste. Doch selbst die Weigerung des Hockeyteams, ihn aufzunehmen, tat seiner Popularität keinen Abbruch. Es gab kaum jemanden, der nicht für ihn schwärmte. Doch ganz vorne stand die halbe Oberstufe, ungeachtet ihres aktuellen Beziehungsstatus. Erst dahinter, praktisch außerhalb seines Blickfelds, dümpelten wir aus der Zehnten rum und mussten uns mit schmachtenden Blicken und ferner Anbetung zufriedengeben. Bis jetzt.

»Ich will jede Einzelheit wissen!«, forderte ich Paula auf.

Das ließ sie sich nicht zweimal sagen. Mit leuchtenden Augen begann sie zu erzählen: »Ich musste doch heute nach der Theater-AG im Sekretariat vorreiten. Frankenstein, *unsere monsterhafte Schulsekretärin, Frau Frankenhauser,* machte mich wegen der fehlenden Unterschriften im Klassenbuch rund. Und dass ich das S-O-F-O-R-T zu ändern hätte. Ich hab ja nichts Besseres vor, schnapp mir das Buch, schau draußen auf den Stundenplänen, wo die Lehrer stecken, und was, glaubst du, entdecke ich da?«

»Marc!«, antwortete ich wie aus der Pistole geschossen.

»Hab ich WEN oder WAS gefragt? Du musst schon ein bisschen mitdenken!«, rügte sie mich. »Lehmann gab in der Q12 Sport. Ich spurtete also schnell rüber zu den Außenplätzen.«

»Zu den Außenplätzen? Es hat heute Nachmittag geschneit!«

»Mir musst du das nicht erzählen. Weißt du nicht, dass Ich-hab-einen-an-der-Waffel-Lehmann glaubt, Sporthallen sind nur was für Turnbeutelvergesser und bodenturnende Weicheier? Deshalb jagt er die Jungs bei jeder Temperatur, im Schneesturm, bei Gewitter oder Dauerregen über den Sportplatz.«

Ich konnte nur ungläubig den Kopf schütteln. Da ich weder Brüder noch sonstige männliche Vertraute an der Schule hatte, war mir diese spezielle Facette unseres zum Wahnsinn neigenden Sport- und Mathelehrers entgangen. Paula erzählte weiter.

»Ich komm also vollkommen durchnässt am Sportplatz an. Es war alles andere als der Look meiner Wahl. Und wer steht da bibbernd und nass wie ein Hund am Spielfeldrand?«

Ich schnappte nach Luft, um die Antwort rauszuposaunen, aber sie stoppte mich mit einer Handbewegung: »Rhetorische Frage! Dramatischer Moment. Wir wissen beide, wer dort stand!«

Okay! Ihr Auftritt.

»Er sah so elend aus. Glaub mir, seine Haare waren an den Spitzen gefroren. Kaum hatte ich ›Hallo‹ gesagt, da bellte Lehmann schon übers Feld, was ich hier verloren hätte. Ich wedelte mit dem Klassenbuch und er winkte mich huldvoll zu sich, um seine zwei Lehmänner in die leeren Kästchen zu kritzeln. Dann blaffte er mich an, ob ich sonst noch was zu erledigen hätte. Ich schaute rüber zu Marc. Echt, der konnte gar nicht so schnell zittern, wie er fror. Lehmann hatte ihn wahrscheinlich die ganze Zeit rausgestellt. Und plötzlich hörte ich mich sagen, dass Frau Frankenhauser mir aufgetragen hätte, Marc zu ihr zu bringen, da es irgendwelche Unstimmigkeiten gab. Norwegen, Zeugnisse, Übersetzung, Tralala, was weiß ich, was ich gefaselt hab.«

Erschrocken starrte ich sie an. *Auf Lehmann-Anlügen steht die Todesstrafe!*

»Bist du wahnsinnig?«, entfuhr es mir trotz Redeverbots.

»Hey, was sollte ich machen. You never get a second chance for a first impression! Lehmann war es total schnuppe. Er knurrte, dass ich ihm die Lusche aus den Augen schaffen solle. Als ich ihn fragte, ob er für den Rest der Stunde wiederkommen müsse, hat er abgewunken.«

»Du bist echt lebensmüde.« Ich wüsste gar nicht, woher ich so viel Mut nehmen sollte.

»Du hättest Marcs Gesicht sehen sollen, als ich an ihm vorbeiging und sagte, er könne mitkommen. Selbst wenn Lehmann mich vierteilen sollte. Das war es wert!«

»Wie ging es weiter?«

»Nachdem ich Marc alles erklärt hatte, meinte er, dass er mir etwas schulde. Und ich, ganz lässig: ›Spendier mir einen Kaffee, dann sind wir quitt.‹«

»Wie geistesgegenwärtig! Cool!«

»Warte, das Beste kommt erst noch! Er zwinkerte mir zu: ›Wie wär's in einer halben Stunde?‹ Ehrlich, ich dachte, mein Herz hüpft mir gleich aus dem Hals.«

Ich konnte sie nur fassungslos anstarren. *Das ist ganz großes Kino. Das ist Hollywood.*

»Wir saßen zwei Stunden im Coffeeshop. Er hatte es nicht die Bohne eilig, wegzukommen. Du glaubst nicht, wie süß er war. Total nett, gar nicht eingebildet. Hat von sich erzählt. Mir alle möglichen Fragen gestellt. Es war echt der Hammer. Er kommt aus einem kleinen Kaff, Trömsöm oder so. Stell dir vor, nördlich vom Polarkreis! Da kannst du dir echt den Arsch abfrieren. Deutsch kann er, weil seine Mutter von hier kommt. Aber ihm ist es hier viel zu hektisch. Zu viele Menschen. Er würde gern wieder zurück. Doch seine Mutter packt das mit der Polarnacht nicht.«

»Polarnacht?«

»Wenn es im Winter nicht mehr hell wird. Da ist es zwei Monate lang zappenduster.«

»Da würde ich auch durchdrehen.«

»Dafür scheint im Sommer aber zwei Monate durchgängig die Sonne.«

»Auch da würde ich durchdrehen.« *Wer schläft schon gern mit Licht?*

»Wir haben ein bisschen über die Schule geredet. Er hat mir erzählt, dass er bei der Oberstufenparty nächsten Samstag zusammen mit einem Freund auflegt. Ob ich vorbeikommen möchte.«

»Wow! Du hast ein Date mit Marc, dem Göttlichen! Wahnsinn!«, stammelte ich perplex.

»Ich denke nicht, dass es ein Date ist. Er meinte, ich soll noch jemanden mitbringen, wenn ich will. Und dieser Jemand wird auf keinen Fall meine Mutter sein!«

Oh! Mist! Mutter! Meine halbe Stunde war längst um. Wahrscheinlich stiegen meiner Erziehungsberechtigten bereits wütende Rauchwölkchen aus der Nase.

Entsetzt sprang ich auf: »Paula, alles spannend, aber ich muss gehen.«

Ich umarmte sie kurz. »Das hast du echt super gemacht, ich bin stolz auf dich.«

»Ja, ich auch! Dir ist doch hoffentlich klar, dass du da mitkommen musst, oder?«

»Mir schon! Mal sehen, was meine Mutter dazu meint!«

2

Trotz über zwanzigminütiger Verspätung wehte mir zu Hause nur ein laues Lüftchen der Empörung entgegen:

»Wir hatten 18:30 Uhr ausgemacht!«

Lag wahrscheinlich daran, dass meine Mutter mit ihrer Freundin Adelheid telefonierte. Somit war sie abgelenkt und hatte die Zeit nicht damit verbracht, dem Zeiger der Uhr zuzuschauen, wie er nach vorne kroch, um ihr mit jedem Millimeter meinen Ungehorsam und ihre mangelnde Autorität zu demonstrieren.

Zum Abendessen waren meine Mutter und ich meistens allein. Mein Vater würde, wenn überhaupt, erst spät am Abend heimkommen. Er war Anwalt und arbeitete in der Stadt. Häufig hatte er abends noch Termine mit Mandanten oder einfach länger in der Kanzlei zu tun. Um ihm die einstündige Heimfahrt zu ersparen, hatten meine Eltern ein kleines Apartment in der Stadt gemietet. Ursprünglich auch in dem Glauben, die Wohnung für kulturelle Wochenenden fernab des Kleinstadtmiefs zu nutzen. *Was für eine putzige Idee!* Doch offenbar fand meine Mutter nicht mal Opernpremieren, Theaterinszenierungen und Kunstausstellungen spannender, als jede Sekunde meines Lebens zu beobachten. Deshalb nutzte mein Vater die Wohnung überwiegend für sich, wenn es sich nicht lohnte, spätabends noch zu uns heimzufahren.

Die leichte Kost des Abends stand bereits auf dem Tisch. Häppchenteller. Das Vollkornbrot mit Frischkäse und Kresse war in mundgerechte Stücke zerteilt. Die Vitamine einer Tomate, geachtelt, und einer Gurke, sechs Scheiben, hübsch daneben dekoriert. Ein Krönchen aus Radieschen thronte in der Mitte des Tellers. Als ich acht oder neun war, verlor sich meine Begeisterung für geschnitztes Gemüse. Trotzdem setzte mir meine Mutter jeden Abend ein Mäuschen, Krönchen, Sternchen, Gurkenschiffchen oder sonstiges Schwachsinnchen auf meinen Teller. Beschwerte ich mich, bekam sie diesen Blick, mit dem sie den riesigen roten Schriftzug in meinem Kopf anknipsen konnte. Dann leuchtete dort stundenlang das Wort SCHULD. Davon bekam ich regelmäßig Kopfschmerzen. Ich fühlte mich schuldig, weil ich keine dankbare Tochter war. Schuldig, weil ich nicht sah, wie gut es mir ging. Schuldig, weil ich nicht an die Kinder dachte, deren Mütter ihnen kein Abendessen machten. Schuldig, weil ich kein Elend kannte. Also aß ich kommentarlos das Radieschenkrönchen, die Vitamine, das Brot und beteuerte mindestens dreimal, wie gut alles schmeckte. Meine Mutter konnte fünfzig Punkte auf ihrem Supermami-Konto verbuchen und ich hatte meine Ruhe. Während des Essens befragte mich meine Mutter zur Schule. Es war die immer gleiche Leier. Noten bekommen? Viel gemeldet? Mit Zusatzwissen geglänzt? Andere in den Schatten gestellt? Gelobt worden?

Als sie ihren Katalog abgearbeitet hatte, wollte sie wissen, wie es bei Paula gewesen war. Primär wollte sie wohl hören, wie eklatant Finns Wissenslücken waren. Gab ihr, glaube ich, irgendwie das Gefühl, besser zu sein.

»Susanne hat mich gefragt, ob ich Finn Lateinnachhilfe geben kann.«

In ihrer Antwort steckten Panik und Entsetzen: »Kannst du dir das erlauben? Du bist immerhin in der zehnten Klasse. Die Fächer, die du zum Ende des Schuljahrs abwählst, zählen doch schon zum Abitur.« *Ja, nur kein Druck! Erinnere mich ruhig bei jedem Atemzug daran, sonst könnte ich es eine Minute vergessen!*

»Wäre aber doch eigentlich nicht schlecht, die Basics zu wiederholen, oder?«, trumpfte ich auf und beobachtete, wie es hinter ihrer Stirn zu rattern begann. Manchmal war sie echt leicht zu manipulieren.

»Meinst du?«, fragte sie.

Ich zuckte scheinbar unbeteiligt mit den Schultern. Jetzt nur nicht zu viel Interesse zeigen. Ich hatte ihr einen Köder hingeworfen. Sie hatte ihn geschluckt. In ein paar Tagen würde sie mich drängen, die Nachhilfe bei Finn zu übernehmen, und glauben, dass es ihre Idee gewesen war.

Nach dem Abendessen verabschiedete ich mich mit dem Hinweis auf meine noch ungelernten Vokabeln in mein Zimmer. Meine Mutter war auf dem Weg ins Wohnzimmer, um, wie sie betonte, die Nachrichten anzusehen. ICH wusste, dass sie spätestens in zehn Minuten vor einem dieser Kitschfilme, die bevorzugt in Schottland oder Skandinavien spielten, schmachten würde. Aber SIE wusste zum Glück nicht, dass ich keine Vokabeln lernen, sondern meine ersten Erfahrungen in einem Online-Rollenspiel sammeln würde.

In meinem Zimmer schaltete ich den Laptop ein. Sicherheitshalber legte ich das Englischbuch aufgeschlagen neben den Computer. Ich wollte nicht beim Spielen ertappt werden, falls meine Mutter zur Kontrollinspektion angeschlichen kam. Computerspiele standen nämlich so was von auf dem Index. Wahrscheinlich noch vor Drogenkonsum. Doch ich wollte mir dieses Spiel genauer ansehen. Ich war kein Freak. Ich wusste, was ich gesehen hatte. Er hatte mich angeschaut. Ohne jeden Zweifel. Da drängte sich doch die Frage auf, warum er das konnte.

Mit einem flauen Gefühl im Magen rief ich die Startseite von Askendor auf. Sie war erstaunlich schlicht. Dunkler Hintergrund, vor dem sich in hellem Grau das Anmeldeformular abhob. Nach der üblichen Prozedur mit Name, Nutzername, Passwort, E-Mail, Nutzungsbestimmungen wurde ich weitergeleitet. Auf der nächsten Seite prangte in großen Buchstaben der Name des Spiels. Darunter stand eine kurze Einleitung:

›Nach der Entführung der königlichen Familie teilten die Stammesführer das Reich. Sie prägten Erscheinungsbild und Möglichkeiten ihrer Länder. Entscheide, welches Volk du unterstützen möchtest, um Askendor wieder zu einem …‹

Ach, möchte ich das? Eigentlich wollte ich nur mal kurz einem der Stammesführer meine Meinung sagen! Doch das System nahm keine direkten Beschwerden entgegen. Es blieb mir also nichts weiter übrig, als dem Programm zu folgen.

Als Nächstes entrollte sich eine Landkarte. Askendor bestand aus fünf Ländern mit den klangvollen Namen Ignousia, Baskir, Cundar, Tragun und Frastella. *Hört sich alles ein bisschen sperrig an!*

Ich klickte mich durch die Vorstellungsrunde.

Ignousia war ziemlich bizarr. Offenbar verzichtete man hier auf die altbewährte Einteilung von oben und unten. Was immer eine Landschaft ausmachte, es flog durch die Luft. Auf Wolken wuchsen Bäume, und tosende Wasserfälle ergossen sich aus dem Nichts. Noch abgedrehter als das Land war sein Stammesführer Svantjor nam Vorg! Mit einer Frisur, die aussah, als würden die Haare vor dem Gesicht weglaufen, posierte er auf einem Schimmel mit strassbesetzter Schabracke. Sein dunkelroter Umhang sah aus, als wäre er mit Glitzer überzogen. *Eine Discokugel als Stammesführer. Erfrischende Alternative zu Würde und Respekt!*

Weiter zu Frastella, das sofort ausschied. Da reichte ein einziger Blick. *Willkommen in Deprihausen!* Dichte schwarze Wolken zogen über den verdunkelten Himmel. Dort, wo sie sich aufzulösen begannen, fiel gleißend weißes Licht in gespenstischen Strahlen auf eine fahle Steinwüste. Nebelverhangene Gebirge ragten schroff und abweisend empor. Der Fels, nass und grau, ohne einen Hauch von Vegetation. In der bedrückenden Geröllwüste streckten sich riesige Findlinge dem trostlosen Himmel entgegen. Tatsächlich sahen einige bewohnt aus. *In einem Stein leben? Nicht wirklich!* Das könnte das Land von Thosse von Baar sein. Finster, düster und hart. Weit gefehlt! Im Vergleich zur echten Chefin von Frastella wirkte Thosse von Baar wie ein Babybär. Felstina von Rutjar umgab das Flair einer Pandemie biblischen Ausmaßes. So stellte ich mir das Grauen auf zwei Beinen vor. *In keiner Lebenslage eine Wunschkandidatin! Außer man plant eine extrem blutige Revolution!*

Da war mir Baskir doch lieber. Das Land der freien Völker hatte keinen Anführer. Es beherbergte, neben einigen Splittergruppen, die Völker der Tegoster, Gonoxore und die Gnome des Epistemes, die jeweils von einem Clanchef geleitet wurden. *Hallo, Finn!* Ich könnte ihn in den Wahnsinn treiben und mich bei den Zwergen anmelden. *Durfte man im eigenen Stamm morden?* Außerdem gab es in Baskir noch Zirkelmeister. Die hatten offenbar höhere Aufgaben. *Sehr geheimnisvoll und undurchsichtig!*

Cundar hingegen, mit Ripinett am Cijunt als Stammesführerin, war ein ziemlich unspektakulärer Bauernstaat. Mir stand der Sinn nicht nach Schafezüchten, Hüttchenbauen, Getreidemahlen und Brotbacken. *Vielleicht fragt ihr in fünfzig Jahren noch mal an.*

Blieb nur noch Tragun übrig. Es wurde mir als ›Land des Geistes und der Weisen, die die Rätsel dieser Welt erforschen‹ vorgestellt. *Aha! Jetzt bin ich so schlau wie vorher!*

Anscheinend hatte der jüngste Stammesfürst tatsächlich das größte Land. *Land? Na ja, wohl eher einen gigantischen Garten!* Tragun war ein undurchdringliches Dickicht. Der Bildschirm schillerte in den leuchtendsten Grüntönen, die man sich vorstellen konnte. Aber bis auf die paar gelblichen Felsen, die weit über die Spitzen der Baumkronen hinausragten, war es eben nur grün. Im Hintergrund erhob sich als kolossale Felswand ein Gebirge. Das war's. Städte? Wege? Häuser? Fehlanzeige! Wahrscheinlich wohnten sie dort auf Bäumen! Denn außer einer beeindruckenden Vielfalt an Pflanzen gab es nichts. Nothing! Niente! Nada! Thosse von Baar, der Präsident des Gartenbauvereins von Askendor? Oder vielleicht doch nicht? Bei genauerer Betrachtung erkannte ich, dass die Felsen, die aus dem Urwald herausragten, keine Steine, sondern Türme waren. Mit ihren schräg abfallenden Dächern erinnerten sie an Müslischalen, die mit der Öffnung nach unten übereinandergestapelt worden waren. *Okay, ich nehm's zurück, sie wohnen nicht auf Bäumen.*

Als ein Bild Thosse von Baars eingeblendet wurde, zuckte ich kurz zurück. Zu tief hatte mich das merkwürdige Erlebnis des Nachmittags verunsichert. Erst als ich sicher war, dass es nur ein Bild war, riskierte ich einen genaueren Blick. *So gut können Jungs also aussehen, wenn man sie am Computer zusammenbaut.*

Spielfiguren, Chars genannt, wurden aufgeführt. In Tragun standen Impostare, Putaratoren, Exkrieter und Nylerer zur Auswahl. Warum hießen sie nicht Kämpfer, Zauberer, Sammler und Chemiker? Dann wüsste man wenigstens, woran man wäre.

Einen kurzen Moment zögerte ich. Wollte ich das wirklich? In ein Online-Rollenspiel einsteigen? Einzig die Frage, warum Thosse von Baar mich sehen konnte, interessierte mich. Aber vielleicht war das der einzige Weg, es herauszufinden. Ich entschied mich nach rein optischen Gesichtspunkten für die Exkrieter und bastelte mir eine blonde Schönheit mit braunen Augen in einer Art Catwoman-Kostüm. Am Ende fügte ich noch einen langen braunen Mantel mit großem Kragen und Ärmelaufschlägen hinzu, und schon erinnerte sie mich an eine verwegene Piratin. *Wenn schon auf merkwürdiger Mission, dann wenigstens gut aussehend!* Sie bekam den klangvollen Namen Lanrina. Damit nicht genug. Ich konnte mithilfe kleiner Regler ihre Fertigkeiten einstellen. Sehr praktisch. *Warum gibt es das nicht für Menschen?*

Etwas planlos fuhr ich mit den kleinen Knöpfchen hoch und runter. Irgendwie hingen sie alle zusammen. Man konnte nicht bei allem einfach hundert Prozent einstellen. Und auf einmal hatte ich nicht alltägliche Entscheidungen zu treffen. Wie wichtig war hellseherisches Potenzial? War es möglich, durch geringe Kampfkraft bereits beim Überqueren einer Straße zu sterben? Wozu brauche ich Heilkraft? Auf mehreren erklärenden Seiten konnte man alles über die Fertigkeiten nachlesen. *Aber mal ehrlich: Gebrauchsanleitung? Wie unsportlich!*

Ich entschied die Sache mehr aus dem Bauch heraus. Hellsehen fand ich cool. Mein medizinisches Interesse war dagegen schon immer sehr gering gewesen. Kämpfen wollte ich nur, wenn es sich nicht vermeiden ließ.

Plötzlich hörte ich es im Nebenzimmer rumoren. Blitzschnell klappte ich den Laptop zu, schnappte mein Englischbuch und stieß mich mit den Füßen ab, sodass mein Stuhl ein Stück nach hinten flitzte und ich die Beine auf den Tisch schwingen konnte. Kaum hatte ich meine entspannte Lernhaltung eingenommen, öffnete sich die Tür einen Spaltbreit und meine Mutter streckte den Kopf ins Zimmer.

»Florentine, du lernst immer noch?«

»Ja, ich hab erst ein bisschen später angefangen!« *Nicht gelogen!*

»Es schon fast zehn. Du solltest schlafen.«

Wie alt bin ich? »Ja, mach ich gleich.« *Vergiss es!*

»Gute Nacht, träum was Schönes.« Damit zog sie die Tür leise wieder zu.

Ich verharrte in meiner Position, bis ich sie die Treppe hinuntergehen hörte. Jetzt musste es schnell gehen. Ich hatte noch ungefähr zwanzig Minuten, dann würde sie wiederkommen, um sich zu überzeugen, dass ich schlief.

Ich feuerte mein Buch aufs Bett und klappte den Laptop wieder auf.

Wo war ich? Fertigkeiten. Mir eigentlich egal. Schnell drückte ich auf ›Charakter erstellen‹. Der Bildschirm wechselte die Farbe und ich stand mitten im Dschungel auf einer kleinen Lichtung. *Kurze Einweisung? Nein? Na gut, dann eben nicht!*

Unentschlossen tanzte ich mit Lanrina ein bisschen auf dem Platz herum. Ich hatte ja keine Blaskapelle und Begrüßungscocktails erwartet, aber etwas mehr Reaktion wäre hilfreich gewesen. Die Späherfunktion fiel mir ein. Vielleicht bekam ich so mehr Informationen. Ich ließ meine Figur stehen und fuhr mit der Maus das Gebiet rundherum ab. Tatsächlich fand ich an einem Busch einen versteckten Link. Kaum klickte ich darauf, flatterte ein kleines Etwas ins Bild. Zuerst dachte ich, es wäre ein Mistkäfer, aber welcher Käfer trägt ein braunes Kleid, das an eine Lederrüstung erinnert? Der Kopf steckte in einem imposanten Helm, der immerhin das Gesicht erkennen ließ. Die fliegende Amazone stellte sich als »Vönska« vor und versprach, mir hilfreich zur Seite zu stehen. Tatsächlich wirkte sie nicht gerade hoch motiviert. Immerhin nannte sie mir aber meine erste Aufgabe. Ich sollte zwanzig Blätter des Dugorunbaumes pflücken. *Oh, wie spannend! Haltet mich fest, bevor mich die Aufregung umbringt!* Was soll's, wenn's der Mission dient, dann geh ich jetzt mal Blätter sammeln.

Aber wie? Ratlos drehte ich mich im Kreis. Bäume, Büsche, Gräser, Wildnis. *Einer 'ne Ahnung, wie die Dinger aussehen?* Der flatternde Mistkäfer stellte sich taub. Ich beschloss, das Problem beim Zähneputzen zu überdenken. Auf dem Weg ins Bad begegnete ich meiner Mutter auf ihrer zweiten Inspektionsrunde.

»Ich bin schon beim Zähneputzen«, entgegnete ich ihr noch

vor ihrer aktuellen Zeitansage. Dann fiel mir ein, dass meine Zimmertür halb offen stand. Schreibtisch und Computer waren von der Tür aus problemlos einzusehen. Meine Mutter würde sofort erkennen, dass dort ein Spiel geladen war.

Schnell drängelte ich mich an meiner Mutter vorbei zurück ins Zimmer, drückte so unauffällig wie möglich den Laptop zu und öffnete das Fenster.

Als ich mich umdrehte, stand meine Mutter im Türrahmen und musterte mich irritiert.

»Mir ist wieder eingefallen, dass ich lüften wollte, solange ich im Bad bin«, erklärte ich ungefragt. *Wie gesagt, improvisieren kann ich.*

»Soso.« Sie glaubte mir kein Wort. Ich sah, wie ihr Blick durchs Zimmer streifte, um irgendetwas Verdächtiges zu finden. *Hehlerware? Anstößige Literatur? Heimlicher Verehrer? Drogen? Was traut diese Frau mir alles zu?*

Sie konnte nichts entdecken. Nur der Lichtsensor meines Laptops blinkte verräterisch. Doch genau dem schenkte sie keinerlei Beachtung. Zumindest tendenziell schuldbewusst taxierte ich ebenfalls mein Zimmer. Auf dem kniehohen Regal neben meinem Schreibtisch, das auch als Sitzbank diente, lagen nur Kissen. Rechts im Erker auf dem alten Clubsessel aus abgewetztem braunem Leder waren ein Buch und eine Decke. Unordentlich, aber unverdächtig! Auf der anderen Seite befand sich mein Bett. An dessen Fußende stand ein hohes Regal, das als Raumteiler zur Tür fungierte. Der Kleiderschrank neben der Tür war geschlossen, so konnte meine Mutter zum Glück nicht sehen, dass ich meine Sporttasche nur reingepfeffert hatte. Sie kugelte sich fast den Kopf aus, um den Titel des Buches auf dem Sessel zu erkennen. Platon. Schullektüre. Besser hätte es nicht laufen können.

»Dreh bitte die Heizung zurück«, ermahnte sie mich noch und klang fast ein bisschen enttäuscht.

Ich nickte und flitzte zurück ins Bad. Waschen und Zähneputzen im Eilverfahren. In meinem Zimmer herrschte arktische Kälte, als ich zurückkam. Ich schlüpfte schnell in meinen Schlafanzug, schnappte mir den Computer und kuschelte mich ins Bett.

Okay, wo waren wir? Diese bescheuerten Blätter. Ich ließ Vönska den Auftrag noch einmal wiederholen. Und weil sie so unkooperativ war, gleich noch mal! Dann wurde meine Aufmerksamkeit auf ein Buch gelenkt, das wild auf und ab hüpfte. Ein Handbuch, wie praktisch. Ich gab den Namen der Pflanze ein und erhielt ein Bild. Na, dann mal los. Ich wanderte durchs Gelände und sammelte per Mausklick Blätter. Fantastisch! Vönska flatterte die ganze Zeit um mich herum. Wirkte ein bisschen, als wäre sie eine Stalking-Fee.

Als ich die Blätter zusammenhatte, klatschte sie so euphorisch in ihre Hände, als ob ich die achte Potenz von 236 im Kopf ausgerechnet hätte. Die schnelle Wende von absolutem Desinteresse zur frenetischen Ekstase ließ sie nicht sehr glaubwürdig wirken. Vielleicht sollte ich ihre Regler mal neu einstellen!

Immerhin übermittelte sie mir gleich den nächsten Auftrag. Die Blätter sollten bei Granerius abgegeben werden. Ende der Information.

Gereizt zog ich das Handbuch zurate. *Wozu habe ich eigentlich diese fliegende Amazone, wenn ich sowieso alles nachschlagen muss?* Selbst dort waren die Auskünfte spärlich. Granerius lebte in Hariam, dem südlichen Teil von Tragun. *U-Bahn-Karte? Busverbindung? Natürlich nicht!* Ich bekam eine Landkarte, und wenn die Entfernung nur annähernd stimmte, würde Granerius sich mit welkem Laub zufriedengeben müssen.

Mein Weg führte mich durchs Unterholz. Riesige Farne, fremdartige Büsche, moosbewachsene Baumstämme, so weit das Auge reichte. Immer wieder fielen Sonnenstrahlen durch das Blätterdach und zauberten grün schimmernde Lichtreflexe in die Luft. Plötzlich hatte Lanrina Probleme mit der Geschwindigkeit. Obwohl ich die Steuerknöpfe fest gedrückt hielt, wurde sie immer langsamer. Vönska zog engere Kreise um mich. *Ah, können wir jetzt eine Minute für mich erübrigen?* Über ihrem Kopf tanzte ein kleines Ausrufezeichen. Ich klickte darauf und wurde umgehend informiert, dass meine Energie abgesunken sei und ich dringend Nahrung brauchte. *Wie lästig!* Immerhin schien Lanrina nicht wählerisch zu sein. Reptilien, Insekten, Beeren, Wurzeln, Pflanzen, Säugetiere, sie futterte offenbar alles, was nur ansatzweise lebte. Mühsam unterdrückte ich ein Gähnen. Heute würde nicht mehr gejagt werden. Ich klappte den Computer zu und stellte ihn auf den Schreibtisch. Zurück in meinem Bett, wälzte ich mich von einer Seite auf die andere. Die Bilder des Nachmittags gewannen wieder die Oberhand. Es war eine Albtraumnacht. Jemand verfolgte mich durch eine grüne Hölle. Sobald ich stehen blieb, spürte ich eine Präsenz direkt hinter mir. Ich konnte den Atem in meinem Nacken fühlen. Aber wenn ich mich umdrehte, war dort niemand. Außerdem raunte dauernd jemand meinen Namen. Es klang wie der Wind, doch ich konnte deutlich »F-l-o-r-e-n-t-i-n-e« hören. *Sehr, sehr gruselig!*

Selten war ich so froh gewesen, aufstehen zu können. Meine Mutter fragte mich beim Frühstück, wie oft die Nachhilfe für Finn stattfinden sollte. Wenigstens das lief nach Plan. Ich schaufelte mir gerade die letzten Löffel Müsli rein, als Paula klingelte. Schnell zog ich mir Parka, Mütze, Schal und Handschuhe an, schnappte meinen Rucksack und schaffte es vor der dritten mütterlichen Ermahnung aus dem Haus.

Es hatte die ganze Nacht geschneit. Ich liebte das. Der Schnee dämpfte die lauten Töne und verlangsamte die Hektik. Als wären alle damit beschäftigt, die Welt neu zu entdecken. Paula und ich stapften schweigend zur Bushaltestelle.

»Wie, heute kein Glückwunschtelegramm?«, fragte ich enttäuscht, als wir fast dort waren. Jeden Morgen kürte Paula die coolsten Geburtstagskinder des Tages. Es war eines ihrer legendären Projekte.

Vor Urzeiten hatte sie mit dem Fremdwort des Tages angefangen. Jeden Morgen wählte sie blind ein Wort aus dem Fremdwörterlexikon, das sie tagsüber mindestens zehnmal mehr oder weniger passend ins Gespräch einstreute. Zu dieser Zeit hatten wir ziemlich abgedrehte Unterhaltungen. Als sie das Wort »Konnotat« zog, musste sie allerdings passen. Von den japanischen Schimpfwörtern, die folgten, konnte ich mir immerhin »Aho« merken.

Und seit Kurzem gab es das Glückwunschtelegramm für ein aktuelles Geburtstagskind.

»Heut wird im Bus gesungen!«, verkündete sie stolz. »Ozzy Osbourne hat, entgegen aller Vorhersagen, ein weiteres Jahr geschafft.«

Who the hell is Ozzy Osbourne?

Paula kannte meine Defizite. »Godfather of Metal? Frontmann von Black Sabbath? Klingelt da was? Seit Jahren totgesagt und trotzdem noch am Leben«, half sie mir auf die Sprünge.

»Ach, dieser Spinner, der auf der Bühne Hinrichtungen veranstaltet?«

»Quatsch, das war Alice Cooper, und ...«, fauchte sie mit bösem Blick, »... es war eine Nachbildung seines eigenen Kopfs, den er da abgeschlagen hat!«

»Trotzdem nicht mein Ding.«

»Vielleicht solltest du aufhören, diesen gequirlten Stimmchenmist zu hören, und mal auf richtige Musik umsteigen!«

Im Bus schaffte es Paula tatsächlich, dass alle, na ja, bis auf die Streber, die direkt hinter dem Fahrer saßen, für Ozzy Osbourne ein Ständchen sangen. Ich wäre vor Peinlichkeit gestorben. Paula genoss es.

Auf dem Weg zur Schule rückte uns Phillip, ein wortkarger Gothic-Vamp-Punk, mit dem wir noch nie ein Wort gewechselt hatten, auf die Pelle.

»Coole Aktion!«, nickte er und klopfte Paula im Vorbeigehen anerkennend auf die Schulter.

Von ihrem neuen Fan vollkommen unbeeindruckt, erzählte sie mir, dass ihre Eltern ihr nach zähen Verhandlungen nun doch erlaubt hatten, auf die Oberstufenparty zu gehen.

»Super, dann steht ja euer Date«, gratulierte ich ihr.

»Es ist kein Date. Er hat UNS eingeladen!«, verbesserte sie mich, während wir uns an unsere Plätze setzten.

»Na, hoffentlich musst du dann nicht allein hin«, murmelte ich und tauchte in die Tiefen meines Rucksacks ab. Um mein Federmäppchen zu suchen, nicht um mich vor Paula zu verstecken, ehrlich!

»Wie?!«, erboste sie sich alarmiert. »Du hast noch gar nicht gefragt?«

Ich tauchte mit hochrotem Kopf wieder auf. »Du weißt doch, wie meine Mutter ist.«

»Jetzt ehrlich, Flo, wie lange willst du noch den Bückling spielen, hä?«

Das Eintreffen von Frau Flasching, unserer Deutschlehrerin, erlöste mich von diesem unerfreulichen Thema. Führte allerdings nahtlos zum nächsten.

»Denkt bitte an eure Aufsätze für Freitag«, erinnerte sie uns mit ihrer durchdringenden Stimme. Ein Grummeln und Murren zog durch die Klasse. Ich war wohl nicht die Einzige, die noch keinen Masterplan für ihr Leben hatte. Den Rest der Deutschstunde verbrachte ich damit, interessiert zu nicken und mich zu fragen, wie ich den Häschen in Tragun eins überbraten könnte. Virtuell natürlich.

In der Pause drängten wir uns bibbernd zu einem Pulk zusammen. Als Marc vorbeischlenderte und Paula lässig grüßte, konnte ich die Woge der Ungläubigkeit, die uns umspülte, förmlich spüren.

»Meint der etwa dich?«, krähte Sophie so laut, dass Marc es selbst jenseits des Polarkreises noch hätte hören können. Paula stieg ihr unsanft auf den Fuß. Woraufhin Sophie zeterte: »Sag mal, spinnst du jetzt völlig? Wieso trittst du mich?«

»Du schreist danach!«, zischte Paula drohend.

»Jetzt, wo er weg ist, möchte ich es aber auch wissen«, mischte sich Mara in den Streit der beiden ein. »Hat der Konge dich etwa gerade gegrüßt?«

Konge war unser zugegebenermaßen höchst alberner Spitzname für Marc. Es war norwegisch und hieß »König« und außerdem »geil«. Behauptete zumindest Sophie.

»Könnten wir vielleicht damit aufhören, dieses bekloppte Pseudonym zu benutzen? Wie alt seid ihr eigentlich?«, fragte Paula genervt.

»So alt wie du letzte Woche, als du behauptet hast, er hätte den heißesten Knackarsch der nördlichen Hemisphäre«, kreischte Sophie amüsiert und eindeutig zu laut. So war sie einfach. Peinlich bis zum Anschlag, aber ein Händchen für Timing und schlecht verpackte Wahrheiten.

Paula bedachte sie mit einem vernichtenden Blick. Dann hakte sie sich bei mir unter und zog mich von den anderen weg.

»Du erzählst niemandem von Samstag«, beschwor sie mich.

»Was soll ich nicht erzählen? Dass du kein Date mit dem Konge hast?«, fragte ich übertrieben naiv.

Sie schlug mir warnend auf den Oberarm. Es tat höllisch weh. »Hast du heute Nachmittag Zeit vorbeizukommen?«, wollte sie, von meinem Schmerzgewimmer unbeeindruckt, wissen.

Dienstag. Zuerst Klavierstunde, dann Englischvertiefung. Früher hieß es Nachhilfe. Dann fand meine Mutter ihre »Bibel« – ein vollkommen bescheuertes Ratgeberbuch einer durchgeknallten Amerikanerin, voll mit selbst gezimmerten Weisheiten, positiven Schwingungen und bekloppten Motivationssätzen. Und deshalb hatte ich jetzt keine destruktive Nachhilfe mehr, sondern hochmotivierende Englischvertiefung. Anschließend standen noch Hausaufgaben, Vokabeln pauken und einen virtuellen Hasen erlegen auf dem Plan.

»Könnte knapp werden«, antwortete ich daher zögernd.

»Du musst mir aber bei der Auswahl meines Outfits für Samstag helfen«, begann Paula zu jammern.

»Morgen ist besser. Da hab ich Zeit«, tröstete ich sie. Doch wo sollte ich sie zwischen Deutschaufsatz, Klavierüben und Fechtstunde reinquetschen? »Du könntest mich vom Fechten abholen«, fiel mir ein.

Sie nickte erleichtert.

Es klingelte zum Unterricht. Den Rest meines Schultages verbrachte ich damit, so zu tun, als ob ich aufpasste.

Der Nachmittag war etwas kniffeliger. Da stand ich unter Einzelbeobachtung. Klavierspielen bei Frau Yang machte Spaß. Englischvertiefung bei Annabell war dagegen Hochleistungssport.

Als ich zu Hause ankam, dämmerte es bereits. Dabei war es erst vier Uhr nachmittags. Im Flur strömten mir wohlige Wärme und der Geruch nach frisch gebackenem Kuchen entgegen.

»Bist du es, Florentine?«, hörte ich meine Mutter aus der Küche rufen. *Nein, der Papst!*

»Na, wie war's in der Schule?« *Weiß nicht, hab nicht aufgepasst.*

»Schön.« Ich legte meine Handschuhe auf die Heizung im Windfang.

»Und bei Frau Yang?« Das Klicken der Mikrowelle kündigte mein spätes Mittagessen an.

»Lustig, sie hat gesungen.«

»War Annabell mit dir zufrieden?«

»Ich glaub schon.« Ein besorgter Blick empfing mich in der Küche.

»Was soll das heißen, du glaubst schon?« *Kein Lob in Englisch? Weltuntergang!*

»Annabell redet nicht viel, außer: richtig, falsch, weitere Bedeutung, schneller«, versuchte ich ihr zu erklären.

»Hast du Hunger?«, wollte meine Mutter wissen. Sie bestand auf einer warmen Mahlzeit nach der Schule – egal zu welcher Uhrzeit. Skeptisch beäugte ich den Teller. Brokkoliauflauf feat. Mikrowelle. Schon optisch ein Erlebnis. Meine Ernährungslage war real genauso miserabel wie virtuell.

»Hast du Kuchen gebacken?«, fragte ich hoffnungsvoll.

»Plätzchen, aber die gibt's erst nach dem Abendessen!« Vielleicht war jetzt der richtige Zeitpunkt für einen Vorstoß wegen Samstag.

»Die Oberstufe veranstaltet am Samstag … ein Konzert.« *Mit der Aussage habe ich noch Spielraum.*

»Ein Konzert, wie schön! Wo?« *Schon wird's eng.*

»Irgendwo in der Stadt. Paula darf auch hingehen.« Lange Pause. Der Röntgenblick meiner Mutter scannte bereits mein Gehirn.

»Auf ein Konzert? Mit Paula?!« Ihre Stimme klang, als hätte ich sie gefragt, ob ich mit einer Punkband auf Welttournee gehen dürfte.

»Ja, die haben da so ein experimentelles Musikprojekt.« *Konkreter! Schwall nicht rum!* Ich räusperte mich und fuhr hoch konzentriert fort: »Ein fächerübergreifender Ansatz aus Informatik, Mathematik und Musik. Die Klangsynthese unter Berücksichtigung mathematisch definierter Frequenzmodulationen. Soll extrem schräg klingen.« Ergab das irgendeinen Sinn? Ich hatte keine Ahnung, woher ich diesen Schwachsinn bezog. Er kam einfach aus der Tiefe meiner Gehirnwindungen. So wie man in lebensbedrohlichen Situationen scheinbar unmenschliche Kräfte mobilisieren konnte.

Auf alle Fälle ließ die Anzahl der Fremdwörter meine Mutter nachdenklich die Stirn runzeln.

»Dann ist das eine schulische Veranstaltung?«, hakte sie skeptisch nach. *Wäre das schön, einfach »Ja« zu sagen!* Doch meine Mutter war zwar extrem nervig und humorresistent, aber definitiv nicht auf den Kopf gefallen. Sie würde mich im Nullkommanix in meinem Lügennetz festtackern. *Zeit, ein paar Tatsachen beizumischen.*

»Nein, aber es kommen nur Leute aus der Schule. Paulas Vater würde uns hinfahren und abholen.« Ihr nachdenklicher Blick war schwer zu deuten.

»Ich würde wirklich sehr, sehr gerne mitgehen, Mama«, hängte ich leise an. Hochsensibler Moment. Demütiges Bitten, ohne unterwürfig zu klingen.

»Und Paulas Vater holt euch ab?«, erkundigte sie sich. *Zielgerade!* Ich begnügte mich damit zu nicken.

»Wann wärst du dann wieder zu Hause?«

»Allerspätestens um zwölf.« *Blickkontakt halten!*

»Du bleibst den ganzen Abend in der Nähe von Paula!« *Klar, ich hak mich mit einem Karabiner bei ihr ein.*

»Du trinkst keinen Alkohol, sprichst mit keinen Fremden, bist pünktlich um zwölf Uhr wieder hier!« ... *und amüsierst dich auf keinen Fall!*

»Geht klar«, versprach ich.

»Gut, dann darfst du gehen.« *Strike!*

Hochzufrieden setzte ich mich an meinen Schreibtisch. Der Samstag war gerettet. Im Eiltempo erledigte ich die nötigsten Hausaufgaben. Der Aufsatz? Nicht heute. *Wer weiß, vielleicht konkretisieren sich meine Vorstellungen über mein Leben in den nächsten Tagen.*

Ich verzog mich mit meinem Laptop aufs Bett. Würde meine Mutter auftauchen, hätte ich genügend Zeit, ein Schreibprogramm zu aktivieren. Ich rief Askendor auf und wartete ungeduldig, bis Lanrina erschien. Meine Energie dümpelte immer noch im roten Bereich. Gelangweilt brummte Vönska ins Bild. *Wie viele Energiepunkte die wohl bringt?* Sicher war es verboten, das helfende Wesen zu verspeisen.

Ich entdeckte eine zusammengerollte Schlange, die in einer Astgabel döste. Nach Brokkoliauflauf jetzt noch Reptiliendessert. *Lecker!* Aber meine Energiebilanz erholte sich. Ich spurtete weiter.

Auf einmal flatterte Vönska wie eine aufgeregte Stubenfliege vor meinem Gesicht herum. Über ihrem Kopf blinkte ein Ausrufezeichen. Dieses Mal in Rot. Ich hielt an. Keine Sekunde zu früh, sonst wäre mein Char über den Rand einer Klippe hinausgerannt. Ich stand in schwindelerregender Höhe an einer Felskante und starrte in den nebelverhangenen Abgrund einer riesigen Schlucht. Eine lianengeflochtene Hängebrücke, die morsch, brüchig und alles andere als vertrauenerweckend aussah, war die einzige Möglichkeit zur Überquerung. *Was soll's, wenn Lanrina gleich die Biege macht, bau ich mir einfach eine neue.* Trotzdem hatte ich ein flaues Gefühl, als ich meinen Char auf die Brücke lenkte. Sie schwankte erheblich. Zumindest bildete ich mir ein, es zu spüren. Fliegen wäre jetzt eine echte Alternative! *Ich kann nur sagen: Augen auf bei der Charakterwahl!* Wider Erwarten kam Lanrina auf der anderen Seite an. Der Rest war ein Kinderspiel. Hariam war feurig, bunt, wuselig. Nie gesehenes pralles Leben. Ein unebenes Gelände erstreckte sich vor mir. Tiefe, uneinsehbare Senken, umgeben von Hügeln, die zum Teil ausgehöhlt waren. Der ganze Platz glich trotz seiner üppigen Vegetation einem riesigen Markt. Ein knorriger Gnom stand heftig gestikulierend hinter seinem Verkaufsstand. Ihm gegenüber ein finsteres Wesen, dessen riesige Reißzähne und grün leuchtende Augen Furcht einflößend wirkten. Elfenhafte Gespinste mit riesigen blauen Augen tänzelten in dünnen Kleidchen fast schwebend über den Platz, bis sie in einer der Mulden verschwanden. Eine Gruppe bulliger bewaffneter Kämpfer pflügte durch die Menge. Zwei große, bunt gekleidete Frauengestalten sprangen erschrocken zur Seite, gerade noch rechtzeitig, bevor die Gruppe sie niedermähte. Im Hintergrund erkannte ich in einer Figur mit Mönchskutte, deren Gesicht nicht zu sehen war, einen der geheimnisvollen Tegoster.

Als ich den Blick nach oben lenkte, erspähte ich die riesigen Türme, die ich bei meiner ersten Rundschau für Felsen gehalten hatte. Sie schwebten frei über dem Platz. Unsinnigerweise fragte ich mich, wie sie ohne Fundament stehen konnten. Genauso wie die Sonne, die trotz der Türme über den ganzen Platz schien. Beides Erinnerungen, dass diese Welt nicht real war.

Ich stürzte mich ins Getümmel, fand sogar Granerius. Er hauste in einem der Erdhügel. Seine Werkstatt erinnerte an ein alchemistisches Labor. Über mehreren Feuerstellen brodelten bunte Flüssigkeiten in riesigen Kesseln. Kleine wuselige Wesen, die mir gerade mal bis zum Knie reichten, hüpften auf einem langen Tisch herum, hackten Blätter, zerrieben Steine, zerkleinerten Wurzeln. Das mussten Nylerer sein. War ich froh, mich gegen ein Dasein als Laborratte entschieden zu haben. Granerius strahlte die Güte und Geduld eines Märchenonkels aus. Er nahm meine Blätter in Empfang und bezahlte mich. *Hurra, fünf Taler, ich bin reich!* Außerdem hieß er mich in Hariam willkommen. *Na endlich, mein Begrüßungskomitee.* Ein Textfeld klärte mich auf. Innerhalb der Grenzen Hariams gab es keine Kämpfe. *Perfekt!* Und ich durfte hier immer meine Waren verkaufen. *Gut zu wissen!* Das Dojo von Hariam stand mir zur Verbesserung meiner Kampfkünste zu Verfügung. *Wow, noch keine Stunde in der Stadt und schon Mitglied im Sportverein!* Außerdem hatte ich ein Zimmer im Daigoto. Die Wegbeschreibung führte mich zu einem der schwebenden Türme. Ein

Loch an seiner Unterseite diente als Ein- und Ausgang. Vönska flog ungeduldig durch die Öffnung rein und raus. *Meine Güte, sie hält mich für komplett bescheuert. Ich kapier ja, dass es da reingeht! Mir fehlen dazu nur die Flügel.* Vönska gab auf. Sie setzte sich an den Rand des Lochs. Ich konnte ihre kleinen klobigen Stiefel aus der Öffnung baumeln sehen. Plötzlich schnellte neben mir ein Hüne in schillernder Rüstung mit einem gewaltigen Sprung durch die Öffnung des Turmes. Springen! Das war die Lösung. Nachdem ich im Handbuch die Sprungfunktion nachgeschlagen hatte, hüpfte ich wie ein beinkranker Frosch unter dem Eingang rum. Nach ein paar Übungssprüngen schaffte ich es immerhin mit dem Kopf in die Öffnung. Allerdings nur, um zu sehen, wie Vönska jedem meiner Versuche huldvoll Beifall spendete. *Wenn sie noch einmal applaudiert, kauf ich mir von meinen fünf Talern eine Feenklatsche, ehrlich!* Endlich schaffte ich es, mich am Rand der Luke festzukrallen und reinzukrabbeln. Treppen? Aufzug? Wäre wohl zu einfach. Im Inneren des Turmes fuhren Blöcke hin und her. Um nach oben zu kommen, musste man von einem zum anderen hechten. Nebenbei noch auf die Richtung achten. Es dauerte eine Weile, bis ich vor der Tür stand, vor der Vönska lustlos herumflatterte.

Handauflegen reichte, um sie zu öffnen. Ich hatte ein eigenes Zimmer! Mitten in einer unwirklichen Welt gab es ein paar Quadratmeter, die für mich reserviert waren. Ich wusste zwar nicht, wofür ich das Zimmer brauchte, aber es gefiel mir. Der Raum war klein. Die Einrichtung bestand aus einer dünnen Matte, einem Wandregal und zwei niedrigen Hockern vor einem Tisch. Eine Wand fehlte komplett, so ging der Raum direkt in eine kleine Terrasse über, bei der sich nach geschätzten zwei, drei Metern der Boden mit einer kleinen Rundung absenkte, um dann abrupt zu enden. Das waren die abfallenden Dächer, die an übereinandergestapelte Schalen erinnerten. Kein Geländer. Keine Brüstung. Tragun war offenbar nichts für Menschen mit Höhenangst. Was hatte ich, der es bereits auf der untersten Leiterstufe schwindelig wurde, dort verloren?

Bevor Langeweile aufkommen könnte, entrollte sich ein Textfeld, auf dem Vorschläge zur Freizeitgestaltung standen. Erster Punkt war ein Besuch im Dojo. Es hatte sich wohl schon bis Hariam rumgesprochen, dass ich kampftechnisch eine Niete war. Ein aufgeplüschter Waschbär, der aussah, als hätte er eine Gratisfahrt im Trockner hinter sich, stellte sich als Trainer vor. In der nächsten Stunde lernte ich in Minispielen, meine Figur besser zu steuern. Tatsächlich stieg meine Kampfkraft auf dreizehn Prozent. *Hoffentlich ist das genug, um einen Hasen zu erschlagen!*

Es dauerte eine Weile, bis ich realisierte, dass meine Mutter mich von unten zum Abendessen rief. »Florentine!« Ja, das war ich. Das war mein Name in dieser Welt. Widerwillig löste ich den Blick vom Bildschirm. Der Anblick meines Zimmers erschien mir mit einem Mal irrealer als das Spiel. Das Licht war grell, die Kanten hart und den Farben fehlte das weiche Leuchten. Irritiert stellte ich fest, dass einige Stunden in Askendor ausgereicht hatten, um sich an die heimelige Grafik zu gewöhnen. Kaum hatte ich mich nach unten bewegt, vermisste ich sie bereits. Zum ersten Mal ahnte ich, wie leicht es wäre, sich darin zu verlieren. Doch ich hatte nicht vergessen, dass ich eigentlich Thosse von Baar aufspüren wollte. Rauskriegen, ob er mich wirklich sehen konnte, und dann ... und dann ... und dann ... Keine Ahnung! Erst musste ich ihn finden und vielleicht würde ich dann wissen, wie dieser Satz weiterging.

Das Tischgespräch mit meiner Mutter lief ganz automatisch. Sie erzählte mir Geschichten aus ihrem komischen kleinen Kosmos. Ich nickte begeistert und streute immer mal wieder ein »Ach wirklich?« ein. Sie hätte Suaheli reden können, es wäre mir nicht aufgefallen. In Gedanken ordnete ich die nächsten Schritte in Askendor.

Zurück im Spiel, klickte ich mich durch den Guide. Ich brauchte mehr Informationen. Die Chronologie von Askendor war unglaublich detailliert. Die Betreiber der Plattform hatten Lebensläufe und Geschehnisse zu einer Erzählung verwoben, die vergessen ließ, dass es sich nur um die Grundlage eines Spiels handelte. Thosse von Baar war eine der zentralen Figuren. Er war der letzte Überlebende der ursprünglichen Herrscherfamilie von Askendor. König Alasdair, sein Vater, und seine Mutter waren vor Jahren verschleppt worden. Keiner wusste, ob sie noch lebten. Und da es sich um ein riesiges Reich handelte und Thosse von Baar offenbar kaum Ahnung vom Regieren hatte, beschloss er gemeinsam mit dem Kronrat seines Vaters die Spaltung des Reiches. Er unterteilte das Land in fünf Herrschaftsgebiete und ernannte vier weitere Stammesfürstinnen und Stammesfürsten. Ich stutzte. Moment mal, fünf? Ich kam mit Thosse von Baar auf nur vier Clanchefinnen und Chefs. Aufmerksam las ich weiter. Aha! Ulfren dan Flödar, der frühere Herr von Baskir, wurde nach einem Aufstand in das unterirdische Gonnglam verbannt. Die Stammesfürstinnen und -fürsten erlaubten den freien Völkern von Askendor, sein Land zu besiedeln, und sprachen ihnen sogar Sitze im Hohen Rat zu. So weit also die Grundlagen.

Dann gab es noch ein ausführliches Kapitel über die Insignien der Macht. Ich überflog den Artikel. Alles drehte sich um einen bestimmten Siegelring, irgendwelche Reife, Armbänder, Schwerter und Schilde, die derjenige, der das Reich wieder einen wollte, besitzen musste. Offensichtlich hatten sie den ganzen Plunder verlegt. Es hörte sich zu kompliziert und unwichtig an, als dass ich mich wirklich vertiefen wollte.

Weiter durch das Menü. Der Hohe Rat? Ich hatte mich vorhin schon gefragt, was das sein könnte. Neugierig klickte ich das Icon an.

Das Bild wechselte. Von einer kleinen Anhöhe wurde der Blick in eine Senke freigegeben. Mannshohe Steinquader bildeten einen weiten Kreis unter freiem Himmel. Die Felsbrocken lagen so weit auseinander, dass man zwischen ihnen hindurch das begrenzte Areal betreten konnte. Innerhalb der Arena umgaben vier abgestufte Sitzkreise einen freien Mittelplatz. Der Boden war hellgelb, als wäre er mit Sand aufgefüllt. In der Mitte befand sich ein wuchtiger ovaler Steintisch, um den sieben steinerne Sitzhocker verteilt standen. Einige Meter davon entfernt bildeten vierzehn weitere Hocker einen zweiten Kreis.

Ein Textfeld verriet, dass der Hohe Rat das wichtigste Gremium in Askendor war. Jedem Mitbürger war es erlaubt, den Sitzungen beizuwohnen. Der Hohe Rat entschied so spannende Dinge wie Grenzverläufe und Streitigkeiten einzelner Gruppen. Kümmerte sich aber auch um weit Skurrileres, wie die Zulassung neuer Clans und Lebensformen. Er setzte sich aus den vier Stammesführern und den drei Clanchefs der freien Welt zusammen. Man brauchte kein Mathegenie zu sein, um die computergesteuerte Übermacht zu erkennen.

Auf der Landkarte fand ich den Ratsplatz ziemlich genau in der Mitte. So viele Informationen! Müde lehnte ich mich zurück und schloss die Augen. Sofort sah ich wieder das quirlige Treiben von Hariam. Es zog mich in seinen Bann. Ich war sofort mehr dort als hier. Askendor umhüllte mich wie ein unsichtbarer Mantel und nahm mich mit. Ich zwang mich, meine Augen zu öffnen. Der Zauber war weg. Ich schloss sie wieder und tauchte ein. Es funktionierte einfach nur mit einem Wimpernschlag. Weg – da – weg – da! Mein Gehirn hatte Gefallen an der Flucht gefunden. Unterhaltend, aber auch ein bisschen erschreckend!

3

Paula wartete am nächsten Nachmittag wie verabredet vor der Fechthalle.

»Es soll Sportarten geben, für die man nicht den halben Kleiderschrank mitschleppen muss«, zog sie mich auf und deutete auf den riesigen Fechtsack über meiner Schulter. Mehr als ein verächtliches Schnauben hatte ich nicht für sie übrig. Fechten fand ich schon immer einen faszinierenden Sport. Er entsprach nur leider so überhaupt nicht der Vorstellung meiner Mutter. Natürlich nicht. Sie tendierte zu Ballett, vielleicht Reiten, eventuell noch Leichtathletik oder Tennis. Ich hatte Angst vor Pferden, schnellen Bällen, war eine Niete im Werfen und hatte das Rhythmusgefühl einer Topfpflanze. Meine Mutter ertrug diesen Stolperstein auf dem Weg zu ihrem One-Child-Wonder einigermaßen tapfer und wetterte nur selten gegen diesen ihrer Meinung nach martialischen Kampfsport.

»Flo?«, riss mich Paula aus meinen Gedanken.

»Hmm?«

»Was ist eigentlich mit dir los?«

»Wieso?«

»Du wirkst so abwesend …«, sie räusperte sich, zögerte, »… und abweisend.«

Ich horchte auf.

Paula schielte mich zaghaft von der Seite an. »Ist es wegen Marc?«, fragte sie vorsichtig.

Mir dämmerte, in welch entlegenen Winkel ihre Gedanken sich verlaufen hatten.

»Total falsche Richtung, Paula!«, erwiderte ich schnell.

»Als ich es dir erzählt habe, hast du fluchtartig das Haus verlassen«, brach es plötzlich aus ihr heraus.

»Ich war spät dran!«, erinnerte ich sie.

»Seitdem hast du keine zehn Sätze mit mir geredet …«

»Stimmt doch nicht«, fiel ich ihr ins Wort, obwohl ich keinen Eid darauf schwören wollte.

»Außerdem hast du keinen Bock, am Samstag mitzukommen!«, motzte sie, nachdem ich anscheinend nichts mehr zu sagen hatte.

Jetzt reicht's! »Nur fürs Protokoll: Ich komme am Samstag mit!«, fuhr ich sie heftiger an als geplant. Mein Frustvulkan brodelte bedenklich. »Ich bin nicht eifersüchtig!«, schnauzte ich sie an. *Nicht sehr glaubhaft! Vielleicht geht es eine Spur freundlicher.* »Ich gönne dir Marc! Ich freue mich wirklich für dich! Ganz ehrlich!«

Sie musterte mich aufmerksam. Mit einem Blick, als wüsste sie, dass etwas nicht stimmte.

»Paula«, fuhr ich ruhiger fort, »du warst hin und weg, seit du ihn das erste Mal gesehen hast. Er gehört dir. Ich will ihn nicht. Allein der Konkurrenzdruck würde mich umbringen.«

Sie dachte kurz nach, dann grinste sie mich versöhnlich an. »Stimmt, der Konge ist nichts für Weicheier.«

»Allerdings!«, fiel ich lachend ein.

Sie zerrte sich ihre Mütze tiefer ins Gesicht. Es hatte wieder zu schneien begonnen.

»Und was brütest du dann aus?« *Verbissene Beharrlichkeit, eine ihrer hervorstechendsten Eigenschaften.* Sie würde keine Ruhe geben.

»Ich habe mich in Askendor angemeldet.«

»Im Zwergenparadies?«, hakte sie ungläubig nach.

Ich nickte.

»Warum?«

»Als ich Finn vorgestern ...«, begann ich, aber dann brachten mich ihre schnelle Kopfdrehung und ihr fassungsloser Blick vollkommen aus dem Konzept.

»Bitte nicht ... tu mir das nicht an ... bitte!«, stammelte sie schockiert.

Ich verstand die Welt nicht mehr. *Wenn sie jetzt schon schlappmacht, braucht sie für das, was noch kommt, ein Sauerstoffzelt.*

»Verarschst du mich? Ich hab doch noch gar nichts gesagt.«

»Du und Finn?«, flüsterte sie weiterhin entgeistert. Ich brauchte ein paar Sekunden. Dann verstand ich. *Kranker Gedanke! Total kranker Gedanke.*

»Spinnst du?!«, fuhr ich sie an. »Dein Bruder? Den ich schon in seiner Spiderman-Unterhose gesehen habe? Bist du wahnsinnig?«

»Ich rechne nur mit dem Schlimmsten!«

»Du solltest dein Katastrophenbarometer mal neu justieren. Das wäre nicht das Schlimmste, das wäre ... pervers, halber Inzest!« Ich schüttelte mich.

»Vielleicht denkst du in ein paar Jahren anders.«

»Ich sage nur: Spiderman-Unterhose.«

Sie schwieg.

»Wie kommst du nur auf so etwas Abwegiges?«, wetterte ich stinkig, weil ich es immer noch nicht fassen konnte.

»Na ja, ihr versteht euch so gut. Und plötzlich meldest du dich im Zwergenparadies an. Außerdem bist du so komisch, seit du neulich bei uns ... bei ihm ... warst. Und er verhält sich auch ... merkwürdig«, druckste sie rum.

»Hey, Paula, das ist Finn! ›Merkwürdig‹ ist sein zweiter Vorname!«, erinnerte ich sie.

»Ja, schon.« Überzeugung klang anders.

»Okay, kann ich jetzt mal weitererzählen?«, fragte ich, um von diesem absurden Thema wegzukommen.

Sie nickte.

»Als ich neulich bei Finn, mit dem ich nichts habe und auch nicht gedenke, jemals etwas anzufangen …« Böser Seitenblick meinerseits.

Sie zuckte nur entschuldigend mit den Schultern.

»… war, lief, während wir Lateinhausaufgaben erledigten, sein Spiel, Askendor. Dann hast du ihn ans Telefon gerufen. Um mir die Wartezeit zu verkürzen, hab ich mir ein bisschen das Spiel angeschaut. Die Gnome hatten gerade ein Meeting mit einem der Chefs dort. Er heißt Thosse von Baar.«

Ihr Blick verriet alles. Sie hielt mich bereits für verloren. Verloren an die Computernerds und Spielsüchtigen.

»Ja, und weiter?«, fragte sie mit mäßigem Interesse.

Ich neigte mich zu ihr hinüber und senkte die Stimme: »Dieser Thosse von Baar kann mich sehen.«

»Er kann dich bitte was?«, fragte Paula laut in die Stille der abendlichen Dämmerung und blieb stehen.

Ich hielt ebenfalls an und drehte mich zu ihr um. Langsam, jedes einzelne Wort betonend, wiederholte ich: »Er. Kann. Mich. Sehen!« Ausgesprochen klang es noch verrückter als nur gedacht.

»Sicher?«

»Kein Zweifel. Wenn ich mich bewege, folgt er mir mit den Augen.«

»Wirklich?« *Sie glaubt mir kein Wort!*

»Ich bin mir hundertprozentig sicher. Der sieht mich.«

»Jetzt mal zum Mitschreiben: Du schaust dir das Spiel an und merkst, wie dich plötzlich einer anschaut.«

»Ja, ziemlich genau so war es.«

»Ihh, wie unheimlich ist das denn?« Paula schüttelte sich angeekelt. »Und was war dann?«, fragte sie, nachdem sie ihren Anfall von Abscheu beendet hatte.

»Ich dachte im ersten Moment, es wäre einfach nur gute Technik. Dann habe ich mich zur Seite geneigt, aber er hat mir nachgeschaut. Ich habe mich in alle Richtungen verbogen, wäre fast vom Hocker gefallen. Er hat mir weiter nachgesehen! Die ganze Zeit!« Tat das gut, endlich mit jemandem darüber reden zu können. Hätte nie gedacht, dass zwei lächerliche Tage so lang sein konnten.

»Und? Was ist das für einer?« Genau deshalb war Paula meine beste Freundin. Sie lamentierte nicht lange, sondern akzeptierte die Situation. Egal wie absonderlich sie war.

»Ich weiß es nicht. Er ist wohl so was wie der Thronfolger dort ...«

»Ein Konge?«

»Eher Kongeson!« Wir mussten beide lachen.

»Weiß das Spatzenhirn Bescheid?«, wollte sie wissen.

»Nein, der hat sich nur lustig über mich gemacht, als ich gefragt habe, ob das sein könnte.«

»Er hat dir nicht geglaubt?«

»Nee, ganz sicher nicht. Er ist der Meinung, dass es mein Wissen in puncto Computertechnik mit dem des Pantoffeltierchens aufnehmen kann. Warum?«

»Weil er mich ständig löchert, wann du wiederkommst. Ich hatte wirklich Grund zu der Annahme, dass da was zwischen euch läuft.«

Großes Fragezeichen.

Mittlerweile waren wir bei Paula zu Hause angekommen. Wir hängten gerade unsere nassen Jacken über der Badewanne auf, als Finn ins Badezimmer gestürmt kam.

»Flo? Kann ich dich mal kurz sprechen? Allein!«

Das war allerdings merkwürdig. Ich war bislang nur eine weniger lästige Ausgabe seiner älteren Schwester gewesen. Niemand, den er sprechen wollte. Schon gar nicht allein. Addierte man zu seinem komischen Verhalten noch den leicht irren Blick, konnte ich Paula und ihre Spekulationen plötzlich nachvollziehen. Hier war wirklich etwas oberfaul.

Ich warf ihr einen fragenden Blick zu und sah den Triumph in ihrem Gesicht.

»Ich warte oben auf dich!«, war alles, was sie dazu sagte.

»Was gibt es denn?«, fragte ich Finn, kaum dass Paula draußen war.

»Nicht hier!«, entschied er bestimmt und packte mich am Arm. »Gehen wir in mein Zimmer.« Er schob mich unsanft vor sich her. Der Junge hatte eindeutig zu viel James Bond gesehen.

»Hey, geht's noch? Hast du gerade einen Testosteron-Flash?«, motzte ich ihn an, entriss ihm meinen Arm und blieb stehen.

Seine Hände ballten sich zu Fäusten. Er kniff angestrengt die Lippen zusammen. Sein ganzer Körper zitterte leicht. Offenbar musste er sich extrem beherrschen, mich nicht augenblicklich in seine Bude zu prügeln. Paula konnte beruhigt sein. *Was immer es ist, ganz sicher läuft hier keine Lovestory.*

Ich ging wortlos an ihm vorbei nach oben. Er folgte mir auf den Fersen. So wütend hatte ich Finn noch nie erlebt. Kaum waren wir in seinem Zimmer, warf er die Tür zu.

»Was hast du gemacht?«, fuhr er mich an.

Ich verstand kein Wort. Selten hatte ich mich so unschuldig gefühlt.

»Wie? Was habe ich gemacht?«, blaffte ich zurück.

Er packte mich an den Schultern und drückte mich in den Schreibtischstuhl. *Wenn er seine Patschehändchen noch etwas behalten möchte, sollte er sich das schleunigst wieder abgewöhnen.*

»Dann erklär mir mal das!«, fauchte er und drehte den Stuhl, sodass ich direkt vor seinem Computer saß. Ich brauchte einen Moment, um zu erkennen, was ich sah.

»Das ist euer Grillplatz«, bemerkte ich.

»Richtig!«, schnaubte er. »Fällt dir sonst noch was auf?«

»Jemand hat das Feuer ausgehen lassen«, riet ich ins Blaue hinein. *Vielleicht steht bei den Zwergen darauf die Todesstrafe!*

»Schau genauer«, knurrte er. Für einen Zwölfjährigen konnte er ganz schön beängstigend sein.

Ich schaute mir das Bild noch mal an. Die Zwerge waren nicht da. Es war Tag. Plötzlich entdeckte ich im Schatten eines Baumes eine dunkel gekleidete Gestalt. Mein Herz stolperte kurz, bevor mein Gehirn Entwarnung gab. Es war nicht Thosse von Baar.

»Da hinten steht einer!«, meldete ich stolz. *Bekomme ich jetzt einen Preis?*

»Ja, genau. Und dort.« Er zeigte weiter nach links. »Und hier ist auch einer.« Tatsächlich, am vorderen Baum stand noch ein weiterer. »Und hier und hier und hier.« Sein Finger flog in Windeseile über den Bildschirm.

Ich verstand immer noch nicht.

»Auf unserer Lichtung befinden sich sechs Wachen. Thosse von Baar hat sie noch am selben Abend, an dem wir das Treffen hatten, aufstellen lassen.«

»Was hat das mit mir zu tun?«, fragte ich arglos, obwohl ich es mir eigentlich vorstellen konnte.

»Ich weiß es nicht, aber du bist die einzige Lösung. Sankor wurde unter Arrest gestellt. Unser gesamter Clan ist suspendiert. Wir stehen kurz vor dem kompletten Ruin. Also, was hast du angerichtet?« *Oh, oh, das hört sich verdächtig nach Ärger mit riesigem Ä an.*

»Ich habe weder mit jemandem gesprochen noch habe ich irgendjemanden bewegt!«, verteidigte ich mich. *Weglassen ist nicht lügen, oder?*

»Es muss etwas vorgefallen sein. Denk nach!«

»Ich bin nur mit der Späherfunktion etwas rumgefahren. Vielleicht habe ich Thosse von Baar etwas zu nah ins Gesicht gezoomt ...« – *Los, trau dich!* – »... und ich glaube, er hat mich gesehen«, gab ich kleinlaut zu.

Finn schüttelte den Kopf. »Quatsch, das kann er nicht. Der kriegt gar nichts mit.«

Das Gefühl hatte ich allerdings nicht. Aber wenn Finn es so sah ... Vielleicht ging es um etwas ganz anderes und hatte nichts mit mir zu tun. Langsam stand ich auf.

Finn setzte sich sofort an meinen Platz.

»Was wirft er euch denn vor?«, fragte ich.

Er drückte verzweifelt ein paar Tasten. Doch der Bildschirm veränderte sich nicht.

Unwillig wandte ich mich zum Gehen.

»Er behauptet, wir hätten eine Candelanima«, verkündete Finn plötzlich mit Grabesstimme. Es klang, als hätten sie die Pest nach Askendor eingeschleppt.

»Candelanima? Ist das was Schlimmes?«, hakte ich unsicher nach.

»Ziemlich, und vor allem gehört sie als Formwandlerin zu einer verbotenen Spezies. Sie ist extrem heimtückisch. Erscheint als harmlose, unbewaffnete Frauengestalt, kann aber durch die bloße Berührung mit ihrer Hand jedes andere Lebewesen in Flammen aufgehen lassen. Dazu muss sie sich allerdings materialisieren, denn sonst ist sie meist unsichtbar.«

»Und so etwas gibt es in Askendor?«, fragte ich ungläubig. Sprachen wir von demselben Land?

Finn nickte: »Sie gehörten zu Ulfren dan Flödar. Er hat mal versucht Thosse von Baar mithilfe einer Candelanima zu töten.«

»Warum denn das?« Irgendwie hörte sich das viel blutrünstiger an als alles, was ich bisher in diesem Spiel gesehen hatte.

»Na, denk mal nach«, ermunterte mich Finn in einem Ton, als würde er mit einer Minderbemittelten sprechen. Er erwartete offenbar keine Antwort von mir, denn er redete einfach weiter: »Es geht natürlich um Macht. Thosse von Baar ist der Sohn und legitime Nachfolger von König Alasdair. Aber da Ulfren dan Flödars Vater der oberste Heerführer unter König Alasdair war, wuchs Ulfren in der Königsfamilie auf, als wäre er ihr Sohn.«

»Und das hat ihn glauben lassen, er könnte der nächste Herrscher von Askendor werden?«, fragte ich skeptisch.

»Das und das Gerücht, er wäre ein Sohn König Alasdairs«, ergänzte Finn.

»Und wo war Thosse von Baar zu dieser Zeit?«

»Noch nicht geboren.« *Das wird ja immer besser! Jetzt hat der Typ sogar ein Geburtsdatum.*

»Wie?«

»Ulfren dan Flödar ist sieben Jahre älter. Als der Königssohn geboren wurde, änderte das für Ulfren dan Flödar nichts. Die beiden lebten wie Brüder. Irgendwann begriff Ulfren, dass Thosse von Baar als Thronfolger angesehen wurde, obwohl er der Jüngere war.« *Wir reden doch noch über erfundene Figuren in einer fiktiven Welt, oder?*

»Würden die anderen Stammesfürstinnen und -fürsten denn zulassen, dass Thosse von Baar ermordet wird?«

Finn sah mich entgeistert an. Anscheinend war mir etwas ganz Offensichtliches entgangen.

»Das ist das Spiel!«, murrte er nur. *Oh, wie ich diese wenig aufschlussreichen Hinweise hasse.*

»Geht's auch so, dass es Normalsterbliche verstehen?«

»Ulfren dan Flödar gegen Thosse von Baar, jeder kämpft für seine Sache und glaubt, recht zu haben.«

»Aber Ulfren dan Flödar wurde vom Hohen Rat verbannt!«, erinnerte ich mich plötzlich und ignorierte Finns überraschten Gesichtsausdruck.

»Ja, aber das hindert ihn nicht daran, Allianzen zu schmieden und seinen Gegner weiterhin töten zu wollen.«

»Warum haben sie ihn nicht einfach umgebracht?«

»Du hast es immer noch nicht kapiert, oder? Das Spiel lebt von diesem Konflikt. Vielleicht solltest du dir klarmachen, dass da nicht wirklich ein Mann im unterirdischen Gonnglam sitzt und friert«, grinste Finn.

»Hahaha!« *Möchtest du wetten?*

»Aber der Hohe Rat bestrafte nicht nur Ulfren dan Flödar. Er verbot außerdem die Erschaffung weiterer Candelaminas. Einstimmig!« Plötzlich wirkte Finn nicht mehr wie der ungelenke Zwölfjährige. Es war ihm ernst. Seine Sorgen waren ernst: »Und jetzt glaubt Thosse von Baar, dass wir eine rematerialisiert haben.«

»Wie kommt er darauf?«

»Er behauptet, sie gesehen zu haben. Bei unserem Treffen.« Augenblicklich begann mein Herz zu rasen! *BINGO, ich habe es mir nicht eingebildet!*

»Und wenn er doch *mich* gesehen hat?«, fragte ich leise. Es passte! Klang allerdings auch nach ausgewachsener Wahnvorstellung.

Finn schüttelte fassungslos den Kopf. Weiter darauf zu pochen würde mir lediglich einen Spitzenplatz in der Durchgeknallten-Liga sichern. Glauben würde er mir auf keinen Fall. Er konnte sich gerade noch zu einem »So ein Schwachsinn!« aufraffen.

»Was passiert jetzt?«, wollte ich wissen.

»Unser Fall wird am Freitag um acht vor dem Hohen Rat verhandelt. Im schlimmsten Fall können wir alle verbannt werden«, stöhnte er plötzlich.

»Wie verbannt?«

»In die unterirdischen Kerker von Gonnglam, ein Schattenreich, aus dem es kein Entkommen gibt. Wir würden alles verlieren und müssten in der Unterwelt leben, für immer!«

»Könnt ihr nicht mit Thosse von Baar reden?«, schlug ich vor. *Allerdings hat er auf mich nicht sehr diskussionsfreudig gewirkt.*

Finn schüttelte resigniert den Kopf und starrte auf den Bildschirm. Er schien nicht mal zu bemerken, dass ich den Raum verließ.

»Er glaubt, ich sei eine Formwandlerin!«

Paula tauchte aus ihrem Kleiderschrank auf.

»Hä?« Sie balancierte einen Stapel T-Shirts zu ihrem Bett.

»Thosse von Baar! Er glaubt, ich sei eine Formwandlerin. Jetzt macht er den Gnomen die Hölle heiß.«

»Kennen wir uns?«, flötete Paula, während sie ein Shirt nach dem anderen vor sich auseinanderfaltete, um es Sekunden später frustriert hinter sich zu schmeißen. Sie würde mir erst wieder zuhören, wenn sie ihr Outfit für Samstag gefunden hatte.

Ich ließ mich auf den Schreibtischstuhl fallen und rollte zu ihr ans Bett. Neugierig beobachtete ich sie bei ihrem Treiben.

»Hey, das war gut. Grün steht dir!«

»Ist zu eng. Es sagt: Hol sie da raus, bevor sie erstickt!«

»Aha! Was soll es denn sagen?«

»Schicke Verpackung, toller Inhalt, du kannst dich freuen, aber nicht heute! So was in der Art.«

»Ist aber viel Text für so ein kleines T-Shirt!«, gab ich zu bedenken.

»Vielleicht bekommt es noch Hilfe von einem Jäckchen.«

»Ooh, Jäckchen? Groovy!«, höhnte ich.

Sie streckte mir die Zunge raus. »Keine Zeit für deinen Sarkasmus. Wir haben Alarmstufe Rot!«

»Okay! Gehen wir systematisch vor.«

»Klasse, du klingst, als hättest du einen Plan.«

»Nö!«

Die Geschwindigkeit, mit der die Kleidungsstücke über ihre

Schultern flogen, wurde immer rasanter. Das war nicht mehr Alarmstufe Rot. Das war nackte Panik.

»Jeans?«, fragte ich sie.

Sie nickte.

Ich ging in ihren Kleiderschrank. Mir fiel die dünne Strickjacke in die Hand, die sie sich vor ein paar Wochen gekauft hatte. Gebrochenes Weiß, hinten länger als vorne, am Rand leicht gerüscht, ein bisschen kleinmädchenhaft, aber irgendwie auch cool. Ich zog ihre graue Jeans aus dem Stapel und die Jacke vom Bügel. Dann schnappte ich mir ein graues T-Shirt vom Bett.

»Zieh das an und ich leih dir noch meinen dunkelgrauen kurzen Blazer. Dazu deine roten Stiefel, das wird super.«

Sie war noch nicht überzeugt.

»Pass auf, wir nehmen die Sachen mit und du kommst für eine ultimative Anprobe zu mir.«

Keine zwanzig Minuten später stand sie im fertigen Outfit vor mir.

»Wow! Das sagt … das sagt … das sagt einfach nur WOW!« Ich war wirklich beeindruckt. Sie sah klasse aus.

»Ich habe drei Schichten an, nach ein paar Minuten werde ich einen knallroten Kopf haben«, jammerte Paula. Und wenn sie darin vor Hitze umkäme, sie würde es tragen. Die Art, wie sie sich im Spiegel musterte, verriet sie.

Während sie sich aus den Klamotten pellte, forderte sie mich auf: »Okay, dann erzähl mal. Dieser von Baar hält dich für eine Formwandlerin?«

Sie erhielt eine kurze Zusammenfassung der bisherigen Geschehnisse.

»Mein Bruder fliegt aus der Zwergenwelt!«, jubelte sie. *Muss Geschwisterliebe schön sein.*

»Mehr fällt dir dazu nicht ein?«, fragte ich streng.

»Entschuldigung, aber das ist wirklich Ironie des Schicksals«, rechtfertigte sie sich grinsend.

Dann wurde sie ernst. »Flo, ich weiß nicht, was ich sagen soll. Wenn der dich wirklich sehen kann ...«

»Was heißt hier ›wenn‹? Er kann mich sehen«, fiel ich ihr ins Wort.

»Das sieht manchmal nur so aus«, begann Paula vorsichtig.

»Ich weiß, was ich gesehen habe. Und erzähl mir nichts von Kameratechnik oder so. Es gibt dort keine Kameras! Paula, er hatte nicht den geringsten Anhaltspunkt und hat den Kopf zu mir hingedreht. Seine Augen sind mir gefolgt.«

Sie nickte. Nicht zustimmend, eher nachdenklich, beruhigend.

»Und was willst du jetzt machen?« *Gute Frage!*

Ich begann gedankenversunken an meinem Fingernagel zu knibbeln.

»Vielleicht könntest du ihm noch einmal begegnen und schauen, was passiert.«

»Hab ich auch schon drüber nachgedacht«, antwortete ich grübelnd. »Allerdings habe ich keine Ahnung, wie ich ihn finden soll. Das ist riesig dort.«

»Stimmt, außerdem ist er ja der König, muss regieren, Schlachten schlagen ...« *Natürlich glaubt sie mir kein Wort!*

»... Zwerge aburteilen ...« *Moment!*

Plötzlich wusste ich, wo ich ihn treffen konnte. Und diese Ungläubige würde neben mir sitzen. Entweder konnte sie sich mit eigenen Augen überzeugen oder ich musste zugeben, dass ich einer optischen Täuschung aufgesessen war.

»Paula ...«, unterbrach ich ihre Litanei der Thronfolgerpflichten. »... hast du Lust, am Freitag bei mir zu übernachten?«

Nachdem sich Paula verabschiedet hatte, erwartete mich in der Küche eine Überraschung. Mein Vater saß am Tisch. Er wirkte fremd und benahm sich auch so.

»Hi, Paps«, grüßte ich ihn.

»Hallo, Prinzessin!« Keine Ahnung, warum er mich so nannte. Wahrscheinlich hatte er meinen Namen vergessen.

»Paula ist schon gegangen?«, erkundigte sich meine Mutter mit strengem Blick und leicht verkniffenem Zug um den Mund, während sie den Tisch deckte. Diese spezielle Mimik schien sie eigens für Paulas ungebührliches Verhalten kreiert zu haben, die an der Haustür so laut ›Tschüss‹ schrie, dass selbst die Nachbarn drei Häuser weiter mitbekamen, dass sie ging. Meine Mutter wollte vermutlich etwas mehr Knigge. *Persönlicher Handschlag, Knicks, keine Ahnung, was ihr da so vorschwebt.*

»Ja, sie musste nach Hause.« Ich verteilte die Gläser auf dem Tisch.

»Ah, Paula war da! Wie schön! Geht es ihr gut?«

»Ja, super, Paps!« *Ich wette, du hättest Schwierigkeiten, sie zu erkennen!*

»Ich wollte fragen, ob sie übermorgen bei mir übernachten kann?« Da mein Vater mir deutlich mehr erlaubte, stellte ich ihm die Frage. Irgendwie war er ja auch erziehungsberechtigt. Vollkommen umsonst!

»Übermorgen?«, mischte sich meine Mutter prompt ins Gespräch ein. »Und am Samstag geht ihr abends zusammen weg?«

»Ja«, antwortete ich irritiert. Der Ton war selbst für meine Mutter eine Spur zu heftig. Sie war aus irgendeinem Grund auf 180. Mist, wie hatte ich das nur übersehen können.

»Und was ist mit der Klassenarbeit in Mathematik? Du brauchst mindestens eine Zwei, wenn du deine Eins halten willst.« Sie stand kurz vor der emotionalen Kernschmelze! Was ging denn hier ab?

»Ich kann doch am Wochenende lernen!«, schlug ich vor. *Jetzt hilft nur eines: keine Angriffsfläche bieten, freundlich bleiben!*

»Genau, es ist doch Wochenende, Doris!«, eilte mir mein Vater zu Hilfe. *Danke, Paps!*

»Andere arbeiten ja auch, wie ich gerade erfahren habe!«, giftete sie ihn an.

Aha, daher wehte der Wind. Er war heute Abend nur hier, um ihr zu sagen, dass er am Wochenende nicht zu Hause sein würde.

Sie sah aus, als würde sie in Gedanken seine Eingeweide bereits unter der großen Tanne im Vorgarten verbuddeln. Meine Mutter hatte die Dinge gerne wohlgeordnet. Und dazu gehörte in ihrer Welt eine glückliche Familie, die ein gemeinsames Wochenende verbrachte. Wobei ›gemeinsam‹ ein äußerst dehnbarer Begriff war, denn mein Vater verließ meist nur zu den Mahlzeiten sein Arbeitszimmer. Und auch ich versuchte an den Wochenenden ein Minimum an persönlichem Leben vor dem allgegenwärtigen Forscherdrang meiner Mutter zu retten. Doch die Tatsache, dass wir uns alle im selben Haus aufhielten, befriedigte ihren Normalitätsanspruch voll und ganz. Zumindest mehr als das Bild der keifenden Ehefrau, das sie momentan darstellte. Denn plötzlich, von einer Sekunde auf die andere, wechselte ihr Gesichtsausdruck. Sie schüttelte den Hass einfach ab. Keine Ahnung, wie sie das machte. Setzte sich an den Tisch und lächelte mich an. Vollkommen ruhig.

»Freitagabend?«, fragte sie gefährlich freundlich.

»Ja. Bis Samstag nach dem Frühstück. Dann habe ich noch genügend Zeit, um zu lernen.«

»In Ordnung!«, antwortete sie ganz zahm. Als wäre nichts gewesen. Die Liebenswürdigkeit in Person mit einem kleinen Touch Psychiatrie!

Danach unterhielten sich meine Eltern betont höflich miteinander. Unheimlich und irgendwie ziemlich irritierend. In Rekordzeit hatte ich mein Essen runtergeschlungen und flüchtete in mein Zimmer.

Selbst Hausaufgaben waren eine verlockende Alternative zu dem Theater unten in der Küche. Und der Aufsatz sollte übermorgen abgegeben werden. ›Was erwartest du von deinem Leben?‹ Das Thema hatte sich leider nicht geändert. Das leere Blatt drängte mich zu antworten. Zu schreiben, was jeder hören wollte. Aber was wollte ICH? Plötzlich erkannte ich es. Ich wollte nichts Vorhersehbares, keine erklärten Ziele, keinen kalkulierbaren Verlauf. Es sollte ein Weg werden, an dem hoffentlich nicht an jeder Kreuzung meine Mutter stand, um mir zu sagen, wohin ich zu gehen hatte. Mein Leben, das war ich. Es würde so werden, wie ich es gestaltete. Ich hatte keine Ahnung, wohin ich es lenken würde. Es war beängstigend und aufregend. Kein fester Plan, kein Drehbuch, nur Chancen und meine eigene Regie.

Ich schrieb drei befreiende Seiten. Wahrscheinlich hatte ich das Thema verfehlt. Anschließend schickte ich Paula eine Nachricht, dass ihre Übernachtung huldvoll genehmigt worden war. Wenn es mir jetzt noch gelänge, Lanrina zum Platz des Hohen Rates zu bringen, wäre der heutige Tag gar nicht so für den Eimer gewesen.

In Askendor schien die Sonne. Mein Char hing in Hariam rum. Ich war mir sicher, dass ich es nicht zu Fuß zum Platz des Hohen Rates schaffen würde. Es musste schnellere Wege geben. Da Vönska für Befragungen mal wieder nicht zur Verfügung stand, blätterte ich im Handbuch. Wow, man konnte tatsächlich fliegen lernen. Unter Umständen sogar ich! Irgendwann in ferner Zukunft … Geheime Portale, sehr interessant, äußerst rätselhaft, entschieden nichts für mich. Ein Muggeridge war meine einzige Alternative. Skeptisch betrachtete ich die Abbildung. Super, ich würde in einem hässlichen kleinen Döschen reisen. Etwas spektakulärer hatte ich es mir schon vorgestellt. Vielleicht irgendetwas mit Lichtstrahlen, Wolken oder so. Und die Transportkiste sollte auch noch fünfzig Taler kosten. Fünfzig Taler! *Zeit, über einen virtuellen Bankraub nachzudenken!*

Ich wollte mich gerade auf die Suche nach Granerius machen, als Vönska auftauchte. Demnächst sollte ich mit ihr ein ernstes Gespräch über ihre Arbeitszeiten führen. Ich wurde das Gefühl nicht los, dass sie keine helfende Fee aus Leidenschaft war. Auf mich wirkte sie eher strafversetzt. Immerhin hatte sie zur Abwechslung mal mitgedacht. Sie zeigte mir eine Liste von Quests, also von Aufgaben, für deren Erledigung man bezahlt wurde. Für Lanrina kamen mal wieder nur diverse Sammelaktionen von botanischen Exponaten infrage. Zwischendurch dachte ich sogar daran, der Inspektion meiner Mutter vorzugreifen, indem ich mich auf Erkundungsgang in der realen Welt begab.

Meine Eltern saßen fröhlich vereint vor dem Fernseher und schauten eine Quizshow an. Ich wünschte ihnen eine gute Nacht. Meine Mutter erinnerte mich freundlicherweise noch daran, Vokabeln zu lernen, da morgen mein ganz persönliches Highlight der Woche stattfand: französischer Konversationsunterricht. Ich wollte gar nicht wissen, wo und wie meine Mutter Madame Rozier ausgegraben hatte. Jetzt saß ich jeden Donnerstag mindestens eine Stunde bei ihr fest. Wir parlierten über das Wetter an der französischen Küste, das Essen in Frankreich und Frankreich an sich, das schönste Land der Erde. Fast häufiger sprachen wir allerdings von Coco Chanel, leider nicht von der Modeschöpferin, sondern von Madame Roziers extrem übergewichtigem Pekinesen, der während der ganzen Zeit asthmatisch keuchend auf einem roten Samtkissen auf dem Tisch thronte. Oft fütterte Madame ihn mit Sahne von dem Silberlöffel, mit dem sie anschließend ihren Tee umrührte. Außerdem durfte das Vieh die Cremefüllung aus ihrem Eclair lecken, bevor sie es aß. Meine Vorstellung von der Hölle wurde in Madam Roziers Wohnzimmer seltsam real. *Was bin ich froh, dass das Kopfkino schon heute startet!*

Nach Zähneputzen und vollkommen unprofessioneller Pickelbehandlung war ich kurze Zeit später wieder in meinem Zimmer. Mit Computer und Vokabelheft bewaffnet, legte ich mich ins Bett und sammelte weiter Blätter. *Sehr anspruchsvolle Aufgabe, gar nicht ermüdend!* Aber offenbar war mein Char zu mehr ja nicht in der Lage. *Und ich wage mal ganz mutig eine Prognose: Wird sie auch nie sein!* Mir fehlte ganz eindeutig der Ehrgeiz. Nur weil ich unbedingt ein Reisedöschen brauchte, schwirrte ich wie ein emsiges Bienchen zwischen den Wäldern und den Händlern hin und her.

Trotzdem war ich so sehr in das Spiel vertieft, dass ich erst im letzten Moment bemerkte, wie sich meine Zimmertür öffnete. Die Zeit reichte nicht mehr, um mir das Vokabelheft vor die Nase zu zerren. Blitzschnell schloss ich die Augen, klappte mit einer kleinen Drehung den Computer unter der Decke zu und spielte die Schlafende. Kaum hörbare Schritte kamen näher. Es gab nur eine, die sich so lautlos anpirschen konnte. Sie nahm das Heft, das neben meinem Kopfkissen lag, fuhr mir überraschenderweise leicht übers Haar, löschte die Lampe auf dem Nachttisch und schlich zurück zur Tür.

Ich hörte, wie sie meinem Vater zuflüsterte, dass ich beim Lernen eingeschlafen sei. Sofort rührte sich mein schlechtes Gewissen. Ich verharrte leise vor mich hin schnarchend, bis ich selbst fast glaubte zu schlafen. Erst als es im Haus ganz still war, traute ich mich, den Computer wieder zu öffnen. Sein Licht durchflutete sofort mein Zimmer. Erschrocken reduzierte ich die Helligkeit. Vorsichtig zog ich die Decke über mich. Allerdings musste ich noch hören, falls sich jemand draußen auf dem Gang bewegte. Entspannt war anders, aber ich schaffte es. Kurz nach Mitternacht kaufte ich mein Muggeridge. Ich überlegte kurz, ob ich es sofort einsetzen sollte. Wäre aber echt doof, wenn ich nachts niedergemetzelt würde. Da blieb ich doch lieber in meinem sicheren Zimmer in Hariam. ›Hoffentlich funktioniert das Ding‹ war mein letzter Gedanke, bevor ich einschlief.

4

Am nächsten Morgen wachte ich mit demselben Gedanken auf. Warum war ich so aufgeregt? Erwartete ich etwa, dass Thosse von Baar morgen Abend aufstehen, in meine Richtung zeigen und verkünden würde: ›Ich kann dich dort sehen‹? Wohl kaum. Wünschte ich, Paula könnte mir bestätigen, dass ich mich nicht getäuscht habe? Schon eher! Aber wie würde es dann weitergehen? Ich verbot mir geradezu, in dieser Grauzone zu grübeln. Verirrte sich ein kleiner Geistesblitz doch in das Vakuum, drehte er sich in einem winzigen Kreis, in dem es nur um die panische Frage ›Was dann? Was dann? Was dann?‹ ging.

Alles in allem hatte ich die Situation also im Griff und war froh, als Paula mich zur Schule abholte. *Ablenkung jeder Art, willkommen!*

»Die Wirklichkeit, von der wir sprechen, ist nie die Wirklichkeit an sich, sondern eine von uns gestaltete Wirklichkeit«, begrüßte mich Paula.

»Häääää?« Ja, meine Reaktion ließ etwas an Geschmeidigkeit vermissen, doch die Verwirrung war echt.

»Nagle mich nicht fest, das Zitat war echt schwer zu behalten …«, brummte sie kopfschüttelnd und fing an zu singen: »Happy birthday, Werner Heisenberg, happy birthday …« *Ahhh, das Geburtstagskind des Tages!*

Einen bösen Blick und einen Ellbogenrempler später sang ich ebenfalls, allerdings nicht ganz so euphorisch wie sie selbst.

»Meinst du den Typ aus der Serie oder …«, wollte ich nach Beendigung des Ständchens wissen, als wir an der Bushaltestelle standen.

»Werner Heisenberg, Spezialist auf dem Gebiet der Quantenmechanik, Nobelpreisträger, jemand, der weit über die Grenzen des Möglichen hinaus denken konnte«, unterbrach Paula mich ungeduldig und warf mir einen bedeutungsvollen Blick zu.

»Also jemand, der nicht in Schockstarre verfallen würde, wenn ihn eine Figur aus einem Computerspiel anstarrt«, hakte ich grinsend nach.

Paula nickte. »Auf jeden Fall jemand, der in einem Satz ungestraft dreimal das Wort ›Wirklichkeit‹ benutzen durfte!«

»Ich glaube, mit einem Nobelpreis kann man sich fast alles erlauben«, kicherte ich.

»Können wir ja gleich mal mit Frau Flasching besprechen!«, schlug Paula vor. Zum Glück bot sich dazu dann aber keine Gelegenheit und der Schultag plätscherte ohne besondere Vorkommnisse an mir vorbei.

Auf dem Heimweg fragte ich Paula eher beiläufig: »Bist du aufgeregt wegen Samstag?«

»Hmm«, war alles, was ich zu hören bekam.

Überrascht musterte ich sie von der Seite. Sie reagierte nicht und ging einfach weiter.

»Paula?«, hakte ich nach. »Übermorgen, Kongetag? Nervös?«, erinnerte ich sie.

»Weiß nicht. So ein richtiges Date ist es ja eigentlich nicht, oder?«

»Er hat dich immerhin persönlich eingeladen«, gab ich zu bedenken.

»UNS«, verbesserte sie mich.

»Vielleicht hat er sich nicht getraut, dich direkt zu fragen!«

»Meinst du?«, hakte Paula lächelnd nach.

»Ja, klar, warum denn nicht!« *Auch der göttliche Konge darf schüchtern sein!*

»Ich weiß nicht!«, murmelte sie und zog ihre Mütze tiefer ins Gesicht. »Und wenn er es vergessen hat?«

»Ach was, wie kommst du denn darauf?«

»Weiß nicht! Könnte doch sein«, murmelte sie.

»Und wenn schon! Ich steh gern mit dir blöd vor einer Bar rum, in die wir nicht reinkommen«, tröstete ich sie.

»Ja, dann rechne lieber mal damit und halt die Erwartungen klein!«, antwortete sie. *Wie? Wo hast du das toughe Mädchen gelassen?*

»Du weißt schon, dass das eigentlich meine Taktik ist«, erinnerte ich sie.

»Darf ich sie mir mal ausleihen?«, fragte sie grinsend.

»Na gut«, räumte ich großzügig ein. »Aber du brauchst das nicht, denn wer auch immer im Universum meint es echt gut mit dir!«

»Wenn du meinst«, sagte Paula und wirkte schon viel fröhlicher.

Offenbar lächelte das Universum auch mir zu. Denn am Nachmittag erwartete mich zu Hause eine Überraschung. »Meinst du, ich kann Paula und dich morgen Abend allein lassen?«, fragte meine Mutter, kaum dass ich meine Jacke ausgezogen hatte.

»Klar!«, antwortete ich irritiert. Eigentlich ging meine Mutter abends nie aus. *Fror als Nächstes die Hölle zu?*

»Adelheid und ich wollen ins Kino! Und … vielleicht anschließend noch was trinken oder so.« *Sie und ihr schlechtes Gewissen sind echt ein niedliches Team.* Eine fast Sechzehnjährige unbeaufsichtigt zu Hause zu lassen gab wahrscheinlich Punkteabzug auf dem Supermami-Konto.

»Kein Problem. Geh und amüsier dich.« Was mit Adelheid

eine echte Herausforderung sein dürfte. Sie witterte hinter jedem einfachen »Hallo« sofort ein tiefgreifendes psychologisches Problem und ihr bevorzugtes Hobby war es, alles, was Ohren hatte, in Grund und Boden zu reden. Ich bezweifelte ernsthaft, dass Adelheid für die Dauer eines Kinofilms ihren Mund halten konnte.

»Oder wollt ihr vielleicht mit? Wir schauen uns den Film dieser finnischen Filmemacherin über die Frauen des Tunturi an«, bot meine Mutter großzügig an. *Erst wenn ich Augenlicht und Gehör verloren habe!*

»Nein, nein! Zieht ihr zwei mal allein los«, lehnte ich schnell ab.

Ich konnte mein Glück kaum fassen. Paula und ich könnten den ganzen Abend ohne mütterliche Kontrollgänge verbringen. Jackpot!

Endlich war es Freitagabend. Kaum war meine Mutter weg, trudelte Paula ein.

»Hi, wir sind allein!«, begrüßte ich sie.

»Oh chérie, davon hatte isch schon so longe geträumt«, gurrte Paula und zog mich in ihre Arme.

»Kannst du ein Mal ernst sein! Jetzt bin ich klatschnass. Zieh erst mal deine Jacke aus!«, moserte ich kichernd.

Wir beschlossen, Pizza zu backen. Paula schnippelte Gemüse und Mozzarella, während ich den Teig knetete.

»Kann ich dich um einen Gefallen bitten?«, fragte ich sie eher beiläufig.

»Worum geht's?«

»Du musst mir heute Abend helfen.«

»Uhh, so geheimnisvoll.« Sie schaute überrascht von ihren Tomaten auf.

»In einer Stunde tagt der Hohe Rat in Askendor«, fing ich an.

Sie ließ genervt den Kopf in den Nacken fallen.

»Ich will wissen, was da läuft. Ich bin nicht plemplem. Hoffe ich zumindest.«

Paulas Kopf schnellte wieder in die Senkrechte. Sie musterte mich aufmerksam und begann langsam zu nicken. »Okay, was ist meine Rolle dabei?«

»Du sollst neben mir sitzen und mir sagen, was du siehst!« Ihr bohrender Blick verlangte nach mehr. »Und nicht mit blöden Kommentaren über meine hirnrissigen Fantastereien sparen!«, fügte ich widerwillig hinzu.

»Na, das mach ich doch gerne für dich!«, erklärte Paula und löffelte großzügig Tomatensoße auf den Teig.

Kaum war die Pizza im Ofen, räumten wir die Küche auf. »Du glaubst mir nicht, oder?«, fragte ich, während wir auf unser Essen warteten.

»Doch ... schon ...«, antwortete Paula zögernd, »aber ich glaube nicht, dass das, was du gesehen hast, stimmt. Ungünstiger Winkel, Einbildung, Übermüdung, keine Ahnung.«

Ich wollte mich nicht rechtfertigen. Vielleicht hatte sie ja recht.

»Außerdem«, fuhr Paula nachdenklich fort, »hast du dir schon mal überlegt, was das bedeuten würde, wenn du recht hättest?«

»Das versuche ich seit mehreren Tagen zu vermeiden.« Ich lachte hilflos.

»Siehst du, darum gehe ich vorerst lieber von Wahnvorstellungen als von einer aus den Angeln gehobenen Realität aus!«

So gesehen hatte sie wahrscheinlich recht. Als die Pizza fertig war, verteilten wir sie auf zwei Teller und verzogen uns in mein Zimmer. Ich schaltete den Computer an, Paula schob sich den großen Ledersessel an den Schreibtisch. Genüsslich kauend beobachtete sie, wie ich mich in Askendor anmeldete. Kaum zeigte der Bildschirm mein Zimmer in Hariam, fragte sie streng: »Was gibt's hier Spannendes zu sehen?« *Schätze, das wird ein vergnüglicher Abend werden.*

»Das bin ich, also meine Spielfigur …«

»Warum bist du blond?«

»Warum nicht?«

»Schicker Mantel. Schon bemerkt, dass dir eine Wand fehlt?«

»Ja, aber der Winter ist bisher nicht allzu streng!«

Dann entdeckte sie den Schriftzug am oberen Bildschirmrand. »Hallo, Lanrina!«, las sie laut vor. »Bist du das?«

Ich nickte nur.

»Du wärst lieber blond und möchtest Lanrina heißen? Was weiß ich sonst noch nicht über dich?«

Statt einer Antwort streckte ich ihr nur die Zunge raus.

Sie beobachtete, wie ich den Muggeridge anklickte.

»Was ist das?«

»Eine Reisedose«, antwortete ich kurz angebunden. Jetzt nur keinen Fehler machen. Im Handbuch stand, dass Anklicken genügte, um ihn zu öffnen. Doch nichts geschah. Verzweifelter Doppelklick. Endlich ging das Ding auf. Dann ging alles ganz schnell. Ich tippte »Platz des Hohen Rates« ein, es erschienen ein paar Lichtblitze auf dem Bildschirm und Lanrina stand an einem Baum in der Nähe des Steinrondells.

Guter Platz, dort konnte sie fürs Erste stehen bleiben. Ich schaltete auf Späherfunktion. Wir hatten einen perfekten Blick über den Platz des Hohen Rates und das dahinterliegende Gelände.

Ich warf einen kurzen Seitenblick auf Paula, die sich nach vorne zum Bildschirm gebeugt hatte.

»Das sieht ja klasse aus. Wie im Film«, flüsterte sie begeistert, ohne den Blick vom Bildschirm zu lösen. In gewisser Weise hatte sie recht. Die weichen Linien der Landschaft, die wuchtigen Tannen im Vordergrund und der kleine Schwarm propere Glühwürmchen, der über die Lichtung tanzte, erinnerten wirklich an einen liebevoll gestalteten Zeichentrickfilm.

Über die friedliche Abendlandschaft spannte sich ein sternenklares Firmament. Der Mond schien über den Platz, der zusätzlich von unzähligen Fackeln erhellt wurde. In den blauschwarzen Schattierungen der umliegenden Wälder blitzten die Lichter der eintreffenden Gruppen.

»Hast du diesen Typen das letzte Mal auch hier gesehen?«, fragte Paula plötzlich.

»Ähm, nein, das war auf einer Lichtung.«

»Am Computer des Spatzenhirns?«

Mir wurde bewusst, dass sie soeben zwei wichtige Faktoren ins Spiel gebracht hatte. »Du meinst ...«

»Ich meine, wenn das hier heute nichts wird, wirst du mir in den Ohren liegen, bis wir die exakt gleichen Bedingungen geschaffen haben!«, beendete sie stöhnend meinen Satz.

»Daran hatte ich gar nicht gedacht«, gab ich kleinlaut zu.

»Egal! Ist er das?«, fragte sie und deutete auf den Computer.

Dort preschte ein riesig wirkendes Streitross auf das freie Feld vor dem Ratsplatz. Sofort erkannte ich den unerbittlichen Gesichtsausdruck der Furcht einflößenden Frau.

»Die?! Bist du wahnsinnig? Das ist Felstina von Rutjar.«

»Heiße Frau«, bemerkte Paula, während wir beobachteten, wie sie einem herbeieilenden Knappen die Zügel ihres Pferdes zuwarf.

»Nicht dein Ernst, oder? Seit wann stehst du auf Tätowierungen und Irokese?«

»Wenn's authentisch ist!«, grinste Paula.

Felstina von Rutjar ging auf den Eingang des Ringes zu. Zwei nicht minder Furcht einflößende Gestalten aus ihrem Gefolge schlossen sich ihr wortlos an. Dann blieb sie plötzlich stehen.

»Was hat sie denn?«, fragte Paula, ohne sie aus den Augen zu lassen.

»Sie hat dich gehört und dreht sich gleich in deine Richtung, um dich anzustarren!«, flüsterte ich mit Schaudergeschichtenstimme.

»Jetzt, wo du das sagst, finde ich es ein bisschen unheimlich.« *Schön, so geht es mir schon die ganze Zeit.*

Von der anderen Seite galoppierte ein weiterer Reiterzug aus dem Wald.

Ich erkannte ihn sofort. Mein Magen krampfte sich augenblicklich zusammen. Angewidert legte ich das Stück Pizza auf den Teller zurück.

»Da hinten kommt er!«, flüsterte ich.

Thosse von Baar ritt auf einem schwarzen Hengst an der Spitze seines Trupps auf den freien Platz.

Neugierig zog Paula den Bildschirm ein kleines Stück zu sich heran. »Der Schwarzhaarige ganz vorne?«

Ich nickte.

»Hey, du hast mir nicht gesagt, dass er so schnuckelig ist!«, motzte sie.

»Das täuscht, glaub mir!«

Inzwischen war sein Tross auf dem Platz angekommen. Er schwang sich lässig vom Pferd und ging, ohne darauf zu achten, wie sich seine Nachhut formierte, mit langen Schritten auf Felstina von Rutjar zu. Neben ihr wirkte Thosse von Baar wie ein schlaksiger Jüngling. Der wehende Umhang, das offene Haar, das fein geschnittene Gesicht und seine hohe, schlanke Figur bildeten einen extremen Kontrast zu der kompakten Erscheinung der Stammesfürstin. Erstaunt beobachtete ich, wie sie sich zur Begrüßung mit der rechten Faust auf ihre Brustbeine schlugen und dann jeweils die geöffnete Hand auf die Schulter des Gegenübers legten.

»Was war das? Kollektive Herzkontrolle?«, wollte Paula wissen.

»Keine Ahnung. Vielleicht ein geheimes Zeichen.«

»Klar, unglaublich geheim, wenn einem die halbe Welt dabei zuschauen kann.«

Sie hatte natürlich recht. Aber mein Gehirn unterließ im Moment logische Denkvorgänge. »Stimmt. Finn wüsste es sicher«, überlegte ich laut.

»Au ja, vergrößere meine Qualen. Ruf ihn schnell an!«, stöhnte Paula.

Während es aussah, als würde Thosse von Baar sich mit Felstina von Rutjar unterhalten, gesellten sich zwei Männer aus seinem Gefolge zu ihnen. Beide hatten kürzeres Haar, aber die gleichen dunklen Umhänge, die im Wind wehten.

»Babysitter?«, hakte Paula nach.

»Ich glaube, bei einem Königssohn heißt es ›Vasallen‹«, gab ich zu bedenken.

Ohne einen weiteren Blick auf die ankommenden Gruppierungen zu werfen, verschwanden die zwei Clan-Oberhäupter mit ihrem Gefolge zwischen den Steinen.

Fast hätte ich vergessen, dass wir ja auch in die Arena mussten. Meine Finger zitterten ein bisschen, als ich Lanrina in das Rondell lenkte.

»Du darfst dort reingehen?«, bemerkte Paula überrascht.

»Klar, jeder in Askendor darf der Sitzung des Hohen Rates beiwohnen«, brachte ich mein neu erworbenes Wissen an. Sitzplätze waren rar, denn es waren deutlich mehr Zuschauer, als ich gedacht hatte. Ich parkte Lanrina in der dritten Reihe zwischen einem muskelbepackten Kämpfer und einer elfenhaften Fee. Dann schaltete ich den Lautsprecher ein. Es sollten zumindest annähernd dieselben Bedingungen wie bei meiner ersten Begegnung mit Thosse von Baar sein. Sofort erfüllte ein Wirrwarr von Stimmen das Zimmer. Wieder auf Späherfunktion, ließ ich den Blick über die Arena schweifen. Thosse von Baar wurde gerade von einer weiteren Stammesfürstin begrüßt. Die blond gelockte Frau wechselte nach der Brust-Schulter-Schlag-Sache ein paar Worte mit ihm. Dabei lachte sie so laut, dass man es aus dem Tumult heraushören konnte. Das musste Ripinett am Cijunt sein, die Stammesführerin des landwirtschaftlichen Nutzstaates.

»Kannst du nicht näher rangehen?«, fragte Paula, die die beiden ebenfalls beobachtete.

»Doch …«, *aber ich bin ein Hasenfuß,* »… mit der Pfeiltaste auf- und abwärts kannst du ran- und wegzoomen. Ich hol uns schnell was zu trinken.« *Vielleicht möchte Thosse von Baar mal jemand anderen vernichtend anstarren.* Während ich unten Wasser, Saft und zwei Gläser einsammelte, wartete ich irgendwie fast darauf, von oben einen entsetzten Schrei zu hören. Doch nichts dergleichen passierte. Langsam ging ich in mein Zimmer zurück. Von der Tür aus sah ich bereits Thosse von Baar in Großaufnahme.

»Alter Schwede! Hast du diese unglaublichen Augen gesehen?«, fragte mich Paula begeistert.

»Nein, die müssen mir wohl entgangen sein«, log ich und rollte meinen Schreibtischstuhl ein Stück vom Bildschirm weg, bevor ich mich setzte.

»Da hinten wird er dich kaum entdecken, du Feigling!«, grinste Paula und zog mich direkt vor den Bildschirm.

Ich hielt die Luft an. Doch nichts geschah. Thosse von Baar hielt seine Augen, die wirklich einen phänomenalen Grünton hatten, stur auf seine virtuelle Gesprächspartnerin gerichtet. Langsam atmete ich aus und zoomte schnell weg.

In der Arena erhob sich Gemurmel. Pfiffe und Buhrufe wurden laut.

»Was ist jetzt los?«, fragte Paula überrascht.

»Dein Bruder ist angekommen!« Ich lenkte unseren Blick auf die zwei Steinquader, zwischen denen die Gnome die Arena betraten.

»Welcher davon ist das Siebhirn?«, wollte Paula sofort wissen. Ich brauchte einen Moment, bevor ich den rothaarigen Zausel inmitten seiner kleinen Freunde entdeckte.

»Der dahinten.« Ich deutete auf Finns Gnom.

»Meine Güte, reicht es ihm nicht, im richtigen Leben wie ein Nerd auszusehen, muss er virtuell auch noch wie ein Trottel rumlaufen?«, polterte sie los.

Ich zählte achtundzwanzig Zwerge, die sich in der Mitte der Arena zusammenrotteten.

Plötzlich war lautes Gerassel zu hören. Von leisem Grollen begleitet, stapfte eine weitere Gruppe auf den Sandplatz. Sofort verstummten alle Gespräche. Die Neuankömmlinge warfen wütende Blicke um sich, ohne jemanden direkt zu fixieren. Das metallische Scheppern, mit dem sich ihre Ankunft angekündigt hatte, rührte von ihren Rüstungen. Es war eine Gruppe Gonoxore, die Kämpfer von Baskir, der freien Welt. Direkt auf den extrem muskulösen Oberkörpern trugen sie schwere Kettenhemden. Ellbogen und Schultern waren mit Metallkappen verstärkt, die an Ritterrüstungen erinnerten. Die gewaltigen Helme mit den langen, nach unten gezogenen Nasenschutzen verdeckten ihre Gesichter fast zur Gänze. *Waren die gruselig!*

Die Wächter von Askendor führten inzwischen, theatralisch in Ketten gelegt, Sankor, den hysterischen Gnomenchef, in die Arena.

»Und das ist der Chef von deinem Bruder«, erklärte ich Paula grinsend.

Sie schüttelte den Kopf. »Warum wundert mich das nicht?«, war ihr einziger Kommentar.

Drei der Gonoxore lösten sich aus der Gruppe. Einer, wahrscheinlich ihr Anführer, nahm auf einem Hocker am Steintisch Platz, die andern zwei blieben direkt hinter ihm stehen und musterten die Runde grimmig. Mit einer knappen Bewegung riss sich der am Tisch Sitzende seinen Helm vom Kopf und donnerte ihn vor sich auf die Platte. Jede seiner abgehackten Bewegungen ließ eine schier unbändige Kraft vermuten. Die buschigen Augenbrauen verliehen dem Gesicht einen unfassbar zornigen Ausdruck. Er wirkte, als wäre er sich nicht sicher, wie lange er die zornige Raserei, die in ihm zu toben schien, noch zurückhalten konnte.

Paula warf mir einen fragenden Seitenblick zu. »Gonoxore«, erklärte ich und fügte noch hinzu, »nicht nett.«

»Ach wirklich!«, erwiderte sie süffisant lächelnd. »Und ich wollte gerade einen auf einen Smoothie einladen.«

Als Letzter betrat Svantjor nam Vorg die Arena. Hatte er sich etwa grüne Algen in die Haare geflochten? Und einen Umhang aus Blattwerk und Lianen umgelegt?

»Wer ist die wandelnde Hecke?«, wollte Paula sofort wissen.

»Svantjor nam Vorg. Der durchgeknallte Chef von Ignousia.«

»Tolles Land, da möchte ich unbedingt mal hin.«

Ich warf ihr einen irritierten Blick zu. Sie meinte es offensichtlich ernst. Nicht das leiseste Grinsen war auf ihrem Gesicht zu erkennen.

Hinter Svantjor nam Vorg betraten zwei weitere Männer die Arena. Sie trugen unauffällige Umhänge, hatten ganz auf extravaganten Kopfschmuck verzichtet und überragten ihren Chef um mindestens eine Haupteslänge. Svantjor nam Vorg hüpfte wie ein grüner Flummi durch die Arena zu den andern Clan-Obersten. Paula zoomte begeistert hinter ihm her. Seine Exzentrik entsprach genau ihrem Geschmack.

Und wieder gab es ein Brust-Schulter-Geklopfe unter den Stammesführern. Allerdings war Svantjor nam Vorg so klein, dass er kaum die Hand auf Thosse von Baars Schulter legen konnte. Der grinste nur gutmütig und ging leicht in die Knie. Es war ein drolliger Anblick. Mir fiel auf, wie attraktiv Thosse von Baar aussah, wenn er lächelte. *Er kann auch charmant?* Wie viele Facetten hatte diese Figur? Konnte es sein, dass seine Nase sich kräuselte, wenn er lächelte? Ich zoomte näher ran.

Augenblicklich veränderte sich sein Gesichtsausdruck. *Oh, oh!*

Das Lächeln verschwand. Mit versteinerter Miene richtete er sich wieder auf, nickte Svantjor fahrig zu und hob den Blick direkt in meine Augen. Im ersten Moment wirkte auch er entsetzt. Allerdings wandelte sich sein Gesichtsausdruck blitzschnell in blanken Hass.

»Paula!«, wisperte ich und starrte gebannt zurück.

»Ich seh es!«, flüsterte sie ebenso leise.

»Schnell, zoom zurück!«, flehte ich fast lautlos. Augenblicklich entfernte sich sein Gesicht, doch seine Augen verfolgten mich treffsicher.

Paula war erschrocken aufgesprungen. »Setz dich auf meinen Platz!«, schlug sie tonlos vor und stellte sich hinter ihren Sessel.

Ich stand langsam auf und setzte ich mich auf Paulas Platz. Zwei grüne Augen folgten mir. Ich registrierte seine zusammengezogenen Augenbrauen. *Toll, er ist immer noch wütend.*

»Das glaub ich nicht!«, wisperte Paula fassungslos.

Ich verbog mich in alle Richtungen, sein Blick folgte mir problemlos. Als wären wir nur durch eine Glasscheibe getrennt.

»Geh vom Bildschirm weg!«, raunte Paula mir zu.

So gut es mit zitternden Knien ging, stand ich auf, stakste zur Seite und ließ mich stöhnend auf die Sitzbank neben dem Schreibtisch fallen. Paula hatte inzwischen wieder vor dem Computer Platz genommen.

»Und? Was macht er?«, krächzte ich. Meine Kehle war wie zugeschnürt.

»Sieht aus, als würde er dich suchen«, berichtete Paula und starrte mit schreckgeweiteten Augen auf den Bildschirm. Dann redete sie weiter: »Alle setzen sich an diesen Steintisch. Warte, er dreht uns den Rücken zu.« Sie drückte die Pfeiltasten. »Ups, jetzt bin ich irgendwo im Wald!«

Ich stellte mich hinter sie und versuchte zurückzusteuern. Kaum streifte ich Thosse von Baars Gesicht – bäng! –, hatte er mich wieder. Doch dieses Mal blieb ich cool. Zumindest ein bisschen. Duckte ich mich hinter Paulas Sessel, runzelte er nachdenklich die Stirn. Tauchte ich wieder auf, fixierte er mich sofort.

»Ich gebe es nur ungern zu, aber das ist mehr als unheimlich«, kommentierte Paula unser Versteckspiel.

Inzwischen hatte sich Thosse von Baar erhoben und eröffnete die Sitzung. Ohne zu stocken, trug er die Anklage gegen die Gnome vor. Bei den Passagen über die Formwandlerin fixierte er mich besonders feindselig.

Dann erteilte man Sankor das Wort. Er hielt eine flammende Rede über die ungerechten Anschuldigungen gegen ihn und seinen Clan.

»Der Typ sieht aus, als würde er beim Sprechen spucken!«, bemerkte Paula nach einer Weile.

Unsere Anspannung entlud sich in einem gemeinsamen hysterischen Lachanfall.

Ich würde nicht behaupten, dass ich mich daran gewöhnt hatte, grimmig gemustert zu werden. Aber immerhin schaffte ich es, meinen Blick zu lösen. Kaum wanderte er zurück, musste ich feststellen, dass ich unvermindert sauer angestarrt wurde.

»Paula? Was, glaubst du, sieht er?«

»Hmmm? Auf alle Fälle deine Augen. Vielleicht dein Gesicht?«, fing sie gedankenverloren an. Nach einer kleinen Pause fuhr sie fort: »Willst du das wirklich so genau wissen?«

»Irgendwie schon.«

»Und dich interessiert überhaupt nicht, warum er das kann?«

»Doch, schon, aber glaubst du ernsthaft, dass wir zwei Informatikleuchten das klären könnten?«

»Das hat nichts mehr mit Informatik zu tun. Das ist virtuelles Schreckenskabinett der Extraklasse!«

Plötzlich hob Thosse von Baar kaum merklich seine Hand. Es war mehr ein Fingerzeig, aber sofort sprang einer seiner Vasallen auf, die im zweiten Kreis um den großen Ratstisch saßen. Er trat hinter seinen Clanchef und beugte sich zu ihm hinab. Ohne den Blick von mir zu lassen, flüsterte Thosse von Baar ihm etwas zu. Der Mann verfolgte seinen Blick und starrte angestrengt ins Nichts. *So und nicht anders sollte es aussehen, wenn eine Computerfigur in meine Richtung schaut.*

»Sie reden über dich«, murmelte Paula.

»Super, was, glaubst du, sagt er? ›Da, die Verrückte ist wieder hier! Kannst du sie auch sehen?‹«, murrte ich.

»Und der andere sagt: ›Ja, Chef, ich schmeiß gleich mal einen Speer nach ihr!‹«

Doch nichts dergleichen geschah. Der Untergebene schüttelte nur den Kopf. Es sah aus, als ob er noch etwas sagen wollte, doch Thosse von Baar brachte ihn mit einer kurzen Geste zum Schweigen. Sofort zog sich der Vasall auf seinen Platz zurück.

»Der hat seine Jungs ziemlich gut im Griff«, bemerkte Paula anerkennend. *Und das von der Frau, die Probleme mit jeder Form von Autorität hat.*

»Mir würde dieses arrogante Rumdirigieren ja gehörig auf den Zeiger gehen«, moserte ich und schenkte Wasser ein.

»Du hast keine allzu hohe Meinung von ihm, oder?« Paula schnappte sich mein Glas.

Nachdenklich goss ich mir ein neues ein. »Er ist angsteinflößend und wirkt, als würde er seine Machtposition genießen. Wenn man auf kaltblütige Herrscher steht, findet man wahrscheinlich keinen Besseren.«

»Hey, er ist der Chef von dem Laden!«

»Wohl eher ein personifiziertes Steuerungsprogramm. Meint zumindest dein Bruder!«, konterte ich.

»Ganz klar. Der rothaarige Pinsel, den sie gleich verknacken, hat voll den Durchblick«, verteidigte Paula Thosse von Baar ungerührt weiter.

Als ich mich dem Bildschirm wieder zuwandte, wäre mir vor Schreck fast mein Glas aus der Hand gefallen.

»Paula, schau mal!«, forderte ich sie leise auf und deutete mit dem Kopf auf den Bildschirm.

Sie folgte meinem Blick. Dann schaute sie mich irritiert an: »Er hat aufgehört, dich anzustarren. Meinst du das?«

Ich schüttelte nur den Kopf und beobachtete fasziniert Thosse von Baar.

Er hatte sein Kinn zwischen Daumen und Zeigefinger gestützt und starrte vor sich hin. Er warf mir einen kurzen Blick zu. Es lag weniger Hass darin als vielmehr Verwirrung. Dann fuhr er sich mit der Hand über die Stirn, kratzte sich an der Schläfe und musterte mich erneut.

»Ich versteh immer noch nicht, was du meinst!«, jammerte Paula.

»Sieht es für dich nicht auch so aus, als würde er nachdenken?«

»Schon, aber worüber?«

»Paula! Er denkt! Das allein ist doch schon verrückt genug, oder?!«

»Verrückter als die Tatsache, dass er dich sehen kann?«

Ich hielt kurz inne. Zugegeben, wir bewegten uns hier sowieso schon im Gigabereich des Unmöglichen. Also durchaus kniffelig, in dieser Größenordnung über unterschiedliche Ausmaße zu spekulieren.

Neugierig musterte ich ihn. Er wirkte ruhiger, weniger furios. Unvermittelt erhob er sich. Sankor, der immer noch seine feurige Rede schwang, verstummte augenblicklich.

Bedacht, als würde er noch seine Gedanken ordnen, schritt Thosse von Baar auf den Gnomenchef zu. Einige Meter vor ihm blieb er stehen, verschränkte die Arme und taxierte ihn mit durchdringendem Blick.

»Ihr leugnet, eine Candelanima erschaffen zu haben?« Trotz

des durch den Lautsprecher verzerrten Klangs der Stimme war die Schärfe darin deutlich zu erkennen.

Sankor begnügte sich entgegen seiner sonst so wortgewaltigen Art mit einem einfachen »Ja«.

»Ihr bürgt für Euren Clan, dass keiner der Gnome eine Candelanima rematerialisiert hat?«, führte Thosse von Baar unbeirrt seine Befragung fort.

Sankor nickte, bevor ein weiteres »Ja« von ihm zu hören war.

»Ihr verpflichtet Euch, jede Unregelmäßigkeit sofort zu melden?«, versicherte sich Thosse von Baar streng.

Der Gnomenchef stimmt sofort zu.

»Bis zur endgültigen Klärung werdet ihr vier Beobachter aus meinem Gefolge …«

»Das ist gegen die Rechte der freien Völker!«, polterte der Führer der Gonoxore und schlug seine Faust donnernd auf den Steintisch.

Sofort sprangen sämtliche Begleiter der Stammesfürstinnen und -fürsten alarmiert auf. Man konnte sehen, wie ihre Hände zu den Waffen zuckten. Doch Thosse von Baar drehte sich aufreizend gelassen zu dem schnaubenden Chef-Gonoxor um und fixierte ihn mit der Sorte vernichtendem Blick, die ich nur zu gut kannte.

»Ich halte den seidenen Faden, an dem die Rechte der freien Völker hängen, in meiner Hand. Also zügelt Euch«, wies er ihn kalt zurecht. Tatsächlich senkte der Gonoxor die Augen. Nachdem Thosse von Baar einen ermahnenden Blick in die Runde geworfen hatte, setzten sich auch die anderen wieder.

»… vier Beobachter aus meinem Gefolge werden Euch zur Seite gestellt«, bestimmte Thosse von Baar unbeeindruckt von dem Gemurmel, das sich um ihn erhob. Doch nicht nur am Platz des Hohen Rates machte sich Verunsicherung breit.

»Was sollte das jetzt?«, fragte Paula enttäuscht. »Ich dachte, er kickt heute die Zwerge vom Planeten.« *Das wird ihn Sympathiepunkte bei ihr kosten!*

Plötzlich wurde mir klar, warum Thosse von Baar einen Gang runtergeschaltet hatte. »Er hat bemerkt, dass nur er mich sehen kann!«, rief ich aufgeregt.

»Wie kommst du darauf?«

»Was, glaubst du, wäre los, wenn es alle könnten?«

Es dauerte ein Moment, bis auch bei Paula der Groschen fiel. »Die würden dich alle anstarren!«

»Genau! Und das ist ihm, glaube ich, auch gerade aufgefallen.«

»Schlauer Bursche«, lobte Paula.

»Ja, erstaunlich«, pflichtete ich ihr gedankenverloren bei, während ich beobachtete, wie sich die Versammlung auflöste. Thosse von Baar verabschiedete sich von Ripinett am Cijunt und hielt seinen Blick stur auf die Stammesführerin gerichtet. Zwischendurch sah es aus, als ob er einem seiner Vasallen kurze Anweisungen gab. Seine Augen zuckten kein einziges Mal in meine Richtung. Plötzlich schien ich für ihn unsichtbar geworden zu sein. Er wirkte, als wollte er jeden Kontakt vermeiden.

»Der ist genauso irritiert wie du«, bemerkte Paula, die ihn ebenfalls aufmerksam beobachtete.

»Ganz sicher nicht!«, lachte ich.

»Vielleicht solltest du mal versuchen, mit ihm zu reden«, schlug sie vor.

Oh, ja, ein Traum wird wahr! Obwohl ich alles andere als scharf auf ein Gespräch war, fragte ich: »Wie denn?«

»Dein Blondchen sitzt doch noch irgendwo rum.«

Auf die Idee war ich noch gar nicht gekommen. Eventuell wäre das wirklich eine Möglichkeit. Ich schaltete von der Späherposition zurück zu Lanrina. Sie saß ziemlich verlassen auf ihrem Platz. Die meisten Zuschauer waren bereits auf dem Heimweg. Während ich mir überlegte, was ich zu Thosse von Baar sagen wollte, steuerte ich sie zur Mitte der Arena. Hoffentlich griffen seine Leute sie nicht sofort an. Nur wenige Meter von ihm entfernt streikte schlagartig die Steuerung. Offenbar war es nicht jedem gestattet, den Sandplatz zu betreten.

»Neues Begrüßungsritual?«, fragte Paula, während sie mein unkoordiniertes Rumgehüpfe an der unsichtbaren Grenze beobachtete.

»Ich komm nicht weiter«, jammerte ich und schnauzte in Richtung Thosse von Baar: »Schau gefälligst her, ich tanze hier nicht für Regen!«

Doch er würdigte meine Figur und ihren Veitstanz keines Blickes. Frustriert wechselte ich wieder auf Späherfunktion. Kurz blitzte sein Blick zu mir, um sich sofort wieder Felstina von Rutjar, mit der er sich inzwischen unterhielt, zuzuwenden. Offenbar war ich für ihn nur sichtbar, solange ich im Überblicksmodus war. Und momentan bemühte er sich ganz offensichtlich, mich komplett zu ignorieren.

»Und? Findest du ihn noch immer schnuckelig?«, hakte ich mit strengem Blick nach.

»Können wir uns auf ›gut aussehend mit fragwürdigen Umgangsformen‹ einigen?«, räumte Paula kleinlaut ein.

»Kongeson mit Klatsche«, murmelte ich und versuchte erneut Lanrina über den Sandplatz zu lenken. Thosse von Baar hatte inzwischen mit seinem Tross den Ratsplatz verlassen. Und, siehe da, sie konnte ohne Probleme über die Sandfläche gehen. Offenbar umgab Thosse von Baar eine Art Bannmeile, damit sich normales Fußvolk nicht nähern konnte. *Ganz schön raffiniert.*

Das Reisedöschen enthielt kein Rückfahrticket. Also würde Lanrina heute erste Erfahrungen beim Camping sammeln müssen.

»Hast du dir schon mal überlegt, dass es für ihn genauso beängstigend sein könnte wie für dich?«, nahm Paula das Gespräch wieder auf, als ich den Computer heruntergefahren hatte.

»Bis vor einer Stunde habe ich ihm nicht mal eigene Gedanken zugetraut – geschweige denn Gefühle«, war alles, was mir dazu einfiel.

Paula ließ sich auf mein Bett fallen. Gedankenverloren wickelte sie eine Haarsträhne um ihren Zeigefinger.

»Er ist total machtlos. Er kann die Situation nicht kontrollieren. Du entscheidest, wann und wo du erscheinst. Er kann nur reagieren.«

»Und du glaubst, er ist sich dessen bewusst?« *Interessante Vorstellung!* Ich setzte mich ihr gegenüber in meinen Ledersessel, der immer noch am Schreibtisch stand. So hatte ich es bisher noch nicht gesehen.

»Ich denke schon«, antwortete Paula nachdenklich. »Warum sollte er sonst so wütend auf dich sein? Du bedrohst ihn, nicht umgekehrt.«

»Ich bedrohe ihn?!« *Das fühlt sich aber ganz anders an!*

»Ja, und jetzt, da er weiß, dass nur er dich sehen kann, nimmt er es persönlich!«, folgerte Paula und fügte mit einem triumphierenden Lächeln hinzu: »Was man ihm wohl kaum verübeln kann.«

Sprachlos starrte ich sie an. Ihrer Logik war schwer etwas entgegenzusetzen. Befürchtete Thosse von Baar vielleicht ebenfalls, Wahnvorstellungen zu haben? Hatte man als Computerprogramm solche Ängste? Ich wusste, wie es sich anfühlte, wenn man seinen eigenen Augen nicht mehr traute. Erst seit Paula es ebenfalls gesehen hatte, war ich meiner Sache sicher. Er hatte offensichtlich niemanden, der ihm das Unfassbare bestätigen konnte.

»Meinst du, ich soll aufhören, ihm aufzulauern?«, fragte ich unsicher.

»Spinnst du? Das ist gigantisch. Der kann dich sehen. Du solltest versuchen, irgendwie mit ihm in Kontakt zu treten. Ihr solltet euch unterhalten.« Paula war aufgeregt aufgesprungen und begann im Zimmer hin und her zu gehen. »Bist du denn kein bisschen neugierig?«

»Klar!«, erwiderte ich zögernd. Es klang mehr wie ein Nein.

Paula unterbrach ihr hektisches Rumgerenne und musterte mich eingehend. »Wovor hast du Angst?«

Tja, wenn ich das wüsste. Grübelnd begann ich auf meiner Unterlippe zu kauen. Wovor hatte ich eigentlich Angst? Vor ihm? Wohl kaum! So bedrohlich er auch wirkte, er war nicht real. Er konnte mir nichts anhaben. Vielleicht war es weniger er, sondern mehr die Umstände. Paula stand immer noch mit fragendem Blick vor mir.

»Es ist ... ich weiß nicht ... es kann entgleiten ... wir beherrschen es nicht ...«, stammelte ich.

»Will sagen?«, unterbrach Paula meine wirren Gedanken.

Ich räusperte mich und versuchte einen zusammenhängenden Satz zu formulieren. »Was ist, wenn man es nicht kontrollieren kann? Wenn ich mit meinem Kontakt einen Weg für etwas Böses öffne?«

»Das Grauen ist bereits in der Welt!«, raunte Paula prompt mit weit aufgerissenen Augen und Gruselstimme. Ich ignorierte ihren Spott.

»Mal ehrlich, wir wissen nicht, ob wir nicht dem apokalyptischen menschenvernichtenden Zyklopen den Weg bereiten«, gab ich zu bedenken. *Puh, eindeutig zu viel schlechte Science-Fiction!*

»Flo, das heißt Abenteuer. Da klopft das Leben an. Nimm es und mach was draus! Ohne vorherige Gefahrenkalkulation.« *Oh, ja, das ist genau mein Ding!*

»Aber wenn wir nichts unternehmen, bleibt alles beim Alten. Keine Gefahr für niemanden.«

Paula kommentierte meinen lahmen Vorschlag mit einem demonstrativen Gähnen. »Was soll denn passieren? Wir können immer noch leugnen, falls uns jemand zur Rechenschaft ziehen möchte, weil die Welt in Schutt und Asche gelegt wurde!«, schlug sie mit entzücktem Leuchten in den Augen vor. *Finde eigentlich nur ich ihre Begeisterung für Endzeitszenarien bedenklich?*

»Fantastischer Plan, ganz reifes Verhalten«, lobte ich.

»Hey, wir sind fast sechzehn, da wird man sich wohl mal einen Ausrutscher leisten dürfen.«

»Den apokalyptischen menschenvernichtenden Zyklopen bezeichnest du als Ausrutscher?«

»Du bist unmöglich«, lachte Paula. »Ich gehe jetzt Zähne putzen und du überlegst dir, ob der verhuschte Mulleflupp wirklich deinem intelligenten, toughen Ich entspricht!« *Autsch, Tiefschlag!*

5

Am Samstagabend drängten sich die versammelte Oberstufe und einige ihrer hundert engsten Freunde vor der Makabar. Paula und ich mischten uns fröhlich bibbernd unter sie. Die Jacken hatten wir bei ihrem Vater im Auto gelassen. Denn wir wussten ja, dass wir nicht blöd in der Kälte stehen, sondern tatsächlich reinkommen würden. Marc hatte sich heute Nachmittag bei Paula gemeldet. Seitdem funkelte ihre Welt regenbogenglitzernd und mit Herzchen dekoriert. Es war nämlich doch ein Date. Da er ihre Handynummer nicht hatte, hatte er sich um die Festnetznummer ihrer Eltern bemüht. Er wollte sicher sein, dass sie kommt. *Eine echte Heldentat!*

Als wir am Eingang waren, warf Miriam aus der Elften uns einen fragenden Blick zu.

»Paula Blossberg und Florentine Lenzen. Wir stehen auf der Liste«, erklärte Paula aufgeregt.

»Oh, ja …«, murmelte Miriam, als sie unsere Namen gefunden hatte, »… und alles schon bezahlt!«

Sie griff hinter sich in eine Box und gab uns zwei neongrüne Armbänder. Sie waren aus Silikon und sahen wie Uhren ohne Zifferblatt aus.

»Da ist je ein Guthabenchip über zwanzig Euro drauf!«, teilte sie uns mit.

»Also wenn das kein Date ist«, flüsterte ich Paula zu, während wir die Bar betraten.

Drinnen empfingen uns grelle Lichtblitze, die durch die Dunkelheit zuckten und jede Bewegung verzerrten. Der peitschende Rhythmus der Bässe dröhnte durch die Halle, deren schwarze Wände den Raum nur erahnen ließen. Es gab eine Bar und ein erhöhtes DJ-Pult, auf dem eine Mensch gewordene Bohnenstange mit Basecap gleichzeitig ein riesiges Mischpult und zwei Laptops bediente. Der Sound schoss in die Glieder und fraß sich in den Magen, wo er laut wummerte.

Paula und ich schlenderten an der Theke vorbei, hinter der sich im kalten Neonlicht die Barkeeper im Takt der Musik bewegten, und drängten uns direkt auf die Tanzfläche.

»Versuch, niemanden zu verletzen«, schrie mir Paula ins Ohr. Sie konnte es einfach nicht lassen, mich immer wieder auf mein nicht vorhandenes tänzerisches Talent aufmerksam zu machen. Ich versuchte mich an einer abwertenden Handbewegung. Dabei verhakte sich mein Armband mit der Sonnenbrille von Mona, der Oberstufenqueen. »Hey, wer hat die Kinder reingelassen!«, schnauzte sie.

Ich tauchte ab, um ihr sicher total wertvolles Accessoire, das ich ihr vom Kopf gefegt hatte, zu suchen.

Kaum waren Mona und ihr Hofstaat abgerauscht, zog ich das böse Armband vom Handgelenk und steckte es in die Hosentasche. *Wahrscheinlich leuchtet mein roter Kopf sogar im Dunkeln!* Egal, der wabernde Pulk verschluckte mich und meine Peinlichkeit. Der Sound deckte uns zu. Als der DJ sich verabschiedete, hatte ich den doofen Zwischenfall schon fast vergessen.

Dann plötzlich Dunkelheit. Stille. Eine metallisch klingende Stimme, die jede Silbe extrem in die Länge zog, kündigte ›Sixfourthree‹ an. Mit den ersten Klängen zuckten grüne Lichtblitze durch die Halle. Die Bassdrum brach mit voller Wucht durch den Saal und erfasste die Massen. Rote Spots warfen ihr Licht durch den Raum. Auf der Leinwand hinter der Bühne begannen sich psychedelische Kreise zu drehen. Erst jetzt erkannte ich am Mischpult Marc, dessen blondes Strubbelhaar im Licht rot leuchtete. Der Junge neben ihm ging ebenfalls bei uns auf die Schule. Er hatte einen Kopfhörer auf und scratchte einhändig, während er mit dem anderen Arm in der Luft den Takt angab. Der Liveact war beeindruckend. Sie hatten es echt drauf, einen Hexenkessel zu entfachen. Scheinbar mühelos kombinierten sie fordernde Beats, kreischende Synthesizerakkorde mit Klangelementen und peitschten die Menge mit einer Art Sprechgesang immer wieder auf. Die Luft vibrierte und es war unmöglich, sich dem Sound zu entziehen.

Ich zuckte erschrocken zusammen, als Paula mich am Arm zu sich zog.

Sie schrie mir: »Wit fent u bäkäe!« ins Ohr. War das Norwegisch?

Nachdem ich sie verständnislos angestarrt hatte, zog sie mich erneut zu sich und brüllte: »Wir pfänden zum Bäcker!« *HÄ?*

»Wir pfänden zum Bäcker?« Es hatte was von Stiller Post!

Paula schüttelte sich vor Lachen. Dann schob sie mich vor sich her von der Tanzfläche. *Ja, benutz mich ruhig als deinen persönlichen Rammbock!*

Als sich die tosende Menge etwas lichtete, ließ sie mich los. Immer noch lachend stellte sie sich neben mich.

»Nein, du Dödel, wir pfänden nicht den Bäcker. Wir gehen jetzt backstage!« Dann drehte sie sich um und lief zu den Absperrgittern, die den Bühnenbereich von der Halle trennten. Auf der Bühne verabschiedete sich ›Sixfourthree‹. Das Protestgeheul des Publikums wurde durch eine Zugabe übertönt.

Die Barriere reichte bis an die Hallenwand. Sie bildete von der Bühne aus einen Korridor, der bis zu einem schwarzen Tor reichte, das in der dunklen Wand kaum auffiel. Würde kein Türsteher davorstehen, könnte man es glatt übersehen.

›Sixfourthree‹ nahm nun endgültig Abschied. Ich sah sie die schmale Gasse, die an einen Raubtiergang im Zirkus erinnerte, entlangkommen. Sie nahmen anerkennende Zurufe, bewundernde Blicke, respektvolles Schulterklopfen und das eine oder andere verheißungsvolle Lächeln mit Gleichmut entgegen. So sahen heutzutage Helden aus, wenn sie vom Schlachtfeld kamen.

Dann entdeckte Marc Paula. Ich rechnete es ihm hoch an, dass er direkt zu uns kam.

»Hi!«, grüßte er uns. Das Blau seiner Augen strahlte sogar im Schummerlicht.

»Hi!«, kicherte Paula. Dann versanken beide in schweigendem Starren, während im Saal der nächste Act losbrach.

Hinter Marc tauchte der andere, dessen Name mir nicht einfallen wollte, auf. Trotz brauner Wuschelfrisur und einem T-Shirt, auf dem stand ›Ja, dat muss so laut!‹, wirkte er irgendwie erwachsen. Er verhandelte kurz mit dem Türsteher. Dann nickte dieser und öffnete das Gitter, damit Paula und ich auf die andere Seite schlüpfen konnten.

Wir gingen durch das schwarze Tor, hinter dem ein langer Gang lag. Der hellgraue Boden, die weißen Wände und das fahle Licht wirkten im Gegensatz zu der Klang- und Lichtflut in der Halle sehr nüchtern.

Marc und Paula gingen vor mir. Er im weißen T-Shirt, Jeans und Turnschuhen, die aussahen, als ob er schon mindestens viermal den Himalaja mit ihnen hinaufgerannt wäre. Sie im sorgfältigst ausgewählten grauschwarzen Outfit, das genau das Richtige sagte, nämlich: Wir passen zueinander.

Marc öffnete eine Tür mit einem Zettel dran, auf den jemand ›Sixfourthree‹ gekritzelt hatte.

»Willkommen in der Glamourwelt des Showbiz!«, lud er uns ein, hob dabei theatralisch die Arme und ließ Paula und mich in ihre Garderobe eintreten. *Oder Abstellkammer?* Die ehemals weiße Wandfarbe blätterte an mehreren Stellen ab, in den Ecken hingen dicke Spinnweben. Der graue Nadelfilz auf dem Boden war mit Flecken übersät. Es roch unangenehm nach abgestandenem Rauch und verbranntem Kunststoff. An einer Wand standen drei gelbe Plastikboxen, in denen diverse technische Geräte, Stecker, Kabel und Vinylplatten lagen. In der einen Ecke brummte ein Dinosaurier von Kühlschrank, in der anderen standen ein unappetitlich fleckiges Sofa und zwei Stühle. Die lange Neonröhre an der Decke verbreitete heimelige OP-Atmosphäre.

»Wow, mehr Komfort, als Harry Styles jemals erwarten könnte!«, grinste Paula und ließ sich deutlich widerwillig auf dem Sofa nieder.

»Pass auf, dass dir keine Staubmilbe in den Hintern beißt!«, grinste der Lockenschopf, während er den Kühlschrank öffnete und fragend eine Dose Energydrink in die Höhe hielt. Marc streckte nur den Arm nach oben und er warf ihm, ohne genau hinzusehen, eine Dose direkt in die Hand.

»Ihr kennt Julien?«, stellte Marc ihn uns vor. *Genau genommen kenne ich nicht mal dich!* Ich nahm auf einem der Stühle Platz.

»Warst du nicht letzten Sommer bei unseren Projekttagen?«, erinnerte sich Julien und wollte mir ebenfalls eine Dose reichen. Ich schüttelte angewidert den Kopf. Wegen des Getränks, nicht wegen der Frage. Obwohl die Erinnerung an das Sommerprojekt ebenfalls Ekelgefühle in mir weckte.

Er sprach von den legendären Katastrophentagen! Klatschen-Lehmann hat mich aus purer Gehässigkeit in die klassenübergreifende Projektgruppe der Mathegenies gesteckt. Während meine Mitschüler klettern waren, Musikinstrumente bastelten, ein Bistro vor der Schule eröffneten oder sich als Tierpfleger im Zoo versuchten, durfte ich mich mit dem Brillen-Karohemden-Club über axiomatische Mengenlehre nach Zermelo-Fraenkel unterhalten. *Ein ganz ein flockiges Thema! Und unglaublich spannende Menschen.*

Paula bog sich bei der bloßen Erinnerung an meine täglichen Anfälle vor Lachen. »Du bist einer von den Hosenbund-in-Achselhöhle-Typen?«, prustete sie los.

Ich durchbohrte sie mit Blicken. *Diskretion? Ein Fremdwort, das wir mal wieder nachschlagen?*

Marc ließ sich neben Paula aufs Sofa fallen und grinste Julien an.

»Oh, ja, ich hab dir gleich gesagt, spiel nicht mit den Brillenköpfen!«

Julien schien von den Lästereien der beiden vollkommen unbeeindruckt. Er beförderte eine kleine Flasche Wasser aus dem Kühlschrank. Ich nahm sie dankbar an.

Nachdem die Getränke verteilt waren, setzte er sich auf den anderen Stuhl und streckte seine langen Beine von sich.

»Was bedeutet ›Sixfourthree‹?«, wechselte ich das Thema.

»Dass Marc und ich jämmerliche Baseballspieler sind«, lachte Julien.

Muss man nicht verstehen, oder?

»6-4-3 Double Play ist ein Spielzug beim Baseball, bei dem wir dummerweise häufig ausgeschieden sind«, erklärte Marc grinsend.

»Häufig? Die Untertreibung des Jahrhunderts. Wann warst du jemals an der dritten Base?«

»Es gibt eine dritte Base? Warum wusste ich das nicht?«, ereiferte sich Marc.

»Dann haben wir beschlossen, uns der Musik zu widmen, was bedeutend besser lief«, erzählte Julien weiter.

»Seit wann macht ihr das?«, fragte ich. Marc war erst seit vier Monaten bei uns an der Schule. Wenig Zeit für eine vermasselte Sportlerkarriere und einen erfolgreichen Showact.

»Seit etwa einem halben Jahr«, antwortete Marc, und als wüsste er, wo meine Gedanken rumgeisterten, fügte er mit einem entwaffnenden Lächeln hinzu: »In Tromsø war im Juni schon die Schule vorbei.«

»Der Penner hatte fast drei Monate Ferien«, brummte Julien.

»Was ist eigentlich axiomatische Mengenlehre?«, fragte Paula plötzlich gedankenverloren.

»Das willst du nicht wissen«, antwortete Marc schnell. Doch Julien schien bereits zu überlegen, wie er es erfrischend und amüsant erklären könnte. *Jemand an einwöchigen Erfahrungswerten interessiert? Axiome sind nicht unterhaltend!*

Marc schien meine Ansicht zu teilen. »Sie wollte nur höflich sein«, versuchte er mit deutlicher Verzweiflung Juliens Gedankengang zu stoppen.

»Du wolltest doch nur höflich sein, oder?!«, vergewisserte er sich ängstlich bei Paula. So panisch war er richtig süß. Was immer er an diesem Abend geplant hatte, es lief in die falsche Richtung. Er suchte krampfhaft nach Argumenten, um Juliens Denklawine aufzuhalten. Und der genoss es ganz offensichtlich, Marc hochzunehmen.

Langsam bekam ich Mitleid mit Marc. Außerdem, fand ich, hatten sich Marc und Paula etwas Privatsphäre verdient.

»Weißt du was?«, fragte ich Julien betont munter. »Erklär's mir doch vor der Tür.« Ich stand auf. Er blieb sitzen.

»Aber sie wollte es doch wissen«, jammerte er, als würde er die Welt nicht mehr verstehen, dabei zwinkerte er mir komplizenhaft zu. Marc starrte ihn an! Fassungslos? Wütend? Mordlüstern? Schwer zu sagen.

Ich beugte mich leicht zu ihm runter und flüsterte für die anderen gut hörbar: »Ganz schlechte Vorstellung! Und jetzt raus!«

Tatsächlich erhob er sich brav, schnappte sich im Vorbeigehen eine dunkle Reisetasche und folgte mir nach draußen. Kaum hatte er die Tür geschlossen, lachte er aus vollem Hals los. Es war ansteckend. Ich konnte mir ein Grinsen nicht verkneifen.

»Pssst, die hören dich da drin.«

»Das ist mir egal!«, japste er und wischte sich eine Träne von der Wange. »Das hat er verdient, der Idiot.«

»Warum?«

»Keiner nennt mich ungestraft Brillenkopf!«

»Aber er meinte doch gar nicht dich!« *Außerdem sehe ich keine Brille, aber das nur am Rande.*

»Die Beleidigung liegt zwischen den Zeilen.«

»Zwischen den Zeilen?«

»Es ist ein Spiel zwischen uns. Er lag nach Punkten vorne, dann hab ich aufgeholt.« *Oberstufenlogik, die muss ich nicht verstehen!*

Das dumpfe Wummern der Musik in der Halle tönte durch den Korridor.

»Gehst du da noch mal rein?«, fragte ich Julien und zeigte mit dem Kopf zur Tür am Ende des Gangs.

»Nee, keine Lust. Ich fahr heim.«

Ich wollte ebenfalls nicht mehr zurück in das Getümmel. Etwas ermattet lehnte ich mich an die Wand. Es war erst zwanzig vor elf.

»Ich kann dich mit zurücknehmen«, bot er an.

Ich musterte ihn kurz. *Risikominimierung! Mein Motto!*

»Keine Sorge, ich bin vielleicht ein bisschen schräg, aber kein psychopathischer Axtmörder.«

Ich überdachte kurz die Situation. Paula würde ganz sicher ohne mich zurechtkommen. Ich würde ihr eine Nachricht schicken, dass ich schon auf dem Weg nach Hause war.

»Na, dann mal los«, entschied ich, stieß mich von der Wand ab in Richtung der Tür, die in die Halle führte, aber Julien zog mich am Ellbogen zurück.

»Bühneneingang«, bemerkte er und deutete mit dem Kopf in die andere Richtung. Wir liefen durch ein verwirrendes Labyrinth aus Gängen, und gerade als ich ihn fragen wollte, ob er sicher wusste, wo der Ausgang war, stieß er eine schwere Metalltür auf. Klirrende Kälte schlug uns entgegen und nahm mir fast den

Atem. Dicke Schneeflocken fielen auf den matschig-nassen Boden. Fröstelnd schlug ich meine Arme um den Körper.

»Hast du nichts zum Drüberziehen?«, fragte Julien, selbst nur im T-Shirt.

Unfähig zu sprechen, da meine Zähne bereits klapperten, schüttelte ich den Kopf. Sehnsüchtig starrte ich auf die Reisetasche, die er lässig über der Schulter trug.

»Da sind nur Anschlüsse und Kabel drin«, beantwortete er meine ungestellte Frage, »aber wenn's hilft, hol ich was davon raus!«

Statt einer Antwort verdrehte ich nur die Augen.

Mit einem aufmunternden »Komm, es ist nicht weit« stapfte er von der Kälte offenbar unbeeindruckt durch das Schneetreiben und blieb an einem blauen Kleinwagen stehen. *Süß, der coole DJ fährt ein Sekretärinnen-Töfftöff!* Ich versuchte den dicken Flocken und den Pfützen gleichermaßen auszuweichen. Ein vollkommen sinnloses Vorhaben. Mein wirrer Zickzackkurs erinnerte wahrscheinlich an ein Kaninchen auf Ecstasy.

Als ich am Auto ankam, zog sich Julien gerade sein T-Shirt über den Kopf. *Freikörperkult im Dezember und er findet sich nur ›vielleicht ein bisschen schräg‹?*

»Hatte das einen tieferen Sinn, die dreifache Wegstrecke zu laufen?«, erkundigte er sich feixend, während er sich ein schwarzes T-Shirt überzog. *Das lass ich jetzt mal unkommentiert!*

Er überreichte mir einen dunklen Hoodie. »Es ist offen, du kannst schon einsteigen.« Froh, ins Trockene zu kommen, rutschte ich auf den Beifahrersitz. Mein Blick fiel auf das Duftbäumchen am Rückspiegel. Als es durch den Luftzug des zugeschlagenen Kofferraumdeckels zu tanzen begann, entdeckte ich die Duftnote. Karma! *Was kommt als Nächstes? Serviert der Dalai Lama persönlich Erfrischungsgetränke?* Gerade als ich mir eine Nase voll Karma gönnen wollte, riss Julien die Fahrertür auf. Er trug ein dunkelblaues

Kapuzensweatshirt. Mir fiel der Pulli in meiner Hand wieder ein. Schnell zog ich ihn mir über. Er war viel zu groß und die Ärmel reichten weit über meine kalten Hände. Ich schnallte mich an und kuschelte mich in den Sitz. Er startete den Motor, drehte die Heizung hoch und setzte rückwärts aus der Parklücke.

»Wie riecht denn Karma?« Die Peinlichkeit am Rückspiegel schrie förmlich nach Beachtung!

Er warf mir einen fragenden Blick zu. Ich deutete auf das Bäumchen. Er zuckte mit den Schultern. »Keine Ahnung. Das ist der Wagen meiner Schwester.« *Familiäre Abgründe!*

Langsam rollten wir durch das dichter werdende Schneetreiben vom Parkplatz.

»Wie lange kennt ihr euch schon, Marc und du?«, erkundigte ich mich. Selbst für ein halbes Jahr waren die beiden viel zu vertraut miteinander.

»Seit dem Kindergarten.«

»In Norwegen?«

»Nein, hier.«

»Dann ist er gar nicht in Norwegen geboren?«

»Doch, er war fünf Jahre, als seine Familie herzog. Seine Mutter kommt von hier. Sie wollte, dass ihr Sohn in Deutschland zur Schule geht. Marc hasste es.«

»Und dann gingen sie wieder zurück?«, wollte ich wissen.

»Ja. Es ist ein ewiges Tauziehen. Hjalmar, Marcs Vater, ist Polarforscher. Er findet hier nicht an jeder Ecke Arbeit.« *Ja, kann ich mir gut vorstellen. Wir sind ja ein eher Pol-armes Volk!*

»Nach vier Jahren lief sein Arbeitsvertrag aus«, erzählte Julien weiter, während er den Blick stur auf das dichte Schneetreiben auf der Straße gerichtet hielt.

»Was hat er hier gemacht? Eisbären im Zoo Nachhilfeunterricht gegeben?«

»Schon mal was vom Alfred-Wegener-Institut gehört?«

»Alfred Wegener? War das nicht der, der die Kontinente verschoben hat?«

»Es gilt inzwischen als wissenschaftlich gesichert, dass er es nicht persönlich war«, lachte Julien, bevor er weitererzählte: »Das Alfred-Wegener-Institut ist eine Einrichtung für Polar- und Meeresforschung. Dort hat Marcs Vater gearbeitet. Aber wirklich glücklich ist er nur auf seiner Forschungsstation in der Arktis. Dummerweise hasst Marcs Mutter die Kälte und die Dunkelheit. Sie hat sich in Norwegen nie wohlgefühlt. Oslo vielleicht, aber dort oben am Tor zum Nordpol ... Das ist kein einfaches Leben.«

»Kann ich mir gut vorstellen.« Damit erlahmte das Gespräch. Doch die Stille war nicht unangenehm. Das Schneetreiben wurde immer dichter. Es kam mir vor, als würden die Flocken mit einem Ventilator direkt auf die Windschutzscheibe geblasen. Wir kamen nur im Schneckentempo voran.

»Warum ist Brillenkopf für jemanden, der keine Brille trägt, eine Beleidigung?«, fiel mir plötzlich ein.

Julien schnaubte, dann zeigte er an sein rechtes Auge: »Minus 7,25 Dioptrien.« Der Finger wanderte nach links: »Minus 6,75 Dioptrien«, dann legte er die Hand wieder auf das Lenkrad. *Ich kenn mich ja nicht aus, aber das schreit doch nach Blindenhund, oder!?*

»Progressive Myopie, fortschreitende Kurzsichtigkeit«, fügte er noch hinzu.

»Hört sich gefährlich an!« *Vor allem für den Beifahrer!*

»Keine Sorge, ich trage Linsen. Sonst wäre ich wahrscheinlich nicht mal vom Parkplatz runtergekommen!«, grinste er.

Erst jetzt realisierte ich überrascht, dass wir bereits auf der Hauptstraße unseres Heimatortes fuhren. Ohne Probleme lotste ich ihn in unsere Straße. Als er das Auto vor unserem Haus stoppte, schnallte ich mich ab und wollte seinen Pullover ausziehen.

»Du kannst ihn mir in der Schule zurückgeben.«

»Danke!« *Sehr ritterlich!*

Er nickte und fügte dann hinzu: »Kein Problem, gute Nacht.«

Ich eierte den gefrorenen Gartenweg entlang. Erst als ich die Haustür geöffnet hatte und das wegfahrende Auto hörte, fiel mir ein, dass ich immer noch nicht wusste, warum Brillenkopf ein Schimpfwort war.

»Florentine?!«, meine Mutter kam mir aus dem Wohnzimmer entgegen. »Es ist gerade mal elf. Warum bist du schon da?« Mir war nicht klar, dass Zufrühkommen auch ein Problem sein konnte.

Sofort fiel ihr Blick auf Juliens Pullover. Der sackartige, verhüllende Schnitt müsste ihr eigentlich entgegenkommen. War aber nicht so.

»Was hast du da an?«, fragte sie sofort.

»Einen Pullover von einem Mitschüler. Ich wollte nicht mehr bleiben. Meine Jacke war bei Paulas Vater im Auto.« Ich konnte sehen, wie meine Mutter versuchte Zusammenhänge herzustellen.

»Du bist nicht vollständig bekleidet in das Auto eines jungen Mannes eingestiegen?« *So hört sich das ganz falsch an!*

»Julien ist kein junger Mann«, war das Erste, was mir dazu einfiel.

»Wenn er einen Führerschein hat, und den hat er ja hoffentlich, dann ist er über achtzehn!« *Schrill, schriller, meine Mutter!* Die Frequenz schmerzte bereits.

»Außerdem, Julien wer?«, hakte sie streng nach. *Name? Background? Familie?* Wollte sie eine Akte über ihn anlegen?

»Ich weiß nicht, wie er mit Nachnamen heißt. Ich wollte heim, er bot an, mich zu bringen. Das war alles.«

»Aha!« *Geht's noch anzüglicher?*

»Ich geh jetzt ins Bett. Ich bin müde.« *Außerdem werde ich nie mehr früher nach Hause kommen, und wenn ich eine Runde im Park schlafen muss!*

In meinem Zimmer war es mollig warm. Ich zog Juliens Pulli aus. Jetzt, in meiner gewohnten Umgebung, fiel mir auf, dass er merkwürdig roch. Nicht unangenehm, sondern einfach nur fremd. Vielleicht war das ›Karma‹. Plötzlich war ich wieder hellwach. Eigentlich war es erst kurz nach elf. Ich könnte noch versuchen, Lanrina wieder nach Hariam zu bringen. Die Arme lungerte nun schon die zweite Nacht da draußen rum. Nachdem ich mich in Askendor angemeldet hatte, erschien das Bild der verlassenen Arena auf dem Bildschirm.

Wo hatte ich Lanrina gestern doch gleich noch mal stehen lassen? Ich schaltete von der Späherfunktion direkt auf sie und sofort wurde es dunkel. Offenbar stand sie mitten im Wald. Keine Fackel, keine Taschenlampe, nicht mal ein kleines Glühwürmchen, das einem den Weg leuchten könnte. Sie war echt schlecht ausgerüstet für ihre erste Campingtour. Und ich hatte keine Ahnung, wo ich war. Blöd! Wahrscheinlich musste ich bis zum Morgen warten, um sie aus dem Unterholz zu führen. Ich ging noch mal auf Späherfunktion zurück, um mich grob orientieren zu können. Im fahlen Mondlicht warfen die Steinquader des Rondells gespenstische Schatten. Irritiert zuckte ich zurück. An dem hinteren Stein bewegte sich etwas. Neugierig zoomte ich ran. Fledermäuse? Oder hatte Thosse von Baar mal wieder Wachen postiert? *Kann mal jemand den Mond heller schalten?* Ich glaubte, aus den Augenwinkeln eine Bewegung an den Bäumen zu sehen. Blitzschnell wanderte mein Blick zur Seite. Die Stämme warfen tiefschwarze Schatten auf den schwach beleuchteten Platz. Aufmerksam suchte ich den Wald ab. Da war doch was. Ich beugte mich näher zum Bildschirm. *Ein Königreich für eine Taschenlampe.* Angestrengt kniff ich die Augen zusammen. In meinem Kopf breitete sich ein unangenehmer Druck aus, so intensiv starrte ich in das Dunkel. Da! Kein Zweifel! Dort hinten stand einer. Ich rückte noch ein Stück dichter an den Monitor. Fast stieß ich mit dem

Kopf dagegen. Die Pixel schienen sich einzeln in meine Augen zu drängen.

Plötzlich, ohne ersichtlichen Grund, kippte ich leicht nach vorne. Es fühlte sich wie eine kurzzeitige Gleichgewichtsstörung an. Bevor ich mich über das leichte Schwindelgefühl wundern konnte, kam schon der nächste Schubs. Es folgte ein weiterer, diesmal deutlich heftiger. Ich versuchte mich an der Tischplatte festzuhalten. Verfehlte sie jedoch. Dann wieder ein Ruck. War das ein Erdbeben? Der nächste Stoß hob mich leicht an. Hilflos ruderte ich mit den Armen, griff aber nur ins Leere. Der Druck in meinem Kopf stieg unaufhaltsam, als wollte er in den nächsten Sekunden zerbersten. Und dann, als hätte jemand einen Turbostaubsauger eingeschaltet, erfasste mich ein gigantischer Sog, der mich unweigerlich nach vorne zog. Mit der nächsten Erschütterung wurde ich aus meinem Stuhl gerissen. Ich war vollkommen wehrlos. Halb wahnsinnig vor Furcht schlug ich wild um mich. Dann hörte der Sog genauso unvermittelt auf, wie er angefangen hatte. Auch der Druck im Kopf ließ schlagartig nach. Ich fiel – seltsam schwerelos, wie in einem Traum. Versuchte, dabei meine Augen aufzureißen. Doch sie waren offen. Es gab nur nichts zu sehen, da mich nur dunkelstes Schwarz umgab. Ruckartig wurde mein Fallen beendet. Die Landung war hart. Stechende Schmerzen breiteten sich in meinem gesamten Körper aus. Schulter, Kopf, Hüfte, Knie, Nacken. So schnell konnte ich die Quellen des brennenden Gefühls gar nicht alle orten. Ein großes himmelschreiendes »AUA!!!« wäre jetzt angebracht. Leider fühlte sich mein Brustkorb an, als ob ein Elefant darübergelaufen wäre. Bereits die Vorstellung eines lauten Schmerzschreis brannte wie Feuer in den Lungen. Ich rang vorsichtig nach Luft. Meine Instinkte liefen innerlich Amok. Aufstehen! Umgebung sondieren! Verteidigung aktivieren!

Doch mein Körper entschied sich dafür, wehrlos liegen zu

bleiben. Das Gefühl, auf der blanken Erde zu liegen, war äußerst real. Der Geruch des Waldbodens nur schwer zu ignorieren. Alles fühlte sich alarmierend echt an. Es musste ein sehr realistischer Albtraum sein. Darauf hatte sich mein Bewusstsein zumindest gerade mit meinem Unterbewusstsein geeinigt, als ich unsanft an den Handgelenken gepackt wurde. Die Berührung jagte mir einen Schauer über den Körper. Sie war wirklich. Da war jemand, und der drehte mir gerade die Arme auf den Rücken. Dem erneuten Schmerz nachgebend, blieb mir nichts anderes übrig, als mich auf den Bauch drehen zu lassen. Schwer atmend versuchte ich meinen Kopf zu heben. Um Beweise für etwas zu erspähen, das ich nicht glauben wollte.

Leider wurde ich genau in dem Moment heftig nach unten gedrückt. Es fühlte sich an, als ob sich jemand auf meinen Rücken kniete. *Hallo, Rippen können auch mal brechen!* Atmen wurde zur absoluten körperlichen Herausforderung. War diese unglaubliche Gelassenheit, die sich in meinem Gehirn breitmachte, das erste Anzeichen von Sauerstoffmangel? Lustige Gedanken schossen mir durch den Kopf. *Du solltest die These mit dem Traum überdenken!* Als ob das mein primäres Problem wäre. Ganz praktische Fragen drängten sich in den Vordergrund. *Was haben die mit mir vor?* Und was vielleicht noch viel interessanter war: *Wer ist das, der mich gerade mit dem Gesicht in den Dreck drückt, während er mich an den Hand- und Fußgelenken fesselt?*

Ich fühlte, wie der grobe Strick in meine Haut schnitt, spürte den brennenden Schmerz und sagte mir dennoch, dass das alles nicht sein könnte. Es war, als stünde ich neben mir und beobachtete aus sicherer Distanz, wie ich unsanft vom Boden hochgerissen wurde. Jemand schulterte mich wie einen Sack Kartoffeln. Keiner sprach ein Wort. Bewegungsunfähig hing ich über einer Schulter, die bei jedem Schritt unangenehm in meinen Magen stieß. Alles, was ich erkennen konnte, war schwarzes Leder direkt vor meiner Nase. Vorsichtig drehte ich den Kopf, um einen Blick auf die anderen zu werfen. Sie waren zu viert oder fünft. Hoben sich kaum vom dunklen Hintergrund ab. Dennoch bemerkte ich sofort die Brustpanzer mit den Lederschuppen, die breiten, kunstvoll gearbeiteten Gürtel, in denen imposante Schwerter steckten. Es waren die Wächter von Askendor. Und spätestens jetzt schwand die letzte Hoffnung und machte einer unglaublichen Erkenntnis Platz: Ich war in einem Computerspiel gelandet.

Als mein Träger mich unsanft auf einen Pferderücken warf, stieg Panik in mir auf. Ein Pferd?! Ich hatte einen Heidenrespekt, um nicht zu sagen, Angst vor diesen Tieren. *Falls es noch niemandem aufgefallen war: Die haben riesige Zähne und tragen Metallschuhe. Fünf von sechs Enden sind bei diesen Tieren hochgefährlich und das sechste kann pestilenzartig stinken!* Ich protestierte lautstark, doch keiner nahm Notiz von meinem Gezeter. Irgendwie gefiel mir das alles überhaupt nicht. Wohin gingen wir? Der einzige Weg, der mich wirklich interessierte, war der zurück in mein Zimmer.

Es gab bedeutend bequemere Stellungen als bäuchlings, mit auf dem Rücken zusammengebundenen Händen auf einem Pferd zu liegen. Ich hing kopfüber und hatte eine äußerst eingeschränkte Sicht. Doch ganz offensichtlich spielte mein Reisekomfort eine sehr untergeordnete Rolle. In ihren Augen war ich wohl mehr ein sperriges Frachtstück als ein Mensch. Es ging im gestreckten Galopp über einen Waldweg, Felder, Wiesen. Ich donnerte bei jedem Schritt gegen den Sattel des Reiters. Den Kopf musste ich nach vorne gedreht halten, da er mir sonst mit seinem Knie oder der Stiefelspitze, je nachdem, wie weit ich gerade vom Pferd gerutscht war, ein Veilchen verpasst hätte. Wäre mir vor Angst nicht jeder Ton im Hals stecken geblieben, hätte ich gellend geschrien. Nach geraumer Zeit wurde das Pferd langsamer. Waren wir am Ziel? Neugierig öffnete ich die Augen, nur um sie sofort wieder ungläubig zu schließen. Der Wächter lenkte das Tier direkt auf eine dieser furchtbaren Hängebrücken zu. *Jungs, nehmen wir doch einen Weg, bei dem man nicht stirbt!* Ohne jede Unsicherheit gingen die Pferde über die schwankende Holzbrücke.

Ich schloss die Augen und versuchte mir einzubilden, dass ich in meiner Hängematte in unserem Garten lag. Es schaukelte hin und her, hin und her. Die Sonne schien. Meine Güte, war mir übel. Die Flucht in eine schönere Vorstellung misslang. Vorsichtig linste ich unter meinen Lidern hervor. Wir waren etwa in der Mitte der Brücke. Hatten sie mich mit Absicht so aufs Pferd gelegt, dass mein Kopf direkt über dem Abgrund hing? Meine Muskeln brannten wie Feuer, weil ich meinen Körper fest an das Pferd presste. Irgendwann realisierte ich freudig, dass wir über die Brücke rüber waren. Doch die Erleichterung dauerte nur kurz, denn inzwischen ritten wir auf Brettern. Bretter? Irgendwer hatte ein bisschen Holz in die Felswand getackert. Das war ein Witz, aber kein Weg! Keine Ahnung, was so ein Pferd mit Reiter wog. *Schon mal was von Traglast gehört?* Zu allem Übel schien der Mond inzwischen sattgelb. Die Konturen der Berge wurden deutlicher, die des Abgrundes ebenfalls. Wahrscheinlich stand über mir ein atemberaubender Sternenhimmel. Fantastisches relativierte sich, wenn man über einem Abgrund im Niemandsland baumelte. Ich hatte jedes Zeitgefühl verloren. Wie lange konnte man bedenkenlos kopfüber hängen, wenn man keine Fledermaus war? Hoffentlich länger, als wir bereits unterwegs waren.

Erleichtert stellte ich fest, dass sich zumindest die Qualität des Weges offenbar deutlich verbessert hatte. Er war breit und ich hörte Hufgeklapper auf Stein. Um mehr zu sehen, versuchte ich den Kopf anzuheben. Doch kaum hatte ich die gigantischen Bergrücken, die sich im fahlen Mondlicht erhoben, gesehen, zwang mich ein stechender Schmerz im Nacken wieder in meine Ausgangsposition zurück. Wir mussten weit oben sein. Es war bitterkalt. Plötzlich stoppte der Tross. Ich wurde unsanft vom Pferd gezogen und auf den Boden gestellt. Nur schemenhaft nahm ich den riesigen Platz wahr, auf dem wir standen. Bevor ich irgendetwas genauer betrachten konnte, versagten meine Beine ihren Dienst. Ich fiel einfach vornüber. Ein Wächter fing mich auf und schulterte mich wortlos. Wir überquerten einen Platz. Viel mehr als den Boden konnte ich von meiner Position aus nicht erkennen. Große, dunkle, glatte Steinplatten, die matt im Mondlicht glänzten. Dann ging es einige Stufen nach oben. Es hörte sich an, als würde ein großes Tor aufgestoßen. Alles wortlos, gespenstisch stumm. Die Schritte der Männer hallten in einem langen, düsteren Gang wider. Es ging durch ein verwirrendes Labyrinth aus Treppen und Korridoren. Immer wieder wurden Türen geöffnet. Wo waren wir? Burg? Palast? Verlies? Höhle? Es könnte alles sein. Die Beleuchtung war sehr spärlich. Mein Blickwinkel dürftig. Dann fielen plötzlich Licht und Wärme auf mich. Aufgeregt verdrehte ich den Kopf in alle Richtungen. Ich wurde durch einen gigantisch großen Saal getragen. Von dem, was ich auf die Schnelle erfassen konnte, kam mir unsere Sporthalle in der Schule dagegen wie eine Besenkammer vor. Ich zuckte zusammen, als sich eine kolossale Flügeltür hinter uns mit einem satten Rums schloss. Türenschlagen war hier Hochleistungssport. Mit langen Schritten durchpflügten die Wachen die Halle, die im Prinzip leer war. Der bleigraue Steinboden sah wie der draußen auf dem Platz aus. Allerdings waren einige Platten mit Wappen oder Reliefs verziert. Die Wände bestanden aus großen, grob gehauenen Steinquadern. In regelmäßigen Abständen steckten qualmende Pechfackeln in der Wand, deren Flammen unruhig züngelten. Plötzlich spürte ich sengende, alles verzehrende Hitze. Irritiert drehte ich meinen Kopf und erblickte eine gigantische Feuerstelle, die in der Mitte des Saales thronte. Ich war nicht gut im Schätzen, aber ich zählte sechs Schritte, bevor die Männer die gewaltigen lodernden Holzstämme passiert hatten. Die Gluthitze, die von dem Feuer ausging, brannte beinahe unerträglich in meinem Gesicht. Die Wächter gingen unbeirrt weiter durch den riesigen Saal.

Plötzlich wurde ich wieder auf meine Füße gestellt und dieses Mal reagierte niemand, als ich auf meinen eingeschlafenen Beinen zusammenbrach. Wie ein Wurm wand ich mich auf dem Boden. Es war demütigend. Ich drehte mich, so gut es mit meinen gefesselten Händen und Füßen ging, in eine Art Seitenlage und blieb dann ruhig liegen. Mit einem schnellen Blick über meine Schulter registrierte ich die Wächter, die sich breitbeinig hinter mich gestellt hatten. Sechs Männer fixierten mich mit angespannter Miene, die Hand am Schwertgriff. Bereit, mich bei der kleinsten falschen Bewegung zu meucheln. Was erwarteten sie? Sah ich aus wie Superwoman? Glaubten sie ernsthaft, dass ich mich hochrappeln und zum Ausgang hüpfen würde?

Entmutigt wanderte mein Blick zur Decke des Saales und wurde sofort von der monumentalen Holzkonstruktion gefangen genommen. Fasziniert betrachtete ich die gewaltigen Balken, die sich über die beachtliche Breite der Halle spannten. An der Stirnseite des Saals prangte ein immenses in Stein gehauenes Wappen. Inzwischen glaubte ich, dass sogar unser Haus mitsamt Garten locker in dieser Halle Platz gefunden hätte. Selbst die Lanzen, die das Wappen flankierten, waren riesig. Erschreckenderweise sahen sie so aus, als ob sie auch benutzt wurden. Ich wollte nicht wissen, für was. Von den Dimensionen her könnte man glauben, im Haus eines Riesen gelandet zu sein. Doch die Stühle, die im Halbkreis vor dem Wappen standen, waren nicht sonderlich groß. Lediglich der mittlere wirkte durch die kunstvoll geschnitzten Armlehnen und die deutlich höhere Rückenlehne etwas wuchtiger. Ein Riese hätte darin allerdings keinen Platz gefunden.

6

Irgendwo klapperte eine Tür. Schnelle Schritte, die näher kamen. Noch während ich versuchte mich umzudrehen, erschien über mir das Gesicht eines alten Mannes. Seine wässrig blauen Augen musterten mich mit demselben Interesse, mit dem ich eine kleine ekelige Spinne betrachten würde. Seine imposante Hakennase verlieh ihm das Aussehen eines Raubvogels. Insgesamt wirkte er sehr missmutig, was durch das ungesund wächserne Glänzen seiner Haut noch unterstrichen wurde. *Ich bin auch nicht freiwillig hier!*

»Wer bist du?« Der schnarrende Ton seiner Stimme passte perfekt zu seinem Äußeren.

Auf keinen Fall würde ich mich von ihm hier auf dem Boden liegend befragen lassen. Ich hatte auch meinen Stolz. Etwas schwerfällig rappelte ich mich hoch. Er beobachtete mich ungerührt. In Jeans, weißem T-Shirt und Socken unterschied ich mich deutlich von der hier herrschenden Kleiderordnung. Doch er ließ keinen Moment der Irritation erkennen. Als ich endlich vor ihm stand, wiederholte er ungerührt seine Frage.

»Wer bist du?«

»Florentine Lenzen. Und wer bist du?«

»Efnisien.« *Klar, jetzt weiß ich Bescheid.* »Zu welcher Gruppe gehörst du?« *Knifflige Frage.* Irgendwie befürchtete ich, ihm könnte die Wahrheit nicht sonderlich gefallen. Ich probierte es trotzdem.

»Zu den Menschen.«

Er starrte mich kurz an. Nicht die geringste Regung war auf seinem Gesicht zu erkennen.

»Zu welcher Gruppe gehörst du?«, wiederholte er nach einer kurzen Pause. Ich musterte ihn irritiert. *Schlechtes Gehör?*

»Zu den Menschen«, antwortete ich noch einmal lauter.

Sein Blick ruhte auf mir, als würde er auf eine Antwort warten. *Oder komplett taub?*

Vielleicht bedeutete sein Schweigen aber auch, dass er mehr Informationen wollte. Ich überlegte noch, wie ich ihm die Gruppe Mensch zufriedenstellend erklären könnte, da öffnete er schon wieder den Mund.

»Zu welcher Gruppe gehörst du?« *Oh, wir drehen noch eine Runde!*

»Immer noch zu den Menschen.«

Er musterte mich mit starrer Miene.

»Zu welcher Gruppe gehörst du?« *Schätze, mit Ehrlichkeit kommen wir nicht weiter. Neue Taktik!*

»Zu den Exkrietern.« Efnisien nickte. Dass ich ihn offenbar dreimal angelogen hatte, schien ihn nicht im Geringsten zu irritieren. Selbst als die Eingangstür am anderen Ende des Saales donnernd ins Schloss fiel, zuckte er nicht mit der Wimper. Ich hörte feste Schritte, die langsam in meine Richtung kamen.

»Bist du eine Candelanima?« Wer immer sich näherte, stoppte abrupt. Efnisien ließ mich nicht aus den Augen. Seine bohrende Miene erinnerte mich an den Röntgenblick meiner Mutter.

»Nein, sicher nicht!« Sonst würde ich mich unsichtbar machen und abhauen. Die Schritte setzten wieder ein.

»Was hattest du am Platz des Hohen Rates zu suchen?« *Passe! Nächster Punkt!* Efnisien zeigte eine gewisse Hartnäckigkeit. Ungerührt wiederholte er seine Frage: »Was hattest du am Platz des Hohen Rates zu suchen?«

»Nichts. Ich war zufällig dort.« Efnisien warf einen schnellen Blick zur Rückseite der Halle. Entweder störte ihn das Stiefelgeklapper auf dem Steinboden oder …

»Was hattest du am Platz des Hohen Rates zu suchen?« *Kann man hier nicht mal einen Gedanken zu Ende denken?!*

»Pilze sammeln?!«, versuchte ich es missmutig mit einer anderen Antwort. Ein dunkles Lachen hallte durch den Saal.

So würdevoll, wie es mit zusammengezurrten Beinen möglich war, drehte ich mich um. Er stand in der Nähe der Feuerstelle. Groß, dunkel, mit verschränkten Armen. Zu weit weg, um mit Sicherheit sagen zu können, dass er es war.

»Was hattest du am Platz des Hohen Rates zu suchen?« Efnisien drängte sich mit seiner lästigen Fragerei wieder in mein Bewusstsein. *Sitzt der eigentlich auf der Repeat-Taste?* Seine Beharrlichkeit war nervtötend. Unruhige Anspannung machte sich in mir breit. Aus den Augenwinkeln registrierte ich die dunkle Gestalt, die nun in einiger Entfernung an der Längsseite der Halle entlangschritt. Mein Blick wanderte unstet zwischen Efnisien und ihm hin und her. Langes schwarzes Haar, hochgewachsen, dunkel gekleidet. Das Gesicht lag im Schatten und war nicht zu erkennen. Doch wie viele konnte es davon geben?

»Was hattest du am Platz des Hohen Rates zu suchen?« *Oh, Mann! Der gibt wohl niemals auf.*

»Ich dachte, Askendor wäre ein freies Land!«

Kein Muskel zuckte in Efnisiens Gesicht. Es blieb starr wie eine Maske. *Zu viel Botox?* Kurze Pause, dann ein erneuter Versuch.

»Was hattest du am Platz des Hohen Rates zu suchen?« So langsam wurde ich sauer. Außerdem war mir kalt. *Ist schon jemandem aufgefallen, dass ich keine Schuhe anhabe?* Nur in Socken war der Steinboden eisig.

»Es reicht!«, hörte ich mich plötzlich losschnauzen. *Angst macht lustige Sachen mit einem.* »Meine Füße sind Eisklumpen und diese bescheuerten Fesseln sind so eng, dass ich meine Hände bald nicht mehr spüre.« Efnisien nahm meinen Ausbruch ziemlich gelassen hin. Doch ich realisierte, dass jemand anderes mich anstarrte. Trotzig warf ich den Kopf in den Nacken, damit die lästigen Haarsträhnen aus meinem Gesicht verschwanden, und erwiderte wütend den Blick. Kein Zweifel, er war es. Das Grün seiner Augen schien durch den Saal zu leuchten.

Ungerührt führte Efnisien seine Befragung fort.

»Was hattest du am Platz des Hohen Rates zu suchen?« Um den letzten Rest Beherrschung bemüht, schloss ich die Augen und atmete tief durch. Vielleicht würde es mir gelingen, ihn mit seinen eigenen Waffen schlagen.

»Nichts! Ich war zufällig dort«, antwortete ich gespielt munter und strahlte Efnisien an.

»Was hattest du am Platz des Hohen Rates zu suchen?«

»Nichts! Ich war zufällig dort.«

Mal sehen, wer den längeren Atem hatte. Während ich mein Frage-Antwort-Spiel mit Efnisien fortsetzte, riskierte ich ab und zu einen unauffälligen Seitenblick auf Thosse von Baar. Er zog weiterhin seine Bahnen. Mir fiel auf, dass seine Schritte allmählich schneller und härter wurden. Seine Bewegungen wirkten ungehalten, fast schon zornig.

Sollte er Efnisien ein Zeichen gegeben haben, die Befragung zu stoppen, so war es mir entgangen. Doch plötzlich, ohne nachvollziehbaren Grund, schwieg dieser. Mir fiel es erst auf, nachdem ich noch zweimal »Nichts! Ich war zufällig dort« genuschelt hatte.

Überrascht bemerkte ich, dass die Wachen hinter mir unruhig wurden. Das metallische Ziehen von Schwertklingen war zu hören. Zwei von ihnen schoben sich direkt neben mich. Irritiert schaute ich erst nach links, dann nach rechts. Die Art, wie sie ihre Schwerter hielten, fand ich äußerst beunruhigend. Die Spitzen waren direkt auf mich gerichtet. Ihre grimmigen Mienen stimmten mich in keiner Weise optimistisch. Irgendwas musste mir entgangen sein. Obwohl ich seit sicher zehn Minuten den immer gleichen Satz wiederholt hatte, stand ich plötzlich unter ganz spezieller Beobachtung. Dann entdeckte ich den Grund für ihre Nervosität. Thosse von Baar kam direkt auf mich zu.

Die bleigraue Tunika, die aus mehreren Schichten zu bestehen schien, die dunkle Hose und die schwarzen Stiefel waren wohl so etwas wie Freizeitkleidung. Neidvoll musste ich anerkennen, dass es mehr hermachte als nur Jeans und T-Shirt. Außerdem war er unbewaffnet. Doch auch ohne Rüstung und Schwert war Thosse von Baar in natura eine ziemlich beeindruckende Erscheinung. Wie groß war der Kerl? Zwei Meter?! Blauschwarz schimmernd fiel ihm seine Mähne bis auf den Rücken. Einzelne Haarsträhnen stahlen sich in sein Gesicht. Die Konturen seiner Augen wurden von den tief liegenden Brauen verschattet. Sie verschmolzen zu einer bedrohlich wirkenden Einheit, aus deren Dunkel nur das fast schon diabolische Grün seiner Iris hervorstach. Ich ertappte mich dabei, wie ich mit dem Oberkörper zurückwich.

Er näherte sich mir aufreizend langsam mit festen Schritten, strahlte dabei eine fast schon provozierende Überlegenheit aus und ließ mich keine Sekunde aus den Augen. Ich versuchte seinem Blick standzuhalten und bedrohliche Details wie mahlende Kiefermuskeln und wütend zusammengepresste Lippen zu ignorieren. Etwas mehr als eine Armlänge von mir entfernt blieb er stehen.

Die finstere Miene, mit der er mich taxierte, war nicht neu, wirkte aus der Nähe betrachtet allerdings bedeutend beängstigender. Es war nicht sein Äußeres allein. Die unnahbare Erhabenheit, die er ausstrahlte, forderte Respekt, fast schon Ehrfurcht. Gut, dass ich gefesselt war, sonst hätte ich am Ende noch vor ihm geknickst! *Lernt man diese majestätische Würde in der Königsschule?*

Der Unterschied zu Efnisiens linkischer Haltung und seinem unbeweglichen Gesichtsausdruck konnte nicht frappierender sein. Auch die Wachen waren im Vergleich zu ihm seelenlose Staffage. Überrascht stellte ich fest, dass alle wirkten, als würden sie in tiefer Achtung vor ihm fast versinken.

Für einen kurzen Moment war nur das Knacken des Feuers zu hören.

»Du frierst?« Seine dunkle Stimme durchschnitt die Anspannung. Sie hörte sich rau, fast heiser an, aber mehr als ihr Klang irritierte mich die Frage an sich. Von allen Punkten, die sich aufdrängten, interessierte er sich für meine Eisfüße.

Ich nickte, räusperte mich und hoffte, dass meine Stimme nicht anfangen würde zu zittern: »Ja, ich habe keine Schuhe an.« Er schaute auf meine Füße.

»Tatsächlich«, bemerkte er gleichgültig. Seine Augen wanderten ungeniert über meinen Körper zurück nach oben. Sein Gesichtsausdruck blieb feindselig.

»Der Boden ist frostig«, fügte ich hirnlos hinzu, weil mir nichts Besseres einfiel. Er reagierte nicht. *Grandiose Unterhaltung!* Er taxierte mich weiterhin angestrengt.

»Was bist du?«, herrschte er mich auf einmal unvermittelt an. *Toll, jetzt bin ich nicht mal ein Wer, sondern nur noch ein Was!* Um seine ablehnende Haltung noch ein bisschen zu unterstreichen, verschränkte er die Arme vor der Brust und richtete sich zu seiner vollen Größe auf. Es zeigte Wirkung, ich fühlte mich klein und hilflos. Außerdem hatte Paula unrecht. Er war nicht schnuckelig, kein bisschen! Paula! Meine Kehle schnürte sich weiter zu. *Ich will heim!* Mein Blick begann zu verschwimmen. Wütend biss ich mir auf die Lippe. Nein, ich würde nicht losheulen. Mein Körper begann auf die Anspannung und Kälte zu reagieren und fing an, unkontrolliert zu schlottern.

»Was? Bist? Du?«

Irgendwie hatte ich geglaubt, man könnte sich mit ihm vernünftiger als mit Efnisien unterhalten. Aber er war keinen Deut besser, nur viel einschüchternder.

Der grollende Tonfall, die inzwischen zu Schlitzen verengten Augen, die riesige Zornesfalte zwischen den Brauen. Da war kein Funken Sympathie, nur blanke Abscheu. Wie hatte ich mich so täuschen können?

Meine Kehle wurde immer enger. Ich räusperte mich. Schluckte mehrmals trocken, um die aufsteigenden Tränen niederzukämpfen.

»Ein Mensch«, krächzte ich endlich und konnte nicht verhindern, dass mir dabei zwei Tränen aus den Augen kullerten. Ich versuchte sie an meiner Schulter abzuwischen, verharrte aber erschrocken in der Bewegung, als Thosse von Baar sich blitzartig zu mir runterbeugte. Plötzlich war er nur noch wenige Zentimeter von mir entfernt. Seine Pupillen scannten in einer unruhigen Zickzackbewegung mein Gesicht. Genauso unvermittelt, wie er sich vorgebeugt hatte, schoss er gleich darauf wieder zurück. Während ich mich noch fragte, was das sollte, duckte er sich, zog irgendetwas Glänzendes aus seinem Stiefel und schnellte im nächsten Moment wieder hoch. Ich konnte den Dolch in seiner Hand kaum erkennen, da zog er ihn mir schon über den nackten Oberarm. Erschrocken wich ich zurück, verlor das Gleichgewicht und kippte um. Schauer um Schauer liefen über meinen Körper, während ich mich auf dem Boden wand. Das Frösteln hatte nun etwas Unwirkliches, Schockartiges. Wütend rappelte ich mich in eine halb sitzende Position und verdrehte den Kopf, um einen Blick auf die Wunde werfen zu können. Kaum hatte ich den Schnitt an meinem Oberarm entdeckt, spürte ich den brennenden Schmerz. Ich konnte es nicht fassen. Er hatte mich angegriffen! Einfach so! Ohne erkennbaren Grund!

Weder Efnisien noch die Wachen zeigten auch nur die geringste Reaktion. Wahrscheinlich machte er das ständig!

»Geht's noch!«, entfuhr es mir ungehalten, während ich beobachtete, wie ein Tropfen Blut langsam über meinen Arm rann. Halb in der Erwartung, mir die nächste Verletzung einzufangen, schaute ich zu ihm hoch. Doch es folgte kein weiterer Angriff. Er starrte mich nur erschrocken an, als hätte ich mich soeben in eine dreiköpfige Schlange verwandelt. Sah ich da etwa Furcht in seinen Augen? Wovor hatte er Angst? *Was spielen wir hier? Verdrehte Welt? Bin ich etwa die mit dem blutigen Dolch in der Hand?*

Es dauerte nur Sekunden und er hatte seine Fassung wieder.

»Abtreten!«, befahl er den Wachen, die sich sofort auf den Weg machten.

»Du auch!« Efnisien zögerte. Es schien, als wollte er noch etwas einwenden.

»Raus!« Er flüsterte nur, doch es zeigte so viel Wirkung, als wenn er tobsüchtig gebrüllt hätte. Efnisien setzte sich sofort in Bewegung. Seine eiligen Schritte klangen durch die Halle. Ich kauerte auf dem Boden und forschte angestrengt nach Ideen, wie ich meine kläglichen Überlebenschancen verbessern könnte. Leider ohne nennenswerte Erfolge. Ich war ihm ausgeliefert! *Um nicht zu sagen, geliefert!*

Thosse von Baar schaute Efnisien nach. Erst als das Tor zufiel, wandte er sich mir zu. Wortlos schob er den Ärmel seines Hemds zurück. Verwundert beobachtete ich, wie er, ohne eine Miene zu verziehen, die Klinge des Dolches über seinen Unterarm zog. Was sollte das jetzt? Wollte er mir sagen, dass ich eine Memme war? Ich starrte ihn verwirrt an. Langsam trat Blut in seine Wunde. *Auf keinen Fall werden wir hier so etwas wie Blutsbrüderschaft abziehen. Das ist ekelig!* Vielleicht hatte jemand mal ein Pflaster? Moment mal! ... Da stimmte doch etwas nicht! ... Das war ... unmöglich! Ich warf ihm einen irritierten Blick zu.

Er schien nur darauf zu warten, dass bei mir der Groschen fiel. *Willkommen am Ende des Denkprozesses!*

Ich starrte ungläubig auf seine blutenden Wunde.

»Das Zeichen der Herrschenden von Askendor«, erklärte er leise. Wie weggeblasen waren Hass und Bedrohung. Er wirkte mindestens so irritiert wie ich.

»Würdest du mir nun sagen, wo du herkommst?« *Na bitte! Richtig nett gefragt! Geht doch!*

»Auf dem Steinboden liegend? Vor mich hin blutend?«, beschwerte ich mich.

Er näherte sich, immer noch vorsichtig und bereit, sich jederzeit zu verteidigen. Achtlos zog er dabei den Ärmel über seine Wunde. Er kniete sich vor meinen Füßen nieder und begann, mit dem Dolch die Fußfessel zu durchtrennen. Ich beobachtete ihn mit einer Mischung aus Misstrauen und Verwunderung. Als er meinen Knöchel berührte, zuckte ich erschrocken zurück. Seine Hände waren warm!

Es war ein herrliches Gefühl, als meine Beine wieder frei waren. Begeistert sprang ich auf und ging ein paar Schritte. Fast wäre ich sogar gehüpft! Thosse von Baar hatte sich ebenfalls aufgerichtet. Er ließ mich nicht aus den Augen. Ich stellte mich mit dem Rücken zu ihm, damit er die Handfessel lösen konnte. Nichts passierte.

»Die Hände!«, erinnerte ich ihn. Keine Reaktion. Verwundert drehte ich mich zu ihm um.

Der Hass war zwar aus seinem Blick verschwunden, doch es war deutlich zu erkennen, dass er mir nicht traute. *Das kann ja heiter werden!*

Langsam wich ich einen Schritt zurück. Die Narbe, die sich von seiner rechten Augenbraue über die Schläfe bis zum Ohr zog, war mir bisher entgangen. Er belauerte skeptisch jede meiner Bewegungen. Fühlte er sich etwa von mir bedroht? Gut, ich hatte ihm in den letzten Tagen mehrfach aufgelauert. Konnte offenbar erscheinen und verschwinden, wie es mir passte. Falls er wirklich fähig war, selbstständig zu denken, musste er sich fragen, wie weit meine Macht ging. Traute er mir ernsthaft übernatürliche Kräfte zu? Ging er vielleicht sogar davon aus, dass ich ihn vernichten könnte? *Soll ich mal laut ›huibuh‹ rufen?*

Ich schaute ihm direkt in die Augen und versuchte mich von deren düsterem Ausdruck nicht beeindrucken zu lassen.

»Ich habe mindestens so viel Angst wie du.« Mehr als ein Flüstern brachte ich nicht zustande. Einzig eine verwundert nach oben gezogene Augenbraue signalisierte, dass er mich gehört hatte.

»Ich werde dir nichts antun und hoffe, du tust mir ebenfalls nichts.« Ich versuchte betont langsam und ruhig zu reden.

Sekunden verstrichen. Ich bemerkte, dass er immer noch den Dolch in der Hand hielt. Sah, wie sich seine Faust fester um den Griff spannte, bereit, jederzeit zuzustoßen. Langsam wanderte mein Blick wieder zu seinem Gesicht, blieb aber verwundert an seinem Brustkorb hängen. Erst jetzt fiel mir auf, dass er sich langsam hob und senkte. Ich konnte es kaum fassen. Er atmete! Zählte man alle Fakten zusammen, kam man allmählich nur zu einem Schluss. Ich war mit meiner neuen Entdeckung so beschäftigt, dass ich nicht sofort bemerkte, wie er nach vorne schnellte. Daher schrie ich laut auf, als er mich plötzlich packte und unsanft umdrehte. Bevor ich richtig begreifen konnte, was passierte, stieß er mich auch schon von sich weg. Ich taumelte einige Meter, bevor ich mich wieder gefangen hatte. Überrascht stellte ich fest, dass meine Hände frei waren. Er hatte mir die Handfessel durchtrennt und mich dann von sich weggestoßen. Warum? Die Schmerzen in meinen Schultern lähmten kurzzeitig mein Denkvermögen. Ich jammerte vor mich hin, während ich vorsichtig meine gefühllosen Hände aneinanderrieb. Entsetzt betrachtete ich die Striemen an meinen Handgelenken. *Nicht unbedingt das modische Accessoire meiner Wahl.* Als ich mich einigermaßen beruhigt hatte und das Gefühl mit Nadelstichen langsam wieder in meine Finger zurückkam, hob ich den Blick.

Thosse von Baar stand mehrere Meter von mir entfernt. Er belauerte mich aus der Ferne, hoch konzentriert, mit gezücktem Dolch. *Sehen so etwa Killer aus*? Als sich unsere Blicke trafen, straffte sich jede Faser seines Körpers. Seine Bereitschaft, mich bei der kleinsten falschen Regung anzugreifen, war selbst über die Distanz zu spüren. Das war kein Spiel!

Finns Beschreibung der Candelanima fiel mir wieder ein: ›Sie erscheint als harmlose, unbewaffnete Frauengestalt, kann aber durch die bloße Berührung mit ihrer Hand jedes andere Lebewesen in Flammen aufgehen lassen.‹

Obwohl sich Thosse von Baar nicht sicher war, ob ich ihn vernichten würde, hatte er meine Fessel gelöst. *Ganz schön mutig … und unlogisch!*

»Ich bin keine Candelanima!« Zum Beweis streckte ich ihm meine Handflächen entgegen. Das war wohl alles andere als überzeugend. Er wich zurück.

»Was kann ich tun, damit du mir glaubst?«

Er blieb sprungbereit.

So langsam dämmerte mir selbst die Antwort. Nichts. Ich konnte nichts an der Situation ändern. Wir waren einander zu fremd, um uns zu vertrauen. Uns trennten wirklich Welten. Sein Schweigen und seine feindliche Haltung zeigten es mir nur allzu deutlich.

Entmutigt und fröstelnd schlich ich, ohne mich weiter um Thosse von Baar zu kümmern, dichter ans Feuer. Die Hitze war ein willkommener Kontrast zu der Kälte, der ich in den letzten Stunden ausgesetzt gewesen war. Erstaunt stellte ich fest, dass sich der Boden in der Nähe des Kamins aufgeheizt hatte. Ich ging ein Stück hin und her, um die für mich ideale Temperatur zu finden. Dann setzte ich mich, ohne groß nachzudenken, einfach auf die Steinfliesen und genoss die Wärme. Am liebsten hätte ich mich auf dem Boden gerekelt. Doch ich begnügte mich damit, meine

Handflächen daran aufzuheizen und anschließend über meine kalten Arme zu reiben. Die Wunde an meinem Arm hatte aufgehört zu bluten. Sie war nicht sonderlich tief, pochte aber unangenehm. Ich betrachtete sie nachdenklich.

»Es würde helfen, wenn du deine Hände so wenig wie möglich bewegen würdest.«

Überrascht schaute ich auf. Thosse von Baar war lautlos näher gekommen. Er blieb in sicherer Entfernung stehen, steckte aber den Dolch zurück in seinen Stiefel. Kein Zweifel, er würde nur Sekunden brauchen, um ihn dort wieder rauszuziehen.

Ich schob brav meine Hände unter die Oberschenkel und schaute ihn erwartungsvoll an.

»Also, wer bist du?«, fragte er nach einer ganzen Zeit. Der gebieterische Ton war aus seiner Stimme verschwunden. *Vielleicht kommen wir jetzt mal weiter!*

»Mein Name ist Florentine Lenzen«, begann ich zögerlich. »Ich gehöre eigentlich nicht nach Askendor«, fuhr ich jedes Wort abwägend fort. Er hörte mir aufmerksam zu. Es war vollkommen unmöglich zu erkennen, was er dachte.

»Also Lanrina, mein Char, lebt in Hariam. Sie gehört zu den Exkrietern.« *Klartext: Ich bin nicht der Feind!*

Bis jetzt konnte er mir offenbar problemlos folgen. Irgendwie hatte ich geglaubt, dass wir an dem Begriff ›Char‹ scheitern könnten. Doch er zeigte keinerlei Überraschung, nickte nur zustimmend und wartete offensichtlich darauf, dass ich weiterredete.

Was sollte ich jetzt sagen? Ich komme aus einer anderen Welt? Wenn man bedachte, wie unglaublich Askendor war, könnte es unter Umständen sogar sein, dass er für die Existenz ferner Lebensräume nicht mehr als ein müdes Lächeln übrighatte. Aber würde es ihn auch kaltlassen, wenn er wüsste, dass er nur Teil eines Spiels war? Vielleicht sollte ich den beginnenden Dialog nicht gleich einer solch harten Zerreißprobe unterziehen.

»Bist du ein User?«, schaltete er sich in meine Überlegungen ein.

Woher weiß er, was ein User ist? Ich konnte nur fassungslos nicken.

»Wieso konnte ich dich sehen?«

Ich war noch zu sehr vom User geblendet, um ihm zu antworten. Damit hatte ich nicht gerechnet.

»Du kennst den Begriff User?« Es war die blanke Verwunderung, die die Worte unkontrolliert aus mir herausplatzen ließ.

Erst starrte er mich unsicher an, dann lachte er aus vollem Hals. Es klang ein bisschen wie das heisere Bellen eines Hundes.

»Natürlich, oder kennst du einen Char ohne User?«, erkundigte er sich amüsiert, als er sich wieder einigermaßen beruhigt hatte.

Ja, dich, dachte ich, konnte mich aber dieses Mal beherrschen, es laut auszusprechen.

Er kam ein paar Schritte näher und musterte mich neugierig. »Ich habe noch nie einen User gesehen«, erklärte er.

Da fang ich lieber mal gar nicht an aufzuzählen, was ich alles noch nie gesehen habe.

Vor allem weil ich nicht wusste, was ich sonst tun sollte, blieb ich einfach sitzen und versuchte mich nicht wie unter einem Mikroskop zu fühlen.

»Wie machst du das?«, flüsterte er fasziniert.

»Was?« *Auf dem Boden sitzen und verzweifelt sein?*

»Dass ich dich sehen konnte. Dass du hier erscheinen kannst?«

»Wenn ich das wüsste!« Meine Mutlosigkeit war aus jedem Wort herauszuhören.

Er kam langsam näher. Dann ging er vor mir in die Hocke. Sein ruhiger Blick war ernst, aber nicht ablehnend.

»Du willst wieder zurück, oder?«

»Jaaa!«

Er lächelte. Mir blieb fast die Spucke weg. All die Finsternis und Bedrohung, die von ihm ausgingen, verschwanden augenblicklich.

Eine unglaubliche Wandlung. Plötzlich war da nur noch ein hinreißendes Strahlen. Er sah aus wie jemand, mit dem man Spaß haben könnte. Unwiderstehlich!

»Weißt du, wie du wieder zurückkommst?«

Ich schüttelte den Kopf. Nach dieser ganzen Zitterpartie war mein Akku leer. Ich hatte keine Ahnung, wie spät es war, doch so langsam breitete sich die Müdigkeit lähmend in meinem Körper aus. *Ich will heim!!!*

»Wo hast du dich materialisiert?« *Nette Formulierung für schmerzhaft aufgeschlagen!*

»Am Platz des Hohen Rates.« Die Erinnerung an den Weg weckte ein leichtes Panikgefühl in mir.

Thosse von Baar war bereits aufgesprungen. »Dann versuchen wir es doch mal dort!«, rief er abenteuerlustig. Ihm schien das alles inzwischen ziemlich viel Spaß zu machen. »Warte hier!«, forderte er mich auf und preschte aus der Halle.

Bis ich mich hochgerappelt hatte, war er schon verschwunden. Ich schaute ihm verwundert nach. Langsam schlenderte ich durch den riesigen Saal. Mein erster Eindruck hatte mich nicht getäuscht. Er hatte wirklich gigantische Ausmaße. Nach einiger Zeit flog die große Tür wieder auf und Thosse von Baar stürmte herein. Ich betrachtete gerade bewundernd die Holzschnitzereien der Stühle an der Stirnseite der Halle, als er plötzlich neben mir stand. Erschrocken wich ich zurück. Seine Nähe war ungewohnt. Er überreichte mir ein dunkles Cape. Ich bemerkte, wie auch er zurückzuckte, als ich die Hand danach ausstreckte. Während ich ihn heimlich musterte, wurde mir klar, dass wir uns auf ganz dünnem Eis bewegten. Es war merkwürdig, ihn bewaffnet mit Langschwert und in leichter Rüstung mit dunklem Umhang zu sehen. Vor mir stand wieder der imposante Krieger und weg war der umgängliche Typ von gerade eben. *Wer von uns beiden ist nun der Formwandler?*

Er schien meine Irritation nicht zu bemerken und streifte sich seelenruhig schwarze Lederhandschuhe mit weiten Manschetten, die bis zum Ellbogen reichten, über. War er sich auch nur ansatzweise seiner bedrohlichen Wirkung bewusst?

Ich versuchte den Umhang, den er mir gegeben hatte, irgendwie über meine Schultern zu bekommen, hatte aber einige Orientierungsschwierigkeiten. Es dauerte einen Moment, bevor ich bemerkte, dass er mich amüsiert beobachtete. *Okay, das mit dem Lächeln hat er wirklich drauf!*

Mit einem schnellen Griff fand er den Kragen, hängte mir das Cape über und schloss die silberne Schnalle. Der Umhang war irre schwer und zu lang. Ich schleppte ihn auf dem Boden hinter mir her.

»Schuhe habe ich leider keine für dich«, bemerkte er mit Blick auf meine Füße. Automatisch starrte ich auf seine Stiefel. *Gibt es Schuhgröße 50?!*

»Ich würde mich erschießen, wenn mir diese Botten passen würden!«, murmelte ich entsetzt.

Ein fragender Blick von ihm.

»Du hast ziemlich große Stiefel und ich bin froh, dass sie mir nicht passen. Mit so großen Füßen würde ich wie eine Ente aussehen«, übersetzte ich holprig.

Er grinste nur gutmütig. So langsam schien das mit der Unterhaltung ja was zu werden! Wir gingen durch die Halle. Es fiel mir schwer, mit ihm Schritt zu halten.

»Wo sind wir hier eigentlich?«, fragte ich etwas atemlos.

»Im Thronsaal von Shongkliosh.«

»Schongklisch?« Ich verstand kein Wort.

»Shongkliosh«, verbesserte er und fügte hinzu: »Der Sitz des Sonkuningr.« *Warum hab ich überhaupt gefragt?!*

»Und wer ist dieser Son-kun-ingr?«

Wie vom Donner gerührt blieb er stehen und starrte mich düster an. *Gigantischer Fehler? Werde ich jetzt geköpft?*

»Der Sonkuningr, also der Thronfolger, das bin ICH«, antwortete er nach einigen fassungslosen Sekunden. Dann ging er kopfschüttelnd weiter, öffnete ohne große Anstrengung das Tor am Ende des Saales und stürmte durch die Gänge. Ich versuchte weiterhin mit ihm Schritt zu halten.

»Heißt du nicht Thosse von Baar?« Meine Verwirrung war perfekt.

»Thosse Alasdair Myrddin Uilleam Choinneach von Baar, Sonkuningr von Askendor, Herrscher von Tragun, Superus der Alatoruden.« *Ach, doch so übersichtlich!*

»Und ich dachte, Lätizia als zweiter Name wäre eine Zumutung.«

»Florentine Lätizia Lenzen«, murmelte er vollkommen ernst.

»Und wie wirst du angesprochen?« Ich war etwas aus der Puste. Warum hetzten wir eigentlich so?

»Man spricht mich nicht an«, antwortete er, als wäre es das Normalste der Welt.

»Wie, man spricht dich nicht an?«, japste ich entgeistert.

»Es ist in Askendor niemandem erlaubt, mich anzusprechen.« *Ich glaub, mein Hamster bohnert!*

»Aber es redet doch ständig jemand mit dir.« Noch während ich es sagte, fiel mir auf, dass das so nicht stimmte.

»Nur, wenn ich ihm die Erlaubnis erteile.« *Schnöseliger Schnösel!*

»Welche Strafe steht denn auf unerlaubtes Ansprechen des Sonkuningrs?« *Hoffentlich haste ich nicht gerade zu meiner eigenen Zungenextraktion.*

»Ich denke, in deinem Fall können wir die Sache auf sich beruhen lassen.« Er meinte es ernst. *Euer Gnaden sind doch zu gütig!*

7

Inzwischen waren wir auf dem großen Vorplatz angekommen, wo zwei Burschen mit gesattelten Pferden warteten. *Schon wieder!? Warum nicht zur Abwechslung mal ein Fahrrad? Oder von mir aus auch ein Auto?*

Thosse von Baar schwang sich in den Sattel seines schwarzen Hengstes. Ich stand zögernd vor dem anderen Pferd. Es war braun und kaute mit riesigen gelben Zähnen auf dem Metall in seinem Maul rum.

Niemand schien mein Zögern zu beachten. Noch bevor ich meine Bedenken laut äußern konnte, schnappte sich einer der Burschen meinen Fuß und wuchtete mich nach oben. Ich konnte gar nicht anders, als mich an dem Knauf festzuhalten, und eh ich mich's versah, saß ich schon im Sattel. Thosse von Baar hatte in der Zeit eine kleine Runde auf dem Platz gedreht und lenkte nun sein Pferd direkt neben das, von dem ich gleich runterfallen würde.

»Ich kann nicht reiten!« Die Angst war mir deutlich anzuhören. Er warf mir einen irritierten Blick zu. Dann beugte er sich wortlos nach vorne und klinkte einen langen Riemen in das Zaumzeug meines Pferdes ein.

»Kein Problem. Sabanda ist sowieso nicht ganz einfach zu zügeln«, war sein einziger Kommentar. *Soll mir das etwa Mut machen?!*

Er setzte seinen Hengst in Gang. Mein Pferd folgte brav. Das

Tempo war in Ordnung. Um uns erhoben sich imposante Bergrücken. Sie lagen wie schlafende Dinosaurier aus längst vergangenen Zeiten mit der Gemächlichkeit der Jahrtausende im fahlen Mondlicht. Ich sog begierig die kühle Luft ein. Der Geruch von herbharzigen Hölzern mischte sich mit dieser eigenartigen Note nach nass geregneten Steinen. Ein leichtes Raucharoma von offenem Feuer wehte herüber.

Wir waren bereits am Ende des Platzes, als ich einen schnellen Blick zurück wagte. Eigentlich wollte ich unnötiges Rumturnen auf dem Reittier vermeiden, aber die Neugierde war zu groß. Monumental erhob sich das riesige Eingangsportal von Shongkliosh. Der verwinkelte Palast dahinter ließ sich nur als gigantische dunkle Erhebung erahnen. Einzig die scharfen Kanten des Kolosses, an denen sich das spärliche Licht brach, unterschieden ihn von den umliegenden Bergen. Kein Lichtschein drang nach außen. Kein Geräusch, außer dem rhythmischen Klappern der Hufe, war zu hören. Shongkliosh wirkte wie eine tote Festung.

Dann wurde meine Aufmerksamkeit plötzlich wieder auf unseren Weg gelenkt. Die vordere Hälfte meines Pferdes neigte sich beängstigend weit nach unten. *Hat dieses Pferd die Vorderläufe eines Dackels?* Ich kämpfte um mein Gleichgewicht – und um meine Beherrschung. *Wieder einmal!*

Der Pfad vor mir führte steil nach unten. Ich klammerte mich an den Sattelknauf und krallte meine Beine verzweifelt um den Bauch des armen Viehs. Gleichzeitig kämpfte ich die Vision nieder, wie ich gleich mit einem Kopfsprung über den Pferdeschädel absteigen würde. Vor mir ritt Thosse von Baar aufrecht im Sattel sitzend, als würde sein Hengst auf ebener Strecke stolzieren.

Mir graute vor dem Rückweg. Zu Recht! Wir balancierten wirklich Hunderte von Metern über der Erde. Doch die Tiere gingen über die Holzplanken und auch die Hängebrücke, als wäre es nichts.

Als wir endlich unten waren und die Anspannung nachließ, begannen meine Hände zu zittern. Es fühlte sich an, als würden tausend kleine Fähnchen in meinem Körper flattern. Ich brauchte ein paar tiefe Atemzüge, bevor sich alles wieder beruhigte.

Thosse von Baar lenkte mein Pferd neben seines. Er war die Ruhe selbst. Todesritt über den Höllenschlund? *Da zuckt beim Sonkuningr nicht mal die Augenbraue!* Nachdem ich mein inneres Gleichgewicht wieder einigermaßen hergestellt hatte, fiel mir auf, wie still es um uns war. Ich erkannte die dunklen Silhouetten der Bäume. Schwarzgrün lagen die Wiesen vor uns. Mein Begleiter wirkte nicht, als wollte er sich unterhalten. Er saß aufrecht neben mir, die Zügel seines Pferdes in einer Hand. Sein Gesicht lag im Halbdunkel. Er sondierte zwar aufmerksam das Gelände, doch nichts an seiner Haltung ließ darauf schließen, dass Gefahr drohte. Das Bild von zwei Menschen, die friedlich einen nächtlichen Ausritt genossen. Wie der Schein doch trügen konnte.

In mir rumorte eine Frage, die ich unbedingt beantwortet haben wollte. Dann wäre wahrscheinlich Schluss mit der entspannten Stimmung, aber ich musste es einfach wissen.

Ich feilte noch an einer freundlichen Formulierung, als er plötzlich zu reden anfing.

»Char und User gehören zusammen. Wie konntest du dich lösen?«

Schwierige Eröffnung! Warum fing er nicht mit einem leichteren Thema an. Doch je länger ich nachdachte, umso klarer wurde mir, dass es zwischen uns keine einfachen Fragen gab.

»Ich weiß es nicht. Es ist einfach passiert.« Das war keine Antwort, das war ein Ausweichmanöver. Er schwieg nachdenklich. Dann war wohl ich jetzt an der Reihe.

»Warum hast du mich verletzt?«

Er schaute mich von der Seite an. Trotz des spärlichen Mondlichtes entging mir seine spöttisch nach oben gezogene Augenbraue nicht. In seinen Kreisen sprach man wahrscheinlich erst von einer Verletzung, wenn man die Eingeweide hinter sich herschleppte. Meine Wunde am Arm war für ihn allerhöchstens ein Kratzer.

Er richtete seinen Blick wieder auf den Weg. Ich beobachtete, wie er mehrmals ansetzte, um zu sprechen, und dann doch schwieg. Offenbar war ich nicht die Einzige in Erklärungsnöten.

»Du bist mir ähnlich«, antwortete er nach einiger Zeit zögernd.

Ich wäre vor Schreck fast vom Pferd gefallen. *Ähnlich?! Im Sinn von ›in Verhalten und Aussehen übereinstimmend‹? Interessante Theorie!*

»Und deshalb fandest du es in Ordnung, mich niederzumetzeln?«, hakte ich streng nach.

»Niedermetzeln?«, stieß er überrascht aus. Seine tiefe Stimme drang laut durch die Dunkelheit. »Hätte ich dich ernsthaft verletzen wollen, wärst du jetzt nicht hier.« Er klang amüsiert. Mir jagte es einen Schauer über den Rücken.

»Warum, glaubst du, gibt es Feuerstellen auf Shongkliosh?«, fragte er plötzlich.

»Damit es hell ist!«

Er schüttelte den Kopf. »Dafür haben wir Fackeln.«

Will er sich jetzt ernsthaft über Kaminfeuer unterhalten?

»Sie brennen wegen mir. Ich bin der Einzige, der friert.« *Weichei!*

»Du hattest dich beschwert, dass dir kalt war«, erinnerte er mich. »Das hat mich stutzig gemacht. Dann hast du dir auf die Lippe gebissen. Es sah aus, als würde es bluten. Ich war mir nicht sicher. Tränen. Keiner in Askendor kann weinen.«

»Außer dir?!«, flüsterte ich ungläubig.

»Außer mir«, bestätigte er ruhig.

Ein weinender Thosse von Baar überstieg nun eindeutig meine Vorstellungskraft. Dafür bekam ich von etwas anderem ein ganz klares Bild. Plötzlich begriff ich das Dilemma, gegen das er ankämpfte.

»Und du fragst dich nun, ob ich eurem Königsgeschlecht angehöre?« *Oder du den Usern?*

Er antwortete nicht, aber an der Art, wie er unbehaglich seine Haltung veränderte, sah ich, dass ich recht hatte.

»Dann könnte ich Anspruch auf die Krone erheben?« *Völlig überraschende Karrierechancen!*

Er reagierte nicht auf meine Frage und hielt seinen Blick geradeaus auf den Weg gerichtet.

»Komm, gib es zu, ich als Königin, wäre doch klasse, oder?« *Ironie? Hier? Sehr gewagt!*

»Höchstens Zweite der Thronfolge!«, verwies er mich knurrend auf meinen Platz.

»Und wenn ich die Krone will?« *Der Witz, das unbekannte Wesen?*

»Du willst Königin werden?«, fragte er prompt vollkommen verblüfft.

»Ja, Krone auf, Zepter schwingen, fertig! Kann ja nicht so schwer sein.«

»Um König ... oder Königin zu werden, brauchst du alle Insignien der Macht. Musst das Reich einen, allen Stammesfürstinnen und -fürsten, von denen einer in Kerkerhaft sitzt, den Treueeid abnehmen und die Zugänge von Shongkliosh und Gonnglam unter deine Kontrolle bringen ...«, erklärte er nüchtern, » ... und mich umbringen.« *Oh!*

»Würdest du dich denn wehren?« *Nichts reizt mich mehr als diese spröde Sachlichkeit!*

»Wenn du mich töten wolltest?« Er wirkte nun doch leicht aus dem Konzept gebracht.

Ich nickte ihm lächelnd zu. Er konnte es nicht sehen, da er mich weiterhin keines Blickes würdigte.

»Ich wäre so gern Königin!«, bettelte ich und musste mich beherrschen, nicht laut loszulachen, als ich bemerkte, dass er wirklich irritiert war. *Schön, mal die Oberhand zu haben!*

»Warum möchtest du auf einmal Königin werden?«, brauste er plötzlich verunsichert auf. Wahrscheinlich fragte er sich, an welcher Stelle er den Faden im Gespräch verloren hatte.

»Schon vergessen? Ich trage das Zeichen der Herrschenden von Askendor!«, erinnerte ich ihn naiv.

»Und deshalb soll ich mich widerstandslos von dir erdolchen lassen?«, hakte er noch einmal entgeistert nach. *Nett, seine Irritation ist steigerungsfähig!*

»Warum nicht?«, antwortete ich leichthin.

Ganz langsam, wie in Zeitlupe, drehte er sich mit seinem Oberkörper zu mir. Er sagte kein Wort. Ich konnte sein Gesicht in der Dunkelheit kaum erkennen. Wahrscheinlich musterte er mich. Wollte er abwägen, ob ich ihn wirklich umbringen würde? Überlegte er bereits, ob er mir zuvorkommen sollte? Nun wurde mir doch etwas mulmig. In der gelockerten Atmosphäre der letzten halben Stunde hatte ich tatsächlich vergessen, wen ich da reizte.

Ohne besondere Hast, als würde er meine aufkommende Panik spüren und jede Sekunde davon genießen, lehnte er sich zu mir rüber. So nah, dass sein Arm fast an meine Schulter stieß. In diesem Moment wurde mir bewusst, dass ein gut gesetzter Stoß mit seinem Ellbogen mich vom Pferd befördern könnte. Und obwohl ich es ihm nicht zutraute, spürte ich, wie mein Griff um den Sattelknauf fester wurde und ich meine Beine energisch an den Pferdebauch presste. Das Tier begann unruhig zu tänzeln. Ich merkte, wie ich mich innerlich schon auf den Schlag vorbereitete. Er kam dichter, so dicht, dass ich seine Augen im Dunkel ausmachen konnte. Sein Blick nagelte mich förmlich fest, während er leise grollte: »Allein um das Chaos zu sehen, das du sicher anrichten würdest, wäre dein Vorschlag zu überlegen.«

Ich war noch dabei, den Sinn seiner Worte zu erfassen, als er sich wieder schwungvoll aufrichtete. Das fahle Licht des Mondes fiel auf sein Gesicht. Und erst da sah ich, dass er grinste. Augenzwinkernd fügte er hinzu: »Da ich das aber nicht mehr miterleben könnte, ist es leider für mich vollkommen witzlos und deshalb indiskutabel.«

Das Schmunzeln, mit dem er daraufhin arglos die Landschaft betrachtete, ließ keinen Zweifel daran, wer hier gerade wen auf die Schippe genommen hatte.

Humor und Schauspieltalent, mir blieb fast die Spucke weg. Ich konnte nicht anders, als kleinlaut meine Niederlage einzugestehen.

»Touché!«, flüsterte ich.

Mein Zugeständnis wurde mit einem hoheitsvollen Kopfnicken quittiert. *Unterschätze nie den Sonkuningr!*

Das mit der Thronfolge wäre dann ja geklärt. Folgerichtig bliebe nur noch eine Möglichkeit.

Thosse von Baar kam zu demselben Schluss. Sein logisches Denkvermögen schien sehr gut zu funktionieren.

»Ich bin kein User.« *Seine Fähigkeit zu leugnen wohl auch!*

Er nannte es User. Ich sagte Mensch. Wäre es sehr kleinlich, um Begriffe zu streiten?

»Können alle User ihren Char verlassen?« Er ließ nicht locker. Ich verstand ihn. Sein Weltbild wackelte. Er wollte es wieder ins Gleichgewicht bringen. Und ich hatte das Gefühl, aufpassen zu müssen, es nicht komplett zu zerstören.

»Wir sind nur sehr lose mit unserem Char verbunden«, erklärte ich vage.

»Der User kann sich also nicht nur außerhalb des Chars materialisieren, er existiert als eigene …«, er suchte nach einem geeigneten Wort.

»Lebensform?«, schlug ich vorsichtig vor.

»Lebensform«, wiederholte er nachdenklich.

Dann musterte er mich plötzlich aufmerksam. »Kannst du dich verwandeln?«

»Du meinst Gestaltwandel, unsichtbar werden und so was?«, vergewisserte ich mich.

Er nickte.

»Nein, ich bleibe mehr oder weniger so, wie ich bin.«

»Wie viele gibt es denn von dir?« *Aaaah, philosophische Fangfrage!*

»Mich gibt es nur einmal, aber von meiner Art gibt es knapp acht Milliarden!«

»Acht Milliarden!«, rief er entsetzt. *Vollkommen klar, er hat eine Vorstellung von Zahlenbegriffen.*

»Du willst mir erzählen, dass ihr fast acht Milliarden seid? Auf wie vielen Instanzen?«

»Instanzen?«, jetzt war die Reihe an mir, ihn begriffsstutzig anzustarren.

»Ihr werdet wohl kaum alle Platz auf einer Instanz haben!« *Wahrscheinlich meinte er Länder!*

»Nein, natürlich nicht. Es sind unzählige!«, improvisierte ich. Und um meine These abzusichern, fragte ich arglos: »Wie viele Instanzen hat Askendor denn?«, obwohl ich wusste, dass es fünf waren.

»Sechzehntausendvierhundertachtundzwanzig.«

Möglicherweise doch keine Länder … Faszinierend. Entweder war er über die Zustände in Askendor äußerst genau informiert und hatte zudem noch ein phänomenales Gedächtnis für Zahlen oder er log gerade das Blaue vom Himmel runter.

Er musterte mich streng und murmelte ein weiteres Mal ungläubig: »Acht Milliarden!« Dann runzelte er nachdenklich die Stirn. »Auf welchem Server?« *Wie bitte?* Warum machte ich mir Sorgen um sein Weltbild? Er erschütterte meines ohne irgendwelche Skrupel.

»Unser Server?«, wiederholte ich nachdenklich, um Zeit zu gewinnen. *Etwa 510 Milliarden Quadratkilometer Oberfläche, irgendwas multipliziert mit zehn hoch vierundzwanzig Kilogramm schwer, ansprechendes Kugeldesign, besteht überwiegend aus Eisen, Silizium, Sauerstoff und Magnesium. Ein ganz normaler Server eben!* Aber vielleicht wollte er es nicht ganz so genau wissen.

»Er ist groß.«

Thosse von Baar nickte. »Das dachte ich mir schon.«

Wir ritten eine Weile schweigend nebeneinander her und hingen unseren Gedanken nach. Ich erkannte meinen Fehler nur Sekunden, bevor es ihm auch auffiel.

»Nicht jeder User hat einen Char«, stellte er überrascht fest.

»Nein?!« *Flucht in die Unwissenheit!*

»In Askendor existieren 12 863 532 Chars und ihr seid knapp acht Milliarden.« Sein eisiger Ton ließ keinen Zweifel daran, was er von meiner schlecht gespielten Ahnungslosigkeit hielt.

Ich versuchte seine Entdeckung auf mein Weltbild zu übertragen. Doch mir kam nichts Vergleichbares in den Sinn. Mit dem User fehlte dem Char die Steuerung, das Gehirn. Was wäre, wenn es mehr Gehirne als Menschen gäbe? *Mir fallen spontan einige ein, die durchaus Nachschlag vertragen könnten!* Doch wie erschreckend fände ich es zu erfahren, dass Gehirne ohne Menschen existierten? Wie würde ich reagieren, wenn jemand behauptete, dass Gehirne eigenständige Wesen wären, die nicht zwingend einen Körper bräuchten? Das hörte sich schon deutlich beunruhigender an.

Vorsichtig schaute ich zu ihm rüber. Sein forschender Blick durchbohrte mich fast. Wie lange beobachtete er mich bereits? Erkannte er meine Unsicherheit?

»Was verheimlichst du mir?«, knurrte Thosse von Baar. *Er kapiert erschreckend schnell.*

Ich schwieg. Versuchte, irgendetwas Brauchbares aus dem Gedankensturm in meinem Kopf zu fischen.

»Rede!«, herrschte er mich unvermittelt an. *Na prima, der königliche Befehlston bringt uns jetzt sicher weiter.*

Dabei versuchte ich nur ihn zu schützen. Den stolzen Thronfolger von Askendor zur Figur eines Computerspiels zu degradieren, war kein einfacher Job. Ich war wirklich nicht scharf drauf, es ihm zu erklären. Vor allem nicht, wenn ich sein aufbrausendes Naturell bedachte. Und das riesige Langschwert an seinem Gürtel. Oder den Dolch in seinem Stiefel. Mir fielen immer mehr Gründe ein, warum ich schnellstens eine zumindest leicht realitätsverschleiernde Begründung finden sollte. Niemand hörte gern, dass der Sinn seines Lebens darin bestand, gelangweilte Jugendliche zu unterhalten. *Außer vielleicht, wenn er Lehrer ist!*

»Was soll ich sagen?«, fing ich vorsichtig an. Würde es seine Geduld sehr überstrapazieren, wenn ich gleichzeitig die Ahnungslose und auf Zeit spielte?

Unter wütendem Grollen stoppte er mit einem jähen Ruck die Pferde. *Welche Geduld?*

»Alles! Du sagst mir jetzt sofort alles!«, fuhr er mich an. Wo bitte schön lernte man diesen furchterregenden Tonfall, der jeden Widerspruch im Keim erstickte?

Er zog mein Pferd dichter an seines. Legte seine Hand auf den Knauf meines Sattels. Seine Gesten, sein Blick, seine ganze Haltung machten mir unmissverständlich klar, dass er darauf bestand, alles zu erfahren. Inwiefern hatte er das Recht dazu? Durfte ich diese Entscheidung für ihn fällen?

»Können wir ein Stück gehen?«, fragte ich, in erster Linie, um Zeit zu gewinnen.

»Ohne Schuhe?«

»Ich gehe gerne barfuß!« Zum Beweis zog ich mir die Socken aus. *Was auf einem Pferd sitzend gar nicht so einfach ist.*

»Wenn du abhaust, krieg ich dich!« *Ja, bitte mehr! Bedrohen hilft immer!*

»Solange ich nicht weiß, wohin ich flüchten kann …«

Er schwang sich vom Pferd. Dann half er mir aus dem Sattel. Ich bemerkte, wie sich seine Arme versteiften, als ich ihm die Hände auf die Schultern legen wollte. *Vertrauen sieht wohl anders aus.*

Thosse von Baar passte sich meinem Tempo an und so schlenderten wir über einen Feldweg. Zu Fuß war der Größenunterschied deutlicher als beim Reiten. Ich konnte sein Gesicht nur noch erahnen. Er wurde zur dunklen Gestalt, die neben mir ging. Die Pferde folgten ihm wie Hunde. Er musste sie nicht einmal führen.

»Also?«, hakte er nach ein paar Metern nach.

»Wir sind knapp acht Milliarden … Menschen«, begann ich zögerlich. Ich erkannte, wie er zum Zeichen, dass er mir zuhörte, nickte.

»Wie du richtig vermutet hast, brauchen wir Platz, viel Platz. Den nennen wir Welt, reale Welt. Dort wohnen, essen und schlafen wir.«

Er ging schweigend neben mir her.

»Du weißt, was essen und schlafen ist?«, erkundigte ich mich unsicher.

»Natürlich!«, entrüstete er sich erbost. *Okay, ich gehe einfach mal davon aus, dass er ein ganz normaler Mensch ist!*

»Dann gibt es noch eine andere … Daseinsebene. Eine virtuelle Welt«, erklärte ich vorsichtig. Bei jedem meiner Worte suchte ich nach einem Anzeichen von Entsetzen. Doch weder stockte er in seiner Bewegung noch verriet ihn ein Laut.

»In der sind wir gerade. Dort existieren andere … Lebensformen, Chars«, fuhr ich fort … *und, nur mal so am Rande, unerklärlicherweise auch du!* Alles in allem hörte sich meine Erklärung doch ganz schlüssig an.

»Und der Mensch kann zwischen den Welten wechseln?«

»Eigentlich nicht.«

»Nur du kannst zwischen den Welten wechseln?«

»Das war wohl mehr ein Unfall!«, gestand ich kleinlaut.

»Niemand kann zwischen den Welten wechseln?«

»Körperlich nicht. Zumindest konnte das bis jetzt niemand. Soweit ich weiß«, räumte ich zaghaft ein.

»Ihr schlüpft geistig in die Rolle des Chars? Nehmt durch ihn an seinem Leben teil?«

Ich nickte. Er war gut! Ich wüsste nicht, ob ich mich gedanklich so schnell in diesem Welten-Wirrwarr zurechtfinden würde.

»Und warum macht ihr das? Ist es dort so trostlos? In eurer realen Ebene?«

»Nein, eigentlich nicht. Es ist anders. Komplizierter.« *Oder auch nicht!*

Wir kamen zu dem Wald, der den Platz des Hohen Rates umgab. Er gab den Pferden ein Zeichen, sie blieben sofort stehen und fingen an zu grasen. *Reagiert eigentlich alles in Askendor auf sein Fingerschnippen?*

Kaum hatten wir die ersten Bäume passiert, wurde es stockdunkel. Vorsichtig tastete ich mich voran, die Hände suchend nach vorne gestreckt. Thosse von Baar schien von der Dunkelheit verschluckt worden zu sein. Angestrengt versuchte ich seine Bewegung oder wenigstens seinen Atem zu orten, doch ich konnte nichts hören. Er war weg! Ich blieb wie angewurzelt stehen. Ich war allein!

»Hallo?«, flüsterte ich ängstlich, ohne wirklich eine Antwort zu erwarten.

»Hmm?«, brummte er dichter als erwartet hinter mir. Ich fuhr mit einem gellenden Schrei auf, machte einen Satz nach vorne und blieb prompt mit dem Fuß an einer Wurzel hängen. Im Stolpern spürte ich, wie mich eine Hand fest am Ellbogen packte und zurückzog. Mein Kopf knallte gegen seinen Brustpanzer. *Aua!* Wie konnte er nur so lautlos hinter mir herschleichen. Auf einmal ertönte ein schnarrend spitzer Ruf direkt über mir. Gruselig, markerschütternd. Ich duckte mich instinktiv. Verhedderte mich in meinem Umhang, als ich den Arm zum Schutz über den Kopf reißen wollte. Die Dunkelheit, der Umhang, der mir um mein Gesicht schlug, das schaurige Geheul, plötzlich wurde mir alles zu viel. Ich versuchte meine Hände zu befreien, verwickelte mich immer weiter und begann panisch um mich zu schlagen. Unerwartet umklammerten mich zwei Arme fest wie Schraubstöcke und schlagartig war ich bewegungsunfähig. Nachdem ich aufhörte mich zu wehren, lockerte er sofort den Griff und zog mir vorsichtig den Stoff vom Kopf.

»Pschschschschsch«, ein leises Zischen ganz nah an meinem Ohr. Dann ein tiefes Raunen: »Es ist nur eine Eule.« Für einen Moment glaubte ich, seine Bartstoppeln auf meiner Haut zu spüren. Bildete ich mir das nur ein oder konnte ich sein Herz schlagen hören? Wahrscheinlich war es mein eigenes. Ich stand ganz still, traute mich kaum Luft zu holen. Er ließ mich los.

»Eine Eule?«, keuchte ich.

Sein dunkles Lachen hallte leise durch die Finsternis.

»Sie hat auf deinen Schrei geantwortet.«

»Okay, bin ich eben die Frau, die mit den Eulen reden kann!«, murrte ich, immer noch etwas außer Atem, und stolperte über die nächste Wurzel.

»Vor allem bist du sehr unterhaltsam!«, lachte er, während er mich ein zweites Mal auffing. *Bekomme ich jetzt eine Stelle als Hofnärrin?*

Wir schlichen weiter durch den Wald. Jetzt ging er voraus. Ich versuchte Schritt zu halten. Und als wäre es nicht alles schon unheimlich genug, fiel mir Lanrina wieder ein, die hier irgendwo leblos geparkt war. Bei der Vorstellung, auf sie zu treffen, stellten sich mir sämtliche Haare auf. Es war so finster, dass ich sie erst sehen könnte, wenn ich unmittelbar vor ihr stünde. Aus Angst schlich ich so dicht hinter Thosse von Baar her, dass ich ihm zweimal in die Fersen trat. Am liebsten hätte ich mich unter seinem Umhang verkrochen.

Wider Erwarten schafften wir es ohne weitere Vorkommnisse auf die Lichtung. Ich fragte mich, wie lange ich schon in Askendor war. Zwei Stunden? Zwei Tage?

Vor den großen Steinquadern, durch die es zur Arena runterging, blieb er stehen, drehte sich schwungvoll zu mir um und schaute mich erwartungsvoll an. Glaubte er etwa, dass ich wüsste, was zu tun war? Ich beobachtete, wie sein Blick zu den Bäumen wanderte. Blätter, Äste, Schatten, Zweige. *Wie erschreckend, wenn plötzlich ein Gesicht darin erscheint.*

»Was siehst du, wenn du mich siehst?«, flüsterte ich. Meine Stimme klang rau, ich räusperte mich leise.

Er reagierte nicht. Ich war mir nicht sicher, ob er mich überhaupt gehört hatte. Unauffällig musterte ich ihn von der Seite. Mit zusammengezogenen Augenbrauen starrte er wie gebannt in die Wipfel. Seine Kiefermuskeln traten so extrem unter den Wangenknochen hervor, dass ich fast erwartete, ihn mit den Zähnen knirschen zu hören. Der Wind wehte seinen Umhang leicht zurück, weit genug, dass ich seine geballte Faust sehen konnte.

Für einen freundschaftlichen Stups, der seine düstere Stimmung vertreiben könnte, war er mir zu fremd. *Und zu explosiv!* Unsere Vertrautheit reichte genau so weit, dass ich leise meine Frage ein zweites Mal stellte.

Er starrte weiterhin zu den Baumwipfeln, während er antwortete, als erwartete er, dort jeden Moment jemanden zu entdecken. »Zeitweise blitzen Ausschnitte deines Gesichtes auf. Augen, der Mundwinkel, eine Haarsträhne, selten sind sie größer. Manchmal kann ich dich nicht sehen, spüre aber, dass du da bist.« Als würde es ihm schwerfallen, seinen Blick von den Bäumen loszureißen, drehte er widerwillig den Kopf zu mir. »Ihr könnt uns sehen, aber wir euch nicht?«

»Bis auf die uns bekannte Ausnahme!«, ergänzte ich und hoffte, dass er diesen Gedanken nicht zu Ende dachte.

»Es kann sein, dass uns jetzt jemand beobachtet?« Seine Stimme bekam wieder diesen drohenden Unterton, der mir gar nicht gefiel.

Ich nickte langsam.

»Und auch zuhört?« *Hey, ich steh gerade auf dieser Seite des Spiels, ich bin unschuldig!*

»Auch zuhört?«, wiederholte er scharf.

»Lass mich mal einen Moment nachdenken!«, wies ich ihn und seine Ungeduld in die Schranken. Der forschende Blick, mit dem er mich beobachtete, war für den Denkprozess alles andere als hilfreich.

Späherfunktion funktionierte nicht ohne Char. Man konnte nur in einem bestimmten Radius um seine Spielfigur schauen.

»Solange kein Char in der Nähe ist, kann uns niemand sehen oder hören!«, verkündete ich und hoffte, dass es stimmte. Vielleicht sollte ich ihm sagen, dass mein Spielstatus ›blutige Anfängerin ohne Aufstiegschancen‹ war.

»Wie kommst du zurück?«

Unsicher schaute ich zu der Baumgruppe, vor der mich seine Wachen aufgegriffen hatten. »Ich habe keine Ahnung.«

»Wie bist du hergekommen?«

»Da war ein Sog, der hat mich reingezogen.« *Respekt! Äußerst professionelle Erklärung!*

»Es hat dich reingezogen?!« Sein spöttischer Ton verriet, dass seine Augenbraue sicher bis zum Anschlag nach oben gezogen war. Ich ignorierte seine Sticheleien und schlenderte rüber zu den Bäumen. Hier irgendwo musste es gewesen sein. Ich suchte den Boden nach Fußspuren ab. Sechs Männer hatten doch sicher den einen oder anderen Grashalm geknickt. Ein leichter Windstoß fuhr über meinen Kopf. Irritiert richtete ich mich auf und schaute unsicher zu Thosse von Baar. Er lehnte lässig mit verschränkten Armen an einem der Steinquader und beobachtete mich. Vielleicht kämpfte er bereits mit einem Lachanfall, weil er sich ausmalte, wie ich gleich wegen eines aufgeschreckten Wildschweins oder kreischenden Raubvogels über die Wiese gehoppelt kommen würde.

Der Luftzug wurde stärker. Vorsichtig streckte ich meine Hand danach aus. Erfreut bemerkte ich, dass er nicht seitlich wehte, sondern direkt senkrecht nach oben zog. Ich hatte mein Tor gefunden. Auf Zehenspitzen balancierend streckte ich mich dem Sog entgegen. Bitte, bitte, flehte ich in Gedanken. Verheißungsvoll zupfte die Luft an meinen Fingern. Angestrengt versuchte ich mich weiter nach oben zu recken. Der Drift an meiner Hand wurde immer stärker, erfasste den ganzen Arm, doch mein Körper haftete auf dem Boden, als wäre er festzementiert. Langsam begann der Zug in der Schulter zu schmerzen und trotzdem bewegte sich der Rest von mir keinen Millimeter.

»Der Umhang! Es ist der Umhang, der dich hält!«, dröhnte Thosse von Baars Stimme über den Platz. Meine Hand fuhr zu der silbernen Schnalle, und kaum dass sie offen war, wurde ich förmlich aus dem Umhang herauskatapultiert. Ein brausendes Tosen erfüllte meine Ohren, dann wurde es dunkel.

Mit einem harten Schlag fiel ich zu Boden.

Schmerzen! Schon wieder!

Selbst die offene Schienbeinfraktur vor zwei Jahren hatte nicht so wehgetan wie dieses permanente Rumgestürze, gefesselt und aufgeschlitzt zu werden. Stöhnend rappelte ich mich auf und tastete vorsichtig den Boden ab. *Teppich, schon mal nicht schlecht.* Dann etwas Glattes, Hartes. *Ein Buch, sehr gut!* Von schräg oben fiel der milchig grüne Schein eines Bildschirms auf mich. Ich hielt das Buch in den Lichtkegel. ›Mathematik in der 10. Jahrgangsstufe‹. *Hurra! Willkommen zu Hause!*

Dann hörte ich die schlurfenden Schritte auf dem Flur. Offenbar hatte ich mit meiner lautstarken Ankunft meine Mutter geweckt. Gut, dass sie sich schlaftrunken nicht so lautlos bewegte wie sonst. Schnell drückte ich den Computer zu und war mit einem Sprung vollständig bekleidet im Bett. Im letzten Moment zog ich den Arm mit der Fesselspur am Handgelenk unter die Decke, da fiel bereits das grelle Licht aus dem Flur durch die vorsichtig geöffnete Tür in mein Zimmer.

»Florentine?«, flüsterte meine Mutter kaum hörbar. Ich konzentrierte mich auf tiefes, regelmäßiges Atmen. Sie verharrte an der Tür.

Ich schaffte es offenbar, unschuldig genug zu atmen. Denn sie zog leise die Tür wieder zu. *Meine Mutter, der Wachhund!* Trotz angestrengtem Lauschen hörte ich sie erst wieder, als sich ihre Schlafzimmertür mit leisem Knarren schloss. Die Luft war rein. Vorsichtig rutschte ich aus dem Bett. Während ich mich umzog, klappte ich den Bildschirm wieder auf. Der Platz des Hohen Rates war leer. Ich nahm den Laptop mit ins Bett. Schon während ich in der Späherfunktion den Platz scannte, wurde mir klar, dass er weg war. Ich flog über den Wald, aber da standen keine Pferde mehr. Ich bildete mir ein, ihn als kleinen Punkt am Horizont ausmachen zu können. Doch nachdem ich mindestens fünf Minuten draufgestarrt hatte, musste ich mir eingestehen, dass es ein Busch war.

Mühsam schluckte ich, denn in meinem Hals begann sich ein dicker Kloß zu bilden. Ich hatte mich nicht einmal bei ihm bedankt. War einfach abgehauen. Sicher war es die Müdigkeit, immerhin war es halb drei. Die Anspannung, die nachließ. Die Vorstellung, dass er in seiner Welt ganz allein war. Die Dunkelheit. Alles brach über mir zusammen und plötzlich liefen die Tränen. Ich konnte nicht mehr klar denken, nur noch erstickt in mein Kissen schluchzen.

8

Das schabende Geräusch eines Schneeschiebers weckte mich. Ich brauchte einen Moment, bis ich es zuordnen konnte. Draußen war es bereits hell. Ich lag still unter meiner Bettdecke und genoss die Wärme. Gedämpft waren Stimmen zu hören. Ich glaubte das helle Lachen meiner Mutter zu erkennen. Wie spät war es? Kaum hatte ich den Kopf angehoben, um nach meinem Handy zu greifen, fuhr mir ein stechender Schmerz die Halswirbelsäule entlang. Ich gab sofort nach und sank in mein Kissen zurück. Uhrzeit? Egal! Vorsichtig streckte ich mich unter der Decke. Gab es in meinem Körper einen Muskel, der nicht an der kollektiven Verstimmung teilnahm?

Natürlich musste ich nicht erst das Ziepen und Brennen spüren, um an Askendor zu denken. Die Erinnerung hatte mich bereits im Halbschlaf angeschrien. Interessanterweise erschien es mir weder unfassbar noch unglaublich. Nicht eine Sekunde fragte ich mich, ob ich alles nur geträumt hatte. Es war so echt, so wirklich wie jedes andere Erlebnis auch. Nur verrückter, unendlichmal verrückter als alles, was ich bisher erlebt hatte. *Aber … Was soll ich machen? So ist mein Leben.*

Also bemühte ich mich um Normalität. Ich lag in meinem Bett. Alles war wie immer. Keine besonderen Vorkommnisse. *Zumindest in den letzten paar Stunden, hoffe ich mal.* Ich schloss die Augen und lauschte den Geräuschen. Jemand rief etwas Unverständliches, ein anderer trampelte lautstark, wahrscheinlich um Schnee von den Schuhen zu schlagen. Es war ein ganz normaler Morgen.

Gleich würde ich nach unten gehen und mit meiner Mutter gemütlich frühstücken. Na ja, frühstücken.

Plötzlich wurde die Tür zu meinem Zimmer aufgerissen.

»Aufstehen, du Schlafmütze. Es ist gleich elf!«, brüllte Paula mit dem Charme eines Generalfeldmarschalls. Verschlafen rieb ich mir die Augen und brummte: »Ruhe! Ich bin nicht da!« *Nicht zwingend ein Witz, wie ich seit gestern weiß!*

»Komm schon, draußen liegt ein halber Meter Neuschnee und ich steck echt im Schlamassel!«

Stöhnend richtete ich mich auf und murmelte mit geschlossenen Augen: »Alles klar, ich bin auf Sendung! Was ist passiert?« Zwischen Paula und Marc hatte es gestern Abend doch eigentlich ganz gut ausgesehen.

Sie tigerte durch mein Zimmer und schaffte es mit jedem Schritt, dass ich ebenfalls immer nervöser wurde.

»Maria Stuart oder Ian Somerhalder? Wem würdest du den Vorzug geben?« *So viel zur Normalität meines Alltags!*

»Kommt darauf an, was du vorhast. Kriegerische Landnahme und verschwörerischer Thronraub: auf alle Fälle Maria Stuart. Mehr was fürs Auge und zur persönlichen Erbauung … nicht Maria Stuart.«

Ich rieb mir das Gesicht, damit ich wacher wurde. Paulas schwerwiegende Probleme benötigten offenbar meine volle Aufmerksamkeit.

»Auf der anderen Seite wäre da noch …« Ich würde nie erfahren, welche weitere Option möglich war, denn plötzlich starrte sie mich wie hypnotisiert an.

»Flo?«, wisperte sie mühsam.

Ihr Blick durchbohrte mich, als ob mir über Nacht ein drittes

Auge auf der Stirn gewachsen wäre. Doch es war nicht mein Kopf, den sie fixierte, sondern meine Hände.

»Hat das … war das … etwa … Julien?«, stammelte sie schockiert. Sie hatte die Fesselspur an meinem Handgelenk entdeckt. Verschämt versteckte ich die Hand unter der Bettdecke. Mit einem schnellen Satz war sie an meinem Bett und schlug das Federbett zurück. Bestürzt taumelte sie ein paar Schritte zurück.

»Was hat er gemacht?«, keuchte sie fassungslos.

Ich zog meine Decke wieder nach oben. Ihr war deutlich anzusehen, dass sie bereits blutige Rachepläne schmiedete.

»Das war nicht Julien«, rief ich schnell.

»Sondern?« Sie musterte mich verstört, während sie sich auf mein Bett setzte. *Ob ihr gefallen wird, was jetzt kommt?*

»Wir haben noch gar nicht das Geburtstagskind gekürt!«, startete ich ein verzweifeltes Ablenkungsmanöver.

Paula ließ sich nicht so schnell aus dem Konzept bringen.

»Mir wird so kriegerisch!«, knurrte sie und begann in doppelter Geschwindigkeit ohne den geringsten Hauch von Glück zu singen:

»Happy birthday to you,
happy birthday to you,
happy birthday, dear Maaarriiiaa,
happy birthday to you.«

Die letzte Note war noch nicht verklungen, da sagte sie streng: »Das hätten wir. Also, wer war es?«

Ich blies die Backen auf, rieb mir die Stirn und überlegte krampfhaft, wie ich Paula schonend beibringen könnte, wo ich letzte Nacht gewesen war.

»Flo? Warum grinst du so bescheuert?«

Tatsächlich? War mir gar nicht aufgefallen.

»Ich warte!«, maulte Paula und unterstrich ihre schwindende Geduld, indem sie nervös mit ihren Fingern zu trommeln begann.

»Es waren Thosse von Baars Wächter!«

Bum! Selten ein derartig fassungsloses Gesicht gesehen.

»Es war wer?«, japste Paula, die erschrocken aufgesprungen war. In ihren Augen bildeten sich zwei riesige Fragezeichen.

»Thosse von Baars Wächter«, wiederholte ich langsam. Paula erholte sich erstaunlich schnell.

»So ein Quatsch!«, fuhr sie mich barsch an. *Nachvollziehbarer Erklärungsansatz!* Ich würde ähnlich reagieren.

Also schwang ich die Beine aus dem Bett. Ihr Blick wanderte zu meinen Fußgelenken. Ich beobachtete schon fast mit Genugtuung ihr Entsetzen, als sie die Spuren an meinen Knöcheln entdeckte.

»Das waren sie auch!« Ich versuchte meinen Ärmel nach oben zu schieben. Er war zu eng. Deshalb zog ich mir unwirsch den Halsausschnitt meines Longshirts über die Schulter und legte so den Schnitt an meinem Oberarm frei. »Und DAS! DAS war er höchstpersönlich!«, triumphierte ich. Paula starrte mich fassungslos an.

»Ich glaube, wir sollten unsere Vorstellung, dass Thosse von Baar mir nichts antun kann, noch einmal überdenken!«, schlug ich vor, während ich wieder in meine Kissen zurückrutschte.

»Ich bin zum ersten Mal in meinem Leben sprachlos«, flüsterte Paula und ließ sich neben mir auf das Bett fallen.

Wir lagen schweigend nebeneinander.

»Waren sie hier?«, flüsterte sie nach einiger Zeit.

Hurra! Sie glaubt mir!

»Nein, ich war dort«, wisperte ich und spürte, wie ein Ruck ihren Körper durchzuckte. War sie jetzt in Schockstarre gefallen? Vorsichtig schaute ich sie von der Seite an. Sie hatte den Blick stur an die Decke geheftet. Im Zimmer war es still. Auch die Geräusche von draußen schienen verstummt zu sein.

Die Sekunden schleppten sich dahin. Keine sagte ein Wort. Nach einer ganzen Weile begann Paula plötzlich zu sprechen, wobei sie die Worte mehr tonlos in den Raum hauchte: »Ich soll dir übrigens von deiner Mutter ausrichten, dass das Frühstück seit über zwei Stunden fertig und der Tee inzwischen kalt ist.«

»Danke«, säuselte ich ebenfalls kaum hörbar zurück.

Wie auf Kommando drehten wir die Köpfe zueinander und prusteten laut los. Ich konnte mich kaum noch beruhigen. Paula japste immer wieder: »Ich war sprachlos!«, als ob dies das Verwunderlichste an unserem ganzen Gespräch gewesen wäre. Ich quietschte jedes Mal vor Vergnügen, wenn sie wieder davon anfing. Wir kugelten uns in unserem kollektiven Lachanfall durch mein Bett. Mit einem tiefen Seufzer wischte ich mir die Tränen von den Wangen. Paula setzte sich auf und stöhnte grinsend: »Nichts geht über einen hysterischen Anfall zur Mittagszeit!«

Ich erhob mich ächzend. »Lass uns runtergehen. Meine Mutter möchte Details über gestern Abend hören.«

»Glaubst du, dass sie da die Einzige ist?«

»Andere Details! Du weißt schon, die elterntauglichen! Also halt dich zurück!«, warnte ich sie.

»Klar doch! Aber wenn du keine Auskünfte über Fesselspielchen geben möchtest, solltest du besser Strümpfe anziehen und deine Ärmel im Blick behalten.«

»Ich sollte vor allem duschen«, fiel mir auf, als ich Socken über meine schmutzigen Fußsohlen zog.

»Später«, entschied Paula, »deine Mutter hatte schon wieder diesen spitzen Gouvernantenton drauf.«

»Jetzt erzähl mal!«, forderte mich Paula auf, während ich den kalten Tee ins Spülbecken goss.

»Doch nicht hier!« Ich schaute nervös zum Durchgang ins Esszimmer und zur offen stehenden Tür in den Flur. Unsere verwinkelte Küche mit ihren zwei schwer einsehbaren Zugängen war ein Paradies für Lauscher ... oder sich chronisch unterinformiert fühlende Erziehungsberechtigte.

»Die Luft ist rein, ich kann deine Mutter draußen sehen. Sie unterhält sich mit Frau Wegener.« Sicherheitshalber warf ich ebenfalls einen Blick aus dem Küchenfenster.

»Gestern Abend wollte ich noch schnell Lanrina vom Platz des Hohen Rates holen. Doch es war zu dunkel«, begann ich meine Erzählung, während ich neuen Tee kochte. Paula schwang sich auf die Küchenzeile unterhalb des Fensters und warf einen schnellen Blick nach draußen. »Weiter!«, drängte sie mich von ihrem Beobachtungsposten aus.

»Er hatte Wachen am Platz aufgestellt. Ich konnte sie zuerst nicht sehen, aber dann ...« Ich erinnerte mich wieder an das anfängliche Gefühl des Schwindels und bekam prompt Gänsehaut. »... es hat mich reingezogen. Zuerst hat es ein bisschen gewackelt, dann, flutsch, war ich drin.«

»Wie, drin?«, brauste Paula auf.

»Na, drin, im Spiel, in Askendor!«, flüsterte ich mit Nachdruck.

»*In* Askendor?!«

»Ja! Sie haben mich aufgegriffen, gefesselt und auf seine Burg gebracht.«

»Auf wessen Burg?«, fragte Paula perplex, während sie die Geschehnisse draußen verfolgte.

Hey, nicht den Faden verlieren, immer schön bei der Gruppe bleiben!

»Pinocchios Burg!«

»Hä?!« Sie warf mir einen verwirrten Blick zu.

»Mensch, Paula! Welche Burg wohl? Thosse von Baars natürlich.«

»Okay!«, antwortete sie gedehnt und musterte mich mit gerunzelter Stirn. *Überzeugung klingt anders!*

»Du glaubst mir nicht, oder?« Ich schenkte Tee ein und reichte ihr eine Tasse. Dabei warf ich kurz einen Blick auf die Straße.

»Na ja, du hast da vier, fünf sehr überzeugende Argumente«,

räumte sie kleinlaut mit Blick auf meine Handgelenke ein. »Für die es aber auch etwas weniger verrückte Erklärungen geben könnte …«, fing sie an.

»Du hast mir auch nicht geglaubt, dass er mich sieht!«, unterbrach ich sie.

»Jetzt mal ehrlich, Flo! Du warst gestern Nacht in Askendor und hast Thosse von Baar getroffen? Schwörst du beim großen Ehrenwort des federlosen Hühnerhabichts?« *Unser Lügendetektortest aus Kindertagen. Funktioniert noch heute perfekt.*

»Ehrenwort! Ich schwöre beim federlosen Hühnerhabicht«, wiederholte ich feierlich. »Könnten wir uns eigentlich mal einen schickeren Vogel aussuchen?« Sie ignorierte meinen Einwand. *Gutes Aussehen ist bei Schwurtieren offenbar eine zu vernachlässigende Eigenschaft!*

»Na, dann erzähl mal weiter«, gab sich Paula geschlagen. Während ich mich an den Tisch setzte und über die Brötchen hermachte, erzählte ich ihr von meinen unglaublichen Erlebnissen.

»Wenn ich gewusst hätte, was noch alles kommt, hätte ich mir mein sprachloses Entsetzen für später aufgehoben«, murmelte Paula, als ich geendet hatte. Ich konnte nur zustimmend nicken.

»Und, wie ist er so?«, hakte Paula mit breitem Grinsen nach.

»Wie ist wer?«, hörte ich plötzlich die Stimme meiner Mutter von der Tür. *Als Beobachterin war Paula eine echte Fehlbesetzung.*

Während sie auf unserer Küchenzeile regungsloses Kaninchen spielte, versuchte ich zu retten, was zu retten war.

»Paula hat, genau wie du, besonderes Interesse an Julien gezeigt.«

Zeit für das 2-Schritt-Ablenkungsmanöver!

Schritt 1: Gemeinsamkeiten herstellen

Schritt 2: vom eigentlichen Thema ablenken

Und, um schwierige Fragen zu umgehen, neu dabei: Handgelenke abdecken.

»Julien?«, fragte meine Mutter gelangweilt, schenkte sich eine Tasse Tee ein und setzte sich mir gegenüber an den Tisch. Dann warf sie Paula einen strengen Blick zu: »Paula, Schätzchen, schau mal, wir haben noch ein Stühlchen für dich. Bei uns sitzt man nicht auf den Möbeln wie die Äffchen im Zoo.«

Falls diese Verniedlichungen von der raumfüllenden Peinlichkeit ablenken sollen ... epic fail, Mutter!

Paula rutschte ertappt von der Küchenzeile und nuschelte: »Entschuldigung, Doris!«

Sie nahm zwei Zeitschriften und eine Broschüre vom Stuhl zu meiner Rechten, um nicht auf dem freien Platz neben meiner Mutter sitzen zu müssen. Zufrieden registrierte ich den beleidigten Blick meiner Mutter.

Eher zufällig schaute ich auf den Titel des Flyers, den Paula auf den Tisch gelegt hatte.

»Im Gehirn des Elefanten«, las ich laut vor. »Seit wann interessierst du dich für Tiermedizin?«, fragte ich meine Mutter.

»Das ist eine ganz fantastische Veranstaltung«, fing sie begeistert, meine Frage ignorierend, an.

Achtung, Lieblingsthema, zwanzig Minuten Monolog.

»Dieser Coach arbeitet im Bereich Gedächtnistraining. Faszinierende Methoden. Stell dir vor, die Kinder und Jugendlichen, die er trainiert, haben danach bis zu zwanzig Prozent mehr Denkleistung!«

Gemessen an was?

»... kreative Methodik, die beide Gehirnhälften gleichermaßen anspricht, überaus effizient.«

Woher bezieht sie diese Euphorie für staubtrockene Themen?

»Dieser Uwe Felder ist einer der führenden Coaches auf diesem Gebiet. Der hat schon Seminare in Amerika gegeben.«

Ja, dann!

Meine Mutter redete sich in ekstatische Höhen und Paula

starrte sie dabei an, als würde sie tellerjonglierend auf dem Einrad um den Tisch fahren. Wenn man ihre Mutter gewohnt war, deren pragmatischer Lernansatz ›Krieg es irgendwie in deinen Kopf‹ lautete, verwirrte einen das hyperaktive Bildungswiesel an der anderen Seite des Tisches wahrscheinlich zutiefst.

»... extrem fantasiebetont, aktiviert es unglaubliche produktive Kräfte, ein Feuerwerk der Gedankenstürme. Es gab nur noch drei Plätze und jetzt stell dir vor ...«

Moment, wem verkauft sie hier was?

»Ma?! Du hast mich aber nicht in so einem behämmerten Denkcamp angemeldet?«

Wo ist die Notbremse?

»Flo, denk nur an den ganzheitlichen Ansatz. Deine rechte Gehirnhälfte würde deine kognitiven Prozesse positiv beeinflussen können.«

Toll, dann soll meine rechte Gehirnhälfte doch allein hingehen!

»Stell dir mal vor: Fünfzig Prozent mehr Potenzial!« *Schwachsinnsrechnung!*

»Wann soll denn der Mist stattfinden?«

»Das ist kein Mist, sondern eine unglaublich begehrte, exklusive Veranstaltung.«

»Und wann soll dieser unfassbare Luxusevent stattfinden?«

»Vom 27. bis zum 30. Dezember!«

Paula sog laut zischend Luft ein. In einem hatte meine Mutter recht, es war unglaublich – aber eher unglaublich bescheuert.

»Vier Tage?! In den Ferien?! Das kann doch nicht dein Ernst sein!«, entfuhr es mir verzweifelt.

»Florentine! Dir bietet sich hier eine einmalige Gelegenheit, von der du dein Leben lang profitieren wirst.«

Dann fahr selbst hin!

»Aber, Ma, Ferien! Das bedeutet schulfreie Zeit!«, jammerte ich. Der verzückte Blick meiner Mutter verriet mir, dass sie mich und meine rechte Hirnhälfte bereits erfolgreich unser Potenzial steigern sah.

»Schulfrei, aber nicht bildungsfrei! Wir werden später darüber reden.«

Übersetzung: Du gehst dahin, und wenn ich dich an den Haaren hinschleppe!

»Und du dachtest, in ein Computerspiel gezogen zu werden sei das Schlimmste, was dir passieren könnte!«, raunte mir Paula auf dem Weg nach oben zu.

In meinem Zimmer ließ ich mich stöhnend aufs Bett fallen. »Ich bin erst vor einer Stunde aufgestanden und bereits wieder vollkommen erschlagen!«

»Schule in den Ferien, das ist echt Höchststrafe«, stimmte mir Paula zu und setzte sich auf meinen Schreibtischstuhl. Misstrauisch beäugte sie meinen Computer.

»Springt da gleich einer raus?«, argwöhnte sie grinsend.

»Wahrscheinlich nicht, solange er zu ist! Ich geh jetzt erst mal duschen«, beschloss ich.

»Okay, aber dann erzählst du mir, wie das mit dem Reinfallen funktioniert hat.«

»Außer du bist gleich nicht mehr da. Dann hast du's selbst rausgefunden«, bemerkte ich grinsend und schnappte meine Klamotten von gestern, um sie runter in den Waschkeller zu bringen. Benutzte Wäsche im Zimmer war laut der mütterlichen Hygienepolizei offenbar ein Staatsverbrechen. Kurze Zeit später saß ich, fresh like a daisy, wieder in meinem Zimmer.

Paula war inzwischen vom Schreibtischstuhl auf das Bett umgezogen. *Wohl doch Angst, angefallen zu werden!* Ich setzte mich an den Tisch.

»Was willst du wissen?«

»Wie bist du reingekommen?«

Egal wie lange ich darüber nachdachte, ich konnte keine zufriedenstellende Theorie anbieten.

»Ich weiß es nicht, ehrlich!«, beteuerte ich.

»Dann probier's doch noch mal!«, schlug Paula grinsend vor.

»Sicher?«, hakte ich so semibegeistert nach. Was, wenn es mich tatsächlich wieder reinziehen würde? *Zumindest hätten wir dann das mit der Glaubwürdigkeit geklärt.*

Langsam klappte ich den Computer auf. Meldete mich erneut in Askendor an. Plötzlich fiel mir etwas ein. Ich holte meine Turnschuhe und eine Sweatshirtjacke aus meinem Kleiderschrank.

»Was soll das jetzt?«, wollte Paula wissen, die jeden meiner Schritte gespannt verfolgte.

»Sicherheitsmaßnahmen«, erklärte ich kurz angebunden. Ich wollte nicht schon wieder als frierender Freak auf Socken durch die Botanik hüpfen.

Dann setzte ich mich vor den Computer. Mein Herz schlug mir bis zum Hals. Der Platz des Hohen Rates lag verlassen im Sonnenlicht. Kurz streifte mein Blick den Stein, wo ich Thosse von Baar gestern zuletzt gesehen hatte. Der Klang seiner Stimme hallte immer noch in meinen Ohren. Unwillig schüttelte ich den Kopf, um die Erinnerung zu verscheuchen und mich auf den Moment, bevor ich in das Spiel gefallen war, konzentrieren zu können. Gestern hatte ich Thosse von Baars Männern nachgespürt. Nun war der Platz leer. Ich tat so, als suchte ich ganz intensiv jemanden an den Steinen und im Wald, aber da war niemand. Irgendwann war ich so verzweifelt, dass ich sogar einer dicken Hummel, die gemächlich brummend über den Platz flog, hinterherstarrte. Doch, welch Überraschung, nicht die geringste Erschütterung war zu spüren.

»Da passiert gar nichts«, meldete ich und ließ mich gegen die Lehne meines Schreibtischstuhls fallen.

Nachdenklich musterte Paula mich.

»Warum glauben die Leute eigentlich immer, ich sei von uns beiden die Spinnerin?«

»Tarnung?«

»Du glaubst wirklich, dass er ein Mensch ist?«, fragte sie plötzlich.

Ich schluckte trocken und begann langsam zu nicken.

»Irgendwie schon«, fügte ich zögernd hinzu.

»Und er kannte all die Begriffe wie Server, User und Char?«

»Nicht nur das, er wusste, wovon er redete. Und zwar genauer als ich.« *Instanzen! Ich hab immer noch keine Ahnung, was das bedeuten soll!*

»Er ist sich aber nicht bewusst, dass er in einer künstlich geschaffenen Umgebung lebt und nur Teil eines Spiels ist?«

Ich schüttelte nachdenklich den Kopf. »Nö, aber das mit der virtuellen Welt hat er problemlos geschluckt. Als würde ich dir erklären, dass du in Frankreich wohnst und ich in Deutschland lebe. Es hat ihn überhaupt nicht gejuckt. Nicht mal die Augenbraue hat sich bewegt.«

Und diese Braue zuckt nun wirklich wegen jedem Mist!

Paula ließ sich zu einem nicht wirklich überzeugten »Aha« hinreißen.

»Er lebt dort mit demselben Selbstverständnis wie wir hier. Das ist seine Realität.«

»Wie? Und er wundert sich nicht, dass da immer mal Figuren starr rumstehen und nicht reagieren?« Paula ließ mich nicht aus den Augen.

»Ich weiß nicht mal, ob sie starr rumstehen. Vielleicht werden sie einfach unsichtbar, wenn der User sich abmeldet.«

»Natürlich, das ist ja auch viel normaler, wenn plötzlich jemand vor deinen Augen verschwindet«, höhnte Paula.

»Er kennt es doch nicht anders. Unter Umständen sollten wir uns wundern, warum die Steine nicht sprechen können oder der

Himmel nicht die Farben des Regenbogens hat. Vielleicht passen leblose oder verschwindende Figuren einfach in das Gedankenmodell seines Daseins.«

»Nicht die Tatsachen verdrehen!«, ermahnte mich Paula streng und fuhr mit beschwörender Stimme fort, als müsste sie mich davor bewahren, meinen Verstand zu verlieren: »Dort gibt es kein wirkliches Dasein. Schon vergessen? Er hockt in einem Computer, wir hier draußen! Er virtuell, wir real!«

»Sicher? Immerhin ist er so viel Mensch wie du und ich.«

»Nun übertreib mal nicht. Ich glaube nicht, dass dort eine Entbindung stattgefunden hat, Klein-Thosse im Krönchenstrampler über die Wiese gekrabbelt ist und gesabbert hat.« *Äußerst interessante Vorstellung!* Aber nein, sie hatte recht. Es war eher unwahrscheinlich, dass es sich so abgespielt hatte.

»Außerdem ist er älter als das Spiel! Askendor gibt es sicher noch keine achtzehn, neunzehn Jahre, oder?«, fragte sie triumphierend. Wahrscheinlich hatte sie auch damit recht.

Ich bin nicht die mit den Antwortkärtchen in der Tasche!

Ich konnte nur erzählen, was ich erlebt hatte.

»Trotzdem ist er ein Mensch. Er atmet, er blutet, friert, schläft, isst …«, fing ich trotzig an.

»Wer kocht dann, wenn er der Einzige ist, der Nahrung braucht?«

Ich konnte nur genervt die Augen rollen.

»Hat er ein Badezimmer? Ein Klo?«

»Paulaaaaaa! Woher soll ich das alles wissen?«

Ein verzweifelter Versuch, sie zu stoppen, umsonst!

»Kann er sterben? Verwesen? Stinkt's dann aus dem Computer? Altert er? Wie soll denn das alles funktionieren? Das geht doch gar nicht!«

Da konnte ich ihr nur recht geben. Plötzlich war es still im Zimmer. Thosse von Baar als Mensch. Das warf wirklich unfassbar viele Fragen auf.

»Meinst du, er ist der Einzige dort?«, unterbrach Paula die Stille.

»Keine Ahnung, zumindest behauptet er das.«

»Abgefahren! Wirst du versuchen, wieder reinzukommen?«

Mein Verstand diktierte mir sofort ein unmissverständliches ›Nein‹. Aber eine offenbar besonders abenteuerlustige Abteilung meines Gehirns johlte gleichzeitig begeistert: ›Auf jeden Fall!‹ Sie waren in der Überzahl.

»Ich glaube schon.«

Paula nickte gedankenverloren. »Hast du gar keine Angst, dort stecken zu bleiben?«, fragte sie nach einer kurzen Pause.

»Und ob! Albtraum!«

Plötzlich kam mir eine Idee. Ich zog ein Blatt aus meinem Schreibtischfach.

»Hör zu, Paula, falls das passiert, schreibe ich dir hier meine Zugangsdaten auf. Damit kommst du in das Spiel, kannst Lanrina steuern. Merk dir den Platz des Hohen Rates. Dort ist das ... das ... Tor oder wie du es auch immer nennen willst. Frag Finn um Hilfe. Versprich mir, dass du alles unternehmen wirst, mich wieder rauszuholen«, beschwor ich sie.

Nickend nahm sie meinen Notizzettel.

»Dir ist klar, dass du verloren bist, wenn Finn und ich zusammenarbeiten sollen?«, fragte sie mich, während sie das Blatt faltete und es in ihre Hosentasche steckte.

Wird sie es dort jemals wiederfinden?

»Paula, bitte!«

»Eines musst du mir mal erklären. Du hast Angst, dort hängen zu bleiben, und würdest trotzdem wieder reingehen? Und das, obwohl du ihn nicht leiden kannst, er sich wie der Nasenprinz aufgeführt und dich verletzt hat?«

Wer sagt, dass ich ihn nicht leiden kann?

»Na ja«, begann ich zögerlich. »Er wird ziemlich schnell wild, ist herrisch. Außerdem kann er wahnsinnig herablassend sein und schnöselig ... «

Aber wenn er lächelt ...

»Ich mag ja unbezähmbare Männer. Dass du drauf stehst, ist mir neu!«, grinste Paula.

»Männer?«, kicherte ich. »Wohl kaum, eher große Jungs, oder?«

»Ja, jetzt schon, aber irgendwann mal ... «

»Du erwartest also, dass dein Wikinger eine Streitaxt im Kleiderschrank hat?«, erkundigte ich mich grinsend. Es war Zeit, das Thema zu wechseln.

Und als wäre das ihr Stichwort gewesen, sprang Paula plötzlich auf.

»Wie viel Uhr ist es?«

»Gleich halb zwei!«

»Los, komm, wir gehen zum Weiher. Die spielen heute Eishockey!«

Und wir kennen die?

Kurze Zeit später stapften wir dick eingemummelt durch den Schnee. Die Sonne schien als gelb glänzende Scheibe milchig durch eine Schicht aus Wolken und Nebel. Ich hatte mir meinen Schal über Mund und Nase gezogen, denn die Luft war schneidend kalt. Der Weiher lag nur ein paar Straßen von unserem Wohnviertel entfernt. Auf dem kurzen Weg dorthin konnte Paula mir zumindest im Telegrammstil berichten, wie ihr Abend verlaufen war.

Voller Erfolg, würde ich mal sagen.

Marc war total süß. Marc konnte Kermit den Frosch imitieren. Marc küsste überirdisch gut. Marc verstand, dass sie um zwölf zu Hause sein musste. Marc war unglaublich. Und das vielleicht Überraschendste: Marc spielte Eishockey. Ein Bewegungslegastheniker auf dem Eis. Das versprach spannend zu werden.

»Ich seh gar kein ambulantes Rescue-Team«, spottete ich, als wir am See ankamen.

Die Eisfläche war mit Schnee bedeckt. In einem geräumten Rechteck drehten einige Schlittschuhläufer mehr oder weniger elegant ihre Runden und Pirouetten. Weiter hinten war ein weiteres Feld freigeschaufelt, auf dem sich einige dick vermummelte Gestalten mit Eishockeyschlägern in atemberaubendem Tempo einen Puck zuspielten.

Paula und ich eierten über das Eis an den Spielfeldrand. Jemand verteilte an den beiden schmalen Seiten der freigeräumten Fläche Taschen als Tormarkierungen, während sich die anderen Pucks zuspielten. Ich zählte zehn Spieler. Plötzlich schoss einer von ihnen mit unglaublicher Geschwindigkeit direkt auf uns zu. Ich setzte schon zum rettenden Sprung auf die Seite an, als der Läufer mit laut kratzendem Geräusch bremste. Kleine Schneefontänen spritzten von seinen Kufen, als er direkt vor uns zum Stehen kam.

»Hei, snuppa!«, grinste Marc und seine stahlblauen Augen leuchteten. Mit kaum zu übertreffender Coolness legte er seine Hand in Paulas Nacken, zog sie zu sich und küsste sie. Ganz selbstverständlich, ohne schüchternes Rumdrucksen, ohne einen Hauch von Befangenheit, als wären sie seit Jahr und Tag ein Paar.

»Hallo, Florentine!«, begrüßte er mich grinsend, bevor er wieder davonflitzte.

Und der Preis für den coolsten Auftritt des Jahres geht an … Norwegen!

Er sah in seiner dunkelblauen Daunenjacke und Pudelmütze nicht nur hinreißend aus, er konnte auch noch Schlittschuh fahren. Und wie!

»Meine Sterne, wer hätte das gedacht, der Konge in seinem Element!«, entfuhr es mir.

»Hatten wir uns nicht auf Marc geeinigt?«, erinnerte Paula

mich streng, bevor sie mit verzückter Miene beobachtete, wie er rückwärts übers Eis fegte.

»Was heißt eigentlich ›snuppa‹?«, wollte ich wissen.

»Klingt süß, oder?«, kicherte Paula. Sie hatte keinen blassen Schimmer.

Ich nehme jetzt mal an, dass es nicht ›Mistkäfer‹ bedeutet!

Inzwischen trieb Marc in rasantem Tempo den Puck über das Spielfeld. Tok-tok-tok-tok, ich konnte die kleine schwarze Scheibe nicht mal sehen.

»Weiß Klatschen-Lehmann, welch ungeahntes Talent in ihm schlummert?«, fragte ich Paula und kam schon beim Zusehen aus der Puste.

»Er würde es nicht glauben! Genauso wenig wie ich, wenn ich es nicht mit eigenen Augen sehen würde«, staunte Paula. »Er muss mit Kufen an den Füßen auf die Welt gekommen sein!«

»Okay, hiermit gebe ich offiziell zu Protokoll, dass ich extrem neidisch bin!«, verkündete ich halblaut.

»Darauf, dass er Eishockey spielen kann?«, fragte sie, ohne ihn auch nur eine Sekunde aus den Augen zu lassen.

Ja, sicher!

»Paula«, jammerte ich, »hast du rosa Zuckerwatte im Hirn? Auf dich natürlich. Er ist klasse und offensichtlich verrückt nach dir.«

»Meinst du?«, strahlte sie.

»Ja, und dir ist hoffentlich klar, dass du dir gerade so ziemlich jedes weibliche Wesen der Schule zum Feind gemacht hast!«

»Ähm, das bleibt aber vorerst geheim!«

»Was? Warum?«

»Weil ich keine Lust darauf habe, deshalb in den Mittelpunkt gezerrt zu werden.«

»Du zwingst Mitschüler, Ständchen für alternde Rockstars zu singen. Ich glaube, mehr Mittelpunkt geht gar nicht mehr«, erinnerte ich sie.

»Das ist etwas anderes. Weißt du, was los ist, falls das nach vier Wochen wieder vorbei ist?«

Spott, Häme, Hohngelächter?

»Und was hält unser Eislaufgenie davon?«

»Er findet es in Ordnung, es langsam angehen zu lassen.«

»Das, meine Liebe, klingt richtig ernst!«

»Findest du?«, gluckste sie und riss jubelnd die Arme in die Höhe. *Oh Wunder, der Konge hat ein Tor geschossen!*

9

An diesem Abend versuchte ich wieder nach Askendor zu kommen. Vergeblich. Wie am nächsten und am übernächsten Abend auch. Doch leider tat sich überhaupt nichts. Ich schlich durch die Wälder, beobachtete jeden noch so entlegenen Winkel und versuchte mir glaubhaft einzureden, Thosse von Baar dort gleich zu entdecken. Doch nichts funktionierte. Er schien in den Tiefen seiner Burg verschwunden zu sein.

»Was gibt es Neues aus Askendor?«, erkundigte sich Paula beiläufig, als wir ein paar Tage später von unserem Klassenzimmer zur Sporthalle schlenderten.

»Nach vorsichtigen Schätzungen dürfte ich etwa siebzig sein, wenn ich ihm das nächste Mal begegne«, brummte ich.

»Na dann, nichts wie ran an die Anti-Aging-Produkte!«

Mehr als ein schwaches Lächeln konnte ich mir nicht abringen.

»Hey, wie lange willst du hier noch den Cheftrauerkloß mimen?«, schimpfte Paula mit strengem Blick.

Sie hatte recht. *Selbst Muffi Griesgramschlumpf wirkt im Vergleich zu mir wie ein Sonnenscheinchen.*

»Keine Ahnung«, stöhnte ich und fügte, nach einer längeren Pause, leise hinzu: »Vielleicht war es nur ein kurzer Ausblick in eine fremde Welt und Ende. Den Rest meiner Tage kann ich mich jetzt fragen, was das sollte.«

»Und du hast alle Faktoren bedacht?«

»Am Samstagabend starte ich meinen letzten Versuch, falls sich das Tor nur einmal in der Woche öffnet, und dann heißt es ›Ciao, Thosse von Baar‹.«

»Natürlich!«, versicherte Paula mir sofort und wirkte richtig glaubwürdig! Insgeheim war uns aber wohl beiden klar, dass ich nicht lockerlassen würde.

»Weißt du, was mich an der Sache am meisten stört?«, fing ich nach einer kurzen Pause wieder an.

»Nein, spuck's aus!« Sie hatte es nämlich schätzungsweise erst einhundert Mal gehört.

»Ich bin mir nicht sicher, auf wen ich mehr sauer sein soll!«

»Wieso?« *Die Frau ist die geborene Schauspielerin.*

»Ich bin offenbar zu blöd, ihn irgendwo zu finden, von dem Weg ins Spiel mal ganz zu schweigen. Aber er, er haut einfach ab. Verschwindet auf Nimmerwiedersehen, dieser ignorante Idiotenhäuptling. Ist wohl unter seiner Würde, mit einem Erdling zu reden. Noch dazu mit jemandem, der ihn unerlaubterweise angesprochen hat. Weißt du, was mich dieser arrogante Pinsel kann?«

»Kreuzweise und spiralförmig, ich glaube, du hattest es bereits das eine oder andere Mal erwähnt.«

Meine weitere Hasstirade unterband sie mit einem unsanften Stoß zwischen meine Rippen.

»Apropos arroganter Pinsel, Kultavid auf drei Uhr.«

David, der kulturbeflissene Chefredakteur unserer Schülerzeitung, praktisch nie ohne Intellektuellenschal und schwarze Dichterbrille als Ausdruck seines literarischen Genies anzutreffen, steuerte direkt auf uns zu.

An Flucht war nicht mehr zu denken.

»Florentine!«, rief er melodramatisch.

»David! Was gibt's?«

»Kommst du mit deinem Artikel gut voran?« *Welcher Artikel?*

»Du weißt schon, die Krippenausstellung der fünften Klassen. Aber schreib ihn herzerwärmend! Schließlich ist Weihnachten«, ergänzte er ungefragt. Dann machte er eine bescheuerte Daumenhoch-Geste, garniert mit einem komischen Knackgeräusch und Augenzwinkern.

Selbst wenn er dazu einen lichterkettendekorierten blinkenden Sombrero getragen hätte, wäre es an Peinlichkeit nicht mehr zu überbieten gewesen.

»Und, ähm, kann ich euch um einen Gefallen bitten?«, fuhr er fort.

»Solange er keinen Austausch von Körperflüssigkeiten beinhaltet«, murrte Paula. David wurde augenblicklich knallrot.

»Ihr seid doch aus der Waldsiedlung, oder? Da wohnt auch Julien Brunner.« *Tatsächlich?!*

»Für das Satzprogramm der Schülerzeitung ist das Abo abgelaufen und Julien hat das damals irgendwie organisiert. Wir bräuchten da Adresse oder Zugangsdaten oder irgendwas! Er ist nur leider heute nicht in der Schule. Und wir müssen doch in Druck ...« Unglücklich schaute er von Paula zu mir und wieder zu Paula. Ich beschloss, David zu erlösen. Ich hatte ja sowieso noch Juliens Pullover.

»Weißt du die Adresse? Ich kann heute Nachmittag hingehen«, bot ich an. Tiefer, dankbarer Blick von Kultavid.

»Es ist das letzte Haus am Forstweg, vor dem Waldrand«, sagte er schnell, bevor er mit gewichtiger Miene weiterzog, um andere Redaktionsmitglieder aufzuschrecken.

Da Madame Rozier mit Coco Chanel bereits zur weihnachtlichen Tour de France aufgebrochen war, entfiel mein französischer Konversations-Albtraum. Ich hatte den Nachmittag frei und war außerdem allein zu Hause. Eine Situation mit dem Seltenheitswert einer totalen Sonnenfinsternis.

Mindestens zwei Stunden ganz für mich. Zuerst begutachtete ich das Käsegebirge, unter dem sich sicher jede Menge Vitamine tummelten, im Kühlschrank. Dann ignorierte ich die schriftliche Anweisung meiner Mutter, wie ich den Brocken Gemüseauflauf in der Mikrowelle in Mus verwandeln könnte. *Danke, kein Bedarf!* Ich hielt mich lieber an die Plätzchendose, die ich oben vom Küchenschrank geangelt hatte.

Viel Zucker, keine Vitamine! Gut für die Seele!

Anschließend überflog ich kurz die To-do-Liste, ohne die mich meine Mutter niemals allein lassen würde. Gemüseauflauf aufwärmen und essen. *Hat schon mal super funktioniert.* Klavier üben, französische Vokabeln lernen, Hausaufgaben machen, Wäsche in den Trockner laden und anschalten, Susanne wegen Finns Nachhilfe anrufen.

Komisch, sie hat gar nicht ›regelmäßig atmen‹ daraufgeschrieben.

Die Vokabeln, Hausaufgaben und das Klavier bekamen sofort ein Häkchen.

Das sieht doch schon ziemlich gut aus.

Während ich im Wäschekeller rumhantierte, rief ich Susanne an. Offenbar stand es um Finn legendär schlecht, denn das Rettungsprogramm sollte am besten schon gestern gestartet werden. Wir einigten uns auf den nächsten Montag. Ich beteuerte noch einmal, dass ich auf keinen Fall Geld dafür wollte.

Perfekt, in fünfzehn Minuten alles abgearbeitet!

Ich ging nach oben in mein Zimmer. Eher aus Gewohnheit als aus echtem Interesse schaltete ich den Computer ein. Meine Kampffähigkeit zu trainieren fand ich langweilig. Doch nur so wäre es mir möglich, schwierigere Aufgaben zu bewältigen und mein Level zu steigern. Wenn ich es bis Level dreißig schaffte, könnte ich mir ein Flugtier kaufen, und dann hieße es endlich ›Brücken ade!‹. Doch irgendwie wurde ich das Gefühl nicht los, dauerhafter Fußgänger in Askendor zu bleiben. Wie viel einfacher war es dagegen, Thosse von Baar von seinen Wachen vor die Füße geworfen zu werden. Lustlos tippte ich mein Passwort ein. Lanrina war inzwischen wieder in Hariam. Ich hatte es satt, am Platz des Hohen Rates rumzulungern. Lieber bummelte ich über den Markt und betrachtete die sonderbaren Dinge, die es dort zu kaufen gab. Auch virtuelle Frustkäufe konnten sehr tröstlich sein. Ich hatte mir einen quietschgelben Stein, der im Dunkeln leuchtete, und eine bunte Decke für meine Matratze zugelegt. Es ging zwar nichts nach Plan, aber mein virtuelles Zimmer sah echt gut aus. Begeistert schaute ich mich um. Mein Blick blieb am Tisch hängen. Ich steuerte Lanrina dichter heran. Was war das? Steine? Ein neues Rätsel? Meine Chance für das nächste Level?

Neugierig betrachtete ich sie genauer. Sie waren dunkelgrau, fast schwarz, glänzten matt und waren nicht größer als gewöhnliche Flusskiesel. Außerdem sahen sie nicht aus, als wären sie einfach nur auf den Tisch geworfen worden, sondern lagen in kleinen Gruppen zusammen. Ich holte ein Blatt und zeichnete die Anordnung ab. Irgendwie hatte ich gehofft, dass sich ein Muster daraus ergeben würde, mit dem ich etwas anfangen könnte. Aber es blieben nur fünf Häufchen mit verschieden vielen Steinen. Nachdenklich fischte ich mein Handy aus der Tasche.

Ich brauche Beratung!

»Da sind vierundzwanzig Steine in meinem Zimmer«, meldete ich mich.

»Mist, und ich habe gerade gestern meine Planierraupe verschrottet!«, antwortete Paula.

»Nicht hier, in Askendor!«

»Und?«

»Das ist sicher wieder eines dieser Rätsel«, murmelte ich und betrachtete nachdenklich meine virtuellen Fundstücke.

»Mann, Flo, da bin ich echt keine Hilfe. Ich finde ja nicht mal die Personen in Lillys Wimmelbüchern.«

»Das hier ist doch etwas ganz anderes.«

Nämlich viel kniffeliger!

»Meine Kombinationsgabe ist mit der einer Weinbergschnecke vergleichbar!«

»Kannst du trotzdem vorbeikommen?«

»Ich kriech schon los!«

Ein paar Minuten später saßen wir gemeinsam an meinem Computer.

»Können sie etwas Besonderes?«, fragte mich Paula, nachdem sie mir bestätigt hatte, dass auf meinem virtuellen Tisch vierundzwanzig Kiesel lagen.

Ich hatte inzwischen im Handbuch nachgeschaut. Es gab außergewöhnlich viele Steinarten. Doch alle waren bunt und erinnerten mehr an Kristalle. Es gab keinen einzigen Eintrag über popelige Flusskiesel.

»Ich finde, die sehen aus, als wären sie besonders angeordnet worden!«, bemerkte Paula.

Okay, wir sind auf demselben Weg!

»Ja, ist mir auch schon aufgefallen. Ich erkenne aber nichts darin«, seufzte ich und schob ihr die Skizze, die ich angefertigt hatte, hin.

»Vielleicht suchen wir kein Muster, sondern eine Botschaft. Erinnert ihre Anordnung dich an irgendwas? Einen Platz, ein Haus, etwas auf dem Markt?«

Wir konzentrierten uns auf das Blatt, drehten es hin und her, dann vertieften wir uns wieder in den Anblick der Steine auf dem Bildschirm.

Finn spielt dieses Spiel erfolgreich! Es kann doch nicht soooo kompliziert sein?

»Ich bin nicht gut in so was«, jammerte Paula nach einiger Zeit. »Für mich sieht das nach großer Pause in der Steinchenschule aus!«

»Stimmt, du hast recht!«, murmelte ich und betrachtete die Grüppchen. »Sechs, sechs, ein Grüppchen von sieben und dann noch zwei und drei Steine«, zählte ich gedankenversunken.

»66723«, wiederholte Paula langsam.

»Eine Nummer? Aber für was?«

»Telefon?«

»Bisschen kurz, oder?«, spielte ich mit.

»Wenige Anschlüsse in Askendor!«, kicherte sie.

»Ein Spielerregister? Vielleicht soll ich Kontakt zum 66.723sten Spieler aufnehmen«, mutmaßte ich.

»Weißt du denn, als wievielte Spielerin du registriert worden bist?«

»Nö!«

»Warum soll es jemand anderer wissen?«

»Ein Code?« Ich kritzelte die Nummer neben meine Skizze. *Nie verkehrt, einen Code zur Hand zu haben!*

»Hast du deine unkooperative Fee mal um Rat gefragt?«, fiel Paula ein.

»Die hab ich schon ewig nicht mehr gesehen. Vielleicht muss sie beim Treffen der Anonymen Arbeitsunwilligen nachsitzen.«

»Gibt es sonst irgendjemanden, den du fragen könntest?«

»Vielleicht das Siebhirn.«

»Ja, das ist genau sein Metier! Da kennt er sich sicher bestens aus!«, kicherte Paula. Sie spielte gedankenverloren an dem Ärmel von Juliens Pullover herum, der über der Lehne hing. Mein Auftrag fiel mir wieder ein. Blöd, dass ich mich angeboten hatte. Eigentlich kannte ich ihn ja gar nicht. Aber jetzt gab es kein Zurück mehr.

Ich begleitete Paula nach Hause und ging von dort weiter zu Julien. Als ich den Schutz der letzten Häuserzeilen verlassen hatte, blies ein eisiger Wind über das freie Feld. *Er wird vor Begeisterung aus-*

flippen. Es gab doch nichts Prickelnderes als den unangemeldeten Besuch einer flüchtigen Bekannten. Insgeheim hegte ich immer noch die Hoffnung, dass er gar nicht zu Hause wäre. Ich könnte eine Nachricht und den Pullover hinterlassen und schnell entschwinden. *Eine überaus elegante Lösung!*

Julien wohnte ganz am Ende des Weges. Das Gebäude war deutlich weiter von der Straße zurückgesetzt als die anderen. Es gab keine Gartenpforte und keinen Zaun. Ich bog einfach vom Weg ab und stapfte über die freie Fläche auf einen weitläufigen Bungalow zu. Während ich mich näherte, fielen mir mehr und mehr Details auf. Lange Fensterbänder ergaben mit dunkelbraunen Holzbahnen ein reizvolles Streifenmuster. Ein fast schon filigran wirkendes Flachdach ragte bis weit über die Hauskante heraus. Komisch, dass mir dieser ungewöhnliche Bau früher noch nie aufgefallen war.

Die Eingangstür war aus Glas. Kaum hatte ich geklingelt, ging drinnen ein Licht an. Der Strahl fiel in die trübe Dämmerung des Nachmittags. Ich hörte Schritte. Eine Frau mit langem blondem Haar öffnete. Sie trug ein merkwürdiges buntes Wickelgewand. Ihre Haut war trotz der Jahreszeit sommerlich gebräunt.

»Hallo, meine Liebe«, begrüßte sie mich so herzlich, dass ich sofort überlegte, ob ich sie kannte.

»Hallo!« Ich hüstelte schüchtern. »Ist Julien zu Hause?« War diese piepsige Stimme etwa meine?

»Ja, der ist da.«

Mist, da geht er dahin, mein toller Plan!

»Ich bin Lydia, Juliens Mutter«, stellte sie sich vor und erklärte weiter: »Er ist hinten im Stallgebäude.«

Stall?! Sie trat einen Schritt aus der Tür und zeigte an der äußeren Ecke des Bungalows vorbei.

»Du gehst am besten dort lang. Am Tor nach links in den Hof und dann wirst du ihn wahrscheinlich schon hören!«

Hören?! Will man wirklich wissen, was die Leute in ihrer Freizeit so treiben?

Ich bedankte mich artig und schlich unter dem großen Dachvorsprung am Haus entlang. Der Eingang zum Hof war ein Durchgang im Mauerwerk des Hauses. Erst als ich durchgegangen war, erkannte ich, dass sich dahinter ein ausgedehntes Grundstück und noch mehr vom Haus versteckte. Gegenüber dem Wohnhaus gab es, in großzügigem Abstand, ein etwa gleich langes, aber schmaleres Gebäude, an dessen Stirnseite ein großes Tor offen stand. Das musste das Stallgebäude sein.

»Quinna, jetzt beeil dich! Das Ding wiegt mindestens eine Tonne«, brüllte jemand mit gepresster Stimme. *Seine Mutter hat recht. Er ist nicht zu überhören.* Ich stapfte an der Wand entlang zu dem Scheunentor.

Kaum hatte ich die ersten Schritte durch die lange Stallgasse gemacht, begrüßte mich von rechts Gewieher.

Pferde! Nein, was für ein Glück!

Dann entdeckte ich ein braunhaariges Mädchen. Sie balancierte in schwindelerregender Höhe auf einer Bockleiter vor einer Pferdebox und mühte sich verzweifelt ab, Metallrollen in eine Schiene unter der Decke zu fädeln. Die Rollen waren an einem Boxentor befestigt, das beängstigend schwankte. Von Julien war keine Spur zu sehen.

»Halt ruhig, wie soll ich die sonst da reinbekommen«, motzte sie nicht weniger angestrengt zurück.

»Quinnaaaa! Beeilung!«, hörte ich ihn hinter dem Tor. Hielt er dieses riesige Ding etwa ganz allein? Das war massives Holz und wackelte immer heftiger, stieß gegen die Leiter, die ebenfalls ins Wanken geriet. Nicht mehr lange und sie würde umfallen. So schnell ich konnte, rannte ich zur Box, packte das Tor und half, es mit aller Kraft nach oben zu stemmen. Mit einem metallischen Schleifen fädelten sich die Rollen in die Schiene. Das Tor war fixiert.

»Na bitte, warum nicht gleich so!«, hörte ich Julien zufrieden brummen. Das Mädchen schaute irritiert nach unten. Als sie mich entdeckte, lehnte sie sich leicht nach vorne, um über das Tor auf die andere Seite zu schauen.

»Juju, ich glaube, wir hatten Hilfe!«, wisperte sie ihm überrascht zu. *Juju?* Das Tor öffnete sich mit dem Geräusch von anrollendem Donner und plötzlich stand Julien direkt vor mir.

»Florentine!«, rief er entgeistert. *Pluspunkt, er weiß meinen Namen.* Mein Blick fiel auf sein graugrünes T-Shirt. Draußen tobte ein Schneesturm und er lief hier mit kurzen Ärmeln rum. Auf seinem Shirt sollte nicht ›Ich tanze zu kranken Geräuschen‹ stehen, sondern ›Ich frier mir gerne den Arsch ab‹.

»Hallo, Julien«, begrüßte ich ihn steif.

Lässigkeit ist nichts, was ich in Gesellschaft praktiziere!

Das Mädchen kletterte flink von der Leiter. Sie sah bezaubernd aus. Groß, seidig schimmerndes Haar, reinste Haut, mandelförmige dunkelbraune Augen. *Jemand, den man hassen muss.*

»Hallo, ich bin Aquinnah, seine Schwester«, stellte sie sich mit einem umwerfenden Lächeln vor. Ja, eine gewisse Ähnlichkeit war nicht zu übersehen.

»Das war echt Rettung in letzter Minute. Tausend Dank!« *Auch noch nett. Die Welt ist wirklich ungerecht.*

»Kein Problem«, nuschelte ich. »Ich bringe dir deinen Pulli zurück«, erklärte ich ihm ungefragt und zog das Sweatshirt aus meiner Umhängetasche.

Er nahm es verdattert in Empfang. »Danke.«

»Und ich wollte dich noch etwas fragen.«

Seine Augen wurden größer. *Bild dir bloß keine Schwachheiten ein!*

»Wäre es vielleicht möglich, das im Haus zu klären? Dann

könnte ich Walfor jetzt in seine Box zurückbringen«, unterbrach Aquinnah unsere ohnehin stockende Unterhaltung.

Julien nickte, und als wir bereits nebeneinander zum Ausgang gingen, drehte er sich noch einmal zu ihr um.

»Wenn er das Tor noch einmal eintritt, wird er verkauft, verstanden?«

Bevor sie antworten konnte, waren wir draußen. Er zog sich im Gehen sein Sweatshirt über den Kopf. Unser Weg führte dieses Mal quer über den Hof, direkt zur Rückfront des Wohnhauses, die nur aus Glas bestand. Riesige Schiebetüren, Fenster vom Boden bis zur Traufe ließen Innen und Außen miteinander verschmelzen. Im Sommer konnte man wahrscheinlich den ganzen Bungalow wie ein Puppenhaus auf einer Seite öffnen. Fasziniert blieb ich stehen. Julien bemerkte erst nach ein paar Schritten, dass ich fehlte, und drehte sich irritiert zu mir um.

»Was ist?«

»Dieses Haus … es ist unfassbar! Wunderschön!«

Ein schwaches Lächeln huschte über Juliens Gesicht. Es wirkte bitter.

»Ja, es ist ziemlich gut«, fügte er kurz angebunden hinzu. Als würde ihn meine Begeisterung für das Gebäude peinlich berühren.

Er zog eine gläserne Schiebetür auf, hinter der die Küche lag. Während wir die Schuhe auszogen, riskierte ich einen unauffälligen Rundblick. Eine hochmoderne dunkelgraue Küchenzeile erstreckte sich über die ganze linke Seite des Raums. Oder war es die Steuerzentrale eines Raumschiffs? Sie sah auf alle Fälle sehr futuristisch aus. In der Mitte des Zimmers stand eine lange Tafel, an der locker zwölf Personen Platz gefunden hätten. Links und rechts des Tisches standen jeweils zwei lange Bänke.

»Juju?«, hörte ich Lydia aus der Tiefe des Hauses rufen.

»Ja!«

»Da war ein Mädchen …«

»Florentine, sie hat mich gefunden«, antwortete er laut und setzte deutlich vernehmbar, mit einem leicht drohenden Unterton hinzu: »Sie ist hier!« *Alle Achtung, so umschifft man mögliche Peinlichkeiten geschickt!*

»Setz dich. Möchtest du was trinken?«, fragte er mich, während er sich die Hände wusch.

»Nein, nein«, wehrte ich ab.

»Du wolltest mich etwas fragen?« Er schenkte sich ein Glas Wasser ein und blieb an die Küchenzeile gelehnt stehen.

»Genau ...« Weiter kam ich nicht, da mich eine helle Frauenstimme unterbrach.

»Was? Juju hat ein Mädchen hier?« Julien verdrehte die Augen.

»Surina, benimm dich«, hallte Lydias Stimme in die Küche.

»Das«, flüsterte Julien, »ist ein riesiger Nachteil dieses Hauses. Es hat eine miserable Akustik. Jeder hört jeden, überall!«

Eine nahezu identische, aber deutlich jüngere Ausgabe von Lydia tänzelte barfuß in die Küche. Sie bewegte sich anmutig wie eine Primaballerina.

»Meine Schwester Surina. Florentine aus meiner Schule«, stellte Julien uns vor. Ich nickte ihr freundlich zu.

Interessante Schwesternsammlung!

Surina ließ sich mit unbeschreiblicher Eleganz mir gegenüber nieder und begutachtete mich ungeniert.

»Du siehst gut aus, bist jung, gehst schätzungsweise aufrecht. Warum gibst du dich mit dieser Knalltüte ab?«, fragte sie mich plötzlich.

Erwartet sie ernsthaft eine Antwort?

Von Julien war lediglich ein mattes Seufzen zu hören. Dann rauschte Lydia in die Küche und mit ihr eine Woge von Freundlichkeit und Güte.

»Surina, Liebes, das war nicht nett«, rügte sie ihre Tochter mit einem liebevollen Lächeln, bevor sie sich zu Julien umdrehte.

»Habt ihr ihn wieder in der Box?«

Er nickte. »Das Vieh ist gefährlich und du weißt das!«, beschwor er seine Mutter mit eindringlicher Stimme.

»Seit wann bist du erziehungsberechtigt?«, zischte Surina in seine Richtung.

»Einer muss doch sagen, was keiner wahrhaben will. Er gehört verkauft oder noch besser eingeschläfert.« Juliens Stimme klang hart, aber auch ängstlich. Doch seine Mutter beachtete ihn gar nicht mehr. Sie war bereits dazu übergegangen, sich mit mir zu beschäftigen.

»Mein Liebes! Florentine, nicht?« Ich nickte. »Möchtest du vielleicht einen Tee? Juju, wo sind deine Manieren?«, wies sie ihn zurecht, ohne den geringsten Vorwurf in der Stimme.

»Ich hab sie schon gefragt. Sie möchte nichts«, rechtfertigte er sich.

»Papperlapapp, Tee weckt den guten Geist und die weisen Gedanken.« *Ein Glückskeks auf zwei Beinen!* »Davon kann man nie genug haben.«

»Trink ihn, sonst gibt sie keine Ruhe«, riet mir Surina, von Lydias missbilligendem Blick vollkommen unbeeindruckt.

Plötzlich öffnete sich die Schiebetür und mit einem Schwung kalter Luft kam Aquinnah in die Küche geschneit.

»Walfor hasst die Box, er steigt schon wieder«, berichtete sie und schlüpfte aus ihren Reitstiefeln.

»Sieh es doch endlich ein, der Gaul spinnt!«, unternahm Julien einen erneuten Versuch, das gefährliche Pferd zum Thema zu machen.

»Nenn ihn nicht Gaul!«, fauchte Aquinnah und setzte sich neben ihre Schwester. Surina strich ihr beruhigend über den Unterarm.

»Aber ein bisschen verrückt ist er schon«, stellte sie versöhnlich fest.

»Das stimmt überhaupt nicht«, brauste Aquinnah auf und entzog ihrer Schwester den Arm. »Er hat einfach nur einen starken Charakter!«

»Ach ja?! Sollen wir warten, bis seine Charakterstärke dir den Schädel zertrümmert?« Julien meinte es bitterernst. Er starrte Aquinnah herausfordernd an.

»Seid friedlich, Kinder!« Lydia trug eine bauchige Teekanne an den Tisch. Verteilte Tassen und schenkte ein.

»Walfor wird seinen Weg gehen.« *Howgh, der Glückskeks hat gesprochen!* Damit schien für sie das Thema beendet zu sein. Sie stellte eine Tasse auf den leeren Platz, nickte Julien zu und klopfte mit ihrer Hand auf die Bank. Widerwillig löste er sich von der Küchenzeile und setzte sich neben mich an den Tisch.

Aha, die streiten nicht, die trinken Tee! Auch eine interessante Strategie!

Innerhalb kürzester Zeit waren Lydia, Surina und Aquinnah in ein Gespräch über den Skorpion, Fisch und Schmetterling vertieft. Ich verstand kein Wort und warf Julien einen fragenden Blick zu.

»Yoga«, flüsterte er mit schlecht gespielter Ehrfurcht, die keinen Zweifel daran ließ, dass er ihre Begeisterung nicht teilte. Dann wäre jetzt vielleicht die Gelegenheit, auf den eigentlichen Grund meines Besuches zu kommen.

»David meinte, du hättest die Zugangsdaten zum Satzprogramm der Schülerzeitung«, erklärte ich leise und nippte an meinem Tee, der extrem gesund schmeckte.

Bevor Julien antworten konnte, mischte sich Surina in unser Gespräch ein: »Du machst dort wieder mit?«, wunderte sie sich.

Julien schüttelte sofort heftig den Kopf. »Nee, ganz sicher nicht!«

»Warum hast du aufgehört?«, fragte ich. Surina hatte sich inzwischen wieder in das Gespräch ihrer Mutter und Schwester eingeklinkt.

»Alles in allem hatte ich die ideenlose Wichtigtuerei satt«, fasste er nach kurzem Nachdenken zusammen.

Junge, du singst mein Lied! Ich nickte eifrig zustimmend, was ihn dazu bewog weiterzureden: »Es war chic, bei der Schülerzeitung zu sein, doch echtes Interesse an Themen, die für Schüler wichtig gewesen wären, gab es nicht.«

»Da hat sich ja bis heute nichts verändert«, seufzte ich.

»Ich weiß, gelegentlich werfe ich einen Blick rein, mehr aber auch nicht.«

Nette Art zu sagen, dass wir Mist produzieren!

»Für die Weihnachtsausgabe zwingt David mich, einen Artikel über die Krippenausstellung der fünften Klasse zu schreiben«, raunte ich ihm zu.

Er grinste. »David? Der neue Chefredakteur?«

»Ja, er möchte nur banalen Blödsinn. Nur nicht kritisch werden. Immer schön Mainstream und Pillepalle!«, beschwerte ich mich.

»Warum gesteht ihr ihm diese Macht zu?«

Aus Mangel an Courage? Aus Angst, Verantwortung übernehmen zu müssen?

Irgendwie passte mir das Image des jammernden Duckmäusers nicht. Ich konnte seiner Frage nichts entgegensetzen. *Deshalb Tee trinken, Themenwechsel.*

»Kannst du ihnen die Zugangsdaten irgendwie zukommen lassen?«, fragte ich und schlagartig wurde mir bewusst, dass ich schon ewig bei ihm rumhing. Wahrscheinlich war meine Mutter bereits zu Hause eingelaufen. *Riesige Ärgerfront im Anmarsch!*

»Klar, kann ich schon machen.«

Hastig trank ich meinen letzten Schluck Tee und sprang auf.

»Ich muss gehen. Vielen Dank für den Tee.«

Lydia erhob sich ebenfalls. Ich wollte ihr artig die Hand geben, aber sie nahm mich herzlich und vollkommen überraschend in die

Arme. »Wiedersehen, mein Liebes.« Dann wedelte sie mit den Händen drei- oder viermal über meinen Kopf und anschließend, ohne mich zu berühren, strich sie über meine Schultern. *Ungeziefer?*

Meinen irritierten Blick ignorierend wandte sie sich an Julien: »Bring Florentine bitte heim.« *Sind wir im Mittelalter?*

Als ich sah, dass Julien, ohne eine Miene zu verziehen, sofort aufstand, setzte ich mich erschrocken zur Wehr.

»Nein, das ist wirklich nicht nötig.«

»Es ist dunkel«, bemerkte Lydia.

»Ja, aber wir sind doch nicht in der Bronx. Hier kann man bei Dunkelheit noch rausgehen.«

»Keine Widerrede, Juju bringt dich.«

Julien war bereits im Eingangsbereich und zog sich Boots und, kaum vorstellbar, eine Daunenjacke an. *Mal nicht im T-Shirt an die frische Luft?* Schicksalsergeben schnappte ich mir meine Schuhe, die immer noch in der Küche standen, und zottelte hinter ihm her.

Als Julien die Haustür öffnete, fegte die Luft eisig hinein.

»Tut mir echt leid, dass du jetzt raus in diese Kälte musst«, entschuldigte ich mich kleinlaut.

»Kein Problem«, brummte er.

Inzwischen hatte es wenigstens aufgehört zu schneien. Die Wolken waren verschwunden. Am nachtblauen Himmel funkelten die ersten Sterne.

»Darf ich dich was fragen?«, unterbrach ich nach einigen Metern die Stille.

»Ja?«

»Was hat deine Mutter da bei der Verabschiedung an meinem Kopf und meinen Armen gemacht?«

Ich hörte ihn schnauben. Nach einer Pause murmelte er sichtlich verlegen: »Sie hat deine Aura ausgestrichen.«

Ah ja, das passiert einem auch nicht alle Tage.

»Was stimmt denn mit meiner Aura nicht?«, entfuhr es mir.

Er schwieg. Außer dem Knirschen des gefrorenen Schnees unter unseren Schuhen war kein Geräusch zu hören.

»Wir haben eine Zeit lang in Indien gelebt«, erklärte Julien nach einer Weile. Es klang wie eine Entschuldigung. *Brillenkopf Juju aus Indien, ein menschliches Mysterium!*

Seine kryptischen Aussagen erschwerten es, ein Gesamtbild von ihm zu gewinnen. Er war ungewöhnlich, schwer einzuordnen und hatte offensichtlich schon allerhand erlebt.

»Florentine?«, unterbrach Julien meinen Erkenntnisstrudel.

»Kannst du Flo sagen?«, bat ich ihn. »Florentine nennt mich eigentlich nur meine Mutter.«

Und das bedeutet selten etwas Gutes!

»Okay, Flo.« Ruhe. Wollte der Meister der dramatischen Pausen nicht noch etwas sagen?

»Bitte versteh mich nicht falsch. Es geht mich wahrscheinlich nichts an, aber kämpfen kann man auf viele Arten.« *Rätselhafte Lebensweisheiten, da steh ich ja voll drauf!* Kannte Brillenkopf Juju meine Mutter? Oder woher wusste er, mit was ich mich rumzuschlagen hatte?

»Jede Sache hat mehr als zwei Seiten. Such dir eine Facette, die sich mit deiner Einstellung deckt.«

Schwieriges Gespräch, wenn man thematisch komplett im Dunkeln tappt.

Vielleicht wertete er mein verwirrtes Schweigen als tiefsinniges Grübeln, auf alle Fälle redete er weiter.

»Du glaubst, David kann dich zwingen, über diese Krippenausstellung zu schreiben, aber er kann nicht bestimmen, wie du darüber berichtest.«

Ah, ich bin wieder im Thema!

»Hoch motivierte Zehnjährige zimmern ein Hüttchen fürs Jesuskind! Wo soll denn da Spielraum sein?«

»Vielleicht verschaffst du ihn dir, indem du genau diese Aussage überprüfst.« Irgendwie spürte ich, dass er recht haben könnte.

Inzwischen waren wir vor unserem Haus angekommen. Im Wohnzimmer und der Küche brannte Licht.

»Ich denk drüber nach«, versprach ich und blieb vor dem Gartentor unseres Hauses stehen.

»Mach das!«, ermunterte er mich. »Und lass dich nicht von diesem Affen David in die Enge treiben.«

»Ich versuch es.«

»Wir seh'n uns!« Er hob kurz zum Gruß die Hand, drehte sich um und ging mit langen Schritten den Weg zurück.

»Tschau! Und danke fürs Nach-Hause-Bringen!«, rief ich ihm hinterher.

»Jederzeit gerne!«

10

Montagnachmittag. Nach einem zutiefst deprimierenden Wochenende, an dem ich trotz Samstag den Sprung nach Askendor nicht geschafft hatte, war ich auf dem Weg zu Paula. Finns erste Nachhilfestunde stand an. Während ich durch den Schnee stapfte, wanderten meine Gedanken zum Sonkuningr.

Was er in diesem Augenblick wohl machte? Starrte er nachdenklich in das lodernde Feuer? Sinnierte über die Existenz einer anderen Welt? Fragte sich, was er da vor ein paar Tagen erlebt hatte? Dachte an mich? Ich glaubte, sein tiefes Lachen zu hören. Die spöttisch nach oben gezogene Augenbraue sehen zu können. Für einen Moment bildete ich mir ein, den Druck seiner Arme zu spüren, die mich umschlossen. Wie Blitze schossen die Empfindungen durch mein Gehirn. Vor allem aber war ich enttäuscht, dass sich meine Hoffnung, Thosse von Baar würde sich am Samstag blicken lassen, nicht erfüllt hatte. Die Vorstellung, sich nach einer Woche am gleichen Platz zu treffen, erschien offenbar nur mir naheliegend.

Vielleicht hatte er mich bereits vergessen. Vielleicht erhob nur ich unser Treffen zu etwas Einzigartigem. Vielleicht war er schon lange wieder zur Tagesordnung übergegangen. Die ›Vielleichts‹ umzingelten mich in der Stille der schneebedeckten Straßen. *Herzlich willkommen im Depri-Express! Nächster Halt: Selbstzweifel. Weiterfahrt zu Minderwertigkeitsgefühlen möglich!*

Es war so erbärmlich, dass ich für jede Ablenkung dankbar war. Und wenn es auch nur eine Stunde mit dem Lateinanarchisten war. Immerhin hatte er die obersten Schichten des Chaos in seinem Zimmer abgetragen. Nun saß er mit weit aufgerissenen Augen an seinem Schreibtisch. *Eine Demonstration maximaler Aufmerksamkeit oder Schilddrüsenüberfunktion?* Der Computer war ausgeschaltet. Auf dem Schreibtisch stapelten sich etwa fünf Kilo Altpapier, die er hochtrabend als seine Lateinunterlagen bezeichnete. Ich fischte ein Blatt vom Stapel. Meine Mutter hätte ihre helle Freude daran gehabt. Drei Eselsohren, die vierte Ecke abgerissen.

»Was ist denn da passiert?«, erkundigte ich mich und hielt das Blatt in die Höhe.

»Ich brauchte einen Krampen.«

Definitiv nichts Lateinrelevantes!

»Einen was?«

»So ein Stück gefaltetes Papier, das man mit einem Gummiband abschießt.« Klar, in Zeiten der Not und Selbstverteidigung mussten Prioritäten gesetzt werden. Auch der kotzende Römer, den er an den Rand gezeichnet hatte, ließ keinen Zweifel an seiner Einstellung zum Fach. Ich vertiefte mich in seine Hieroglyphen.

»In welcher Sprache ist das denn geschrieben?«

»Sehr witzig!« Er kippte auf seinem Stuhl nach hinten und versuchte einen Filzstift auf seiner Nasenspitze zu balancieren. *So viel zur Aufmerksamkeit!*

»Nein, ernsthaft, was heißt zum Beispiel das hier?« Ich tippte auf ein Gekrakel, das mehr nach arabischer Kalligrafie als nach lateinischen Buchstaben aussah.

Er neigte sich huldvoll zu mir rüber, um einen Blick auf das Arbeitsblatt zu werfen.

»Cuius an … anus …«

»Anus?«

»Nein, warte, anmus … otto, halt ocho …«

»Du kannst deine eigene Sauklaue nicht lesen«, unterbrach ich sein Gestammel.

»Klar kann ich das!«, motzte er und verdrehte die Augen.

»Cuius anus otto?«, wiederholte ich spöttisch. Dann schnappte ich mir das Buch, um die aktuellen Vokabeln abzufragen, und betrat damit offenbar Neuland.

»Gedächtnistechnisch bist du echt ein Eichhörnchen. Das findet seine Schätze auch nur zufällig«, stöhnte ich, als ihm nach der achten Wiederholung immer noch nicht alle Bedeutungen des bösen Wortes ›animus‹ einfallen wollten. Er nahm es sportlich. Kritik schien ihn nicht wirklich zu stören.

»Du solltest Vokabelkarten schreiben. Möglichst leserlich«, riet ich ihm und versuchte seine schreckgeweiteten Augen zu ignorieren.

»Spinnst du?!«, entfuhr es ihm, als er sich vom ersten Schock erholt hatte.

»Ich dachte, du wolltest in die Siebte versetzt werden.«

»Ja, schon, aber ›Vokabelkarten‹.« Wenn er es sagte, klang es wie ›Todesstrafe‹.

»Komm schon, du bist doch nicht so doof zu glauben, dass die Nebel der Unwissenheit sich von selbst lichten, oder?!«

»Vokabelkarten«, stammelte er schockiert.

Die nächste Stunde verbrachten wir damit, uns durch den Sumpf seiner Ahnungslosigkeit zu graben. Es gehörte sicher Begabung dazu, mit Wissenslücken breiter als der Gran Canyon bis ins zweite Jahr Latein zu kommen. Und dabei auch noch ernsthaft der Überzeugung zu sein, die Dinge im Griff zu haben.

Zum Schluss hatte ich ihn immerhin so weit, dass er einsah, keine Ahnung zu haben. Er versprach, die Karteikarten zu schreiben. Mehr konnte ich nicht erwarten.

»Was ist eigentlich aus eurer Zwergenverhandlung geworden?«, fragte ich unschuldig, während er seine Schulsachen mit einem Wisch in die hintere Ecke des Schreibtisches verbannte.

»Welche Verhandlung?«, fragte er nach und schaltete den Computer ein.

»In Askendor. Als du ausgeschlossen wurdest.« Er war auf dem Weg ins Spiel.

»Ach, du meinst das Treffen des Hohen Rates. Da sind wir mit einem blauen Auge davongekommen.«

»Du meinst, ihr dürft weiterspielen?«, hakte ich vorsichtig nach.

»Ja.« Kaum erschien auf dem Monitor das Bild der Wälder von Askendor, versank er schweigend darin. Ich schob mich unauffällig näher, um einen besseren Blick zu haben.

Zuerst sah ich zwei putzige Blockhütten. Einige der Zwerge waren damit beschäftigt, ein drittes Häuschen zu zimmern. Man glaubte fast, sie singen zu hören, während sie die Hämmer schwangen. *Fehlt nur noch Schneewittchen.*

Finn schaltete in die Späherfunktion. Eine hellgrün leuchtende Halbkugel umspannte das Gebiet wie ein Iglu. Die Gebäude und Figuren unter der Kuppel waren nur noch schattenhaft zu erkennen.

»Was ist das?«, fragte ich verblüfft.

»Eine Achtschale.« *Hübsch, diese Achtschale, und so dekorativ.*

»Wie kommt man zu solch einem sperrigen Ding?«

»Sie entwickelt sich, wenn man mit Bannsteinen einen Claim absteckt.«

»Einen Claim?!« Klang, als wollten sie Schafe weiden.

»Wir erheben auf dieses Gebiet offiziell territorialen Anspruch.« *Oder einen Krieg anfangen?*

»Ihr klaut Land?«

»Wir klauen nicht, wir annektieren.«

»Ja, sicher doch!«

Plötzlich grinste er mich an. Wissend! Oh, oh, das gefiel mir gar nicht. Ich bemühte mich, nicht rot zu werden. Vergeblich.

»Bei wem spielst du mit?« Er betonte jedes Wort genussvoll. Ich war aufgeflogen.

»Exkrieter«, murmelte ich.

»Beim kampfunfähigen Grüblervolk! Wo denn sonst!« Wurde ich etwa gerade von ihm beleidigt? *Das vertiefen wir lieber nicht weiter.*

»Also, wie ist das jetzt mit eurem Landraub?«, versuchte ich abzulenken. Es funktionierte.

»Territorialanspruch.«

»Wenn du darauf bestehst.«

»Die Achtschale entwickelt sich aus Bannsteinen, wenn du sie nicht zu weit auseinanderlegst!«

»Dann bestimmt die Anzahl der Steine die Größe des Claims?« Ich erntete einen anerkennenden Blick. Frechheit! Nur weil ich nicht sofort jede Regel verstand, hieß das noch lange nicht, dass ich auf den Kopf gefallen war.

»Kein Gegner kann die Hülle durchdringen. Außer jemand träufelt Granelixier auf mehrere Steine. Dann wird die Hülle schwächer und vielleicht sogar für den Gegner durchlässig.«

»Und das ist doof, weil …?«

Er versuchte, nicht zu entsetzt zu schauen. »Weil man dann angegriffen werden kann?«

»Es kann sich also jederzeit jemand anschleichen und den Bann mit diesem Wundermittel …«

»Granelixier.«

»… außer Kraft setzen.«

»Deshalb müssen wir zusätzlich die Steine bewachen.«

»Und warum baut ihr gleich Hüttchen?«

Sehr optimistisch. Aber muss man sofort einen Zwergenstaat errichten?

»Erst wenn ein Claim mit dreißig Chars besiedelt und fünf Tage gehalten wurde, darf der ausgerufene Raid stattfinden.« Hatte er auch nur im Entferntesten eine Vorstellung, wie viele Fragen diese Erklärung aufwarf?

Doch offenbar war mein Schnellkurs zum Thema feindliche Übernahme vorerst beendet. Finn widmete sich wieder dem Spiel. Er schaltete zurück auf seinen Char und ging zu einem der Bauzwerge. Der kleine Wicht, dessen Zottelhaar verdächtig nach Stromschlag aussah, hatte jede Menge zu sagen. Da nur das Dialogfeld aktiviert war, konnte ich keine Einzelheiten erkennen, doch der Text lief irre schnell durch.

Finn tippte aufgeregt zurück.

»Probleme?«, wollte ich wissen.

»Unser Materialtrupp ist verschollen. Wir haben nicht genügend Wachen. Außerdem wird die Zeit knapp.«

»Aha!«

Ich ließ ihn erst mal seine Zwergenkrise organisieren, bevor ich ihn mit weiteren Fragen bombardierte.

Wie vollkommen anders Finns Bildschirm aussah. Sein Toolfach war beeindruckend. Er war praktisch der Krösus der Zwergenwelt. Und erst das Level seiner Kampffähigkeit. Respekt! Der Gnom könnte Lanrina mit einem Wimpernschlag eliminieren. Vielleicht sollte ich damit aufhören, ihn Zwerg zu nennen. Plötzlich stutzte ich.

»Finn, was bedeutet das?«, fragte ich und zeigte in die rechte obere Ecke. *Doch Spielernummern?*

»Die Zahl da?«, murrte er widerwillig. Seine kleine Revolution schien nicht so zu laufen, wie er sich das vorgestellt hatte.

Den Blick fest auf die Zahl gerichtet, begann ich zu nicken.

»BS.« *Doch so viel Information! BS, ein Kürzel für Blödmannstatus?*

»Geht es vielleicht ein bisschen ausführlicher?«, mäkelte ich.

»Betriebsstunde.« *Huldigt dem König der Einwortsätze!*

»Was ist eine Betriebsstunde?«

»So lange läuft das Spiel schon.« *Wow, sechs Wörter.* Nach dem Klappern der Tastatur zu urteilen, fielen seinen Antworten für die Zwerge nicht so spärlich aus.

»Wozu braucht man die?« Und warum hatte nicht jeder eine solche Anzeige? In meinem Spiel fehlte sie. Ganz sicher.

»Zirkel?«, brummte er. Im Prinzip neigte ich nicht zur Gewalttätigkeit, aber … ein gut gezielter Schlag auf den Kopf könnte einen gewissen Realitätsbezug wiederherstellen.

»Machst du das mit Absicht?«, zischte ich wütend.

»Was?«, fragte er, ohne den Blick vom Bildschirm zu lösen.

»BS … Zirkel … Was?«, äffte ich ihn nach. »Erklär's mir doch mal richtig!«

»Zwei Minuten!«, war alles, was ich zu hören bekam. Er tippte bereits wieder. Mir blieb nichts anderes übrig, als ihm dabei zuzusehen. Kurze Zeit später hörte er auf und drehte sich zu mir hin.

»Was willst du wissen?« *Ach, bin ich jetzt etwa schon dran?*

»Warum gibt es bei dir diese Betriebsstunden-Anzeige?« Meine Beharrlichkeit hatte einen guten Grund. Die Zahl in der oberen Bildschirmecke war 66595. Näher war ich der Lösung meines Steinrätsels noch nie gekommen.

»Die BS ersetzen Uhr und Datum. Nach ihr kann man sich verabreden.« *Ein Date? Ich habe ein Date? In einhundertachtundzwanzig Stunden? Mit wem? Und warum sagt mir keiner Bescheid?*

»Warum kann man nicht einfach ›Montag gegen vier‹ sagen?«

»Du bist echt witzig. Hast du eine Vorstellung, wie viele Spieler Askendor hat?« Sein schlecht gespieltes Mitleid war vollkommen unangebracht. Zufällig hatte ich die exakte Zahl vom Chef persönlich. Leider aber schon wieder vergessen!

»Knapp dreizehn Millionen«, trumpfte ich dennoch auf.

Finn nickte unbeeindruckt. Gehörte wahrscheinlich zum Basiswissen jedes guten Spielers.

»Viele davon sind in anderen Zeitzonen zu Hause. Es gibt englischsprachige Zirkel, da spielen Leute aus Amerika mit. Wie soll man den Termin für einen Raid festlegen, wenn es keine einheitliche Zeit gibt?« Hörte sich vernünftig an.

»Und warum erscheint die Zahl nicht auf meinem Bildschirm?«

»Schätze, du gehörst keiner Gruppierung wie einem Zirkel an, oder?«, feixte er. Ich schüttelte nur den Kopf. Unwissenheit hatte echt etwas Demütigendes.

»Es gibt den Stamm. In deinem Fall Tragun mit seinen Clans.«

»Zum Beispiel den Exkrietern?«, hakte ich nach. Finn nickte. *Checkersmiley für mich!*

»Die Chars aus deinem Clan könnten sich zu einem Zirkel zusammenschließen. Falls du nicht nur mit Exkrietern abhängen möchtest, und mal ehrlich, wer möchte das schon, dürftest du dich einer Union anschließen. Die sind allen Stämmen zugänglich.« Wenn er mal im Redefluss war, gab es kein Halten mehr!

»Okay, okay!«, hob ich abwehrend die Hände. In meinem Kopf schwirrten bereits alle Informationen durcheinander.

»Und warum zieht man zusammen los?«, wollte ich wissen.

Finn sah aus, als könnte er sich nicht zwischen Lachkrampf und Wutanfall entscheiden.

»Da fängt der Spaß doch erst richtig an«, stammelte er angesichts meiner Unwissenheit ungläubig. »Zusammen kann man Land annektieren, Bodenschätze erobern und vor allem die Pforten zu Arkanrus finden.«

»Arkanrus?«

»Du kennst nicht die geheimen Pforten von Arkanrus?« *Hey, entspann dich. Wir reden immer noch über fiktives Kulturgut.*

»Nein, und ich wusste nicht, dass es ein Verbrechen ist.«

»Die geheimen Welten von Arkanrus, dem Schattenreich, erschließen sich über versteckte Pforten. Wer ein solches Portal freilegt, kontrolliert ein verborgenes Reich.« *Wo verzauberte Einhörner grasen? Ist ja allerliebst!*

Wir sollten aber die wirklich wichtigen Dinge nicht aus den Augen verlieren. Zum Beispiel mein eventuelles Date! Einhundertachtundzwanzig Stunden! Das war nicht mal mehr eine Woche!

»Wie kann man einen Termin mitteilen?«, wollte ich wissen. Finn brauchte ein paar Sekunden, um meinem thematischen Salto zu folgen.

»Wie? Ach so! Na, zum Beispiel hier ...« Er klickte ein Feld an.

»Was ist das?«, fragte ich sofort, während sich ein weiteres Fenster öffnete.

»Ein Briefkasten.«

Ich lehnte mich ein bisschen weiter nach vorne.

»Tragun Raid 66796«, entzifferte ich mühsam. »Was bedeutet das?«, hakte ich unsicher nach.

»Ein Raid ist eine Art Feldzug. Und zur Betriebsstunde 66796 ziehen wir gegen Thosse von Baar in die Schlacht.«

»Waaaaas?«

Gutmütig wiederholte Finn seine Erklärung.

»Warum kämpft ihr gegen Thosse von Baar?«, fragte ich fassungslos.

»Weil wir sein Land annektiert haben«, erwiderte Finn nicht ohne Stolz.

Mein Blick wanderte zurück auf den Bildschirm. Die Achtschale leuchtete hellgrün und allmählich begriff ich.

»Ihr seid in Tragun?« Finn nickte. Er erwartete jetzt hoffentlich keinen Applaus für diese Heldentat.

»Noch mal für die Begriffsstutzigen in der letzten Reihe. Ihr habt eure umgedrehte Obstschale auf Thosse von Baars Land geschmissen und ›Unseres!‹ gebrüllt? Habt ihr sie noch alle?« *Das wird der königlichen Augenbraue sicher ganz gewaltig stinken.*

»Man annektiert ein Areal und führt eine Schlacht. Gewinnt man, darf man es behalten«, erklärte er mir lachend.

»Ihr könnt doch nicht einfach sein Land klauen.«

»Nur weil Tragun bisher nie angegriffen wurde, heißt es nicht, dass es verboten ist. Wir haben eine Siedlung. Das Land ist seit einhundertfünfzig BS in unserer Hand. Er muss gegen uns antreten. So verlangen es die Regeln.«

»Dir ist schon klar, dass es einen guten Grund gibt, warum das bisher noch keiner versucht hat, oder?«, gab ich zu bedenken. Immerhin befehligte Thosse von Baar das mächtigste Heer in Askendor. Eine Tatsache, die selbst mir als absoluter Niete in diesem Spiel bekannt war. Doch Finn schüttelte nur trotzig den Kopf.

»Er muss sich uns stellen, wir sind auf seinem Land.« *Ein Selbstmordattentäter in Miniaturausgabe?!*

»Ich möchte dir ja nicht zu nahe treten, aber ihr seid total wenige und nicht viel größer als Erdhörnchen. Warum glaubt ihr, Thosse von Baar besiegen zu können?«

»Genau das ist ja unser Vorteil!«, brummte Finn.

»Dass ihr genau unter seine Stiefel passt?«

Er rutschte unruhig auf seinem Platz hin und her.

»Welches Level hast du?«, fragte er ganz unvermittelt. Was hatte ich jetzt wieder nicht verstanden?

»Zwei.« *Er demütigt mich gerne grundlos, oder?*

»Du bist ganz sicher in keinem Zirkel oder einer sonstigen Vereinigung, Truppe oder Gilde?«

»Jaaa!«

»Und das macht Spaß?«, zweifelte Finn. Mitleid von einem Zwölfjährigen. *Jetzt fühle ich mich richtig diskriminiert!*

Er zögerte. Musterte mich eindringlich.

»Du darfst es keiner Menschenseele sagen! Ehrenwort?«, beschwor er mich.

Wie soll ich es ihm schonend beibringen? Niemand in meiner Welt interessierte sich für aufständische Zwerge. Und sicher wollte keiner, den ich kannte, sein fantastisches Geheimnis wissen.

»Großes Ehrenwort. Meine Lippen werden versiegelt sein«, versprach ich großzügig.

»Was würdest du machen, wenn du hören würdest, dass dich dreißig Gnome herausfordern?«

»Als Thosse von Baar? Lachen! Und zwar laut und lange!«

»Genau«, pflichtete Finn mir bei. Weder seine Ruhe noch die siegessichere Miene passte zu dieser düsteren Prognose.

»Ihr habt einen Plan«, dämmerte es mir.

»Klar haben wir den. Du glaubst doch nicht, dass wir lebensmüde sind.«

»Ach nein?«

»Thosse von Baar wird mit einer relativ kleinen Truppe gegen uns antreten. Selbst wenn er zusätzliches Risiko einkalkuliert, wird er mit kaum mehr als einer Truma anrücken.« *Da behauptet der Junge, kein Latein zu können!*

»Truma? Einem Schwarm?«

»Von mir aus.« Seine Begeisterung hielt sich in Grenzen. »Eine Truma ist ein Verband von dreiunddreißig Kriegern. Was rein rechnerisch gegen uns reichen würde.«

»Na, und wie viel Tausend Zwerge habt ihr mobil gemacht?«

»Vierzig Gnome sind zum Raid gemeldet …« *Okay, sie sind tot!*

»… und zweihundert Gonoxore werden sie begleiten«, verkündete er mit stolzgeschwellter Brust. Gonoxore! Rohe, unbarmherzige Krieger, die nur aus Muskeln und Metall bestanden. Ich schluckte trocken. Die bloße Vorstellung von zweihundert kampflüsternen Gonoxoren war ein Albtraum.

»Das dürft ihr doch nicht!«, wisperte ich. Bilder bluttriefender Massaker zogen vor meinem inneren Auge auf.

»Na ja, sagen wir, es ist halb legal«, räumte Finn großspurig ein.

»Halb legal?«, hakte ich nach.

»Da die Gonoxore weder an der Beute noch am Gebiet Ansprüche geltend machen werden, gehören sie offiziell nicht zu dieser Mission und müssen somit nicht gemeldet werden.«

»Und was? Sie kommen zufällig vorbei und mischen einfach mit?«

»Ein bisschen komplizierter ist es schon, aber im Prinzip wird es so in der Art laufen«, grinste Finn.

»Halb legal, so ein Quatsch. Das ist doch illegal, was ihr da treibt!« Und es gefiel mir überhaupt nicht.

Finn hingegen schien seinen kleinen Coup unglaublich zu genießen.

»Sagen wir, es ist ein Schlupfloch im Regelwerk, das offenbar noch keinem aufgefallen ist.«

»Was passiert, wenn ihr Wichte mit euren angeheuerten Killern auf Thosse von Baars Truma stoßt?«

»Im Idealfall?« Ich konnte nur nicken.

»Metzeln wir ihn nieder!« *Ich glaub, es föhnt!*

»Ihr wollt Thosse von Baar umbringen?«, stammelte ich fassungslos. Das Gemetzel in meinem Gehirn nahm wieder Fahrt auf. Und mittendrin lag ein verblutender Thosse von Baar.

»Klar, warum nicht?«, antwortete Finn und versank in genießerisches Schweigen.

Bleiben wir bei der Überlebensstrategie!

»Soviel ich weiß, umgibt ihn eine Bannmeile«, erinnerte ich ihn.

Finn nickte mir anerkennend zu. »Richtig! Ihn wie auch seinen Herrschersitz umgibt ein Areal, das kein Char überwinden kann …«, bemerkte er sachlich, doch sein Grinsen verhieß nichts

Gutes. »… aber während eines Raids ist seine Bannmeile außer Kraft gesetzt.«

»Was habt ihr davon?«, wollte ich wissen.

Finn zog es vor zu schweigen. Er begann unruhig mit dem Fuß zu wippen. Plötzlich dämmerte es mir.

»Das ist euer Deal«, rief ich aufgeregt. »Ihr wollt nicht das annektierte Gebiet, sondern gleich das ganze Land! Und mit allen Gonoxoren an eurer Seite könntet ihr Tragun tatsächlich verteidigen, falls es jemand wieder zurückerobern möchte, oder?« Volltreffer! Mit knallrotem Kopf rutschte er unbehaglich auf seinem Stuhl hin und her. Der Zwergenfeldherr hat das kampfunfähige Grüblervolk unterschätzt. Wenn wir nämlich eines extrem gut können, dann ist es, logisch zu denken!

»Aber warum machen die Gonoxore da mit?«, wollte ich wissen.

»Sie wären dann die neuen Wächter von Askendor«, erklärte mir Finn. *Offenbar etwas, das einen dort karrieremäßig voranbringt.*

»Ihr riskiert, verbannt zu werden«, versuchte ich ihn zur Vernunft zu bringen.

»Das glaube ich nicht. Hast du eine Ahnung, wie viele Punkte ein Direktschlag gegen Thosse von Baar bringt?«, ereiferte sich Finn.

»Nein!« *Aber ich weiß, wer dabei sterben kann!*

»Jeder Treffer garantiert dir unglaubliche Kampfkraft. Danach wird uns keiner mehr angreifen.« Schien ein Hauptgewinn zu sein.

»Es ist illegal«, beharrte ich mit scharfem Ton.

»Solange es möglich ist, ist es nicht illegal.«

»Was ist denn das für ein verdrehtes Rechtsempfinden?«, fuhr ich ihn an.

»Hey, entspann dich, es ist doch nur ein Spiel.« *Nicht für jeden!*

Für den Bruchteil einer Sekunde überlegte ich, Finn ins Vertrauen zu ziehen. Doch er war sicher nicht der Kopf dieser ausgeklügelten Aktion. Selbst wenn er wollte, wäre er nicht in der Lage, sie zu stoppen.

66796. Ich rechnete. Der Raid war für die Nacht von Dienstag auf Mittwoch festgelegt. Wie abgedreht war das denn? Sie zogen am vierundzwanzigsten Dezember in die Schlacht.

»Ihr trefft euch an Heiligabend, um zu kämpfen?«, entfuhr es mir ungläubig. Während man sich auf dem Rest der Welt wenigstens an diesem einen Abend um Frieden bemühte, organisierten diese Gnome ein Attentat.

»Klar, da haben alle Zeit. Möchtest du auch kommen? Ich kann dir eine Einladung aussprechen.« *Was gibt es Schöneres, als am Fest der Liebe einem Massaker beizuwohnen?*

»Ja, mach mal.« Man sollte sich alle Möglichkeiten offenhalten.

»Username?«

»Lanrina.«

»Du hast einen Briefkasten?«

»In Hariam? Ich hab eine Tür …«

Finn erklärte mir brav, wie ich mir eine Mailstelle einrichten konnte.

Während er sich wieder den Zwergen zuwandte, verließ ich fast fluchtartig Finns Zimmer und machte mich auf die Suche nach Paula. Auf dem Weg dechiffrierte ich eine weitaus spannendere Zahl: 66723. Ich stutzte: Samstagabend um elf Uhr? Rechnete noch einmal. Gleiches Ergebnis. Spontan brachte ich nur eine Person mit diesem Datum in Verbindung. Hatte er mir die Steine in mein Zimmer gelegt? *Vielleicht ticken wir doch nicht so unterschiedlich.*

Ich fand Paula in ihrem Zimmer. Sie saß im Schneidersitz auf dem Boden und verpackte hoch konzentriert Weihnachtsgeschenke in Zeitungspapier. Stöhnend ließ ich mich auf ihr Bett fallen und beobachtete, wie sie einzelne Buchstaben ausschnitt und ›Für Mama‹ auf das Päckchen klebte.

»Ich glaube, ich habe ein Date mit Thosse von Baar.« Meine Stimme ließ sich nur mühsam beherrschen.

Paula ließ überrascht die Schere sinken und schenkte mir einen forschenden Blick. »Bist du dir sicher?« Ich zuckte mit den Schultern.

»Wann ist man sich das schon? Du hast mit Marc im Coffeeshop gesessen und trotzdem gezweifelt. Ich bekomme nur eine Handvoll Steine auf den Tisch geknallt.«

»Die Steine waren von ihm?«

»Von wem sonst?« *Bitte lass ihr keine Alternativen einfallen!*

Paula zuckte nur mit den Schultern. Verzweifelt raufte ich mir die Haare.

»Warum kann er nicht einfach einen Zettel schreiben? Samstag, elf Uhr, Platz des Hohen Rates, denke an dich, dein Thosse. Damit könnte ich was anfangen!«, polterte ich los.

»Oh, ›dein Thosse‹ und ›denke an dich‹. Was ist aus Kongeson mit Vollklatsche geworden?«, kommentierte Paula den Sympathiewandel.

Doch ich war nicht in der Stimmung für analytische Gespräche. Mein aufgestauter Unmut entlud sich ungebremst.

»Ich habe es so satt. Meine Gedanken kreisen fast nur noch um ihn. Um sein einsames Leben und die Gefahren, die auf ihn lauern. Und wo wir schon von Gefahren sprechen: Dein Bruder glaubt, er sei der neue Fidel Castro.«

»Ahh, Comandante en Jefe, mein Lieblingsrevolutionär«, schwärmte Paula, bevor sie sich erkundigte: »Was hat das Siebhirn jetzt schon wieder ausgeheckt?«

»Er und seine mordlüsternen Trollfreunde versuchen, Thosse von Baar um die Ecke zu bringen.« Erschöpft rutschte ich zu ihr auf den Boden. Paula, die gerade ein L für Lilly ausschnitt, verharrte in ihrer Bewegung und warf mir einen unsicheren Blick zu.

»Können die das denn?«

Verzweifelt streckte ich die Hände zur Decke und schrie fast: »Woher soll ich das wissen?«

Paula legte die Schere beiseite, fing meine Hände ein und hielt sie fest.

»Erzähl mir alles, der Reihe nach und in Ruhe. Und lass nichts aus.«

Es half. Ich redete und redete. Zuerst berichtete ich ihr von Finns Plänen und bemerkte dabei kaum, wie ich den Bogen immer weiter schlug. Auf einmal sprach ich über meine Angst, dass jemand Thosse von Baar etwas antun könnte. Das Grauen, das mich umtrieb, wenn ich daran dachte, wie er als Gefangener in einer irrealen Welt leben musste.

»Er ist ein Mensch, Paula. Ich weiß es. Egal was du dagegenhältst, du überzeugst mich nicht vom Gegenteil. Er ist so menschlich wie du und ich, ehrlich. Ich habe mit ihm geredet …« Sofort sah ich im Geiste, wie sich seine Nase kräuselte, wenn er lächelte. Den warmen Ausdruck, den sein meist grimmiger Blick schlagartig bekommen konnte. »… Er ist ein Mensch«, fügte ich nach einer Pause trotzig hinzu.

»Du magst ihn«, stellte sie fest, als ich geendet hatte.

»Ja, vielleicht. Ich weiß nicht. Irgendwie steht das nicht zur Debatte. In erster Linie tut er mir unendlich leid.«

»Mitleid? Tatsächlich? Findest du, dass er das verdient hat?« Mehr als einen fragenden Blick hatte ich für sie nicht übrig.

»Der wirkt doch ziemlich souverän«, fuhr sie unbeirrt fort. »Glaubst du ernsthaft, dass mein Gangsterbruder und seine kleinen Mitstreiter die Ersten sind, die ihm ans Leben wollen?«

Ich dachte kurz nach. Wahrscheinlich hatte sie recht. 66595 Betriebsstunden klang ziemlich lang. Ich überschlug die Zahlen im Kopf und kam auf etwa sieben Jahre.

»Meinst du, er war von Anfang an menschlich?«, fragte ich Paula, die weiter Geschenke einpackte.

»Das wäre mal eine wirklich interessante Frage. Vielleicht solltest du die am Samstag klären.«

»Dann glaubst du auch, dass die Steine von ihm sind?«

»Ohne Hoffnung hast du schon verloren«, orakelte Paula, während sie für Finn einen Zeitungsbogen wählte, auf dem groß ›Katastrophale Prognose‹ stand. Sie zog aus ihrer Tasche ein kleines Tütchen, auf das ›Let it snow‹ gedruckt war.

»Was ist denn das?«, erkundigte ich mich, während ich das Beutelchen betastete. Es knarzte, quietschte leise und fühlte sich wie feuchte Pappe an.

»Kunstschnee für das Siebhirn.«

»Da drin?«

»Jepp«, nickte sie und begann das Päckchen ins Papier zu wickeln.

»Du schenkst Finn Kunstschnee?«, kicherte ich.

»Warum nicht? Man soll sogar einen kleinen Schneemann damit bauen können. Außerdem bekommt er noch einen kleinen Schneepflug dazu! Beides ist nicht elektrisch, kein Kleidungsstück und hat unter fünf Euro gekostet.« Somit erfüllte es alle Auflagen, die bei Paula zu Hause für Weihnachtsgeschenke galten.

»Hättest du für ihn nicht einen Karton Stinkbomben besorgen können?«, brummte ich.

»Nur weil du ihn momentan für den legitimen Nachfolger von Jeanne d'Arc und Che Guevara hältst, heißt das nicht, dass wir uns Weihnachten komplett versauen müssen. Halt das hier mal. Sie reichte mir ein aus Zeitungspapier ausgeschnittenes S!«

»Ernsthaft? Siebhirn?«, fragte ich ungläubig.

»Klar, sonst weiß er ja nicht, von wem es ist!«

Voller Hingabe schnitt sie Buchstaben aus, die ich auf das Geschenk klebte.

»Du meinst wirklich, Thosse von Baar hat die Steine hingelegt?«, fragte ich nach einer Weile wieder. Vor allem, weil ich es selbst nicht fassen konnte!

Es schien, als würde sie ihre ganze Aufmerksamkeit für die richtige Reihenfolge der Buchstaben benötigen. Dann grinste sie mich an.

»Wenn du möchtest, dass er es ist, dann leb danach. Sei am Samstag am Platz des Hohen Rates. Wenn er auftaucht, kannst du meinen Bruder verpfeifen. Das gibt sicher Pluspunkte. Denk an Marc, auch große Jungs wollen gerettet werden.«

Paula betrachtete zufrieden den Namenszug auf Finns Geschenk. Sie hatte recht: *Ohne Hoffnung hast du schon verloren!*

11

Samstag! War es wirklich schon Samstag? Wo kam der bloß so schnell her? Ich hatte angenommen, dass sich die Woche wie ein zäher Kaugummi ziehen würde. Aber die flatternden Nerven, das verzehrende Stundenzählen und die restliche Palette an Minidramen, die zu einem Date – oder was immer das heute Abend war – dazugehörten, waren ausgeblieben. Denn das Drama war diese Woche von Paula abonniert worden.

Das Unheil begann am Dienstagnachmittag. Ich hatte gerade über meinen Hausaufgaben gebrütet, als plötzlich – pling – eine Nachricht von Paula kam.

»Unter Umständen ist der Konge eine gut getarnte Blödlinse erster Güte!« *Oh, oh, gar nicht romantisch.* Sie nannte ihn wieder Konge. Und Blödlinse! Wenn das mal kein schlechtes Zeichen war.

Eine Stunde später schlug ihr rasendes Ego in meinem Zimmer auf.

»Dieser norwegische Vollfisch! Dieser Riesenhirnstein! Echt, ich könnte ihn mit dem bloßen Finger bis hinter den Polarkreis schnipsen.« *Da war wohl eine gigantische arktische Sturmfront im Anmarsch.* Paula feuerte ihre Schultasche auf den Boden. Während sie sich auf mein Bett fallen ließ, begann ihr Handy in der Tasche zu brummen. Sie kommentierte es lediglich mit einem vernichtenden Blick.

»Was hat der Konge denn angestellt?«, fragte ich, während ich mich mit meinem Schreibtischstuhl zu ihr umdrehte. Ein kurzes Aufblitzen in ihrem Blick zeigte ihr Missfallen, dass ich ihn so nannte. *Verstanden, heute beleidigt nur eine den Konge.*

Vielleicht gab es ja noch Hoffnung. Verstohlen fuhr sie sich mit dem Handrücken durchs Gesicht. Ich konnte trotzdem sehen, dass sich ihre Augen mit Tränen gefüllt hatten.

»Na komm schon. Spuck's aus«, ermunterte ich sie.

»Wir waren im Coffeeshop verabredet«, begann sie widerwillig und schniefte. »Er kam zehn Minuten zu spät, mit dieser Mona im Schlepptau. Du weißt schon, die aus der Oberstufe.«

»Klar, die Dramaqueen, die nachts Sonnenbrille trägt!«

Paula nickte, bevor sie weitererzählte: »Sie sah aus, als wollte sie ihn mit Haut und Haaren fressen. Und er?! Würdigt mich keines Blickes und setzt sich mit ihr an einen anderen Tisch. Ich war Luft für ihn! Eine nicht existente Lebensform!«

»Das kann nur ein Irrtum sein!«, stammelte ich. Das ständige Brummen ihres Handys klang ebenfalls nach riesigem Missverständnis.

»Spar dir deine Maximalentrüstung für die Spitze der Unverfrorenheit«, fauchte sie und trat wütend nach ihrer Tasche, in der das Telefon unbeirrt weiter vibrierte.

»Wie?! Er hat noch einen draufgesetzt?«

»Und wie! Dieser Vollpfosten hatte tatsächlich den Nerv, mir von seinem Tisch aus eine Nachricht zu schicken. ›Sorry, M. ließ sich nicht abschütteln. In 30 min am Bus.‹« Sie konnte den Text bereits auswendig. Er war erledigt.

»Merkwürdig! Ich verstehe das nicht«, war alles, was mir dazu einfiel.

»Ich schon! Das war unser Beziehungsstatement. In der Öffentlichkeit darf ich nur zuschauen, wie ihn andere mit großen Plüschaugen angraben. Und mich trifft er dann heimlich im Schneesturm, wenn uns keiner sieht.« Jetzt flossen die Tränen. Ich weigerte mich, das zu glauben. Marc! Die Idealbesetzung!

»Er war perfekt, hat dir einen Schneehund gebaut, weiß, wann Charlie Brown Geburtstag hat, und imitiert für dich Kermit den Frosch.«

»Ja, er ist außergewöhnlich! Aber offensichtlich quakt er auch in anderen Teichen!«, schniefte Paula.

Und es blieb seltsam.

Am Donnerstag fing Julien mich nach Schulschluss ab. Paula, Sophie, Mara und ich waren auf dem Weg zur Bushaltestelle, als ich jemanden nach mir rufen hörte.

Wie auf Kommando drehte sich natürlich der ganze Pulk um. Julien kam mit schnellen Schritten hinter uns her. In seiner dunkelblauen Cabanjacke und der Strickmütze sah er aus, als ob er direkt vom Schiff gefallen wäre.

»Flo, kann ich dich mal kurz sprechen?«, rief er, als er in unserer Nähe war.

»Da krallt sich wohl der Nächste aus der Oberstufe eine von uns!«, kicherte Sophie unüberhörbar.

»Geht's vielleicht noch lauter?«, fauchte ich sie an und beeilte mich, Julien entgegenzugehen. Kaum hatte ich mich in seine Richtung bewegt, blieb er stehen, legte den Kopf leicht schräg und grinste mich an. Natürlich hatte er Sophie gehört.

»Was gibt's?«, fragte ich pampiger als nötig.

»Kein Anbaggern, falls dich das beruhigt«, flüsterte er kaum hörbar.

Ich wäre vor Peinlichkeit fast im Boden versunken, doch er schaffte es, mit einem komplizenhaften Zwinkern jede Verlegenheit zu vertreiben.

»Als Parlamentär der norwegischen Abordnung möchte ich die Vertreterin der explosiven Rotschopffraktion um ein Gespräch bitten«, fing er mit gewichtiger Stimme an.

»Was hab ich verpasst?« *Bin ich etwa ahnungslos in ein Unterhändlertreffen gestolpert?*

»Mein bester Freund und deine beste Freundin streiten, und wir sollen es wieder hinbiegen. Ich wollte nicht, dass es sich anhört, als wären wir zwölf.«

»Dein bester Freund hat ganz schön Scheiße gebaut, wenn du mich fragst!«, ging ich sofort in die Offensive.

»Deine beste Freundin ist der größte Oberschmolli, den die Weltgeschichte jemals gesehen hat!«, konterte er prompt. *›Oberschmolli‹, dafür wird Paula ihn über offenem Feuer rösten.*

»Austausch von Beleidigungen? Ist das der Plan?«

»Du hast angefangen!«, grinste er.

»Hab ich gar nicht!«

»Ach, sind wir doch zwölf?«

»Ich fürchte, mit deinem Verhalten nähern wir uns diesem Alter ganz rapide an! Leg los«, trieb ich ihn an. »Der Bus wartet nicht auf mich.«

»Lass uns im Auto weiterstreiten. Ich bring dich heim«, schlug er lachend vor. *Gute Partner für verbales Pingpong haben Seltenheitswert.*

»Mit dir als Parlamentär hat er bereits verloren! Aber versuch dein Glück«, nahm ich die Verhandlungen neu auf, während wir uns in Richtung Parkplatz bewegten.

»Sag du mir, was passiert ist. Mein bester Freund hat nämlich keine Ahnung.«

»Bleiben wir bei diesem ›Dein bester Freund‹- und ›Meine beste Freundin‹-Blödsinn oder können wir einfach ihre Namen benutzen?«

»Psssst! Keine Namen!«, flüsterte er und hielt mir die Autotür auf.

»Ach, das ist eine geheime Mission?«, wisperte ich und spähte vorsichtig nach allen Seiten, um eventuelle Mithörer zu entdecken.

»Ja, ich finde, wir sollten Kürzel benutzen. Oder Tarnnamen.« Er schob sich hinters Steuer und ließ den Motor aufheulen, als wäre er James Bond persönlich.

»Kindskopf!«, entfuhr es mir, während ich mit einem Lachanfall kämpfte.

»Wenn ich gewusst hätte, wie viel Spaß ein Unterhändlertreffen macht, hätte ich mich nicht so dagegen gewehrt.«

»Alles klar, 007, aber wir haben eine Mission!«, raunte ich ihm zu.

»Also, warum hat sie ihn abserviert?« Plötzlich war er ziemlich ernst.

»Sie hat ihn abserviert? Das ist ja mal ein kreativer Umgang mit der Wahrheit! Er wird ja wohl kaum Applaus für ein Auswärtsspiel erwarten, oder?«

Sein überraschter Gesichtsausdruck verriet mir, dass er keine Ahnung hatte, wovon ich redete.

»Da war eine andere Frau mit einem gigantischen Bagger und Paula auf einem Logenplatz an der Baugrube«, half ich ihm auf die Sprünge.

»Okay, Datenabgleich. Sie waren verabredet«, begann er ganz geschäftsmäßig.

»Genau. Er tauchte zu spät auf! Mit Mona.«

»Was er ihr erklärt hat.«

»Per Handy? ›Sorry, M. ließ sich nicht abschütteln‹?« Juliens Augen weiteten sich vor Entsetzen.

»Das hat er nicht!? Dieser Schwachmat!«, brach es aus ihm heraus. »Er hat ihr eine Nachricht geschickt, obwohl sie zwei Tische weiter saß?« Julien schüttelte ungläubig den Kopf.

»Genau! Und dann hatte er auch noch die Frechheit, sie eine halbe Stunde später an die Busstation zu bestellen.«

»Dieser emotionale Flachkopf«, schimpfte Julien, denn er brauchte keine zwei Sekunden, um die Situation zu erfassen.

»Das muss an seinen Wikinger-Genen liegen. Seine Vorväter haben ihre Frauen noch an den Haaren in die Höhle geschleift«, war alles, was ihm zu Marcs Verteidigung einfiel.

»So viele sie schleifen konnten, oder was?«, hakte ich süffisant nach.

Er schüttelte lachend den Kopf.

»Glaub mir, da gibt es keine andere. Er ist dieser Wahnsinnigen vollkommen verfallen. Ich habe ihn noch nie so niedergeschlagen gesehen wie in den letzten Tagen.«

»Ach ja?!«

»Jetzt mal ehrlich, wie viel Drama, glaubst du, war notwendig, damit ich mich bereit erklärt habe, bei diesem Theater eine tragende Rolle zu übernehmen? Ist doch wirklich Kindergarten.«

Die ganze Aufregung war offenbar nur deshalb entstanden, weil sich Marc geradezu sklavisch an Paulas Forderung gehalten hatte, die Beziehung geheim zu halten.

Kommunikation, einfach nicht für Menschen gemacht!

Freitagnachmittag dann die erlösende Nachricht von Julien: »Die Wikinger haben Rotland wieder eingenommen!«

Wie wird man eigentlich Geheimagent?

Am Samstagabend schaute ich, ganz gute Tochter, zusammen mit meiner Mutter eine hirnlose Show im Fernseher an. Selten hatten wir so harmonische Stunden erlebt. Selten war es mir so wichtig gewesen, ihr überskeptisches Ich in Tiefschlaf zu versetzen. Kaum war das Programm beendet, reckte ich mich demonstrativ und gähnte mehrmals, bevor ich mich ins Bett verabschiedete.

Während ich den Computer hochfuhr, zog ich meine Turnschuhe an. *Wer weiß! Wer weiß!*

Lanrina hatte ich bereits am Nachmittag zum Treffpunkt gebracht.

Verlassen lag der Platz des Hohen Rates im Mondlicht. Der

beige Sand des Forums reflektierte die Strahlen, als könne er in der Nacht leuchten.

Ich steuerte Lanrina zu einem der großen Steinquader am Platz. Jetzt galt es, Thosse von Baar aufzuspüren.

Nichts, worin ich sehr erfolgreich bin!

Hinter dem Forum stand ein Pferd, das Ähnlichkeit mit seinem schwarzen Hengst hatte. Ungeduldig scannte ich Bäume, Bäume, Bäume und, Überraschung, noch mehr Bäume. Wenn sein Pferd da war, konnte er nicht weit sein. Nur wo? Ungeduldig drehte ich eine weitere Runde im Spähermodus. Dann entdeckte ich ihn. Vielleicht war er aus dem Schatten des Waldes getreten. Oder unter einem Stein hervorgekrochen. Ich hatte ihn jedenfalls nicht kommen sehen. Doch plötzlich stand er auf der Lichtung. Mehr unergründlicher Schatten als wirklicher Mensch. Zweifel beschlichen mich. War der große schwarze Ritter, dessen Mähne im fahlen Mondlicht fast bläulich schimmerte, wirklich Thosse von Baar? Das Geschöpf dort wirkte imaginär.

Ich zoomte vorsichtig ran. Kaum hatte er den Kopf gehoben, zerfiel augenblicklich jede Unsicherheit. Das Grün seiner Augen nahm mich sofort gefangen. Sein forschender Blick war intensiver, als ich ihn in Erinnerung hatte. *Dir auch hallo!*

Die widersprüchlichen Details seines Gesichtes verblüfften mich erneut. Das kleine Grübchen am Kinn, das als Kontrast zu seinen ansonsten markanten Gesichtszügen fast niedlich wirkte. Die Narbe, die sich über die Schläfe zog und seine Miene des Unbesiegbaren Lügen strafte. Und natürlich die Augenbraue, die während meiner Inspektion fragend nach oben gewandert war. *Ja, ich habe dich vermisst.*

»Florentine?!« Seine Stimme klang blechern aus dem Lautsprecher. Um mit ihm reden zu können, musste ich Lanrina ins Spiel bringen. Das könnte spannend werden. Vorsichtig legte ich meine Finger auf die Steuertasten.

Kaum hatte ich in die Spielerfunktion gewechselt, fuhr sein Kopf herum und er fixierte sie grimmig. Ich hatte nicht einmal gesehen, dass sie sich bewegt hatte, da bildete sich zwischen seinen Augenbrauen bereits eine zornige Falte. Er sah aus, als wollte er Lanrina mit bloßen Händen erwürgen.

»Ich bin es«, tippte ich schnell. *Hör auf, meinen Char zu bedrohen!* Mit einem schnellen Blick kontrollierte er die Bäume. Dort war ich natürlich jetzt nirgends mehr zu sehen.

»Das ist die einzige Möglichkeit, mit mir zu reden«, schrieb ich weiter und versuchte seine finstere Miene zu ignorieren. *Entweder reden oder schauen, beides geht nicht.*

»Beweise es!«, fuhr er sie unwirsch an. *Scherzkeks! Soll sie ihm eine Locke meines Haares präsentieren?*

Böser Blick, tiefgrün funkelnde Augen, zusammengepresste Lippen. Da war er ja wieder, der aufbrausende Hitzkopf!

Seine Hand wanderte wie in Zeitlupe zum Griff des Langschwertes an seinem Gürtel.

Los, denk nach! Bevor er Lanrina das Licht auspustet.

»Ich bin die Frau, die mit den Eulen spricht!« Puh, Rettung in letzter Minute. *Hoffentlich funktioniert sein Gedächtnis.*

»Florentine?« Bingo, er konnte sich offenbar nicht nur siebenstellige Zahlen merken!

Doch der Blick, mit dem er Lanrina weiterhin in Schach hielt, war frei von jeder Wiedersehensfreude.

»Jaaaa! Und Lanrina, mein Char.« Ich scheiterte bei dem Versuch, Lanrina näher an ihn ranzusteuern. Die Bannmeile, die ihn umgab, hielt sie zurück. Vielleicht besser so. Denn kaum dass ich sie bewegt hatte, donnerte seine Hand auf den Schwertgriff.

»Ich weiß! Zeig dich mir! Ich rede mit keinem Char.« Eisiger Tonfall.

Geht's ein bisschen kooperativer? Ich habe es mir so auch nicht ausgesucht.

»Dann kann ich mich nicht mit dir unterhalten!«, hackte ich wütend in die Tasten und schaltete auf Spähermodus.

Nehmen wir eben den steinigen Weg, warum nicht!

»Wo ist dein Portalschlüssel?«, fuhr er Lanrina an.

Kaum hatte ich die Funktion gewechselt, wurde seine Stimme weicher.

»Für das Portal brauchst du einen Schlüssel. Wo ist er?«

Tut mir leid, ich kann nicht antworten. Aber das mit dem Portal klang interessant.

»Der Schlüssel. Du kommst nur mit dem Schlüssel durch das Tor. Weißt du, was ein Portalschlüssel ist?«

Lies es von meinen Lippen ab: NEIN!

Er begann ruhelos auf und ab zu gehen. Erwartete er etwa, dass ich jetzt den Schlüssel suchte? Und auch noch fand? Das würde sicher länger dauern. Daran änderten auch die bitterbösen Blicke, die er mir zuwarf, nichts.

»Denk nach. Was hast du benutzt, um das erste Mal hierherzukommen?«

Spüre ich da einen Hauch Ungeduld?

Er fuhr sich gereizt mit der Hand über die Stirn.

»Florentine?!« Langsam steigerte er sich Richtung ungezügeltem Zorn. Seine Gesichtszüge verhärteten sich zunehmend, während er mich wütend fixierte. Ich schwieg hartnäckig.

Er stemmte erbost die Hände in die Hüften und sah aus, als wollte er mich in der Luft zerreißen, falls er mich jemals zu fassen bekäme. Auf einmal warf er ungestüm den Kopf in den Nacken und ich beobachtete, wie er mühsam beherrscht atmete, als könnte er seine Stinkwut kaum zügeln. Plötzlich blitzten mich seine Augen wieder an.

»Du hast gewonnen. Ich rede mit ihr!«, knurrte er unwillig. *Na, war das jetzt so schwer?* Erfreut schaltete ich zurück zu Lanrina.

»Denk daran, du redest mit mir. Sie ist nur eine Hülle«, erinnerte ich ihn.

»Moment!«, befahl er und hob seine Hand. Er schloss die Augen und verharrte reglos auf der Stelle. Ich wartete. Nichts passierte. Gespannt starrte ich auf den Bildschirm. Keine Reaktion. War das jetzt ein guter Moment, um zu meditieren?

Während ich mich noch wunderte, was das sollte, winkte er sie mit majestätischer Geste zu sich her.

Ah, Audienzzeit!

»Schon vergessen? Da gibt es etwas, das mich daran hindert«, erinnerte ich ihn.

»Probier es!«, herrschte er sie an.

Ich steuerte Lanrina auf ihn zu. Er beobachtete argwöhnisch jeden ihrer Schritte. Keine unsichtbare Grenze, kein Stocken der Steuerung hielt mich zurück.

»Du hast die Bannmeile aufgehoben?«, wunderte ich mich.

Ein ruppiges Nicken war seine einzige Reaktion. Es war ihm deutlich anzumerken, wie sehr er es hasste, gegen seine Überzeugung gehandelt zu haben.

»Komm mit!«, kommandierte er und pflügte mit weiten Schritten über die Wiese bis zum schützenden Schatten des Waldrandes. Dort würden wir unentdeckt bleiben, falls jemand zufällig vorbeikam. Kaum hatte er das Halbdunkel erreicht, drehte er sich ruckartig zu Lanrina um.

»Finde den Portalschlüssel!«

Nicht in diesem Ton!

So langsam nervte das majestätische Rumgezicke.

Kooperation war ganz offensichtlich keine seiner Stärken.

Die verfahrene Situation schrie nach einem Strategiewechsel.

»Kannst du mir erklären, was ein Portalschlüssel ist?«, tippte ich und schaltete sofort in den Spähermodus. Kaum hatte er mich entdeckt, hellte sich seine Miene auf.

»Ein Item, mit dem du ein Portal passieren kannst. Nur so kannst du von einer Welt in eine andere wechseln.« Yeah, das war der Ton, den ich hören wollte.

»Und wie könnte das Item aussehen?«, erkundigte ich mich. Er zuckte kurz, als Lanrina ihn ansprach. Doch es gelang ihm, sie mit stur in die Bäume gerichtetem Blick zu ignorieren. Ich änderte sofort den Modus. Es funktionierte! Er lächelte!

»Wie hast du es nur geschafft, hierherzukommen?«, schüttelte er amüsiert den Kopf. Dann fuhr er sich nachdenklich mit einer Hand durch das Haar.

»Alles kann ein Portalschlüssel sein.«

Na bravo, das schränkt die Auswahl doch schon mal überhaupt nicht ein!

»Du musst doch wissen, was es war. Du hast es schließlich schon benutzt«, fuhr er fort. Wenn man ihn nicht zwang, mit einem Char zu reden, war er ziemlich gesprächig.

»Na ja, das ist eher zufällig passiert«, ließ ich Lanrina sagen. Er würdigte sie keines Blickes.

»Du hattest ihn entweder dabei, als du hier warst. Oder er muss nah auf deiner Seite des Portals gelegen haben.«

»Wie nah?«

»Höchstens einen oder zwei Meter!«

»Warum?«

»Sonst wärst du wahrscheinlich nicht zurückgekommen!« *Für immer in Askendor! Neue Nahrung für meine Albträume.*

»Okay, ich suche ihn«, versprach ich.

Er nickte.

»Wie hast du die Steine in mein Zimmer gebracht?« Kaum hatte ich die Frage gestellt, bemerkte ich, wie er sichtlich zurückwich.

»Ich habe so meine Möglichkeiten«, antwortete er vage. Ganz sicher hatte er die. Immerhin konnte er nur durch Gedankenkraft die Bannmeile aufheben.

»Warum Steine? Warum keinen Zettel?« Er überging die Frage. Nach allem, was ich bisher gesehen hatte, hielt er es wohl für unter seiner Würde, sich mit einem Char in Verbindung bringen zu lassen.

»Wie kann ich Kontakt zu dir aufnehmen?«, wollte ich wissen.

Schlagartig verdunkelte sich sein Blick. *Oh, oh, nicht gut!*

»Sollte es notwendig sein, werde ich dich finden!«

Das klingt verdächtig nach Ende!

»Du weißt, dass du mir vertrauen kannst?«

Muss man noch fragen, lautet die ehrliche Antwort nein!

Dass ein Char meinen Text sprach, war wenig hilfreich. Seine Miene verschloss sich mit jeder Sekunde mehr. Schnell schaltete ich wieder zurück. Doch jetzt starrte dieser Sturkopf natürlich lieber feindselig meinen Char an.

Wehe, du tust ihr was!

Da er mich offenbar gerade nicht sehen wollte, schaltete ich wieder zu Lanrina. Themenwechsel!

»Ich weiß, dass du einen Raid …« Toll, wahlweise hätte ich eine Bombe zünden können.

»Was erdreistest du dich!«, polterte er unvermittelt los. Der schneidende Tonfall verbot jedes weitere Wort.

Schon verstanden, Königskram, geht mich nichts an. Aber drohende Lebensgefahr sticht Hofprotokoll.

Da musste er jetzt wohl oder übel durch.

»Die Gnome versuchen …«, begann ich erneut.

»Lass es!«, zischte er bedrohlich.

»… dich umzubringen!«, tippte ich unbeeindruckt weiter.

Kaum hatte er meine Worte gehört, wich er zwei Schritte zurück. Im Gehen richtete er sich dabei zu seiner vollen Größe auf. *Sehr beeindruckend! Würde mich echt interessieren, wo er diese letzten Zentimeter immer noch versteckt hält.* Er wirkte, als würde jede seiner Fasern im nächsten Moment vor Wut zerbersten. Ein falsches Wort, eine unvorsichtige Bewegung und er würde explodieren.

»Das geht dich nichts an!«, wies er mich barsch zurecht.

»Warum? Ich will dir nur helfen!«, unternahm ich einen Erklärungsversuch.

Sein verächtliches Lachen zeigte allzu deutlich, wie absurd er diesen Gedanken fand.

»Du? Mir? Helfen?« Jedes seiner Worte triefte vor abfälligem Spott.

»Ja, helfen! Ist das so schwer zu verstehen?« Oh, wie gerne hätte ich ihn angebrüllt. Leider verharrte Lanrinas Tonlage im freundlich-unverbindlichen Warteschleifenmodus.

»Wage es nie, nie wieder, dich in meine Angelegenheiten einzumischen!« *Oh, là, là! Von diesem Ton kann man echt Frostbeulen bekommen!*

Ohne mich oder Lanrina eines weiteren Blickes zu würdigen, drehte er sich einfach um, stapfte grimmig auf die Lichtung, schwang sich auf sein Pferd und verschwand.

Ja, dir auch einen schönen Abend!

Ich blieb wie versteinert sitzen. Wenn das irgendwie weitergehen sollte, brauchte ich dringend diesen Portalschlüssel! *Ich muss direkt mit ihm reden! Ohne ständige Angst, dass er gleich unsere einzige Sprachverbindung erschlägt!*

12

»Happy birthday, Käthe!«, grölte Paula am nächsten Morgen und drückte mir mehrere gasgefüllte Luftballons in die Hand. »Lass mich rein, es ist schweinekalt!«, bibberte sie und schob sich schnell an mir vorbei in den Hausflur.

»Käthe?« Ich zog die Ballons mit in den Gang, bevor ich die Eingangstür schloss.

»Käthe Paulus, Erfinderin des zusammenlegbaren Fallschirms, erste deutsche Luftschifferin und Luftakrobatin«, zählte Paula auf, während sie ihre Schuhe auszog und sich aus ihren drei Jackenschichten schälte.

»Wo du nur all diese Informationen immer hergoogelst«, wunderte ich mich grinsend.

»Ja, das war nicht einfach, jemanden zu finden, der eines Luftballonsträußchens würdig ist.«

Sie folgte mir und dem Geburtstagsbukett der Amazone der Luftfahrt nach oben. In meinem Zimmer ließ ich die Luftballons los und schaute ihnen zu, wie sie mit leisem ›Blob‹ an die Zimmerdecke stießen.

»Lass hören, wie lief es gestern?«, wollte Paula wissen, kaum dass ich neben ihr saß.

»Unterirdisch!« *Wahlweise auch katastrophal, grässlich oder entsetzlich! Such dir einfach was aus!*

»Ach komm, so schlimm kann es doch nicht gewesen sein?«

»Nein, schlimmer!«

»Warum? Hatte Majestät wieder seine königlichen fünf Minuten?« Ein breites Grinsen zog über Paulas Gesicht.

»Wohl eher ein königliches Stündchen!«

»Böser Blick und schneidender Tonfall?«, erkundigte sie sich mitfühlend.

Ich konnte nur nicken.

»Fiese hoheitliche Gesten und Drohgebärden?«

Was soll ich sagen?

»Jepp!« Unruhig sprang ich vom Bett auf und ging im Zimmer auf und ab. Dabei schubste ich die Luftballons vor mir her.

»Wow, das hört sich an, als würdest du Caligula daten!«, schüttelte Paula mit betroffener Miene den Kopf.

»Nein, so ist es nicht.« *So ist er nicht.*

»Stimmt, er macht zumindest optisch einiges wett«, räumte sie schmunzelnd ein. »Trotzdem kein Grund, sich wie der größte Despot aller Zeiten zu benehmen, oder?«

»Übertreib nicht, er ist weder sadistisch noch tyrannisch«, erwiderte ich und verbesserte nach einer kurzen Pause: »Also auf jeden Fall nicht übermäßig tyrannisch.« Nachdenklich schubste ich weiter die Ballons vor mir her und versuchte Paulas zweifelnden Blick zu ignorieren.

»Er ist vorsichtig. Traut niemandem. Wittert überall Bedrohungen«, sinnierte ich gedankenverloren.

»Er ist ein selbstgefälliger, arroganter Arsch, dem man vielleicht mal klarmachen sollte, wo sein Königreich liegt und was es wert ist«, ergänzte Paula unbarmherzig.

»Bist du wahnsinnig? Dann kannst du ihn ja gleich von deinem Bruder umbringen lassen!«, fuhr ich sie an.

»Flo, was ist das denn für eine Basis? Er glaubt, der Beherrscher der Welt zu sein, und du bestätigst ihn in diesem Irrwitz, indem du ihn wie ein rohes Ei behandelst. Schon mal überlegt, wie unfair das ihm gegenüber ist?« *Hallo? Wer benimmt sich hier wem gegenüber gleich noch mal schlecht?*

»Und was soll ihm die Wahrheit nutzen?«, motzte ich. *Falsches Argument! Egoistischer Ansatz!* Paula durchschaute mich sofort.

»Lieber ahnungslos und dumm? Echt jetzt?«, fragte sie streng. *Vielleicht nicht richtig, aber einfacher!*

Ich zuckte mit den Schultern.

»Die Frage ist nicht, was es ihm nützt, sondern was dich berechtigt, ihm das vorzuenthalten«, fuhr sie unbarmherzig fort. »Du sprichst ihm sein Recht und somit auch die Fähigkeit, mit der Situation umgehen zu können, einfach ab.« *Harte Geschütze!*

»Wie soll er es denn jemals rausfinden?« Die Bequemlichkeit hielt meine Moralvorstellungen fest im Würgegriff.

»Flo, wenn er wirklich ein Mensch ist, wie du nicht müde wirst zu betonten, dann behandle ihn gefälligst auch so.« *Warum müssen wirklich gute Freundinnen soooo unbequem sein?*

Natürlich war es unfair, ihm die Wahrheit vorzuenthalten. Aber musste er sie ausgerechnet von mir erfahren?

»Hast du ihm wenigstens gesagt, dass sie ihn umbringen wollen?«, hakte sich Paula in meine Gedanken.

»Oh, ja. Eine der Sternstunden unseres Gesprächs. Außer einem gekrönten Wutanfall keine Reaktion.«

»Aber er weiß jetzt, woran er ist«, behauptete sie überzeugt. Da war ich mir nicht so sicher.

»Mal ehrlich! Wie taub muss man sein, wenn man eine Morddrohung überhört?«, ereiferte sie sich. *Netter Beruhigungsversuch! Funktioniert leider nicht!*

»Was hat er sonst noch gesagt?«, bohrte sie weiter.

»Dass ich meinen Portalschlüssel finden soll. Es wäre unter seiner Würde, sich mit einem Char zu unterhalten.«

»Echt jetzt?«

»Na ja, nicht ganz in diesen Worten!« *Aber sein Blick hat genau das gesagt!*

»Was ist ein Portalschlüssel?«, wollte Paula wissen. Ich gab mein Ballonspiel auf und ließ mich in den Ledersessel fallen.

»Wenn ich das wüsste. Irgendetwas von hier, das mir den Weg auf die andere Seite geöffnet hat.«

»Es könnte also praktisch jeder Gegenstand in diesem Zimmer sein?« Paulas entsetzter Blick zeigte, wie wenig Chancen sie mir einräumte, ihn jemals zu finden.

»Nicht ganz. Er meint, ich hatte meinen Portalschlüssel entweder dabei, als ich dort gewesen bin, oder er muss ganz nah am Laptop gelegen haben.«

»Ja, aber wo ist das Problem? Du wirst doch wohl wissen, was du alles dabeihattest«, stöhnte Paula entnervt.

»Das ist der springende Punkt. Ich habe schon alles ausprobiert. Von den Socken bis zum Haargummi. Exakt dieselben Klamotten, dieselben Accessoires und trotzdem ging es nicht«, jammerte ich.

»Dann gab es eben noch etwas anderes!« *Ja! Schlau! Tolle Denkleistung. Warum bin ich nur nicht darauf gekommen?*

»Es gibt nichts anderes mehr! Ich habe bereits mehrfach mein ganzes Zimmer auf den Kopf gestellt«, fauchte ich gereizt.

Paula starrte wütend zurück. Doch plötzlich begann sie ahnungsvoll zu lächeln.

»Ich weiß, was es ist!« *Wie? Einfach so?*

Sie strahlte mich an.

»Denk doch mal nach. Es gab etwas, das in diesem Zimmer war und nun nicht mehr da ist.« *Ich hasse Rätsel!*

»Da gibt es leider nicht nur etwas, sondern eine ganze Menge. Zwischenzeitlich habe ich meinen Mülleimer geleert, Büchereibücher zurückgebracht, den Apfel, der auf meinem Regal gelegen hat, gegessen, dir deine rote Tasche wiedergegeben …«

»… und Juliens Sweatshirt bei ihm abgeliefert!«, unterbrach sie meine Aufzählung.

»Juliens Sweatshirt?«, wiederholte ich entgeistert. *Das alte muffige Teil? Bekomme ich keinen stilvolleren Portalschlüssel?*

»Das gehört mir ja nicht mal!«, jammerte ich.

»Na und? Leih dir das Sweatshirt und probier es.«

»Wie, hallo, Julien, kann ich mal den Pulli von neulich haben, ist vielleicht ein magischer Portalschlüssel?« *Das attestiert doch jede Facette von Irrsinn!*

»Ja, wenn du drauf stehst, kannst du es auch so direkt versuchen. Ich wäre subtiler vorgegangen.«

»Ach, tatsächlich? Und wie?«

»Zum Beispiel auf der Silvesterparty, die bei Julien steigt und zu der wir beide eingeladen sind«, trumpfte Paula auf.

»Das glaub ich nicht! Sensationelle Neuigkeiten und du wartest so lange damit?« *Silvestereinladungen vor Weihnachten sind noch seltener als stepptanzende Wiesel zur Mittagspause!*

»Ich dachte, wir könnten den Kongeson schneller abhaken«, gab sie kleinlaut zu.

»Glaub mir, der lässt sich nie schnell abhaken!«, stöhnte ich. *Aber Silvesterfeste bei Julien hört sich richtig gut an!*

»Du musst allerdings damit leben, dass uns mein Vater gegen ein Uhr abholen wird … wahrscheinlich in seiner alten grauen Strickjacke und einer ausgebeulten Cordhose.«

Seit Jahren feierte ich den Jahreswechsel bei Paula. Meine Eltern verbrachten Silvester immer auf dem Kanzleiball meines Vaters und übernachteten dann auch meistens in der Stadt. *Volltreffer! Der mütterliche Partykiller wird chancenlos sein!*

»Wer kommt alles?«, fragte ich Paula aufgeregt. Nach all dem virtuellen Irrsinn fand ich die Aussicht auf konkrete Menschen, deren Lebensinhalt ich nicht ad absurdum führen müsste, äußerst verführerisch.

»Marc wird dort sein, du, ich, Juliens Schwestern, seine Mutter und …« *Spannungspause!* »… Julien natürlich!«

Hör ich da etwa einen lauernden Unterton?

»Julien? Echt jetzt?« *Spannungspause retour.* »Na ja, immerhin wohnt er ja dort, oder?«, gab ich grinsend zurück.

Paula verdrehte nur die Augen und fuhr mit ihrer Aufzählung der Gäste, die überwiegend aus Leuten der Oberstufe und anderen Unbekannten zu bestehen schienen, fort.

Ich hörte kaum zu. Ich war zu sehr damit beschäftigt, mich daran zu erinnern, wo Juliens Sweatshirt gelegen hatte, als sich das Portal geöffnet hatte. Dabei hatte ich es nämlich sicher nicht.

»So, jetzt mal Schluss mit den grüblerischen Denkwehen«, unterbrach Paula meine Überlegungen. »Zeit für Geschenke!«, jubelte sie und beförderte ein Päckchen aus ihrer Tasche.

»Für meine beste, verrückteste Freundin! Fröhliche Weihnachten!« Ich nahm das Geschenk, das verdächtig nach Buch aussah, und kramte ihr Präsent aus meiner Schreibtischschublade.

»Der unerschrockenen Bezwingerin des Wikingervolkes! Dir auch ein schönes Fest!« Nachdem wir uns umarmt hatten, begannen wir unsere Geschenke zu öffnen. Seit Jahren überreichten wir uns unsere Geschenke am vierten Advent. Keine wollte Anspielungen auf Privates im Kreis der Familie auspacken. Wie der Plüschelch, den Paula dieses Jahr von mir geschenkt bekam.

»Er heißt Konge! Und du kannst daran leider gar nichts ändern«, erklärte ich ihr grinsend und mühte mich mit ihrer Spezialverpackung, laufende dreißig Meter Klebeband pro Päckchen, ab. Endlich hatte ich das Papier entfernt und starrte überrascht auf den Buchtitel: ›Alasdair von Baar, Legende des Lichts‹.

»Was ist das?«, fragte ich, während ich bereits den Klappentext überflog.

»Wenn man schon mal jemanden mit einer gedruckten Familienchronik kennt, dann sollte man sie doch auch besitzen, oder?«

»Auf jeden Fall«, stammelte ich und blätterte etwas ratlos durch die eng bedruckten Seiten.

»Das gehört übrigens auch noch dazu«, machte mich Paula auf ein dünnes Geschenk aufmerksam, das mit aus der Verpackung gefallen war.

Nachdem ich das Papier entfernt hatte, konnte ich mich vor Lachen kaum halten. Der wissenschaftlich gestaltete Schutzumschlag mit dem Titel ›Axiomatische Mengenlehre nach Zermelo-Fraenkel‹ sah unglaublich echt aus. Er zielte auf die mütterliche Kontrolle meines Lesestoffs ab. Alles, was ihrer Meinung nach Schund war, packte ich in den Schutzumschlag des ›Baader Meinhof Komplex‹. Somit konnte ich frei von ermüdenden Diskussionen über wertvolle Literatur jeden Quatsch lesen. Erst neulich hatten Paula und ich uns darüber unterhalten, wie extrem unglaubwürdig es war, denselben Umschlag seit mindestens einem Jahr zu benutzen. Selbst ein Erstklässler hätte die knapp sechshundert Seiten inzwischen irgendwie entziffert.

»Eine Abhandlung von Paula Blossberg«, las ich japsend. *Ob das beim mütterlichen Zensor problemlos durchgeht?*

Sie hatte sich bei der Gestaltung des Umschlages selbst übertroffen. Oberflächlich gesehen ein ganz normales Lehrbuch. Genauer betrachtet eine Provokation. Neben Texten von Ernst Zermelo und Abraham Fraenkel gab es Beiträge von Zensi Ur, Freia Heit, Ina Dependenz, Emma Nzipation.

Ein Sinnbild des stillen Widerstandes!

Ich packte meine Askendor-Familiensaga in den Schutzumschlag. Er passte perfekt. Paula schaute auf ihre Uhr.

»Oh, Mist, ich muss los. Wir wollen heute unseren Christbaum kaufen. Wenn ich nicht mitgehe, ist die Mickertannenfraktion in der Überzahl. Dann wird's so eine depressive Tischtanne.« Sie stürmte die Treppe hinunter. Im Flur sauste sie an meiner Mutter vorbei, die mit einem Wäschekorb aus dem Keller kam.

»Hi, Doris, fröhliche Weihnachten, wenn wir uns nicht mehr sehen!« Kurz bevor sie die Tür zuknallte, brüllte sie noch ein schnelles »Tschau!«.

»Bitte sag mir, dass du dich bei anderen Leuten besser benimmst«, stöhnte meine Mutter, als ich zu ihr in die Küche kam. Der Hall des lautstarken Türendonners hing noch in der Luft.

»Sie hatte es eilig«, versuchte ich Paula zu entschuldigen.

»Wenn der obere Stock nicht in Flammen steht, sehe ich keine Veranlassung für ein solch unmanierliches Verhalten«, stichelte meine Mutter weiter, während sie anfing, die Wäsche zusammenzulegen.

Jetzt war nicht der Zeitpunkt, sich über Paulas Umgangsformen zu streiten. Ich brauchte ihre Erlaubnis für die Silvesterfete. *Reine Formsache, trotzdem tricky.*

Plötzlich ließ mich ein spitzer Schrei auffahren.

»Florentine!« Klang, als hätte sie eine Anakonda in ihrem Wäschekorb gefunden. *Und zwar eine lebendige!*

»Wie oft noch!«, keifte sie und hielt anklagend etwas Grünes in die Höhe. Es war das Band von der Oberstufenparty, mit dem ich Mona die Sonnenbrille vom Kopf gefegt hatte. Mist! Meine Mutter hatte es schon wieder in der Wäsche gefunden. Ich hatte mir erst letzte Woche eine riesige Standpauke darüber eingefangen, dass ich den Wert der Dinge nicht genug schätzte. Dummerweise hatte ich es danach offenbar wieder in meine Hosentasche gesteckt und dort vergessen.

»Weißt du, wie viel eine Waschmaschine kostet?«, regte sich meine Mutter auf. *Preisentwicklung bei Haushaltsgeräten? Nicht wirklich mein Thema!*

Auf meiner Agenda stand Wichtigeres. Deshalb ließ ich den Grund ihrer unangebrachten Hysterie schnell in der Tasche meines Hoodies verschwinden.

»Darf ich an Silvester auf eine Party?« *Neue Taktik, ich hoffe auf ein ›Ja‹ im Affekt.*

Ihren spontanen Sorgenfalten und schreckgeweiteten Augen nach zu urteilen, konnte ich die neue Taktik sofort wieder in die Tonne treten!

»Wann und wo?«

»Silvesterfete? Wahrscheinlich am 2. Januar!«

»Junge Dame!«, wies sie mich spitz zurecht. »Ich meinte, wie lange du dort sein wirst?«

»Paulas Vater würde uns gegen eins abholen.« Ich erwähnte es, um ihr mal kurz die Zuständigkeiten für diesen Abend zu vergegenwärtigen.

»Wo findet die Party statt?«

»In einem Privathaus hinten am Waldweg, wo es zum Wildgehege geht.«

»Wie heißen die Leute?«, hakte sie genervt nach. *Was noch? Polizeiliches Führungszeugnis? Fingerabdrücke? Lückenloser Lebenslauf?*

»Brunner«

»Lydia Brunner?« Jetzt war ich ehrlich platt! *Meine Mutter kennt den Glückskeks?*

»Ja, das ist die Mutter. Woher kennst du sie?«

»Sie gibt Yogakurse. Adelheid und Babsi haben mal einen besucht. Armes Geschöpf!« *Mitgefühl von meiner Mutter?! Die Frau muss mindestens sechs verschiedene Krebsarten haben.*

»Wieso arm?«

»Sie hat ihren Mann verloren. Ziemlich dramatisch. Bei einem Verkehrsunfall!« *Julien hat keinen Vater mehr?*

»Es ging um Versicherungsbetrug. War vielleicht Selbstmord. Man konnte es nie ganz klären. Papas Kanzlei hat damals die Frau vertreten. Du wirst kein Wort sagen, verstanden?« *Hallo?! Was glaubt sie, wie schnell ich die Fete sprengen will? Armer Julien!*

»Wann war das?«

»Hmm, vor etwa vier Jahren. Hat damals ordentlich für Wirbel gesorgt.« *Ahh, das war Indien. Sie müssen dahin geflohen sein.* »Die Kinder dürften aber deutlich älter sein als du«, fiel meiner Mutter plötzlich ein.

»Jaaaa«, antwortete ich gedehnt. *Was tut das zur Sache?*

»Da werden nur Ältere sein, oder?«, gab meine Mutter zu bedenken. »Schon, aber wo ist das Problem?«, fragte ich zurück. *Stehen Sechzehnjährige neuerdings im Ruf, auf ihren Feten Orangensaft schlürfend Halma zu spielen?*

Das war doch reine Verzögerungstaktik. Ich war an Silvester bei Paula und die durfte zur Party. Wollte sie allen Ernstes verlangen, dass ich beim geschwisterlichen Kleintierzoo zu Hause blieb? Ihr Denkprozess dauerte länger, doch das Resultat war dasselbe. Zähneknirschend erteilte sie mir die Erlaubnis.

Die Woche plätscherte so dahin und auf einmal war es Heiligabend. Auftritt der Heiligen Familie. Ich sang brav alle fünf Strophen des entsprungenen Roses und kämpfte dabei die Vorstellung eines durchgegangenen Pferdes nieder. Von den gedrechselten kulinarischen Lobeshymnen meines Vaters fielen mir beim Essen fast die Ohren ab. Dabei gab es Würstchen mit Kartoffelsalat. Bei der Bescherung bewunderte ich die absolut protzige Halskette, die mein Vater meiner Mutter geschenkt hatte, ohne rot zu werden. Produzierte praktisch persönliche Heldentaten im Akkord. Zwischenzeitlich dachte ich sehnsüchtig an Paula. Bei ihr zu Hause bekam jeder seine Geschenke auf einen Platz gelegt. Dann wurde gewürfelt. Wer eine Sechs hatte, durfte sich eines seiner Päckchen aussuchen und auspacken. Meine Mutter lehnte Würfelspiele unterm Christbaum ab. *Wir sind schließlich keine Heiden!*

Irgendwie brachte ich den Abend hinter mich und schlich gegen elf in mein Zimmer. Der Raid war für Mitternacht angesetzt.

Als Erstes musste ich meine feierliche Verkleidung loswerden. Der graue Wollrock kratzte wie Hulle. Und das, was meine Mutter als nettes Blüschen bezeichnete, fing hoffentlich bald mal beim Bügeln Feuer. Erleichtert schlüpfte ich wieder in Jeans und meinen Hoodie.

Dann wollte ich Lanrina zum Schlachtfeld bringen. Doch, wie luxuriös, die Einladung zum Raid beinhaltete offensichtlich einen Shuttleservice. Als ich sie aktivierte, stand sie bereits auf einem weiten Feld. Mittendrauf, schutzlos, ungetarnt. Man könnte ihr auch eine Zielscheibe auf den Rücken malen. Eigentlich unfassbar, dass sie immer noch am Leben war.

Auf der Karte ortete ich die große Ebene, auf der sie stand, genau zwischen dem Gebirge des Königspalastes und dem Platz des Hohen Rates. Meine Besichtigung vor Ort zeigte nichts wirklich Spannendes. Ein Schlachtfeld eben. Hinten gab es eine Art Schutzwall. Ich irrte ein bisschen herum, um einen guten Beobachtungsplatz für Lanrina zu finden. Die Einladung von Finn beinhaltete sicher keine aktive Teilnahme. Wäre wohl eine Farce, mich als Mitglied des kampfunfähigen Grüblervolks gegen mein eigenes Land zu schicken. Bis es losging, hatte ich noch eine gute Stunde.

Also schnappte ich mir die fiktive Familienchronik der von Baars. Sie war unterhaltsam. Vor allem die Kapitel über die Jugend Thosse von Baars. Da war einiges dabei, was man problemlos gegen ihn verwenden könnte. *Er war wohl schon damals eine absolut erziehungsresistente Nervensäge.* Zusammen mit seinem fast genauso wilden Freund Ulfren dan Flödar bildete er ein höllisches Gespann. In der realen Welt wäre sicher Jugendknast daraus geworden. Im virtuellen Königreich war es dem Thronfolger offenbar erlaubt, sich so aufzuführen, dass selbst der Teufel dagegen wie Tante Agathe beim Kaffeeklatsch aussah.

Immerhin wurden zu dieser Zeit die ersten Stimmen laut, dass Ulfren dan Flödar unter Umständen der bessere Regent sein könnte. Oh, là, là, wem könnte die hochwohlgeborene Augenbraue dann heute mit ihrem kritischen Gehabe auf die Nerven gehen?

Viele geheimnisvolle Machenschaften, hinterhältige Absprachen und undurchsichtige Allianzen wurden geschlossen. Ich war ganz gefangen im Ränkespiel des damaligen Hofes, als sich mir plötzlich eine Hand sanft aufs Haar legte!

»Mama!« Sie hatte sich schon wieder angeschlichen. Welches Ziel verfolgte sie damit? *Ihre Tochter, die jüngste Herzinfarktpatientin der Welt?* Vielleicht sollte ihr mal jemand klarmachen, dass man nicht jede Rangliste anführen musste!

»Lies nicht mehr so lange, es ist schon spät!«, ermahnte sie mich.

»Hmmm«, brummte ich, scheinbar wieder total in das Buch vertieft, das sich, von außen betrachtet, mit höherer Mathematik beschäftigte. Der Bildschirm meines Rechners hatte sich inzwischen im Ruhemodus verdunkelt. *Kaum zu planende Punktlandung.*

Überschwänglich bedankte sie sich nochmals für den wunderschönen Schal, den ich ihr geschenkt hatte, und wünschte mir eine gute Nacht. Mein Vater stand im Türrahmen und rief sein obligatorisches »Lass dich nicht von den Bettwanzen beißen!«.

»Also Sebastian! Als ob wir Ungeziefer in den Betten hätten!«, ereiferte sich meine Mutter augenblicklich. Wie immer, wenn er diesen uralten Witz riss. *Wie kann man nur so spaßfrei und trotzdem am Leben sein?*

Gemeinsam verließen sie mein Zimmer. Kaum hörte ich, wie sich die Schlafzimmertür schloss, aktivierte ich den Bildschirm.

Auf dem Schlachtfeld hatte sich etwas getan. Es war jetzt von großen Fackelfeuern gesäumt – als hätte jemand das Licht hochgefahren.

Am unteren Rand des Bildschirms bewegte sich etwas. Die Gnome. Sie kamen zu Fuß, bis unter die Zähne bewaffnet mit Schwertern und Äxten. Irgendwie wirkten sie aber trotz allem putzig und kein bisschen angsteinflößend. Inzwischen wusste ich jedoch, dass große Kulleraugen äußerst trügerisch waren.

Trotzdem fand ich die Truppe, die hinter den Zwergen auftauchte, sehr viel furchterregender. Als knurrender, scheppernder Haufen schoben sich die Gonoxore auf den Platz. *Ich kann mir nicht helfen, aber irgendwie sehen die vor allem nach entsetzlichem Mundgeruch aus.*

Ein riesiges Heer von Lanzen und schauderhaften Doppelklingenschwertern ragte in die Luft. Einige schwangen gigantische Morgensterne. Metallisches Rasseln drang aus den Lautsprechern, da sie mit ihren Kurzschwertern auf die Schutzschilde schlugen. An einer imaginären Linie stoppte der ganze Tross. Ich erkannte Sankor in der ersten Reihe. Drei geifernde Gonoxore standen hinter ihm. *Jetzt ist mir offiziell schlecht.*

Beunruhigt wanderte mein Blick auf die andere Seite. Dort tat sich nichts, bis plötzlich ein lang anhaltender heller Ton erklang, dessen Intensität sich allmählich steigerte.

Auf dem Wall erschienen vier Reiter mit langen, nach oben gebogenen Fanfaren. *Schick! Er reist mit eigener Combo.* Die Gruppe teilte sich und machte dem Rest der Truppe Platz. Die erste Reihe Krieger erschien. Hoch zu Ross, auf beiden Flanken sieben Mann, trabten sie über die Erhebung den Hang nach unten. Weitere fünf Reihen folgten und … Schluss! Das war's. Mehr gab es nicht! *Geht's noch?* Er befehligte ein Heer von mehreren Hundertschaften und brachte lediglich diese Minimalbesetzung aufs Feld? Und natürlich die vier Hornbläser nicht zu vergessen. Sie waren sicher total wichtig. *Untergang mit Stil, oder was?*

Während ich noch ungläubig auf die winzige Truppe starrte, tauchte auf der Anhöhe ein einzelner Reiter auf. Sein langer dunkler Umhang verhüllte die Gestalt genauso, wie der schwarze Helm das Gesicht des Kriegers verdeckte. Gemächlich schob er den Sichtschutz nach oben und taxierte mit kaltblütigem Blick die gegnerischen Truppen. *Keine Frage, er hat ein Händchen für dramatische Auftritte!*

Das Grölen seiner Herausforderer zeigte, dass sie an ihre Übermacht glaubten. Ihr Plan war aufgegangen. Sie hörten sich an, als könnten sie es nicht erwarten, in die Schlacht zu ziehen. Lautes Rasseln und Scheppern hing in der Luft.

Thosse von Baar saß ohne erkennbare Regung auf seinem Pferd. Unbeeindruckt von der krakeelenden Masse öffnete er die Schließe seines Umhangs und ließ ihn fallen. Der Stoff breitete sich über dem Pferderücken aus, als wäre es eine Turnierrüstung. *Übt man das oder ist man so cool?*

Unter dem Cape trug er einen schwarzen Brustpanzer. In den beiden über dem Harnisch gekreuzten Riemen steckten am Rücken zwei schmale Schwerter. Ein drittes, äußerst imposantes baumelte seitlich am Gürtel.

Während er mit einer Hand die Zügel hielt, legte er die andere bedächtig auf den Griff des Schwertes. Mit unbewegter Miene ließ er seinen Blick die feindliche Linie entlangwandern, als wollte er sich die Gesichter jener einprägen, die seinen Untergang geplant hatten. Erste Anzeichen von Unsicherheit machten sich aufseiten seiner Gegner breit. Ihr Kampfgeschrei wurde leiser. *Er kann, wofür einige Lehrer morden würden: den Mob mit Blicken zum Schweigen bringen.* Die Runde Nervenstärke ging eindeutig an ihn. Lediglich sein Pferd begann nervös zu tänzeln. Er nahm die Zügel fester.

Vor Aufregung begann ich an meiner Nagelhaut zu knabbern.

Seine Truppe stand am Fuß der Anhöhe und schien auf Befehle zu warten. Plötzlich zog er sein Schwert und hielt es mit gestrecktem Arm weit über den Kopf. Mit dumpfem Grollen marschierten mehrere Reihen von je mindestens zwanzig Kriegern hinter ihm auf den Hügel.

Thosse von Baar reckte sich noch ein Stück höher, stieß einen markerschütternden Schrei aus, klappte sein Visier nach unten und preschte im gestreckten Galopp die Anhöhe hinunter. Durch die Gasse seiner Vorhut, direkt in die Reihen des Gegners. Begeistert beobachtete ich, wie sich ein nicht enden wollender Strom von Kriegern über die kleine Steigung auf das Schlachtfeld drängte. Es mussten Hunderte sein. Erleichtert seufzend sank ich in meinen Schreibtischstuhl zurück. Eine gewisse Genugtuung machte sich breit. Die Gnome würden ordentlich den Hosenboden versohlt bekommen.

Ich entdeckte Thosse von Baar mitten im größten Tumult, zwischen gezückten Äxten, sirrenden Morgensternen und Lanzenspitzen. Er war vom Pferd gesprungen. Am wahrscheinlich gefährlichsten Ort der ganzen Schlacht. Ein Blick genügte, um zu erkennen, dass er dort genau richtig war. Mit scheinbarer Leichtigkeit ließ er sein Schwert bedrohlich über seinem Kopf kreisen, um es dann blitzschnell auf seinen Gegner niedersausen zu lassen. *Unglaubliche Reaktionszeit! Wahnsinn!* Fasziniert beobachtete ich die Bestimmtheit, mit der er seine Waffe führte. Als könnte er sogar sehen, was hinter ihm geschah. Wüsste ich es nicht besser, hätte ich hinter dieser Virtuosität niemals einen Menschen vermutet. Ich hätte ihm noch ewig zuschauen können. Fast bedauerte ich es, als die geschlagenen Zwerge und Gonoxore sich ergaben.

Thosse von Baar richtete sich auf, klappte sein Visier nach oben und sondierte mit angespannter Miene das Feld. Nachdem die Gefahr offensichtlich gebannt war, steckte er das Schwert zurück in seinen Gürtel. Einige aus seinem Gefolge näherten sich. Ich erkannte unter ihnen den nervtötenden Efnisien und zwei der Berater, die Thosse von Baar am Platz des Hohen Rates begleitet hatten. Während er ihnen Anweisungen gab, zog er sich den

Helm vom Kopf und sah mir dabei unverwandt in die Augen. Kein Suchen, beiläufiges Streifen oder verwundertes Entdecken. Nein, direkter Blickkontakt. Peng! Einfach so. Und obwohl ich es inzwischen gewohnt sein müsste, schreckte ich überrascht zurück. Als er sich wieder seinen Gefolgsleuten zuwandte, huschte ein kurzes Lächeln über sein Gesicht. Hatte er etwa von Anfang an gewusst, dass ich da war?

Nachdem offenbar alle ihre Befehle erhalten hatten, stapfte er über das Schlachtfeld zu seinem Pferd, das ganz in der Nähe meiner Baumgruppe graste. Während ich unschlüssig dasaß und mir überlegte, ob ich Lanrina verstecken oder ihm direkt in den Weg stellen sollte, kam er an den Bäumen vorbei. Mein Char schien ihn nicht die Bohne zu interessieren. Mich fest im Blick, flüsterte er kaum hörbar: »Platz des Hohen Rates! Gleich!« *Hallo? Bittet man so ein Mädchen um ein Date?*

Bis ich auf Lanrina umgeschaltet hatte, um mich lautstark über seine Umgangsformen zu beschweren, ritt er schon am Ende des Feldes die Anhöhe hoch.

Immerhin ist er nicht nachtragend!

Ich schaffte es, Lanrina zum Platz des Hohen Rates zu steuern, ohne mich allzu oft zu verlaufen. Wieder einmal war ich dankbar für den Leuchtstein. Er war perfekt, um durch den dunklen Wald zu kommen. Nur Vönska ließ sich nicht blicken. *Da wird wohl bald mal ein kleines Was-ich-von-meiner-guten-Fee-erwarte-Gespräch fällig sein!*

Als Lanrina am Platz des Hohen Rates ankam, war sie allein. *Nennt mich Fury, ich bin schneller als ein Pferd!* Oder hielt er sich wieder mal versteckt? Aufmerksam schaute ich mich um. *Ein Mal, nur ein Mal, möchte ich ihn zuerst entdecken.* Nachdem Lanrina eine Runde um den ganzen Platz gedreht hatte, fehlte immer noch jede Spur von ihm. Oder?! Hatte sich dort hinten an den

Bäumen nicht etwas bewegt? Kaum dass ich mich nach vorne gebeugt hatte, spürte ich die Erschütterung. Ich erkannte das Rumpeln sofort. Es hob mich aus dem Stuhl. Ein bekannter Sog erfasste mich. Es wurde dunkel.

Mist, und ich hab schon wieder keine Schuhe an!

13

»Sieht aus, als ob das höllisch wehtut«, empfing mich seine Stimme, nachdem ich unsanft auf dem Boden aufgeschlagen war.

Stöhnend rollte ich mich auf den Rücken und starrte in den Sternenhimmel von Askendor.

»Du mich auch«, ächzte ich, während ich meine Glieder sortierte. Er saß hoch zu Ross. Siegerpose. Den Arm lässig auf seinem Helm abgelegt, den er auf seinem Oberschenkel balancierte. Mit breitem Grinsen beobachtete er, wie ich mich aufrappelte.

»Vielleicht solltest du an deiner Technik arbeiten«, spottete er amüsiert. *Na, wenigstens hat einer hier Spaß!*

Ich rieb mir den Kopf. Aua! Kaum bewegte ich den Arm, fuhr mir ein stechender Schmerz in die Schulter.

»Du hast deinen Portalschlüssel gefunden«, stellte er trocken fest. Ich hörte augenblicklich auf, meine Schulter zu kreisen. Stimmt, der Portalschlüssel. Verwundert starrte ich ihn an.

»Ich habe keine Ahnung, warum es funktioniert hat.«

Irgendwie schien ihn meine Kopflosigkeit maßlos zu belustigen. Das Lächeln, mit dem er mich musterte, war entwaffnend.

»Du trägst andere Kleidung!«, bemerkte er heiter.

Ach, das fällt ihm auf?

»Keine Schuhe?« Seine Augenbraue rauschte in ihrer Verwunderung verdächtig nah an den Haaransatz.

Und das fällt ihm natürlich auch auf!

Keine Zeit für Sticheleien. Aufgeregt durchsuchte ich meine Hosentaschen. Bonbonpapier? Haargummi? Zerfledderter Chemiespickzettel? *Wohl eher nicht.* Ich steckte die Hand in meinen Hoodie. Kaum fühlte ich das dünne Plastik, wusste ich, dass ich meinen Portalschlüssel gefunden hatte. Triumphierend zog ich das grüne Band aus der Tasche meines Pullovers. Mein Eintrittsband zur Oberstufenparty. Das hatte ich bei meinem ersten Sprung dabei? Ich konnte mich nicht erinnern. Egal! *Gutes Item, funktioniert sogar noch nach mehreren Waschmaschinen- und Trocknerfahrten!*

»Ich hab's!«, rief ich erleichtert und zog das grüne Band übers Handgelenk.

Thosse von Baar lenkte sein Pferd neben einen der Steinquader und nickte mir zu. »Lass uns von hier verschwinden.«

Ich ging über die Wiese und kletterte auf den Findling.

»Wohin gehen wir?«, wollte ich wissen, kaum dass ich mit ihm auf Augenhöhe war. Gelassen hielt er meinem misstrauischen Blick stand. Lediglich der Anflug gutmütigen Spottes in seiner Miene verriet, dass er mein Zweifeln bemerkte. Er musterte mich aufmerksam und der warme Glanz seiner Augen suggerierte bedingungsloses Vertrauen.

Ganz sicher nicht!

Diese sorglose Art war zwar erfrischend, aber so richtig traute ich der Ruhe nicht. Millimeter unter dieser gelassenen Oberfläche lauerte sein stürmisches Ego, bereit, bei nächster Gelegenheit loszufauchen.

»Runter zum Fluss«, antwortete er knapp.

Seine Welt, seine Wahl.

Er ließ auf einer Seite die Zügel los, sodass ich mich vor ihn auf den Pferderücken setzen konnte.

»Kein Sattel?«, fiel mir auf.

»Ich reite lieber ohne«, erklärte er kurz angebunden, bevor er sich den Helm wieder überstülpte. Mit gezücktem Schwert im gestreckten Galopp ohne Sattel in die Schlacht?

Kein Kommentar!

Kaum hatte ich mich vor ihn gesetzt, angelte er nach dem Zügel und wendete das Pferd.

»Was ist mit Lanrina?«, fiel mir ein, als wir vom Platz ritten.

»Für die interessiert sich doch niemand.«

Höre ich da einen verächtlichen Unterton?

»Sicher?«, hakte ich beharrlich nach. Solange ihre Bedeutung für meinen Rückweg nicht geklärt war, wollte ich kein Risiko eingehen.

»Gut, ich belege sie mit einer Tarnformel«, lenkte er bereitwillig ein. Diese friedfertige Art versetzte mich irgendwie in Alarmbereitschaft.

»Kannst du alle Dinge durch Gedankenkraft steuern?«, wollte ich wissen.

»Das kannst du doch auch.«

Natürlich! Meine zweitliebste Beschäftigung. Kommt direkt nach Fliegen!

»Ich?«, entfuhr es mir verblüfft. Sein dunkles Lachen schwang gänsehautverdächtig dicht an meinem Ohr.

»Natürlich, schließ die Augen, lass die Gedanken sinken, tief in dein Bewusstsein …«, murmelte er eindringlich. Vom Klang seiner sonoren Stimme ging etwas Hypnotisches aus.

Ich schloss die Augen. Doch je mehr ich versuchte mich auf mein Inneres zu konzentrieren, desto deutlicher empfand ich seine Nähe. *Böses Bewusstsein!* Plötzlich spürte ich seinen Brustpanzer, der bei jedem Schritt des Pferdes in meinen Rücken drückte. Bemerkte die sanfte Bewegung seiner Arme an meiner Seite. Seine Helmkante strich über meinen Scheitel, sobald er seinen Kopf drehte. Ich konnte an nichts anderes mehr denken als daran, dass er direkt hinter mir saß.

»… spürst du es?«

Das möchtest du jetzt nicht wirklich wissen!

»Nein, was denn?«, japste ich, etwas atemlos.

Reiß dich zusammen!

»Den Zugang zu deiner Gedankenwelt. Stell sie dir vor, dann kannst du sie steuern.«

»Fehlanzeige«, meldete ich, nachdem ich einen zweiten, ehrlich konzentrierten Versuch gestartet hatte. Da ließ sich absolut gar nichts lenken.

Liegt hier vielleicht der kleine Unterschied zwischen Mensch und Mensch gewordenem Computerwesen?

»Mit ein bisschen Übung kannst du es sicher«, behauptete er mit überraschender Gewissheit. *Ja, klar doch!*

Er lenkte den Hengst vorsichtig einen Abhang hinunter. Dann sah ich den Fluss. Sein bedächtig strömendes Wasser erinnerte im Licht des Mondes an flüssiges Blei. Thosse von Baars Rappe trottete ein Stück am Ufer entlang. Die kühle Nachtluft war angenehm. An einer Biegung ragten riesige Felsen aus dem Flussbett. Der Uferstreifen davor war mit kleineren Kieseln gesäumt. Dort hielt er an und schwang sich vom Pferd. Die Steine knirschten unter seinen schweren Stiefeln. Er zog sich Umhang, Handschuhe und Helm aus, während ich deutlich weniger elegant Richtung Boden rutschte. *Wehe, einer wagt es, hier Haltungsnoten zu verteilen!*

Inzwischen hatte er seine Sachen auf einem der Findlinge abgelegt und machte sich daran, die Halterung der Rückenschwerter abzunehmen und die Schulterschließe seines Brustpanzers zu öffnen. Als er ihn vom Körper zog, entdeckte ich, dass er über seiner dunkelgrauen Tunika ein filigran gearbeitetes Kettenhemd trug. Es klimperte leise, wenn er sich bewegte. Beruhigend, dass er sich nicht für unbesiegbar hielt. Plötzlich ging mir ein Licht auf.

»Du kannst alles in Gedanken steuern und lesen! Deshalb

wusstest du, dass die Gnome nicht allein kommen!«, rief ich aufgeregt.

»Natürlich, was dachtest du denn?«, antwortete er und setzte sich auf einen der Felsblöcke.

»Warum hast du das nicht gesagt?« Ich setzte mich neben ihn. Wohl zu dicht. Er rückte sofort ein Stück weg. *Hab ich mich aus Versehen auf der königlichen Aura breitgemacht?*

Nachdem er weiter schwieg, bohrte ich nach.

»Was ist so Schreckliches an einem Char, dass man nicht mit ihm reden kann?« Seinem Gesicht nach zu urteilen, musste mir etwas ganz Essenzielles entgangen sein.

»Reden? Mit einem Char?« Das pure Entsetzen in seiner Stimme war nicht zu überhören.

»Ja, mit ihr reden. Ist das so schwer?! Du wusstest doch, dass du eigentlich mit mir redest. Schon vergessen? Ich kann nicht sprechen, wenn ich nicht im Spiel bin«, stutzte ich ihn wütend zurecht. *Mist! Habe ich gerade ›Spiel‹ gesagt?*

Er lehnte sich ein Stück zurück. Ich sah, dass seine Mundwinkel zuckten. *Gutes Zeichen?*

»Du hast dich noch nie mit einem Char unterhalten, oder?«, erkundigte er sich deutlich amüsiert. *Uff, Gefahr gebannt, er hat das ›Spiel‹ überhört!*

Ich begnügte mich damit, den Kopf zu schütteln, um seine Frage zu beantworten.

»Chars sind grausame Wesen. Immer auf Kampf aus. Kaltblütig. Gewaltbereit. Sie zerstören, morden, lügen und betrügen. Man kann ihnen nicht trauen.« *Vernichtendes Urteil! Glaubt er das auch von den Usern? Etwa auch von mir?*

Er hatte seinen Blick wieder in die Ferne gerichtet. Ich sah zu, wie er gedankenversunken anfing, Kiesel, die in einer Kuhle im Fels lagen, ins Wasser zu schmeißen. Ich schwieg.

»Töten … massakrieren, schlachten, ich habe das Gefühl, nichts anderes mehr zu tun … und trotzdem geben sie nicht auf.« Ein aufgebrachtes Schnauben entfuhr ihm. Jetzt war ich komplett überfordert. Unser Gespräch driftete in eine ganz deprimierende Ecke! *Bitte keine Sinnkrise beim Sonkuningr!* Könnte er mich nicht lieber wieder ein bisschen bedrohen? Damit würde ich besser zurechtkommen.

»Das Schlimmste ist, dass sie mich zu einem ebenso grausamen Ungeheuer werden lassen«, fuhr er unbeirrt fort.

Wütend feuerte er die Steine in die Dunkelheit. Außer einem ›Plock‹, wenn sie ins Wasser fielen, war nichts zu hören. *Alles, nur nicht diese düstere Verzweiflung!*

»Sie meinen es nicht so«, flüsterte ich und legte dabei gedankenlos meine Hand auf seinen Arm. Er zuckte sofort weg. *Nachricht angekommen! Körperkontakt ist nicht erwünscht!*

Irritiert musterte er mich. Sein Blick bekam langsam den wilden Ausdruck, den ich zwischenzeitlich vermisst hatte.

»Sie meinen es nicht so!«, wiederholte er höhnisch. »Das soll die Rechtfertigung für Grausamkeit und Brutalität sein?« Er hatte recht. *›Die wollen nur spielen‹ ist echt ein Scheißargument!*

»Nein, natürlich nicht! Vielleicht glauben sie nicht, dass es echt ist«, wagte ich einen weiteren Erklärungsversuch.

»Von was redest du?«, herrschte er mich unvermittelt an. *Alles klar, unsere vertraulichen fünf Minuten sind vorbei!* Sein forschender Blick wurde drängender. Ich wich ihm aus, indem ich aufs Wasser starrte und schwieg.

»Florentine!«, grollte er plötzlich fuchsteufelswild. *Oh, hallo, Willi Wutigel, welcome back!*

Mit zwei großen Sätzen war er von den Steinen gesprungen, auf denen wir eben noch relativ einträchtig gesessen hatten. Grollend trat er ins Kiesbett. Die Steine spritzten bis in den Fluss. Seine Hände waren zu Fäusten geballt.

»Entweder, du bist ehrlich zu mir …«, fauchte er schwer beherrscht mit zusammengebissenen Zähnen. *Oder was? Richtet sich der nächste Tritt gegen mich?* Sein ganzer Körper bebte vor Wut. Die unausgesprochene Drohung hing noch in der spannungsgeladenen Atmosphäre, als er sich jäh umdrehte und zu seinem Pferd stampfte. Er begann sich seinen Brustpanzer überzuziehen.

»Was wird das?«, rief ich verdutzt hinter ihm her.

»Ich gehe«, hörte ich seine gepresste Stimme, während er sich die Schwertgurte über den Harnisch spannte.

Entsetzt sprang ich auf.

»Was? Wieso?«

»Efnisien hatte recht, du gehörst zu ihnen!« *Efnisien hat eine eigene Meinung? Darüber wundere ich mich später!* Die kalte Verachtung in seiner Stimme war vernichtend. Er würdigte mich weiterhin keines Blickes, sondern zog sich ungerührt seine Handschuhe über.

»Das ist nicht wahr!« Ich sprintete zu ihm. Er drehte mir weiterhin den Rücken zu. *Schau mich gefälligst an, wenn ich mit dir rede!* Ich stieß ihn leicht am Oberarm. Kaum hatte ich ihn berührt, wirbelte er herum und packte mich hart am Handgelenk.

Ich schrie auf. Vor Schreck und weil es sich nach Trümmerbruch anfühlte. Am meisten schockierte mich allerdings das mordlüsterne Flackern in seinen Augen. Es dauerte nur Sekunden, bis er sich wieder unter Kontrolle hatte. Blitzschnell entzerrten sich seine Gesichtszüge. Immer noch grimmig, lockerte er zwar seinen Griff, ließ meine Hand aber erst los, als er sie möglichst weit von sich entfernt hatte.

Jetzt reicht's! Berührungsphobie hin oder her. So nicht!

»Was ist dein Problem?«, fauchte ich ihn an, während ich mein pochendes Gelenk rieb. Er warf mir einen kurzen Blick zu, der so eisig war, dass ich unwillkürlich einen Schritt zurückwich. *Schuldeingeständnis? Reue? Heute nicht im Angebot?*

»Mach das nie wieder«, raunzte er mich mit mühsam gezügeltem Zorn an. *Was? Den Versuch, ihn zu trösten?*

»Wag es nicht noch einmal, mich anzugreifen! Ich schwör dir …« *Angreifen? Wovon träumt er nachts?* Er rang nach Luft. Schon wieder hing eine unausgesprochene Drohung zwischen uns.

»… ich schwör dir, irgendwann bring ich dich um!« *Okay! Die stummen Warnungen waren mir irgendwie lieber.* Adäquater Umgang mit Morddrohungen? Davon stand nichts im Handbuch! Ich schluckte trocken.

»Ich habe dich doch nicht angegriffen!«, brach es fassungslos aus mir heraus. Er stieß ein verächtliches Knurren aus. Hob die Hand, um mich am Weiterreden zu hindern. *Wie? Königliche Rote Karte für mich? Ernsthaft?*

»Glaubst du tatsächlich, du könntest mich täuschen?« Plötzlich klang er seltsam kraftlos. Zupfte planlos am Zaumzeug seines Rappen rum. Und drehte mir schon wieder den Rücken zu.

»Ich habe wirklich keine Ahnung, wovon du sprichst.«

Während meiner Antwort hielt er kurz inne. Dann schüttelte er kaum sichtbar den Kopf und fuhr ungerührt fort, irgendwelche Riemen nachzuziehen.

Jetzt ist Schluss mit dem Primadonnengehabe.

»Thosse von Baar!«, brüllte ich, so laut ich konnte. »Du drehst dich jetzt sofort zu mir um!«

Wie elektrisiert fuhr er herum.

»Untersteh dich, mir Befehle zu erteilen!«, wetterte er mit donnernder Stimme.

»Dann sag mir, was los ist, und versteck dich nicht hinter Andeutungen!«, schnauzte ich sauer zurück und kassierte dafür einen funkelnden Hassblick.

»Ich weiß, dass du für die Chars spionierst! Oder für ihn!«, warf er mir bissig vor, drehte sich zurück und nestelte wieder am Zaumzeug seines Hengstes.

Wütend starrte ich auf seinen schwarzen Rücken.

Nicht berühren! Bloß nicht berühren! Sonst macht der Kongeson noch ernst!

Ich schlich um ihn herum und zwängte mich, peinlich darauf bedacht, ihm nicht zu nahe zu kommen, zwischen ihn und den Pferdekopf. Hinter mir ein bissiges Maul, vor mir ein angriffslustiger Krieger. *Ein Gefahrensandwich! Da läuft der Puls schon mal Amok!*

»Ich spioniere für gar niemand«, beschwor ich ihn, während ich versuchte zumindest den schnuppernden Gaul zu ignorieren. Thosse von Baar behielt seine Hand am Zaumzeug. Die Lederstulpe seines Handschuhs tippte bei jeder Bewegung des Pferdes gegen meine Schläfe. Er senkte den Kopf, wich aber keinen Millimeter zurück. Ich konnte seinen Atem in meinem Gesicht spüren.

»Erzähl mir nichts«, zischte er leise.

»Du irrst dich! Ich würde niemals etwas tun, das dir schadet«, flüsterte ich.

»Was verheimlichst du mir dann? Wen schützt du?«, murmelte er eindringlich.

»Dich«, wisperte ich kaum hörbar und suchte seinen Blick. Doch seine Augen lagen im Dunkeln. Überrascht ließ er die Zügel los und trat einen Schritt zur Seite.

»Mich?!« Sein überraschter Ausruf hallte durch die Nacht. Es folgte ein langer fragender Blick. *Er ist ein Mensch, dann behandle ihn gefälligst auch so.* Das klang ja theoretisch ganz prima.

Ich schloss meine Augen und fuhr mir nachdenklich mit der Hand über die Stirn. *Irgendwo ein geschicktes Erdloch, in das ich mich verkriechen kann?*

»Wieso schützt du mich?«, hakte er ungläubig nach.

Ich ging einige Schritte zum Ufer. Er schloss sich mir wortlos an. *Ehrlich, aber tot! Ist es das wert? Immerhin hatte ich gerade gesehen, was er mit einem Schwert anrichten konnte.*

»Ich habe es satt, ständig von dir bedroht zu werden!« Meine

Stimme piepste nicht einmal, obwohl mir das Herz bis zum Hals schlug.

»Dann hör auf, mich anzulügen«, murrte er ungehalten und musterte mich angriffslustig. *Lass mich raten! Nachgeben ist eher nicht sein Ding, oder?*

»Ich habe Angst vor dir!« Er blieb verdutzt stehen. Trotz der Dunkelheit registrierte ich seinen verstörten Gesichtsausdruck.

»Angst? Du glaubst, ich könnte dir etwas antun?«

Ich nickte stumm.

»Das ist absurd!« Ungläubig schüttelte er den Kopf. Dann trat er einen Schritt auf mich zu. Ich kämpfte den Impuls nieder, zurückzuweichen. Er senkte den Kopf, sah mir unverwandt in die Augen und begann leise, kaum hörbar: »Du bist das Unglaublichste, was ich jemals erlebt habe. Deine verwirrende Widersprüchlichkeit treibt mich in den Wahnsinn. Doch selbst mit dem Wissen, dass du meine Vernichtung planst, würde ich es niemals schaffen, dich wirklich zu verletzen.« Mir wurde ein bisschen schwindelig bei seinen Worten. *Sympathiebekundung vom Kongeson? Da darf man kurz mal Achterbahn fahren, oder?!*

Vorwurfsvoll hielt ich ihm mein schmerzendes Handgelenk vor die Nase. Sein spöttisches Grinsen vertrieb den ungewohnt sanftmütigen Gesichtsausdruck.

»... ich sagte, wirklich verletzen!« Er verdrehte belustigt die Augen.

»Und deine Morddrohung?«, erinnerte ich ihn.

»Du sollst mich nicht angreifen!«, wiederholte er grollend und wurde plötzlich wieder beängstigend ernst. »Meine Reflexe sind um einiges schneller als mein Verstand!«, warnte er mich mit eindringlicher Stimme. Ach so! Wir redeten hier gar nicht über Mord, sondern über Töten im Affekt! *Na, das entspannt mich jetzt total!*

»Angreifen und anfassen sind ja wohl zwei Paar Stiefel, oder?«, verteidigte ich mich. Sein verunsicherter Blick war Antwort genug. *Möglicherweise nicht für jeden!*

Jetzt, wo das geklärt wäre, war wohl ich an der Reihe.

»Askendor ist eine fiktive Welt«, begann ich ungelenk. »Sie wurde am Computer erschaffen. Menschen haben die Software geschrieben. Es ist ein Programm auf einem Server.« *Warum mal nicht mit dem Panzer direkt in die Blümchenwiese!*

Er blieb stehen. Verstohlen linste ich ihn von der Seite an. Majestätischer Feldherrenblick in die Ferne, keine erkennbare Regung. *Okay, legen wir noch ein Schippchen drauf!*

»Jeder, der kein Char ist, gehört zur Gruppe der NPCs. Das sind Charaktere, die nicht von Usern kontrolliert, sondern von einem computergenerierten Steuerungsprogramm gelenkt werden.« *Das reicht erst mal für maximale Verwirrung und Erschütterung, denke ich.*

Weiterhin keine Reaktion von ihm. Es dauerte ewig, bis er seinen Kopf drehte, und noch länger, bis er mir in die Augen schaute.

»Willst du mir damit sagen, dass diese Welt nicht real ist?«, erkundigte er sich leise. Sein fragender Blick löste sich von mir und wanderte nachdenklich über die Landschaft.

Ich schaute mich um. Da lief ziemlich viel richtig nasses Wasser in einem Flussbett. Eine leichte Brise strich über mein Gesicht. Ich registrierte den fremdartigen Geruch, der mir schon im Burghof von Shongkliosh aufgefallen war. *Ertappt! Für fiktiv ist hier alles etwas zu real.* Trotzdem war es so.

»Irgendwie schon.«

Thosse von Baar bückte sich, hob einige kleinere Kieselsteine auf und ließ sie vor meinen Augen zu Boden fallen.

»Nicht echt?«, fragte er noch einmal mit hochgezogener Augenbraue. *Wie, bitte schön, kann man eine Braue isoliert bewegen?*

»Ich denke, wir zwei sind die Einzigen, die das alles hier so sehen. In meiner Welt kann ich darüber nicht einmal reden. Sie würden mich für komplett verrückt halten.«

Ich hörte ihn leise lachen. Auf verwirrende Widersprüchlichkeiten hatte ich hier sicher kein Monopol. Im Vergleich zur letzten Stunde wirkte er plötzlich wie ausgetauscht, ein Ausbund an Beherrschung und Freundlichkeit.

»Tatsächlich?«, schmunzelte er. »Hier glaubt nur Efnisien, dass du geistesgestört bist.« *Diese grüngesichtige Ratte!*

»Efnisien ist ein Quälgeist«, grummelte ich, ohne mir das Grinsen ganz verkneifen zu können.

»Ich dachte, er wäre ein Steuerungsprogramm?«, hakte er lauernd nach.

»Ja, aber ein ganz ein nerviges!«, rutschte es mir raus.

Thosse von Baar warf lauthals lachend den Kopf in den Nacken. Ich liebte dieses tiefe, heisere Lachen!

»Was bedeutet das?«, fragte er ernst, als er sich wieder beruhigt hatte.

»Efnisien ist kein Mensch so wie du. Sein Programm basiert auf künstlicher Intelligenz. Dadurch kann er zwar sein Verhalten und Wissen im Rahmen einfacher Parameter weiterentwickeln, wird aber nie zu selbstständigen Denkleistungen und kreativen Gedanken fähig sein.« *Ja, ich hab mich schlaugemacht!*

Thosse von Baar nickte langsam, als müsse er das Gehörte erst in seinem Gehirn sortieren. Ich beobachtete ihn argwöhnisch. *Wie kann man die Demontage seines Lebens so lässig nehmen?*

»Wann flippst du aus?« Gedacht? Gesagt! Die Frage rutschte mir einfach raus. *Spontaneität? Ganz ehrlich? Mehr Fluch als Segen!*

»Bitte?«

»Wann springst du schreiend auf und schlägst mir den Kopf ab, weil ich deine Existenz zerstört habe?«

»Ich werde dir nichts tun«, beteuerte er mit Nachdruck. Trotzdem ließ ich ihn nicht aus den Augen. Gelassen hielt er meinem prüfenden Blick stand, bis sich auf einmal seine Augen verengten. Urplötzlich wurde sein Blick stechend. Innerhalb kürzester Zeit richtete er sich bedrohlich grollend auf und knurrte mit erstickter Stimme: »Außer du bestehst weiterhin darauf, dass ich dir nach dem Leben trachte.«

Für einen Moment blieb mein Herz vor Schreck stehen. Bewegungsunfähig wie das gelähmte Kaninchen vor der Kobra starrte ich ihn panisch an. Während ich versuchte meine beginnende Hysterie unter Kontrolle zu bringen, verschwand schlagartig aller Hass aus seinem Gesicht. Stattdessen grinste er mich frech an. *Ich fasse es nicht! Der macht sich über mich lustig!*

»Du Vollpfosten!«, polterte ich los, als ich merkte, dass er sich vor Vergnügen fast wegschmiss. »Spinnst du? Mich so zu erschrecken?!«

»Ich hab nicht oft die Möglichkeit dazu«, verteidigte er sich lachend und fügte entschuldigend hinzu: »Schon vergessen? Efnisien ist nicht auf Humor programmiert.«

Und ich fall vor Spaß gleich ins Koma!!

»Efnisien spricht, wenn ihr allein seid?«, fragte ich erstaunt und noch etwas atemlos, als ich mich von meiner Nahtoderfahrung erholt hatte.

»Klar, dachtest du, wir unterhalten uns telepathisch?«

»NPCs sprechen eigentlich nicht. Zumindest nicht, wenn sie allein sind! Dachte ich«, fügte ich unsicher hinzu.

»Oh, doch, glaub mir. Sie reden. Manche hören gar nicht mehr auf.« *Ach ja?! Auf Wunder scheint es heute Mengenrabatt zu geben!*

»Also ihr geht davon aus, dass unsere Welt nicht existiert«, fasste Thosse von Baar zusammen.

»Jepp!« Wir schlenderten weiter am Ufer des Flusses entlang, von dem ich behauptete, dass es ihn gar nicht gab.

»Aber ihr könnt uns sehen.« Ich nickte.

»Nur wenn ihr im Spiel seid?« *Hatte ich ernsthaft geglaubt, ihm wäre mein Ausrutscher von vorhin entgangen? Jemandem, dessen Ge-*

hirn akribisch Daten aufzeichnen konnte? Ich starrte ihn fassungslos an. Er lachte.

»Schau nicht so entsetzt. Es wäre die Antwort auf viele unserer Fragen«, erklärte er leichthin.

»Die Koexistenz von zwei realen Welten?«, fragte ich schockiert.

»Warum denn nicht?« *Na, dann ist jetzt alles klar!*

»Du findest diese Vorstellung nicht komisch oder bedenklich?«, fragte ich ihn vorsichtig. *Und warum wackelt schon wieder mein Weltbild?* Seines schien ja ziemlich flexibel zu sein. Da ließ sich offenbar locker ein weiterer Planet einflechten. Oder ein Paralleluniversum! Oder was auch immer ich hier entdeckt hatte.

»Florentine, alles in Ordnung?« Er klang ehrlich besorgt. Ich war mit meinen Schreckensvisionen so beschäftigt, dass ich nicht bemerkt hatte, dass ich stehen geblieben war und ihn entsetzt angestarrt hatte.

»Wir haben euch … erschaffen!«, stammelte ich. Er lachte, was mich sonst immer sofort in seinen Bann zog. Doch nun sah ich ihn an und er war ein ferner schwarzer Punkt. Weit weg.

»Askendor ist ein Computerprogramm. Irgendwo auf einem Server. Löscht man es, seid ihr weg. Nada. Askendor, bye-bye.« *Zugegeben, meine abgehackte Sprechweise wirkt wenig kompetent.* Aber die Fakten stimmten so weit.

»Oder der Zugang nach Askendor wäre geschlossen und unser Char-Problem beseitigt«, schlug Thosse von Baar vor, der übrigens immer noch glänzender Laune war. Zwei parallel existierende Welten, die durch den Korridor eines Computerspiels verbunden waren? *Konnte es logisch, aber dennoch unmöglich geben!*

»Auch eine Theorie«, räumte ich nachdenklich ein. Irgendwie wurde es mir plötzlich zu viel. Zu viel Neues, zu viel Fremdes, zu viel Unsicherheit. Ich sehnte mich nach der vertrauten Geborgenheit meines Zimmers.

»Bringst du mich zurück?« War das meine Stimme, die so matt klang? Er nickte und änderte sofort die Richtung.

Der Ritt zurück war sehr schweigsam. Eine lähmende Trägheit breitete sich in mir aus. Sie ließ die wild galoppierenden Gedanken durch meinen Kopf toben, ohne sie zu fassen. Ich spürte, wie mich das leichte Schaukeln des Pferdes immer schläfriger machte. Am liebsten hätte ich mich einfach an ihn angelehnt. Aber das war natürlich viel zu gefährlich! *Am Ende versteht er es als Großoffensive!* Irgendwie schaffte ich es, bis zum Platz des Hohen Rates wach zu bleiben. Er half mir vom Pferd.

»Sehen wir uns wieder?«, nuschelte ich verlegen, während wir zu den Bäumen gingen. Er nickte lächelnd.

»Du hast ja jetzt einen Briefkasten«, bemerkte er mit sanftem Spott. *Und stehe offenbar unter königlicher Überwachung?*

»Aber keine Uhr!«, fiel mir plötzlich ein.

»Bekommst du«, versprach er friedfertig.

Fröstelnd bemerkte ich den Luftzug, als wir uns den Bäumen näherten. Ein unvorsichtiger Schritt reichte und der Sog erfasste mich sofort. Schon wieder verschwand ich, ohne mich zu verabschieden.

Meine Landung war besser als die letzte. Ich hörte mich nicht mehr wie ein rheumageplagter Poltergeist an. Sofort richtete ich mich auf und schaute auf den Bildschirm. Er saß bereits wieder auf dem Pferd.

»Gute Nacht, Florentine!«, klang seine Stimme fremd aus dem Lautsprecher.

»Gute Nacht, Kongeson«, flüsterte ich zurück, obwohl ich wusste, dass er mich nicht hören konnte.

14

»Dort hinten müsste es irgendwo sein«, mutmaßte mein Vater und brummte kaum hörbar: »Ein Seminargebäude in der Stadt wäre ja auch viel zu einfach gewesen.«

Wir holperten einen schlecht geräumten Waldweg entlang. Mannshohe Schneewehen säumten die Strecke und die Flocken stoben waagrecht ums Auto herum.

Soll das Denkcamp etwa im Iglu stattfinden?

Mein Vater trommelte genervt mit den Fingern auf dem Lenkrad. Es passte ihm so gar nicht, mich in die Einöde zu kutschieren.

Hey, da sind wir schon zwei!

Ob es ihn störte, Vollstrecker der hirnrissigen Pläne meiner Mutter zu sein? Oder ob er das Unternehmen grundsätzlich bescheuert fand? Dazu schwieg er sich aus. Auf jeden Fall fühlte er sich offenbar maximal in seiner persönlichen Feiertagsruhe gestört. Meine Mutter hatte zu ihrem größten Bedauern wegen eines weihnachtlichen Notfalls bei ihrer Freundin Adelheid auf unseren Ausflug verzichten müssen. *Wahrscheinlich ist das Christuskind aus der Krippe gekugelt!*

»Schau mal, da vorne das Blockhaus«, bemerkte mein Vater erleichtert, während das Auto um eine Kurve schlitterte. Nach einer kurzen Auffahrt parkten wir vor einem Holzhaus und linsten durch die Windschutzscheibe.

»Das muss es sein«, frohlockte er und öffnete die Autotür. Sofort trieb ein eisiger Wind Schneeflocken ins Innere. Während er meine Tasche aus dem Kofferraum holte, stieg ich ebenfalls aus.

»Und wenn sie mich umbringen, ich werde auf keinen Fall meinen Namen tanzen!«, maulte ich.

»Na, komm schon, Prinzessin!« Mein Vater legte den Arm um mich und schob mich Richtung Haus. »Es wird sicher viel besser, als du denkst!« *Ach ja? Haben die das den Leuten auf der Titanic auch gesagt?*

Kaum waren wir die drei Stufen zur Veranda hinaufgestapft, wurde die Eingangstür aufgerissen.

»Hallo, schnell rein mit euch«, rief eine etwa zwanzigjährige Dunkelhaarige mit Pferdeschwanz und rotem Norwegerpulli.

Wir traten in einen verglasten Vorraum. Hinter den getönten Scheiben konnte man den Innenraum des Hauses nur erahnen.

»Hallo, ich bin Katja«, stellte sie sich vor.

»Doktor Lenzen …«, erwiderte mein Vater mit gewichtiger Stimme. »… Und das ist meine Tochter Florentine.« *Aber wichtiger als ihr Name ist natürlich mein Doktortitel! Panne!* Katja schien Vollprofi zu sein. Sie lächelte meinen Vater mit der exakt richtigen Mischung aus Bewunderung und Respekt an.

»Manche Eltern wollen sich noch das Haus anschauen, bevor sie gehen«, bot Katja großzügig an. *Ja, manche! Aber doch nicht mein Vater! Doktor Papi ist ja leider, leider immer voll im Stress.* Küsschen, Küsschen. Benimm dich! Und weg war er. Da hatte ich ja Glück, dass ich nicht in der Kurve aus dem fahrenden Wagen springen musste.

Katja lächelte professionell weiter und angelte sich ein Clipboard von einem Regalbrett.

»Dann wollen wir mal sehen. Florentine?«, murmelte sie und fuhr mit einem Stift, den sie aus ihrem Pferdeschwanz gezogen hatte, über eine Liste.

»Ah, Florentine Lenzen! Da haben wir dich ja. Schuhe und

Jacke kannst du hierlassen. Ich zeige dir jetzt mal dein Zimmer. Deine Mitbewohnerin Marie ist schon da.« *Doppelzimmer? Ei der Daus, hab ich ein Glück!*

Während ich mich aus meiner Jacke pellte, schnappte sich Katja meine Tasche und schob eine Glastür auf.

»Hier ist der Koch- und Essbereich«, erklärte sie mit einer großzügigen Geste, während wir an einer lang gezogenen Theke vorbeigingen. In der Verlängerung entdeckte ich einen riesigen Tisch, um den mindestens zwanzig Stühle standen. Sie bog nach rechts ab und ging drei Stufen nach unten.

Der »Wohnbereich« bestand hauptsächlich aus einem offenen Kamin, vor dem sich mehrere Sofas und Sessel scharten.

Sie öffnete eine Tür, hinter der ein langer Gang lag.

»Und hier sind die Zimmer.« Sie blieb vor Nummer 4 stehen, klopfte kurz und öffnete nach dem »Herein« die Tür.

»Marie? Hallo! Hier ist Florentine.« Katja ging ins Zimmer voran. Alles, was ich sah, war ein rotes Kapuzensweatshirt. Unter der Kapuze kam immerhin ein »Hi!« hervor.

Ich schob mich hinter Katja in den Raum.

Na super! Vermisst jemand die Einrichtung vom Schlumpfhaus? Knubbelige Bettchen mit rot-weiß karierter Bettwäsche, bauchige Nachttischchen, eine putzige Kommode und ein handgeschlumpfter Webteppich. Es war alles da.

Katja stellte meine Tasche vor das nicht besetzte Bett und drehte sich zu mir um.

»Du kannst auspacken. Wir treffen uns in etwa einer halben Stunde im Wohnbereich.« Und weg war sie. Ich schaute ihr hinterher.

»Nerd, Felder-Freak oder Normalo?«, brummelte es unter der Kapuze hervor.

»Wahnsinnige-Mutter-Fraktion«, stellte ich mich vor.

Marie hob den Kopf und zog sich mit breitem Grinsen die

Kapuze vom Kopf. Ein Schwall blondes Cheerleader-Haar ergoss sich über ihren Rücken.

»Könnte funktionieren«, lachte sie und erhob sich. Ich staunte nicht schlecht. Vor mir stand ein Supermodel. Sie nicht anzustarren lag außerhalb meiner Möglichkeiten. Offenbar war sie es gewohnt.

»Ja, ich modele hin und wieder! Nein, ich kenne Heidi Klum nicht!«, gähnte sie. Ich klappte den Mund wieder zu.

»'tschuldigung«, murmelte ich und versuchte mich darauf zu konzentrieren, meine Klamotten zu verstauen.

»Das erste Mal hier?«, erkundigte sich Marie, nachdem sie mich eine Weile beobachtet hatte.

»Wie? Geht das auch öfter?«, fuhr ich auf. *Ohne mich!*

Nach unserer privaten halben Stunde schlenderten wir in den Wohnbereich. Auf einem Sofa lümmelte bereits die schlechte Kopie eines Boygroup Members, tippte hektisch auf seinem Handy herum und fuhr sich alle zwei Sekunden durch die dunkelbraunen Specklöckchen. *Er hat Empfang? Hier? Ein Lichtblick!* Neben ihm diskutierten Nerd I und Nerd II die Entwicklungsmängel des Ryzen-6000-Prozessors.

Von welcher Geisterbahn haben sie die denn abgeworfen?

Auf dem gegenüberliegenden Sofa übertrumpften sich drei perfektionseuphorisierte weibliche Musterklone mit ihren schulischen Weihen. Ein Strebertrio, das wahrscheinlich sogar Buchstabensuppe in Hexametern aß. *Ich kann es gar nicht leiden, wenn die Realität meine schlimmsten Befürchtungen übertrifft!*

Etwas fassungslos setzte ich mich neben Marie auf die letzte freie Couch. Von meinem Platz aus konnte ich Katja in der Küche sehen. Sie hantierte am Herd und unterhielt sich mit einer zweiten nahezu Erwachsenen. Offenbar weiteres Betreuungspersonal. Das Mädchen war der Alles-niedlich-Typus. Große runde

Augen, kleine Stupsnase, Schmollmund. Selbst die schwarzen Stachelhaare konnten ihrem Kindchenschema nichts anhaben. Sie sah einfach nur süß aus. Das Igelköpfchen warf immer mal wieder einen prüfenden Blick Richtung Wohnzimmer. Wahrscheinlich lästerten sie über uns ab. Gab ja mehr als genug Steilvorlagen.

Plötzlich rammte Marie mir ihren spitzen Ellbogen in die Seite und deutete zur Tür.

»Tatienne! Möchtegernmuse!«

Oh, ja, Zickenkrieg, da steh ich voll drauf.

Tatienne, existenzialistisch dunkel gekleidet, das tiefschwarze Haar zu einem strengen Dutt gezurrt, stolzierte direkt auf Marie zu.

Obwohl sie sich ganz offensichtlich lieber die Ohren abgebissen hätten, hauchten sie sich Wangenküsschen und falsche Freundlichkeiten ins Gesicht.

Goldmarie und Pechtatienne, echt märchenhaft! Und ich bin Zornröschen!

In scheinbar größter Eintracht ließen sie sich nebeneinander auf dem Sofa nieder und tauschten Geheimwissen über Uwe Felder aus. Na super, offensichtlich saß ich mitten in der Fankurve.

Katja näherte sich mit einem Tablett voll dampfender Tassen und ließ den Blick über die kleine Truppe kreisen.

»Uwe hängt leider noch im Schnee fest, deshalb fangen wir schon mal ohne ihn an.« Die kleine Pause, die entstand, als sie auf ihre Notizen schaute, nutzte Tatienne prompt für ein bedauerndes »Ohhh!«. *Staatstrauer wegen ein paar Minuten? Auf welches überirdische Wesen warten wir hier?*

»Zuerst möchte ich euch alle recht herzlich begrüßen. Wir haben für euch Kakao und Punsch gekocht. Bitte greift zu.« Kurzes Tassengeklapper unterbrach ihre Begrüßungsrede.

Als alle wieder saßen, informierte Katja uns über Essenszeiten, Bettruhe und die Hausordnung. Dann katapultierte sie uns ohne besondere Vorwarnung lächelnd ins Mittelalter: »Handys, Laptops, sonstigen Spielschrott, Musikgeräte, was immer einen Stecker hat, werden wir nachher gemeinsam in einen Schrank sperren. Ihr bekommt am Ende natürlich alles wieder«, erklärte sie seelenruhig.

Ja, sag mal, sind die des Teufels nackte Fackelträger, oder was? Nicht nur Nerd II kämpfte gegen eine spontane Ohnmacht.

Ich brauchte dringend meine Außenweltkontakte! *Sonst überleb ich diesen Zirkus nicht!*

Katja ignorierte die aufkommende Panik und arbeitete unbeirrt weiter ihre Liste ab. Plötzlich legte sie den Kopf schief und lauschte angestrengt.

»Wenn mich nicht alles täuscht …«

Die Haustür wurde zugeschlagen.

»… ist der Meister gerade angekommen!«, verkündete sie grinsend.

Der Meister?! Echt jetzt?

Wie elektrisiert richtete sich fast die gesamte Truppe auf. Marie fuhr sich hektisch mit der Hand durchs Haar. Ich beobachtete, wie sie sich aufgeregt mit der Zunge über die Lippen fuhr. Tatienne zückte sogar in Windeseile einen Taschenspiegel und überprüfte Make-up und Frisur. Alle starrten wie gebannt zum Windfang.

Also, wenn da jetzt nicht der Messias erscheint, bin ich aber so was von enttäuscht!

Im nächsten Moment hörte man, wie die Glastür beiseitegeschoben wurde, hektische Schritte, dann tauchte an den Stufen, die die Küche vom Wohnbereich trennten, ein etwa dreißigjähriger Mann auf.

Wie frustrierend, ein normales menschliches Wesen!

Die Aufregung im Vorfeld hatte mich auf mehr als einen verwegenen Dreitagebart, kurzes zerzaustes Haar und lässige Kleidung hoffen lassen. Er hob beide Arme wie ein Schauspieler beim Schlussapplaus und strahlte glänzend gelaunt in die Runde.

»Entschuldigung«, rief er mit laut tönender Stimme, sprang die drei Stufen mit einem Satz nach unten und kam mit großen Schritten auf unsere Gruppe zu.

Zuerst umarmte er Katja, die aufgesprungen war.

»Danke, Ka!«, murmelte er, während er sie auf die Wange küsste. Das Igelköpfchen wurde ebenfalls kurz geknuddelt. Nachdem er seine Crew begrüßt hatte, drehte er sich schwungvoll zu uns um.

»Hallo, meine Lieben! Ich bin Uwe.« Frenetische Freude in zwei kleinen Sätzen zu vermitteln, war echt eine Meisterleistung. Mehrere schüchterne Hallos wurden zurückgegeben. Lächelnd ließ er seinen Blick durch die Runde wandern.

»Ich wette, die wenigsten von euch sind freiwillig hier!«, lachte er plötzlich und fuhr sich durch sein braunes Haar.

»Ich verrate euch was!«, flüsterte er laut, mit weit aufgerissenen Augen, als könnte er selbst die Spannung seines Geheimnisses kaum ertragen. *Den haben sie doch zu fest aufgezogen, oder?*

»Ich hatte auch keine Lust!« Er grinste spitzbübisch, während er seinen Zeigefinger auf die Lippen legte.

»Den ganzen Vormittag war ich auf der Piste. Snowboarden! Zum Schreien schön. Kennt ihr das Gefühl, vor Freude zu explodieren? Der Druck im Hals …«, er hielt sich die Hand an die Kehle, »… als würde man im nächsten Moment zerbersten! Meistens hält man es zurück. Dabei möchte man …«, er holte Luft und stieß einen Schrei aus, bei dem man wirklich glaubte, ihm spränge vor Freude gleich die Hauptsicherung raus. Leidenschaft pur. Respekt! Man nahm es ihm wirklich ab.

»Ihr kennt das doch alle, oder?«, hakte er grinsend nach. *Keine demütigende Schreitherapie! Oder ich ruf mir sofort ein Taxi! Solange ich noch ein Handy besitze!*

»Also kommt …«, er deutete mit dem Kopf Richtung Eingangstür. Seine Stimme klang verlockend, fast verführerisch. »… gehen wir Spaß haben.«

»Ist er nicht magisch?«, wollte Marie mit leuchtenden Augen wissen, als wir uns erhoben.

»Irritierend«, antwortete ich, ehrlich verwirrt.

Eine gigantische Schneeballschlacht später waren wir zwar alle bis auf die Haut nass, aber bestens gelaunt.

Und es blieb so. Den ganzen Nachmittag und Abend stand Spaß an erster Stelle. Sie zündeten ein gewaltiges Feuerwerk an Spielen, Rätseln und Aktivitäten. Es gab keine Sekunde Leerlauf. Eine gigantische Mischung aus Kindergeburtstag, Gameshow, Adventurecamp und Hüttenzauber. Was das meinem Gehirn brachte? Mir vollkommen egal. Es war weder dröge noch langweilig und die Zeit verging wie im Flug. Das war das Wichtigste. Vor allem, nachdem ich vor dem Abendessen meinen Laptop und das Handy in einen abschließbaren Schrank im Betreuerzimmer gelegt hatte. *Tschüss, du Welt da draußen!*

Hatte ich mich darüber aufgeregt, um acht Uhr aufstehen zu müssen? Warum nur? Das elfengleiche Geschöpf, mit dem ich mir das Zimmer teilte, schnarchte wie ein Grizzly im tiefsten Winterschlaf. Sie musste Polypen so groß wie die Eiger-Nordwand im Rachen haben. Ein Wunder, dass sie überhaupt normal atmen konnte.

Ich war froh, als es endlich so etwas wie Morgen war. Nach kurzem Grunzen und einem lang gezogenen Schmatzgeräusch erhob sich Marie ebenfalls und sah wie die Göttin der Morgenröte aus. *Das Leben ist ungerecht!*

Der Seminarwahnsinn ging ungebrochen weiter. Dreiergruppe. Mein Glück war perfekt mit Sammy Specklöckchen und einer vom Strebertrio. Ich glaube, sie hieß Anna oder Lara. Unwichtig! Wir sollten Lösungen für Fantasieprobleme, die uns die anderen nannten, erfinden. Nerd I gab als Erstes Weltraumschrott vor. Dem brannte doch der Hut! Ich haderte noch mit meinem Schicksal, als Sammy den Schrott bereits an die Marisaner vercheckt, ein intergalaktisches Hotel geschweißt und eine stratosphärische Brücke von Nordamerika nach Asien gespannt hatte. *So ein kreatives Specklöckchen!* Der Streberklon zickte nur rum, dass Weltraumschrott eine wirkliche Bedrohung sei. In diesem Spiel war sie so nützlich wie ein Sandkasten in der Sahara. Als ich versuchte mehr wie Paula zu denken, ging es etwas besser.

Danach trommelten wir auf Fässern. Ein Heidenspektakel. Es war großartig. Die grob behauenen Holzstöcke donnerten nur so auf das Metall. Noch Stunden später klingelten mir die Ohren.

Am Nachmittag lernten wir Sütterlin und spiegelverkehrt schreiben, dichteten Haikus, spielten ›Ich packe meinen Koffer‹ mit Gesten und ›Tatwaffe, Motiv, Verdächtiger‹, das ich bisher nur als langweiliges ›Stadt, Land, Fluss‹ gekannt hatte. Bis zum Abendessen waren fast alle gängigen Wörter durch Fantasienamen ersetzt worden. Wir verständigten uns in einer Art Geheimsprache. Mein Kopf rauchte und fühlte sich gleichzeitig ungewohnt leicht an. Im Flur standen sicher hundert Quadratmeter abstrakte Kunst, die wir im Dunkeln zu wummernder Technomusik mit unseren Händen gemalt hatten. Ich sah wie ein Frosch aus. Wahrscheinlich würde das Grün nie mehr weggehen. Doch es war mir egal. Ich begann eine Vorstellung zu bekommen, wohin mein Gehirn mich tragen könnte, wenn ich es lassen würde. Keine Kontrolle. Nicht gefangen in starren Denkprozessen, auf vorgegebenen Wegen, sondern grenzenlos. Es machte richtig Spaß, in die utopischen Weiten einzutauchen. Auf der Spielwiese dieser verrückten Ideen, skurrilen Fragen und irrealen Lösungen verblasste selbst der Schrecken eines Paralleluniversums. *Warum nicht? Wer kennt schon die ultimative Wahrheit?*

Auch in der nächsten Nacht arbeitete das Sägewerk im Bett neben mir ohne Pause. *Wie kann eine so zierliche Person innerhalb kürzester Zeit den gesamten europäischen Waldbestand niederfräsen?* Ich hatte das Gefühl, keine Sekunde geschlafen zu haben.

In der Küche klapperte Geschirr. Draußen war es noch dunkel. Alles war besser, als weiterhin diesem Rodungskommando zuzuhören. Gähnend kroch ich aus dem Bett, angelte im Vorbeigehen mein Sweatshirt vom Stuhl und tapste schlaftrunken Richtung Küche.

»Guten Morgen«, begrüßte mich Uwe überrascht und warf einen schnellen Blick auf seine Armbanduhr. Er stand barfuß, in Trainingshose und Langarmshirt an der Küchenzeile und kochte Tee. Deutlich verschlafen, mit Meerschweinchenfrisur und Kissenfalten im Gesicht wirkte selbst er weniger leuchtend und aufgekratzt. Beruhigend, offenbar lief er nicht immer auf Hochtouren.

»Es ist erst halb sieben. Kannst du nicht schlafen?«

Ich schlurfte an den Tisch und ließ mich auf einen der Stühle fallen.

»Marie …«, gähnte ich. *Hat ein massives Belüftungsproblem! Gemein!,* »… schläft ziemlich laut!«

Uwe musterte mich, als würde er mich das erste Mal sehen. Was durchaus sein konnte. Tatienne und Marie hielten sich ja ständig in seinem direkten Blickfeld auf. Da litt natürlich die Aussicht auf den Rest der Gruppe.

»Möchtest du auch einen Tee?«, fragte er und hob seine dampfende Tasse hoch. Ich nickte und fuhr mir durchs Haar.

»Sollen wir dir ein anderes Zimmer geben?«, erkundigte er sich fürsorglich.

Dankend nahm ich ihm meine Tasse ab und schüttelte den Kopf. War ja nur noch eine Nacht. Uwe setzte sich mir gegenüber an den Tisch und musterte mich forschend.

»Du bist sehr schweigsam«, bemerkte er. »Alles in Ordnung?« *Morgens um stockdunkel, ohne Schlaf? Rate mal!*

»Ich bin kein Morgenmensch«, nuschelte ich, während ich in meinen Tee blies.

»Nicht jetzt. Grundsätzlich. Du redest kaum.« Offenbar bekam er mehr mit, als ich ihm zutraute.

»Liegt vielleicht daran, dass andere so viel zu sagen haben.«

»Da ist was dran«, stimmte er nickend zu. Während ich meinen Tee schlürfte, musterte ich ihn über den Tassenrand hinweg.

»Und warum geisterst du mitten in der Nacht durch die Gegend?«, wollte ich wissen.

»Sechs Uhr dreißig bezeichnen manche schon als Morgen.« *Super, ein Ich-singe-unter-der-Dusche-Typ. Die sind mir total suspekt!*

»Ach ja?«, brummte ich. Er lächelte. Nicht sein gewinnendes 6000-Watt-Grinsen, mit dem er Spaß im Überfluss ankündigte. Es war zurückhaltender und wirkte etwas ehrlicher.

»Ich mag die Stille …« *Überraschung! Der humanoide Hurrikan mag's ruhig!*

»Außerdem ist das meine Zeit, um Sport zu machen.« *Korrigiere, den bewegungsbesessenen Morgenvogel finde ich noch unheimlicher.*

»Sport?« Ich musterte ihn kritisch. Er sah nicht aus, als wollte er gleich mehrere Kilometer durch die Prärie stolpern.

»Taijiquan«, erklärte er und fügte ungefragt »Eine Art Tai-Chi« hinzu. Asiatisch erleuchtet hätte ich ihm nicht zugetraut. Auf mich wirkte er mehr wie der kickboxende Marathonmann.

»Treibst du auch Sport?«, fragte er.

»Fechten«, antwortete ich.

»Du fichtst?« *Ja, bitte mehr ungläubige Verwunderung!*

»Welche Waffengattung?«, hakte er nach. Er schien sich auszukennen.

»Degen«, antwortete ich.

»Eine Rapierkämpferin! Wie praktisch«, rief er verwundert aus. *Praktisch? Warum? Plant er ein Turnier?*

»Wer hätte das gedacht! Ich hab früher viel gefochten. Allerdings mehr Schwertkampf«, schwärmte er.

»Wo lernt man denn so was?«, wunderte ich mich.

»Dort, wo ich aufgewachsen bin, gab es eine Schule dafür. Mein Bruder und ich haben unsere halbe Kindheit auf der Planche zugebracht.«

»Du hast einen Bruder? Älter oder jünger?«, erkundigte ich mich sofort. *Neid des Einzelkindes!*

»Jünger, aber leider haben wir kaum noch Kontakt. Erbstreitigkeiten. Er ist ziemlich stur und uneinsichtig.«

»Wie sieht es bei dir mit Geschwistern aus?«, wollte er nach einer kurzen Pause wissen. Ich schüttelte den Kopf.

»Da geht wenigstens nicht so viel Zeit fürs Streiten drauf«, grinste er. *Dieser kleine Bruder scheint ein ziemlicher Nervkeks zu sein.*

Als wäre es ihm plötzlich unangenehm, über Familie zu sprechen, wechselte er schnell das Thema.

»Wenn du fechten kannst, findest du Taijiquan sicher super. Hast du Lust auf eine Probestunde?« Oh, oh, er schaltete gerade sein mitreißendes Motivationslächeln an. *Aber warum eigentlich nicht?*

Als wir unseren Tee getrunken hatten, folgte ich ihm durch den Schlafzimmergang. Vor unserer Zimmertür blieb er stehen. Im Licht der Notbeleuchtung sah ich, dass er ungläubig die Augen aufriss. Man konnte Marie selbst durch die geschlossene Tür hören.

»Das ist unterirdisch. Heute Nacht bekommst du auf jeden Fall ein anderes Zimmer«, flüsterte er, während wir an den Seminarräumen vorbeigingen.

Er öffnete die Tür an der Stirnseite des Korridors und schaltete das Licht an. Ich brauchte einen Moment, um mich an die Helligkeit zu gewöhnen. Wir waren in einer Art Vorraum, der jedes Alpenhüttenflair vergessen ließ. Der gekalkte Holzboden, die weißen Wände und die Garderobe aus Edelstahl, an der Uwes Jacke hing, wirkten um Längen nobler. Eine der vier Türen, die von der kleinen Diele ausgingen, stand so weit offen, dass ich ein großes zerwühltes Bett erkennen konnte. *Aha, der Meister schläft also nicht in Schlumpfbettwäsche.*

Uwe öffnete eine andere Tür. Ich betrat den nahezu leeren Raum und schaute mich suchend um. Außer mehreren unterschiedlich langen schwarzen Stöcken, die in einer Ecke lehnten, und einem weichen grauen Teppichboden gab es nichts. Das indirekte Deckenlicht und die wohlige Wärme waren sehr einladend. *Kann ich hier ein bisschen schlafen?* Mitnichten! Ohne weitere Verzögerung begann mein Unterricht!

»Ziel des Taijiquan ist die Versenkung in dein Inneres.« Er quittierte meinen skeptischen Blick mit einem kurzen Lachen.

»Keine Angst. Wiederhole, was ich mache. Achte darauf, Atem und Bewegung gleichermaßen fließen zu lassen.« *Nichts leichter als das!* Er zwinkerte mir aufmunternd zu, bevor er mir den Rücken zudrehte, sich breitbeinig hinstellte und leicht in die Knie ging. Ich konnte problemlos folgen.

»Konzentrier dich und lass dein Bewusstsein mit jedem Atemzug sinken«, forderte er mich auf. *Was haben eigentlich alle mit meinem Bewusstsein? Wenn es noch viel weiter sinkt, trage ich es bald in den Großzehen.* Aber ich konzentrierte mich, atmete tief und ließ was auch immer sanft fallen. Es funktionierte keinen Fatz!

Uwe begann, seine Arme langsam in weichen, weiten Kreisen vor den Körper zu führen. Aha, Kung Fu in Zeitlupe. Bei ihm sah es elegant und einfach aus. Ich hingegen schwankte bedenklich, als ich auf nur einem Bein stehen sollte. Aber er hatte recht, es machte Spaß. Bei einem seitlichen Schwung warf Uwe mir einen kurzen fragenden Blick zu. Ich grinste und nickte zustimmend. *Ist okay, Eleganz wird eindeutig überbewertet.*

Als meine erste Taijiquan-Stunde beendet war, begann es draußen hell zu werden.

»Ich habe das Gefühl, absolut unbeweglich und schwach zu sein«, jammerte ich. Uwe schüttelte ungläubig den Kopf, während er die Heizung abdrehte und zwei Fenster öffnete. *Hallo, Arktis, komm rein!*

»Du hast es gerade das erste Mal ausprobiert. Warum erwartest du Perfektion?« Als würde er die eiskalte Luft, die ins Zimmer strömte, nicht spüren, ruhte sein Blick fragend auf mir.

»Na ja, im Vergleich zu dir sah ich eher wie ein tanzendes Nilpferd aus«, stammelte ich und umschlang meinen Oberkörper fröstelnd mit den Armen.

Mit zwei Schritten war er direkt vor mir. So nah, dass ich problemlos den gezackten Farbübergang in seinen blaugrauen Augen betrachten konnte. Er musterte mich so eindringlich, als wollte er mich hypnotisieren. Ich versuchte seinem drängenden Blick standzuhalten.

»Könntest du netter zu dir sein? Und aufhören, dich selbst fertigzumachen? Stärke dich lieber gegen jene, die versuchen, dich runterzuziehen«, bat er mich in einem fast flehenden Ton. *Kennt er etwa meine Mutter?*

»Wenn das so einfach wäre«, stöhnte ich und versuchte meinen Zweifel mit einem missglückten Lächeln zu tarnen.

»Selbstvertrauen, Florentine. Selbstvertrauen.« *Wow, bin ich nicht Lehrgangsteilnehmer XY?*

»Du bist ein mutiges, tapferes Mädchen. Lass dir von niemandem etwas anderes einreden!«

Mehr als ein ungläubiges Schnauben als Antwort brachte ich nicht zustande.

»Das Leben hält mehr für dich bereit, als du dir vorstellen

kannst. Trau dich! Nimm es in die Hand.« Wenn er wüsste! Speziell mein Leben schien extrem viel für mich bereitzuhalten. Der Raum wurde langsam eisig. Ich fing an zu bibbern.

»Dir wird kalt. Lass uns gehen«, beendete er unser doch eher einseitig geführtes Gespräch und drehte sich zur Tür. Ich folgte ihm.

»Und nur fürs Protokoll«, bemerkte er, als wir den Gang entlanggingen. »Du warst weit vom Nilpferd entfernt.«

»Wie willst du das wissen? Ich stand hinter dir«, erinnerte ich ihn.

»Ich sehe einiges mehr, als du glaubst! Außerdem spiegeln dunkle Fenster.« Er spielte offenbar gerne den Geheimnisvollen. Galant öffnete er mir die Tür zum Wohnraum und ließ mir den Vortritt.

»Du machst das viel besser, als du denkst«, ergänzte er, als ich an ihm vorbeiging. *Okay?!*

Am Nachmittag des nächsten Tages hatte ich es geschafft. Mein Gepäck stand bereits im Flur, mitsamt Laptop und Handy. Ich saß im Wohnbereich auf einem der Sofas und schmökerte in der Familiengeschichte derer von Baar, während ich auf meine Eltern wartete. Plötzlich setzte sich Uwe neben mich.

»Was liest du Schönes?«

»Axiomatische Mengenlehre«, antwortete ich und klappte schnell das Buch zu. Überrascht starrte er auf den Umschlag. Dann schüttelte er ungläubig den Kopf.

»Bemerkenswert!« Es folgte ein langer prüfender Blick. »Und jetzt? Geht es heim zu deinem Freund?«, zog er mich auf.

»Ähm, ich bin fünfzehn«, erinnerte ich ihn und fügte lachend hinzu: »Spannender als Mama und Papa wird es nicht!«

»Wie, kein fester Freund? Wenn ich das gewusst hätte …«, spöttelte er weiter.

»Du bist doppelt so alt wie ich«, stichelte ich zurück. *So entspannt kann ich nur sein, wenn mir Leute wirklich egal sind!*

»Hey, jetzt übertreib mal nicht. Ich bin sechsundzwanzig«, ereiferte er sich und sah ehrlich gekränkt aus.

»Trotzdem viel zu alt«, gab ich zurück. Er brach in schallendes Gelächter aus. Es wirkte ansteckend.

»Du hast recht«, zwinkerte er mir zu und strahlte mich an: »Ich hatte auch nicht an mich gedacht, sondern an meinen kleinen Bruder. Soll ich dir den mal vorstellen?«

Sehe ich aus, als ob ich verkuppelt werden muss?

»Ist er dir ähnlich?«, wollte ich wissen. *Wenn er annähernd so anstrengend ist, auf gar keinen Fall!*

Er blieb mir die Antwort schuldig, denn meine Eltern kamen hereingestürmt. Eigentlich stürmte nur meine Mutter, wohingegen mein Vater eher gelangweilt hinter ihr herschlappte.

»Herr Felder«, kreischte sie. »Wie schön, Sie persönlich kennenzulernen!« Uwe rappelte sich gerade noch aus dem Sofa hoch, da schüttelte sie ihm schon überschwänglich die Hand.

»Meine Mutter«, machte ich sie bekannt und stellte amüsiert fest, dass er zum ersten Mal seit vier Tagen kurzzeitig überfordert wirkte.

Ja, die zertifizierte Naturkatastrophe überrollt, was sich ihr in den Weg stellt.

Erstaunlicherweise fing Uwe sich in Sekundenschnelle.

»Frau Lenzen, die Freude ist ganz auf meiner Seite«, begrüßte er sie mit seiner ›Ich-kriege-Faultiere-zum-Mambotanzen‹-Stimme.

»Hoffentlich hat sie sich gut benommen, unsere Kleine!«, trällerte meine Mutter fröhlich und klimperte dabei so wild mit den Wimpern, als wollte sie ihm Luft zufächeln.

»Florentine ist ein ganz außergewöhnliches Kind, Frau Lenzen. Sehr begabt!« *Tatsächlich?*

Meine Mutter kicherte geschmeichelt. »Ja, alle Lehrer haben

uns schon bestätigt, dass sie Potenzial hat. Doch das nutzt einfach alles nichts, wenn man es brachliegen lässt.«

Oh, Ma, krieg dich wieder ein!

Sofort wechselte Uwes Gesichtsausdruck von strahlendem Glück zu tiefster Betroffenheit.

»Das ist leider ganz häufig ein Problem. Intelligenz allein nutzt gar nichts, wenn sie nicht gefördert wird«, stimmte er ihr mit salbungsvoller Stimme zu. Meine Mutter fuhr voll drauf ab.

»Genau das sage ich Florentine ja auch immer, aber sie will einfach nicht hören«, jammerte meine Mutter in unpassend fröhlichem Tonfall. Da sie Uwes Hand immer noch fest umklammert hielt, legte er seine zweite auf das Fingerknäul und sah ihr tief in die Augen. Sie schnappte nach Luft.

Es gibt Punkteabzug, wenn du ihn ansabberst, Ma!

»Ich weiß, wie schwer es ist, ein hochbegabtes Kind zu fördern. Aber glauben Sie mir, Sie haben alles richtig gemacht.«

»Herr Felder, ich kann Ihnen gar nicht sagen, wie wohl es tut, das aus berufenem Munde zu hören!«, flötete meine Mutter geziert. *Eimer! Eimer! Ich muss kotzen!*

Ich ließ die zwei in ihrem neu entdeckten Glück allein und machte mich auf die Suche nach meinem Vater, der schon mit meiner Tasche abgezogen war.

»Wir sehen uns wieder«, versicherte mir Uwe, als ich mich von ihm verabschiedete. *Nicht, wenn ich es verhindern kann! Gastauftritt ohne Zugabe. Das war der Deal!*

»Vielleicht«, antwortete ich ausweichend. Er fixierte mich mit einem fast schon gruselig durchdringenden Blick.

»Ich weiß es«, behauptete er mit fester Stimme. *Möchte ich wissen, warum er sich dermaßen sicher ist? Mama?*

15

Zu Hause konnte ich es kaum erwarten, mich endlich in mein Zimmer zu verkriechen. Meine Mutter sah das natürlich ganz anders. Ihr Rundum-sorglos-Paket mütterlicher Zuwendung kannte keine Pausen. Lediglich ein paar private Minuten gestand sie mir zu, bevor ich zum gemütlichen Plauderstündchen anzutreten hatte. Immerhin genug Zeit, um meine Tasche auszupacken und nebenher Kontakt zur Außenwelt herzustellen.

Zwanzig Nachrichten von Paula sprachen für sich. Unter anderem so schleierhafte wie ›Silvester um drei, Schweine backen! Bist du dabei?‹ Auf jeden Fall! Was immer es bedeutete. *Korrektur eines übereifrigen Rechtschreibprogramms?*

Natürlich musste ich auch schnell in Askendor vorbeischauen. Zumindest auf meinem Account. Hatte Thosse von Baar Wort gehalten? Schnell meldete ich mich an. Bingo! Oben in der Ecke meiner Seite lief tatsächlich ein Stundenchronometer. Braver Kongeson! Außerdem hatte ich zwei Nachrichten in meinem Briefkasten. Hallo, Finn! Na, weitere Raubzüge geplant? Es dauerte ein paar Sekunden, bevor ich begriff, dass die Mitteilung »66891 Platz des Hohen Rates« nicht von Paulas kleinem Bruder stammte. 66891, das war vor zwei Tagen. Nicht gut! Gar nicht gut!

»Wo bist du?«, lautete prompt die zweite Botschaft. Im Subtext spürte ich das Beben der königlichen Augenbraue. Danach Funkstille. Und das alles nur, weil ich auf dieses bescheuerte Seminar musste. Irgendwo hatte ich mal gelesen, dass rotierende Spiralwellen ein Chaos in raumzeitlichen Strukturen anrichten können. Meine rotierende Spiralwelle hatte nicht nur einen Namen, sondern rief gerade zum gemütlichen Teil des Nachmittags.

Jetzt war schnelle Schadensminimierung angesagt. Das Adressfeld seiner Nachrichten war leer. Ich ging trotzdem auf »Antworten«. Es funktionierte. Morgen Vormittag nach dem Frühstück würden meine Eltern in die Stadt abrauschen. Bis zu Paulas Grillevent wären es dann noch ein paar Stunden. Zeit genug für einen Besuch in Askendor! Ich rechnete kurz. »66951 Platz des Hohen Rates?« Mit Fragezeichen; das mäßigte den Befehlston. Dann schickte ich Paula noch schnell eine Nachricht, dass es mir eine Ehre wäre, morgen mit ihr Borstentiere zu toasten.

Den Rest des Nachmittags verbrachte ich damit, meiner Mutter über das Seminar und vor allem über Uwe Felder Rede und Antwort zu stehen. Sie hatte ihn bloß ein paar Minuten gesehen. Wie konnte sie derart auf ihn abfahren? Mein Vater verschanzte sich währenddessen in seinem Arbeitszimmer hinter einem riesigen Berg Papier. Ein fröhliches ›Ja‹ auf seine Frage »Alles in Ordnung?« hatte seine Neugierde vollkommen befriedigt. Desinteresse oder Wahrung meiner Privatsphäre? Bei ihm war ich mir nie ganz sicher!

Immerhin schaffte er es am nächsten Morgen, meine Mutter vor dem Generalstreik meiner Nerven ins Auto zu bugsieren.

Warum widerstrebte es ihr nur so unglaublich, mich allein zu lassen? Überlegte sie allen Ernstes, Shoppingtour und Mittagessen in einem Viersternerestaurant gegen die Beaufsichtigung einer Fünfzehnjährigen einzutauschen? Das war doch nicht normal!

Kaum war ihr Auto aus der Ausfahrt gerollt, schlug ich die Haustür zu und fegte nach oben in mein Zimmer.

Gestern Abend war Thosse von Baars Nachricht »Werde da

sein« in meinem Briefkasten gelandet. Lanrina dümpelte noch immer am Platz des Hohen Rates rum und – oh Wunder! – sie war weiterhin am Leben. Wahrscheinlich dachten alle, sie wäre Zierrat im Spiel. Allerdings entdeckte ich unter meinen Tools eine ziemlich gefährlich aussehende Axt.

Glaubte Thosse von Baar ernsthaft, ich könnte so ein Ungetüm steuern? Meine eigene Unfähigkeit würde Lanrina innerhalb von Sekunden zur Strecke bringen, Mörderwaffe hin oder her. Auch die siebenundachtzig Prozent Kampfkraft, die er ihr verpasst hatte, änderten daran überhaupt nichts.

»Das wird ein Spaß werden«, murmelte ich grinsend, während ich meinen Schnürsenkel band. Ja, sogar daran hatte ich gedacht! Dieses Mal würde ich nicht kopflos ins Spiel stolpern. Ich würde alles im Griff haben. Besonnene Stärke, mein heutiger Look!

Ungeduldig fischte ich nach meinem Portalschlüssel, den ich in einem kleinen Kästchen hinter den Büchern versteckt hatte. Nachdem ich mir das Band übers Handgelenk gezogen hatte, setzte ich mich vor meinen Computer und atmete tief durch. *Warum war ich nur so nervös?* Das Tor öffnete sich sofort. Der Sprung war ein Kinderspiel. Man musste sich nur im richtigen Moment abstoßen.

Entsprechend war meine Landung perfekt. Auf zwei Beinen, locker abgefedert, elegant. Und keiner da, der es hätte bewundern können. Ich schaute mich suchend um. Mein Blick fiel auf Lanrina. Sie stand neben einem der Bäume, zwischen denen mein Portal lag. Neugierig ging ich auf sie zu. Ich hatte sie noch nie aus der Nähe gesehen. Warum stellte sich Thosse von Baar denn so an? Eigentlich war sie echt ein Hingucker. Ein bisschen größer als ich, langes seidiges Haar. Cooler Mantel. Sie sah wie ein richtiger Mensch aus. Erst wenn man näher kam, erinnerte sie mit ihrem leblosen Blick und der fehlenden Mimik an eine Schaufensterpuppe. Ich berührte sie vorsichtig. Ihre Haut war weich, aber kalt, fast glitschig, ohne nass zu sein. Meine Hand zuckte zurück. *Okay, anfassen mag man sie nicht!*

»Was Interessantes entdeckt?«, fragte plötzlich eine Stimme hinter mir. Erschrocken zuckte ich zusammen.

»Wie kannst du dich nur so lautlos anschleichen«, entfuhr es mir.

»Ich bin normal gegangen«, verteidigte er sich, während ich um ihn herumlinste. Sein Pferd stand bei den Findlingen am Ratsplatz. Er drehte sich halb zum Gehen. Dann grinste er mich frech an.

»Wo warst du so lange?« *Ohne verbale Blumenkränzchen, direkt auf den Punkt.* So kannte ich ihn!

»Ein paar Tage weg. Ich wusste nicht, dass ich von dort keine Verbindung zu dir aufnehmen kann«, antwortete ich vage.

Der menschliche Lügendetektor neben mir sprang sofort an. Das Lächeln verschwand aus seinem Gesicht.

»Immer noch Geheimnisse?«, fragte er ernst.

Ich schüttelte sofort den Kopf.

»Nein! Ich glaube nicht, dass dich das interessiert«, fügte ich ausweichend hinzu. Er legte den Kopf leicht schräg.

»Darf ich das vielleicht selbst entscheiden?«, fragte er mit sanftem Spott. Plötzlich zuckte er zusammen, als hätte er einen Stromschlag erhalten.

»Was …«, weiter kam ich nicht. Er stieß mich grob von sich weg. So heftig, dass ich mehrere Schritte nach hinten strauchelte.

»Hey!«, entfuhr es mir. *Sind wir etwa wieder bei Bedrohen und Angreifen?* Als ich mich gefangen hatte, sah ich, dass er sein Schwert gezogen hatte. Er ließ es drohend in schnellen Achterschwüngen vor seinem Körper kreisen, während er hoch konzentriert die Umgebung beobachtete.

»Geh!«, knurrte er mit zusammengebissenen Zähnen, ohne mich auch nur eines Blickes zu würdigen. Auf einmal schien er etwas entdeckt zu haben. Augenblicklich straffte sich seine Muskulatur. Sein Blick richtete sich auf einen Punkt in der Nähe des Portals.

Ich stand wie versteinert einige Meter von ihm entfernt und starrte ihn entsetzt an.

»Verschwinde!«, herrschte er mich mit einem kurzen Seitenblick an. Die angespannte Härte in seinem Gesicht sprach Bände. *Nicht fragen, fliehen!* So schnell ich konnte, rannte ich in den schützenden Schatten der Bäume. Mein Herz schlug mir bis zum Hals. Ich versuchte möglichst lautlos nach Luft zu japsen. Vorsichtig linste ich hinter dem Baum hervor. Was immer dort drüben war, es reichte aus, um Thosse von Baar in höchste Alarmbereitschaft zu versetzen. Im Zeitlupentempo bewegte er sich in Richtung des Portals. Sein Schwert hielt er mit beiden Händen drohend vor sich. Bereit, jeden Angreifer mit einem wuchtigen Schlag zu spalten.

Plötzlich ein lauter Schrei, dann stürmte er los. Im nächsten Moment hörte ich das metallische Aufeinanderschlagen von Klingen. Wer war der Angreifer? War es einer? Mehrere? Vorsichtig stahl ich mich von einem Baumstamm zum nächsten. Peinlich darauf bedacht, selbst nicht entdeckt zu werden. Das helle Klirren der Klingen tönte laut durch den Wald und wurde von angestrengtem Stöhnen, das nach Thosse von Baar klang, begleitet. Endlich hatte ich einen Platz gefunden, von dem aus ich zumindest seinen Rücken sehen konnte. Wer immer sein Angreifer war, er wurde komplett von ihm verdeckt. Schon wieder ein Mordanschlag der Zwerge? Er hieb mit aller Kraft auf seinen Gegner ein. Seine Schläge wurden von knurrenden Atemzügen begleitet. Weg war die spielerische Leichtigkeit, die ich auf dem Schlachtfeld bewundert hatte. Das hier war anders. Seine Bewegungen waren gewaltvoller, roher. Mit unerbittlich rotierendem Schwert schien er seinen Angreifer zurückdrängen zu wollen. Und plötzlich sah ich die Klinge, die sich über seine Schulter erhob. Bereit, auf ihn niederzusausen. Er sprang in letzter Minute zur Seite, bevor die Axt ihm vermutlich den Arm abgetrennt hätte, und gab so den Blick auf seinen Gegner frei. Fassungslos starrte ich Lanrina an. Mein Char?! Innerhalb kürzester Zeit schwang sie ihre Waffe erneut hoch über ihren Kopf. In Sekundenschnelle drehte sie sich zu Thosse von Baar um. Hatte ihn sofort wieder im Visier. Mit hoch konzentrierter Miene wich er ihrem nächsten Hieb aus. Kaum war die Axt vor seinen Füßen auf den Boden gedonnert, schlug er mit einem wuchtigen horizontalen Schlag zurück. Wäre sie ein Mensch, hätte er sie geköpft. So blitzte sie nur ein bisschen. Kampfkraft siebenundachtzig Prozent war aber auch echt schwer zu schlagen! Hoffentlich hatte seine Attacke ihr zumindest ein paar Punkte genommen.

In atemberaubender Geschwindigkeit hieb er mehrmals mit dem Schwert auf sie ein. Es nutzte nichts. Unbarmherzig erhob sie wieder die Axt. Erneut ließ er sie ganz nah vor sich nach unten rauschen. Als er zum Gegenschlag ausholend einen Schritt auf sie zukam, drehte sie blitzschnell ihre Waffe und zog sie mit dem Stachel am Griffende eiskalt nach oben. Sein gellender Schrei hallte durch den Wald. Sie hatte ihn getroffen. Mit gekrümmtem Oberkörper wich er stolpernd ihrem nächsten Schlag aus. Sie folgte ihm. Sofort schnellte die Axt wieder weit über ihren Kopf. Panik und Wut schäumten in mir hoch. Dieses Miststück!

Sie war unfassbar stark geworden. Verletzt versuchte Thosse von Baar weiterhin ihre Schläge mit dem Schwert zu parieren. Er schaffte es kaum, obwohl er den Griff inzwischen mit beiden Händen umklammert hielt. Ich konnte sein schmerzverzerrtes Gesicht sehen. An seiner rechten Brust und über der Schulter hingen blutgetränkte Fetzen seines Oberteils. Er würde es nicht schaffen. Seine wütenden, gequälten Schreie drangen wie durch Watte an mein Ohr. Thosse von Baar wird sterben, jetzt und hier, außer …

Schlagartig erkannte ich die einzige Möglichkeit, diesen Wahnsinn zu stoppen. Ich musste durch das Portal gehen und Lanrina abschalten. So schnell ich konnte, schlich ich im weiten Halbkreis um die Kämpfer. Als ich mich vorsichtig hinter Lanrina vorbeistahl, sah ich Thosse von Baar plötzlich mitten ins Gesicht. Ohnmächtige Wut und Anstrengung waren darin deutlich erkennbar. Als er mich ein Stück hinter Lanrina entdeckte, blitzte überraschte Fassungslosigkeit in seiner Miene auf. Offenbar lange genug, um wen auch immer Lanrina steuerte, abzulenken. Sie verharrte in ihrer Bewegung, wirkte, als wollte sie sich in meine Richtung umdrehen. Er nutzte den Moment, stürmte voran und schlug auf sie ein, bis sie unter der Wucht seines entfesselten Zorns zusammenbrach. Ich sprintete zum Portal und sprang.

Mein Zimmer war leer. Irritiert schaute ich auf den Bildschirm. Lanrina kämpfte schon wieder, schien aber geschwächt zu sein. Tatsächlich näherte sich ihre Lebensenergie dem gelben Bereich. Ihre Schläge wirkten nicht mehr so kraftvoll. Jeder Versuch, Lanrina zu steuern, scheiterte. Verzweifelt schlug ich auf die Tastatur. Sie reagierte nicht. Ich konnte mich nicht einmal abmelden. Thosse von Baar kämpfte sie mit schmerzverzerrtem Gesicht ein weiteres Mal nieder. Ihre Lebensenergie war dicht vor rot! Mach sie fertig! Mich hielt es nicht mehr in meinem Zimmer. Ohne daran zu denken, was passieren könnte, wenn er Lanrina umbringen würde, sprang ich zurück.

Als ich ankam, lag sie am Boden. Thosse von Baar stand keuchend auf sein Schwert gestützt davor und ließ sie nicht aus den Augen. Er zuckte nur kurz, als er mich aufkommen hörte. Ich rannte zu ihm.

»Ist sie … tot?«

Er schüttelte den Kopf, während er immer noch nach Atem rang.

Sie hatte nicht einmal einen Kratzer. Lag da, als wäre sie einfach umgefallen. Mit offenen Augen. Kein schöner Anblick!

»Was ist mit ihr?«, fragte ich tonlos.

»Inaktiv«, japste er und sank langsam in die Hocke. Blut lief ihm über den Handrücken.

»Für wie lange?« Panik kroch wie Ameisen aus meinem Inneren und breitete sich kribbelnd über meinem Körper aus. Meine Knie gaben nach. Ich sank direkt neben ihm auf den Boden. Im Zeitlupentempo drehte er mir den Kopf zu. Sein Gesicht war aschfahl, sein Blick leer.

»Wahrscheinlich ein paar Stunden.« Erschöpft schloss er die Augen. Wie viel Blut konnte man verlieren, bevor man das Bewusstsein verlor? *Lernten wir in der Schule auch mal irgendetwas Lebensnahes?*

»Thosse ...« Dieser wimmernde Ton mit der panischen Attitüde wirkte ziemlich trostlos. Nicht der Look, den ich angedacht hatte! Ich schluckte trocken.

»Warte«, keuchte er mit weiterhin geschlossenen Augen. Seine Stimme klang matt. Hilflos starrte ich ihn an. Meine Kehle schnürte sich weiter zu. *Bitte, stirb jetzt nicht!*

Plötzlich wurde Lanrina mehrere Meter von uns wegkatapultiert. Sie knallte mit voller Wucht gegen einen der Bäume. Geschieht ihr recht, der blöden Kuh! Erst nachdem meine Befriedigung über ihre Bestrafung etwas abgeklungen war, erkannte ich, dass Thosse seine Bannmeile wieder aktiviert hatte.

Er richtete sich leise stöhnend auf. Als ich mich ebenfalls hochgerappelt hatte, entdeckte ich die klaffende Wunde direkt neben seinem Schlüsselbein.

»Da... da ist ein ... LOCH ... in deiner Schulter ... und BLUT! Das sieht gar nicht gut aus«, stammelte ich. Er wusste es wahrscheinlich schon. Es wirkte, als würde es höllisch schmerzen.

»Nicht so wichtig!«, stieß er mit zusammengebissenen Zähnen hervor. *Ah, verstehe! Ist nur ein Kratzer!* Dass er kaum atmen konnte, hatte gar nichts damit zu tun.

»Unter Umständen könnte es aber sehr bald wichtig werden!« Er ignorierte meine laienhafte Einschätzung.

»Du musst zum Portal«, ächzte er. *Nein, du musst zum Arzt!*

»Wie? Du kannst …«

»Florentine, geh einfach«, stöhnte er tonlos. Selbst in größter Atemnot schaffte er es, ungehalten zu klingen.

Bitte! Dann kollabier doch!

Wütend stapfte ich zwischen den Bäumen zum Portal. Es funktionierte nicht! Was hoffentlich mit Lanrinas Zustand zusammenhing! Ich ging zu ihm zurück.

»Das Portal ist so inaktiv wie Lanrina!«

Er hatte inzwischen sein Schwert eingesteckt und nickte, als hätte er es nicht anders erwartet. Leicht nach vorne gebeugt und weiß wie die Wand, bot er einen ganz erbärmlichen Anblick.

Kraftlos schnalzte er nach seinem Pferd.

»Was hast du vor?«, fragte ich fassungslos, obwohl ich es bereits ahnte.

»Ich muss nach Shongkliosh«, antwortete er matt. Wie aufs Stichwort trabte sein Rappe an.

»Reiten! Auf diesem schwarzen Teufel! Über die Schlucht! Hast du sie noch alle?« *Vergiss besonnene Stärke! Ich nehm dann doch vollkommen destruktive Hysterie.*

»Keine Alternativen«, nuschelte er. *Könnte sogar stimmen!*

»Und ich?«, fragte ich zaghaft.

»Kommst mit!«, antwortete er, als wäre es selbstverständlich.

Dann glaubte er sicher nicht, dass ich irgendetwas mit dem Angriff auf ihn zu tun hatte. Oder ich tappte gerade in eine ganz fatale Falle.

Es dauerte, bis wir uns auf dem Pferd so sortiert hatten, dass er ohne größere Schmerzen reiten konnte. Ich saß hinter Thosse von Baar und starrte unentwegt auf seinen Rücken, um ihn bei jedem noch so kleinen Zeichen einer Ohnmacht … aufzufangen?

Lächerlich! Er würde uns beide vom Pferd reißen. Aber jeder Schritt, den ich nicht in den halsbrecherischen Abgrund schauen musste, ließ mich glauben, dass alles gut werden würde.

Als vor uns endlich das Tor des Burghofs von Shongkliosh auftauchte, war ich so erleichtert, dass ich mich sogar freute, Efnisien zu sehen. Er kam mit vier Wachen der Leibgarde auf uns zugestürmt. In Windeseile wurde ich unsanft vom Pferd gezerrt. Thosse von Baar schwang sich allein herunter. Kein Laut war von ihm zu hören. Nur an seiner gequälten Miene konnte man ablesen, dass er fürchterliche Schmerzen haben musste. Efnisien bedachte mich mit einem abschätzigen Blick, bevor er dem Sonkuningr zu den Stufen des Eingangstores folgte. Ich beeilte mich, an Thosse von Baars Seite zu kommen. Seine wortlosen, gesichtslosen Wächter waren mir unheimlich. Doch richtig Angst hatte ich vor Efnisien, der sich hier offenbar nur von einem etwas sagen ließ. Mit schleppenden Schritten ging Thosse von Baar die Stufen nach oben. Stumm wurde von zwei Wachen das große Tor aufgehalten. Wir betraten die Burg und ich hatte das Gefühl, endlos durch die Gänge zu schleichen, bis Efnisien mich plötzlich mit ausgestreckter Hand vor einem Tor stoppte. Erschrocken blieb ich stehen.

»Du wartest«, fuhr er mich an und nickte den Wächtern vielsagend zu.

»Nein!«, widersprach Thosse von Baar, der weitergegangen war, mit erstaunlich fester Stimme. Efnisien steigerte sich noch ein bisschen in seinem verkniffenen Gesichtsausdruck. Einer der Leibgardisten öffnete das Tor, ließ Thosse von Baar, Efnisien und mich durch und schloss es wieder. Nun waren wir nur noch zu dritt.

Nervös hüpfte Efnisien neben dem Sonkuningr her und wartete mit deutlicher Ungeduld darauf, dass dieser ihm kaum sichtbar zunickte. Offenbar das Zeichen, sprechen zu dürfen.

»Was ist passiert?«, schoss die Frage sofort aus Efnisien. *Prioritäten? Wie wäre es mit erst helfen, dann fragen?*

»Es war ein Char«, murmelte Thosse von Baar und wirkte leicht benommen. Er konnte sich kaum noch auf den Beinen halten. Schleppte sich stolpernd den Gang entlang. Ich konnte es nicht glauben! Thosse von Baar verblutete, und alles, was diese grüngesichtige Spaßbremse interessierte, war die Schuldfrage.

»Ein Char? Etwa ihr Char?«, kreischte er in hellem Aufruhr. *Hey, ich trag heute Hysterie! Such dir etwas anderes!*

Thosse von Baar nickte nur und stieß eine Tür auf. Wir traten in einen sehr großen Raum. Nicht riesig, kein Saal, aber weitläufig. Überrascht schaute ich mich um. Es waren dieselben groben Natursteinmauern, der gleiche dunkelgraue Steinboden, wie ich ihn bisher überall auf der Burg gesehen hatte. Dennoch sah es hier ganz anders aus. Weniger mittelalterlich, dafür wohnlicher, heller, luftiger. Über die ganze linke Seite zog sich eine Glasfront. Licht flutete bis in den hintersten Winkel des Zimmers. Hatte was von Designhotel in alter Ruine. Klare Linien, geschlossene Formen, wenig Chichi.

»Ihr wurdet von ihrem Char derartig zugerichtet!«, keifte Efnisien. *Vorsicht, sonst schmoren ein paar Lötstellen durch!*

Thosse von Baar hatte sich stöhnend auf einen der acht Stühle fallen lassen, die im vorderen Bereich des Zimmers um einen dunklen Holztisch standen. Er hatte die Augen geschlossen. Sein Atem ging keuchend. Wie viel Willenskraft musste man haben, um sich so weit schleppen zu können. Efnisien schien davon wenig beeindruckt zu sein.

»Was macht sie hier?«, zeterte er und bedachte mich erneut mit einem angeekelten Blick.

»Kommt Cellach?«, fragte Thosse von Baar. Efnisiens Tobsuchtsanfall schien ihn vollkommen kaltzulassen.

»Er ist auf dem Weg«, antwortete Efnisien und schien sich

etwas zu beruhigen. Allerdings beobachtete er mich weiterhin mit seinem stechenden Blick. Ich versuchte böse zurückzuschauen. Ohne nennenswerten Erfolg. Dann gab ich vor, unglaublich an Einrichtungsdetails interessiert zu sein. Vertiefte mich in die genaue Betrachtung des schlichten Metallgeländers der Steintreppe, die an der rechten Seite nach oben auf eine Galerie führte. Efnisien eilte kommentarlos nach oben.

Thosse von Baar saß weiterhin auf seinem Stuhl, rang nach Luft und rührte sich nicht. Er sah nicht aus, als wünschte er sich sorgenvolles Anstarren, bis Hilfe nahte.

Unschlüssig setzte ich meine Besichtigung fort. An der Treppe vorbei kam ich in den hinteren Teil des Zimmers. Ein großer, in die Wand eingelassener Kamin zierte die Rückseite des kleinen Saals. Wo man in einigem Abstand Sofas oder Sessel vermuten hätte können, umschlossen ihn zwei breite, flache Stufen, auf denen unzählige Decken und Kissen lagen. Alle in verschiedenen Grautönen, trotzdem sahen sie nicht zusammengewürfelt aus. Hatte der Sonkuningr einen so sicheren Geschmack oder Hilfe bei der Einrichtung?

Meine weitere Erkundungstour wurde durch donnerndes Klopfen an der Tür unterbrochen. Efnisien, der gerade mit einem Stab, etwas größer als ein dicker Kugelschreiber aus Metall, die Treppe runterkam, eilte sofort hin, um sie zu öffnen. Ein älterer Herr trat ein. Ich erkannte in ihm einen der Begleiter zur Ratssitzung. Ohne ein Wort oder einen Blick für Efnisien oder mich zu erübrigen, stürmte er auf Thosse zu.

»Cellach«, grüßte der den Älteren mit mattem Lächeln.

»Sonkuningr!«, erwiderte Cellach sorgenvoll, fast zärtlich, und besah sich sofort die Wunde. Die sachkundige Art ließ hoffen, dass er mehr als rituelle Wundzeremonien und Schamanentanz draufhatte.

Mit beherztem Zug riss er das Hemd so weit auf, dass die ganze

Schulter freilag. Wahrscheinlich waren die Stoffenden in der Wunde festgetrocknet, denn Thosse von Baars Faust donnerte im selben Moment mit voller Wucht auf den Tisch. Er ließ seinen Kopf in den Nacken fallen und atmete zischend aus.

»Was war das?«, fragte Cellach entsetzt, während er die Verletzung untersuchte.

»Eine Mörderaxt«, knurrte Thosse von Baar mit zusammengebissenen Zähnen.

Cellach hielt überrascht inne und musterte ihn irritiert.

»Mörderaxt? Ein Char?«, vergewisserte er sich erstaunt. Thosse von Baar nickte. Cellach streckte kopfschüttelnd die Hand aus und ließ sich von Efnisien den Metallstab reichen. Als er ihn drehte, begann das eine Ende grüngelb zu leuchten. War das etwa ein Laser? Das hier fühlte sich nicht mehr wie Askendor an. Ehrlich. Das war mehr wie bei uns. In vielleicht 500 Jahren?

»Bereit?«, wollte er wissen und senkte den Stift, als Thosse von Baar nickte. Es zischte und rauchte, roch augenblicklich nach verbranntem Fleisch. Entsetzt sah ich, wie Thosse von Baar sich mit einer Hand an der Tischkante festkrallte. Hörte fassungslos seine erstickten Schreie. Mehrfach stampfte er heftig mit dem Fuß auf, warf den Kopf hin und her, doch die Schulter zuckte kein einziges Mal. Was um alles in der Welt trieb dieser Quacksalber da? *Schon mal was von Narkose gehört?* Wütend sprintete ich auf den Schlachtermeister zu, bereit, ihm seinen Laserpointer aus der Hand zu schlagen. Ich kam genau zwei Schritte weit, dann stellte Efnisien sich mir in den Weg.

»Du bleibst, wo du bist!«, schnarrte er und verzog sein Gesicht zu einem sadistischen Grinsen.

Inzwischen hatte Cellach seine Behandlung abgeschlossen und den Fleischbrenner zur Seite gelegt. Er bewegte Thosse von Baars Arm in alle Richtungen.

»Wie neu!«, stellte er zufrieden fest. Ich versuchte einen Blick auf die Wunde zu erhaschen, doch Efnisien schob sich sofort in mein Blickfeld.

Thosse von Baar erhob sich schwankend.

»Langsam! Ihr habt ziemlich viel Blut verloren!«, mahnte Cellach und wollte ihn stützen. Doch Thosse von Baar ignorierte seinen angebotenen Arm und setzte sich unsicher in Bewegung. Als er auf mich zukam, sah ich die Narbe. Ein fingerbreiter dunkelroter Striemen, der sich von seinem Brustbein bis zur Schulter zog. Das Gewebe war geschlossen. *Was praktizieren die hier? Medizin oder Hexerei?* Nach ein paar Schritten reckte sich Thosse von Baar mit schmerzverzerrtem Gesicht.

»Danke, ihr könnt gehen!« Er schien sich wieder besser zu fühlen. Zumindest seine Stimme klang, als wäre er wieder ganz der Alte.

Cellach deutete eine Verbeugung an und verließ rückwärts gehend das Zimmer. Auch Efnisien brach zögerlich auf. Es widerstrebte ihm eindeutig, seinen Sonkuningr mit der Besitzerin des Mörder-Chars allein zu lassen. Trotzdem gehorchte er ohne Widerspruch.

»Gib mir zwei Minuten!«, bat mich Thosse von Baar, als wir allein waren. Er schnappte sich den Laser und machte sich auf den Weg nach oben. Auf der Treppe zog er sich sein zerfetztes Hemd über den Kopf. Überrascht sah ich ihm nach. Holla, die Waldfee! Diese Kämpferei schien Spuren zu hinterlassen. Ich entdeckte zwei lange Narben, die sich über den breiten Rücken zogen. Und wenn ich schon mal beim Schauen war: Es lohnte sich. War ziemlich gut, was es da zu sehen gab!

Als er auf der Empore verschwunden war, setzte ich meinen Erkundungsgang fort. Unter der Treppe entdeckte ich eine lang gezogene Einbuchtung im Mauerwerk. Es dauerte etwas, bis sich meine Augen an das diffuse Licht gewöhnt hatten. Dann erkannte ich Einzelheiten. *Männerschmuck! Hab ich eine Meinung dazu?* Es gab einen ziemlich wuchtigen offenen Halsreif. An beiden Enden prangte jeweils ein imposanter Keilerkopf. Daneben lag ein Siegelring. Auch nicht gerade das zierlichste Exemplar. In den rechteckigen dunkelgrün schimmernden Edelstein war ein Wappen eingraviert.

Thosse von Baar kam die Stufen heruntergestürmt. Erstaunlich, wie schnell er sich erholt hatte. Ich trat einen Schritt unter der Treppe hervor. Als er auf mich zukam, fiel mir auf, dass er nicht nur ein anderes Oberteil anhatte, sondern offenbar auch sein Haar gewaschen hatte.

Duschen? Hier? Ich wundere mich einfach nicht mehr!

»Was ist das?«, wollte ich wissen und deutete auf die Schmuckkollektion. Er trat näher.

»Das sind die Insignien der Macht. Zumindest das, was davon noch in meinem Besitz ist. Das ist der Torques.« Er deutete auf den Halsreif.

»Sind das Keilerköpfe an den Enden?«, kicherte ich.

»Der Boar ist das Symbol für Kraft, Mut und Siegeswillen. Etwas mehr Respekt, wenn ich bitten darf!«, ermahnte er mich mit gutmütigem Grinsen.

»Es sind Wildschweine!«, stellte ich trocken fest. Er musterte mich immer noch lächelnd und schüttelte nachsichtig den Kopf. Verwundert warf ich ihm einen kurzen Seitenblick zu. War der Kampf auf Leben und Tod tatsächlich ein so fester Bestandteil seines Daseins, dass er danach locker zur Tagesordnung übergehen konnte? Erschreckend!

»Und was ist das?«, wollte ich wissen und deutete auf den Siegelring.

»Der Coel Hen? Das ist der Ring, der die Abstammung unserer Linie besiegelt. Wer ihn besitzt, kann Anspruch auf den Thron von Askendor erheben. Er ist das wichtigste Unterpfand meiner Macht.«

»Da ist etwas eingraviert«, bemerkte ich und verdrehte den Kopf, um es lesen zu können.

»Darf ich?«, fragte ich. Nachdem er nickend zugestimmt hatte, nahm ich den schweren Siegelring und versuchte die Gravur im Inneren zu entziffern.

»Meine Kraft und mein Leben teile ich mit dir«, sagte Thosse von Baar plötzlich. Ich hob überrascht meinen Kopf und musterte ihn irritiert. *Wir teilen Kraft und Leben? Könnte spannend werden.*

»Die Gravur in dem Ring. Es ist auf Tragmäisch geschrieben, du wirst es nicht lesen können«, erklärte er, da ich ihn immer noch wie ein Stummfisch anschwieg.

»Meine Kraft und mein Leben teile ich mit dir«, wiederholte er. »Die Maxime der Herrschenden von Askendor.«

Ach so, schöner Wahlspruch.

Unvermittelt schlug sich Thosse von Baar mit der Faust auf seine Brust und sprach: »Meine Kraft und mein Leben.« Dann fuhr seine Hand auf meine Schulter nieder. *Uff! Ich denke, er ist wieder ganz bei Kräften!* »Teile ich mit dir.« Dabei schaute er mir fest in die Augen. Es war das Begrüßungsritual der Stammesfürstinnen und -fürsten. Doch der feierliche Klang seiner Stimme und sein unergründlich tiefer Blick nahmen mir fast den Atem. Plötzlich erkannte ich den wahren Herrscher in ihm. Es war nicht nur ein Titel. Er war es tatsächlich. Ich konnte es spüren. Sein Stolz, die Erhabenheit und Stärke, seine Solidarität mit dem Land und dessen Einwohnern. Das Wohl Askendors leitete all seine Gedanken und Taten. Durch diese Haltung, nicht durch seine Geburt, hatte er sich den grenzenlos scheinenden Respekt, den ihm hier jeder zollte, verdient.

Um ihn nicht weiterhin ergriffen anzustarren, steckte ich mir den Ring nacheinander auf alle Finger.

»Wem passt der denn?«, wollte ich wissen. Die königliche

Augenbraue zuckte empört, während er mir den Ring vom Daumen zog und ihn sich über den Mittelfinger seiner rechten Hand schob. Er stand ihm! Sah sehr aristokratisch aus!

»Wo sind wir hier eigentlich?«, wollte ich wissen.

»Auf Shongkliosh«, antwortete er schnell, drehte sich etwas zu übereilt weg, um lässig zu wirken, und ging zum Kamin.

»Irgendwie ist hier aber alles anders«, bemerkte ich unnachgiebig und folgte ihm.

Er stockte kurz in seiner Bewegung, bevor er sich auf den Sitzstufen niederließ. »Tatsächlich?«, fragte er und schaute mich erwartungsvoll an. Wollte er etwa Zeit schinden? *Hey, komm mir nicht so! Ich habe dieses Spiel erfunden!*

»Geheimnisse?«, hakte ich nach, während ich mich in gebührendem Abstand neben ihn setzte und versuchte, dabei eine Braue missbilligend nach oben zu ziehen.

So langsam wurde es doch noch was mit der besonnenen Stärke.

»Du bist in dem Bereich von Shongkliosh, in den kein Char jemals kommt«, antwortete er langsam.

»Ich bin ja auch kein Char«, stellte ich sofort richtig. Nicht, dass ich nicht das Gefühl hätte, er wüsste es nicht bereits.

Er lachte bitter auf. »Du dürftest trotzdem nicht hier sein.«

»Wie, nicht hier sein?« Ich schaute mich fragend um.

»Das sind meine Privatgemächer. Laut Protokoll haben hier genau fünf Personen Zutritt.« *Ist ja wie bei mir zu Hause!*

»Warum hast du mich dann mitgenommen?«

»Weil sie dich sonst umgebracht hätten«, bemerkte er ohne erkennbare Regung. *Das ist doch mal ein gutes Argument!*

»Wusste ich doch, dass Efnisien mich am liebsten geköpft hätte«, fuhr ich wütend auf. Dieses wieselgesichtige Ekel. *Wenn ich den zu fassen bekomme, gibt's was auf die Schaltkreise.*

»Er hätte jedes Recht dazu«, murrte Thosse von Baar vollkommen ernst. *Hey, auf welcher Seite stehst du?*

Ich musterte ihn beunruhigt. Kein gutmütiges Lächeln erhellte seine finstere Miene.

»Dir ist schon klar, dass ich das nicht war?«, fragte ich unsicher und schaute ihm direkt in die Augen. Ohne mit der Wimper zu zucken, hielt er meinem Blick stand.

»Sonst würdest du wohl kaum hier sein«, erwiderte er missmutig.

»Warum hast du Lanrina diese riesige Axt gegeben?« Eine Frage, die mich schon die ganze Zeit beschäftigte. »Kampfkraft siebenundachtzig Prozent, das musste ja ins Auge gehen«, murmelte ich vor mich hin und schüttelte den Kopf.

»Moment«, polterte er los und sprang wie von der Tarantel gestochen auf. »Sie hatte siebenundachtzig Prozent Kampfkraft?« Ich nickte stumm. Seine Augen verengten sich.

»Das erklärt einiges! Und wie kannst du nur glauben, dass ich einem Char eine Waffe geben würde?«, ereiferte er sich wütend.

Zornig stiefelte er vor mir auf und ab. Eines war vollkommen klar: Irgendjemand hatte die Verbindung von Lanrina zu Thosse von Baar entdeckt. Und den dringenden Wunsch, ihn umzubringen. *Finn?! Bitte nicht!*

Plötzlich blieb er stehen, drehte sich abrupt zu mir und fauchte: »Wer spielt da mit?«

»Das weißt du besser als ich, irgendwelche dreizehn Millionen oder so!«, stammelte ich.

Schon klar! Nicht die intelligenteste Antwort.

»Auf deinem Account«, ergänzte er ungehalten. »Wer hat alles auf deinen Account Zugriff?«

»Ehhm, warte, mal nachdenken. Ich …«, begann ich. »… du …«, grinste ich.

»Ah, sehr witzig!« *Oh, er hat sogar die Muße, sarkastisch zu werden.* »Ich kann mich ja wohl schlecht selbst angreifen«, brummte er mürrisch.

»… Paula …«, setzte ich meine Liste fort.

»Paula?«, hakte er sofort nach. Seine Stimme klang, als hätte er die Schuldige bereits gefunden. *Vergiss es!*

»Sie war es sicher nicht. Sie kann in dem Spiel nur mit Müh und Not geradeaus gehen«, verteidigte ich sie.

»Warum hat sie Zugriff auf deinen Char?«, hakte er gereizt nach.

»Sie ist mein Rettungsanker!«

»Dein was?« *Kein Grund, laut zu werden!*

»Rettungsanker! Falls ich nicht mehr aus dem Spiel herauskomme, würde sie den Suchtrupp organisieren.« *Lies zwischen den Zeilen! Wenn deine Leute es wagen sollten, mir ein Haar zu krümmen, bekommen sie es mit ihr zu tun.*

»Du hast einen Rettungsanker, der sich nicht bewegen kann?«, fragte er mit weit nach oben gezogener Augenbraue.

Spar dir den Kommentar. Themenwechsel!

»Du kontrollierst hier doch irgendwie alles. Kannst du nicht sehen, wer Lanrina gesteuert hat?«, wollte ich wissen.

Er schüttelte nachdenklich den Kopf und setzte sich mindestens zwei Meter von mir entfernt wieder auf die Bank. »Ich kann ihr UDP nicht abrufen, solange sie inaktiv ist.«

»UDP?« *Unsinnige Denkprozesse?*

»Das Datenprotokoll jedes Users«, erklärte er mir mit einem Anflug von Ungeduld.

»Du kannst dich mit deinen Gedanken in das Verlaufsprotokoll jedes Chars loggen?«, fragte ich dann doch etwas verwundert nach.

»Solange er aktiviert ist«, ergänzte er.

Na, das ist doch mal eine Perspektive.

»Wie lange wird Lanrina noch abgeschaltet rumstehen?«, wollte ich wissen. Schließlich hatte ich Pläne für heute Nachmittag!

Er zuckte mit den Schultern. »Dürfte nicht mehr allzu lange dauern. Ich bringe dich zurück.«

Als wir auf den Platz des Hohen Rates ritten, hatte sich Lanrina bereits wieder aktiviert. Es gab keinen Hinweis, dass sie fremdgesteuert wurde. Alle Zeichen sprachen dafür, dass mein Portal funktionieren würde. Thosse von Baar ließ die Pferde direkt davor anhalten und schwang sich aus dem Sattel seines Hengstes. Mehr als die volle Rüstung, die er angelegt hatte, irritierte mich sein gesattelter Rappe. Bisher hatte ich ihn nur auf dem bloßen Pferderücken reiten sehen. Mit gerunzelter Stirn sondierte er das Gelände.

»Alles in Ordnung?«, fragte ich ihn vorsichtig. Entspannt war anders. Er nickte. An einem der Bäume entdeckte ich Lanrina, das gemeingefährliche Scheusal.

»Wenn du durch das Portal bist, meldest du sie nicht ab, verstanden?« *Ja, aber erklär's mir noch mal! Ich höre deine Stimme so gern!*

Ich spürte bereits den leichten Windhauch. Er ließ Lanrina nicht aus den Augen. Eine Bewegung von ihr und sie wäre Schrott. Der Sog wurde stärker. Gleich würde es mich durch das Portal ziehen.

»Thosse ...?« Er reagierte nicht. Ich merkte bereits, wie ich leichter wurde.

»Thosse!« Mehr aus Reflex griff ich nach seiner Hand. Spürte das glatte Leder seiner Handschuhe, die Berührung und plötzlich den Druck seiner Hand, die meine umfasste. Ich konnte es nicht glauben. Er war nicht zurückgezuckt. Dann wurde der Sog stärker und zog mich weg. Es wurde dunkel. Noch während des Sprungs hatte ich das Gefühl, seine Hand auf meiner zu spüren.

Mit einer eleganten Rolle wollte ich mich abfedern, stieß aber gegen eine Wand und klatschte wie ein Maikäfer einfach auf den

Rücken. Ungelenker als bei meinem allerersten Sprung. Hatte ich vorhin den Computer verschoben? Dann hörte ich neben mir ein Stöhnen. Ich war sofort auf den Beinen. Er war schneller, hatte bereits sein Schwert gezückt und ließ es bedrohlich vor sich kreisen. Noch nie war mir mein Zimmer so klein vorgekommen. Ich drückte mich gegen die Kante meines Schreibtisches.

»Thosse?«

Er zog in der Drehung das Schwert hoch über seinen Kopf.

»Thosse! Ich bin's! Florentine!«, brüllte ich in Todesangst. Ich kannte seine Reaktionszeit. Für einen Moment fühlte es sich so an, als würde die Welt sich in Zeitlupe drehen. Er sah mir direkt in die Augen. Blind. Ohne ein Zeichen des Erkennens. Ich hörte mich ein zweites Mal seinen Namen kreischen! Kurzes Zögern. Schneller Blick nach links und rechts. Endlich ließ er sein Schwert sinken. Erleichtert atmete ich auf. Meine Knie wurden weich. Ich lehnte mich schwer gegen den Rand meines Schreibtisches. Er richtete sich auf, schob sein Schwert zurück und drehte sich langsam um seine Achse.

»Wo sind wir?«, fragte er überrascht, als ich wieder in sein Blickfeld kam.

Schätze, das mit dem Zurückbringen hat er nicht ganz so wörtlich gemeint.

»Bei mir zu Hause, in meinen Privatgemächern«, antwortete ich vorsichtig. Er schaute sich noch einmal in Ruhe um. Dann grinste er mich plötzlich an.

»Nett!«

Unerwartete Reaktion. Aber ehrlich, wann überrascht er einen mal nicht?

»Wie bist du durch das Portal gekommen?«, wunderte ich mich.

»Das ist allerdings seltsam«, murmelte er.

»Seltsam« höre ich gar nicht gerne!

»Was?«, fragte ich alarmiert.

»Es gibt sie tatsächlich.« Verwundert schaute er sich um.

»Was?«

»Doppelportale. Ich habe bislang nur davon gehört«, murmelte er überrascht.

»Was, bitte schön, ist ein Doppelportal?«, fragte ich skeptisch, denn es klang nach nichts, was ich unbedingt haben wollte.

»Eine Pforte, die von beiden Seiten benutzt werden kann.«

»Wir können also beide mit meinem Portalschlüssel hin und her springen?« *Wozu die Aufregung? Hört sich doch nach jeder Menge Spaß an!*

»Nein, das ist ja das Merkwürdige. Für ein Doppelportal brauchst du eigentlich einen Adapter, das wäre dein Char, und zwei Schlüssel ...«, erklärte er nachdenklich.

Oh, nein! Wir brauchen einen Portalschlüssel? Nicht schon wieder!

»Du musst sofort wieder zurück!«, entschied ich und ergriff seine Hand. Kaum kam ich in die Nähe des Bildschirms, spürte ich den Sog. Der Sonkuningr hingegen blieb wie festzementiert stehen.

»Florentine, ich reiß dir die Hand ab«, hörte ich ihn rufen, bevor er mich losließ. Sofort zog es mich durch das Portal auf die andere Seite. Verdutzt rappelte ich mich hoch und schaute mich suchend um. Irgendwo hier musste dieser bescheuerte Portalschlüssel liegen.

Nah genug am Portal, dass Thosse durchgehen konnte. Da war aber nichts! Rein gar nichts, das auch nur im Entferntesten ein Item sein könnte. *Schlimmer als die berüchtigte Suche nach der Nadel im Heuhaufen.* Apropos Heu: Wo waren die Pferde? Kaum war der Kongeson außer Landes, gingen sie schon auf Wanderschaft? Diese treulosen Tomaten!

Plötzlich kam ich mir beobachtet vor. Lanrina? Hatte sie noch ihre Mörderaxt? In Zeitlupe drehte ich mich zu ihr um. Nein, sie stand brav an ihrem Platz. Das Gefühl, angestarrt zu werden, blieb. Ich hob den Blick und zuckte augenblicklich zusammen. Große grüne Augen, die mindestens so fassungslos schauten, wie ich mich fühlte. Eine steile Falte auf der Nasenwurzel. Thosse. Ich konnte ihn sehen. Meine Güte, war das unheimlich. So schnell ich konnte, rannte ich zum Portal und sprang. Thosse konnte sich mit einem Schritt zur Seite retten. Ansonsten wäre ich Kopf voran im Hechtsprung in ihn reingeknallt.

»Ich habe dich gesehen«, japste ich atemlos.

»Ich dich auch!«, grinste er. *Ja, du Nase, das ist normal. Andersherum ist es schauerlich.*

Er hatte es sich inzwischen schon gemütlich gemacht und die Handschuhe ausgezogen. Sie lagen neben meinem Laptop.

»Du bist nicht zu Tode erschrocken, als du mich das erste Mal gesehen hast?«, stammelte ich.

»Nein, ich lebe ja noch«, lachte er. *Entspannter Umgang mit mysteriösen Erscheinungen? Eindeutig sein Metier!*

»Du musst zurück!«, fiel mir plötzlich wieder ein. Panisch ergriff ich sein Handgelenk. Es hatte sich nichts geändert. Mich zog es sofort weg. Er blieb wie angewurzelt stehen. In Ermangelung weiterer Alternativen versuchte ich es verzweifelt noch ein paar Mal. Bis Thosse mich von dem Portal wegzog und unwirsch meine Hand von seiner löste. Er hatte mehrere Kratzer auf dem Handrücken. »Hör auf, sonst verliert einer von uns seine Hand!«, warnte er mich. In blindem Aktionismus schnappte ich mir sein anderes Handgelenk und zerrte ihn wieder vor den Bildschirm. Er musste hier weg. Egal wie. Und wenn ich ihn in Scheibchen geschnitten durch den USB-Port zurückschieben musste. Hier konnte er auf keinen Fall bleiben. Jetzt war offiziell Alarmstufe Rot!

»Florentine, Schluss, es funktioniert nicht!«, herrschte er mich plötzlich an.

»Das kann nicht sein!«, kreischte ich panisch und versuchte ihn wieder Richtung Portal zu bewegen. Er blieb einfach stehen.

Verzweifelt stampfte ich mehrfach mit dem Fuß auf und legte einen hysterischen Anfall erster Klasse hin. *Nichts, worauf ich stolz bin, aber im Augenblick der nackten Panik passiert das schon mal!* Er ertrug meinen Ausraster mit stoischer Gelassenheit.

»Entspann dich! Wir werden eine Lösung finden!«, beschwor er mich.

»Du sitzt hier fest!«, stöhnte ich entsetzt, beruhigte mich aber. *Es hilft ja nichts!*

»Bis wir meinen Portalschlüssel gefunden haben!«, ergänzte er.

Optimismus ist jetzt echt fehl am Platz. Ich hatte meinen Schlüssel zwei volle Wochen gesucht und ihn eher zufällig gefunden. Wo, bitte schön, sollte ich ihn so lange verstecken? Ich war mir ziemlich sicher, dass ich keine virtuellen Freunde daheim einquartieren durfte. Männlich, volljährig und Schwertkämpfer wären für meine Mutter schon bei realen Menschen unabänderliche Ausschlusskriterien.

»Wie stellst du dir das vor? Ich wohne bei meinen Eltern. Da quartiert man nicht schnell mal einen … einen … dich ein!«

»Alternativen?«, fragte er vorsichtig. Langsam legte sich der unkoordinierte Gedankensturm in meinem Gehirn. Er hatte recht, ich dachte in die falsche Richtung. Mir fielen unzählige Gründe ein, warum er unbedingt verschwinden musste. Und fast alle fingen mit ›Meine Mutter …‹ an. Aber wenn man die Tatsache, dass er hier festsaß, akzeptierte, gab es durchaus Möglichkeiten.

»Wir werden es auf keinen Fall allein schaffen!« Auch wenn ich noch nicht wusste, wie, so war mir zumindest vollkommen klar, mit wessen Hilfe.

Ich schnappte mein Telefon und wählte.

16

»Mindestens fünfzig Schweine warten auf ihre Vollendung!«, meldete sich Paula.

»Der menschenvernichtende Zyklop ist gelandet«, raunte ich so leise wie möglich in mein Handy. Thosse stand mit dem Rücken zu mir am Fenster. Er reagierte nicht.

»Der Kongeson! Echt jetzt?«, stammelte Paula nach einer Schrecksekunde.

»Jepp! Und er kommt nicht mehr zurück.«

»Nie mehr?« *Bitte keine Worst-Case-Szenarien!*

»Das wissen wir nicht. Momentan sitzt er hier fest. Paula, du musst mir helfen«, jammerte ich, so leise ich konnte.

»Klar! Wie?« *Bau sofort eine Brücke nach Askendor!*

»Wir brauchen ein paar Tage und solange müssen wir ihn irgendwo verstecken.«

»Den Kongeson? Verschwinden lassen? Möchtest du es nicht lieber erst mal mit was Einfacherem probieren? Der Freiheitsstatue zum Beispiel?« *Hey, nicht so destruktiv!*

»Keine Zeit zum Üben. Krisenintervention! Jetzt!«

»Okay! Was brauchen wir?«

»Frei von der Seele weg? Ohne genau zu wissen, wie es funktionieren soll?«, fragte ich unsicher.

»Ja, spuck schon aus!«

»Eine Tarnkappe!«

»Was noch?« *Hat sie jetzt ernsthaft ›Tarnkappe‹ notiert?*

»Einen Platz, wo er die nächsten Tage unbemerkt bleiben kann«, überlegte ich weiter.

»Nicht logisch, wenn du schon eine Tarnkappe hast, aber ich weiß, was du meinst.« *Super, ich hab nämlich keine Ahnung!*

»Alles klar, ich stelle ein Team zusammen und bin in zehn Minuten bei dir!« *Hallo, UNO, NATO und andere krisengeschüttelte großbuchstabige Vereinigungen, ich kenne die Lösung all eurer Probleme!*

»Du bezeichnest mich als ›menschenvernichtenden Zyklopen‹?«, fragte Thosse lauernd, während er sich langsam zu mir umdrehte.

»Nicht dich persönlich!«, rechtfertigte ich mich. *So nenne ich alle imaginären Mensch gewordenen Königssöhne, die ich kenne!*

»Natürlich«, erwiderte er nicht ohne Sarkasmus.

»Gleich kommt eine Freundin von mir. Eine wirklich sehr, sehr gute Freundin«, erklärte ich ihm mit eindringlicher Stimme. *Will sagen, du wirst ihr nichts tun.*

Er nickte. Ich war mir nicht sicher, ob er sich seiner Wirkung auf Fremde bewusst war. Deshalb legte ich noch mal nach.

»Sie ist eine der wichtigsten Personen in meinem Leben ... und sie ist, wie du und ich, menschlich. Es ist also nicht nötig, sie aufzuschlitzen, um nachzuschauen, ob sie blutet. Du wirst sie weder angreifen, bedrohen, anschreien noch rumkommandieren! Hast du das verstanden?«

Fast augenblicklich straffte sich sein Rücken. Er richtete sich auf und verschränkte die Arme vor seiner Brust. Sein Blick wurde giftig grün und schien mich fast zu durchbohren.

Oh, oh, unentspannte Reaktion im Anmarsch!

»Foltern?«, knurrte er leise zwischen seinen leicht gefletschten Zähnen hindurch. Ich schnappte entsetzt nach Luft. Was hatte ich mir da nur eingebrockt!

»Nicht mal ein bisschen?«, grinste er plötzlich.

Oh, nein! Erneut vom Kongeson verglatteist! Ich fasse es nicht!

»Nicht witzig!«, fauchte ich. Mir wären noch ganz viele böse Beschimpfungen eingefallen, aber sein Lachen wischte sie einfach weg.

»Das war gemein!«, motzte ich, als er sich wieder beruhigt hatte.

»Ich finde es super! Du siehst immer aus, als würdest du damit rechnen, gleich aufgefressen zu werden!«

Sehr gut erkannt!

»Ach ja? Grundloses Zu-Tode-Erschrecken? Darauf stehst du?«, giftete ich halbherzig und musste mir das Lächeln bereits verkneifen. Seine sorglose Ausgelassenheit war ziemlich ansteckend.

»Das war nicht grundlos. Das war für den menschenvernichtenden Zyklopen«, grinste er gewinnend. Es funktionierte. Ich konnte ihm nicht böse sein und strahlte zurück.

Es klingelte.

»Das ist Paula. Ich lasse sie schnell rein und du wirst nett und freundlich zu ihr sein«, ermahnte ich ihn.

»Paula, der Rettungsanker, der nicht geradeaus gehen kann?«, fragte er listig, als ich bereits an der Tür war.

Ruckartig drehte ich mich um. Dieses Mal kassierte er den Mörderblick von mir und konnte ihn problemlos deuten. Sofort hob er entschuldigend die Hände. »Schon verstanden. Kein Schlachten, Morden, Töten oder Verletzen der besten Freundin! Auch nicht im Spaß!« *Sehr gut. Er merkt, wann Schluss mit lustig ist!*

»Wo?«, wollte Paula wissen und drängelte sich ungeduldig an mir vorbei.

»Oben in meinem Zimmer«, antwortete ich und wich ihren Stiefeln, die sie sich von den Füßen schleuderte, aus. Noch in Jacke, Schal und Handschuhen stürmte sie nach oben.

»Übrigens wird heute noch Gangnam Style getanzt. Psy hat Geburtstag«, eröffnete sie mir auf der Treppe. *Was immer du wünschst, meine unerschrockene Mitstreiterin!*

Ungestüm riss sie meine Zimmertür auf, blieb augenblicklich wie angewurzelt im Türrahmen stehen und erstarrte. Was hatte er jetzt schon wieder angestellt? Nervös schob ich mich hinter sie und linste über ihre Schulter in mein Zimmer.

Zur Abwechslung war er unschuldig. Er stand einfach nur regungslos am Fenster. Groß, schwarz, imposant. Immer noch bewaffnet und in voller Rüstung. In den Weiten von Askendor war er eine beeindruckende Erscheinung. Hier, in meinem relativ kleinen Zimmer, wirkte er übermächtig und echt bedrohlich. Ich versuchte Paula sanft in den Raum zu schieben. Sie widersetzte sich. Damit hatte ich nun überhaupt nicht gerechnet. Thosse musterte sie inzwischen mit seinem majestätischen Mir-kann-keiner-Blick und Paula spielte Statue im Türrahmen. *Kinder, ihr macht mich echt traurig!*

Ich schob mich an ihr vorbei und stellte mich zwischen die beiden.

»Paula?! Darf ich dir Thosse von Baar vorstellen?«

Steif, wie eine Puppe, stakste sie auf ihn zu. Ihre Überwindung, sich ihm zu nähern, war nicht zu übersehen. Plötzlich schnellte ihre Hand nach vorne.

»Hi, ich bin Paula!« Ihre Stimme klang etwas zaghaft, ansonsten war sie bewundernswert souverän. Überrascht ergriff er ihre Hand.

»Thosse von Baar«, murmelte er irritiert.

»Keine Sorge, das ändern wir noch«, versprach sie und versuchte ein schüchternes Lächeln. Er warf mir über ihren Kopf hinweg einen fragenden Blick zu. Ich zuckte nur mit den Schultern.

Paula ließ sich nicht beirren, drehte sich zu mir um und strahlte: »Ich hab einen Tarnmantel. Natürlich keinen echten. Dazu reichte die Zeit jetzt wirklich nicht …« *Ach, es liegt nur an der Zeit?* »… aber einen symbolischen.«

»Aha! Was verstehen wir darunter?«, wollte ich wissen.

»Ganz einfach …« *Sicher nicht, aber sprich weiter!*

»Ihn zu verstecken, ehrlich, Flo, das ist lächerlich. Wo willst du zwei Meter von ihm …«, blitzschnell warf sie einen ungläubigen Blick in seine Richtung, »… abstellen, ohne dass es einen Menschenauflauf gibt? Deshalb ist er ab heute …«, sie strahlte mich an, als hätte sie im Alleingang sämtliche Probleme der nächsten Marsmission gelöst, »… Tom der Austauschschüler!«

»Tom der was?«, entfuhr es mir, obwohl ich befürchtete, richtig gehört zu haben.

»Der Austauschschüler. Ohne fiese Waffen, das düstere Outfit und die finstere Aura. Wir verpassen ihm eine Rundumerneuerung. Er wird aussehen, als ginge er in die Oberstufe … als Gastschüler.« *Das wird spaßig werden. Als wollte man Darth Vader in Peter Pan verwandeln.*

»Und wie schaffen wir das?«, wollte ich wissen, während ich Thosse skeptisch betrachtete. Noch hatte ich Probleme, den Durchschnittsschüler in ihm zu entdecken.

»Mit zeitgemäßerer Kleidung, einem Haarschnitt …«

»Nein! Niemals!«, fiel Thosse ihr donnernd ins Wort. Paula zuckte zusammen und drehte sich langsam zu ihm um.

Schlechter Zeitpunkt, um speziell zu werden!

Die Zornesfalte zwischen seinen Augenbrauen signalisierte deutlich, dass dieser Punkt nicht verhandelbar war.

»Aber …«, begann Paula. Er blitzte sie wütend an. Sie klappte den Mund wieder zu, hielt aber seinem Blick stand. In die Pattsituation hinein schrillte die Haustürklingel.

»Das ist Marc. Er bringt Kleidung für Tom, den langhaarigen Austauschschüler!«, teilte uns Paula mit und schenkte Thosse ein giftiges Lächeln. Er quittierte es mit einem huldvollen Nicken. *Ich kann es bereits fühlen! Die zwei werden noch ganz dicke Freunde!*

»Marc kommt?«, hakte ich irritiert nach. »Ich wollte eigentlich nicht die ganze Oberstufe einweihen!«

Paula schüttelte den Kopf. »Wir brauchen Hilfe, und wenn ich jemandem außer dir vertraue, dann ist er es!«

»Okay, soll ich ihm aufmachen?«, bot ich an, als es wiederholt klingelte.

»Nein, ich geh schon. Er hat noch keine Ahnung, in was er hier reingerät. Ich brauch ein paar Minuten«, erklärte sie uns, während sie sich auf den Weg machte.

»Sorg dafür, dass er Marc nicht zu Tode erschreckt«, wisperte sie mir im Rausgehen zu.

»Wo waren nett und freundlich?«, fuhr ich Thosse streng an, als ich sie die Stufen nach unten poltern hörte.

»Wer?«, fragte er ehrlich verwirrt.

»Charmantes, gewinnendes Lächeln? Freundliches ›Hallo‹? Der Versuch, nett und weniger bedrohlich auszusehen?«, zählte ich auf und sah ihm dabei fest in die Augen.

Ohne weiter auf meine Auflistung einzugehen, öffnete er die Schließe seines Capes, zog es sich von den Schultern und warf es über den Stuhl. Dann löste er die gekreuzten Brustgurte mit seinen Rückenschwertern und reichte sie mir.

»Was wird das?«, fragte ich verblüfft, als ich sie entgegennahm.

»Der Versuch, weniger bedrohlich auszusehen«, brummte er friedfertig und zwinkerte mir zu. Am liebsten wäre ich ihm um den Hals gefallen.

Nur in Gedanken! Kein Grund, rot zu werden! Ich drehte mich schnell um und legte die Waffen auf meinem Schreibtisch ab. Zwei tiefe Atemzüge später war ich wieder in der Lage, ihm in die Augen zu schauen. Er streckte mir bereits den Gurt mit seinem Langschwert entgegen. Es war leichter, als es aussah. Ich konnte nicht widerstehen und zog es aus der Scheide. Kaum erklang das Ziehen der Klinge, hob Thosse alarmiert den Kopf. Als er sah, dass ich mich mit seinem Schwert abmühte, beobachtete er mich belustigt.

»Das ist ein Anderthalbhänder. Den führt man nicht wie einen Säbel«, erklärte er mir, während er Brustpanzer und Kettenhemd ablegte.

Vorsichtig trat er hinter mich, streckte seinen rechten Arm über meine Schulter und legte seine Hand über meine um den Griff.

Uff, immer Probleme mit Nähe und plötzlich so dicht?

Dann nahm er meine linke Hand, die ich nach hinten streckte, und führte sie zum Knauf.

Nein, er hält dich nicht in seinen Armen! Schön weiteratmen! Mithilfe seines Körpers drehte er mich aus meiner seitlichen Fechthaltung und erzählte etwas von einer frontalen Verteidigungslinie. Umsonst! Mein Blut schoss so wild durch meinen Körper, dass ich nur noch ein Rauschen hörte. Während seiner Erklärungen schwang er das Schwert in unterschiedlichen Linien vor meinem Körper. *Führungshand? Parierstange? Dachhieb? Stabilisation im Schlag? Who cares?* Viel atemberaubender war diese Nähe! Seine Hände auf meinen! Das tiefe Brummen seiner Stimme an meinem Rücken! Sein Geruch! Meine ganze Konzentration ging dafür drauf, zumindest den Anschein unbeeindruckter Geschmeidigkeit zu wahren.

»Flo?!«, hörte ich Paulas Stimme weit entfernt. *Nicht jetzt! Bin beschäftigt!* Sofort ließ er mich los und trat einen Schritt zur Seite. Ich drehte mich zur Tür, wo ich nach einigem Blinzeln Marc und Paula erkannte.

Marc trug lässig eine Sporttasche über der Schulter und musterte uns feixend. Paula stand schräg hinter ihm und durchbohrte mich fast mit fragenden Blicken. *Konzentration! Wo sind wir? Wie heiße ich?* Sehr schleppend setzte mein Verstand wieder ein.

»Ähm, Thosse, das ist Marc. Marc, Thosse«, stellte ich die beiden stammelnd einander vor.

»Hi! Schön, dich zu treffen!«, grüßte Marc betont munter und versuchte das riesige Schwert, das ich hielt, zu ignorieren. Thosse erwiderte freundlich lächelnd: »Hallo!«

Ich konnte nicht anders und strahlte wie ein Honigkuchenpferd. Es war alles dabei: freundliches Hallo, charmantes Lächeln, keine Bedrohung! Er strengte sich wirklich an!

Marc musterte ihn aufmerksam. Der Sonkuningr ließ es ohne eine Miene zu verziehen geschehen. Kein Zweifel, Marc wusste genau, wen er vor sich hatte. Dafür reagierte er absolut tiefenentspannt. *Ein echter Konge eben!*

»Du brauchst Klamotten?«, fragte er, als er seine Inspektion beendet hatte. Tatsächlich, die Größe könnte passen. Thosse war höchstens ein paar Zentimeter größer als Marc. *Guter Blick, Paula!*

»Anscheinend«, antwortete Thosse ausweichend.

Marc stellte seine Tasche vor sich auf den Boden und war im Begriff, den Reißverschluss zu öffnen, als er unsicher innehielt.

Nervös trat ich von einem Fuß auf den anderen. »Wir müssen dich tarnen. Es geht nicht, dass du hier als Thosse von Baar rumläufst«, erklärte ich dem Sonkuningr ungeduldig und ignorierte seinen trotzigen Gesichtsausdruck.

»Warum?«, fragte der mit bedrohlichem Unterton.

»Weil es besser wäre, wenn keiner weiß, woher du kommst«, mischte sich Paula ein.

»Besser für wen?«, hakte er unbarmherzig nach. Ich warf Marc, der immer noch unentschlossen vor seiner Sporttasche hockte, einen hilflosen Blick zu. Er richtete sich langsam auf und wandte sich Thosse zu.

»Die Menschen haben eine sehr eingeschränkte Sicht auf das, was sie für wahr halten. Und sie können ziemlich ungemütlich werden, wenn sie etwas nicht verstehen. Davor wollen wir dich schützen«, erläuterte er ruhig.

Thosse nickte und warf mir einen vorwurfsvollen Blick zu. »Siehst du, er kann es erklären.«

Ja, ganz toll, schlag ihn zu einem deiner Ritter!

Es klingelte schon wieder. *Wie viele unerschrockene Mitglieder hat denn unser ›Rettet-den-Kongeson‹-Team?*

»Das wird Julien sein!«, mutmaßte Paula und drehte sich zum Gehen.

Thosse bekam von Marc drei dunkle Hoodies ausgehändigt, die er sofort eingehend inspizierte. Die beiden dürften vorerst beschäftigt sein. Ich beeilte mich, hinter Paula herzukommen.

»Alte Hummel, der ist unglaublich!«, entfuhr es ihr, als ich sie auf der Treppe eingeholt hatte.

Ach, echt? Ist mir noch gar nicht aufgefallen?!

»Er ist ganz interessant«, gab ich zögerlich mit leuchtend rotem Kopf zu.

»Ja, sicher doch, Schatzi! Und der Mount Everest ist ein kleiner Hügel!« Es klingelte erneut.

»Ahnt Julien, was da auf ihn zukommt?«, wechselte ich schnell das Thema.

»Nö! Aber dieses Mal bist du dran, dir zu überlegen, wie du es knackig rüberbringen kannst«, grinste Paula und hatte bereits ihre Hand auf der Klinke.

»Überraschung, wir haben einen tollen Download?«, schlug ich vor.

»Ja, das klingt gut. Probier das mal«, riet sie mir, riss die Tür auf und begrüßte Julien.

»Hi, super, dass du da bist!«

»Paula? Flo? Was gibt es so Wichtiges, dass ich alles stehen und liegen lassen musste?«, fragte er leicht missgelaunt. »Ist ja nicht so, dass heute Abend an die hundert Leute Party bei uns machen wollen«, brummte er und klopfte sich den Schnee von den Schuhen und der Jacke, bevor er ins Haus kam.

»Ich geh mal Tee kochen!«, schlug Paula mit verschwörerisch wissendem Lächeln vor und verschwand in die Küche. *Bunjeejumpende Erdhörnchen könnten nicht auffälliger sein!*

Julien schaute mich zweifelnd an. »Okay, spuck's aus! Was hat die Wahnsinnige schon wieder ausgefressen?«, forderte er mich auf, während er seine Jacke an die Garderobe hängte.

»Ehrlich gesagt bin ich dieses Mal diejenige, die Hilfe braucht«, stammelte ich. Er stopfte seine Mütze in die Jackentasche. Erstaunt hielt er inne und drehte sich zu mir um.

»Du?«, vergewisserte er sich ehrlich überrascht.

Was? Bin ich etwa zu langweilig für Schwierigkeiten?

»Kennst du das Spiel Askendor?«

»Ja, aber ich bin total schlecht darin«, antwortete er zögerlich.

»Thosse von Baar?«, fragte ich unbeirrt weiter.

Er nickte langsam. »Schon mal gehört.«

»Super, er ist oben und probiert gerade die Klamotten von Marc an!«, jubelte ich.

Na, das war doch jetzt wirklich nicht schwer, oder?

»Moment!«, hakte Julien nach. »Thosse von Baar ist eine Spielfigur aus einem MMORPG.« Sehr gut, er schien sich auszukennen. *Solche Leute brauchen wir.*

»Genau«, stimmte ich ihm zu. Paula erschien an der Tür zur Küche.

»Julien, möchtest du deinen Tee mit Zucker, Zitrone, Milch oder Valium?«

Er starrte fassungslos von einer zur anderen.

»Was ist das hier? Versteckte Kamera?« Suchend schaute er sich im Flur um.

»Nein, ehrlich. Komm mit hoch, dann lernst du ihn kennen«, bot ich ihm an. Unsicher folgte er mir nach oben.

Ich öffnete die Zimmertür. Mein Blick fiel auf Marc. Er hielt ein weißes T-Shirt und einen dunkelblauen Hoodie in seiner Hand. Neben ihm stand Thosse. Zwar nur mit einer Jeans bekleidet, doch unverkennbar der Sonkuningr.

»Heiliges Kanonenrohr, das haut ja die stärkste Mieze vom Baum!«, entfuhr es Julien, sobald er ihn entdeckt hatte. Dann Sendepause. Hypnotisiertes Starren.

»Ich hab dir doch gesagt, dass es mit den beiden nie langweilig wird!«, begrüßte ihn Marc lachend.

Thosse schlüpfte in das T-Shirt und den Hoodie. Erstaunlich, wie sehr er sich verändert hatte. Barfuß, in Jeans und Sweatshirt, sah er tatsächlich nur noch lässig aus. Seelenruhig zog er sich das Haar aus dem Halsausschnitt, schüttelte seine schwarze Mähne und erwiderte stumm Juliens entsetzten Blick.

»Wo habt ihr ihn her?«, raunte der mir zu und klang dabei, als würde er über einen zugelaufenen Hund reden.

»Ach, weißt du, irgendwelche Portale, jemand hat seinen Schlüssel verschusselt, zweimal falsch im Spiel abgebogen, schon waren wir hier!«

Begnüg dich mit: ›Es ist kompliziert‹!

»Und er ist sicher *der* Thosse von Baar?«, fragte er leise weiter.

»Ja, ganz sicher, und zwar mit einem exzellenten Gehör!«, mischte sich der Sonkuningr ungehalten ein. Gespräche über seinen Kopf hinweg dürften eine völlig neue Erfahrung für ihn sein. Juliens Augen weiteten sich entsetzt beim Klang der ungeduldigen Herrscherstimme.

Genau im richtigen Moment klapperte Paula mit einem Tablett voller Teetassen ins Zimmer. Als wären es ein paar Staubkrümel, wischte sie mit einer schnellen Bewegung die Schwerter vom Schreibtisch. Thosse vollführte fast einen Hechtsprung, um sie aufzufangen.

»Die räumen wir mal aus dem Weg«, schlug ich vor, ging zu

meinem Schrank und zog die Fechttasche raus. Dort würden sie am wenigsten auffallen. Vorsichtig legte er sie mitsamt den Gurten hinein und entdeckte dabei meinen Degen. Er zog ihn raus, peitschte zwei-, dreimal durch die Luft, sodass es laut surrte. Dann lachte er kurz auf und steckte ihn mit einem »Putzig!« wieder zurück. Ich mühte mich in der Zwischenzeit ab, das Langschwert zu verstauen. Es war für die Tasche eindeutig zu groß. Thosse nahm es mir ab und legte es auf den Schrank. Als ich mich umdrehte, bemerkte ich, dass ihn alle anstarrten. Julien hatte es sich mit einer Tasse in meinem Ledersessel gemütlich gemacht. Marc und Paula saßen dicht nebeneinander auf meinem Bett. Ich schnappte eine Tasse und reichte sie an Thosse weiter.

»Kennst du Tee?« Alberne Frage! Fand auch die königliche Augenbraue.

»Heißes Wasser, böser Geschmack?«, fasste er mit leicht angewidertem Gesichtsausdruck zusammen, nahm mir aber trotzdem die Tasse ab und schnüffelte neugierig.

»Riecht gar nicht schlecht«, stellte er fest und ließ sich auf meinem Sitzregal nieder. Es schien ihn überhaupt nicht zu stören, dass die anderen ihn permanent anstarrten. Ich nahm mir ebenfalls eine Tasse und setzte mich neben Thosse, als Marc plötzlich genervt stöhnte: »Könntet ihr vielleicht aufhören ihn anzugaffen, als wäre er das achte Weltwunder?«

»Er ist das achte Weltwunder«, flüsterte Julien mit starrem Blick.

»Trotzdem! Flo, sag doch auch mal was«, bat er mich verzweifelt um Hilfe. »So empfängt man keinen Gast.«

Ich zuckte mit den Schultern. »Was den Empfang angeht, sind wir hier eindeutig in Führung. In Askendor wurde ich erst gefesselt, dann aufs Pferd geworfen, musste über Abgründen baumeln …« Ich warf Thosse einen amüsierten Seitenblick zu und fragte mit treuherzigem Augenaufschlag: »Habe ich noch was vergessen?«

Er schüttelte den Kopf und begann ebenfalls zu lächeln. *Gemeinsame Erinnerungen. Cool.*

»Moment!«, unterbrach Marc schroff unsere Retrospektive.

»Du warst in Askendor? Dem Spiel?«, mischte sich jetzt auch Julien ein. Seine Stimme schnappte fast über. Mist, lückenhafte Datensynchronisation! Ich verlegte mich auf stummes Nicken. Vielleicht mochte es Thosse erklären. Er mochte nicht. Der Sonkuningr schaute nur gespannt von einem zum anderen und schwieg.

»Wie kommst du in ein Computerspiel?«, flüsterte Julien fassungslos.

»Meine Güte, es ist halt passiert«, eilte mir Paula ungeduldig zu Hilfe. »Keiner weiß, wie. Das Unerklärliche heißt so, weil es ein fieser Möpp ist, der sich weigert, durchschaut zu werden.« Kompliment! Ich hätte es nicht schöner erklären können!

»Kannst du das etwa auch?«, wurde sie prompt von einem ziemlich entsetzten Marc gefragt.

»Nein, Schatz. Ich bin total langweilig und gehe nur durch herkömmliche Türen«, beruhigte sie ihn und tätschelte aufmunternd seine Hand. *Langweilig? Glaub ihr bloß nicht!*

»Und wie war es in Askendor?«, wollte Julien wissen.

»Toll! Unglaublich toll! Der Herr von Baar hat mich zur Begrüßung gleich angegriffen und mich …«, ich ignorierte das entnervte Stöhnen neben mir, »… mit seinem Dolch aufgeschlitzt.«

»Angekratzt«, fiel er mir vorwurfsvoll ins Wort.

»Es hat geblutet«, zischte ich ihn an.

Er neigte sich leicht zu mir rüber. »Das war mein Ziel, falls du dich erinnerst«, flüsterte er.

»Es hat tierisch wehgetan«, beschwerte ich mich leise.

»Jede Wette, du hast nicht mal eine Narbe«, grinste er. Leider war der Schnitt tatsächlich vollkommen ohne Beweis verheilt. Was mich, ehrlich gesagt, ziemlich nervte.

»Ich stör ja nur ungern euer Tête-à-Tête, aber wir haben heute noch eine ganze Menge zu tun«, unterbrach Paula unser Geplänkel. »Und außerdem müssen wir Tom …«

»Tom? Muss das sein?«, unterbrach Thosse sie unglücklich.

»Du kannst dich von mir aus Elfriede nennen, wenn du dir die Haare schneiden lässt«, bot ihm Paula mit süffisantem Lächeln an.

»Auf keinen Fall«, murrte er.

»Hast du noch andere Namen?«, wollte Marc von ihm wissen.

»Thosse Alasdair Myrddin Uilleam Choinneach von Baar«, zählte er auf und den anderen gingen fast die Augen über.

»Meine Sterne, haben deine Eltern ein Scrabblespiel in die Luft geworfen?«, stöhnte Paula und hatte offenbar schon vergessen, dass weder Vater noch Mutter jemals existiert hatten.

»Ich finde Elfriede gut«, kicherte ich, während Marc Thosses Namen leise vor sich hin sagte.

»Träum weiter«, knurrte der Sonkuningr mit bösem Blick.

»Tamuc, die Anfangsbuchstaben aller Namen«, schlug Julien vor.

»Kein Akronym«, widersprach Paula sofort. »Das hört sich immer verdächtig nach Fußpilzsalbe an.«

»Uilleam, Uliam, Liam. Was haltet ihr von Liam?«,wollte Marc wissen.

»Liam«, wiederholte Thosse leise.

»Ich finde Liam gut«, stimmte Julien sofort zu.

»Liam Sørensen aus Windhoek in Namibia«, ergänzte Paula.

»Afrika? Warum Afrika?«, wollte ich wissen.

»Dort gibt es noch deutschsprachige Gemeinden und es ist weit, weit weg! Deine Eltern Mads und Tanja Sørensen sind bereits in der vierten Generation dort. Ihre Vorfahren waren Kolonialisten aus Deutschland mit dänischen Wurzeln«, spann sie seinen gefakten Lebenslauf weiter. *Komplett schlüssige Identität in nur fünf Minuten. Muss einem das Angst machen?*

»Du hast eine jüngere Schwester, Melissa …«

»Paula, es reicht. Er bleibt nur ein paar Tage!«, unterbrach ich sie.

»Da sind wir uns ja noch nicht so sicher«, widersprach sie mir.

»Sollte er hier festsitzen, darfst du Familie Sørensen bis zur Cousine vierten Grades inklusive Haustieren erfinden, snuppa«, versprach ihr Marc und küsste sie liebevoll auf die Schläfe.

Wendig, wie Paula war, wechselten wir sofort zu Phase zwei ihres genialen Plans.

»Julien, glaubst du, deine Mutter würde Liam Sørensen, den Austauschschüler aus Windhoek, kurzfristig aufnehmen?«

Julien nickte. »Klar würde sie das. Aber warum ist er denn ohne Unterkunft?«

»Planungsdesaster im Schulbüro. Sie haben ihn einfach vergessen«, antwortete Paula wie aus der Pistole geschossen. Phänomenal! Keine Frage ohne Antwort! So allmählich begann das Chaos Spaß zu machen.

»Hochsteckfrisur steht dir, Elfriede«, neckte Paula. Thosse fletschte nur leise die Zähne und konzentrierte sich weiter darauf, kleine Schokolinsen auf die Köpfe der Schweinchen zu kleben, die wir gebacken hatten. Sein Man Bun war ein hart ausgehandelter Kompromiss.

»Das da schielt«, bemerkte ich, popelte das schiefe Auge ab und schob es mir in den Mund.

»Florentine hat schon wieder eins gegessen«, petzte Thosse und grinste mich an. Unsicher erwiderte ich seinen Blick. So ganz kam ich mit seinem Wandel noch nicht zurecht. Nicht nur äußerlich hatte er sich verändert. Irgendwo auf dem Weg aus Askendor in die Küche von Paulas Eltern war der herrische Königssohn verloren gegangen. Thosse war jetzt Liam. Und Liam war der Knaller. Unwiderstehlich, echt süß und absolut verwirrend.

Irritiert rührte ich in meinem Zuckerguss, um die gebackenen Rüsselnäschen anzukleben.

»Was findet hier denn statt?«, war Finns überraschte Stimme von der Küchentür zu hören.

»Wir backen Glücksbringer für heute Abend«, erklärte Paula.

»Na, Glück für die Gäste, so viel Schwein zu haben«, spottete Finn und ging zum Waschbecken, um sich ein Glas mit Wasser zu füllen.

»Lalülala, Wortspielalarm«, giftete Paula zurück.

Dann entdeckte Finn den neuen Liam. Das Glas fiel scheppernd ins Waschbecken und zersprang. Finn, weiß wie die Wand, wich mit weit aufgerissenen Augen zurück. »Thosse von Baar«, flüsterte er entsetzt.

Das mit dem Tarnen müssen wir wohl noch üben!

»Mann, Finn, jetzt reiß dich zusammen. Das ist Liam«, schnauzte Paula überzeugend glaubhaft.

Doch Finn war nicht mehr zu bremsen. Ohne Thosse aus den Augen zu lassen, stolperte er rückwärts zur Tür. Dabei stieß er an Marc, schrie kurz auf und flüchtete, so schnell er konnte.

»Entschuldigung, das war mein Siebhirn, äh, Bruder. Einer deiner größten Fans«, erklärte Paula Thosse, der Finn etwas verdattert hinterherschaute.

Jetzt doch zu einem Haarschnitt bereit?

»Könnte ihn irgendjemand stoppen, bevor er die Botschaft über den Äther bläst«, schlug Marc vor.

»Ich mach das«, erklärte ich und hastete in Finns Zimmer. Marc hatte recht. Er hing schon am Rechner.

»Finn, mach dich nicht lächerlich!«, rief ich, kaum dass ich die Tür geöffnet hatte.

»Er ist es, oder?« Seine Augen hatten einen leicht irren Glanz.

Mit einem gut gezielten Tritt gegen seinen Schreibtischstuhl entfernte ich ihn ein Stück von seinem Computer. Sofort sprang er auf, um zurück an seinen Rechner zu kommen. Ich stellte mich ihm in den Weg.

»Finn, beruhig dich«, beschwor ich ihn. Er versuchte, um mich herum seine Tastatur zu erreichen.

»Finn!« Ich schnappte ihn an den Handgelenken.

»Ihr habt Thosse von Baar da unten«, kreischte er und versuchte sich zu befreien.

Wie kann man mit zwölf schon so stark sein?!

Ich hatte richtig Mühe, ihn vom Schreibtisch wegzudrängen. Erst als er auf seinem Bett saß, ließ ich ihn los. Er wollte sofort wieder aufspringen.

»Dein Hintern wird auf diesem Bett bleiben, wenn du irgendetwas wissen willst«, brüllte ich und starrte ihn wütend an. Sein Widerstand begann zu bröckeln.

»Er ist es, oder?«, fragte er noch einmal tonlos. Ich zog den Hocker unter dem Schreibtisch vor, setzte mich direkt vor ihn und musterte ihn nachdenklich. Man konnte ihm nichts vormachen. Er wusste es ohnehin.

»Sag mir, wer das da unten in der Küche ist«, jammerte Finn. Er war ganz grün im Gesicht. Kunststück, immerhin hatte er versucht ihn umzubringen. Da konnte einem schon mal nachträglich schlecht werden.

»Ja, es ist Thosse von Baar.«

Finn atmete zischend ein und starrte mich mit schreckgeweiteten Augen an.

»Finn?« Er spielte weiter den Stummfisch.

»Finn? Heb bitte den Zeigefinger, falls du notärztliche Hilfe in Anspruch nehmen willst.«

»Idiotin!«, japste er.

»Hey, immer schön flauschig bleiben!«, schnauzte ich, musterte ihn aber gleichzeitig besorgt. Das war ziemlich viel Input für das kleine Sieb in seinem Kopf!

»Warum ist er hier?«, fragte er nach einer Weile.

»Wie und warum, kann ich dir leider nicht erklären«, musste ich ihn gleich enttäuschen.

»Du hättest mich warnen können«, warf er mir nach einer grüblerischen Minute vor.

»Ich hab's versucht. Du hast mir nicht geglaubt«, erinnerte ich ihn.

»Er hat uns nach Gonnglam verbannt.«

Soll ich Verwunderung heucheln? Was hatten sie erwartet? Ruhmesmedaillen? Natürlich hatte Thosse die Drahtzieher des Mordanschlags direkt nach der Schlacht verbannt. Und auch einige Gonoxore lebten jetzt in der Unterwelt.

»Ist er es wirklich?«, vergewisserte er sich noch einmal.

»Ja«, antwortete ich und hörte, wie sich hinter mir die Tür öffnete. Ohne mich umdrehen zu müssen, wusste ich aufgrund Finns entsetztem Gesichtsausdruck sofort, wer hereingekommen war.

Thosse schob wortlos den Schreibtischstuhl zu uns und setzte sich rittlings darauf. Bedächtig legte er seine Arme auf der Rückenlehne ab und musterte Finn aufmerksam. Der rutschte unbehaglich hin und her.

»Du bist einer der Gnome des Epistemes?«, fragte Thosse für seine Verhältnisse sehr sanft. *Lass mich raten! Der Name der Informantin beginnt mit ›P‹?*

Trotz des ruhigen Tons zuckte Finn erschrocken zurück.

»Ja«, antwortete er nach einer Weile zögerlich.

»Wer hat den Raid mit den Gonoxoren organisiert?«, wollte Thosse wissen. Sein Ton wurde eine Spur schärfer.

Finn schüttelte den Kopf. »Ich weiß es nicht, ehrlich«, beteuerte er mit zittriger Stimme. »Wir haben unsere Befehle von Sankor bekommen.« Thosse musterte ihn mit seinem majestätischen Enthauptungsblick. Es war Finn anzusehen, dass er verzweifelt überlegte, wie er den Unmut des Sonkuningrs abwenden könnte.

»Er war ein paar Mal mit einem Gonoxor bei der Achtschale. Oldawan hieß der, glaube ich.«

Thosse drehte sich leicht zu mir, ohne Finn dabei aus den Augen zu lassen. »Wie sicher ist er?« Meinte er etwa Finn? *Er ist zwölf! Eine Zeitbombe mit einem Fünf-Sekunden-Zünder ist sicherer!*

»Du hast ihn bereits nach Gonnglam verbannt. Du weißt besser, welche Möglichkeiten man von dort aus hat.«

Thosse rollte mit dem Schreibtischstuhl zum Computer und begann zu tippen. Erstaunt beobachtete ich ihn. Dieser Mensch dürfte noch nie einen Computer von außen gesehen haben. Warum konnte er ihn bedienen?

Noch eine Frage für die lange, lange Liste der Warums?

Ich stellte mich hinter ihn. Entgegen meiner Vermutung war er nicht im Spiel. Stattdessen war der ganze Bildschirm voller Zahlenreihen. Er löschte einzelne Zahlen raus und schrieb andere rein. Dann erschien die Startseite von Finns Account, er scrollte durch die Kontaktliste, klickte irgendwelche Teilnehmer an, tippte etwas ein und plötzlich erschienen wieder die Zahlenreihen. Nach einer Weile drehte er sich zu mir.

»Ich habe nur den Port des Providers gefunden. Komme ich noch mal an diesen Rechner?«, fragte er leise. *Port des Providers? Was genau suchen wir denn?*

Mein Blick fiel auf Finn, der immer noch wie hypnotisiert auf dem Bett saß.

»Klar!«, antwortete ich für ihn. »Dem Zwerg wird es eine Ehre und Freude sein, dir zu helfen. Nicht wahr?«

»Gnom, ich bin ein Gnom«, flüsterte Finn kaum hörbar, nickte aber eifrig.

»Und du wirst niemandem, wirklich niemandem, auch nur ein Sterbenswörtchen hiervon sagen!«, warnte ich ihn streng.

»Wer würde mir das glauben?«, stöhnte Finn verzweifelt. *Ver-*

schwörungstheoretiker, Fans von Alien-Entführungen und andere fantasiebegabte Netzbenutzer wären sicher ganz oben dabei.

Thosse erhob sich und ging zur Tür. Ich folgte ihm. Kurz bevor ich das Zimmer verließ, drehte ich mich noch mal zu Finn um.

»Das ist jetzt kein Spiel mehr. Vergiss das nicht!«, ermahnte ich ihn streng. »Ich mach dir das Leben zur Hölle, wenn du von alledem auch nur ein Wort verlauten lässt. Ehrlich, Finn, ich schwör's dir, ein junges Leben ist schnell versaut.«

Er saß immer noch regungslos auf seinem Bett, nickte aber zum Zeichen, dass er mich gehört hatte. Dann zog ich die Tür zu. Thosse wartete im Flur auf mich.

»Hey, du kannst ganz schön einschüchternd sein«, bemerkte er verwundert. *Mit dem richtigen Vorbild geht das schon!*

Julien drängte darauf, langsam aufzubrechen. Er musste immer noch einiges für die Party vorbereiten. Außerdem wollte er seiner Mutter den heimatlosen Austauschschüler vorstellen. Marc begleitete die beiden.

Ich schaute ihnen nach, als sie nebeneinander die Straße entlanggingen. Sie sahen wirklich wie drei Schüler aus der Oberstufe aus.

17

Abends machten Paula und ich uns auf den Weg zur Silvesterparty. Schon von Weitem war das Wummern der Bässe zu hören.

»Legen Marc und Julien heute selbst auf?«, fragte ich Paula, während wir uns dem Haus näherten.

»Keine Ahnung, später vielleicht«, mutmaßte sie und stieß die Haustür auf. Wir schmissen unsere Jacken auf die Kleiderberge im Windfang und machten uns auf die Suche nach den anderen.

In der Küche stieß ich auf Lydia, die kleine grüne Häppchen auf einem Teller arrangierte.

»Florentine, wie schön!«, umarmte sie mich.

Ich stellte ihr Paula vor, die ebenfalls sofort vom Glückskeks in die Arme geschlossen wurde. Dann tanzte Julien in die Küche. Auf seinem schwarzen T-Shirt stand in neongrünen Buchstaben ›If it is too loud, you are too old!‹. Das braune Wuschelhaar stand ihm wild vom Kopf ab, seine Augen leuchteten. Die miserable Akustik des Hauses führte dazu, dass alle Räume zum Dancefloor wurden. Für ihn offenbar der Himmel auf Erden.

»Hallo, ihr zwei. Was macht ihr hier?«, fragte er verwundert und schnappte sich hüpfend ein Häppchen. »Auf geht's! Ab in die Höhle des Löwen mit euch«, forderte er uns genüsslich kauend auf. Er tanzte zum Beat der Musik in Richtung Wohnzimmer. Wir folgen ihm deutlich weniger enthusiastisch.

Wow! Das riesige Zimmer war fast leer geräumt. Sie hatten

ganze Arbeit geleistet. An einer Wand standen zwei Sofas und mehrere Sessel. Vor der Fensterfront war ein gigantisches DJ-Pult aufgebaut. Beamer und ein Plasmabildschirm von beeindruckender Größe sorgten für die Lichteffekte. Auf der Tanzfläche in der Mitte des Raumes tummelten sich locker fünfzig Leute. Plötzlich entdeckte ich Thosse mittendrin. *Surprise, surprise, der Sonkuningr kann tanzen.*

Und wie! Fasziniert beobachtete ich ihn. Er hatte es tatsächlich drauf.

Warum ... ? Ach was, ich setze es einfach auf die Liste!

»Du starrst«, raunte mir Paula plötzlich ins Ohr.

Mühsam löste ich meinen Blick.

»Er kann tanzen«, stammelte ich ... *und sieht dabei verdammt gut aus.*

»Gezappel zum Takt der Musik? Ehrlich, Flo, ich kenne niemanden außer dir, der das nicht beherrscht«, lachte Paula.

Marc kam auf uns zu, zog Paula in seine Arme und flüsterte ihr etwas ins Ohr. Sie kicherte verlegen.

Ich drehte ich mich weg und beobachtete weiter die Tanzenden.

Niemand Spezielles! Oder vielleicht doch ein bisschen. Er ist aber auch eine Augenweide!

Und ich war offensichtlich nicht die Einzige, der das auffiel! Aquinnah, Juliens Schwester, tanzte sich gerade so gar nicht unauffällig an ihn ran. Sie lächelte. Er lächelte zurück. Tiefer Blick, langsames Näherkommen, zufälliges Streifen ...

Äääääähm, Entschuldigung! Was wird das?

Lieber nicht so genau hinschauen. Da zog ich es doch vor, auf Entdeckungsreise durchs Haus zu gehen. Im Flur scheuchte ich ein knutschendes Pärchen auf. Schnell flüchtete ich in eines der Zimmer. Es war ruhig und dunkel. Genau das, was ich jetzt brauchte. Auf der Party waren ja alle, die ich kannte, beschäftigt. Nur ich war die Nullnummer, die keiner haben wollte.

Bitte ein Riesenschaumbad Selbstmitleid für mich!

Nachdem sich meine Augen an das Dunkel gewöhnt hatten, entdeckte ich eine Terrassentür. Ich öffnete sie und ging ein paar Schritte nach draußen. Es war eisig kalt, aber wohltuend. Der Sternenhimmel strahlte sensationell. Nicht weit von mir lag das Stallgebäude. Ein Pferd wieherte darin ziemlich ungehalten. Ich ging ein paar Schritte vom Haus weg, um besser nach oben sehen zu können. Langsam legte ich den Kopf in den Nacken und starrte zum Himmel, bis er sich zu drehen begann. Als ich mich wieder aufrichtete, entdeckte ich Thosse, der in der hell erleuchteten Küche stand. Und direkt neben ihm? Na, wer wohl? Aquinnah. Die verlor ja echt keine Zeit! Sie redete auf ihn ein. Er hielt seinen Kopf dicht zu ihr gesenkt, um sie besser hören zu können. Es war wie im Theater. Das Drama nahm im Scheinwerferlicht seinen Lauf und ich war im Dunkeln zum Zuschauen verdonnert. Ungläubig beobachtete ich, wie sie ihre Hand auf seine Schulter legte und ihn noch etwas näher zu sich zog. Das kleine beißende Brennen in mir wurde zu einem Steppenbrand. Er hörte ihr so hoch konzentriert zu, dass er wahrscheinlich ein Rudel angreifender Gonoxore erst bemerken würde, wenn sie ihm bereits das Messer zwischen die Rippen gestoßen hätten.

Dann ging Aquinnah zur Glasschiebetür, öffnete sie mit einem schnellen Ruck und schlüpfte nach draußen. Entsetzt beobachtete ich, wie Thosse ihr lächelnd folgte.

Will ich von den beiden jetzt entdeckt werden?

Panisch schaute ich mich um. Ein paar Schritte hinter mir stand ein kleiner Schuppen. Das perfekte Versteck! In Zeitlupe bewegte ich mich über die Schneedecke. Das knirschende Geräusch meiner Schritte erschien mir ohrenbetäubend. Wären Thosses Sinne nicht vollkommen abgelenkt gewesen, hätte er mich sofort bemerkt. Normalerweise hörte er ja jedes Eichhörnchen am anderen Ende von Askendor husten.

»Bist du dir sicher, dass wir das wagen sollen?« Ich konnte Aquinnah so deutlich verstehen, als stünde sie neben mir. Sie klang ängstlich.

Was, bitte schön, haben die beiden vor?

»Wenn du nicht willst, gehen wir wieder zurück«, hörte ich die tiefe Stimme des Kongesons. Oh, nein, ihr werdet jetzt doch nicht etwa …

»Nein, nein!«, kam ihre schnelle Antwort, als hätte sie Angst, dass er einen Rückzieher machen könnte.

Ich hörte, wie das große Stalltor zur Seite geschoben wurde. Das Licht im Gebäude flackerte auf.

Schäferstündchen im Stroh. Echt jetzt? Habt ihr kein Zimmer? Ich übergeb mich gleich!

So schnell ich konnte, rannte ich ins Haus zurück, schloss sorgfältig die Terrassentür und taste mich blind in den Gang zurück. Im Wohnzimmer stürzte ich mich in den Pulk der Tanzenden, um diesen Albtraum zu vergessen. Doch die Musik war nicht annähernd laut genug, um die Erinnerung an den Klang seiner Stimme zu übertönen. In meinem Kopfkino lief ›Thosse und Aquinnah – der Film‹ in der nicht jugendfreien Version. Verzweifelt versuchte ich die Bilder niederzutanzen, bis plötzlich die Musik stoppte. Alle schauten überrascht zum DJ-Pult. Ich ahnte, was kommen würde, als ich Paula am Mikrofon entdeckte.

»Und jetzt ein in die Jahre gekommener Song, der es aber immer noch draufhat: Gangnam Style! Happy birthday, Psy!«, brüllte sie begeistert. Alle schauten sich fragend an. Paula ignorierte die Verwirrung ihres Publikums und strahlte in die Runde.

»Los, lasst euch drauf ein! Das wird großartig!«, rief sie und sprang von der Bühne, während die ersten Beats bereits den Raum erschütterten. Auf dem Bildschirm startete das Video. Jemand fasste mich am Handgelenk und zog mich mitten auf die Tanzfläche. »Keiner macht sich hier nur am Rand zum Affen«, rief Julien grinsend. Verzweifelt versuchten wir die Choreografie zu kopieren.

Vor mir kämpfte sich Marc ähnlich begabt wie ich selbst durch die Schrittfolge des Reit-Tanz-Spektakels.

»Wo sie das Zeug nur immer ausgräbt«, prustete er bewundernd und hüpfte ungelenk hin und her, während er sein imaginäres Lasso schwang. Nach der dritten Huldigung an das Geburtstagskind des Tages schmerzte es nur noch dumpf, wenn ich an Thosse und Aquinnah dachte.

Atemlos schleppten Paula und ich uns in die Küche, um Getränke zu organisieren. Wir standen an der Küchenzeile und schnüffelten skeptisch an einer Schüssel mit stechend riechender roter Flüssigkeit. Während wir noch diskutierten, ob es sich um ein Säurebad oder tatsächlich Bowle handelte, klopfte es an der Terrassentür.

Ich höre nichts! Von mir aus können sie erfrieren!

Leider waren genug Leute in der Küche, die das offenbar anders sahen. Ein Mädchen, das einen voll beladenen Teller in der Hand balancierte, öffnete die Tür.

»Woher kommt ihr denn?«, wunderte sie sich, als Aquinnah und Thosse bibbernd in die Küche stürmten.

Denk nach, du Sumpfhuhn! Von draußen natürlich!

»Oh, hi, Zoe!«, grüßte Juliens Schwester das Mädchen. »Ich habe Liam gerade unsere Ställe gezeigt!«

Ich wette, nicht nur die!

Fast schon amüsiert beobachtete ich Paulas angewiderten Blick, mit dem sie Aquinnah und Thosse am anderen Ende des Raumes musterte.

»Was meldet mir denn meine Netzhaut da Fatales?«, fragte sie mich leise.

»Sie hat ihm die Ställe gezeigt«, raunte ich ihr zu und versuchte mich an einem zweideutigen Blick. Mehr Information gab es fürs Erste nicht, da Thosse plötzlich neben mir stand.

»Florentine! Ich hab dich den ganzen Abend noch nicht gesehen!«, strahlte er mich an. *Ich dich schon!*

»Hallo, Liam«, grüßte ich ihn hoheitsvoll.

»Und amüsierst du dich?«, wollte Paula mit Seitenblick auf Aquinnah wissen. Thosse ignorierte den Wink.

»Ja, ein sehr beeindruckendes Fest!« Widerwillig musste ich jetzt doch lächeln. Kein Oberstufenschüler würde sich so gestelzt ausdrücken. Schön zu sehen, dass er den Sonkuningr nicht ganz abgelegt hatte.

»Hallo, Flo«, grüßte mich Juliens Schwester und schob sich dicht an Thosses Seite. »Ich sehe, du hast Liam schon kennengelernt«, trällerte sie und lächelte ihn verliebt an.

»Hi, Aquinnah, ja, ich kenne ihn.«

Immerhin länger, wenn auch wahrscheinlich nicht besser als du!

»Stellt euch mal vor, er will morgen Walfor reiten!«, berichtete sie mit großen Augen. *Nein, ehrlich, dieser Held!*

»Walfor?«, hakte Paula mit mäßigem Interesse nach.

»Unser australischer Brumby-Hengst. Kaum zu bändigen«, erläuterte Aquinnah mit ehrfürchtiger Stimme und strahlte Thosse bewundernd an. »Aber dieser Wahnsinnige glaubt, dass er es kann!«

»Na, dann viel Glück!«, wünschte Paula. Ich verkniff mir lieber jeden Kommentar und tat gelangweilt.

»Komm!« Aquinnah zupfte an seinem Ärmel. »Das müssen wir unbedingt Surina erzählen.« Und schon zog sie ihn hinter sich her durch die Menschenmenge.

Sie fasst ihn an einem Abend mehr an als ich in drei Wochen.

»Was hab ich verpasst?«, wollte Paula von mir wissen und starrte den beiden ungläubig hinterher.

»Juliens Schwester hat sich den Gastschüler gekrallt«, setzte ich sie mit einem missglückten Lächeln ins Bild.

»Nein! Das glaub ich jetzt nicht«, entfuhr es Paula.

»Doch, du musst stark sein! Ich weiß es sicher!«, tröstete ich sie und legte grinsend den Arm um ihre Schultern. »Du kannst dir eben nicht jeden heißen Typen angeln.«

Und ich offensichtlich nicht mal einen!

»Schon klar, aber er ist doch DEIN Kongeson«, jammerte Paula und schaute mich unglücklich an.

Bitte kein Mitleid!

»Nirgends auf ihm steht mein Name. Er ist ein freier Mensch.«

Und Aquinnah soll der Blitz treffen!

»Scheiß auf die Freiheit, wenn das dabei rauskommt«, motzte Paula.

»Na, worüber redet ihr zwei?«, wollte Marc wissen und schob sich hinter Paula.

»Über den beschränkten Horizont eurer Spezies«, schnauzte sie ihn an.

»Im Allgemeinen oder ist dir jemand konkret zu nahe getreten?«, wollte er wissen, schlang von hinten seine Arme um sie und zog sie an sich. »Soll ich jemanden in deinem Namen verhauen?«, gurrte er, während er mit seiner Nase langsam durch ihr Haar fuhr.

Schlecht gezügelte Leidenschaft! YES, Leute! Genau das will ich jetzt sehen!

»Eigentlich haben wir uns nur gefragt, was das sein soll«, erklärte ich schnell, als ich bemerkte, dass Paula zu weitreichenden Erklärungen ausholen wollte, und streckte ihm ein Glas mit der merkwürdigen roten Flüssigkeit entgegen. Gleichzeitig beschwor ich Paula mit Blicken. *Wir lassen das peinliche Drama aus, verstanden?!*

Marc löste einen Arm, um mir grinsend das Getränk abzunehmen.

»Spricht für euren guten Geschmack, dass ihr Juliens Spezialmischung nicht kennt. Er nennt es Boeing-Punsch. Mit dem Rest tankt die Lufthansa morgen ihre Flotte auf.«

»Und was zur Hölle mischt er da zusammen?«, hakte ich verwundert nach.

»Alles, was brennen kann, und ein Glas Kirschsaft«, verriet uns Marc die sicher topgeheime Rezeptur.

»Mädels, Hände weg von der Bowle! Die macht blind!«, tauchte wie aufs Stichwort Julien neben mir auf.

»In zwanzig Minuten ist Mitternacht. Wir sollten mal so langsam unsere Startbahnen klarmachen«, erinnerte er Marc.

»Ihr legt heute gar nicht mehr auf?«, wollte Paula wissen.

»Doch, nach Mitternacht! Wir haben doch eine Vorgruppe«, strahlte Marc mit unverkennbarem Stolz.

»Und jetzt ruft das Feuerwerk, echte Männerarbeit«, warf sich Julien in Positur. *Ach, sind wir jetzt in der Steinzeit?!* Widerwillig löste sich Marc von Paula.

»Bring ein Mammut mit, falls du eines findest«, zog ich Julien auf.

»Für dich immer, Darling!«, lachte er über seine Schulter zurück.

»Du weißt, dass ihr zwei ein super Paar abgeben würdet?«, fragte mich Paula lauernd.

»Korrigier mich, wenn ich mich täusche, aber gehört, außer sich gut zu verstehen, nicht noch etwas anderes dazu?«

»Du meinst die Sache mit dem Herzklopfen und den Schmetterlingen?«, grinste sie. Ich nickte und schlagartig wurde mir bewusst, wo mein Schmetterling rumflatterte, und die ganze mühsam aufgebaute gute Laune brach wie ein baufälliges Haus mit lautem Getöse zusammen.

»Na komm, mein schwarzummänteltes Trauerklößchen, tanzen hilft immer«, unterbrach Paula meine Grübelei.

Gemeinsam gingen wir ins Wohnzimmer. Auf der Tanzfläche war es jetzt drückend voll. Nur Thosse konnte ich nirgends entdecken. Und, Überraschung, Aquinnah schien auch unsichtbar geworden zu sein. Kurz vor Mitternacht öffneten Lydia und Surina die Glastüren in den Garten. Über die Anlage ertönte ein Countdown. Alle strömten nach draußen, um das Feuerwerk zu bewundern. Mehrere Sektflaschen wurden verteilt. Manche machten sich auf die hoffnungslose Suche nach ihren Jacken. Ich ging langsam auf den Hof. Paula hatte ich irgendwo im Gedränge verloren. Plötzlich schossen Raketen in den Nachthimmel und tauchten die ganze Gesellschaft in farbiges Licht. Sektkorken knallten, fremde Menschen nahmen mich in den Arm und wünschten mir ein »frohes neues Jahr«. Ich bekam mehrere Schlucke aus Sektflaschen angeboten. Lydia herzte mich im Vorbeigehen. Von fern hörte man das Läuten der Kirchenglocken und plötzlich tauchte er direkt vor mir auf. Verlegen wie Fremde standen wir uns gegenüber.

»Fröhliches neues Jahr, Florentine!«, wünschte er mir und lächelte schüchtern.

Schlechtes Gewissen, oder was?

»Dir auch, Liam«, erwiderte ich und wollte an ihm vorbeigehen. Er hielt mich zurück.

»Florentine!«, flüsterte er. Ich hob unwirsch den Kopf und funkelte ihn wütend an. Er wirkte traurig, verloren. Mein Groll bekam Risse.

»Was ist?«, fragte ich. Ich spürte seine Hand an meinem Oberarm. Er zog mich näher zu sich, neigte sich leicht nach unten.

»Sag mir, wer ich bin, sonst vergesse ich es«, bat er leise mit eindringlichem Blick. Überrascht musterte ich ihn. Ja, er spielte Liam so perfekt, dass selbst ich zwischenzeitlich ausgeblendet hatte, wer er war. Der herrische Königssohn war irgendwo auf dem Weg hierher verloren gegangen. Das durfte auf keinen Fall sein! Ich stellte mich auf die Zehenspitzen, um bis an sein Ohr zu kommen.

»Du bist Thosse von Baar, der Sonkuningr von Askendor«, flüsterte ich leise und spürte, wie er seine Hand sacht auf meinen Rücken legte. Unsicher, wohin das führen sollte, schob ich meine Arme um seine Taille und merkte, wie er seinen anderen Arm schnell um meine Schultern legte und mich vorsichtig an sich drückte.

»Danke«, brummte er.

Ich ließ meinen Kopf auf seine Brust sinken und sofort umgab mich, trotz der fremden Kleidung, der Geruch, der mich an Askendor erinnerte. So vertraut, so nah. Ich zog ihn noch ein Stück fester an mich. Im gleichen Moment verstärkte er ebenfalls den Druck seiner Arme. Zischende Raketen, jubelnde Menschen, laute Rufe, klirrende Flaschen, einfach alles um uns herum, rückte in weite Ferne. Der Kongeson hielt mich in den Armen und schien mich nie mehr loslassen zu wollen.

Ich spürte, wie er seine Wange auf mein Haar drückte. Wohlige Schauer rieselten langsam durch meinen ganzen Körper.

Und plötzlich, ohne Vorankündigung, löste er schlagartig die Umarmung. Trat einen Schritt zurück und räusperte sich verlegen.

»Du frierst sicher!«

Nein, ich finde es eher ziemlich heiß!

»Lass uns reingehen und die anderen suchen«, schlug er hastig vor.

Oh, ja, genau, mein sehnsüchtigster Wunsch!

Enttäuscht folgte ich ihm ins Haus. Da war gerade was zwischen uns gewesen. Und es war nicht nur von mir ausgegangen. Ganz sicher! Warum hatte er plötzlich die Notbremse gezogen? *Und diese Frage wird ganz oben auf die Liste gesetzt!*

Wir fanden die anderen im Wohnzimmer. Marc und Julien hantierten am DJ-Pult herum. Paula reichte ihnen bunte Kabel.

»Frohes neues Jahr!«, rief sie, kaum dass sie mich sah, und fiel mir um den Hals. Dann bekam Thosse eine Umarmung. So langsam dürfte es ihm keine Probleme mehr bereiten, angefasst zu werden. Marc sprang von dem kleinen Podest, schwankte zwischen Schulterklopfen und In-die-Arme-Schließen. Julien musterte mich mit einem prüfenden Blick.

»Hey, was ist los?«, fragte er leise und neigte den Kopf, damit er mir ins Gesicht sehen konnte. »Du siehst aus wie ein Eimer Knete.«

Sofort schossen mir Tränen in die Augen.

Wortlos nahm Julien mich in den Arm.

»Wo ist mein Mammut?«, schniefte ich nach einiger Zeit.

»Ein seltenes Lebewesen pro Tag reicht, glaube ich«, flüsterte er mitfühlend.

Am nächsten Morgen funkelte die Welt, als wäre sie mit kleinen Diamanten überzogen. Die Schneekristalle der Neuschneedecke, die sich über alles gelegt hatte, glitzerten im Sonnenlicht.

Paula und ich hatten bei mir zu Hause meinen Laptop, den Portalschlüssel und Klamotten für drei weitere Tage geholt. Meine Eltern hatten sich spontan für einen Kurzurlaub in der Stadt entschieden. Ich durfte solange bei Paula bleiben. Freiheit! Hurra!

Jetzt waren wir auf dem Weg zu Julien, um aufräumen zu helfen und Thosses Portalschlüssel zu suchen. Dick eingemummelt stiefelten wir den verschneiten Waldweg entlang, an dessen Ende Julien wohnte.

»Aquinnah, niemals!«, beteuerte Paula etwa zum hundertsten Mal. Wir hatten letzte Nacht nicht nur die Umarmung des Sonkuningrs bis ins letzte Detail analysiert, sondern auch seine offensichtliche Vorliebe für Aquinnah.

»Und was spricht schon gegen bezaubernd und verführerisch?«, wollte ich wissen. *Außer vielleicht: Bitte nimm ungelenk und chaotisch?*

»Oh, wie erkläre ich dir Blindfisch das nur«, stöhnte sie kopfschüttelnd, als wir über das Feld zum Haus stapften.

Gerade als Paula klingeln wollte, erklang hinter dem Haus ein gellender Schrei. Für den Bruchteil einer Sekunde schauten wir uns entsetzt an, dann rannten wir gleichzeitig los.

»Aquinnah, du bist ruhig oder du gehst!«, polterte Thosses tiefe Stimme ungehalten durch die eiskalte Morgenluft.

Kaum waren wir um die Ecke gebogen, bot sich uns ein merkwürdiges Bild. Thosse stand auf der verschneiten Koppel, mit dem Rücken zu einem riesigen braunen Pferd. Aquinnah saß auf dem oberen Holm des Gatters. Neben ihr beobachtete Julien mit auf das Holz gestützten Unterarmen das Szenario. Sobald Thosse sich zu dem Gaul hindrehte, stieg das Riesenvieh. Es sah aus, als würde der Sonkuningr gleich einen Huf aufs Haupt gedonnert bekommen.

Paula und ich gesellten uns zu den anderen zwei.

»Guten Morgen«, begrüßte uns Julien.

»Liam, hör auf. Wenn er dich trifft ...«, jammerte Aquinnah. Thosse bedeutete ihr mit einer Handbewegung, dass sie leise sein sollte.

Ohne den Blick vom Sonkuningr oder dem Pferd zu nehmen, riet ich ihr flüsternd: »Er wird eher überleben, wenn du aufhörst, das Pferd mit deinem Geschrei zu erschrecken!«

Offenbar spielte im Hause Brunner niemand Askendor. Denn Liam sah mit seinem offenen Haar, dem grob gestrickten dunkelgrauen Wollpullover, den Jeans und klobigen Stiefeln wie der Stammesführer der Traguner im Freizeitlook aus.

»Könnte er nicht ein bisschen weniger wie er selbst wirken?«, wisperte mir Paula auch sofort entsetzt zu. Ich nickte nur und beobachtete fasziniert den stummen Dialog zwischen ihm und dem Pferd. Eine Mischung aus Annäherung, Bedrohung, Angst und Vertrauen.

Damit kennt er sich ja bestens aus!

»Juju, sag ihm, dass er aufhören soll! Ich will nicht, dass Walfor ihn verletzt«, jammerte Aquinnah und kreischte sofort wieder los, als die Vorderläufe des Pferdes krachend auf den Boden donnerten.

Plötzlich griff Thosse nach Walfors Mähne und sprang auf den Rücken des angaloppierenden Pferdes. Julien richtete sich auf und stieß einen überraschten Pfiff aus, als das Pferd an uns vorbeipreschte. Ich sah nur das strahlende Gesicht des Sonkuningrs. War klar! Keiner hatte mehr Spaß bei der Sache als er.

»Oh, nein, nein, nein«, stöhnte Aquinnah und rutschte unruhig hin und her.

»Sieht doch aus, als wüsste er genau, was er tut«, beruhigte Julien sie.

Walfor galoppierte im hinteren Teil der Koppel. Immer wieder wechselte er die Richtung und bäumte sich auf. Mühelos hielt Thosse sich auf dem Pferd. Das angestrengte Schnauben des Tieres war deutlich zu hören.

»Und das alles ohne Sattel!«, klagte Aquinnah.

»Er reitet immer ohne …«, antwortete ich gedankenverloren, bevor Paulas Rempler mich zur Vorsicht mahnte.

Nach einer Weile kam Thosse in gemäßigtem Tempo direkt auf uns zugetrabt. Aquinnah applaudierte ihm geziert, während er absprang und dem Hengst den Hals tätschelte. Dann kletterte er über den Zaun und nickte Paula und mir zur Begrüßung stumm zu.

»Tolles Tier«, bemerkte er anerkennend zu Julien.

»Ich kann immer noch nicht glauben, dass du ihn geritten hast, Liam!«, schwärmte Aquinnah und lächelte Thosse gewinnend an.

»Ein paar Runden auf der Koppel machen noch lange kein Reitpferd aus ihm!«, brummte Thosse.

»Er ist gemeingefährlich, oder?«, wollte Julien wissen.

»Na ja, er gehört auf keinen Fall in einen Stall. Da steckt zu viel Wildpferd drin«, antwortete Thosse verächtlich.

»Wozu hat man so einen Gaul, wenn man ihn nicht reiten kann?«, mischte sich nun auch Paula ein.

»Der Reiz des Unbezähmbaren?«, antwortete ich fragend und beobachtete Walfor, der wieder in weiten Kreisen über die Koppel peste.

»Aquinnah?«, fragte Paula lauernd. »Warum wolltest du ihn?«

»Er ist außergewöhnlich! Schwer zu bändigen, extrem eigenwillig und charakterstark«, antwortete sie trotzig.

Ähm, reden wir noch von dem Pferd?

»Aber gleichzeitig erwartest du, dass er sich unterordnet, an die Zügel nehmen lässt und brav ist! Da bleibt unbezähmbar ganz schön auf der Strecke, oder?«, entgegnete Thosse missmutig, ohne sie eines Blickes zu würdigen.

»Ich denke da eher an einen Kompromiss. Er kann beides sein!«, widersprach Aquinnah.

»Mäßig wild?«, fragte Thosse und hob spöttisch die Augenbraue.

»Ist für'n Arsch«, platzte Paula heraus.

»Da hat sie recht!«, lachte Julien und stieß sich vom Gatter ab. »Gehen wir frühstücken.«

»Ich bring nur noch Walfor in den Stall«, sagte Aquinnah.

»Warum denn? Lass ihn auf der Koppel. Die Nacht draußen hat ihm doch auch nicht geschadet«, stöhnte Thosse genervt.

»Ihm wahrscheinlich sogar das Leben gerettet«, mutmaßte Julien.

Möchte mich mal jemand aufklären?

»Worum geht es?«, wollte auch Paula wissen.

»Ich hatte Angst, dass Walfor beim Feuerwerk so erschrickt, dass er in seiner Box steigt und sich die Beine bricht«, begann Aquinnah. »Liam hat behauptet, dass Pferde weniger Angst hätten, wenn sie sich frei bewegen könnten. Und da hat er gestern Abend mit mir noch Walfor auf die Koppel gebracht.«

Ich Riesenhirn! Aber wer kommt schon auf die Idee, dass die nachts einen Gaul aus dem Stall holen?

Erfolglos versuchte ich Paulas triumphierenden Blick zu ignorieren.

Wir saßen in der Küche am Frühstückstisch, als Marc verschlafen in die Küche trollte.

»Guten Morgen, warum seid ihr so laut?«, murmelte er, schob sich neben Paula auf die Bank, legte seinen Kopf auf ihre Schulter und schloss die Augen.

»Våkne, dovendyr«, schimpfte Paula und zuckte ungehalten mit der Schulter, auf der es sich Marc gerade gemütlich machen wollte.

»Ah, wir sprechen bereits die Sprache der Nordmänner?«, stichelte ich schmunzelnd.

»Mein einziger Satz. Seine Mutter hat ihn mir beigebracht«, grinste Paula.

»Seine Mutter nennt ihn Faultier?«, wunderte sich Thosse, während er angestrengt die Lebensmittel auf dem Tisch inspizierte. Unsere verwunderten Blicke prallten unbemerkt an ihm ab.

»Du kannst Norwegisch?«, fragte Julien verblüfft.

»Ja«, antwortete Thosse, als sei es das Normalste der Welt, und schnappte sich einen Joghurtbecher. Kaum hatte er den ersten Löffel im Mund, bekam er große Augen, sprang auf, rannte zum Waschbecken und spuckte alles wieder aus.

»Was ist denn das?«, jammerte er und spülte sich mehrfach den Mund mit Wasser aus. Der Ekel stand ihm ins Gesicht geschrieben. Ich nahm den Becher, stippte meinen Finger hinein und steckte ihn in den Mund.

»Himbeerjoghurt?«, schätzte ich und warf einen Blick auf den Deckel, der auf Thosses Teller lag. »Jepp! Das ist ganz normaler Himbeerjoghurt.« *Wo ist das Problem?*

»Das Zeug brennt auf der Zunge!«, beschwerte der Sonkuningr

sich, während er an den Tisch zurückkam und den bösen Joghurtbecher so weit wie möglich von sich wegschob.

»Ich nehme mal an, du kennst keine Zusatzstoffe«, mutmaßte Julien leise. Stimmt! Daran hatte ich gar nicht gedacht! Keine Ahnung, was es in Askendor zu essen gab, aber es waren sicher keine chemisch aufbereiteten Lebensmittel.

»Er ist der perfekte Bioindikator! Lydia wird ihn nie mehr gehen lassen«, brummte Marc und schnappte sich den offenen Joghurt.

Entsetzt beobachtete Thosse, wie er den Becher leer löffelte, ohne eine Miene zu verziehen. Julien schmiss sich fast weg vor Lachen. Inzwischen drehte Thosse skeptisch einen Apfel in seinen Händen. Ich neigte mich zu ihm rüber.

»Apfel! Total ungefährlich«, flüsterte ich.

Lydias Gerstenbrei, der aussah wie schon mal gegessen, wurde von den strengen königlichen Geschmacksnerven ebenfalls akzeptiert. Auch Käse war kein Problem und – oh Wunder! – Honig. *Gibt es in Askendor tatsächlich Bienchen?*

Nach dem Frühstück, bei dem wider Erwarten niemand vergiftet wurde, machten sich die anderen ans Aufräumen. Thosse wollte versuchen, seinen Portalschlüssel zu orten. Da er außerdem herausfinden wollte, wer Lanrinas Steuerung übernommen hatte, brachte ich ihm meinen Rechner nach oben.

Neugierig scannte ich Juliens Zimmer. Die Stirnseite war, wie offenbar bei jedem Raum in diesem Haus, voll verglast. Eine lange Arbeitsplatte erstreckte sich an der einen Seite über die ganze Wand. *Wozu braucht Julien vier Stühle vor seinem Schreibtisch?* Den geringsten Platz nahmen die Schulbücher und Ordner vorne am Fenster ein. Direkt im Anschluss breiteten sich mehrere Monitore, Schaltpulte, zwei Plattenspieler und jede Menge anderes technisches Zeug aus. An der anderen Wand stand ein großes

Bett direkt vor der Fensterfront. Einige Bücherstapel waren um das Bett herum verteilt. An der gegenüberliegenden Wand weidete eine kleine Herde Gitarren.

Thosse saß bereits mitten in der Technikabteilung, hatte zwei Monitore angeschaltet und tippte hoch konzentriert auf der Tastatur herum.

»Warum kannst du einen Computer bedienen?«, fragte ich, obwohl die Einfinger-Adler-Suchmethode, mit der sein Zeigefinger über den Tasten kreiste, nicht sehr professionell wirkte.

»Ist doch nur Mittel zum Zweck«, brummte er und versank augenblicklich wieder in seinen Zahlenkolonnen.

Ich überbrückte die Wartezeit damit, meine Mails durchzusehen. Oh, Post vom Felder-Seminar. Katja hatte Fotos geschickt. Alle Aufnahmen sahen nach einem super Wochenende mit besten Freunden und Spaß ohne Ende aus. Ich klickte die Bilder durch, bis ich bemerkte, dass Thosse brav wartend neben mir saß.

»Darf ich?«, fragte er mit Blick auf meinen Computer. Schnell minimierte ich die Bilddatei wie auch meinen Mailaccount und schob ihm den Rechner rüber.

»Passwort?«, wollte ich wissen. Ein mitleidiger Blick war seine einzige Reaktion, bevor er zu tippen anfing. Offenbar stellten geheime Kennwörter für ihn keine Hürde dar. Er war schon im Spiel.

»Was suchst du eigentlich?«, wollte ich wissen.

»Es muss eine Verbindung zwischen Oldawan und Lanrina geben«, erklärte er, ohne den Blick vom Bildschirm zu nehmen.

»Wie? Du meinst, der dir nach dem Leben trachtende Fiesling wird über meinen Account gesteuert?«, hakte ich ungläubig nach.

»Nein, es ist wahrscheinlicher, dass Lanrina vom selben Account aus gehackt wurde, von dem auch Oldawan gesteuert wird.« Er war, wie bei Finn neulich auch, wieder backstage in Askendor und scrollte durch unendliche Zahlen- und Zeichenreihen.

»Boah! So was geht?!«, stöhnte ich entsetzt.

Die Vorstellung, jemand könnte sich unbemerkt meines codewortgeschützten Accounts bemächtigt haben, fand ich ziemlich beängstigend.

Thosse nickte lediglich zustimmend.

»Allerdings können nicht viele einfach einen fremden Char übernehmen. Darum glaube ich, dass es sich um ein und dieselbe Person handelt, die deinen Char gehackt hat und mit seinem Char, Oldawan, den Aufstand plant«, fuhr Thosse fort, lehnte sich in seinem Stuhl zurück und taxierte mich aufmerksam.

So langsam begann ich zu verstehen. »Du meinst das fast zeitgleiche Auftreten von Lanrina der Axtmörderin und dem Raid der Gnome, die von Oldawan angestiftet worden sind?«

Thosse begann langsam zu nicken. »Die Wahrscheinlichkeit, dass zwei unabhängige Personen zur gleichen Zeit das System mit demselben Ziel umgehen, ist praktisch nicht existent«, erklärte er bestimmt.

»Mit demselben Ziel?«, hakte ich unsicher nach.

»Um mich zu töten«, bemerkte er mit unbewegter Miene.

Vielleicht war seine aktuelle Existenz als Austauschschüler gar nicht so unpraktisch. Denn eigentlich war er momentan hier viel sicherer als dort.

Ich überließ ihn seinem Glück und machte mich auf den Weg zum fröhlichen Aufräumen. Bereits auf der Treppe sammelte ich drei halb volle Gläser Boeing-Punsch ein!

Nachdenklich ging ich in die Küche. Julien war dabei, die Spülmaschine einzuräumen.

»Weißt du, warum Thosse …«, sofort fing ich mir einen verwarnenden Blick ein, »… Liam einen Computer bedienen kann?«

»Was heißt bedienen?«, lachte Julien und nahm mir die Gläser ab. »Er könnte es wahrscheinlich locker mit den begabtesten

Hackern unserer Zeit aufnehmen. Der liest Computerprogramme wie andere Mickymaushefte.«

»Ist das jetzt ungewöhnlich oder nachvollziehbar, wenn man bedenkt, wo er herkommt?«, überlegte ich, während Julien mir aus einem Schrank Kartons reichte, damit ich die bereits sauberen Gläser verstauen konnte. Jedes weitere Gespräch wurde durch eine Männerstimme, die ohrenbetäubend laut durch das Haus hallte, unterbrochen: ›If you really want to hear about it, the first thing you'll probably want to know is where I was born, and what my lousy childhood was like ... ‹

»Was ist das?«, fragte ich verdattert. Julien verdrehte stöhnend die Augen.

»Das ist der hyperaktive Rotschopf mit dem Geburtstagskind des Tages«, ächzte er genervt. »Zu Ehren von J.D. Salinger werden wir heute den ganzen Tag ›Der Fänger im Roggen‹ im Original hören.«

»Cool! Wie alt wird er denn?«, wollte ich wissen.

»Er ist schon tot, Flo! Und ich wünschte, ich wäre es auch. Mein Kopf reicht von hier bis zur äußersten Schicht der Stratosphäre. Ich möchte einfach nur Ruhe, bis die Tonne Aspirin zu wirken beginnt«, seufzte er.

»Zu viel vom Selbstgebrauten erwischt?«, grinste ich höhnisch.

»Nicht nur ich, aber das Computergenie da oben steckt ja auch das locker weg«, motzte er.

»Du warst auf Sauftour ... mit Thosse?«

Schade, dass ich das verpasst habe!

Julien begnügte sich damit, vorsichtig zu nicken.

»Er kann offenbar keinen harmlosen Joghurt essen, verträgt aber Alkohol ohne erkennbare Nachwehen«, wunderte ich mich.

»Und das eimerweise! Wir konnten kaum mithalten!«, stöhnte Julien.

»Wir?«

»Marc war mit dabei! Aber wenigstens leidet der anständig. Und jetzt, bitte, stopp dieses Höllenspektakel, bevor ich Paula den Hals umdrehe«, jammerte er mit schmerzverzerrtem Gesicht.

Im Wohnzimmer schaffte ich es tatsächlich nach zähen Verhandlungen und einigen von Marc heimlich gezogenen Steckern, Mr Salingers Geburtstagslesung auf Zimmerlautstärke zu dimmen. Als ich zurückkam, war die Küche leer. Offenbar hatte Julien den Dienst wegen vorübergehender Unpässlichkeit quittiert. Ich räumte weiter Gläser ein, bis Julien wieder auftauchte. Sein Gesicht hatte einen unnatürlichen Grünton angenommen.

»Flo, kommst du mal«, stammelte er. *Medizinscher Notfall? Bin ich ganz schlecht!*

»Sind es Pusteln, kratz nicht dran!«, ließ ich ihm mein gesamtes medizinisches Fachwissen zuteilwerden.

»Nein, ernsthaft, es ist was mit Thosse«, stotterte er. Unsanft stellte ich den Karton mit den Gläsern ab, ignorierte das Scheppern und hetzte die Treppe nach oben.

18

Juliens Zimmer war leer. Hatte Thosse etwa seinen Portalschlüssel gefunden und gleich benutzt? Neugierig schaute ich auf die Bildschirme. Aber auf keinem war Askendor zu sehen. Mein Laptop zeigte nur einen extrem vergrößerten Bildausschnitt, auf dem man ziemlich unscharf Uwe Felder erkennen konnte. *Aha?!*

»Nicht hier«, hörte ich Julien, der mir gefolgt war, von der Tür. Ich drehte mich fragend zu ihm um. Er zeigte zur Glasfront.

»Dort draußen!« Mit zwei schnellen Schritten war ich am Fenster.

»Was macht er da?«, wunderte ich mich. Thosse stand, nur in Langarmshirt und Jeans, regungslos vor einem Bretterverschlag, in dem offenbar Brennholz gelagert wurde. Plötzlich, ohne erkennbaren Anlass, schlug er mit der Faust wie von Sinnen auf die Holzwand ein. Aua! Meine Hand schmerzte bereits beim Zuschauen.

»Das geht schon eine ganze Weile so. Ich wollte mit ihm reden, aber er hat mich nur angebrüllt. Ich habe kein Wort verstanden«, klärte mich Julien mit besorgter Miene auf. *AHA?!*

»Ist dem ’ne Sicherung durchgebrannt?«, entfuhr es mir. Ich drehte mich schnell um, schnappte mir seinen Wollpullover, der über der Stuhllehne hing, und wollte nach unten. Als ich mich an Julien vorbeizwängte, hielt er mich am Arm fest.

»Pass bitte auf! Er ist total von der Rolle und vielleicht weniger

Mensch, als wir alle wahrhaben wollen«, warnte er mich mit eindringlichem Blick.

»Schwachsinn!«, entgegnete ich ihm brüsk und riss mich los.

Draußen nahm mir die Kälte fast den Atem. In der Hektik hatte ich ebenfalls meine Jacke vergessen. So schnell ich konnte, hüpfte ich durch den knöcheltiefen Schnee zum Holzschuppen.

»Thosse!« Er sah furchterregend aus. Alle Farbe war aus seinem Gesicht gewichen. Der Kontrast zu seinem dunklen Haar war erschreckend. Seine Augen schienen schwarz zu leuchten. Kein Hauch seiner grünen Iris war zu sehen. Hitzig funkelte er mich an.

»Alles in Ordnung?«, wollte ich von ihm wissen.

Blöde Frage! Sieht ja wohl so gar nicht danach aus!

Nahm er mich überhaupt wahr? Ja, doch, irgendwie schon, denn plötzlich fixierte er mich wütend. Gleichzeitig lag in seinem Blick so viel Schmerz. Sein Atem ging schnaubend. Er schloss die Augen, als müsste er extrem an sich halten. Seine Hände ballten sich zu Fäusten. Sekunden später schlug er wieder mit ungebremster Wucht auf die Bretterwand ein. Der ganze Verschlag wackelte. Immer wieder donnerte seine Faust auf das Holz. Ich sah die aufgeplatzte Haut, das Blut an seiner Hand.

»Thosse! Hör auf!«, schrie ich. Er reagierte nicht!

Wenn er weiter so randaliert, wird er Lydia einen neuen Schuppen bauen dürfen!

»Ich bring ihn um!«, brüllte er plötzlich. Seine Stimme hallte als heiseres Bellen von der Hauswand wider.

Ohne weitere Erklärung drehte er sich um und stapfte am Zaun entlang, der seitlich die Koppel begrenzte. Ganz am Ende blieb er stehen und rührte sich nicht mehr. Die Minuten krochen dahin. Er starrte über die schneebedeckten Felder, ohne sich auch nur einen Millimeter zu bewegen.

Ich kämpfte den Impuls nieder, ihm nachzulaufen. Das war

kein Spielchen, wo jemand wegging, damit man ihm hinterherlief. Thosse entfernte sich, um allein zu sein. Oder um nicht in meiner Nähe sein zu müssen? Um ihn besser sehen zu können, stapfte ich ein paar Schritte durch den Tiefschnee zum Koppelgatter.

Plötzlich zerriss ein markerschütternder Schrei die Stille. Es klang schauerlich. Als würde ihm jemand bei lebendigem Leib die Eingeweide rausreißen. Danach war kein Laut mehr zu hören. Er stand einfach nur regungslos da.

Es schien ewig zu dauern, bis er endlich angeschlichen kam. Langsam, als würde ihn jeder Schritt unendlich viel Energie kosten. Wortlos stellte er sich neben mich. Ich musterte ihn von der Seite. Er hatte wieder etwas Farbe im Gesicht, sah aber immer noch jämmerlich aus. Um seine Augen lagen düstere Schatten.

»Woher kennst du ihn?«, fragte er nach einer Weile mit tonloser Stimme.

»Wen?« *Kann ich mal ein Textbuch sehen? Ich glaub, ich bin im falschen Film!*

»Ulfren! Woher kennst du ihn?«, wiederholte er seine Frage mit drohendem Unterton. Stieß sich vom Gatter ab und ging ein paar Schritte rückwärts. Als würde er es nicht ertragen, neben mir zu stehen.

Und ich frag noch mal ganz locker aus der Hüfte! »Wen?«

»Ulfren dan Flödar!«, brüllte er mich an. »Immerhin hast du sein Bild auf deinem Rechner.« Sein Blick war feindselig. Ich hatte ihn in nahezu jeder Schattierung von Wut gesehen. Kannte ihn ausgeglichen, aufgekratzt, übermütig, fröhlich. Jede dieser Stimmungen spiegelte sich lebhaft in seinen Augen wider. Sie konnten leidenschaftlich leuchten, vor Zorn sprühen, strahlend lachen. Jetzt sah ich sie zum ersten Mal ohne jede Regung, kalt und matt. Grauenerregend!

Ich dachte angestrengt nach. Das maximal vergrößerte Bild schob sich in meine Gedanken. Mich überkam eine vage Ahnung.

»Der Typ auf meinem Rechner?«, hakte ich ungläubig nach. »Das ist Uwe Felder ...«

Und plötzlich war er da! Der erleuchtende Moment! Fassungslos starrte ich Thosse an, ohne sein Gesicht wirklich zu sehen.

»Du meinst ...«, meine Stimme drohte zu versagen. Ich räusperte mich und unternahm einen weiteren Versuch: »Du meinst, Uwe Felder ist Ulfren dan Flödar?«

Das knurrende Geräusch, das Thosse zwischen seinen mahlenden Zahnreihen hervorstieß, sollte wohl ein ›Ja‹ sein.

So fühlt sich also Erkenntnis an, deren Tragweite man nicht fassen kann. Interessant!

Neben mir begann Thosse zu schlottern. Ich ging auf ihn zu, um ihm seinen Pullover zu reichen. Er wehrte mich unwirsch ab und wich zurück.

»Warum? Warum tust du mir das an?«, heulte er wütend auf und es klang, als hätte er unglaubliche Schmerzen.

»Thosse, ich hatte bis vor wenigen Sekunden keine Ahnung, wer der Mann ist«, beteuerte ich sofort.

»Ach ja?!« Plötzlich machte seine leidende Miene einem diabolischen Grinsen Platz.

»Lauert er hier vielleicht schon irgendwo?«, fauchte er und drehte seinen Kopf gehetzt nach links und rechts. »Bereit, mich mal wieder hinterrücks ermorden zu wollen? Habt ihr sehr gelacht, als ihr diesen genialen Plan eingefädelt habt?« Er spie mir die Worte geradezu verächtlich ins Gesicht. Mit jeder Frage kam er näher.

»Los, Florentine ...«, brüllte er und packte mich unerwartet fest an beiden Oberarmen, »... sag ihm, dass er rauskommen soll!« *Glaubt dieser Wahnsinnige wirklich, ich habe Uwe hier irgendwo versteckt?*

Grob zog er mich nach oben, direkt vor sein Gesicht. Blanker Hass stand in seinen Augen.

»Sag ihm, dass er ein Mal, nur ein Mal, den Anstand besitzen soll, von Angesicht zu Angesicht zu kämpfen!«, keuchte er mühsam beherrscht. Seine Finger bohrten sich schmerzhaft in meine Arme. *Können wir die Stelle ›Ich könnte dir nie etwas antun‹ noch mal kurz besprechen?*

»Lass mich sofort los. Du tust mir weh«, fuhr ich ihn, jedes einzelne Wort betonend, an. Augenblicklich löste er seinen Griff.

»Nach allem, was war, glaubst du also ernsthaft, dass ich dich töten möchte?«, zischte ich ihn an.

Augenblicklich verlor sein feindseliger Blick an Schärfe.

»Ehrlich, du bist so ein riesiger Hornochse! Einfach nur mal fragen ist unter deiner Würde, oder?« Enttäuscht schlug ich mit der Hand durch die Luft und traf ihn aus Versehen am Brustkorb.

Egal, ich bin gerade in Schwung!

Er musterte mich verunsichert.

»Du witterst natürlich sofort eine große Verschwörung. Rennst in den Garten und zertrümmerst einen Schuppen!«

Der nächste Schlag traf ihn nicht mehr ganz so zufällig.

»Und, ganz klar, keine Frage: Ich hab das natürlich alles eingefädelt! Ich kenn mich ja so unglaublich gut aus!«, fuhr ich ihn wütend an und schlug ein weiteres Mal nach ihm. Treffer! Er wich nicht mal zurück. Sondern stand fassungslos da und starrte mich an, als wäre ich im Begriff, den Verstand zu verlieren.

Er glaubt, nur er hat bühnenreife Ausraster drauf?

»Die Möglichkeit, dass jemand zu dir halten könnte, existiert für dich ja nicht. Ist es so beängstigend zu glauben, dass ich auf deiner Seite stehen könnte?«

Ein wahres Trommelfeuer an Schlägen prasselte auf ihn ein. Es war, als ob ich meine Enttäuschung in ihn hineinprügeln wollte. Er ließ es regungslos über sich ergehen.

»Ist die Vorstellung, dass dich jemand einfach nur mag, so abwegig?«, brüllte ich ihn an.

Er zog es vor, sich nicht zu äußern.

Wütend äffte ich seine tiefe Stimme nach: »›Nein, ich bin der Sonkuningr, der Herrscher von Askendor, vor mir hat man Respekt, mich muss man nicht mögen!‹«

Schnaubend presste er seine Lippen aufeinander und schwieg weiter.

Ich nicht. Denn ich war jetzt wirklich in Fahrt. »Geht es vielleicht auch nur einen Millimeter in deinen Betonschädel, dass man dich, mit all deinen Allüren, trotz dem majestätischen Gehabe, der besserwisserischen Augenbraue und der verkorksten Gesamtsituation einfach nur gernhaben kann?«

Kraftlos und enttäuscht schlug ich weiter nach ihm, verfehlte ihn allerdings. Erschöpft ließ ich den Kopf sinken. Meine Arme taten weh. Plötzlich spürte ich fast übermächtig die eisige Kälte.

Mit einem letzten Aufbäumen meiner Wut schleuderte ich ihm ein »Du hättest einfach nur zu fragen brauchen!« entgegen.

Langsam bückte sich Thosse und hob seinen Pullover, den ich vorhin einfach fallen gelassen hatte, aus dem Schnee.

Als er sich wieder aufrichtete, musterte er mich aufmerksam. Dann öffnete er den Mund, als wollte er etwas sagen. Klappte ihn wieder zu, um stumm über meine Schulter zu starren. Sein Blick wanderte unsicher zurück zu mir.

»Florentine?«, fing er zaghaft an. »Weißt du, wer der Mann auf dem Bild ist?« *Na, besser spät als nie!*

»Ja, Thosse, das ist Uwe Felder, ein Spezialist für Gehirntraining, bei dem ich bis vorgestern ein Seminar besucht habe«, antwortete ich betont liebenswürdig mit klappernden Zähnen.

Thosse lächelte schüchtern.

Nein, nicht lächeln. So billig kommst du dieses Mal nicht davon!

»Ich befürchte ... Oh, Florentine, können wir vielleicht reingehen? Ich erfrier gleich!«, unterbrach er seinen nächsten Satz.

»Ja, bitte!«, willigte ich erleichtert ein.

Kaum näherten wir uns dem Haus, öffnete sich wie von Zauberhand die Küchentür. *Da hat Paula dieses Mal als Wachposten wohl bessere Arbeit geleistet.* Zitternd schoben wir uns in die Küche. Thosse ging ans Spülbecken, um sich das Blut von der Hand zu waschen. Julien und Marc saßen am Tisch vor zwei halb vollen Tassen Kakao und versuchten, nicht zu wissend auszusehen. Paula setzte sich ihnen gegenüber. Irritiert drehte ich mich zum Fenster um. Ja, eindeutig, von hier hatte man einen Logenplatz!

»Habt ihr uns etwa beobachtet?«, entfuhr es mir.

»Nein, natürlich nicht«, beteuerten Julien und Paula sofort einhellig und absolut unglaubwürdig.

»Ich schon!«, gab Marc gutmütig zu. »Das war klasse! Ich hab ganz genau gesehen, dass du ordentlich eins auf die Mütze bekommen hast! Und du hast dabei echt schlecht ausgesehen, Kumpel!«, feixte er, während er mit dem Zeigefinger auf Thosse deutete. Dann nahm er sich vollkommen ungerührt einen Keks und steckte ihn in den Mund.

»Ich will sofort einen neuen Freund«, stöhnte Paula und schob mir, während ich mich neben sie setzte, eine Tasse zu. Ich wärmte schlotternd meine eiskalten Hände daran.

Paula ließ Marc nicht aus den Augen. »Hatten wir nicht ausgemacht, uns nichts anmerken zu lassen?«, erinnerte sie ihn streng.

»Glauft dir dof eh keiner«, mümmelte er kaum verständlich zwischen den Kekskrümeln hervor.

»Und wer ist dieser Ulfren irgendwas?«, wollte Marc wissen, als er wieder deutlich sprechen konnte. Er drehte sich zu Thosse, der inzwischen neben ihm Platz genommen hatte.

»Ach, gelauscht hast du auch noch?«, wunderte ich mich.

»Was heißt hier gelauscht? Thosse hat ein Organ wie ein Nebelhorn. Man muss mit Taubheit geschlagen sein, wenn man ihn nicht hört«, verteidigte sich Marc aufgebracht.

»So, nun beruhigen sich alle wieder«, mischte sich Julien ein.

»Und dann erzählt uns …«, beschwörender Blick in die Runde »… LIAM vielleicht mal was von seinem …?«

Er schaute Thosse fragend an.

»Konkurrenten!«, ergänzte Marc sofort und kassierte dafür von Paula einen Tritt unter dem Tisch.

Bruder? Schoss es mir durch den Kopf.

»Ulfren dan Flödar«, stieß Thosse mit verächtlichem Ton aus. *Meine ganz unvoreingenommene Meinung? Ich glaube, diese Freundschaft ist Geschichte.*

Thosse versank in düsterer Grübelei. Paula warf mir einen fragenden Blick zu. *Weiß ich, wo beim Kongeson die Play-Taste ist?* Ich zuckte nur mit den Schultern.

»Offenbar habe ich keine Ahnung, wer Ulfren dan Flödar ist«, stöhnte Thosse nach einer Weile und schaute mich unsicher an. *Ich auch nicht! Glaub es endlich!*

»Er war mein bester Freund und einer der Stammesfürsten von Askendor. Bis er versucht hat mich umzubringen. Mehrere Male. Er wurde enteignet und nach Gonnglam verbannt«, begann er stockend. Nach einer kurzen Pause fuhr er fort: »Überraschenderweise scheint er menschlich zu sein und außerdem ein Portal hierher zu besitzen. Er gibt sich offenbar als Uwe Felder aus.« Wieder warf er mir einen argwöhnischen Blick zu. *Treib es nicht auf die Spitze!*

»Weiß er, dass du auch ein Mensch bist?«, wollte Julien wissen.

Nachdenklich fuhr sich Thosse mit der Hand über die Stirn.

»Es könnte sich ihm im Nachhinein erschlossen haben!« *Hä?!*

»Du meinst, als er festgestellt hat, dass er selber menschlich ist, muss er realisiert haben, dass du es auch bist?«, vergewisserte sich Julien. *Danke!*

»Warst du denn schon immer ein Mensch?«, fragte Paula.

Thosse begann gedankenverloren zu nicken.

»Und dieser Ulfren?«, hakte sie hartnäckig nach.

»Er war etwas, das ihr ›personifiziertes Steuerungsprogramm‹ nennt!«, antwortete Thosse nachdenklich.

Ist überhaupt nicht beängstigend, dass ›personifiziert‹ zu ›human‹ werden kann!

»Und was hast du mit einem ehemals virtuellen und verbannten Stammesfürsten zu tun, Flo?«, erkundigte sich Julien deutlich verwirrt.

»Meine Mutter hat mich zu einem Seminar bei ihm angemeldet.«

»Seminar? Zum Thema ›In zehn Tagen von der Software zum Menschen‹, oder was?«, wunderte sich Marc grinsend. Aus den Augenwinkeln sah ich, wie Thosse sich leise erhob und aus dem Zimmer schlich. Meine Realität hatte seine eingeholt. *Vielleicht ist doch alles nur ein Spiel! Ein ziemlich grausames noch dazu!*

»Weiß man, was dieser Ulf-Typ hier sonst noch so treibt?«, fragte Marc skeptisch.

»Keine Ahnung. Vielleicht sitzt er fest und hat sich arrangiert«, mutmaßte ich ins Blaue. *Uwe war Ulfren? Das ließ sich nicht so einfach schlucken.*

»Oder es war eine Möglichkeit, neu anzufangen. Seine Perspektiven in Askendor klangen ja nicht so prickelnd!«, überlegte Paula laut.

»Unter Umständen organisiert er von hier aus ein Comeback?«, gab Marc zu bedenken. *Möglich! Mehrfacher Mordversuch lässt auf eine gewisse Besessenheit schließen.*

Ich überließ die anderen ihren Spekulationen und schlich mich ebenfalls aus der Küche, um Thosse zu suchen. Bei den Neuigkeiten reichte es vielleicht nicht mehr, einen kleinen Schuppen zu malträtieren. Unter Umständen besorgte er sich schon eine Abrissbirne für das Haupthaus.

Ich fand ihn im Wohnzimmer auf einem der Sofas, die inzwischen wieder mitten im Raum standen. Er hatte die Ellbogen auf seine Knie gestützt und den Kopf in seinen Händen vergraben. Vorsichtig setzte ich mich neben ihn. Er reagierte nicht. Erst einige Zeit später warf er den Kopf in den Nacken, ließ sich nach hinten fallen und starrte an die Decke.

»Er war nicht immer menschlich, Florentine! Das wäre mir doch aufgefallen. Die ganze Zeit suche ich nach Hinweisen. Aber da ist nichts. Er war wie alle anderen auch … anders als ich …«, flüsterte er und wirkte dabei nicht ganz so souverän wie sonst.

Ich ahnte, wohin seine Gedanken gingen. *Finsterschwarzesdunkeltal.* Dorthin, wo die Möglichkeit bestand, dass er vielleicht auch nicht als Mensch geboren worden war?

»Und du?«, stellte ich leise die entscheidende Frage.

Er sprang auf und tigerte nervös hin und her. Mein Blick fiel auf seine blutverkrusteten Fingerknöchel.

»Ich weiß es nicht. Ich kann mich nicht erinnern«, stöhnte er. »Je länger ich über alles nachdenke, desto unwirklicher erscheint es mir. Meine Eltern! Meine Kindheit! Askendor als geeintes Land! Da sind tausend Erinnerungen! Echte Erinnerungen! Dachte ich zumindest …«

Oder es ist nichts weiter als eine fiktive Geschichte mit erfundenen Personen, die in seinem Gedächtnis gespeichert wurde. Gruselige Vorstellung!

»Ich weiß nicht mehr, was wahr ist!«, stieß er verzweifelt hervor, raufte sich die Haare und schlug sich mehrfach die Hände gegen die Stirn.

»Vielleicht … solltest du mit … ihm reden«, schlug ich zögernd vor.

Augenblicklich fixierte er mich mit wütendem Blick.

»NEIN!«

»Er könnte dir möglicherweise helfen«, gab ich vorsichtig zu bedenken. Vergeblich. Mit verschränkten Armen und hocherhobenem Haupt herrschte er mich ein zweites Mal an. »Niemals!«

»Warum nicht?«, unternahm ich einen weiteren Vorstoß.

»Denk nach!«, fuhr er mich an. »Wir sind auf der Suche nach jemandem, der jede Möglichkeit nutzt zu versuchen, mich umzubringen, und das nötige Know-how hat, ein System entsprechend zu manipulieren.« Hatte Marc etwa recht? Organisierte Ulfren dan Flödar ein spektakuläres Comeback mit Opferritual?

Quatsch! Wir sind hier ja nicht in Askendor!

»Uwe doch nicht! Er mag zwar ein Egozentriker sein, aber sicher kein Mörder. Also zumindest kein echter. Vielleicht hält er dich für eine Spielfigur«, entgegnete ich und sprang ebenfalls auf. Ich weigerte mich, das zu glauben. *Das muss ein riesiges Missverständnis sein.*

»Nein. Er weiß, dass ich ein Mensch bin! Wusste es wahrscheinlich schon immer. Aber natürlich findest du ihn zu witzig, geistreich und charmant, um ihm so eine böse Tat zuzutrauen, nicht wahr? Vermutlich lächelt er noch gewinnend, wenn ich seine Klinge schon in meinen Eingeweiden spüre«, höhnte Thosse bitter und seine verengten Augen musterten mich hämisch. »Weißt du, dass mir in dem Rätsel die ganze Zeit genau ein Teil gefehlt hat? Die Verbindung von dir zu ihm! Wie kam er bei dreizehn Millionen Chars ausgerechnet an Lanrina?«

»Zufall!«

»Aber klar doch!«

»Was denn sonst? Favorisierst du etwa immer noch diese hirnrissige Idee, dass ich mit Uwe unter einer Decke stecke?«, fuhr ich ihn an.

»Ich kenne ihn gut genug, um zu wissen, dass er dahintersteckt«, beharrte er stur und starrte mich herausfordernd an. *Und wie gut kennst du mich?*

»Ich werde dich nicht zwingen können, mir zu glauben«, zischte ich zornig, ohne ihn aus den Augen zu lassen. Plötzlich kam mir ein Gedanke: »Vielleicht ist er auf Lanrina aufmerksam geworden, als du die Bannmeile für sie außer Kraft gesetzt hast. Etwas, worum ich dich übrigens nie gebeten habe.« Es funktionierte. Er wurde nachdenklich und hörte auf, mich visuell festzunageln. Betont ruhig redete ich weiter.

»Ich habe Uwe Felder vor einer Woche auf seinem Seminar kennengelernt. Ob und wie er es geschafft haben könnte, dass ausgerechnet ich dort aufkreuze? Ehrlich, keine Ahnung.« *Meine Mutter ist ziemlich einfach zu manipulieren!*

»Auf jeden Fall hatte er dort die Möglichkeit, meinen Computer zu benutzen. Und wenn er nur annähernd so viel davon versteht wie du, dann weißt du, dass alles andere für ihn ein Kinderspiel war.« Thosse brütete gedankenverloren vor sich hin. Ich ging einen Schritt auf ihn zu. Sofort richtete er sich auf und beobachtete mich skeptisch.

»Glaub mir, ich kenne ihn kaum. Kein Grund, auszuflippen«, beschwor ich ihn.

»Ach ja? Wann wäre denn dann deiner Meinung nach ein Ausraster angebracht?«, grollte er mit fragend nach oben gezogenen Augenbrauen. *Bemüh dich! Ich möchte das mit mehr lächelndem Unterton hören!*

»Wenn sich herausstellt, dass Efnisien ein Mensch geworden ist, fände ich den Moment ganz passend!«, antwortete ich grinsend. Er betrachtete mich kopfschüttelnd. Seine Mundwinkel zuckten leicht. *Na bitte, geht doch!*

»Du bist echt unglaublich«, lachte er leise. *Ich nehm jetzt mal an, er meint das als Kompliment!*

»Das lernt man, wenn man mit dem Sonkuningr Weltenhopping spielt!«, strahlte ich und sah ihm dabei direkt in die Augen. Er erwiderte meinen Blick und plötzlich veränderte sich die Stimmung. Die Luft zwischen uns begann zu knistern. Meine Fingerspitzen stießen an seinen Handrücken. Er zuckte zurück.

»Florentine«, wisperte er mit rauer Stimme.

Ist der Unterschied zwischen angreifen und anfassen etwa immer noch nicht klar?

»Das ist keine Großoffensive, verstanden?«, ermahnte ich ihn leise.

»Ich weiß«, murmelte er und ließ seine Arme langsam wieder nach vorne gleiten. Zögernd umschloss ich mit meinen Fingern seine Handgelenke.

»Ich kann das nicht«, stöhnte er leise, entzog mir vorsichtig seine Hände und ging ein paar Schritte zurück.

Manno, sind wir heute aber kapriziös!

»Warum?«

»Julien …« *Das ist ein schlechter Witz, oder?!*

»Julien? Du meinst, Julien und ich, so wie ich dachte, Aquinnah und du?«, hakte ich lauernd nach. Die Tiefe seiner Stirnfalte ließ auf einen komplizierteren Denkprozess schließen.

»Aquinnah?«, wiederholte er irritiert.

Dreh noch mal eine Runde!

Plötzlich zog sich ein wissendes Lächeln über sein Gesicht.

»Kein Interesse an Julien?«, vergewisserte er sich mit eindringlicher Stimme.

»Nein, ich finde ja den, der mich ständig zurückstößt, sobald ich mich ihm nähere, viel spannender«, flüsterte ich heiser. Langsam kam er auf mich zu.

»Meinst du etwa den, den du dauernd anschreist und verprügelst?«, fragte er mit erhobener Augenbraue. Ich konnte nur stumm nicken. Er stand jetzt direkt vor mir.

»Den, der sich von dir Dinge gefallen lässt, für die er jedem anderen bereits den Prozess gemacht hätte?«, murmelte er und senkte schüchtern seinen Blick. Vorsichtig umfasste er meine Hände und zog mich ganz an sich. Ich traute mich kaum zu atmen, aus Angst, diesen Moment zu zerstören. Ich müsste nur meinen Kopf etwas in den Nacken legen, dann …

»Flo?«, hörte ich Paula rufen. Sie klang, als stünde sie bereits im Zimmer.

»Nein!«, entfuhr es mir enttäuscht. Ich hob den Kopf und erstarrte für den Bruchteil einer Sekunde.

Ups, soooo nah sind wir uns schon.

»Pssssst!«, zischte Thosse leise. Mit einer schnellen Bewegung schob er mich in eine Nische zwischen einem Bücherregal und der Fensterfront. Die einzige Ecke im Zimmer, die vom Durchgang aus nicht einzusehen war. Dicht gedrängt standen wir in unserem Versteck und hofften, nicht entdeckt zu werden.

»Vielleicht brauchen sie …«, flüsterte ich, bevor er mir seine Finger sacht auf den Mund legte. Er linste gelassen um die Ecke. Ich versuchte mein wuschiges Ego runterzufahren.

»Flo?« Paula klang verdammt nah.

»Im Wohnzimmer sind sie nicht! Vielleicht zeigt er ihr die Ställe«, hörte ich sie laut rufen.

Alles klar, sie hat uns gesehen!

Wir verharrten einen Moment und lauschten ihren leiser werdenden Schritten. Dann gab Thosse seinen Beobachtungsposten auf und wandte sich mir zu. Seine Finger wanderten behutsam von meinem Mund an meinen Nacken. Er verharrte einen kurzen Moment. Warf mir einen fast prüfendenden Blick zu, bevor er mich an sich zog. Vorsichtig strich er mit seinen Lippen über meine und plötzlich gab es kein Halten mehr. Gut, dass ich zwischen ihm und der Wand eingequetscht war, sonst hätte es mir glatt den Boden unter den Füßen weggezogen.

Wo hat der Kerl nur gelernt, so zu küssen?

Zeit? Raum? Dimensionen? Egal! Das Universum schrumpfte augenblicklich auf ihn, mich und ziemlich viel Unbeschreibliches zwischen uns zusammen. Etwas atemlos lösten wir uns voneinander. Der Sonkuningr wirkte ebenfalls leicht verblüfft. Zaghaft lächelnd fuhr er mit seiner Hand über meine Wange.

»Ich weiß, wo mein Portalschlüssel ist!«, flüsterte er plötzlich mit leuchtenden Augen.

Das ist doch mal … ungewöhnlich. Und so frei von störender Romantik!

»Was?«, antwortete ich atemlos und etwas aus dem Konzept gebracht.

»Mir ist eingefallen, wo mein Portalschlüssel sein könnte«, wiederholte er brav.

Gut, ignorieren wir den Teil mit der explodierenden Leidenschaft und gehen zur Tagesordnung über.

Enttäuscht lockerte ich meine Arme, aber er hielt mich weiterhin fest. »Und wo, glaubst du, ist er?«, zwang ich mich mit unbeteiligter Miene zu fragen.

Nein, ich bin nicht sauer! Überhaupt nicht! Warum auch!

Hört man doch gern, dass er über seinen verlorenen Portalschlüssel nachdenkt, während er mich so heißblütig küsst, dass ich kurzzeitig meinen Namen vergesse.

Das stärkt das Selbstvertrauen ungemein.

»Ich bin mir ziemlich sicher, dass er am Sattel meines Pferdes war!«

Für einen Moment war ich so überrascht, dass ich sogar vergaß, beleidigt zu sein. »Wie kommst du da drauf?«, fragte ich erstaunt.

»Ich hatte den Portalschlüssel nicht dabei, sonst wäre ich zurückgekommen. Mein Pferd stand als einziges nah genug beim Portal. Als du gesucht hast, war es bereits auf dem Weg in den Stall.«
Ich dachte kurz nach. In Sachen Logik war er wirklich unschlagbar.

»Wundert sich eigentlich niemand, wenn dein Pferd allein angetrabt kommt und von dir jede Spur fehlt?«, wollte ich von ihm wissen.

Er schaute mich verständnislos an.

»Wieso? Ich bin der Sonkuningr. Es steht keinem Untergebenen zu, sich über mich oder mein Handeln Gedanken zu machen.«

Mannomann, da schwebt ja mal wieder ein Riesenkrönchen durch den Raum.

Ich versuchte mir vorzustellen, was es bedeutete, dass es nahezu allen in Askendor verboten war, über ihn nachzudenken. Währenddessen begann Thosse, mit seinen Fingerspitzen meinen Hals entlangzufahren, was meine Konzentrationsfähigkeit zugegebenermaßen etwas beeinträchtigte.

»Und wie kommen wir jetzt an deinen Portalschlüssel?«, wollte ich von ihm wissen.

»Ist mir scheißegal!«, knurrte er, zog mich wieder an sich und begann mich erneut zu küssen. *Stimmt, mir eigentlich auch!*

19

Leider konnten wir nicht ewig in der Nische bleiben und so machten wir uns irgendwann auf die Suche nach den anderen. Sie waren alle in Juliens Zimmer. Marc saß an einem der Computer und spielte, kaum zu glauben, Askendor.

»Gratuliere, du hast einen neuen hirnlosen Krieger an der Backe«, begrüßte uns Paula, die es sich auf Juliens Bett gemütlich gemacht hatte.

Thosse zog sich sofort einen Stuhl neben Marc. »Wo bist du?«, wollte er wissen. *Hat da etwa jemand Heimweh?*

Julien, auf einem der weiteren Schreibtischstühle, die Füße entspannt auf dem Rahmen des Bettes geparkt, beobachtete die beiden kopfschüttelnd. »Begreift einer von euch auch nur ansatzweise, wie skurril dieses Bild ist?«

»Ich hab heute schon Merkwürdigeres gesehen!«, bemerkte Paula grinsend, als ich mich neben sie auf das Bett setzte, mit einem vielsagenden Blick.

»Du meinst, dass Thosse und Flo rumgeknutscht haben«, prustete Marc grinsend. *Tschau, Privatsphäre! Hallo, knallroter Kopf!*

»Marc!«, wies Paula ihn scharf zurecht.

»Entschuldigung«, räumte er sofort reumütig mit treuem Augenaufschlag ein. »Ich meinte natürlich, dass Liam und Flo rumgeknutscht haben.«

Man kann ihm irgendwie nicht wirklich böse sein.

»Aus der Ferne hast du viel taktvoller und wohlerzogener gewirkt«, beschwerte ich mich kopfschüttelnd, während Paula sich einfach nur stöhnend auf die Seite fallen ließ.

»Ich bin eben der König der Tarnung«, verkündete Marc stolz.

»Gespenstschrecken sind Könige der Tarnung! Du bist eher Master of Desaster«, knurrte Julien. Worauf sich Marc mit einem beleidigten »Phü!« wieder dem Spiel zuwandte, um sich vom Sonkuningr die Schwachstellen der frastellianischen Krieger zeigen zu lassen. *Ist das nicht eigentlich Hochverrat?*

»Übrigens hat uns Lydia für heute Abend zum Neujahrsfeuer eingeladen«, berichtete mir Paula, als sie sich aus ihrer angedeuteten Ohnmacht wieder hochgerappelt hatte.

»Neujahrsfeuer?« Unsicher wanderte mein Blick zu Julien.

»Es vertreibt böse Geister und Dämonen und reinigt die Seele zum Start ins neue Jahr. Außerdem kann man spitzenmäßig grillen«, erklärte er etwas peinlich berührt.

»Hört sich doch gut an«, bemerkte ich aufmunternd. Solange ich nichts mit Federn tragen, ums Feuer tanzen und singen muss, bin ich dabei.

»Hey, ich glaub, das darf man nicht«, jammerte Marc auf einmal. *Wo hat er denn plötzlich ein Gewissen her?*

»Ich schon!«, murrte Thosse. *Königlicher Tonfall? Jetzt? Was veranstalten die zwei denn?*

Neugierig stand ich auf und stellte mich hinter die beiden. Ein Tegoster reitet auf einem frastellianischen Streitross. Ja, und? Irritierender fand ich persönlich den zweiten Bildschirm, über den in Windeseile Zahlenreihen und Wörter mit lustigen Zeichen liefen. Während Thosse mit einer Hand den Reiter steuerte, versuchte er mit der anderen im Programm einzelne Teile zu markieren.

Julien gesellte sich zu uns. Mit ungläubigem Lächeln verfolgte er Thosses Aktivitäten. »Ich begreife nicht mal im Ansatz, wie du das machst«, flüsterte er fasziniert.

Thosse hatte nicht mehr als einen kurzen irritierten Seitenblick für ihn übrig.

Julien übernahm die Steuerung des Pferdes. »Gib mal ein bisschen Gas«, murrte Thosse.

»Ja, warte ... wo ... ups ... ich hab auf den Busch geschossen!«, stammelte Julien.

Marc schob ihn von der Steuerung weg. »Das ist ja nicht mitanzusehen!«, brummte er. Im gestreckten Galopp jagte das Pferd über die Ebene, vollführte eine schnelle Wende und kam wieder zurück.

»Was hast du vor?«, wollte ich von Thosse wissen.

»Ich probiere was aus!«

Julien starrte weiterhin gebannt auf den zweiten Bildschirm, auf dem Thosse meiner Meinung nach ganz schön im Programm rumpfuschte. *Majestätisch initiierter Systemzusammenbruch? Darf er das auch?*

»Ich dreh hier gleich so ein paar affige Dressurkringel, wenn mir nicht sofort einer sagt, wo ich hinmuss!«, drohte Marc.

»Das heißt Volten, mein Plüschbömmelchen«, flötete Paula ungerührt vom Bett her. *Hallo, Hörfehler? Plüschbömmelchen?! Und sie regt sich über ›Konge‹ auf?*

»Wollten wir nicht aufhören, mir alberne Namen zu geben?«, grinste Marc und begann tatsächlich, mit dem Pferd Kreise zu drehen.

»Wenn du mit dem Rumgetrappel fertig bist, kannst du dich auf den Weg nach Shongkliosh machen«, brummte der Kongeson.

Ich aktivierte die Karte von Askendor. »Er wird nicht mal in die Nähe davon kommen«, erinnerte ich Thosse an die Bannmeile, die seinen Herrschersitz umgab.

»Ich arbeite daran! Bis zur Hängebrücke habt ihr nichts zu befürchten«, erklärte Thosse hoch konzentriert.

Mithilfe der Karte lotste ich Marc zur Brücke.

»Wir sind gleich da«, informierte ich das königliche Hackertalent. Der angespannten Miene, mit der Thosse im Programm hoch- und runterscrollte, mangelte es deutlich an der sonst so typischen majestätischen Gelassenheit. War wohl nicht ganz einfach, uns einen Passierschein zu besorgen.

Sind wir etwa im Stress?

»Warte!«, er hob kurz seine Hand, tippte mit der anderen weiter.

»Jetzt! Rüber! Schnell!« Marc steuerte im gestreckten Galopp über die Brücke.

»Angekommen«, rief er nach kurzer Zeit. Thosse nickte nur kurz und tippte weiter. Ich minimierte die Karte, die an der Brücke endete. Ab hier mussten wir ohne Navi nach Shongkliosh finden. Sollte bei den begrenzten Wegoptionen aber kein Problem sein. Inzwischen war auch Paula aufgestanden und beobachtete skeptisch unser überstürztes Unternehmen.

»Was macht ihr da?«, fragte sie erstaunt.

»Wir stürmen Thosses Burg«, jubelte Marc und nahm eine weitere Kurve, ohne an Tempo zu verlieren. Er war gut! Kurz vor der Felsschlucht, wo der Höhenweg zur Burg begann, sah ich die Wächter angaloppieren.

»Thosse?« Ich tippte ihm auf die Schulter. Zu spät. Sie hatten den Tegoster bereits vom Pferd geholt. Thosse drängte Marc von der Steuerung und versuchte zu kämpfen.

»Hast du bei ›Waffenwahl‹ auf ›Zahnstocher‹ gedrückt?«, knurrte er, als ihm einer der Wächter sein Schwert aus der Hand schlug.

»Du hast gerade meine nagelneue Spielfigur geopfert!«, beschwerte sich Marc, während wir beobachteten, wie vier Wachen mit ihren Schwertern auf Marcs Char einschlugen.

»Der ist nur inaktiv. Ich programmier dir einen, der sich auch verteidigen kann«, versprach Thosse grinsend. Er tippte auf der zweiten Tastatur herum, bis die Zahlenkolonnen vom Bildschirm verschwanden. Dann ließ er sich im Stuhl zurückfallen und drehte sich zu uns um.

»Das funktioniert also schon mal«, stellte er zufrieden fest.

»Dass du mit einem gewöhnlichen Char über die Bannmeile von Shongkliosh kommst?«, wollte ich wissen und setzte mich zurück auf meinen Platz. Thosse nickte mir gedankenverloren zu.

»Na, dann haben wir ja jetzt einen Plan!«, bemerkte Paula begeistert und setzte sich neben mich auf das Bett.

»Im Prinzip ... schon ...«, begann Thosse zögerlich. *Ich kann das ›Aber‹ bereits im Anflug spüren.*

»... es gibt aber nur eine, die den Portalschlüssel holen kann!«, erklärte er weiter und schaute mich an.

»Ich?«, entfuhr es mir entsetzt.

Irrtum! Ich habe keinen Heldenmoment bestellt!

»Du bist die Einzige, die in die Ställe kommt«, stellte Thosse fest.

»Hast du gesehen, was die gerade mit dieser Spielfigur angestellt haben?«, fuhr Paula neben mir auf.

»Sie werden ihr nichts tun«, versicherte Thosse, ohne mich aus den Augen zu lassen.

Warum? Weil sie mich dort alle so lieb haben?

»Was macht dich da so sicher?«, mischte sich nun auch Julien ein.

»Weil ich sie begleiten werde«, erklärte Thosse und zeigte sich von unserem mehrstimmigen Widerspruch vollkommen unbeeindruckt.

»Du kannst doch gar nicht ...!« »Wie soll das gehen?« »Häää?«

Er wartete ungewohnt geduldig, bis wir uns etwas beruhigt hatten.

»Natürlich kann ich als Person nicht mit. Aber ich kann einen Char programmieren, der mir hoffentlich so ähnlich ist, dass ich mich dort einigermaßen frei bewegen kann«, erklärte er. *Hurra! Ein Kongeson-Double! Gut, dass ich nicht bereits mit dem Original total überfordert bin!*

»Wozu brauchst du dann Flo?«, wollte Paula wissen. *Grundsätzlich oder in diesem speziellen Fall? Mich interessieren beide Antworten!*

»Es gibt Bereiche, wo kein Char hinkommt. Florentine schon«, antwortete er lässig.

»Versteh ich nicht«, brummte Paula. Und auch Marc und Julien sahen nicht wirklich erhellt aus.

»Es gibt eine weitere Ebene«, erklärte Thosse vage. Irgendwie schwieg er sich über diesen Bereich ganz schön geschickt aus. Ich erinnerte mich an die Tür, durch die Efnisien mich nicht hatte gehen lassen wollen. Thosses Privatgemächer, in denen ich nicht hätte sein dürfen. War das etwa diese weitere Ebene?

»Kannst du dir vorstellen, dorthin zu gehen?«, fragte mich Julien ernst.

Klar, ich brenne für unkontrollierbare Situationen!

»Wenn ich das richtig sehe, haben wir nicht viele Alternativen«, gab ich zu bedenken, was einem eindeutigen ›Jein‹ gleichkam. Während ich Julien antwortete, stand Thosse langsam auf und ging zur Fensterfront. Äußerlich vollkommen gelassen, als würde hier nicht seine momentan einzige Chance, zurückzukommen, diskutiert werden, starrte er in den Garten.

»Und wie gefährlich kann es für dich werden?«, erkundigte sich Marc bei mir. Ich zuckte nur mit den Schultern und schaute zu Thosse. Scheinbar unbeteiligt genoss er weiterhin die Aussicht. Er konnte mich nicht täuschen. Seine Haltung war angespannt. Seine Gesichtszüge, die sich in der Scheibe spiegelten, waren hart.

»Ich habe keine Ahnung«, gab ich bereitwillig zu.

Vielleicht sagt der Chef mal was dazu.

»Thosse?«, wandte sich Julien nun direkt an ihn.

Langsam drehte er sich zu uns um. Seine Antwort schien nur an mich gerichtet zu sein.

»Es ist nicht ungefährlich. Genau genommen bist du dort allein. Wir können dich zwar mit einem Aufgebot von Chars begleiten, sollten aber nicht zu viel Aufmerksamkeit auf uns lenken«, erklärte er entwaffnend ehrlich und musterte mich ernst.

Was soll's! Kniffeliger Plan? Riskante Umstände? Ungewisser Ausgang? Das ist doch genau mein Ding!

»Wann gehen wir?«, fragte ich ihn. Augenblicklich bekamen seine Augen diesen warmen Glanz, bei dem ich dahinschmelzen könnte.

»Bist du dir sicher?«, hakte er überrascht nach. Ich nickte und konnte die Fassungslosigkeit der anderen förmlich spüren. *Aber mal ehrlich, wer wäre ich, wenn ich den Sonkuningr hängen ließe?*

»Mach mal mehr grün«, schlug ich vor. Ein kurzer ungläubiger Blick von ihm. Dann schaute er wieder auf den Bildschirm.

Inzwischen war es dunkel geworden. Paulas Eltern hatten ein Mindestmaß an Anwesenheit von uns eingefordert. Und so hatten wir einen spaßigen Nachmittag bei ihr zu Hause verbracht. Mit Gesellschaftsspielen, alten Fotoalben ihrer Eltern, Filmen und Tonnen von Weihnachtsplätzchen fühlte sich das Leben zwar normaler, aber ohne Thosse auch irgendwie leerer an.

»Willst du mir sagen, dass ich froschgrüne Augen habe?«, brummte Thosse, jetzt, wo wir nebeneinander in Juliens Zimmer saßen und er versuchte einen Char zu programmieren, der ihm ähnlich sah.

Ich drehte mich mit meinem Stuhl zu ihm hin und verglich die Augenfarbe der Spielfigur auf dem Bildschirm mit seiner. *Puh! Wen interessiert bei dem Blick die Farbe?*

»Nein, vielleicht doch nicht«, räumte ich großzügig ein. Er küsste mich auf die Nasenspitze. Die selbstverständlich scheinende Nähe ließ meine Gedanken wild durcheinanderpurzeln. Ich versuchte mich auf die Farbskala zu konzentrieren.

»Probier mal das«, überlegte ich und tippte auf den Bildschirm.

»Laubgrün? Das ist ja viel besser! Sicher, dass du nicht farbenblind bist?«, stichelte Thosse grinsend und zog mich auf seinen Schoß. *Beziehungsstatus? Ungeklärt, aber leidenschaftlich! Das muss reichen!*

»Mann, echt jetzt. Ihr wart bedeutend produktiver, als ihr noch beide Hände dafür frei hattet«, erklang plötzlich Juliens Stimme von der Tür her. Unwillig lösten wir uns voneinander. Julien wühlte in einer Box, die unter dem Tisch stand, und förderte ein interessant aussehendes Kabel zutage.

»Aber wir hatten lange nicht so viel Spaß«, erwiderte ich ein bisschen verlegen und rutschte auf meinen Stuhl zurück.

»Wie weit seid ihr?«, wollte Julien wissen und schaute prüfend auf den Bildschirm.

»Na, das kann sich doch sehen lassen«, bemerkte er zufrieden, als er das Double entdeckte.

»Ja, optisch wird es reichen. Wenn auch einzelne Kritiker von der Augenfarbe nicht überzeugt sind«, bemerkte Thosse und schenkte mir sein schönstes Haifischlächeln. Ich kniff ihn in die Seite. Er sprang fast vom Stuhl. *Etwa kitzelig? Das klären wir gleich mal!*

»Ich muss wieder runter. Marc ist dort mit einem Benzinkanister, acht Kubikmetern Holz, seiner kindlichen Forscherseele und einer Frau, die alles, was er anstellt, *grandios* findet«, verabschiedete sich Julien hektisch, während er genervt die Augen verdrehte.

»Bis nachher«, rief ich ihm hinterher und richtete meine Aufmerksamkeit wieder auf den Bildschirm. Dort arbeitete Thosse bereits an irgendeiner Software. Eine Weile beobachtete ich ihn dabei, wie er einzelne Zahlen-, Buchstaben- und Zeichenkolonnen markierte und kopierte.

»Was machst du da?«

»Ich isoliere meine Datensätze vom Server des Spielbetreibers und kopiere sie auf eine externe Festplatte.« *Chic! Nicht jeder hat seine Persönlichkeit auf einem Server geparkt.*

»Wozu?«, wunderte ich mich. Das perfekte Thosse-von-Baar-Double stand doch bereits auf dem Spielfeld.

»Nur die User der Chars gehen nach der Optik. Alle anderen erkennen Figuren anhand ihrer Signatur«, erklärte er mir ungerührt. Ich musterte ihn ungläubig.

»Du meinst, Efnisien würde es nicht auffallen, wenn du dort als Busch durch die Gegend stiefeln würdest?«

»Doch, ich denke, das würde er bemerken«, antwortete er schmunzelnd. »Er besitzt schon ein visuelles Erkennungssystem. Es arbeitet nur nicht sehr differenziert.«

»Woher weißt du das?«, wunderte ich mich.

»Ich lebe seit Jahren mit ihm zusammen! Das bekommt man einfach mit.«

»Efnisien ist blind wie ein Maulwurf und kann mich trotzdem an jeder Ecke sofort aufspüren?«, beschwerte ich mich.

»Er realisiert deine menschlichen Umrisse, vielleicht noch ein paar weitere Details«, lachte Thosse. »Es würde aber niemals dazu ausreichen, dich optisch aus einer größeren Menge herauszufinden. Wirklich erkennen kann er dich hauptsächlich anhand deines Signals.«

Bin ich jetzt eine fiepende Rettungsboje, oder was?

»Ich hab doch keinen Transponder verschluckt!«, entfuhr es mir ungläubig.

»Aber du sendest elektromagnetische Wellen«, betonte Thosse angesichts meiner Unwissenheit mit überraschtem Blick.

»Ich sende was?!« … *und brauche ich eine Lizenz dazu?*

»Wie sollte ich dich sonst überall entdecken können?«, zwinkerte er mir amüsiert zu.

»Du kannst das auch?« *Das wird ja immer besser!*

»Natürlich!«

Nein, nicht natürlich! Mein fassungsloser Blick ließ ihn vermutlich glauben, dass ich weitere Erklärungen bräuchte.

»Bei Menschen ist es ein bisschen kniffeliger, habe ich inzwischen festgestellt. Sie senden sehr schwache Signale, die sich kaum voneinander unterscheiden«, erklärte er.

Dann schaute er mir fest in die Augen. »Aber um dich nachts hinter einem Schuppen ausfindig zu machen, reicht es auf jeden Fall«, ergänzte er deutlich amüsiert.

Na, bravo! Gut, dass keine Peinlichkeit geheim bleibt!

»Du kannst jeden überall aufspüren?«, fragte ich misstrauisch. *Ein menschlicher GPS-Empfänger! Meine Mutter wird ihn lieben!*

»In einem gewissen Rahmen«, grenzte er vage ein.

»Sonstige Superkräfte, von denen ich wissen sollte?«, erkundigte ich mich nervös. *Bei Hellsehen oder Telekinese bin ich so was von raus!*

»Wieso Superkräfte? Das ist eine ganz normale Fertigkeit«, ereiferte er sich. *Ja, sicher doch. Das behauptet Batman auch, wenn er nachts um die Häuser flattert.*

»Gedankenlesen?«, hakte ich streng nach.

»Nein!«, rief er überrascht und lachte laut. Ich betrachtete ihn skeptisch. Wie menschlich war er wirklich?

»Aber ich fände es klasse, mich in fremde Köpfe einklinken zu können. Vor allem gerade jetzt«, raunte er und fuhr langsam mit seinen Fingern über meine Wange. Schätze, wir konnten beide froh sein, dass er keine Gedanken lesen konnte. Oder wollte er sich ernsthaft ›Boah, diese Augen! Ich dreh gleich durch! Und wie er riecht! Noch einen Millimeter näher und ich garantiere für gar nichts mehr!‹ anhören?

Mein Blick fiel auf das kleine Kästchen, das an den Rechner angeschlossen war.

»Wozu isolierst du deine Daten auf einer externen Festplatte?«, wollte ich wissen und hielt seine Hand fest, die aufreizend langsam meinen Nacken entlangwanderte. Denken funktionierte besser, wenn meine Synapsen nicht mehrstimmig vor Begeisterung grölten!

»Ich konfiguriere damit die Software meines Chars«, erklärte er, umfasste meine Hand, die immer noch auf seiner lag, und ließ beide sinken.

»Du verbindest deine Spielfigur mit allen Daten, die du über dich gefunden hast?« *Hurra! Frankenstein in Neuauflage!*

Er nickte langsam. »Ich versuche, ihn mir so ähnlich wie möglich zu machen.« Nervös entzog ich ihm meine Hand, sprang auf und ging unruhig durchs Zimmer.

»Es wird dich zweimal geben?«, vergewisserte ich mich nach einer Weile. *Nein! Auf gar keinen Fall! Ich will das nicht!*

»Na ja, ich nehme an, dass er ein Char bleibt und nicht menschlich wird«, mutmaßte er gelassen, während er sich zu mir umdrehte. Die Vorstellung war trotzdem merkwürdig.

Ich blieb am Fenster stehen. Draußen brannte bereits das Neujahrsfeuer. Obwohl es im Zimmer nicht kalt war, fröstelte ich bei der Vorstellung, dass im Computer gerade ein neuer Thosse von Baar entstand.

Das Original trat hinter mich. Vorsichtig legte er seine Arme um mich.

»Hey, keine Sorge, er wird nicht menschlich sein«, flüsterte er. *Woher willst du das wissen?*

»Was geschieht, wenn die Festplatte zerstört wird?«, fiel mir plötzlich ein. Der Druck von Thosses Armen wurde stärker.

»Planst du mal wieder mich umzubringen?«, raunte er mir ins Ohr. Ich konnte fühlen, dass er dabei lächelte. Unwirsch drehte ich mich in seiner Umarmung zu ihm um. Seine Miene war gelassen und amüsiert.

»Ernsthaft, Thosse! Was passiert, wenn jemand sie löschen würde?«

»Wahrscheinlich nichts! Es ist nur eine Kopie«, wisperte er, während er mit seinen Lippen über meine Wange strich. *Wahrscheinlich?! Geht's auch genauer? Mit Annahmevermutungsspekulationen hab ich's nicht so!*

»Aber …«, unternahm ich einen letzten Vorstoß und bemühte mich, das sich ausbreitende Prickeln in meinem Körper nicht zu beachten.

»Wir werden es früh genug herausfinden«, brummte er und zeigte mir nur allzu deutlich, wie viel Spannenderes es zu entdecken gab.

20

Am nächsten Morgen schippte ich mit Paula die Garagenzufahrt frei und vertiefte dabei eine der brennenden Fragen, die der Sonkuningr so mit sich brachte.

»Warum kann er so unheimlich gut küssen?«, ächzte ich und wuchtete die mit Schnee beladene Schaufel auf den inzwischen beachtlichen Haufen. Paula, mit roter Bommelmütze und passender Daunenjacke, mühte sich auf der anderen Seite mit der weißen Pracht ab.

»Instinkt?«, japste sie.

»Ja, ganz sicher! Deshalb gibt es auch unzählig viele atemberaubende Küsser!«, stöhnte ich und stützte mich schwer atmend auf meinen Schneeschieber.

»So langsam solltest du Jonas mal verzeihen!«, kicherte Paula und legte, ebenfalls nach Atem ringend, eine Pause ein. *Neunte Klasse! Jonas Weber! Mein erster Kuss!* Nie wünschte ich mir sehnsüchtiger, mein Gedächtnis zu verlieren!

»Dir hat er mit seiner Zunge ja nicht die Rachenmandeln poliert!«, knurrte ich, musste aber dann doch grinsen.

»Notiert! Offensichtlich ist der aktuelle Kandidat um einiges geschickter«, stellte sie verschmitzt lächelnd fest.

»Jaaa! Und das ist total unheimlich. Der weiß genau, was er tut«, raunte ich ihr mit großen Augen zu. Bereits die Erinnerung an seine Berührungen reichte für einen behaglichen Schauder.

»Du glaubst, er macht das nicht zum ersten Mal?«, brachte Paula meine konfusen Gedanken auf den Punkt.

Ich nickte zustimmend.

»Aber wann hatte er jemals die Gelegenheit, jemanden zu küssen?« *Konkurriere ich etwa mit irgendwelchen computeranimierten Superfreundinnen?*

»Vielleicht Aquinnah! Du hast gesagt, er lernt schnell.«

»Verpass mir doch einfach einen Nackenschlag! Das wäre weniger schmerzhaft!«

»Ehrlich? Die Alternativen finde ich noch gruseliger!«, verteidigte sich Paula.

»Du meinst irgendwelche Amazonen oder andere scharfe personifizierte Steuerprogramme, mit denen er vielleicht etwas hatte?«, seufzte ich. *Und ›etwas‹ mag ich mir erst gar nicht ausmalen!*

»Komm, das reicht!«, stellte Paula zufrieden fest. Sie meinte die freigeräumte Auffahrt. Es traf allerdings genauso auf die Abwege meiner Gedanken zu.

Wir gingen zusammen ins Haus. Im Flur trafen wir Susanne, bereits im Mantel. Paulas Mutter musste heute arbeiten. Sie klaubte allerlei Krimskrams vom Regal in der Garderobe und warf ihn in ihre offene Tasche, die am Boden stand. Gleichzeitig versuchte sie einen Fuß in ihren Stiefel einzufädeln.

»Die Einfahrt ist schneefrei«, meldete Paula.

»Super, danke! Ich bin schon wieder so was von spät dran. Wo sind nur meine Schlüssel?« Sie hüpfte suchend im Kreis, während sie versuchte sich den anderen Stiefel überzuziehen.

Paula bückte sich und hielt den klimpernden Bund hoch. »Wie immer, in Lillys Fahrradkorb!«, grinste sie und warf ihrer Mutter die Schlüssel zu.

»Danke, du bist ein Schatz. Meinst du, ihr könntet den Kleintierzoo ein bisschen lüften? Schneemann bauen oder so? Die hocken die ganze Zeit nur in der Bude«, jammerte Susanne, während sie sich in Windeseile ihren Schal um den Hals band. Paula warf mir einen schnellen Blick zu. Ich nickte.

»Geht klar«, versprach sie ihrer Mutter, die bereits an der Haustür war.

»Ihr seid toll! Danke, ehrlich, und nehmt doch bitte Finn auch gleich mit!« Rums, fiel die Tür ins Schloss.

Bravo! Hauptgewinn!

Eine Stunde später waren wir zum Schlittenhang unterwegs. Tatsächlich hatte es Paula unter Androhung körperlicher Gewalt geschafft, Finn und seine schlechte Laune zum Mitkommen zu bewegen.

»Ich hasse Schlittenfahren!«, motzte er laut vor sich hin.

»Du hasst alles, an dem kein Stecker ist!«, erwiderte Paula ungerührt. Vor uns stapften Lilly und Ben, die in ihren Schneeanzügen wie blaue Michelinmännchen aussahen.

»Zumindest könnte eine von euch Thosse überreden, mir meinen Zugang wieder freizuschalten«, muffelte er missmutig.

Ich konnte mir das Lachen kaum verkneifen. Thosse hatte ihm an Silvester tatsächlich sämtliche Accounts gesperrt. Um es richtig wasserdicht zu machen, hatte er das Programm sogar für Finns IP-Adresse gesperrt. Jetzt, nach drei Tagen ohne Askendor, waren bei Finn deutliche Entzugserscheinungen zu erkennen.

»Ehrlich, er ist doch gar nicht auf dem neuesten Stand. Da könnte sich sonst was zusammenbrauen. Ich würde für ihn spionieren!«, bot sich Finn großzügig an.

Genau! Unserer Truppe fehlt eindeutig ein unterbegabter Meisterschnüffler. Dass wir da nicht schon früher draufgekommen sind!

»Was willst du denn auskundschaften, Agent Pygmäos? Ihr sitzt doch alle im Knast?«, erinnerte ich ihn, wofür er mich mit einem ganz bösen Blick bestrafte.

»Ich bin auch noch in anderen Clans unterwegs«, gab er beleidigt zurück.

»Ja, in vier Stück und in allen bist du tot!«, rieb ihm Paula fröhlich unter die Nase. *Der Sonkuningr ist auch nicht gerade die Verschwiegenheit in Person!*

»Wenn du unbedingt möchtest, kann ich ihn mal fragen«, bot ich großherzig an. Inzwischen waren wir oben auf dem Hügel angekommen. Ich drückte Finn auf einen der Schlitten, setzte Lilly davor und schob die zwei an die Hangkante.

»Und jetzt zeig mal, was du so draufhast, 007!«, ermunterte ich ihn und ließ den Schlitten los. Augenblicklich begann Lilly vor Vergnügen zu kreischen. Ich schaute ihnen zweifelnd hinterher. *Verfolgungsjagden im Schnee? Wir setzen lieber nicht auf ihn!*

Ohne weiteren Protest sauste Finn unermüdlich mit Lilly den Berg hinunter. Paula fuhr mit Ben. Meine Aufgabe war es, die Michelinmännchen vor ihnen auf den Schlitten zu platzieren und sie über die Kante zu schubsen. Gerade als Finn und Lilly laut juchzend wieder nach unten sausten, zupfte mich jemand an meiner Jacke.

»Fährst du mit mir?«, bettelte Ben, der wie ein Schneemann aussah. »Ich bin schon zwei Mal umgefallen.«

»Wo ist Paula? Ich dachte, du bist mit ihr unterwegs?«, fragte ich und begann den Schnee von ihm abzuklopfen.

»Ist auch schon zweimal umgefallen«, nuschelte er, hob seinen Arm und deutete vage in die Ferne. Ich suchte das Gebiet ab und entdeckte einen ausflippenden roten Punkt, der sich langsam näherte.

»Warum hat die kleine Raupe es geschafft, dich abzuhängen?«, fragte ich, als sie in Hörweite war.

»Weil er nicht erst den Schlitten ausgraben musste!«, antwortete Paula atemlos, als sie sich zu uns hochgekämpft hatte.

»Hey, Unterprivilegierter!«, schnauzte sie Ben an. »Wo sind die Füße, wenn ich ›oben‹ sage?« Ben schaute sehr schuldbewusst.

»Na komm! Ich fahr mit dir«, ermunterte ich ihn. Wir setzten uns auf den Schlitten.

»Ja, genau, zeig Flo die Senke mit dem vielen Tiefschnee! Das mag sie ganz besonders!«, rief Paula uns hinterher.

Halb blind schossen wir nach unten. Meine Augen tränten vom eisigen Fahrtwind. Zwar schlitterten wir, ohne wirklich Herr über unser Gefährt zu sein, über eine ganz gemeine Eisplatte, aber der Schlitten blieb auf den Kufen.

»Noch mal!«, krähte Ben, kaum dass wir unten waren. Gemeinsam machten wir uns an den Aufstieg. Nach ein paar Fahrten und kurz vor meinem konditionellen Zusammenbruch erwartete uns Paula mit ihrem Handy wedelnd oben an der Hangkante.

»Marc kommt gleich!«, begrüßte sie mich.

»Na, dann üb mal!«, schlug ich vor und warf ihr das Zugseil zu. »Schlittenfahren liegt dem Nordmann sicher im Blut.«

Kurze Zeit später wollten Lilly und Ben allein fahren. Ich fing sie unten auf, weil sie nicht bremsen konnten. Paula half ihnen oben beim Aufsitzen, weil sie nicht starten konnten. Dazwischen folgten sie einfach der Falllinie, da sie nicht steuern konnten. Aber ihrem lauten Gejohle nach zu urteilen, machte es ihnen riesigen Spaß.

»Hier war ich ja schon ewig nicht mehr«, hörte ich plötzlich Juliens Stimme hinter mir.

»Moment!«, rief ich, stoppte das kreischende Geschoss und half Ben und Lilly vom Schlitten.

»Bist du allein?«, fragte ich Julien, während wir Paulas kleinen Geschwistern zusahen, wie sie den Hügel hinaufwackelten.

»Marc ist auf der Suche nach Paula. Thosse hängt vor dem Computer fest. Der überlässt, glaube ich, wirklich nichts dem Zufall«, erklärte er. *Wie? Ich bekomme nur Julien? Keinen Thosse? Keine Romantik im Schnee? So gemein, diese Welt!*

Ich entdeckte Finn, der sich entgegen seiner anfänglichen Weigerung doch ziemlich gut zu amüsieren schien. Er sauste auf dem Schlitten stehend den Hang runter. Ohne eine Miene zu verziehen. *Irgendwie ist er schon eine coole Socke.*

Julien schaute ihm ebenfalls verwundert zu. »Warum kann der das alles?«, brummte er plötzlich ungehalten.

»Wen meinst du? Finn?«, vergewisserte ich mich ungläubig.

»Quatsch, der doch nicht. Bei dem muss man sich eher wundern, dass er aufrecht geht. Ich meine Thosse. Man hat das Gefühl, dass es nichts gibt, was er nicht innerhalb kürzester Zeit versteht und beherrscht.« *Ja, einfach unglaublich. Schon mal von ihm geküsst worden?*

»Ich weiß genau, was du meinst«, stimmte ich ihm zu.

»Bist du dir darüber im Klaren, dass er mindestens elf Sprachen spricht?«, stöhnte Julien genervt. *Doch so viele?*

»Hat er dir erzählt, dass er elektromagnetische Signale wahrnehmen kann?«, fragte ich. Julien schüttelte ungläubig den Kopf.

»Im Spiel ist er in der Lage, bestimmte Funktionen des Programms gedanklich zu lenken oder ein- und auszuschalten«, zählte ich auf und musterte Julien neugierig.

»Faszinierend!«, war alles, was ihm dazu einfiel. *Neues Synonym für ›unheimlich‹?*

»Laut Thosse sollte das jeder von uns beherrschen. Er behauptet, wir würden unser Gehirn nicht richtig nutzen«, gab ich zu bedenken.

»Quatsch mit Soße«, entschied Julien. »Für einen einzelnen Menschen weiß er einfach zu viel. Allein von Computern versteht er mehr als wir alle zusammen!«, ereiferte er sich. *Also für mich bekommt ihr glatt null Hackerpunkte!*

»Vielleicht ist er ein zerebraler Hybrid?«, schlug ich vorsichtig vor.

»Das hast du jetzt hoffentlich erfunden«, murrte Julien und musterte mich entsetzt.

»Nein, wie kommst du darauf. Das steht genau so in der Stellenbeschreibung Mensch gewordener Steuerungsprogramme!« *Natürlich habe ich das erfunden, du Knalltüte!*

»Was bin ich froh, dass du im Bereich ›konstruierte Phänomene‹ den Überblick hast!«, lachte er und fügte nach einer Weile nachdenklich hinzu: »Du meinst also, er hat ein Gehirn und …?«

»Festplatte, Prozessor … such dir einfach was aus«, bot ich großzügig an.

»Menschliches Hirn und maschinelle Harddisk?«, fasste er überrascht zusammen. »Weißt du, wie verrückt sich das anhört?« Ich nickte langsam. *Ich habe aufgegeben, über das Ausmaß des Wahnsinns zu spekulieren. Ich lebe ihn einfach!*

»Ein zerebraler Hybrid wäre ja wohl kaum ein Mensch«, gab er zu bedenken und musterte mich gespannt.

Ich zog es vor zu schweigen.

»Aber das ist für dich offensichtlich kein Problem, oder?«, wollte er wissen. *Solange ihm keine Drähte aus dem Kopf stehen? Nein!*

»Übermenschliche Intelligenz? Außergewöhnliches Aussehen? Umwerfende Persönlichkeit? Sollte man sich da wirklich an solchen Kleinigkeiten stören?«, räumte ich grinsend ein.

»Vorsicht!«, rief Julien und stieß mich zur Seite. Genau dort, wo wir eben noch gestanden hatten, fegte Marc bäuchlings auf dem Schlitten vorbei, mit Ben und der kreischenden Lilly obendrauf.

»Kommt, ich zieh euch hoch!«, bot Julien den Kleinen an. »Mir wird sonst kalt. Hey, Nygård …«, maulte er seinen Freund an. »… runter vom Schlitten! Ich meinte nur die Kleinen!«

»Wie soll dir denn warm werden, wenn du die Fliegengewichte ziehst!«, murrte Marc, stand aber auf.

Ich stapfte zwischen Julien und Marc den Hang nach oben.

»Schon aufgeregt wegen heute Nachmittag?«, wollte Marc

auf halbem Weg von mir wissen. Ich hatte darauf gedrängt, dass wir die Portalschlüsselsuche heute hinter uns brachten. Morgen Nachmittag wären meine Eltern wieder da und mein freies Leben würde ein jähes Ende finden.

»Ein bisschen«, gab ich zu. *Ein bisschen ziemlich viel, aber das braucht niemand zu wissen!*

»Auf alle Fälle bekommst du eine erstklassige Eskorte!«, schwärmte Marc.

»Und wer wird die steuern?«, fragte ich etwas aus der Puste.

»Na, wir natürlich!«, antwortete Julien überrascht. *Hurra! Mr ›Wofür ist diese Taste? – Ach, mit der schießt man!‹ und das Plüschbömmelchen sind mein Begleitschutz.*

»Und Thosse?«, fragte ich hoffnungsvoll.

»Keine Ahnung, wahrscheinlich lenkt er die anderen zehn Figuren, die er programmiert hat!« Zwölf Wächter nannte er unauffällig?! *Warum montiert er mir nicht gleich ein Blinklicht auf den Kopf?*

»Sein Double ist so echt, du wirst den Unterschied kaum merken«, schwärmte Marc, als wir oben an der Hangkante ankamen. *Genau darauf hatte ich gehofft! So ein Glück aber auch!*

»Wer will noch mal mitfahren?«, rief er und sofort stürzten Ben und Lilly auf ihn zu.

Thosse stand lässig an Juliens Schreibtisch gelehnt. Die anderen verließen gerade das Zimmer. Sie würden unten in der Küche warten, bis ich im Spiel war. Vielleicht etwas kapriziös, aber ich wollte, außer Thosse, keine Zuschauer. Es war skurril genug, dass sie mich gleich im Spiel sehen würden.

»Versuch so wenig wie möglich zu sprechen und verbirg dein Gesicht«, ermahnte der Sonkuningr mich eindringlich, kaum dass ich die Tür hinter Paula geschlossen hatte. *Anstrengender als ein majestätischer Kongeson ist definitiv ein nervöser!*

»Hey, wir haben einen perfekten Plan!«, wollte ich ihn beruhigen. Vergeblich!

»Irgendwo lauert Ulfren. Da gibt es keinen perfekten Plan«, unkte er düster. Ich warf ihm einen amüsierten Blick zu.

»Das Grauen hat einen Namen: U-U-U-U-l-f-r-e-e-e-e-n«, raunte ich mit Schauerstimme, reckte die Hände gespensterhaft nach beiden Seiten und wackelte auf ihn zu. Mit hochgezogener Augenbraue und verschränkten Armen warf er mir einen strafenden Blick zu. *Den hat er schon mal besser draufgehabt.* Das Leuchten seiner Augen verriet ihn. Kaum war ich in seiner Reichweite, zog er mich prompt an sich.

»Alles klar, Monsterchen, er zittert sicher schon vor Angst«, lachte er. Ich legte meinen Kopf in den Nacken und stellte mich auf die Zehenspitzen. Er wich ein kleines Stück zurück.

»Erst versprichst du mir, vorsichtig zu sein«, flüsterte er und bemühte sich sogar, streng zu schauen.

»Aber immer doch!«, brummte ich und ließ meine Fingerkuppen mit sanftem Druck über seinen Rücken gleiten.

»Du genießt das, oder?«, grinste er und senkte den Kopf, um mich zu küssen. *Was? Ihn zu verunsichern? Ihn zu küssen? Ich liebe es!!*

»Wir sollten mal loslegen!«, murmelte ich nach einer Weile und wollte mich ein Stück von ihm wegdrücken.

»Großartige Idee«, knurrte er wohlig und umfasste mich fester. Seine Küsse wurden drängender.

Ähm, kleines Verständigungsproblem! Aber holla! Unglaublich! Der hat tatsächlich noch Spielraum nach oben!

»Die anderen backen vor Langeweile wahrscheinlich schon Kuchen«, wisperte ich irgendwann.

»Hmmmm, lecker!«, brummte er und strich langsam meinen Hals entlang.

Ehrlich, wie dringend brauchen wir diesen blöden Portalschlüssel?

»Kein Risiko! Verstanden?«, raunte er mit heiserer Stimme, als er mein Ohr streifte. Augenblicklich begann sich bei mir alles zu drehen. *Wie schafft der Kerl das nur?*

»Hast du etwa Angst, mich mit Sancho Panza und seinem furchtlosen Gefährten losziehen zu lassen?«, fragte ich etwas atemlos. *Kann mal jemand das Zimmer anhalten?*

Er richtete sich ein Stück auf, lockerte seine Umarmung und wurde plötzlich ernst.

»Nein, natürlich nicht. Marc ist gut. Sehr gut sogar. Julien würde niemals ein Wagnis eingehen. Nicht bei dem, was auf dem Spiel steht. Außerdem bin ich ja auch noch da. Aber denk daran, so wenig …«

»… wie möglich zu reden und mein Gesicht versteckt zu halten. Ich schaff das schon!«, fiel ich ihm ins Wort. Er umfasste meine Oberarme und hielt mich mit ausgestreckten Armen von sich weg. Sein Blick, leuchtend grün und unergründlich, war fest auf mich gerichtet und er musterte mich, als sähe er mich zum ersten Mal. Dann begann er plötzlich zu lächeln.

»Du schaffst mich, da dürfte der Portalschlüssel ein Kinderspiel für dich sein.«

Kaum war ich am Platz des Hohen Rates angekommen, ging ich ein Stück tiefer in den Wald, wo zwei bewegungslose Wächter mit Lanrina warteten. Zwei weitere Wächter saßen wie versteinert hoch zu Ross vor dem Portal. Daneben, ebenfalls starr, zwei Pferde. Ich wusste, dass Thosse auf dem Weg in die Küche war, um die anderen zu holen. Nicht mehr lang und alle würden zum Leben erwachen. Vorerst war es aber, als würde ich mich zwischen Schaufensterpuppen bewegen. Ich hob das Cape eines Wächters auf, das Thosse extra für mich programmiert hatte. Es fühlte sich total echt an. Warum ich mich jetzt gerade darüber wunderte? Keine Ahnung! Auf jeden Fall war die Verkleidung als gesichtsloser Leibgardist für unsere Zwecke perfekt.

Mit der Kapuze über dem Kopf war ich nicht mehr zu erkennen. Die Ornamentplatte, die in die Kapuze eingearbeitet war, rutschte mir bis weit runter auf die Nase. Ich hatte mich schon häufiger gefragt, wie die Wächter von Askendor mit der weit über die Augen hängenden Kapuze sehen konnten. Eine Frage, die sich jetzt klärte: Gar nicht! Sie waren praktisch blind. Im Gegensatz zu ihnen war ich jedoch extrem darauf angewiesen, sehen zu können. Vorsichtig zog ich die Kapuze ein Stück zurück, um wenigstens unter dem Rand hervorlinsen zu können. Erschrocken wich ich zurück. Einer der Wächter hatte sich bewegt und stand jetzt direkt vor mir.

»Alles in Ordnung?«, hörte ich ihn fragen. Julien? Thosse? *Schwierig, wenn man nicht weiß, wer mit einem redet.* Ich nickte nur.

»Das ist definitiv die Poleposition in der langen Schlange des Unglaublichen«, quietschte Lanrina plötzlich. Meine Güte, ich hatte sie noch nie reden hören. *Da gibt man sich so viel Mühe mit der Optik und sie klingt wie rostige Nägel.* Aber zumindest war Paula unverkennbar!

»Dann mal los!«, drängte der Wächter zum Aufbruch, drehte sich um und trat auf die Lichtung. Ich schlich ihm hinterher.

»Das hat ja gedauert«, schnarrte einer der Leibgardisten hoch zu Ross. Marc?

»Wir hatten auf Kuchen gehofft«, antwortete ich ihm. Thosse würde wohl den Rest erklären müssen. Kaum hatte mich der Wächter in den Sattel gehoben, trabten wir an. Entgegen Marcs Vorhersage waren wir, mit mir, nur vier Wächter. Eine unauffällige Truppe auf Patrouillenritt. Vorsichtig spähte ich zurück. Paula würde mit Lanrina Blümchen sammeln gehen. Somit würden die anderen sofort bemerken, wenn jemand, *Uwe?*, versuchte ihre Steuerung zu übernehmen. Einen Wächter ließen wir als Unterstützung zurück, falls sie angegriffen wurde.

Es war gespenstisch ruhig in Askendor. Immer wieder begegneten uns auf dem Weg nach Shongkliosh Chars, die uns aber nicht weiter beachteten. Thosse hatte recht. Jeder mied die Wächter von Askendor. Selbst wenn es nicht die echten waren, sondern nur von Thosse erschaffene Chars. Anscheinend war ihre Signatur überzeugend.

Unbehelligt kamen wir bis zu der Brücke, über die gestern schon Marc mit seinem Tegoster geritten war. Nervös richtete ich mich im Sattel auf. Jetzt würde sich zeigen, ob Thosse das Programm wirklich so souverän beherrschte. Problemlos wurde mein Pferd als erstes darübergesteuert. Ich war froh, dass ich es nicht selbst lenken musste. So war der Ritt etwa so anspruchsvoll wie geführtes Ponyreiten im Zoo.

›Beweg dich nicht unnötig viel. Rede so wenig wie möglich und schau vor allem nicht herum! Sonst fällt auf, dass du kein Wächter bist‹, hatte mir Thosse eingeschärft. *Vielleicht logisch, aber undurchführbar.* Ich musste trotz aller Warnungen einen schnellen Blick riskieren. Alle waren da. Als wir in die tiefe Schlucht einbogen, wo der Felsenweg nach oben zur Festung begann, bemerkte ich plötzlich, dass jemand ziemlich dicht neben mir ritt.

»Nicht bewegen? Nicht umschauen?«, hörte ich einen der Wächter krächzen. Die hochgezogene Augenbraue war nicht zu überhören. Ich musste grinsen. Und schon fühlte ich mich nicht mehr so verloren.

»Wer steuert mein Pferd?«, fragte ich leise.

»Ich natürlich.« *Sehr beruhigend!* Selbst wenn er nebenher noch mit seinem Double am anderen Ende von Tragun unterwegs war, konnte ich sicher sein, dass niemand plötzlich eine Dressureinlage zum Besten gab. Oder aus Versehen das Pferd in den Abgrund lenkte.

Thosse hatte den Ausritt seines Doubles so gelegt, dass er zeitgleich mit uns auf Shongkliosh eintraf.

Was passieren würde, wenn sie ihn nicht akzeptierten, hatte

Paula von ihm wissen wollen, als er uns in seine Pläne eingeweiht hatte.

»Ich regiere Tragun bereits seit zwanzig Stunden mit ihm«, hatte er ihr hoheitsvoll geantwortet. *Wozu dann der Aufstand? Er kann von hier aus arbeiten und ich, wir … alle sind glücklich!*

Der Sonkuningr sah es nicht ganz so. Obwohl sein Double wirklich sehr überzeugend sein musste. Zur Sicherheit hatte er Efnisien auf eine absurde Mission nach Frastella geschickt, um ihn aus dem Weg zu haben. Offenbar hatte er wirklich an alles gedacht.

Wir hatten den am Fels angebrachten Bretterweg, der inzwischen jeden Horror für mich verloren hatte, hinter uns gelassen. Auf der letzten Steigung Richtung Burghof stoppten wir plötzlich.

»Was ist los?«, wollte ich von dem Wächter neben mir wissen.

»Der Kongeson hat das Timing vermasselt!«, antwortete er. *Paula? Langeweile beim Blümchenpflücken?* Dass sie alle in einem Zimmer saßen und jederzeit die Steuerung eines anderen Chars übernehmen konnten, war ziemlich verwirrend.

»Genau genommen wart ihr zu schnell!«, fügte der Wächter auf der anderen Seite hinzu. *Okay! Den königlichen Besserwisser erkenne ich auch ohne passende Stimme oder Gesicht sofort!*

Kaum hatte er gesprochen, sah ich Thosse von Baar, das Double, auf mich zureiten. *Puh! Den hat er ja wirklich super hinbekommen!* Ich schluckte trocken. Diese düstere Version von Thosse hatte ich komplett verdrängt. Hatte er wirklich jemals so furchterregend ausgesehen? Ohne einen Blick nach links oder rechts zu werfen, ritt er an uns vorbei. Sechs weitere Wächter folgten ihm. *Und wer, bitte schön, steuert die alle?*

Wir schlossen uns ihnen an. Unauffälliger konnte man sich nicht einschleusen. Auf dem Burghof saßen alle ab und mit einem Schlag war unübersichtlich viel los. Der ideale Zeitpunkt, sich unbemerkt davonzustehlen. Unauffällig schob ich mich in den Hintergrund. Drehte mich von der Gruppe weg und ging hocherhobenen Hauptes in eine Richtung, von der ich inständig hoffte, sie möge Osten sein.

›Ostseite?‹, hatte ich Thosse vorhin zweifelnd gefragt, als er mir den Weg zu den Ställen erklärt hatte. *Seh ich vielleicht wie eine Brieftaube aus?* Stoisch hatte ich seinen verzweifelten Blick ignoriert.

›Die Festung im Rücken nach links‹, hatte er kopfschüttelnd vorgeschlagen. *Gut, damit kann ich arbeiten!*

Tatsächlich fand ich den Weg, der zu einem offenen Tor in der Burgmauer führte. Wäre ich dort durch, würde ich von den Monitoren der anderen verschwinden. Kein Char und keine Späherfunktion kam hinter diese Mauer. Neugierig schaute ich mich um und bemerkte keinen Unterschied zum Rest des Spiels. Askendor backstage war deutlich weniger spektakulär, als ich gedacht hätte. Ähnlich spannend wie der Teil der Festung, in dem Thosses Privatgemächer lagen. Die Grenzen schienen willkürlich zu sein. Außer, dass kein Char dorthin gehen konnte und sich der Kongeson hartnäckig über dieses Gebiet ausschwieg, war es total unauffällig. Und ziemlich leer. Ich begegnete auf meinem Weg zur Sattelkammer niemandem. Die Sättel seiner Pferde, *man beachte den Doppelplural,* waren im vorderen Teil des lang gestreckten Gebäudes untergebracht. Das schwere Holztor ließ sich nur mühsam und ziemlich laut quietschend öffnen. *Psst, nicht so laut. Sonst hätte ich gleich Begrüßungsfanfaren mitbuchen können!*

Verzweifelt betrachtete ich die schier endlose Reihe der Sättel. *Hat er einen Sammel-Tick?* Dabei benutzte er doch praktisch nie einen.

Langsam schlich ich den schmalen Gang entlang. Tatsächlich glich keiner dem anderen. Gewissenhaft hob ich bei jedem schwarzen Exemplar, also etwa der Hälfte, das rechte seitliche Lederstück an. Dort musste ein ›Matissille‹ stecken. Thosse hatte ihn mir als eine Kreuzung aus Zepter und Hammer beschrieben.

Eine Schlagwaffe und auch ein Item. Denn nur dann konnte es im Spiel auch ein Portalschlüssel sein. Und der Matissille war das einzige Item, das er an dem Tag dabeigehabt hatte. *Bingo! Du hast uns ganz schön Kopfzerbrechen bereitet, du kleines hässliches Teil!* Schnell zog ich den Metallstab mit den gezackten Enden aus der Halterung und ließ ihn unter meiner Kutte verschwinden. So leise wie möglich schlich ich wieder aus der Sattelkammer und machte mich auf den Rückweg. Kurz vor dem Trampelpfad, der zur Burgmauer führte, stieß ich auf einen der Knappen, der ein Pferd mit sich führte. Mit einem kurzen Kopfnicken ließ ich mir die Kapuze weiter ins Gesicht fallen. Jetzt war meine Sicht deutlich eingeschränkt und ich bewegte mich unsicher auf ihn zu. Mein Herz schlug so laut, dass der Bursche es hören müsste. Trotzdem ging ich ungerührt weiter und dachte fest an das, was Thosse mir eingebläut hatte: »Sie empfangen ein Signal, das ›keine Gefahr‹ bedeutet. Alles andere interessiert sie nicht.« *Bleibt das auch so, wenn ich ihm gleich ohnmächtig vor die Füße rolle?* Der Knappe ging an mir vorbei, als wäre ich nicht vorhanden. Erleichtert zog ich die Kapuze wieder ein Stück nach hinten und setzte meinen Weg fort. Durch die Öffnung in der Mauer gelangte ich auf den schmalen Weg, der hinauf zum Vorplatz führte. *Tadaa! Da bin ich wieder!* Und deshalb die ganze Aufregung? *Ich hab mich beim Zähneputzen schon mehr angestrengt!*

Als ich auf den Burghof zurückkam, wurde ich bereits erwartet. Ein Wächter kam auf mich zu. Was hatte Thosse mir eingeschärft? Falls sie mich festnehmen würden, sollte ich sofort verlangen, dem Sonkuningr vorgeführt zu werden. Doch bevor ich irgendetwas fordern konnte, richtete der Wächter das Wort an mich.

»Florentine, komm mit.« Mittlerweile gab es ja zwei Menschen, die mich beharrlich mit meinem vollen Namen ansprachen. *Hoffen wir mal, dass dies nicht meine Mutter ist!*

»Was ist los?«, wollte ich wissen.

»Nicht jetzt«, klang die monotone Stimme des Wärters unter seiner Kapuze hervor. *Täusch ich mich oder bimmelt da eine Alarmglocke?*

Nach unserem Plan sollten wir bereits alle auf dem Rückweg sein. Da war es alles andere als beruhigend, dass wir jetzt die Stufen zum Burgtor hinaufhetzten. *Ich will auf der Stelle wissen, was los ist! Wenn er nicht reden kann, soll er von mir aus die Antwort tanzen.*

Ohne größere Anstrengung öffnete der Wächter das Tor. Schweigend stürmten wir durch die Gänge.

»Was …«, unternahm ich trotz des Tempos und meiner sich steigernden Kurzatmigkeit einen erneuten Versuch, an Informationen zu kommen.

»Nicht reden!«, unterbrach er mich sofort. *Klar, lass mich einfach weiter im Dunkeln tappen! Da steh ich voll drauf!*

Wir hasteten weiter durch die Gänge. Plötzlich erkannte ich meinen Fehler. Entsetzt blieb ich stehen. Der Wächter stoppte ebenfalls und drehte sich zu mir um. Ich nahm nur an, dass er von Thosse gesteuert wurde. Jeder könnte sich hinter diesem Wächter verbergen.

»Was ist los?«, schnarrte er.

»Wer bist du?«, fragte ich scharf. *Sag ›Uwe‹ und ich fall tot um!*

»Florentine, was soll das. Ich bin's, Thosse.« *Klar, würde ich auch behaupten!*

»Beweise es!«, verlangte ich und bemerkte, dass ich Thosses Misstrauen gegenüber Chars auf einmal teilte. Sie waren nur emotionslose Fassaden, hinter denen sich alles Mögliche verstecken konnte. Jede Faser in mir weigerte sich plötzlich, dieser leeren Hülle zu vertrauen.

Der Wächter kam einen Schritt auf mich zu.

»Ich bin der menschenvernichtende Zyklop, schon vergessen?« *Uff! Da bin ich aber froh!*

Nachdem wir das geklärt hatten, nahmen wir wieder unseren Dauerlauf durch die Gänge auf. Langsam erkannte ich den Weg. Er führte in den Krönungssaal, zu dem alle von Thosse programmierten Chars auch Zugang hatten. *Findet ihr echt, jetzt ist der richtige Zeitpunkt für ein Gruppenmeeting?*

Das riesige Portal wurde von den dort postierten Leibgardisten sofort vor uns aufgerissen. Der Wächter stürmte durch die gigantische Halle nach vorne, wo im erhöhten Halbkreis die Ratsstühle und der Herrscherthron von Askendor standen. *Falls es dich interessiert: Das grauenvoll Keuchende hinter dir bin ich! Aber lass dich nicht aufhalten!*

Es dauerte eine Weile, bis ich ebenfalls die drei Steinstufen, die zum Thron hinaufführten, erreicht hatte. Zwei weitere Wächter und Thosses Char erwarteten mich bereits. Ich zog mir die Kapuze vom Kopf und musterte die Wächter erschrocken.

»Keine Sorge«, begrüßte mich der Doppelgänger. »Die sind nicht echt, sondern aus meinem Gefolge. Sie werden von uns gesteuert.«

»Okay!«, japste ich, von unserem Dauerlauf durch den Palast immer noch ein bisschen außer Atem.

»Lanrina ist inaktiv«, informierte mich der Doppelgänger des Sonkuningrs.

»Was? Uwe?«, fragte ich und versuchte das Seitenstechen und Angstdrücken gleichermaßen zu ignorieren.

»Wahrscheinlich! Keine Ahnung. Hast du den Portalschlüssel?«, fragte der Wächter, der mich hergebracht hatte.

»Ja«, antwortete ich und zeigte ihm den Matissille.

»Gut! Steck ihn an meinen Gürtel!« Ich befestigte den Zepterhammer neben seinem Schwert.

»Wir versuchen jetzt erst mal, Lanrina wieder zu aktivieren. Du wartest solange in meinen Gemächern«, schnarrte das Double. *Mehr Mimik wäre speziell bei ihm weniger schauerlich!*

»Dann bin ich aber komplett von euch abgeschnitten«, erwiderte ich entsetzt.

»Meine Räume sind der sicherste Platz. Kaum jemandem ist der Zutritt erlaubt«, schepperte die Computerstimme des Doppelgängers durch den Saal. *Unverkennbar, der Kongeson!*

»Wie erfahre ich dann, wann das Portal wieder funktioniert?«, wollte ich wissen. *Oder soll ich schon mal anfangen, meine Geburtstagsfeier hier zu planen?* Offenbar warf meine Frage größere Probleme auf. Denn plötzlich standen alle Figuren unbeweglich da und starrten vor sich hin. *Hallo? Möchte mal jemand was sagen?*

»Nehmt ihr jetzt eine kollektive Pause? Oder warum redet niemand mehr mit mir?«, versuchte ich sie wieder zum Leben zu erwecken.

Plötzlich ruckte Thosses Double auf mich zu. Sofort wich ich erschrocken zurück. *Nicht so nah! Weißt du, wie beängstigend du aussiehst?*

»Florentine? Uwe ist auf dem Weg hierher!« *Na spitze! Ein Punkt weniger auf der Fragenliste. Uwe sitzt nicht verzweifelt in unserer Welt fest. Häkchen!*

»Super! Und ich dachte, wir hätten schon genug Probleme! Was jetzt?«

»Er ist schon vor dem Tor. Am besten tarnt ihr euch als Wachposten. Stell dich hierhin, Florentine. Sobald er da ist, lasse ich euch abtreten. Kontrollierter Rückzug.« Ich ging zu dem gezeigten Platz auf der rechten Seite am Ende der Stufen. Ein Wächter stellte sich neben mich. Die anderen standen auf der linken Seite.

»Du bist zu klein«, bemerkte der Doppelgänger und starrte mich mit seinen stechend grünen Augen giftig an. *Oh, Entschuldigung! Nicht jeder kann zwei Meter groß sein!*

»Stell dich auf die erste Stufe und versuch, ein bisschen breitschultriger auszusehen!« *Der hatte vielleicht Ansprüche! Als wäre ich ein Kugelfisch, der sich bei drohender Gefahr aufblähen kann!*

»Wenn ich ›abtreten‹ sage, gehst du direkt zur Tür. Versuch, wie ein Wächter zu laufen!«, leierte Thosses Double.

»O-beinig und staksig?«, fragte ich grinsend. Sein Lächeln musste ich mir vorstellen. *Vergiss die Augenfarbe! Diese dauergrimmige Maske gehört dringend aufgepeppt.*

»Ja, genau! Wir schaffen das schon«, ließ der Doppelgänger ernüchternd sachlich verlauten. Ein aufmunterndes Augenzwinkern vom Sonkuningr hätte jetzt echt geholfen!

Ich nickte und zog mir meine Kapuze ins Gesicht. Sofort wurde es dunkel. *Eine Frage noch: Wie soll ich es blind bis zur Tür schaffen?*

Zu spät. Ich hörte bereits schnelle Schritte, die näher kamen. Dann tönte Uwes Stimme durch den Saal.

»Bruder, wo ist denn deine Menschlichkeit abgeblieben?«

»Ich bin nicht dein Bruder«, hörte ich Thosses Char antworten.

»Nicht so kleinlich, mein Lieber. Momentan könnte wohl eher ich als du den Beweis erbringen, der Herrscher von Askendor zu sein«, ermahnte ihn Uwe in gönnerhaftem Ton. Ich hob vorsichtig den Kopf und schielte zur Seite. Aber ich konnte nichts erkennen. Offenbar hatte Thosse seinen Doppelgänger in die Nähe der anderen Wächter gestellt, damit Uwe mir den Rücken zudrehte. Unauffällig verlagerte ich das Gewicht von einem Fuß auf den andern. Einen Char zu spielen war ganz schön anstrengend. *Schon mal versucht, ohne sichtbare Atembewegungen genügend Luft zu bekommen?*

»Was willst du?«, fragte Thosses Char frei von jeder Regung. Trotzdem glaubte ich, den schneidenden Tonfall des Originals wahrzunehmen.

»Sehr gut! Du ersparst uns das Heucheln gegenseitiger Verwunderung?«, bemerkte Uwe provokant.

»Was willst du?«, wiederholte das Double mit monotoner Stimme.

»Nicht so schnell. Lass mich den Augenblick meines Triumphes noch etwas genießen.« *Klar, lass dir Zeit! Ich erstick dann eben mal kurz!*

»Abtreten!«, schnarrte Thosses Doppelgänger auf einmal. Uff, das war knapp. Ich orientierte mich an den Linien der Bodenplatten, um einigermaßen gerade aus dem Saal zu gehen.

»Schau dich nur an. Du hast dich wirklich gut getroffen in deiner hasserfüllten Verzweiflung. Aber warum versteckst du dich hinter einem Char?«, hörte ich Uwe fragen, bevor ich von dem anderen Wächter unsanft durch das geöffnete Tor geschoben wurde. Erschrocken machte ich einige schnelle Schritte nach vorne. *Nicht anfassen! Das fühlt sich echt gruselig an.*

Die riesige Tür schloss sich hinter uns. Leider verschwand damit auch der helle Lichtkegel aus dem Krönungssaal. Meine Augen brauchten einen Moment, um sich an das diffuse Licht des Korridors zu gewöhnen.

»Hallo?«, fragte ich zaghaft, denn ich hatte keine Ahnung, wo die drei Wächter aus dem Saal sich gerade aufhielten.

»Hier«, antwortete einer der Chars. Ich zuckte zusammen, da die Stimme aus einer ganz anderen Ecke kam, als ich vermutet hätte.

»Julien?«, vergewisserte ich mich.

»Ja! Los, weg hier«, trieb er mich zur Eile an. Ich folgte ihm in einen der vielen Nebengänge.

»Was will Uwe?«, hakte ich nach und zog mir die Kapuze vom Kopf.

»Wissen wir noch nicht. Kannst du dich an den Weg in die Gemächer erinnern?«, schepperte die Stimme des Wächters durch die Gänge.

»Grob, aber …« Weiter kam ich nicht.

»Flo, du musst den Coel Hen holen«, unterbrach mich der Wächter.

»Den Siegelring? Habt ihr sie noch alle? Ich soll jetzt die Kronjuwelen stehlen?«, entfuhr es mir.

»Uwe ist menschlich. Er kann sich in Askendor frei bewegen und kommt somit auch in Thosses Räume!« Das war's dann wohl mit meinem sicheren Versteck.

»Der Sonkuningr befehligt mehrere Hundertschaften! Warum bringt er ihn nicht zur Strecke«, rief ich verzweifelt. *Wenn das Krönchen mal zu was nutze ist, dann jetzt!*

»Der Sonkuningr schon«, kam die Antwort.

Okay! Das Double offenbar nicht! So ein Mist aber auch!

»Dann überwältigen wir ihn. Er ist allein, wir sind … unübersichtlich viele!«, schlug ich vor.

»Nein! Das Portal ist inaktiv. Du bist momentan hier drin gefangen. Außerdem wissen wir nicht sicher, ob Uwe allein arbeitet.«

»Er kann Lanrina übernehmen und hat ein Portal. Ja, und?«, gab ich zu bedenken. *Gehen wir doch mal ganz optimistisch vom Suboptimalen aus.* Meine Wut würde gerade dafür reichen, es mit Uwe aufzunehmen.

»Nein«, schnarrte der Char neben mir.

»Warum denn nicht? Das wäre ein Überraschungsmoment.«

»Kein Risiko, hatten wir ausgemacht!« Oh, ja! Juliens Lieblingssatz der letzten Tage.

»Ach, komm schon!«, versuchte ich zu verhandeln. Der Wächter stand unbeweglich vor mir. *Haltet ihr jetzt Kriegsrat?*

Plötzlich ruckelte der Char wieder. »Um etwas zu riskieren, muss man auch bereit sein, es zu verlieren«, antwortete der Wächter mit leichter Verzögerung. *Täusch ich mich oder diktiert dir jemand die Antworten?*

»Was reden die da drin?«, wollte ich wissen.

»Hol du den Coel Hen! Wir kümmern uns um Uwe.« *Ach, sitzt jetzt etwa der Bestimmer wieder an der Tastatur? Lass mich raten:*

langes schwarzes Haar, gewinnendes Lächeln, mindestens so dominant wie attraktiv?

Ich hatte keine Chance. Immerhin fand ich auf Anhieb das Tor, durch das man zu den Privatgemächern kam. Wer auch immer den Wächter gerade steuerte, ließ ihn in eine Fensternische gehen. »Ich warte hier auf dich! Beeil dich!«

Die Leibgardisten ließen mich ohne Schwierigkeiten in die Privatgemächer.

»Hallo?!«, rief ich leise, nachdem die Tür ins Schloss gefallen war. Kein Laut. Nichts. Hier war niemand. Nur ein sehr, sehr vertrauter Geruch und einige Erinnerungen. Schlechter Moment. Konzentration! Ring? Er lag nicht auf seinem Platz in der Mauernische. Wo hatte er ihn hingelegt?

Ich suchte sorgfältig auf den Sitzstufen, auf denen wir uns vor wenigen Tagen unterhalten hatten. Sogar in den Ritzen zwischen den Polstern und Decken. *Behandelt man das wichtigste Unterpfand seiner Macht etwa wie ein Kinkerlitzchen aus dem Kaugummiautomaten, hä?* Nachdem ich auf allen vieren über den Boden gekrabbelt war, richtete ich mich verzweifelt wieder auf und drehte mich unschlüssig um die eigene Achse. Plötzlich entdeckte ich einen waagrechten schmalen Mauervorsprung über dem Kamin, der etwa auf Augenhöhe von Thosse liegen dürfte. Kaum fuhr ich mit dem Zeigefinger das Sims entlang, purzelte der Siegelring mir auch schon entgegen. Erleichtert steckte ich den Coel Hen an meinen Daumen. Auf dem Weg nach draußen fiel mein Blick auf die Schmuckstücke in der Nische. ›Die Insignien der Macht. Zumindest das, was davon noch in meinem Besitz ist‹, hallte Thosses Stimme in meiner Erinnerung wider. Uwe wäre in der Lage, alles an sich zu nehmen. Hektisch raffte ich den Halsreif mit den Wildschweinköpfen und den restlichen Schmuck zusammen. *Wenn schon Kronjuwelenraub, dann richtig!* Suchend schaute ich mich um. Gab es hier keine Schränke? Schnell schnappte ich mir eine

Decke, wickelte alles darin ein und versteckte das Päckchen auf der oberen Sitzstufe, direkt an der Wand. Dann warf ich ein paar Kissen darüber und betrachtete kurz mein Versteck. Nicht perfekt, aber gut.

21

»Na endlich«, murrte der Wächter, als ich wieder in der Fensternische ankam.

»Sag dem Sonkuningr, er soll seinen Plunder besser aufräumen«, erwiderte ich grinsend.

»Später! Jetzt erst mal nichts wie raus. Die anderen warten schon im Burghof«, schnarrte der Wächter und setzte sich in Bewegung.

»Funktioniert das Portal wieder?«, wollte ich wissen.

»Ja.«

»Was wollte Uwe?«

»Nichts Wichtiges und jetzt Ruhe.« *Unser Kernproblem ist behoben? Uwe hat sich als harmloser Spinner entpuppt? Leute, kollektives Aufatmen klingt aber anders!*

»Sag mir sofort, was los ist!«, fuhr ich den Wächter an. Er blieb regungslos stehen.

»Thosse?«, riet ich.

»Er ist weg«, schnarrte auf einmal die Stimme des Chars. »Wie, weg?« *Kurz an der frischen Luft? In der Küche, sich was zu trinken holen?*

»Thosse ist durch das Portal gegangen, um sich mit Uwe zu treffen«, erklang die wenig einfühlsame Computerstimme. Das konnte nicht sein. Der Matissille musste doch noch am Gürtel des Wächters hängen. Ungläubig zog ich das Cape zur Seite. Der Zepterhammer fehlte.

»Wann habt ihr die Wächter ausgetauscht?«, flüsterte ich erschüttert.

»Nachdem wir den Krönungssaal verlassen hatten.« *Ist heute Weltverschwörungstag?*

Thosse trifft sich mit Uwe. Treffen! Haha! Zwischen den beiden herrscht Krieg! Mehrfacher Mordversuch war keine Basis, um alte Erinnerungen auszutauschen.

»Speziell jetzt ist ein ganz ungünstiger Moment, um schlappzumachen«, leierte der Char vor mir. *Ja, du mich auch!*

Wie vor den Kopf geschlagen starrte ich den Wächter an.

»Wenn du jetzt deinen Hintern nicht in Sicherheit bringst, dann …!« *Hört sich irgendwie nach Paula an …*

Der Wächter ruckte in eine geduckte Kampfhaltung und hatte plötzlich sein Schwert in der Hand. *Na, falsche Taste erwischt?*

Er kam mit erhobener Waffe auf mich zu. *Paula? Was wird das?*

Plötzlich erwachte ich aus meiner Trance.

»Hey, du magst es vielleicht nicht glauben, aber das Schwert ist echt!«, erinnerte ich sie.

»Gut, ich habe deine Aufmerksamkeit. Beweg dich sofort Richtung Burghof oder hier scheppert gleich die Luft!« Trotz monotonem Klang kam die Botschaft deutlich an. *Respekt! Das schafft auch nicht jeder!*

Immer noch leicht benommen stiefelte ich los.

Die restlichen Wächter warteten im Hof. Kaum hatte mich einer aufs Pferd gehievt, schoss das Tier los. *Hey, brennt der Weg oder warum haben wir es so eilig?!* Selbst zwei Beinahe-Abstürze konnten meinen Pferdelenker nicht bremsen. *Das kann nur einer sein, und dem ziehe ich seine norwegischen Ohren nachher eigenhändig bis an die Stadtgrenze von Oslo!*

In Rekordzeit waren wir am Platz des Hohen Rates. Kaum hielten die Pferde auf dem freien Feld vor der Arena, sprang ich ab.

»Hatte ich ein Rodeo bestellt?«, schnauzte ich die Wächter an.

»Du wolltest so schnell wie möglich zum Portal, glaub mir«, schnarrte einer davon. *Tatsächlich? Warum weiß ich davon nichts?*

»Florentine?!«, hörte ich plötzlich eine tiefe Stimme rufen. Augenblicklich verrauchten der ganze Zorn und Frust. Lächelnd drehte ich mich um. Er stand an einen Baum gelehnt. Es war ungewohnt, ihn wieder in voller Montur und Rüstung zu sehen.

»Ihr habt mich reingelegt«, beschwerte ich mich. Mit mehr Wut und weniger Freude wäre es vielleicht glaubhafter.

»Wir mussten schnell handeln«, korrigierte er mit entwaffnendem Lächeln, während er seine Hand nach mir ausstreckte. Irritiert bemerkte ich, dass die Wächter davonritten.

»Wohin verschwinden sie?«, wollte ich wissen und ging auf Thosse zu.

»Auf Patrouille.« Er schnappte mein Handgelenk und zog mich tiefer in den Wald. Nach einigen Metern umfasste er mich mit einer schwungvollen Drehung. Ich schlang meine Arme um seinen Hals, ignorierte den extrem störenden Brustpanzer und erwiderte nur allzu bereitwillig seinen Kuss.

»Ich will nicht, dass du dich mit ihm triffst«, murmelte ich.

»Ach, plötzlich?«, brummte er, während er sein Gesicht in meinem Haar vergrub.

»Was will er von dir?«, fragte ich.

»Schwierig zu sagen«, antwortete er, hob seinen Kopf und klang plötzlich angespannt. »Aber es hörte sich an, als wollte er sich einigen.« Überrascht schaute ich ihn an.

»Du glaubst ihm?« Nachdenklich begann er mit einer meiner Haarsträhnen zu spielen. Ich ließ meinen Kopf zurück auf seinen Harnisch sinken. *Ziemlich unbequem!*

»Askendor ist seine Heimat und er hat dort alles verloren. Sein Land, seine Titel, sein Ansehen.« Langsam strich er mit der Hand über meinen Rücken. Ich drängte mich dichter an ihn. *Vergiss Uwe! Vergiss Askendor!*

»Jeder weiß ...«, fuhr er fort, »... dass Ulfren dan Flödar verbannt wurde. Ob menschlich oder nicht, frei bewegen kann er sich hier nirgends. Und Gonnglam ist ein grausamer Ort, der auf Dauer mürbe macht.«

Verwirrt hob ich meinen Kopf. *Uwe im Kostüm der Friedenstaube? Sehr unglaubwürdig! Und ein Kongeson, der ihm traut? Noch unglaubwürdiger!*

Thosse stockte in seiner Bewegung und musterte mich fragend.

»Worüber habt ihr vorhin geredet?«, wollte ich wissen und ließ ihn dabei nicht aus den Augen. Trotz seiner Rüstung konnte ich spüren, wie sich augenblicklich seine Rückenmuskeln anspannten. Unsicher wanderte sein Blick über mich hinweg in den uns umgebenden Wald. Ich zog seinen Kopf so weit zu mir runter, dass ich ihm direkt in die Augen sehen konnte. Sofort schnappten seine Hände meine, um sie wegzuziehen. Ich spürte unter seinem Griff den Siegelring an meinem Daumen. Er offenbar auch, denn umgehend legte er den Kopf leicht schräg, spreizte die Finger und betrachtete lächelnd das Unterpfand seiner Macht.

»Du hast den Coel Hen«, bemerkte er mit strahlenden Augen und wollte mich an sich ziehen, um mich zu küssen. *Spitzenidee! Aber jetzt nicht ablenken!* Schnell zog ich meine Hände nach unten und stemmte mich mit aller Kraft gegen seinen Brustpanzer.

»Thosse von Baar, du bist echt ein miserabler Lügner«, ächzte ich und widersetzte mich dem Druck seiner Umarmung. Er lockerte seinen Griff.

»Versuch es gar nicht erst!«, knurrte ich drohend.

»Was?«, flüsterte er unschuldig und wich meinen forschenden Augen aus. Langsam begann sein Widerstand zu bröckeln. Seine Arme rutschten über meinen Rücken nach unten. Erst jetzt fiel es mir auf.

»Du bist unbewaffnet!«, stellte ich überrascht fest. »Und ohne Leibgarde! Ohne Pferd? Was für ein Treffen soll das denn sein?« Ich wich einen Schritt zurück und musterte ihn lauernd. Er atmete tief durch.

»Wir werden reden, mehr nicht.«

»Was bedeutet das?«, wollte ich sofort wissen. *Leidet darunter mehr als nur das majestätische Ego?*

»Er wird viel fordern, ich ihm wenig zugestehen.«

»Ihr trefft euch lediglich, um zu verhandeln?«, hakte ich skeptisch nach. *Wozu der ganze Aufstand, wenn man vernünftig mit Uwe reden kann?*

»So in der Art«, nickte er langsam und begann plötzlich zu lächeln. *Ehrlich, für dieses Lächeln braucht er eigentlich einen Waffenschein!*

»Außerdem täuschst du dich, ich werde nicht ohne Pferd sein«, bemerkte er und zog mich wieder in seine Arme. »Im Gegensatz zu anderen kann ich sogar ein Char-Pferd reiten«, brummte er. *Und nicht nur das!* Mit jedem seiner Küsse schmolzen meine Zweifel. Ich wollte ihm einfach glauben.

»Komm, ich bring dich zum Portal«, flüsterte der Sonkuningr etwas später. Ich rückte keinen Millimeter ab. Er ließ sich nur kurz erweichen, dann löste er sich ruckartig von mir.

»Es wird Zeit!« Bevor ich irgendetwas erwidern konnte, stapfte er auf den Weg zurück. Zähneknirschend folgte ich ihm. Einige Meter vor dem Portal erwartete uns ein Wächter. Somit waren wir wieder auf mindestens einem der Bildschirme von Paula, Marc und Julien zu sehen. Thosse nahm mir den Umhang des Wächters ab, da ich damit nicht durch das Portal kommen würde.

»Warte!« Ich zog mir den Coel Hen vom Daumen. Als ich ihm seinen Siegelring überreichen wollte, hielt er meine Hand fest.

»Ich möchte, dass du ihn mitnimmst.« *Den Siegelring seiner Ahnenlinie. Seinen Thronanspruch?*

»Er ist dein Item. Ich werde ihn nicht transportieren können«, gab ich zu bedenken.

»Der Coel Hen ist kein Item. Er gehört dem Herrscher von Askendor«, erklärte Thosse, nahm den Ring und steckte ihn mir zurück an den Daumen. Dann umfasste er meine Hand und sah mir eindringlich in die Augen.

»Versprich mir, dass dieser Ring niemals in Ulfrens Besitz übergehen wird, egal was passiert!«, bat er mich mit rauer Stimme. Ich schluckte trocken.

»Heißt das, ich werde doch noch Königin von Askendor?«, fragte ich listig und grinste ihn an. *Meine Art, Ergriffenheit zu parieren! So bin ich eben!*

»Zumindest bedeutet es, dass Uwe auf keinen Fall Herrscher wird«, knurrte er und zog seine Hände, die immer noch meine umfassten, zu sich ran. Plötzlich strahlte er mich mit funkelnden Augen an. »Und du, Usurpatorin, bist immer noch höchstens auf Platz zwei der Thronfolge!«

Er löste eine Hand, legte mir seinen Arm um die Schultern und drückte mir einen Kuss auf die Stirn. *Unglaublich sittsam, der Sonkuningr! Zumindest, wenn er Zuschauer hat!*

»Und jetzt geh!«, herrschte er mich plötzlich grob an und löste seine Umarmung so schlagartig, dass ich nach hinten strauchelte. Augenblicklich erfasste mich der Sog. *Hat mich der Kongeson etwa gerade in das Portal geschubst?*

Ohne Schwierigkeiten schaffte ich mitsamt dem Coel Hen den Sprung in Juliens Zimmer. Paula hüpfte überrascht zur Seite, als ich direkt neben ihrem Stuhl aufkam. Nach dem ersten Schreck machte sich Erleichterung breit.

»Meine Güte, hatte ich Angst«, stöhnte sie und schloss mich fest in die Arme.

Ich drehte meinen Kopf zum Monitor. Thosse schwang sich

gerade auf ein Pferd und preschte, ohne sich noch einmal umzudrehen, davon. Merkwürdig. Ich starrte überrascht auf den Bildschirm, wo nur noch bewegungslose Wächter standen. Nachdem Paula mich aus ihrer Erleichterungsumarmung entlassen hatte, fuhr ich nachdenklich mit den Fingern über den Siegelring an meinem Daumen. ›…versprich mir, egal was passiert …‹! *Egal was passiert? Warum hört sich das auf einmal so endgültig an?*

Wie in Zeitlupe fügten sich die Teile zu einem Bild zusammen. Es war ein Abschied gewesen! Und zwar einer für länger. Etwa für immer?

Bestürzt wanderte mein Blick von einem zum anderen. Julien senkte als Erster den Kopf. Marc begann, mit dem Stift, den er schon die ganze Zeit in der Hand gehalten hatte, zu spielen. Einzig Paula hielt meinem fassungslosen Blick stand. *Riesige schwarze Wolke! Irgendetwas stimmt hier überhaupt nicht!*

»Was habe ich verpasst?«, fragte ich in die betretene Stille. Marc rutschte unruhig auf dem Stuhl hin und her. Warf einen verzweifelten Blick zur Tür. Julien starrte weiter vor sich hin.

»Möchte mir jetzt vielleicht einer von euch sagen, was hier los war?«, fuhr ich sie an.

»Thosse liefert sich Uwe aus«, platzte Paula plötzlich raus.

»Wie? Liefert sich aus? Er trifft sich mit ihm, um zu verhandeln!«, erwiderte ich begriffsstutzig.

»Interessante Bezeichnung für ›bedingungslose Unterwerfung‹«, murrte Marc kaum hörbar.

»Waaas?« *So viel zum Thema, der Sonkuningr kann nicht lügen!*

»Ulfren hat Thosse ein Ultimatum gestellt. Entweder er liefert sich ihm aus oder …«, begann Paula und verstummte wieder.

»Oder was? Er klaut die Krone? Zündet den Thronsaal an? Versucht ihn umzubringen?«, zählte ich verständnislos auf. *Ehrlich! Mir fällt spontan rein gar nichts ein, was den Sonkuningr aus der Ruhe bringen kann!*

»Er hat ihm gedroht, auf dich loszugehen und dich notfalls sogar umzubringen«, beendete Paula atemlos ihren Satz. Ich schnappte entsetzt nach Luft. *Hurra! Gerade mal Januar und schon die erste Morddrohung! Das Jahr fängt ja super an.*

»Er will mich …? Das ist doch lächerlich!«, entfuhr es mir.

»Nein, es klang sehr plausibel. Er hat Thosse gedroht, dass er dich problemlos auf einem seiner nächsten Seminare erledigen könnte.« *Stimmt! Meine Mutter ist immerhin sein größter Fan.*

»Er würde dich verschwinden lassen. Du wärst eine von den Tausenden von Jugendlichen, die jedes Jahr plötzlich fehlen. Es hat sich entsetzlich einfach angehört!«, flüsterte Paula. *Diese durchtriebene Kanalratte!*

»Er könnte es tatsächlich durchziehen! Niemand würde ihn verdächtigen«, flüsterte ich fassungslos. *Okay, ich nehm den ›egozentrischen Spinner‹ zurück und ersetze durch ›wahnsinnigen Psychopathen‹!* Und nun hatte er Thosse. Albtraum traf es nicht einmal annähernd. Wie konnte uns die Geschichte nur derartig um die Ohren fliegen?

»Weiß er von unserem Portal?«, wollte ich von den anderen wissen. Sie schüttelten die Köpfe. Vielleicht war das unsere Chance.

Ermattet ließ ich mich auf einen der freien Stühle fallen.

»Und jetzt?«, fragte ich ratlos. Marc und Paula schauten wie auf Kommando zu Julien. Der senkte sofort wieder den Blick und schien sich plötzlich brennend für einen losen Faden an seiner Jeansnaht zu interessieren. Offenbar wusste ich noch nicht alles!

»Okay, wer erzählt mir den Rest der Geschichte?« Schweigen.

»Julien?«, fragte ich direkt.

Er hob den Kopf. Musterte mich nachdenklich.

»Jetzt sag schon! Dieses sensible Schweigen macht mich total nervös!«, entfuhr es mir ungehalten.

»Thosse will auf keinen Fall, dass wir irgendetwas unternehmen. Er hat praktisch verboten, dass du das Portal benutzt. Es wäre viel zu gefährlich. Womit er recht hat«, begann Julien. Sein Blick zeigte deutlich, dass Einwände meinerseits unerwünscht waren. *Von mir aus, dann lass den ganzen Blödsinn hören!*

»Ich musste ihm versprechen, dir dein Armband abzunehmen.« *Nein! Niemals!*

»Er hat mir die externe Festplatte mit den Steuerungsprogrammen aller Chars inklusive dem von Lanrina, seinem Doppelgänger und seiner eigenen Matrixkopien anvertraut. Im Klartext heißt das: Sämtliche Daten sind hier auf dieser Festplatte. Es gibt keine Spur mehr von Lanrina oder Thosse oder sonst wem. Weder auf deinem noch auf meinen Rechnern. Ich musste ihm mein Wort geben, dass ich sie, sobald du hier wärst, löschen würde.« *Na super! Der Sonkuningr auf Kamikazetour!*

»Aber wir können doch nicht …«, stammelte ich und warf Julien einen flehenden Blick zu. Er erhob sich langsam und kam auf mich zu. Sofort wich ich zurück. *Tut mir leid! Freiwillig rücke ich mein Armband nicht raus!*

»Flo, ich habe es ihm versprochen!«, fing er an.

»Mir doch egal! Ich gebe ihn nicht so einfach auf!«, herrschte ich ihn an und sprang alarmiert auf.

»Wir sind machtlos, glaub mir. Die fackeln dort nicht lange rum«, erklärte Julien betont ruhig, während er sich weiter vorsichtig näherte.

»Mir musst du nicht sagen, dass Uwe bei der Durchsetzung seiner Ziele nicht pingelig ist! Worauf warten wir noch?«, fragte ich und umfasste mein Handgelenk mit dem Armband.

»Lass sie das selbst regeln. Wir können da nicht helfen«, beschwor Julien mich. *Moppelkotze, natürlich müssen wir was unternehmen!*

»Das ist dein Vorschlag?«, giftete ich ihn an. »Wir schalten die Monitore ab und hoffen das Beste? Nicht dein Ernst! Seit wann ist Wegschauen eine Lösung?« *Und hör gefälligst auf, dich unauffällig anschleichen zu wollen. Ich kann dich klar und deutlich sehen!*

»Thosses Anweisungen waren unmissverständlich! Er regelt das allein«, behauptete Julien. *Klar doch! Kinderspiel! Und danach löst er noch schnell dieses klitzekleine Problem mit dem Ozonloch!*

»Mumpitz! Allein ist er machtlos und glaub mir, er weiß das. Und wenn du ehrlich bist, weißt du es auch. Ich werde nicht tatenlos zusehen, wie er sich in etwas verrennt, wo er niemals wieder rauskommt!«, fauchte ich. Plötzlich erstarrte Julien in seiner Bewegung. Offenbar hatte ich einen wunden Punkt getroffen. Die wilde Entschlossenheit verschwand aus seiner Miene. Ich erkannte meine Chance, ihn umzustimmen.

»Er könnte sterben, Julien. Thosse könnte sterben. Wegen eines sinnlosen Machtkampfes in einem bescheuerten Spiel! Und wir versuchen nicht einmal, es zu verhindern! Kannst du damit leben? Ich nämlich nicht«, wisperte ich. Julien warf Marc einen kurzen Blick zu. Der legte abwägend den Kopf schief.

»Sie hat recht!«, stellte er leise fest. *Natürlich habe ich recht! Die Alternative ist einfach vollkommen inakzeptabel!*

Julien drehte sich wieder zu mir. Sein Blick war leer und irgendwie nach innen gekehrt. Dann musterte er mich abschätzend und auf einmal huschte ein Lächeln über sein Gesicht!

»Ach, scheiß auf mein Wort. Wir holen ihn da raus«, lachte er. Erleichtert fiel ich ihm um den Hals. Paula atmete laut hörbar aus und gesellte sich zu uns.

»Mann, ich dachte, du ziehst es echt durch«, stöhnte Marc und ließ sich entspannt in seinem Stuhl zurückfallen.

In das allgemeine Aufatmen bimmelte plötzlich Paulas Handy. Augenblicklich löste sich unser Knuddelknäuel auf. Julien und ich setzten uns wieder und Paula kramte nach dem Telefon.

»Hi, Ma!«, meldete sie sich, nachdem sie es gefunden hatte, und ging aus dem Zimmer.

»Woher der Sinneswandel?«, wollte Marc wissen. »Dein Vater?«

Julien nickte. Unsicher schaute ich zu Marc, dann wieder zu Julien.

»Mein Vater ...«, begann er mit belegter Stimme und räusperte sich, bevor er weitersprach. »Mein Vater stand vor dem Bankrott. Firma, Haus, Autos, Segelboot, Pferde, alles wäre verloren gewesen. Dann kam er bei einem Unfall ums Leben. Offiziell. Seine Lebensversicherung sichert uns noch heute einen komfortablen Lebensstil. Nur eben ohne ihn.« Er starrte trübsinnig vor sich hin.

»Mein Vater war damals einer der Anwälte deiner Mutter«, gab ich leise zu. Julien warf mir einen überraschten Blick zu. Dann lächelte er bitter.

»Ach ja? Umsonst gekämpft! Mein Vater hat sich umgebracht. Ich weiß es. Er hat sich sinnlos geopfert, um uns Schande zu ersparen. Oder Armut.« Plötzlich bekam seine Stimme einen harten Klang. »Ich werde ihm nie verzeihen, dass er uns für so oberflächlich gehalten hat. Als wäre uns irgendwelcher Plunder wichtiger als er!« Fahrig rieb er sich mit der Hand über die Stirn und schüttelte den Kopf, als wollte er die dunklen Erinnerungen vertreiben. Dann lächelte er mich unsicher an.

»Seitdem habe ich etwas dagegen, wenn andere entscheiden, was für einen das Beste ist. Ich hatte es offenbar nur kurz vergessen«, erklärte er leise.

»Der Rettungsplan für den Kongeson wird heute Abend per Videokonferenz ausgearbeitet. Wir müssen los!«, polterte Paula ins Zimmer.

»Was ist passiert?«, wollte ich wissen und begann meine Sachen zusammenzusuchen.

»Nichts, meine Eltern wollen ins Kino gehen und wir haben Stallwache. Außerdem ist das Essen in zehn Minuten fertig und ich bin am Verhungern!«

22

Nichts bot mehr Zerstreuung als ein gemeinsames Abendessen mit Paulas Familie. Alle redeten wild durcheinander und versuchten einander zu übertönen. Keiner hörte zu. Da blieb wenig Platz für bohrende Gedanken.

Direkt nach dem Essen verabschiedeten sich Paulas Eltern ins Kino. Kaum war die Tür zugefallen, stritten Finn und Paula lautstark darüber, wer dran war, den Tisch abzuräumen.

Ich zog mich aufs Sofa zurück, wo sich sofort Ben und Lilly an mich kuschelten, um mit großen Augen den Abenteuern von ›Mopsi dem Riesenungeheuer‹ zu lauschen. Nachdem der furchtlose Drache eine weitere Mutprobe mit Bravour gemeistert hatte, schickte ich die beiden ins Bett und schlich zu den zwei Streithähnen in der Küche.

»Öffnung nach unten, ist ja auch wahnsinnig kompliziert. Kommt gleich nach kalter Kernfusion!«, schnauzte Paula und drehte alle Gläser im oberen Korb der Spülmaschine um. Finn stand feixend daneben. *Ich kenne dich! Du machst das mit Absicht!*

»Jetzt hilf gefälligst mit, oder sind die Dinger an den Enden deiner Arme nur Attrappen?«, fuhr Paula ihn an. Unwillig nahm er ein Glas in die Hand.

»Zähne sind geputzt, Hände gewaschen, Mopsi gelesen, Ben weigert sich, seine Socken im Bett auszuziehen«, meldete ich. *Wenn das so bleibt, sehe ich beziehungstechnisch schwarz für seine Zukunft!*

»Kannst du mir vielleicht erklären, von welchem wilden Affen Thosse von Baar gebissen wurde?«, raunzte Finn mich völlig unerwartet an. *Na super! Irgendwelche hausgemachten Zwergenprobleme! Im Moment sicher nicht Top 1 meiner Sorgenliste.*

»Wieso?«, hakte ich deshalb mit mäßigem Interesse nach, während ich die Tischsets einsammelte.

»Wenn er das durchzieht, gibt es ganz gewaltigen Ärger!«, brauste er auf und schloss die Spülmaschine unsanft mit einem lauten Knall. *Da schau her, der Wicht ist wieder im Spiel. Und eindeutig auf Krawall gebürstet. Dieses kriegerische Kleinvolk!*

»Erzähl weiter! Ich habe keine Ahnung, worum es geht«, forderte ich ihn auf. Er warf mir einen misstrauischen Seitenblick zu.

»Ratssitzung in Askendor? Heute? Ulfren dan Flödar soll begnadigt werden? Und bekommt sein Land zurück?«, bellte er in scharfem Ton.

Ich schluckte trocken. Das hörte sich jetzt aber gar nicht gut an! Thosse würde sich eher vierteilen lassen, als Uwe zurück ins Spiel zu bringen.

»Welches Vögelchen hat dir denn den Schwachsinn gezwitschert? Du steckst ja wohl hoffentlich noch im Kerker, oder?«, brauste Paula sofort auf.

Finn bedachte sie mit einem langen hasserfüllten Blick, der ein klares ›Nein‹ enthielt. *Der Kongeson hat ihn vom Haken gelassen? Warum? Und wann?*

»Thosse wird Ulfren begnadigen? Woher weißt du das?«, erkundigte ich mich. *Sie werden wohl kaum Einladungen mit Programm verschickt haben!*

»Man munkelt es«, wich Finn aus.

»Man munkelt es?«, wiederholte Paula fassungslos. »Man munkelt auch, dass wir beide aus demselben Genpool stammen! Und je mehr ich von dir erfahre, umso weniger kann ich es glauben!«

»Finn?«, fragte ich süffisant. »Wie hieß der Gonoxor, der den letzten Mordanschlag auf Thosse geplant hatte?« *Ich fasse es nicht! Die sind ja noch leichter zu manipulieren als meine Mutter!*

»Oldawan? Er hat uns aber nur informiert!«, brummte er unwillig. Ich starrte ihn fassungslos an! *Kann man wirklich so blöd sein?*

»Und?«, hakte ich lauernd nach.

»Niemand, auch nicht ein Thosse von Baar, hat das Recht, uns unser Land wegzunehmen«, beschwerte er sich. *Okay! Man kann!*

»I doubt it«, murrte Paula.

»Aber er kann uns doch nicht einfach einen Herrscher vor die Nase setzen. Wir sind die freien Völker«, schnauzte Finn außer sich.

»Vor allem seid ihr bald mausetot«, versicherte Paula ihm grinsend.

»Und heute Abend tagt der Hohe Rat, wo Thosse von Baar Ulfren dan Flödar begnadigen soll?«, vergewisserte ich mich skeptisch. Finn bejahte mürrisch.

Paula und ich wechselten einen schnellen Blick. Thosse war sich sicher, dass Oldawan eine von Ulfrens Spielfiguren war. Und wenn er die Zwerge instrumentalisierte, hatte das sicher einen Grund. Vielleicht ein kleines Attentat oder eine Revolution. *Wer kann schon sagen, was diesem kranken Hirn so entspringt!*

»Okay, du preisgekrönter Idiotenhäuptling!«, fing Paula an. »Wir kürzen das Verfahren mal für dich ab. Bring deinen Zwerg in Position, wir schauen bei der Sitzung im Einhornland zu«, befahl sie fröhlich. Finn ließ es sich nicht nehmen, missbilligend die Augen zu verdrehen.

»Meine Güte, der Gnom wurde doch nach Gonnglam verbannt!«, stöhnte er verächtlich, setzte sich aber trotzdem in Bewegung.

»Dann eine deiner anderen Identitäten, du schizophrener Spinner!«, schnauzte Paula, während wir ihm in sein Zimmer folgten.

Am Platz des Hohen Rates war es brechend voll. Überrascht musterte ich die einschüchternde Menge an Gonoxoren, Tegostern und Gnomen, die sich in der Arena auf den Zuschauerrängen drängte, während ich mir einen Hocker unter dem Schreibtisch vorzog. Paula hüpfte neben mir wie ein nervöser Flummi auf einem Sitzball auf und ab.

»Glaubst du mir jetzt?«, fragte Finn. Er war als fies aussehender Gonoxor unterwegs. *Irgendwie scheint er auf hässlich und ekelig zu stehen! Was bin ich auf seine erste Freundin gespannt!*

»Warum sind die alle hier?«, wunderte sich Paula.

»Das sind die Bewohner von Baskir«, erklärte Finn, während er seinen Gonoxor zwischen die anderen quetschte.

»Ja, lustig! Und warum sind sie hier?«, wiederholte Paula, die mit Finns Antwort nichts anfangen konnte, ihre Frage. Er starrte sie fassungslos an.

»Möchtest du nicht lieber Solitär spielen?«, schlug er ihr gönnerhaft grinsend vor. *Mann, echt jetzt! Aus und Platz! Und zwar alle beide!*

»Nachdem Ulfren dan Flödar vom Rat verbannt worden war, fiel Baskir, sein Land, an die freien Völker von Askendor«, sprang ich ein, bevor die beiden sich an die Gurgel gingen.

»Du meinst … Thosse schenkt Uwe heute Abend ein besiedeltes Land? Das Land, wo er …«, sie deutete mit ihrem Kopf Richtung Finn, »… wohnt?«, vergewisserte sich Paula grinsend.

»Wenn er das macht, dann … dann …«, fauchte Finn. *Dann ist irgendwas extrem schiefgelaufen.*

»Kreaturengeschenke! Meine Güte, wie imperialistisch! Wer kann sich das heute noch leisten? Ist so etwas bei euch politisch korrekt?«, erkundigte sich Paula mit unschuldiger Stimme.

»Nein, ist es nicht!«, kreischte Finn und bewarf sie mit einem Radiergummi.

»Kannst du mal auf Späherfunktion schalten?«, fragte ich Finn, nachdem er seine Kabbelei mit Paula beendet hatte und sich wieder auf sein imaginäres Schicksal konzentrierte. Brav drehte er mit uns eine ausgiebige Runde über die Arena.

Auf dem Sandplatz der Arena warteten bereits die Stammesfürstin Ripinett am Cijunt und der Stammesführer Svantjor nam Vorg auf den Anfang der Sitzung. Der Chef von Ignousia zeigte sich heute modisch unübertroffen im leuchtend blauen Samtmantel mit gigantischer Schleppe. Auf dem Kopf trug er einen Turban, aus dem lange Federn wippten. Wer war er denn heute? Ein Pfau? Oder doch das Krümelmonster auf Kriegspfad?

Die Vertreter der freien Völker saßen ebenfalls schon auf ihren Plätzen am Ratstisch.

Dann sah ich sie kommen. Vorneweg Uwe, komplett ungewohnt in Rüstung und Cape, ganz Stammesfürst. Direkt neben ihm ritt Thosse. Mit hängendem Kopf und vornübergebeugten Schultern saß er auf seinem Char-Pferd.

Wie in Trance schob ich Finns Hand von der Steuerung und zoomte näher an ihn ran. Sein Gesicht lag im Dunkel. Er müsste mich längst bemerkt haben. Trotzdem hielt er den Blick stur gesenkt.

Hinter Thosse und Uwe ritt in Fünferreihen eine beeindruckende Zahl an Wächtern von Askendor.

»Sind das die echten Wächter von Askendor oder hat diese Übelkrähe Uwe die programmiert?«, fragte Paula entsetzt. *Die Frage ist, ob sie dann weniger echt sind!*

Aber das interessierte mich gerade herzlich wenig. Ich zuckte nur mit den Schultern und überlegte, wie ich Thosses Aufmerksamkeit wecken könnte.

»Warum reagiert er nicht?«, zischte ich leise, während ich ihn in der Späherfunktion umkreiste.

»Weil er nicht will!«, beendete Paula meine verzweifelten Versuche.

»Er will nicht, dass du da bist. Er will nicht, dass du dir das anschaust! Und auf keinen Fall will er, dass Uwe dich entdeckt!«, erklärte sie mir leise.

»Wenn Uwe mich sehen könnte, hätte er mich schon längst bemerkt«, versicherte ich ihr. Finn musterte mich neugierig!

»Wer soll wen sehen?«, fragte er irritiert.

»Ach, du! Geh und spiel Solitär!«, schnauzte Paula ihn an.

»Moment! Thosse von Baar kann uns sehen?«, stammelte er.

»Dich doch nicht! Er kann Flo sehen. Und spar dir den Atem! Leises Wundern reicht vollkommen!«, maßregelte sie ihren kleinen Bruder. Finn musterte mich fassungslos.

»Krieg dich mal wieder ein. Vor drei Tagen saß er hier in deinem Zimmer. Auch nicht ganz normal, oder?«, erinnerte ich ihn.

Inzwischen war der Zug auf den Platz vor der Arena eingeschwenkt. Thosse richtete sich auf und hob langsam den Kopf. Augenblicklich stockte mir der Atem. Neben mir schlug sich Paula erschrocken die Hand vor den Mund.

»Meine Scheiße, was ist denn mit dem passiert?«, stammelte sie entgeistert. Thosses Gesicht war mit Schürfwunden und dunkelblau schimmernden Prellungen übersät. *Muss ich noch fragen, wer ihn so zugerichtet hat?*

Mit starrer Miene stoppte er neben Uwe sein Pferd und schwang sich für seine Verhältnisse ungelenk aus dem Sattel.

»Große Güte! Der kann sich ja kaum noch gerade halten!«, wisperte Paula und beobachtete mit schreckgeweiteten Augen, wie Thosse langsam auf Felstina von Rutjar zuging, die gerade von der anderen Seite den Platz betreten hatte, um sie zu begrüßen. Ganz offensichtlich reichte der Stammesführerin Thosses Signal. Die Verletzungen schien sie nicht wahrzunehmen. Manchmal wäre ein bisschen mehr schauen vielleicht doch hilfreich.

Unfähig, einen klaren Gedanken zu fassen, klammerte ich

mich an die Vorstellung, alles würde besser sein, wenn er mich erst mal anschauen würde. Unbeirrt zoomte ich weiter in sein Gesicht. Keine Chance. Thosse in Großaufnahme und er ignorierte mich immer noch. *Noch näher und wir starten einen Erkundungsflug durch seine Nasenlöcher.*

»Ich sag dir Bescheid, wenn ich Polypen in seinen Nebenhöhlen entdecke!«, meldete auch Paula.

Finn eroberte die Tastatur zurück. Ich war zum untätigen Beobachten verdonnert. *Uwe! Pestbeule auf zwei Beinen!* Ohnmächtige Wut begann in mir zu brodeln, während Thosse zwischen Uwe und Felstina von Rutjar die Arena betrat. Sofort kamen Svantjor nam Vorg und Ripinett am Cijunt auf sie zugeeilt. Ungläubig beobachtete ich, wie sie ihn ohne das geringste Anzeichen von Verunsicherung begrüßten.

»Jetzt spart euch mal das bescheuerte Geklopfe! Schaut ihn euch lieber mal genauer an!«, motzte Paula.

Doch nichts geschah. Die Ratsmitglieder nahmen ihre Plätze ein. Thosses Leibwache drängte sich auffällig dicht um seinen Platz am oberen Ende des Tisches. Sah irgendwie mehr nach Bedrohen als nach Beschützen aus.

Uwe blieb ihm gegenüber am anderen Ende stehen. Sein Blick ruhte auf Thosse. Mit siegessicherem Lächeln. Provozierend. Thosse hielt den Kopf weiterhin gesenkt und brütete regungslos vor sich hin. *Er hat es gewusst! Ist sehenden Auges in diesen Albtraum gelaufen! Im Alleingang!* Meine Augen begannen zu brennen. Ich blinzelte nervös und fuhr mir, als das nicht mehr half, unwirsch mit dem Handrücken über die Augen.

Uwe war inzwischen dazu übergegangen, aufmerksam die Runde zu mustern. *Was hat er vor? Euphorische Begrüßungsnummer? Flashmob zum Lockerwerden?*

Das Gemurmel in der Arena wurde leiser und verstummte ganz, als Felstina von Rutjar sich erhob.

»Mitglieder des Hohen Rates, Bürger von Askendor …«, begann sie. »Der Sonkuningr von Askendor, Thosse Alasdair Myrddin Uilleam Choinneach von Baar, Stammesführer von Tragun, Superus der Alatoruden …«

»Superus der Alatoruden?«, wiederholte ich irritiert. *Er hat aber auch unübersichtlich viele Titel!*

»Oberster Heeresführer. Die Alatoruden sind Krieger«, erklärte Finn bereitwillig. *Hab ich irgendwie schon mal gehört! Glaube ich.*

»… Ulfren dan Flödar mit sofortiger Wirkung.« *Mist, wir haben den spannenden Mittelteil verpasst! Kann mal einer zurückspulen?*

»Mit dem heutigen Tag verleiht ihm der Rat bis auf Weiteres sämtliche Würden und Anrechte auf Ehrenbezeugungen eines Stammesfürsten von Askendor. Die Regentschaft beginnt in 50 BS. Die Repression der Völker von Baskir wird vorausgesetzt.« Lautes Gemurmel setzte ein. *Ich fasse es nicht, er hat ihn tatsächlich begnadigt!*

»Repression? Was heißt das? Was meint er damit?«, fuhr Finn alarmiert auf.

»Dass ihr euch schon mal Geschenkbänder umbinden könnt. Repression ist ein hübscheres Wort für Sklaverei«, grinste Paula.

Im allgemeinen Tumult waren die Vertreter der Gonoxore, Tegoster und Gnome aufgesprungen und forderten wortgewaltig ihre Rechte als freie Völker.

»Flo, ehrlich, warum tut er das? Er ruiniert uns alle!«, jaulte Finn. *Dieser kleine egoistische Wurm! Er hat doch Augen im Kopf! Warum benutzt er sie nicht!*

»Siehst du nicht, was mit ihm los ist? Glaubst du etwa, er ist die Treppe runtergefallen?«, zischte ich ihn mühsam beherrscht an.

»Du meinst …«, stotterte Finn entsetzt und starrte auf den Bildschirm.

In der Stille der Erkenntnis fiel plötzlich auf, dass es auch in Askendor ruhig geworden war. Neugierig schauten wir zum Bildschirm. Thosse hatte sich erhoben. Langsam, wie in Zeitlupe. Uwe fest im Blick. *Hass-Mörder-ich-reiß-dir-gleich-die-Milz-raus-Blick der übelsten Sorte.* Selbst als er nach dem Langschwert griff, das in der Mitte des Ratstisches lag, ließ er Uwe nicht eine Sekunde aus den Augen. Er balancierte die Waffe waagerecht auf beiden Händen, während er auf Uwe zuschritt. Schwerer Gang, bewundernswerte Würde. Kurz vor ihm blieb er stehen, reckte sich zu seiner vollen Größe, wodurch er Uwe um einen halben Kopf überragte, und musterte ihn hasserfüllt.

»Ulfren dan Flödar, das Richtschwert von Baskir. Ein Symbol der Rechtschaffenheit und Loyalität. Möge es dich leiten.« *Steht das so im höfischen Protokoll? Feindlich klingende Schwertübergabe im Telegrammstil?*

Uwe deutete etwas an, das ein Kniefall sein könnte. Thosse reichte ihm widerwillig das Schwert. *Feierlich ist aber anders, Jungs.*

Als sich Uwe wieder erhoben hatte, klopften sich beide auf die Brust. *Meine Kraft und mein Leben …* Ich glaubte, den Druck von Thosses Hand auf meiner Schulter zu spüren … *teile ich mit dir.* Bohrend schmerzte die Erinnerung. Ich biss mir auf die Lippe. *Schluss! Es reicht!*

»Was kommt da noch alles?«, wollte ich von Finn wissen, während die anderen Stammesfürstinnen und -fürsten Ulfren dan Flödar mit der Brust-Schulter-Klopferei in ihren Kreis aufnahmen.

»Keine Ahnung. Richtschwert hat er. Öffentliche Ehrenbezeugung findet gerade statt. Ulfrens Haar können sie ihm wohl kaum ankleben«, zählte Finn auf.

»Was soll das denn für ein alberner Brauch sein?«, fragte Paula überrascht.

»Wenn ein Ratsmitglied seine Ehre verliert, wird ihm als sichtbares Zeichen der Schmähung das Haar abgeschnitten«, erläuterte Finn. *Na, das erklärt zumindest Thosses Widerwillen gegen Kurzhaarfrisuren.*

»Hätte er ja mal erwähnen können«, brummte Paula.

Am Platz des Hohen Rates verließen die Stammesfürstinnen und -fürsten unter dem Schutz der Wächter von Askendor gerade die Arena. Thosse saß bereits wieder auf seinem Pferd, während sich Uwe noch mit Ripinett am Cijunt unterhielt. Plötzlich schaute Thosse nach oben, mir direkt in die Augen. Nur für den Bruchteil einer Sekunde. Bevor ich mich richtig besinnen konnte, hatte er bereits das Pferd gewendet und sich neben Uwe in den Zug eingereiht.

»Alter Falter! Der sieht dich ja wirklich!«, entfuhr es Finn.

»Ja, ganz großartig! Aber jetzt versuch, ihnen zu folgen. Schnell! Ich muss wissen, wo sie Thosse hinbringen«, trieb ich Finn zur Eile an.

Der rührte sich nicht. »Keine Chance. Die haben Pferde.«

»Finn!«, schnauzte Paula ungehalten. »Wenn wir ›schnell‹ sagen, haben die kleinen Ärmchen und Beinchen rotierende Scheiben zu bilden! Verstanden? Und jetzt beweg dich!«

»Entspann dich. Du wirst vorzeitig altern, wenn du dich so aufregst«, moserte Finn, begann aber immerhin in seinem Toolfach herumzukramen.

»Okay, ich bin an ihnen dran!« *Er hat ein Flugtier? Wo ist dann das Problem? War er vorhin etwa nur zu faul, das Ding aus der Garage zu holen?*

Während er hinter dem Zug herflog, bearbeitete er nebenher noch sein fast kollabierendes Dialogfeld. In Windeseile gingen die Meldungen ein. Genauso schnell tippte er Antworten und schickte sie weiter.

»Was ist los?«, wollte ich wissen.

»Wir erklären dem Sonkuningr den Krieg. Sie legen bereits den Termin fest.«

Nachdenklich beobachtete ich den langen Tross. Uwe hatte erreicht, was er wollte! Doch die Eintausend-Punkte-Frage war: Warum?

»Wo könnten sie ihn festhalten?«, überlegte ich laut.

»Vielleicht auf Thosses Burg?«, schlug Paula vor.

»Nein, viel zu unsicher. Es muss irgendwo sein, wo niemand hinkommt.« *Denk mal mehr wie eine professionelle Kidnapperin.*

»Also jede x-beliebige Höhle?«, hakte Paula resigniert nach. *Professionelle Kidnapperin! Nicht verzweifelte Kleinkriminelle!*

»Ich weiß nicht, über welche Entfernung Thosse Chars kontrollieren kann. Aber sinnvoll wäre sicher ein Versteck ohne Wachen, denn die würden Thosse befreien«, fiel mir ein.

»Außer sie sind von Ulfren programmiert«, brummte Finn missmutig. Plötzlich scherten Uwe, Thosse und zwei weitere Reiter aus dem Zug aus. Die Hundertschaft folgte dem breiten Weg, der nach Shongkliosh führte. Die vier anderen ritten querfeldein auf ein Waldstück zu.

»Binden sie ihn etwa an einen Baum?« Paula klang echt deprimiert. Wie viel hilfreicher war da ihr gänzlich gewissenloser Bruder.

»Die sind nach Gonnglam unterwegs. Das perfekte Versteck. Allerdings ziemlich nutzlos«, warf Finn ein, ohne den Blick vom Bildschirm zu lösen.

»Warum?«, wollte ich wissen.

»Man muss verbannt sein, um durch die Pforte gehen zu können. Und möchtest du raten, von wem?«, grinste er mit einem kurzen Seitenblick.

»Thosse!« Nur er konnte den Bann aussprechen und aufheben. Das bedeutete, dass weder Chars noch personifizierte Steuerungsprogramme nach Gonnglam gelangen konnten, um ihn zu befreien.

»Bleibt nur ein Knackpunkt: Wie bringt man den Sonkuningr dazu, sich selbst unter Bann zu stellen?«, gab Finn zu bedenken.

»Muss man nicht!«, fiel mir plötzlich ein. »Er ist ein Mensch.

Er kommt überall hin.« Genau wie Uwe auch. Deshalb konnte der Gonnglam verlassen.

»Und was hindert Thosse dann daran, dort wieder hinauszuspazieren?«, wollte Paula wissen.

»Weißt du, wie Riegel an Türen funktionieren?«, fragte Finn. Und schon hatten die zwei sich wieder in den Haaren.

Bei mir war vor allem eins angekommen: Menschen können sich in Askendor frei bewegen! Und schon haben wir einen Rettungsplan!

Nachdem der Tross zwischen den Bäumen verschwunden war, klickte Finn auf einen Button. Plötzlich waren wir in der unterirdischen Kerkerstadt Gonnglam.

»Was? Wie ging das jetzt?«, wunderte sich Paula.

»Zauberei«, flüsterte Finn.

»Man kann innerhalb des Spiels von einem Charakter auf einen anderen umschalten«, beeilte ich mich zu erklären, bevor sie ihm die Milz durch den Hals entfernte.

Wir konzentrierten uns wieder auf den Bildschirm.

Ganz spaßige Umgebung. Wer auf düstere Ecken und spärliche Behaglichkeit steht, kommt da voll auf seine Kosten.

»So stelle ich es mir im Inneren einer extrem schleimigen Kröte vor!«, überlegte ich laut, während Finn durch moosig grüne düstere Gänge schlich.

»Biostudium ist für dich wegen ungesunder Transferleistung endgültig gestrichen!«, grinste Paula. Finn postierte seinen Gnom in der Nähe des Eingangs.

»Gibt es dort unten Bereiche, wo kein Char hinkommt, selbst wenn er verbannt wurde?«, wollte ich von Finn wissen.

»Du meinst Türen, die sich nicht öffnen lassen, Durchgänge, durch die man nicht gehen kann, und so?« Ich nickte aufgeregt.

»Natürlich! Scheintore gibt es überall! Dadurch wirkt die Zone größer, als sie ist. Sonst müssten die Programme ja unendlich sein.« *Niedlich, wie er weiterhin an die Spielidee glaubt.*

»Du kriegst raus, ob Thosse wirklich in diesem Kellerloch einsitzt!«, bestimmte Paula und warf mir einen Blick zu. »Und wir beide ziehen uns mal zurück, um über den verrückten Schwachsinn, der sich da gerade als Plan in deinem Kopf zusammenfügt, zu reden!« *Wie hat sie das so schnell erraten?*

Es war Schwerstarbeit. Mir lief die Zeit davon. 50 BS und die drohende Heimkehr meiner Eltern am Nachmittag. Ich musste den gesamten Vormittag darauf verwenden, die anderen vom Gelingen meines Vorhabens zu überzeugen. Selbst als Finn bestätigte, Thosse mit eigenen Augen in Gonnglam erspäht zu haben, zweifelten sie noch.

»Nur zur Erinnerung, das sind dieselben Augen, die vor Kurzem Capitan America am Himmel entdeckt haben«, gab Paula zu bedenken und riss jubelnd die Arme in die Höhe. Wir standen bei klirrender Kälte am Weiher und feuerten das norwegische Eishockey-Genie an. Julien und ich schenkten der Debatte über die Rettungspläne zwar mehr Aufmerksamkeit als dem Spiel, aber das fiel kaum auf. Paula war euphorisch für drei.

»Finn hat berichtet, dass die Tür einen Riegel hat. Wahrscheinlich kann ihn nur ein Mensch öffnen«, wiederholte ich gebetsmühlenartig. Es gab genau drei Lebewesen, für die weder die Grenze nach Gonnglam noch ein Türriegel ein Problem darstellte. Thosse, Uwe und mich! Diese Tatsache, verbunden mit der Rollenvergabe für Opfer und Täter, reduzierte die Besetzung des Retters auf eine sehr, sehr übersichtliche Menge! Nämlich, tatata, mich!

»Du verstehst es nicht, oder? Ulfren hat deinen Account gelöscht. Thosse konnte das Portal nur mithilfe von Lanrinas Systemkopien aktivieren. Bis zu dem Moment, als du aufgeschlagen bist, wussten wir nicht einmal, ob es funktionieren würde«, gab Julien zu bedenken und applaudierte geistesabwesend Marcs Torschuss.

»Uwe hat, was er will. Und er kennt Lanrinas Bedeutung für unser Portal nicht. Warum sollte er weiterhin auf sie losgehen?«, wandte ich vorsichtig ein.

»Ihm reicht es zu wissen, dass sie für Thosse wichtig ist. Er lässt sie sicher nicht aus den Augen«, widersprach Julien bestimmt. *Dass Uwe einen ziemlichen Knall hat, ist ja nicht neu!* Ich begann auf der Stelle zu trampeln – zum Teil wegen der Kälte, aber auch wegen meiner Ungeduld.

»Uwe rechnet nicht mit uns! Das ist unsere Chance!«, beschwor ich Julien.

»Nein, Flo!«, protestierte er aufgebracht. »Als ich zugestimmt habe, Thosse dort rauszuholen, bin ich davon ausgegangen, dass wir das von meinem Zimmer aus regeln! Und zwar alle zusammen!«

»Schreit doch noch ein bisschen lauter. Die Zuschauer dort drüben haben nicht genau verstanden, was ihr plant«, mischte sich plötzlich Paula ein.

»Dann hilf mir, diese Wahnsinnige zu überzeugen«, motzte Julien.

»Hab ich schon probiert. Vergiss es! Sie wird es durchziehen. So ist sie«, erklärte Paula ihm ungerührt, ihren Blick starr auf das Spielfeld gerichtet. Julien betrachtete sie kopfschüttelnd.

»Lass es uns doch wenigstens versuchen«, bat ich ihn leise. *Etwas mehr Risikobereitschaft brauchen wir schon!*

»Du bist nicht zufällig lebensmüde oder so was?«, hakte er mit einem skeptischen Blick nach.

»Nein, nur unglaublich verzweifelt«, erwiderte ich schlotternd.

»Und was machen wir, wenn das System abkackt und du nicht mehr zurückkommst?«, wollte er wissen und musterte mich herausfordernd.

»Dann gibt dir Thosse einen Hacker-Fernkurs und du hast uns im Handumdrehen wieder hier«, versprach ich ihm. *Ehrlich, es ist mir egal! Thosse muss weg von diesem gruseligen Ort. Zu komplexeren Gedanken bin ich nicht fähig.*

»Gut, gehen wir davon aus, das Portal funktioniert. Wie geht es weiter?« *Ist ja nicht so, dass wir es nicht schon mindestens zehnmal durchgekaut haben …*

»Wir aktivieren das Double. Reiten mit ihm zur Pforte nach Gonnglam. Ich geh rein, hol Thosse raus. Der verbannt sein Double. Doppelgänger in unterirdische Kerkerwelt. Wir zum Portal. Sprung in Sicherheit und fertig.«

»Wie wirst du dich dort zurechtfinden? Es gibt keine Karte vom Labyrinth des Felsenkerkers«, erkundigte sich Julien. *Dass er aber auch ausgerechnet das wissen muss!* Paula wurde hellhörig.

»Oh, nein! Bitte sag, dass er nicht unsere einzige Möglichkeit ist!«, jammerte sie los. *Natürlich! Wer sonst? Oder kennen wir noch einen anderen Miniaturknacki?*

»Wenn der die Lösung ist, will ich sofort das Problem zurück«, beschwerte sie sich unglücklich.

»Dein Bruder ist der Einzige, der in Gonnglam einen Char am Start hat«, erklärte ich ihr geduldig.

»Und wir wissen auch alle, warum!«, ätzte sie.

»Ich bin mir trotzdem sicher, dass er uns helfen würde.«

»Klar, er wird begeistert sein. Aber ich ertrage ihn nicht in meiner Nähe!«, widersprach sie sofort. *Persönliche Ressentiments sind mir momentan so was von piepegal! Wenn's hilft, würde ich Gandhi zwingen, eine Bazooka zu tragen!*

»Kommt! Keiner von euch hat eine andere Idee. Jede Minute, die wir hier unnötig rumdiskutieren …«, meine Stimme versagte. Nervenzermürbender Kullertränenmoment!

»Und, wie weit sind wir?«, platzte Marc, der übers Eis gefegt kam, in die spannungsgeladene Stille.

»Wir starten heute Nachmittag«, verkündete Julien, ohne mich aus den Augen zu lassen.

»Danke«, flüsterte ich.

»Freu dich nicht zu früh«, maulte Paula. »Das Siebhirn löst keine Probleme, sondern verursacht sie!«

Ich hatte mich nicht getäuscht. Finn war begeistert, bei der Rettungsaktion mitzumachen. Meine Eltern erhielten eine kryptische Nachricht, in der ich sie über einen nachmittäglichen Ausflug in ein nahe gelegenes Spaßbad informierte. Es war Marcs Idee. Ein Schwimmbad war der einzige Ort, an dem man glaubhaft telefonisch nicht zu erreichen wäre. Wir hatten ein ordentliches Zeitfenster und einen Plan.

23

Hochzufrieden machte ich mich am Mittag mit drei weiteren Wächtern und dem Kongeson-Doppelgänger auf den Weg nach Gonnglam. Endlich!

Mein Sprung nach Askendor hatte Juliens Unkenrufen zum Trotz perfekt funktioniert.

»Das Portal ist deaktiviert. Lanrina wurde eben von mir abgeschaltet«, meldete der Wächter an meiner Seite. *Julien! Sogar sein Char wirkt nervös!*

Ich nickte zum Zeichen, dass ich ihn gehört hatte, und linste vorsichtig unter meiner Kapuze hervor. An der Spitze unseres kleinen Zuges ritt das Double. Noch! Wenn alles gut ging, würde bald das Original diesen Platz einnehmen. *Hoffentlich ganz bald! Oder ich krieg Hirnpest!* Seit der Ratssitzung ließen sich meine Gedanken kaum noch kontrollieren. Sie nutzten jeden unbeobachteten Moment, um sich zu Thosse zu stehlen. Wo sie sich hartnäckig in jede trostlose Facette seiner Situation fraßen. *Dem Amok laufenden Gehirn machtlos zusehen? Definitiv nicht das Hobby meiner Wahl.*

Als die Pferde kurze Zeit später zwischen den Bäumen stoppten, schaute ich mich suchend um. Hier sollte die sagenumwobene Pforte nach Gonnglam liegen? Etwa das Loch da im Boden? Nicht, dass ich ein nebelumwabertes, von leichtem Schwefelgeruch umwehtes Tor mit schwerem Fallgitter erwartet hätte. Aber den Zugang zur Vorhölle hatte ich mir schon etwas spektakulärer vorgestellt.

Ich glitt aus dem Sattel und näherte mich neugierig der Öffnung im Boden. Soweit ich das sehen konnte, ging es dort ziemlich steil und vor allem sehr weit nach unten. Ohne Treppe!

»Wie kommt man da rein?«, wollte ich von meinen Begleitern wissen. *Ist wahrscheinlich zu optimistisch, auf einen Fahrstuhl zu hoffen, oder?*

»Wir gar nicht«, schnarrte einer der Wächter und steuerte zum Beweis auf das Bodenloch zu. Er konnte einfach darüber weggehen. *Danke, Marc, sehr überzeugend!* Skeptisch linste ich in den Schacht.

»Weiß jemand, wie tief das ist?« *Jemand außer Thosse, der es mir sicher auf den Zentimeter genau sagen könnte.*

»Finn ist mit dem Gnom schon unten«, meldete das Kongeson-Double. *Ganz toll! Das verändert die Höhe leider nur sehr geringfügig!*

»Heißt das, der Zwerg fängt mich auf?«, murrte ich und suchte die Wand des Lochs nach Klettermöglichkeiten ab.

»Verlass dich lieber nicht darauf«, schnarrte einer der Wächter. *Hallo, Paula!*

Plötzlich fiel mein Blick auf den weiten Umhang des Doubles. Diagonal hatte der sicher zwei bis drei Meter. Das wäre zumindest ein Teil der Strecke.

»Und kann er das Ende sehen?«, wollte ich wissen, nachdem ich das zusammengedrehte Cape in die Öffnung gehalten hatte.

»Nein«, kam prompt die demotivierende Antwort von einem der Wächter. Okay, dann würde ich im Zwischenteil ohne Mantelseil einfach improvisieren müssen. Das Positive? Chars lassen sich praktisch nicht umschmeißen. (Wenn sie nicht gerade inaktiv sind oder auf königliche Bannmeilen treffen …) Wir positionierten einen Wächter am Rand des Schachtes und banden ihm das Cape ums Fußgelenk. Langsam stieg ich nach unten. Das improvisierte Seil hielt, der Char stand wie festzementiert. Nachdem sich meine Augen an das Dämmerlicht gewöhnt hatten, erkannte ich Wurzelteile und Felsvorsprünge, auf denen ich meine Füße abstellen konnte. Wenn das Seil zu Ende war, würde ich daran weiter nach unten klettern. Doch plötzlich spürte ich festen Boden unter meinen Füßen. Allerdings hatte ich immer noch den Stoff des Umhangs in der Hand. Hatte ich mich so getäuscht? Das waren höchstens drei, vier Meter. War ich wirklich schon unten? Sehr merkwürdig! Als ich nach oben schaute, schienen die Schachtwände wieder länger zu werden. *Ich nehme jetzt mal die einzige, wenn auch nicht unbedingt logische Erklärung: Die Wände sind keine festen Größen, sondern mobil!*

»Willkommen in Gonnglam«, hörte ich eine Stimme hinter mir. Überrascht drehte ich mich um.

»Finn? Du bist ja gar kein Gnom, sondern ein Gnömchen!«

»Ich heiße eigentlich Kokkivos und bin für einen Gnom normal groß«, stellte sich der rothaarige Zausel vor, der mir tatsächlich nur bis knapp über die Knie reichte. *Keine Zeit für Profilneurosen, Winzling.*

»Wo geht es lang?«, wollte ich wissen.

Sofort setzte er sich in Bewegung. Unser Weg führte durch ein unübersichtliches Stollensystem, durch das ein eisiger Wind pfiff. Täuschte ich mich oder gingen wir nur bergab? Hinter uns waren Schritte zu hören. Erschrocken fuhr ich herum. Nichts! Außer undurchdringbarem Dunkel. Es dauerte eine Weile, bis ich mich daran gewöhnt hatte, dass durch die Tunnel die merkwürdigsten Geräusche drangen. Fröstelnd folgte ich dem Gnom, der trotz seiner Minibeinchen ganz schön schnell war.

Der unterirdische Gang mündete in eine riesige Grotte. Turmhoch ragten die Säulen aus unbehauenem Stein einer gigantischen Kuppel in schwindelerregender Höhe entgegen. Sehr einschüchternd! Fast ehrfürchtig schlich ich hinter dem Zwerg durch die kolossale Felskathedrale, die in bläulich schimmerndes Licht getaucht war.

»Was ist das?«, flüsterte ich fasziniert.

»Hab ich noch nicht rausbekommen. Aber davon gibt es jede Menge hier unten«, erklärte der Gnom mit unbewegter Stimme.

Auf der anderen Seite der Felsgrotte kamen wir in einen Gang, der an die langen Flure von Shongkliosh erinnerte. Der Gnom blieb vor einer Tür stehen.

»Hier ist es!« Mein Blick fiel auf das Schloss. Aus der Nähe betrachtet sah es etwas komplizierter aus als ein normaler Riegel.

»Julien? Kannst du mir sagen, was das ist?«

»Warte, wir sind schon dran. Kannst du den Gnom mal hochhalten, damit wir es besser sehen können?«

Ich schnappte mir den Minichar, der nicht schwerer als eine Taschenlampe war, und hielt ihn direkt vor den langen Bolzen, der durch ein Metallgehäuse führte.

»Okay, wir glauben, es ist ein Fallriegelschloss.« *Super! Nichts geht über Profis und Internetzugang im Team!*

»Tut mir leid, für einen Panzerknackerkurs hatte ich bis jetzt keine Zeit!«, entschuldigte ich mich mit verzweifeltem Blick auf das Schloss.

»Dreh mal den Riegel. Merkst du, dass sich dabei vertikale Bolzen bewegen?« Ich rüttelte an der Querstange. Da bewegte sich gar nichts.

»Nicht so grob!«, ermahnte mich die sprechende Gebrauchsanleitung neben mir.

Ich bewegte den Riegel, als wäre er ein rohes Ei. Ja, da hakte manchmal etwas. Ruckender Widerstand? War es das, wonach wir suchten?

»Jetzt schieb, während du drehst, die Stange hin und her. Irgendwo sind die Kerben so angebracht, dass alle Bolzen des

Schlosses gleichzeitig angehoben werden. Dann geht die Tür auf.« Theoretisch klang es unübertroffen einfach! Praktisch tat sich rein gar nichts!

»Die Rotation der unterschiedlichen Schafthöhen in Kombination mit dem vertikalen Zug schiebt die Bolzen weiter nach oben. Das ist der Vorläufer des Zylinderschlosses, wie wir es heute benutzen.« *Und das muss ich wofür wissen?*

»Ich will es nur öffnen, nicht kaufen«, stöhnte ich und bewegte planlos, aber sachte den Schieber. Plötzlich sprang die Tür auf. *Na, beeindruckt? Ich schon!*

»Warte! In diesem Bereich könnten Wachen postiert sein, erfahren wir gerade. Außerdem kann der Idiot nicht weitergehen«, leierte der Gnom. *Welcher Idiot? Der kleine Idiot?*

»Trotzdem können Wachen dort drin sein?«, erkundigte ich mich.

»Wir können ihn nicht fragen! Paula entfernt ihm gerade unsachgemäß die Eingeweide«, antwortete der Zwerg.

Nachdenken! Nur weil ein Char die Tür nicht öffnen konnte, hieß das nicht, dass er nicht weitergehen könnte, wenn der Durchgang frei wäre. Finn hatte Uwe mit den Wächtern dort hineingehen sehen. Vermutlich hatte Uwe seine Wachen selbst programmiert oder zu seinen Helfern gehörten nicht nur Chars. Beides klang nicht wirklich beruhigend! Egal, keine Zeit für eine genauere Analyse.

»Ich gehe jetzt da rein und suche Thosse«, verkündete ich und schaute mich suchend nach einem geeigneten Türkeil um. *Da, perfekt! Genau die richtige Größe. Wage nicht, dich zu rühren, Türstopperzwerg!*

Mein Herz wummerte wie ein Dampfhammer, als ich vorsichtig weiterging. *Navigationsgerät? Angeborener Orientierungssinn? Wenn es sein muss, sogar ein Kompass? Nichts davon verfügbar? Dann wird's auf alle Fälle spannend.*

Gewissenhaft drückte ich jede Klinke herunter, der ich begegnete. Tür, Tor, Türchen, Törchen, Wandschrank. Ich ließ nichts aus. Zum Glück begegnete mir auf meiner Tour durch die Unterwelt keine Menschenseele. Dafür entdeckte ich jede Menge fies aussehende Kerker, unheimliche Waffenarsenale, modrige Löcher und Wasserhöhlen, in denen riesige unterirdische Seen lagen. Trostlos, trostloser, Gonnglam. Zwei zwingende Gründe, warum ich Thosse unbedingt finden musste, drängten sich mir auf: Er kann auf keinen Fall in diesem erbärmlichen Loch bleiben! Und ich finde hier allein nie wieder raus!

Mein desorientierter Weg führte in einen langen, schmalen Gang. In regelmäßigen Abständen waren Zellentüren mit vergitterten Öffnungen eingelassen. Unglaublich, schon wieder ein Kerker. Wenn's hart auf hart kommt, könnte ganz Askendor hier weggesperrt werden.

Leise schlich ich zur ersten Tür, stellte mich auf die Zehenspitzen und spähte durch die Luke. In der fensterlosen Zelle war es stockdunkel.

»Thosse?«, wisperte ich tonlos. Keine Reaktion. Lauter zu rufen traute ich mich nicht. *Muss ja nicht jeder wissen, dass ich hier bin!* Vorsichtig drückte ich die Klinke herunter. Die Tür ließ sich ohne Probleme öffnen. Blind starrte ich in die Dunkelheit und lauschte nach Atemgeräuschen. Da war nichts. *Na, dann mal weiter. Sind ja schätzungsweise nur zwanzig Türen.*

Nagende Nervosität machte sich breit. Wie viele dieser trostlosen Zellen musste ich noch durchforsten? War er überhaupt in der Lage, mich zu hören?

Mit wachsender Verzweiflung öffnete ich geräuschlos Tür für Tür. Inzwischen hatte ich Routine. Drei Schritte in die Dunkelheit gehen, einige Sekunden verharren, lauschen, weiter. Wenn ich Thosse nicht finden würde, dann vielleicht wenigstens einen anderen Gefangenen, der mir eine Taschenlampe borgen könnte.

In der nächsten Zelle wurde ich plötzlich grob nach hinten gerissen. Jemand drückte mir brutal die Kehle zu. Panisch krallte ich meine Fingernägel in den Unterarm, der meinen Hals wie ein Schraubstock umklammerte. Versuchte sogar ihn wegzuziehen. Keine Chance. Er bewegte sich keinen Millimeter. Verstärkte höchstens den Druck. In größter Verzweiflung stieß ich meinen Ellbogen mit voller Wucht zurück. Augenblicklich sackte mein Gegner ächzend nach vorne. *Stöhn noch mal! Ich glaub, ich kenn dich!* Der Druck an meinem Kehlkopf wurde nur minimal schwächer.

Es reichte, um kaum hörbar »Thosse!« zu röcheln. Sein nach vorne geneigtes Gewicht drohte mich zu Boden zu reißen. Mit aller Kraft stemmte ich mich gegen ihn.

»Thosse! Hör auf! Ich bin's, Florentine«, keuchte ich mühsam und ruderte mit den Händen hilflos durch die Luft. Dann bekam ich auf einmal ein Haarbüschel zu fassen. Schockstarre! Kurzes Haar? Das war nicht Thosse. Ungläubig fasste ich nach. Ich hatte mich nicht getäuscht. Wieder eine Strähne, kaum länger als meine Hand. Wen war ich da im Begriff zu befreien? Irritiert bemerkte ich, dass der Druck an meinem Hals verschwand.

Fast gleichzeitig hörte ich das tiefe Brummen seiner Stimme. »Habe ich dir nicht verboten, das Portal zu benutzen?«

»Despot!«, knurrte ich unendlich erleichtert und drehte mich zu ihm um. Es war zu dunkel, um irgendwas zu erkennen. Offensichtlich nicht für ihn. In Sekundenschnelle hatte er mich an sich gezogen. Vorsichtig fuhr ich mit meinen Händen über seine Schultern. Haarspitzen! Ich hatte mich nicht getäuscht. Die Mähne des Sonkuningrs war weg. *Uwe, diese Übelkrähe!*

»Warum greifst du mich an?«, beschwerte ich mich leise. *Ist dein Sonar vielleicht kaputt?*

»Tut mir leid«, murmelte er. Dann verstand ich. Menschliches Signal! Da kam für ihn nur Uwe infrage! Er hatte wirklich nicht mit mir gerechnet.

»Komm«, flüsterte ich und schob ihn aus der Zelle. Kaum fiel das fahle Licht des Korridors auf ihn, musste ich mich extrem beherrschen, um nicht erschüttert aufzuschreien. Uwe hatte offensichtlich keine Form von Verletzung oder Demütigung ausgelassen. Die lieblos abgesäbelten Zotteln reichten ihm nur knapp bis über die Schultern.

»Ich denke, Paula hätte es besser hinbekommen«, wisperte er und fuhr sich mit einer Hand unsicher durch sein kurzes Haar, bevor er beschämt den Kopf senkte. Entsetzt fiel mein Blick auf mehrere tiefrote Striemen an seinem Hals. Höchste Zeit, ihn hier rauszuholen.

Entschlossen machte ich einen Schritt zur Tür. Der Widerstand des Sonkuningrs, der weiterhin meine Hand hielt, beendete abrupt meine Bewegung.

»Uwes Wächter kommen regelmäßig vorbei. Seit er sich gestern an mir ausgetobt hat, übernehmen sie die Tortur«, erklärte er, als ich ihn vorwurfsvoll musterte. *Was glaubt er, warum ich hier bin? Besuchstag im Folterkeller?*

»Thosse, jetzt hab dich mal nicht so. Draußen steht dein Doppelgänger. Den verknackst du gleich und dann sperren wir ihn ein. Von mir aus können die Wächter den dann zu Tode prügeln, aber dich sicher nicht!« Das Licht reichte aus, um den Anflug eines Lächelns und die minimale Bewegung der überraschten Augenbraue zu erkennen.

»Du schaffst es immer wieder«, stellte er kopfschüttelnd fest. *Mich in Schwierigkeiten zu bringen? Worauf du wetten kannst!*

Er hielt meinem fragenden Blick stand und strich mir schmunzelnd eine Haarsträhne aus dem Gesicht.

»Was schaffe ich immer wieder?«

»Mich zu überraschen«, murmelte er und musterte mich aufmerksam.

»Ich werde dich überall finden, du Wahnsinniger! Merk dir das, wenn du deinen nächsten Alleingang planst!«, flüsterte ich drohend.

»Kann's kaum erwarten«, nickte er grinsend und wirkte kein bisschen eingeschüchtert.

Offenbar hatte ich auf meiner Suche einige desorientierte Kringel gedreht. Denn unser Rückweg war deutlich kürzer.

Mein Türstopper stand noch brav an seinem Platz. Sprang allerdings, kaum dass ich die Klinke in der Hand hielt, auf die Seite.

»Wir dachten schon, du wärst verloren gegangen!«, schnarrte der Char. Thosse starrte den Zwerg nachdenklich an. Dann warf er mir einen fragenden Blick zu.

»Ein Gnom des Epistemes?«

Höre ich da etwa empörte Ungläubigkeit?

»Paulas Bruder! Ich brauchte einen Fremdenführer.« Jetzt nicht nachträglich am Plan rummotzen.

Doch Thosse war weit davon entfernt. »Und ich wollte ihn schon begnadigen«, bemerkte er nur kopfschüttelnd. *Die tragende Miniatursäule unseres Plans? Wie ungeschickt!*

Zu dritt machten wir uns auf den Rückweg. Mein Orientierungssinn hatte sich inzwischen komplett verabschiedet. Erst als wir die große Felsgrotte erreichten, merkte ich erleichtert, dass wir es fast geschafft hatten.

Wieder glaubte ich, Schritte zu hören. Diesmal schien es keine Einbildung zu sein. Auch Thosse verharrte augenblicklich und wirkte, als würde er angestrengt lauschen. Die tiefe Falte zwischen seinen Augenbrauen gefiel mir gar nicht. *Keine Komplikationen! Das passt im Moment ganz schlecht!*

»Wir müssen uns verstecken«, flüsterte er, schnappte meinen Ellbogen und zog mich hinter einen der gewaltigen Findlinge am Rand der riesigen Höhle. Verunsichert presste ich mich gegen den Stein. Spürte, wie die vorstehenden Kanten sich unangenehm in meinen Rücken drückten. Neben mir drängte sich Thosse an den

Fels. Schutz suchend schob ich mich dichter an ihn ran. *Ja, ich bin ein Angsthase!* Wohin der Gnom geflüchtet war, konnte ich nicht sehen.

Das näher kommende Dröhnen und Schnauben klang nach vielen Tausend Tonnen auf Beinen. Jeder Schritt erschütterte den Boden. Ängstlich suchte ich Thosses Blick. Er beachtete mich nicht, sondern starrte konzentriert auf den Boden. *Hallo? Beruhigendes Zwinkern? Ich nehm's auch, wenn's gelogen ist!*

Doch die Aufmerksamkeit des Sonkuningrs richtete sich offensichtlich mehr auf das, was hinter uns war. Plötzlich ertönte ein furchterregendes Fauchen. Flackernder Feuerschein erhellte die Steingrotte. Erschrocken zuckte ich zusammen. Bevor ich zu einer weiteren Reaktion fähig war, schob sich Thosse vor mich und schützte mich mit seinem Körper vor allem, was da gleich kommen würde. Mit geschlossenen Augen drückte ich mein Gesicht fest an seine Brust. Ich konnte das Beben der Erde spüren. Hörte gedämpftes Fauchen und Knistern.

»Wir müssen hier raus!«, hörte ich plötzlich Thosses heisere Stimme. Ja, unbedingt! Denn was immer es war, es hörte sich nicht süß und niedlich an. Thosse umfasste meine Taille und lief los. Ich versuchte mit ihm Schritt zu halten, stolperte, wurde von ihm mit hartem Griff nach oben gezogen. Die nächsten Schritte strampelte ich in der Luft, bevor er mich wieder auf dem Boden absetzte. Eine Hitzewelle erfasste uns. Die Luft brannte förmlich. Schwer atmend versuchte ich voranzukommen. *Nichts wie raus hier! Und auf keinen Fall umschauen!*

Als wir einen der Korridore, die aus der Grotte führten, erreicht hatten, ließ Thosse mich los. Nebeneinander rannten wir noch einige Meter, bevor ich atemlos stoppte. Nach Luft ringend lehnte ich mich an die Felswand. Ein Stück weiter stützte sich Thosse keuchend auf seine Oberschenkel ab.

»Was war das?«, japste ich tonlos.

»Der Curaptor? Ein Feuerdrache!« *Im Ernst? Ein Drache?*

»Und was wollte er, außer mich zu Tode zu erschrecken?«

»Kämpfen«, kam die sachliche Antwort.

»Wohl eher Leute flambieren, oder?«

»Der Curaptor ist nicht das Gefährlichste, was ein Dungeon zu bieten hat«, bemerkte Thosse, als wäre es das Normalste der Welt. *Wie unterschiedlich Leben doch sein können.*

»Dungeon? Ist das so was wie ein Drachenspielplatz?«, hakte ich verwirrt nach. Thosse lachte leise.

»Ein Dungeon ist eine Kampfarena. Dort können die Chars Schätze erbeuten. Dafür müssen sie allerdings die Drachen besiegen, die die Schätze bewachen«, erklärte er amüsiert.

»Und wo war dieses Monster, als wir das erste Mal durchgelaufen sind?« *Ziemlich unzuverlässig, der Wächter des Schatzes, würde ich mal sagen!*

»Wahrscheinlich hat ihn der Gnom aktiviert. Aber ihr habt den Dungeon zu schnell wieder verlassen«, mutmaßte Thosse schulterzuckend.

»Wo steckt der Zwerg eigentlich?«, wunderte ich mich und schaute mich suchend um. »Vielleicht ist er ja vorgerannt«, überlegte ich laut.

Wir machten uns auf den Weg zum Portal. Na ja, Erdloch. Aber auch dort keine Spur von Finns Gnom. Nicht gut!

Das Team oben wusste sicher, wo er steckte. Dazu musste ich allerdings erst mal wieder hochkommen. Entmutigt stellte ich mich in den Lichtkegel und starrte ungläubig nach oben. *Das darf doch nicht wahr sein! Ist dieses Mistding etwa gewachsen?* Nicht, dass ich gut schätzen konnte, aber das war ziemlich unerreichbar hoch und der Mantel war auch nirgends zu sehen. Da würde ich nie raufkommen! Zumindest nicht ohne Fassadenkletterkurs.

»Worauf wartest du?«, drängelte Thosse hinter mir.

»Es ist so hoch«, stammelte ich.

»Du bist doch auch runtergekommen!« *Jetzt hier nicht mit Logik argumentieren!*

»Ja, schon, aber da hatte ich ein Kletterseil und irgendwie waren es dann plötzlich auch nicht mehr als drei, vier Meter«, stammelte ich nicht sehr überzeugend.

»Du bist da runtergeklettert?«, vergewisserte sich Thosse mit zweifelndem Blick. *Nein! Ich hab meine imaginären Flügel aufgespannt und bin elegant wie ein Adler herabgeglitten. Natürlich bin ich geklettert, du Nasenbär.*

»Kannst du mir sagen, wie ich sonst runterkommen sollte?«, motzte ich ungehalten.

»Florentine! Du benutzt doch sonst auch Portale«, erinnerte mich Thosse. *Eines! Und das ist ja zum Glück nie peinlich gewesen!*

»Wer hat sich denn schlapp gelacht, als ich ihm entgegengekullert bin?«, erinnerte ich ihn verzweifelt. Sein Grinsen verriet, dass er genau wusste, wovon ich sprach. Immerhin erkannte er echte Verzweiflung, wenn sie vor ihm stand.

»Komm! Du kannst das«, ermunterte er mich, schnappte meinen Arm und schob mich direkt unter die Öffnung.

»Schließ die Augen. Konzentrier dich. Denk an oben. Zieh dich in Gedanken raus.« Plötzlich spürte ich, wie der Druck unter den Füßen weniger wurde. So wie ich es von meinem Portal kannte. Ungläubig riss ich die Augen auf. Starrte Thosse fassungslos an und flüsterte aufgeregt: »Es funktioniert.« Er nickte mir lachend zu und trat zur Seite. Ich schaffte es tatsächlich nach oben. Thosse folgte mir.

»Wo ist Finn?«, wollte ich wissen, sobald wir gelandet waren.

»Der Drache hat ihn gefressen«, kam die wenig mitfühlende Antwort von einem der Wächter. *Paula, etwas mehr Anteilnahme am Schicksal des armen roten Zausels, wenn ich bitten darf!*

»Schön, dich zu sehen«, schnarrte der Doppelgänger. Thosse

nickte ihm hoheitsvoll zu. *Immer noch Probleme, mit einem Char zu reden?*

Unklar, welche Reaktion der geschundene Sonkuningr mit kurzem Haar in Juliens Zimmer auslöste. Sie ließen nichts verlauten.

Thosse ging auf sein Double zu, bückte sich und zog ihm einen Dolch aus dem Stiefel.

»Du hast ihn mit Dolch im Stiefel programmiert?«, wunderte ich mich.

»Nachträglich ausgestattet«, antwortete er und richtete sich mit angespannter Miene auf. Ich wusste, was nun kam. Und ich konnte sehen, wie schwer es ihm fiel.

»Soll ich?«, bot ich ihm an, doch er schüttelte nur den Kopf. Unruhig beobachtete ich, wie er seinen Doppelgänger am Schopf packte und ihm mit einer schnellen Bewegung das Haar absäbelte. Schrecklicher Anblick!

Wütend schleuderte Thosse das Büschel Haare von sich weg und blieb mit dem Rücken zu mir gedreht stehen. Böse Erinnerung?

»Thosse?« Grollend fuhr er herum. Mit geballten Fäusten und schwer atmend versuchte er seinen Zorn wieder in den Griff zu kriegen.

Der frühe Haarausfall soll Uwe treffen!

»Selbst ohne Haar wärst du immer noch der Sonkuningr«, erinnerte ich ihn mit unsicherem Lächeln. Mit einer ruckartigen Bewegung warf er den Kopf in den Nacken. Die trotzige Geste war eine Kampfansage. Ich hatte sie inzwischen oft genug gesehen, um sie deuten zu können.

Wortlos steckte er den Dolch in seinen Stiefel. Mit grimmiger Miene nahm er dem Doppelgänger das Schwert ab. Überrascht schaute ich vom einen zum anderen. Mit den kurzen Haaren sahen sie sich wirklich zum Verwechseln ähnlich.

»Wird sein Signal reichen, um die Wachen zu täuschen?«,

wollte ich wissen, während ich den Umhang des Doppelgängers vom Fußgelenk des Wächters band und ihn Thosse reichte. Er nickte und hängte sich das Cape um.

»Kann er überhaupt bis in die Zelle gehen? Finns Gnom konnte es nicht«, vergewisserte ich mich.

»Kann er. Wer steuert ihn?«, fragte Thosse kurz angebunden in die Runde.

»Marc«, schnarrte der Doppelgänger.

»Du musst ihn noch verbannen«, fiel mir ein.

»Schon geschehen«, brummte er und drehte sich zum Eingang nach Gonnglam um. *Wie? Keine Verbannungsfeierlichkeiten?*

»Moment! Was hast du vor?«, rief ich, hastete hinter ihm her und erwischte ihn gerade noch am Arm.

»Ich bring ihn in die Katakomben«, antwortete Thosse und musterte mich überrascht. *Irrtum, mein Held!*

»Ich hab dich da nicht rausgeholt, damit du jetzt wieder runtergehst!«, wetterte ich empört. *Hat er sie noch alle? Was plant er als Nächstes? Picknick auf der Autobahn?*

»Ach ja, und wer öffnet den Türriegel?«, fragte Thosse, während er mir schroff seinen Arm entzog. Oh, nein! Wie blöd! Wir hätten den Türstopperzwerg einfach stehen lassen sollen.

»Da unten wütet ein tonnenschwerer Flammenwerfer, der keinen Spaß versteht«, erinnerte ich ihn.

»Genau aus dem Grund bleibst du auch schön hier oben. Verstanden?«, knurrte der Sonkuningr und warf mir einen drohenden Blick zu.

»Ich will ja nicht …«, fing ich an.

»Keine Widerrede. Im Gegensatz zu dir habe ich gelernt, gegen so etwas zu kämpfen«, fiel er mir harsch ins Wort und setzte minimal freundlicher hinzu: »Keine Angst. Ich werde mit ihm fertig!«

»Was macht dich so sicher?« *Ich glaub dir ja viel! Aber das?*

»Weil ich es schon öfters gemacht habe«, erwiderte er unverschämt zuversichtlich. *Tatsächlich?! Das legt die Vermutung nahe, dass in der Schnittmenge unserer gemeinsamen Hobbys gähnende Leere herrscht.*

»Versprich mir, keinen Blödsinn zu machen. Und schleich mir nicht hinterher!«, warnte er mich eindringlich.

»Ich bin nicht lebensmüde«, murrte ich, obwohl ich mit der Gesamtsituation alles andere als zufrieden war.

»Bis gleich«, verabschiedete er sich und sprang in das Loch. Das Double hinterher.

Unruhig begann ich spannungsgeladene Kreise zu gehen. *Optimist ist man nur aus Mangel an Fantasie! Ich persönlich neige zum Vollzeitpessimismus.*

Feuer, Drachen, düstere Kerker, lauernde Feinde … mehr Stoff für Drama, als mir lieb war. Laut und grell zuckten unheilvolle Gedanken durch meinen Kopf. Ziemlich penetrant und unmöglich zu ignorieren.

»Hey, entspann dich! Alles ist gut«, schnarrte plötzlich eine Stimme. Erschrocken fuhr ich herum. Direkt hinter mir stand einer der Wächter. *Lautloses Anschleichen! Ehrlich, ihr seid schlimmer als meine Mutter!*

»Woher weißt du das?«, murrte ich.

»Solange Thosse noch mit dem Doppelgänger zusammen ist, haben wir eine Direktverbindung zu ihm.«

»Wo sind sie?«, wollte ich wissen.

»An einer Höhle oder Grotte. Puh, da bist du vorhin wirklich durchgelaufen? Ist ja schlimmer als Geisterbahn.«

»Ist der Drache noch da?«, fragte ich ungeduldig.

»Warte! Mann, wieso ist das da so dunkel? Habt ihr den Strom nicht bezahlt?«, erkundigte sich der Wächter. *Bin ich jetzt für die Beleuchtung der Unterwelt zuständig, oder was?*

»Ich seh rein gar nichts. Etwas Großes, Dunkles schleicht da vorne. Das könnte Thosse sein. Oder sonst wer.«

»Bitte keine vogelwilden Vermutungen, sonst dreh ich hier noch durch«, wies ich den Wächter zurecht.

»Von mir aus.« Funkstille.

»Da! Jetzt! Feuer! Ist das Ding hässlich!«, setzte sich die Übertragung schleppend fort. Wieder Pause.

»Paula? Was ist da los?«, rief ich aufgeregt. *Diese Unterbrechungen bringen noch den letzten Rest meiner Gelassenheit um die Ecke.*

»Weiß nicht! Wir stehen hinter einem Felsen«, meldete der Wächter. *Na super! Hauptsache, dem Double passiert nichts!*

»Ist es da drin wirklich so heiß, wie es aussieht?«, fragte sie nach einer Weile. *Unterhalten wir uns als Nächstes übers Wetter?*

»Ja! Die Luft brennt in den Augen. Wo ist Thosse?«

»Keine Ahnung!« Dann wurde es wieder still. Beunruhigend still.

»Paula?« *Geduldiges Warten? Genau mein Ding!*

»Paulaaa!«

»Halt die Füße still. Wir sind schon weiter«, gab der Wächter bekannt.

Nachdem Thosse das Double in der Zelle zurückgelassen hatte, verschwand er komplett von unserem Radar. Scheinbar endlos schlich die Zeit dahin, bis er plötzlich aus dem Erdloch gesprungen kam.

»Schnell zum Portal«, rief ich ihm erleichtert zu und zerrte eines der Pferde zu einem Baumstumpf, damit ich einfacher aufsteigen konnte. Er rührte sich nicht. Ein Blick in sein Gesicht reichte. *Wir werden nicht zum Portal reiten, oder? Wozu plane ich eigentlich alles?*

»Was hast du vor?«, fragte ich Unheil ahnend. Irgendwie glaubte ich, die Antwort zu kennen. *Aber auf keinen Fall wollte ich ihn um das Vergnügen bringen, mir das plausibel zu erklären.*

»Ich habe in wenigen Stunden einen Raid.« *Ach, doch so simpel.* Wütend stapfte ich auf ihn zu.

»Du kannst dich kaum aufrecht halten«, bemerkte ich so ruhig wie möglich und ignorierte das Tänzchen seiner drohenden Augenbrauen. *Jetzt ist mal Schluss mit Herrscherattitüde.*

»Du erwartest, dass ich mich verstecke?«, fragte er ungläubig und musterte mich zweifelnd. *Können wir den ›Auge in Auge, ehrenvoll für Recht kämpfen‹-Schwachsinn nicht einfach überspringen?*

»Nein, natürlich nicht! Servier ihm lieber deinen Dickschädel auf einem silbernen Tablett!«, ermunterte ich ihn mit giftigem Lächeln.

Die Wächter zogen sich unauffällig zurück. *Alle bis auf einen. Marc, schieb ab!*

Thosse richtete sich erbost zu seiner vollen Größe auf und verschränkte bockig seine Arme. *Echt jetzt? Beleidigtes Brezelmännchen?*

»Du bist verletzt. Es wird niemals ein ebenbürtiger Kampf sein«, versuchte ich weiter ihn vom Irrsinn seines Vorhabens zu überzeugen. Er lachte bitter auf und beugte sich so weit zu mir runter, dass unsere Nasen fast zusammenstießen.

»Ebenbürtig? Ich kämpfe seit Jahren gegen einen verschlagenen Dämon ohne Ehrgefühl. Was ist daran ebenbürtig?«, zischte er leise. Seine Augen leuchteten gefährlich.

»Wenn du dich nicht richtig wehren kannst, gewinnt er.«

»Du verstehst es wirklich nicht«, bemerkte er plötzlich überrascht und richtete sich ungelenk auf.

»Dann erklär es mir!«, fuhr ich ihn an.

Wütend blitzten die Blicke zwischen uns hin und her, bis er plötzlich einlenkte. Seine Miene wurde freundlicher. Er musterte mich aufmerksam. Versuchte ein leises Lächeln. *Hey, Wut, Ärger, hiergeblieben. Nicht abhauen, nur weil hier einer umwerfend lächeln kann!*

»Müssen wir das wirklich direkt vor dem Eingang von Gonnglam klären, wo Uwe jederzeit auftauchen könnte?«, fragte er leise. Seine Hand wanderte an meinen Hinterkopf und er zog mich an sich. Ich versuchte die zornige Fassade aufrechtzuerhalten, selbst wenn ich dahinter bereits dahinschmolz.

»Komm mit mir nach Shongkliosh. Wir haben noch ein paar Stunden bis zur Schlacht. Dann können wir über alles reden«, flüsterte er.

»Ah, du versuchst mich weichzukochen?« *Mach weiter, fühlt sich an, als würde es funktionieren.*

24

Die gemächliche Stille in Thosses lichtdurchfluteten Privatgemächern strahlte Sicherheit aus. Es roch nach Askendor, dem friedlichen Teil. Dem, der einen schützend umschloss, in dem man sich zurücklehnen konnte. Es roch nach Thosse.

Zum ersten Mal, seit wir den Felsenkerker verlassen hatten, schien es ihm wirklich gut zu gehen. Der harte Zug um seinen Mund lockerte sich, genauso wie die steile Falte zwischen seinen Augenbrauen. Schwungvoll zog er seinen Umhang von den Schultern. Fast gleichzeitig fasste er sich stöhnend in die Seite.

»Was ist los?«

»Ich glaube, dieser Idiot hat mir die Rippen gebrochen«, seufzte er und richtete sich, die Hand schützend an die Seite gelegt, wieder auf.

»Wo ist dein Medizinmann mit dem Laserpointer?«, fragte ich und beobachtete, wie er mit leicht schmerzverzerrtem Gesicht versuchte das Langschwert abzuschnallen.

»Laserpointer? Du meinst das Angariumskalpell?« Er hielt lachend inne. *Von mir aus auch das!*

»Schätze, ja«, antwortete ich unsicher.

»Es funktioniert nur bei offenen Wunden«, erklärte er sichtlich amüsiert, während er sich mit der Schließe seines Waffengürtels abmühte. Ich wollte ihm helfen, doch er schob mich sofort abwehrend zur Seite.

»Jetzt stell dich nicht so an, du Sturkopf«, schimpfte ich.

»Ich kann das allein«, murrte er zwar, ließ aber ohne weiteren Widerstand zu, dass ich die Gürtelschnalle öffnete.

»Keine Angst, gelegentliche Hilfe macht dich noch lange nicht zum Teamplayer«, beruhigte ich ihn grinsend und stellte mich auf die Zehenspitzen, um ihn auf die Wange zu küssen. Er umschlang mich mit einem Arm und zog sich mit der anderen Hand den Gürtel ab. Das Schwert fiel scheppernd zu Boden.

»Geht man so mit seinen Waffen um?«, ermahnte ich ihn kichernd.

»Ich hab noch mehr davon«, brummte er und drängte sich dichter an mich. *Majestätische Entschlossenheit! Irgendwie steh ich doch drauf!*

Plötzlich schien er abgelenkt. Hob den Kopf und starrte über mich hinweg.

»Wo ... um alles in der Welt ...«, stammelte er. Er hatte die leere Wandnische entdeckt.

»Vermisst du deinen Schmuck?«, fragte ich lächelnd.

»Du Diebin!«, grinste er. »Wo ist er?«

»Wer denn?«, hakte ich mit unschuldigem Augenaufschlag nach.

Sein Griff verstärkte sich. Er zog mich dichter an sich heran.

»Das weißt du genau«, zischte er. Lachend wand ich mich in seiner Umarmung, worauf er mich sofort mit einem leisen Schmerzenslaut freigab. *Oh, ja, vor diesem Gegner schlottert Uwe sicher schon.*

Ich kletterte auf die oberste Sitzstufe.

»Du hast sie versteckt?«, bemerkte Thosse verwundert und fuhr sich mit der Hand durchs Haar. Als er sich dessen Länge bewusst wurde, zuckte er erschrocken zusammen.

»Falls Uwe hier reingekommen wäre«, erklärte ich, während ich die Kissen beiseiteräumte. Die Decke öffnete sich und plötzlich wurde meine Aufmerksamkeit von einem prächtigen Armreif gefangen genommen. Beim schnellen Zusammenraffen der Sachen war er mir entgangen. Fasziniert drehte ich den breiten mattsilbernen Reif hin und her und betrachtete das leuchtende Farbspiel der grünen Edelsteinsplitter.

»Ich sehe, du bist beschäftigt«, stellte er amüsiert fest. »Bin gleich wieder da.« Dann hörte ich ihn die Treppe hinaufgehen.

»Und nur damit das klar ist, der Reif ist meiner«, rief er mir von oben zu, dann war Ruhe.

Fasziniert drehte ich das Schmuckstück im Licht. Wie Splitter einer mächtigen Explosion stoben die Fragmente auseinander. Die Steine leuchteten im gleichen Grün wie seine Augen. Ich steckte mir den Reif an mein Handgelenk und fand, dass er wie für mich gemacht war.

»Florentine?!«, hörte ich ihn plötzlich von oben rufen. Ertappt legte ich den Armreif zurück und warf sicherheitshalber die Decke wieder darüber.

»Ja?«

»Kannst du bitte mal kommen?« *Uh, Einladung in den privatesten Teil seiner Gemächer. Was halten wir denn davon?*

Neugierig schlich ich die Treppe nach oben. Die Galerie mündete in einen weitläufigen Raum, der mindestens so groß wie der untere war. Auch hier der gleiche schwarze Steinboden. Die Decke im hinteren Teil war, wie auch zwei der vier Wände, aus durchgehenden wandgroßen Glasscheiben. Gigantisch. Auf die Schnelle konnte ich im Licht der Mittagssonne nicht viel mehr als einen großen Schreibtisch, mehrere Sitzmöbel und einige Regale unterschiedlicher Höhe erkennen. Dann hörte ich Thosse rechts von mir rumoren.

»Bist du da?«, rief ich. Ein Durchgang führte in ein ... !? Irritiert schaute ich mich um. *Rauscht hier irgendwo ein Wasserfall?* Schwarzer Stein, so weit das Auge reichte. Über die gesamte Breite der hinteren Wand floss Wasser in eine flache Wanne. Links neben mir erstreckte sich ein … Schwimmbecken? In den Boden waren mehrere Wasserlöcher eingelassen. Vielleicht Tauchbassins? Dann entdeckte ich Thosse. Er stand barfuß vor der verspiegelten rechten Wand und zupfte wütend an seinem Haar. Vor ihm zog sich ein durchgehender Waschtisch über die ganze Seite.

»Meinst du, dass du das irgendwie begradigen kannst?«, fragte er mit unglücklichem Blick auf seine Rasenmäherfrisur.

Skeptisch betrachtete ich die kürzesten der Strähnen. Heikles Thema!

»Kann ich schon«, begann ich unsicher. »Sie würden aber nicht weiter als bis hier …«, ich hob meine Hand etwa auf seine Kinnhöhe, »… reichen.«

Stöhnend fuhr er sich erneut mit beiden Händen durchs Haar.

»Mach es«, befahl er plötzlich. *Okay! Aber hinterher keine Beschwerden!*

»Hast du eine Schere? Oder muss ich auch den Dolch nehmen?«, fragte ich und kassierte sofort einen vernichtenden Blick. »Entschuldigung, war nicht so gemeint!«, stammelte ich. *Weiß ich, ob sie hier Scheren haben?*

Kommentarlos berührte er eine Wandplatte, die sich wie durch Zauberhand öffnete, und beförderte eine Schere hervor.

Thosse ging in die Hocke und ich versuchte mit zittriger Hand so etwas wie eine Kurzhaarfrisur zu schneiden.

»Nicht perfekt, aber besser«, entschied ich. Er erhob sich und betrachtete sich mit finsterem Blick im Spiegel.

»Es steht dir«, flüsterte ich.

Ungläubig drehte er sich zu mir um. Ich umschlang seine Taille und fuhr mit beiden Händen langsam seinen Rücken nach oben. Augenblicklich schrie er laut auf, worauf ich sofort erschrocken meine Hände sinken ließ. Ehrlich, ich hatte ihn kaum berührt!

»Thosse?«, fragte ich alarmiert. Er stützte sich schwer atmend auf den Waschtisch. Als er sich langsam wieder aufrichtete, war alle Farbe aus seinem Gesicht gewichen. *Beängstigend! Vor allem bei jemandem, der definitiv keine Memme ist.*

»Das waren nicht deine Rippen!«, stellte ich fest.

Seine aufeinandergepressten Lippen signalisierten, dass er nicht bereit war, darüber zu reden.

Ich schon!

»Sagst du es freiwillig?«, fragte ich und ging drohend einen Schritt auf ihn zu. Er wich tatsächlich vor mir zurück.

»Willst du's echt darauf anlegen?«, grinste ich und griff nach seinem Hemd. Bevor ich auch nur in die Nähe davon kam, hatte er mich an beiden Handgelenken gepackt und so herumgewirbelt, dass meine Arme meinen Oberkörper wie in einer Zwangsjacke umschlangen.

»Du hast die Reaktionszeit einer Schnecke«, brummte er hinter mir, ließ mich aber sofort los und zog ohne weiteren Kommentar sein Oberteil über den Kopf.

»Ja, spinn ich!«, entfuhr es mir ungläubig, während ich seinen mit blutigen Striemen überzogenen Rücken betrachtete. *Sind das ... ? Kann es sein ... ?*

»Was hat er mit dir gemacht?«, flüsterte ich erschüttert.

»Genau das, wonach es aussieht«, knurrte er. Allein bei der Vorstellung begann meine Haut wie Feuer zu brennen.

»Mit einer Peitsche?«, platzte ich ungehalten heraus. *Glaubt der denn, er ist Indiana Jones, oder was?*

»Er war verzweifelt«, räumte Thosse leichthin ein. *So lässig? Ehrlich?*

»Verzweifelt!«, rief ich aufgebracht. »Wenn ich verzweifelt bin, esse ich ein Kilo Schokolade, aber prügle niemanden halb tot!«, regte ich mich auf. *Ich würde mal sagen, da hat einer ein gehöriges Aggressionsbewältigungsproblem!*

»Vielleicht mag ich dich deshalb auch lieber als ihn«, murmelte Thosse und lächelte verlegen. *Ahnt er nur annähernd, wie unglaublich gut ihm ›schüchtern und zaghaft‹ steht?*

»Das wäre jetzt aber ein Fall für den Laserpointer, oder?«, versuchte ich mich auf unser vorrangiges Problem zu konzentrieren.

Sofort verschloss sich sein Blick. Er zog es vor, nicht zu antworten.

»Den du warum nicht benutzen möchtest?«, blieb ich eisern beim Thema. Er war zu sehr damit beschäftigt, die Schere an ihren Platz zurückzulegen, um ein Wort zu sagen.

»Schweigen bringt uns jetzt auf alle Fälle extrem weiter«, beharrte ich und packte ihn am Handgelenk, als er an mir vorbeigehen wollte. Halbherzig versuchte er mir seine Hand zu entwinden. *Hör ich da etwa die gleichgültige Fassade bröckeln?*

»Jetzt komm mal runter von der königlichen Palme und rede mit mir, als wären wir beide vollkommen normale Menschen!«, forderte ich ihn auf.

Er kämpfte schwer. Nahm mehrere Anläufe, bevor er sich endlich aufraffen konnte, mir zu antworten. »Niemand in Askendor hat das Recht, sich dem Sonkuningr zu widersetzen …«, erklärte er stockend, den Blick stur zu Boden gerichtet, »… geschweige denn, ihn wie einen Leibeigenen auszupeitschen!«, fügte er kaum hörbar hinzu.

Daher wehte also der Wind. Keiner seiner Untergebenen sollte je erfahren, wie sehr ihr Chef gedemütigt worden war. Mehr als der Rücken brannte offensichtlich die Schmach. *Danke, Uwe! Super Arbeit. Jede böse Macht dieses Universums ist sicher total stolz auf dich!*

»Wie kompliziert ist es, diesen Laserpointer zu bedienen?«, wollte ich wissen.

Er hob überrascht den Kopf. »Du würdest …?«, fragte er verblüfft. *Eigentlich nicht, aber so kann es auch nicht bleiben!*

Augenblicklich hatte ich den Geruch seiner verbrannten Haut

in der Nase. Trotzdem begann ich unsicher zu nicken. *Echt jetzt? Will ich das wirklich?*

Selbst meine übelste Vorstellung erreichte nicht einmal annähernd die Realität. Fassungslos starrte ich auf sein Blut, das dampfend gerann, bevor sich dünne Fäden spannen, die im Zeitlupentempo die Wunde schlossen. Verzweifelt betrachtete ich die zum Teil fingertiefen Striemen auf seinem Rücken. Es würde ewig dauern, bis sie alle geschlossen waren.

Thosse lag mit zusammengekniffenen Augen bäuchlings auf seinem Bett und rührte sich kaum. Seine Hände krallten sich in die Decke. Manchmal stieß er tiefe kehlige Knurrlaute aus. Ab und zu trat er mit dem Fuß in die Luft.

»Und du hast sicher kein Schmerzmittel?«, vergewisserte ich mich verzweifelt zum wiederholten Mal. Er warf nur stumm den Kopf von einer zur anderen Seite. *Okay, immer noch ein klares ›Nein‹.*

»Narkosemittel vielleicht?«, schlug ich kleinlaut vor. Ich würde jetzt sogar mit Äther hantieren. Schlimmer konnte es ja eigentlich nicht werden. Worauf hatte ich mich da nur eingelassen?!

»Vergiss es! Niemand außer mir empfindet hier Schmerzen«, keuchte er und schlug mit der flachen Hand mehrmals auf die Unterlage. *Ja, und? Lohnt sich für nur eine Person die Anschaffung von Schmerzmitteln nicht, oder was?*

Selbst der überwältigende Ausblick auf das imposante Bergpanorama, den man von seinem Bett hatte, das direkt unter dem Glasdach stand, konnte mich nicht ablenken.

»Brauchst du eine Pause?«, fragte ich verzweifelt. Ich könnte nämlich eine vertragen.

»Mach einfach weiter«, stieß er zwischen zusammengebissenen Zähnen hervor. Es kam mir vor, als würde ich ihn bei lebendigem Leib verbrennen. Endlich hatte sich die letzte blutige Stelle unter dem grellen Licht geschlossen.

»Fertig«, verkündete ich erleichtert, schaltete das Dingsbumsskalpell aus und legte es vorsichtig zur Seite. Thosse rührte sich nicht. Ich krabbelte aus dem Bett, um das Fenster zu öffnen. Etwas ratlos blieb ich vor der riesigen Glasscheibe stehen. Keine Griffe und auch keine Schalter waren zu sehen. Unsicher schaute ich zurück zum Bett. Er saß bereits an der Kante, den Oberkörper tief vornübergebeugt. Als er sich meines fragenden Blickes bewusst wurde, lächelte er matt.

»Es reagiert auf Berührung«, erklärte er und deutete eine Art Drückbewegung in der Luft an. Skeptisch wiederholte ich die Bewegung. Kaum hatte ich die Scheibe berührt, verschwand sie unter meinen Fingern. Erschrocken zuckte ich zurück.

»Zauberei!«, flüsterte ich fasziniert.

»Nein, kontaktaktives Evanescerekristall«, widersprach er amüsiert. *Ja, sicher doch! Bei uns heißt so was immer noch Zauberei!*

Thosse erhob sich, reckte sich vorsichtig, bevor er Richtung Bad verschwand. Ich war zu sehr mit der aufgelösten Scheibe beschäftigt, um seinem Verschwinden mehr Beachtung schenken zu können. Irritiert schob ich meine Hand ins Freie. Wie bekommt man das Ding wieder zurück?

Kurze Zeit später stand er neben mir. Mit feuchtem Haar und in anderen Klamotten. Ein Blick auf das dunkle feste Hemd, die schwarze Hose und seine klobigen Stiefel reichte. Ich wusste Bescheid. Er war nur noch ein Kettenhemd, eine dunkle Rüstung und einen wehenden Umgang vom unnahbaren Krieger entfernt. Wenigstens war der Blick, mit dem er mich bedachte, alles andere als unnahbar. Mit einem Schnipsen ließ er die Glaswand wieder erscheinen. Was, ganz ehrlich, schwer beeindruckend und unglaublich cool wirkte.

»Warum willst du in diese Schlacht ziehen?«, platzte ich plötzlich heraus. *Stimmungskiller, ich weiß! Aber schließlich schuldet er mir noch eine Erklärung.*

»Genau genommen habe ich keine Wahl. Unsere Gesetze verlangen, dass der Sonkuningr sich jeder Herausforderung zu stellen hat.« *Selten etwas Bescheuerteres gehört!*

»Aber Uwe wird dich umbringen, wenn …«

»Ulfren wird nicht mal in der Nähe des Schlachtfeldes sein«, unterbrach er mich ungehalten und begann wütend auf und ab zu gehen. *Wozu dann der ganze Aufstand?*

»Seine Idee ist ebenso einfach wie genial. Von der Folter geschwächt, lässt er mich halb tot auf das Schlachtfeld bringen, auf dem ich dann ziemlich sicher umkomme«, erklärte er in erschreckend sachlichem Ton. Ohne Bannmeile wäre er während des Raids Freiwild. *Stimmt! Perfekter Plan! Das bisschen Grausamkeit darf einen dabei nicht stören!*

»Du würdest in der Schlacht fallen. Es gäbe gar keine Verbindung zu Uwe«, stellte ich überrascht fest. Er blieb stehen und drehte sich mit bitterem Lächeln zu mir um.

»Le roi est mort, vive le roi!« *Klar, französisch klingt es gleich viel gesitteter!*

»Der König ist tot, es lebe der König?«, wiederholte ich fassungslos. Thosse zuckte nur mit den Schultern.

»Was macht Uwe so sicher, dass er der nächste Sonkuningr wird? Du hast mir Platz zwei der Thronfolge zugesagt!« Gewagter Einwand! Es funktionierte. Thosses düstere Miene wich einem schwachen Lächeln.

»Es gibt einiges, das für Ulfren spricht. Allem voran, dass die direkte Königslinie mit mir endet. Außerdem trägt Ulfrens überraschende Begnadigung den Beigeschmack einer möglichen Anerkennung seines Thronanspruchs.«

»Könnte er wirklich den Hohen Rat davon überzeugen, dass du ihn als Nachfolger auserwählt hattest?«, fragte ich zweifelnd.

»Es ist kein Zufall, dass er Baskir haben wollte. Er wird es wahrscheinlich zurückgeben und sich so die unbedingte Loyalität der freien Völker und das Wohlwollen der anderen Stammesfürstinnen und -fürsten sichern. Durch seinen Verzicht ließe sich ein verlustreicher Krieg umgehen«, erläuterte Thosse Ulfrens Strategie.

»Warum sollte er auf Baskir verzichten, wo er es doch so dringend haben wollte?«, hakte ich unsicher nach. *Irgendwie wirkt das alles dann doch etwas planlos, oder?*

»Wer möchte Baskir, wenn er Tragun oder sogar ganz Askendor haben kann?«, fragte Thosse grimmig zurück.

»Das soll ausreichen?«, entfuhr es mir ungehalten. *Man wird schneller Sonkuningr als Mitglied in unserer Schulbibliothek!*

»Es könnte funktionieren. Vergiss nicht, er behauptet, der Sohn meines Vaters zu sein. Trägt das Zeichen der Herrschenden ...« *Das ist allerdings wirklich ungeschickt! Ein Zeichen mit dem Seltenheitswert von Stechmücken!*

»Dass die Fähigkeit, bluten zu können, einen zum Thronfolger macht, ist albern«, unterbrach ich ihn. »Ist dir klar, dass es damit knapp acht Milliarden Anwärter auf diesen Thron gibt?«

»Sie müssen es nur schaffen, zur Krönung nach Askendor zu kommen«, grinste er überlegen. *Punkt an ihn. Bleib mal wieder nur ich übrig!*

»Wenn die Erbfolge keinen Nachfolger vorsieht, bestimmt also der Rat den nächsten Sonkuningr«, vergewisserte ich mich.

Thosse nickte zustimmend. Toter Thosse, Uwe als Retter der Nation, Friede, Freude, Eierkuchen, Krönchen drauf!

»Dieser Wahnsinnige könnte es tatsächlich schaffen.«

»Meine einzige Möglichkeit, Ulfren zu stoppen, ist, diese Schlacht zu gewinnen. Mein Sieg entzieht ihm jede weitere Handhabe«, beschwor er mich. *Vorerst! Aber er wird sicher nicht aufgeben.*

»Können deine Superkrieger das nicht allein regeln?«, schlug ich vor. Er schüttelte den Kopf. Dachte ich mir irgendwie schon.

»Lass mich gehen und die Sache beenden«, bat er plötzlich erstaunlich zahm. *Soll das ein Witz sein? Er fragt jetzt nicht ernsthaft um Erlaubnis, oder? Ja, geh nur und lass dir den Kopf abschlagen!*

Ich konnte mich wohl schlecht den Gesetzen von Askendor widersetzen. So idiotisch sie auch waren.

»Wenn du dir nach allem, was war, jetzt das Licht auspusten lässt, gibt es aber richtig Ärger! Hast du mich verstanden?«, erteilte ich ihm zähneknirschend meine Zustimmung. Nicht zuletzt, weil mir klar war, dass die Frage reine Formsache war. Ein ›Nein‹ hätte nichts geändert.

Er nickte grinsend. »Kann ich dich allein lassen? Ich habe noch ein paar Dinge zu erledigen«, fragte er vorsichtig. *Ach, Truppenmobilisierung geht nicht per Gedankenkraft? Wie unpraktisch!*

»Klar, nur zu! Lass dir Zeit, ich brauche eine Weile, bis alle Schubladen durchwühlt sind«, grinste ich.

Knurrend schnappte er mich. »Das Durchsuchen der persönlichen Besitztümer des Sonkuningrs wird mit der Höchststrafe geahndet«, erklärte er mir lachend, während er mich wie erlegtes Wild über seine Schulter warf und mühelos nach unten trug. *Okay! Verstanden. Wer mit gebrochenen Rippen einen Zentner schultern konnte, war fit genug, um in die Schlacht zu ziehen.* Kaum hatte ich wieder festen Boden unter den Füßen, umarmte er mich stürmisch.

»Und wehe, du stellst die Möbel um«, murrte er grinsend, bevor er mit schnellen Schritten verschwand.

Zurück blieben ich und mein überneugieriges Ego. Allein! In den Privatgemächern des wohl geheimnisvollsten Wesens, das ich kannte. Mir juckten die Finger nach einem kurzen Ausflug nach oben. *Feldforschung sozusagen! Rein wissenschaftlich natürlich! Nein, ich bin keine Schnüfflerin.*

Gelangweilt streifte ich durch den unteren Stock. Hier gab es rein gar nichts zu entdecken. Außer den Kristallwänden, die ich verschwinden und wieder auftauchen ließ, während ich mich zu erinnern versuchte, was ich oben alles gesehen hatte. Hatte da wirklich ein Buch am Bett gelegen? Ein Buch? Papierenes Druckerzeugnis? Mich wunderte nichts mehr in dieser so widersprüchlichen Welt.

Ich stand bereits auf der ersten Stufe, als plötzlich die Eingangstür aufgerissen wurde. *Schon wieder da?*

Lächelnd drehte ich mich um und erstarrte augenblicklich. Immerhin schien mein Gegenüber genauso überrascht zu sein.

»Florentine?«, rief er fassungslos.

Mir blieben tatsächlich die Worte im Hals stecken.

»Wie ... wie ... was ...«, stotterte er nicht weniger entsetzt.

Er warf einen schnellen Blick zur Wandnische, wo sonst die Insignien der Macht lagen.

»Wie kommst du hierher?«, fragte er immer noch etwas aus dem Konzept.

»Witzig, dass ausgerechnet du das fragst«, entgegnete ich ihm. »Wer hat denn in der Hölle das Sagen, während du weg bist?«

»Immer eine schlagfertige Antwort parat«, bemerkte Uwe lächelnd. »Aber ernsthaft! Wie kommst du hierher?«, hakte er ungehalten nach. *Wohl die Stunde über Doppelportale geschwänzt, hm?*

»Ersparen wir uns doch das Heucheln gegenseitiger Verwunderung«, zitierte ich ihn und schaffte sogar eine – zugegebenermaßen schlechte – Kopie seines gewinnenden Lächelns. Irritiert musterte er mich, bevor er ganz unvermittelt das Motivationsstrahlen auf sein Gesicht zauberte.

»Er steht auf diese widerspenstige Art, nicht wahr?«, fragte Uwe, nahm sich einen der Stühle und forderte mich mit einladender Geste auf, ebenfalls Platz zu nehmen. *Wir reden jetzt über Beziehungen? Ernsthaft?*

»Er steht auf eine ganze Menge. Du gehörst leider nicht dazu«, antwortete ich und blieb demonstrativ am Fuß der Treppe stehen.

»Oh, ihr seid so armselig in eurem Glauben, die Dinge im Griff zu haben!«, bellte er auf einmal mühsam beherrscht. »Ich habe euch von Anfang an verfolgt. «

»Und trotzdem ist dir das Portal entgangen. Doof, oder?«, erwiderte ich mit ironischem Grinsen.

»Tja, seine Besessenheit von diesem bescheuerten Char hat mir ganz schön Kopfzerbrechen bereitet!«, gab er missmutig zu. *Tatsächlich? Und warum ist die Murmel dann nicht einfach explodiert?*

»Wie bist du so schnell auf Lanrina aufmerksam geworden?«, wollte ich wissen.

Überraschenderweise antwortete er mir: »Wenn du das Umfeld von jemandem beobachtest, gehst du jeder Unregelmäßigkeit nach. Ein unbedeutender Char, der plötzlich versucht sich dem Sonkuningr zu nähern? Absolut auffällig! Wenn derselbe Char dann noch zwei Tage einfach nur im Wald steht, schaut man doch mal genauer hin«, erklärte er mit selbstgefälligem Lächeln. Eine IP-Adresse reichte ihm offenbar aus. Er hatte nicht Lanrina, sondern mich, Flo, praktisch fast von Anfang an auf seinem Radar.

»Ich war nicht zufällig bei diesem Seminar?«, dämmerte es mir plötzlich entsetzt. *Sogar nachträglich ist das noch extrem schaurig!*

»Es war eine gute Möglichkeit, an deinen Computer zu kommen«, erklärte er lapidar, ohne den geringsten Anflug von schlechtem Gewissen.

»Und wenn es nicht funktioniert hätte?« Er zuckte unbeeindruckt mit den Schultern.

»Es gibt nicht nur einen Weg an ein Ziel.«

»Wie hast du meine Mutter dazu gebracht …?«, stammelte ich fassungslos.

Uwe winkte gelangweilt ab.

»Mit dem Versprechen, Kinder leistungsfähiger zu machen, würden viele Eltern einem sogar erlauben, sie außen an ein Spaceshuttle zu nageln. Deine Mutter ist da kein Einzelfall …«

»Wie konntest du das Seminar so schnell organisieren?«, unterbrach ich ihn.

Er machte eine wegwerfende Handbewegung. »Ach, die finden alle paar Wochen statt! So komme ich an Informationen«, erklärte er nicht ohne Stolz.

Ich wollte mir nicht ausmalen, was er da so alles ausspionierte. Allein die Rechner, auf die er während unseres Seminars Zugriff erhielt. Was da an Daten zusammenkam.

»Aber meine Mutter …«, murmelte ich stattdessen.

»Zwei, drei geschickt platzierte Hinweise haben ausgereicht und schon war sie Feuer und Flamme. Glaub mir, die hätte für einen Platz sogar gemordet.« *Kein Zweifel, da hat er sicher recht!*

»Warum erzählst du mir das alles?«, hakte ich verwundert nach.

»Was willst du machen? Petzen? Keiner würde dir glauben!«, höhnte er. *Und so schwer es auch fällt! Da hat er schon wieder recht!*

Langsam stand er auf und kam auf mich zu. Ich zuckte zurück, als er nach meiner Hand griff. Er hielt sie fest. Schaute mir tief in die Augen.

»Wo ist der Coel Hen?« Der sanfte Klang seiner Stimme passte so gar nicht zu dem festen Griff, mit dem er mich zu einem der Stühle zog. Grob drückte er meine Schultern nach unten und zwang mich so, Platz zu nehmen. *Ach, etwa auf der Suche nach dem Ring, der den Thronanspruch garantiert?*

»Wer?«, fragte ich ahnungslos. *Offenbar nicht überzeugend!*

Denn plötzlich änderte sich sein Gesichtsausdruck. Das Lächeln verschwand so schnell, wie es aufgetaucht war.

»Allein die Tatsache, dass er dir gestattet, hier zu sein, straft deine Unwissenheit Lügen!«, fuhr er mich an.

Ich zog es vor zu schweigen.

»Ein letztes Mal: Wo ist der Coel Hen?«, fragte er in drohendem Tonfall.

Ich blieb stumm.

»Keiner kann behaupten, ich hätte dich nicht gewarnt«, prophezeite er mit unheilvoller Stimme. Trotz aufsteigender Panik zog ich es weiterhin vor, keinen Pieps von mir zu geben.

»Falls du darauf wartest, dass dein schillernder Ritter dich rettet, muss ich dich leider enttäuschen. Der sitzt an einem sicheren Ort. Weit, weit weg von hier.« *Wenn du wüsstest!* Plötzlich beugte er sich zu mir.

»Zweihundert Peitschenhiebe waren nötig, bevor er bereit war, vor mir niederzuknien«, zischte er. »Zweihundert! Jeden einzelnen habe ich ihm mit Genugtuung verpasst. Für alles, was er mir angetan hat! Er hat mich verbannt! Mich, den wahren Herrscher von Askendor.«

Angeekelt versuchte ich mein Gesicht von ihm wegzudrehen. Sofort packte er mich am Kinn und hielt meinen Kopf fest.

»Denn egal, was er dir erzählt hat: Ich bin der Sonkuningr. Mein Wort ist Gesetz«, fauchte er wütend und griff in mein Haar.

»Also, sagst du mir jetzt, wo der Coel Hen ist?«, brüllte er plötzlich und schleuderte mich vom Stuhl. Ich glitt vollkommen wehrlos ein Stück durch den Raum. *Autsch! Tickt er jetzt vollkommen aus?* Ich kauerte mich auf dem Boden zusammen und hielt meine Hände schützend über den Kopf, als er sich mit schweren Schritten näherte. Er packte mein Handgelenk und riss mich so weit in die Höhe, dass ich vor ihm kniete, und verpasste mir die Ohrfeige meines Lebens. Mein Kopf schnellte auf die andere Seite! Meine Wange fühlte sich an, als stünde sie in Flammen.

»Wo ist der Coel Hen?«, fragte er und drehte mir den Arm langsam auf den Rücken. Es brannte höllisch.

»Ich weiß es nicht«, japste ich panisch. Er zog unbeeindruckt meinen Arm weiter nach oben. Meine Finger stießen bereits an meinen Hinterkopf.

»Wenn ich mit dir fertig bin, wirst du mich anflehen, mir geben zu dürfen, was immer ich von dir verlange!«

Unvorbereitet traf mich sein nächster Schlag am Kopf. Hätte er mich nicht so fest im Klammergriff gehabt, wäre ich zurückgetaumelt. Doch Uwe riss mich an meinem verrenkten Arm so weit nach oben, dass ich auf die Füße kam. *Auaaaa, du Idiot! Mein Arm! Den wollte ich noch ein bisschen behalten.* Vor lauter Schmerzen konnte ich schon nicht mehr klar denken. Er stand hinter mir, hielt weiterhin meinen Arm umfasst und zog mir den Kopf am Haar so weit in den Nacken, dass ich hart an seiner Schulter aufschlug.

»Wo ist der Coel Hen?«, keuchte er in mein Ohr.

Ich konnte mich keinen Millimeter mehr bewegen.

»Lass sie sofort los!«, donnerte plötzlich eine Stimme durch den Raum.

Mir fiel ein Stein vom Herzen. Fast gleichzeitig polterte laut dröhnend die Tür ins Schloss. Uwe drehte sich brüsk mit mir um. Mann, das war knapp! *Am Timing müssen wir dringend noch arbeiten!*

»Lass sie sofort los!«, wiederholte Thosse mit eiskalter Stimme, während er sich mit festem Schritt und gezogener Waffe näherte. Sein gefährlich flackernder Blick war auf Uwe gerichtet. Der Zug an meinem Arm verstärkte sich. Ich tat ihm nicht den Gefallen zu jammern.

Kaum war Thosse in Reichweite, schob er die Schwertspitze schräg über meinen Kopf hinweg nach unten, direkt auf Uwes Hals.

»Ich sagte, loslassen«, knurrte er drohend mit unbewegter Miene. Sehr beeindruckend. Er sah aus, als würde er keine Sekunde zögern, Uwe das Schwert durch den Hals zu treiben. Der kam offenbar zu dem gleichen Schluss, denn unerwartet lockerte er seinen Griff und schubste mich dem Kongeson entgegen. Bevor ich realisierte, was mit mir geschah, hatte mich Thosse bereits am Arm gepackt und schützend hinter sich gezogen. Erleichtert stolperte ich ein paar Schritte zurück.

In dem Tumult hatte Uwe offenbar versucht seine Waffe zu zücken.

»Beweg dich und es wird mir ein Vergnügen sein, dir den Kopf abzuschlagen«, knurrte der Sonkuningr unbeeindruckt.

Uwe zog seine Hand, die schon auf dem Schwertknauf lag, vorsichtig zurück und hob ergeben beide Arme ein Stück nach oben.

»Wie bist du freigekommen?«, japste er ungläubig mit weit aufgerissenen Augen. Thosse ignorierte die Frage.

»Du wagst es, hier aufzukreuzen«, herrschte er ihn an und verstärkte den Druck der Schwertspitze. Uwe wich mit dem Oberkörper ein Stück zurück.

Seine Hand schnellte erneut zum Griff seiner Waffe. Mit einem heftigen Hieb über den Oberarm parierte Thosse den Versuch.

»Was hast du vor? Willst du mich etwa vor ihren Augen töten?«, höhnte Uwe und hielt sich den getroffenen Arm.

»Lieber als alles andere, aber …«, schnaubte Thosse. Seinen vernichtenden Blick konnte ich mir problemlos vorstellen.

»Aber was …?«, hakte Uwe lachend nach. »Du wirst dich an das Protokoll halten und mir einen fairen Prozess machen? Wieder einmal? Das hatten wir doch alles bereits! Du wirst mich niemals davon abhalten können, mir zu nehmen, was ich will«, schrie er plötzlich und duckte sich blitzschnell unter Thosses Schwert hindurch. Im Sprung zog Uwe den Kurzdolch aus seinem Stiefel.

Er hatte den Sonkuningr umrundet und warf sich mir mit erhobenem Dolch und infernalischem Gebrüll entgegen. Die Zeit trat auf die Bremse, wurde langsam, zäh fließend. Ich sah ihn kommen, erkannte den zerstörerischen Wahn in seinen Augen. Trotzdem blieb ich wie gelähmt stehen und starrte in seine von Feindseligkeit zerfressene Fratze.

Plötzlich ein wütender Schrei, der mich aus meiner Schockstarre riss. Thosse hatte Uwe an der Schulter erwischt. Der Dolch entglitt ihm und rutschte über den Steinboden. Ich schnappte ihn mir. Ohne Zeit zu verlieren wirbelte Uwe, während er sein Schwert zog, um seine eigene Achse. Thosse parierte den ersten Schlag, den zweiten. Wie ein wütender Stier stürmte Uwe auf ihn zu. Mit hellem Scheppern trafen die Klingen wieder aufeinander.

»Ich bin der Sonkuningr und ich nehme mir jetzt, was mir gehört«, brüllte Uwe mit irrem Blick, bevor er sein Schwert erneut schwang.

Thosse wehrte seine Angriffe ab, attackierte ihn aber nicht selbst. *Hemmungen? Jetzt? Ganz schlechter Zeitpunkt!*

Uwe drängte ihn weiter zurück. Geschickt wich der Sonkuningr seinen Schlägen aus.

»Florentine, hoch mit dir«, schrie er plötzlich und erst jetzt begriff ich. Er hatte Uwe von der Treppe weggelockt, damit ich einen Fluchtweg hatte. So schnell ich konnte, spurtete ich die Stufen nach oben. Ich war etwa auf der Hälfte, als ich mich nach den beiden umdrehte. Thosse, jetzt gar nicht mehr defensiv, ließ in schnellen Achterschwüngen sein Schwert vor Uwe kreisen.

»Du hast mir das letzte Mal irgendetwas genommen!«, fauchte der Sonkuningr verächtlich und stieß entschlossen zu. In letzter Sekunde konnte Uwe ihn abwehren. Das Klirren der Klingen hallte durch den Raum. Begleitet vom wütenden Knurren der Kämpfer. Sie ließen keine Sekunde voneinander ab. Plötzlich schnellten Uwes Augen zu mir.

»Denk nicht mal dran!«, keuchte Thosse, der den Blick ebenfalls bemerkt hatte.

»Ich nehme mir, was ich will«, wiederholte Uwe atemlos, drängte Thosse mit einem horizontalen Hieb auf die Seite und kam auf die Treppe zugestürmt.

Warum immer auf mich? Ich spürte den Dolch in meiner Hand.

Intuitiv streckte ich meinen Arm aus, bereit, ihn aufzuspießen, wenn er es wagen sollte, mich noch einmal anzugreifen. Gleichzeitig bewegte ich mich auf der Treppe rückwärts nach oben.

Bevor Uwe die erste Stufe erreicht hatte, bäumte er sich plötzlich mit schmerzverzerrter Miene auf. Dann brach er laut stöhnend zusammen. Hart schlug sein Körper auf dem Boden auf und gab den Blick auf Thosse frei, der mit bluttriefendem Schwert direkt hinter ihm stand.

»Du nimmst dir gar nichts mehr«, bemerkte der Sonkuningr mit eisiger Miene und stach ihm das Langschwert mit einem kraftvollen Stoß direkt in die Brust.

Entsetzt wich ich zurück. Außer Uwes röchelndem Atem war nichts zu hören. Bis er auf einmal ein unwirklich klingendes hysterisches Lachen ausstieß.

»Dafür wird sie dich hassen.«

Dann wurde es still. War er tot? Thosse zog ihm das Schwert aus der Brust. Legte es ein Stück weiter weg auf dem Boden ab. Er beugte sich zu Uwe hinunter, fühlte seinen Puls und schloss ihm die Augen. Den Blick fest auf das Gesicht gerichtet, blieb er halb kniend an seiner Seite. Fassungslos beobachtete ich die unwirkliche Szene.

Uwe war tot. Ein echter Mensch. Weg! Vorsichtig schlich ich näher. Zwang mich, ihm ins Gesicht zu schauen. Er sah aus, als ob er schlief. Mein Blick wanderte weiter zu seinem blutgetränkten Hemd.

»Das hättest du sein können«, brach es aus mir heraus, während ich neben Thosse auf den Boden sank.

»Nein, um ein Haar wärst du das gewesen«, verbesserte er mich schwer atmend, den Blick immer noch auf Uwe gerichtet.

Dann zog er Uwes Langschwert auf seine Brust. Faltete beide Hände um den Griff.

»Cohae elm toret vadin danrimus! Freund, Mitstreiter, Wahnsinniger.«

In seiner Stimme schwang so viel Mitgefühl, dass ich ihn erstaunt musterte.

»Möge dein Weg ein besserer werden«, übersetzte er bereitwillig, als er meinen fragenden Blick bemerkte.

»Du hast ihn gemocht«, stellte ich verblüfft fest.

Er erhob sich langsam und bot mir, als er stand, eine Hand an. »Er war über lange Jahre mein Freund«, murmelte er, während er mich auf die Beine zog. »Bis er sich in diesen Irrsinn verrannt hat.« Kaum spürbar strich er über meine sicher feuerrote Wange. »So hätte das alles nicht enden müssen«, stellte er traurig fest.

Trost suchend schlang ich meine Arme um ihn. Er drückte mich fest an sich. »Und hatte er recht? Hasst du mich jetzt?«, fragte er leise. Ich schüttelte kaum merklich den Kopf.

»Wir müssen zurück. Die anderen warten auf dich!«, erinnerte er mich mit belegter Stimme.

25

»Er ist tot«, meldete ich, kaum dass ich in Juliens Zimmer gelandet war.

»Wer?«, erklang sofort die mehrstimmige Frage. *Hey, Leute, mitdenken!*

»Da Thosse mich gerade am Portal abgeliefert hat, würde ich mal ganz unverblümt auf Uwe tippen«, antwortete ich und ließ mich auf einen der freien Stühle fallen.

»Wie tot? Tot tot?«, hakte Marc neben mir verwirrt nach, während er sich zu mir umdrehte.

»Na ja, schon so richtig, nehm ich mal an. Scheintot sah er jedenfalls nicht aus. Er wollte mich angreifen und Thosse hat ihn gestoppt … mit einem Schwert!« Schweigend warfen sich alle unsichere Blicke zu. Keiner wusste so richtig, welche Reaktion angebracht war.

»Und wohin ist Thosse jetzt so eilig unterwegs?«, fragte Julien, nachdem er sich von seinem Platz am Ende der Arbeitsplatte so weit nach hinten gelehnt hatte, dass er den Bildschirm meines Laptops sehen konnte.

Der Sonkuningr war mit seinem Pferd nur noch als sich rasch entfernender Punkt zu erkennen. Die Schlacht rief. Erste Krieger hatten sich bereits im Hof des Königspalastes versammelt, als wir Shongkliosh verlassen hatten.

»Seine Jungs einsammeln, das Scharmützel klarmachen, den

Rebellen eins auf die Mütze geben« … *und sich selbst hoffentlich kein Haar krümmen lassen.*

»Was man eben so an einem typischen Arbeitstag als Kongeson macht«, fasste Paula unbeeindruckt zusammen und rollte mit ihrem Stuhl ein Stück an der Arbeitsplatte entlang, um die Perspektive an einem der anderen Monitore zu ändern. *Sehr Lara-Croft-mäßig!* Juliens Schreibtisch sah insgesamt sehr nach der Kommandozentrale einer hochbrisanten internationalen Operation aus. Unmengen an Technik. Überall flimmerten Monitore. Endlos scheinende Reihen Programmiersprache wälzten sich über einen der Bildschirme. *Moment mal! Ihr pfuscht im Programm rum, während ich im Spiel bin? Und wenn ich zum wieselartigen Nylerer mutiere? Wer hat dann den Ärger? Hä?*

Gespannt, was das ambitionierte Backgroundteam sonst noch so anstellte, schaute ich auf die anderen Bildschirme. Auf einem war der Vorplatz von Shongkliosh zu sehen. Zu den Wächtern von Askendor waren inzwischen noch andere, richtig, richtig finstere Krieger, hinzugekommen. Uhh! Die stellten wirklich alles bisher Gesehene in den Schatten. Allein ihre imposante Erscheinung machte sie schon rein optisch zur allerersten Wahl, um einen Volksaufstand niederzuschmettern. *Wo die aufschlagen, wächst sicher auf Jahre nichts mehr!*

Offenbar lag ich mit meiner Einschätzung genau richtig, denn auch Finn bemerkte stöhnend: »Oh, nein! Irgendwie hatte ich gehofft, wir könnten uns das sparen.« Neugierig fuhren alle Köpfe herum.

Kaum hatte Marc die martialische Truppe entdeckt, stieß er einen anerkennenden Pfiff aus. »Selbst der Todesstern wirkt dagegen wie ein putziger Flummi«, grinste er kopfschüttelnd und versetzte Finn einen aufmunternden Ellbogenstoß. »Ihr seid echt am Arsch!«

»Ja, ich möchte auch nicht an eurer Stelle sein«, wisperte Paula genussvoll schaudernd, während sie fasziniert die Krieger betrachtete. Julien warf lediglich einen kurzen Blick auf die Ansammlung, bevor er sich mit ungläubigem Kopfschütteln wieder auf seinen Monitor konzentrierte.

»Und wer ist das jetzt?«, fragte ich verwirrt. Finn musterte mich mit einer Mischung aus schlecht kaschierter Verachtung und blankem Entsetzen. *Meine Güte, auf spielrelevantes Nichtwissen steht weiterhin nicht die Todesstrafe!*

»Warum gibt er sich überhaupt mit dir ab?«, stieß er nach einer Weile verächtlich aus.

»Kleiner Tipp«, flüsterte Marc und lehnte sich vertraulich zu ihm rüber. »Es hat nur verschwindend gering mit ihrem Wissen über seine Truppen zu tun.«

»Hätte vielleicht einer von euch mal die Güte uns aufzuklären, wer die sind?«, fragte Paula ungeduldig, bevor Marc noch ausführlicher werden konnte. Ich nickte ihr dankbar zu.

»Das da ...«, erklärte Finn und warf einen missmutigen Blick auf den Bildschirm, »... sind die Alatoruden.« *Ach, die ...*

»Absolute Elitekrieger. Keiner unter Kampfkraft zweihundert. Thosse ist ihr Anführer, der Superus Alatorud«, setzte Finn seine Erläuterungen mit respektvoller Stimme fort. »Sie haben den Treueeid auf ihn geschworen. Nicht auf das Land, den Thron oder das Haus von Baar, sondern auf ihn persönlich. Jeder von denen ist bereit, ihn bis in den Tod zu verteidigen.« *Gute Männer! Sorgen, ade!*

Und plötzlich dämmerte mir ein weiteres Detail von Uwes teuflischem Plan. Offenbar konnte nur Thosse die Alatoruden in die Schlacht führen. Da sie ihm persönlich den Treueeid geschworen hatten, konnte nur er selbst und sonst niemand sie mobilisieren. Da nutzten weder Gedankenkraft noch Doppelgänger etwas. Wenn Uwe Thosse direkt vom Kerker zum Schlachtfeld gebracht hätte, hätte keine dieser Kampfmaschinen auch nur einen Finger gerührt. Thosse wäre nicht nur halb tot auf dem Raid erschienen, er hätte zudem nur ein lächerlich kleines Häufchen Krieger zur Verfügung gehabt.

»Wie geht es eigentlich mit euch weiter, falls Thosse die Schlacht gewinnen sollte?«, wollte Julien von Finn wissen. *Das hat er aber schön optimistisch formuliert!*

»Was heißt hier ›falls‹?«, warf Paula nicht ohne Schadenfreude ein. »Wenn die mit euch fertig sind, gibt's Essen nur noch durch den Strohhalm!«

»Hat jemand 'ne Laienmeinung bestellt? Oder warum mischst du dich ein?«, fauchte Finn erbost in ihre Richtung. »Also ehrlich, als ob wir auf dem Dreirad mit 'ner Steinschleuder ankommen würden«, murrte er, bevor er sich zu Julien umdrehte und dessen Frage beantwortete.

»Da die freien Völker Thosse geschlossen den Krieg erklärt haben, steht Baskir mit all seinen Einwohnern auf dem Spiel. Gewinnt er, gehört ihm das ganze Land samt aller Volksstämme.« Marc wollte etwas fragen, doch Finn schien zu ahnen, was ihn interessierte, und sprach schnell weiter: »Verliert er, geht Tragun komplett in den Besitz der freien Völker über.«

»Ihr würdet den Sonkuningr beherrschen?«, fragte ich Finn etwas fassungslos. *Thosse als größter Gnom von Askendor?*

Finn schüttelte den Kopf. »Nein. Da der Sonkuningr die Pforten nach Gonnglam und Shongkliosh kontrolliert, darf er keinem unterworfen sein«, erklärte er. »Thosse von Baar wäre dann kein Thronfolger mehr und der Hohe Rat müsste einen Nachfolger bestimmen.«

Super, selbst wenn Thosse überleben und nur den Raid verlieren würde, wäre er trotzdem kein Thronfolger mehr. *Wenn die nicht schleunigst ihre Gesetze ändern, haben sie bald irgendeinen abgedrehten Spinner auf dem Thron sitzen!*

»Aber warum macht ihr das? So wie es aussieht, kriegt ihr ja von Thosse das volle Programm übergezogen, oder?«, mischte ich mich ein. »Ihr könntet alles verlieren.« *Ihr werdet alles verlieren!*

»Na ja, inzwischen bin ich mir ziemlich sicher, dass Uwe tatsächlich irgendwo bei den Meistern der Zirkel unterwegs war«, räumte Finn unglücklich ein. *Worauf du wetten kannst!*

»Meister der Zirkel?«, hakte Marc nach. Paula holte bereits Luft für den nächsten bissigen Kommentar. Ich warf ihr einen warnenden Blick zu. Es funktionierte. Mehr als ein verächtliches Schnauben war von ihrer Seite nicht zu hören.

»Die freien Völker haben keinen Stammesführer als Alleinherrscher, sondern ein Gremium von neun gleichberechtigten Chefinnen und Chefs«, fuhr Finn, ganz in seinem Element, fort. »Um dort mitmischen zu können, brauchst du mindestens den Rang eines Zirkelmeisters, das sind eine Art Chefs in der freien Welt. Daher der Name.«

Julien stieß sich vom Schreibtisch ab, rollte mit seinem Stuhl ein Stück nach hinten und fixierte Finn nachdenklich.

»Also entweder sind sich deine Leute sicher, heute Abend absolut leichtes Spiel zu haben, ein riesiges Land zu gewinnen und nebenbei noch den Thronfolger zu entmachten, weil sie genau wissen, dass weder von Thosse noch von seinen Truppen Gefahr ausgeht ...«, fasste er langsam zusammen. *Was soll die Pause? Gibt es etwa ein ›Oder‹?*

»Oder ...« *Tatsächlich! Da ist es!*

»... sie wissen, dass sie verloren sind, und wollen lieber von Thosse annektiert werden, als sich Ulfren dan Flödar unterwerfen zu müssen«, ergänzte er nachdenklich. *Wow! Er redet ja nicht viel, aber wenn, dann ist es richtig kreativ gedacht!*

»Du meinst, wir versuchen damit, uns Ulfren als neuen Stammesführer vom Hals zu schaffen?«, vergewisserte sich Finn begeistert. *Oh, nein! Selbst mit unschuldigem rosa Zuckerguss verziert, bleibt ihr ein hinterhältiger Revoluzzerhaufen!*

Julien nickte nur zustimmend und wendete sich wieder seinem Rechner zu.

»Auch eine Möglichkeit!«, räumte Marc vorsichtig ein. »Und wahrscheinlich nicht mal die schlechteste Wahl!« Plötzlich zog sich ein wissendes Grinsen über sein Gesicht. »Gar nicht so dumm. Bevor Ulfren sein Land in Besitz nehmen könnte, würde es Thosse gehören.«

»Natürlich!«, stimmte ihm Finn eifrig zu. »Deshalb musste der Raid auch so schnell stattfinden.« *Hallo? Wie schön wollen wir es noch reden?*

»Also ich glaube ja eher, dass sie mit Uwe unter einer Decke stecken«, entgegnete ich und kassierte spontanen Applaus von Paula. *Gute Freundin!*

»Dann laufen sie heute Abend ins offene Messer«, stellte Julien trocken fest, ohne den Blick von seinem Bildschirm zu lösen. *Was hat er denn in seiner Ecke so Geheimnisvolles zu tun?!*

»Außer unser Meisterspion trägt gleich alles an sein kriegerisches Miniaturvolk weiter. Wir sollten ihn fesseln und in den Schrank werfen«, schlug Paula vor.

»Genau, weil ich ja momentan eine so unglaublich lebendige Verbindung zu den Gnomen habe. Du hast doch nicht mehr alle Delfine im Becken«, brummte Finn gereizt.

»Und was ist mit deinem Gonoxor? Dem Tegoster? Und einer weiteren Identität, die du penibel geheim hältst?«, erinnerte ich ihn, stand auf und schlenderte zu Julien rüber.

»Du meinst den frastellianischen Krieger, den er noch hat?«, meldete Paula prompt. *Will ich wissen, woher sie diese Information schon wieder hat?*

»Nach allem, was war, müsstet ihr eigentlich wissen, auf welcher Seite ich stehe«, beschwerte sich Finn mit vorwurfsvoller Miene. *Eins zu null für den Zwerg mit Heldenmoment!*

Plötzlich stöhnte Julien laut auf. »Lange hält er das nicht mehr durch«, mutmaßte er. Ich ging zu ihm rüber und linste neugierig über seine Schulter. Marc sprang ebenfalls auf und stellte sich neben mich. Zu dritt starrten wir auf einen Bildschirm, der bis auf die Char-Anzeigen dunkel war. Wen auch immer Julien dort steuerte, es ging ihm nicht besonders gut. Die Lebensenergie dümpelte bereits im tieforangen Bereich.

»Was machst du da?«, wollte ich wissen.

Schweigen.

Erst nachdem ich längere Zeit auf den Bildschirm gestarrt hatte, erkannte ich im diffusen Dämmerlicht die Umrisse dreier Figuren, die einen merkwürdigen Tanz aufzuführen schienen. Plötzlich erkannte ich, was ich sah.

»Sie prügeln den Doppelgänger«, entfuhr es mir.

»Hmh«, brummte Julien abwesend, während er versuchte den Schlägen auszuweichen. Was im Dunkeln ziemlich abenteuerlich war. *Licht? Was spricht gegen Licht?*

»Unvorstellbar, dass sie das Thosse antun würden. Und das nur aus purer Gehässigkeit!«, schimpfte Paula, die inzwischen neben mir stand.

»Sie machen es nicht einfach so, sondern weil Uwe Thosse so geschwächt auf den Raid schicken will, dass er dort stirbt«, erklärte ich ihr und bemerkte das zustimmende Nicken von Marc und Julien. *Wie? Seid ihr da etwa selbst draufgekommen?*

»Sie glauben wirklich, dass sie den Sonkuningr in der Mangel haben?«, fragte Finn mit ungläubigem Blick auf den Bildschirm.

»Wenn du mich fragst, glauben die gar nichts. Sie sind von Uwe angewiesen worden, jede Viertelstunde exakt fünf Minuten auf ihn einzuprügeln«, bemerkte Julien mit einem schnellen Blick auf seine Uhr. »Passt auf ... gleich ... Achtung ... jetzt ziehen sie ab.«

Und tatsächlich. Die Schatten verschwanden alle in die gleiche Richtung. Im Flur züngelten die Flammen einer Fackel auf und erhellten die Zelle. Das Double lag am Boden. Meine Güte! Im Feuerschein sah er Thosse wirklich zum Verwechseln ähnlich. Nur das Fehlen der Platzwunden, blauen Flecken und sonstiger Schrammen überzeugte mich, dass dort der Doppelgänger und nicht der Kongeson lag.

»Warum lässt du das Licht nicht an?«, fragte ich überrascht.

»Darauf habe ich keinen Einfluss. Sobald die Wächter die Zelle betreten, geht das Licht auf dem Flur aus«, erklärte Julien und versuchte das Double zu irgendeiner Aktivität zu animieren.

»Na, komm schon, Junge, hoch mit dir«, ermunterte er ihn, während er verschiedene Tasten drückte. Der Doppelgänger rührte sich nicht. Seine Lebensenergie schwankte gefährlich nah am roten Rand.

»Wozu machst du das?«, wollte ich wissen. »Spätestens wenn sie ihn zur Schlacht bringen wollen, werden sie merken, dass er nicht echt ist.« Anerkennender Seitenblick von Marc und Julien. *Hey, Jungs, weniger überrascht, bitte! Manchmal habe auch ich logische Momente!*

»Sie hat recht! Er ist ein von Thosse verbannter Char. Sie bekommen ihn niemals aus Gonnglam raus«, begriff auch Finn sofort.

»Das weiß ich auch. Deshalb soll ich ihn ja hier unten verstecken. Was ich mir ehrlich gesagt einfacher vorgestellt hatte«, jammerte Julien.

»Und was soll daran schwer sein?«, fragte Finn verständnislos, während er auf seinem Stuhl eine Runde durchs Zimmer drehte.

»Er erholt sich zu langsam. Ich kann ihn nicht steuern. Bis er sich bewegen kann, sind die Wächter schon wieder im Anmarsch«, beklagte sich Julien und tippte weiterhin mutlos auf seiner Steuerung herum.

»Und wenn du ihn erst mal in eine andere Zelle bringst?«, schlug Marc vor.

»Du Hirnspax, als ob ich darauf nicht schon selbst gekommen wäre«, knurrte Julien. »Sie gehen zielstrebig in genau die Zelle, in der er sich befindet. Sie suchen ihn nicht mal!«

»Weil sie ihn anhand seines Signals orten können«, warf ich ein und sofort schauten mich alle ungläubig an. *Skepsis? Ehrlich? Wirkt jetzt doch irgendwie ein bisschen beleidigend, Leute!*

»Hä?«, fasste Paula die allgemeine Verwirrung zusammen.

»Sie orientieren sich nicht visuell, sondern anhand der Signatur einer Figur. Ganz sicher, ich weiß es von Thosse«, rechtfertigte ich mich und, tada, plötzlich hatte ich die perfekte Tarnung für das Double.

»Schalt ihn aus, dann finden sie ihn nicht mehr.«

»Bis du dir sicher?«, wollte Julien wissen. *Hallo? Natürlich nicht! Seit wann bin ich Sonarexpertin?*

»No risk, no fun, oder?«, warf Paula ein. Julien wiegte weiterhin unentschlossen den Kopf, bevor er den Char zögerlich abmeldete.

»Wozu eigentlich die ganze Mühe? Wir brauchen den Doppelgänger doch gar nicht mehr«, wollte ich von Julien wissen. Der zuckte nur mit den Schultern.

»Thosse will ihn haben«, antwortete er. *Ja dann! Warum frag ich noch!*

»Löschst du auch die Sonne, wenn er absolute Finsternis wünscht?«, fragte ich grinsend und setzte mich auf einen freien Hocker neben ihn.

»Klar doch! Schenkeldruck genügt!«, feixte Julien und schaute nervös auf seine Uhr. Solange der Char deaktiviert war, flimmerte nur die Startseite auf dem Bildschirm. Schwer zu sagen, was gerade in Gonnglam los war.

»Wenn du das versiebst, programmiert Thosse einfach einen neuen. Wo ist das Problem?«, beruhigte ich ihn. Für ein kurzes verzweifeltes Lachen unterbrach Julien sein nervöses Fingergetrommel auf der Tischplatte.

»Aus irgendeinem Grund will er unbedingt diesen hier haben.«

»Können wir nicht einfach den Stecker der externen Festplatte ziehen?«, schlug Marc vor. *Das hört sich jetzt selbst für mich extrem unprofessionell an.*

»Was will der Kongeson nur mit einem Double«, überlegte ich laut.

»Genau, er muss ja nicht mal in die Schule«, pflichtete Finn mir sofort bei und ließ damit keinen Zweifel, wozu er einen Doppelgänger brauchen könnte.

»Seit wann erklärt Thosse irgendwas«, erinnerte uns Julien. *Stimmt auch wieder!*

»Und wie erreichen euch seine Befehle?«, wollte ich verwundert wissen.

Marc wies mit einem Kopfnicken auf einen weiteren Monitor, auf dem lediglich ein Dialogfeld zu sehen war.

»Führt offenbar direkt in seinen Kopf!«, grinste er und tippte sich an die Stirn.

»Ihr habt eine Standleitung zum Sonkuningr?«, fragte ich nun ehrlich verblüfft.

»Jepp! Während Thosse das Double in den Kerker gebracht hat, haben wir die nebenbei noch schnell eingerichtet«, erklärte mir Julien, ohne den Blick vom Monitor zu heben. *Langsam werden sie mir unheimlich!*

»Wahnsinn! Ihr seid echt der Hammer!«

»Wir sind die Besten! Wer, glaubst du denn, hat Uwe entdeckt, als er in Shongkliosh aufgetaucht ist?«, wollte Marc wissen und strahlte wie ein Honigkuchenpferd. *Diese Helden! Sie haben das Burgtor bewacht!*

»Um ehrlich zu sein, hat ihn Paula entdeckt, während du versucht hast mit deinem Char die Wände hochzugehen«, widersprach ihm Julien.

»Das geht tatsächlich«, verteidigte sich Marc, während Julien den Doppelgänger wieder aktivierte. Irgendwo piepste ein Handy. Meins? Egal! Mich interessierte momentan nur, ob mein Plan aufgegangen war. Das Double stand allein in der Zelle und seine Lebensenergie lag im grünen Bereich. Hurra!

»Haben die jetzt fünf Minuten in die Luft geschlagen, oder was?«, wunderte sich Paula und rollte mit ihrem Stuhl wieder zurück an ihren Bildschirm. Julien suchte zusammen mit Marc und Finn ein Versteck für den Doppelgänger.

»Geh mal hier lang«, forderte Finn Julien auf.

»Hör nicht auf ihn, wenn du nicht auf Drachen stehst«, riet ich ihm sofort.

Plötzlich hob Paula mein Handy in die Höhe, das offenbar die ganze Zeit auf dem Tisch gelegen hatte.

»Wenn du glaubst, dein halb zu Tode gefolterter königlicher Freund und sein stark bedrängter virtueller Doppelgänger wären dein Hauptproblem …«, verkündete sie kopfschüttelnd und schenkte mir ein mitleidiges Lächeln, »… hier sind in den letzten dreißig Minuten neun Voicemail-Nachrichten eingetrudelt. Schätze, deine Mutter ist wieder im Land! Willkommen im richtigen Leben, Flo!« *Hurra! Und Thosse hat nur die aufgebrachte Meute aus Baskir an der Backe!*

»Home sweet home! Was habe ich dich vermisst!«, entfuhr es mir missmutig, als Paula und ich mit meinem Gepäck an unserem Gartentor ankamen. Die vier Tage waren viel zu schnell vergangen. Es lebte sich so angenehm, wenn einen niemand permanent kontrollierte und nicht jeder Fremdkontakt sofort geheimdienstlich erfasst wurde.

»Wir sehen uns morgen«, verabschiedete sich Paula und umarmte mich.

»Ich melde mich«, versprach ich und schaute zweifelnd zur Haustür. *Will ich da wirklich rein?*

»Vielleicht haben die paar Urlaubstage sie ja weichgespült«, versuchte Paula mich aufzumuntern.

»Oder sie tauscht mit einem Außerirdischen vom Saturn, dessen Raumschiff hinter unserem Haus gelandet ist, gerade Plätzchenrezepte aus«, schlug ich grinsend eine ebenso wahrscheinliche Variante vor und machte mich auf den Weg.

»Flo?«, rief Paula hinter mir her. Ich drehte mich im Gehen zu ihr um.

»Alle Amazonen dieser Welt sind total stolz auf dich! Du hast den Laden echt gerockt!«

»Also kein verhuschter Mulleflupp?«, erkundigte ich mich rückwärtsgehend.

»Definitiv nicht! You never know your strength until you face your fear! Ich starte übrigens ein neues Projekt: Englische Redewendungen!«, verkündete sie.

»Nie mehr Glückwunschtelegramme?«, hakte ich grinsend nach.

»Nein, nie mehr«, schüttelte Paula lachend den Kopf. »All good things come to an end!« *Schade! Ich werde sie vermissen.*

Als ich hörte, wie hinter mir die Haustür aufgerissen wurde, wandte ich mich um.

»Florentine! Was stehst du denn in der Kälte rum?«, rief meine Mutter besorgt.

»Hallo, Doris! Frohes neues Jahr noch!«, brüllte Paula aus Leibeskräften meiner Mutter entgegen, bevor sie sich winkend auf den Heimweg machte. *Das gibt Punktabzug! Sie weiß es und genießt es auch noch!*

Es war sechs Uhr, klirrend kalt und zappenduster. Draußen herrschte Eiszeit und drinnen tiefgefrorene Wiedersehensfreude mit meiner Mutter.

Kaum hatte ich im Flur meine Tasche abgestellt, quetschte sie mir bereits mit diesem fiesen Zangengriff die Backen zusammen und drehte meinen Kopf unter der Flurlampe kritisch hin und her.

»Meine Güte, bist du bleich!« *Rette du mal ein Königreich nebst Thronfolger! Dann reden wir weiter!*

»Viel zu wenig Schlaf. Du hast Ringe unter den Augen!«, stellte sie entsetzt fest. *Unter dieser Neonröhre sieht selbst Gigi Hadid aus, als ob sie Typhus hätte.*

»Na ja, irgendwie hatte ich schon damit gerechnet, dass du dort verwilderst«, bemerkte sie spitz. *Dort? Hört sich an, als ob ich vier Tage unter der Brücke gehaust hätte.*

»Ich hatte regelmäßige Mahlzeiten, ausreichend Auslauf, sogar Spaß und ja, manchmal bin ich vielleicht spät ins Bett gegangen«, erwiderte ich für den Geschmack meiner Mutter sicher eine Spur zu ungehalten.

Überrascht lockerte sie ihren Griff und musterte mich mit ihrem enttäuschten Supermami-Blick. Ich war drauf und dran, entmutigt die Augen niederzuschlagen. *Aber, hey, ich habe nichts falsch gemacht.*

Während ich trotzig zurückstarrte, fiel mir auf, dass sie nicht halb so einschüchternd war, wie ich es in Erinnerung hatte. Sie erreichte nicht einmal annähernd Thosses Mörderblickqualität.

»Hast du Hunger?«, fragte sie nach ein paar Sekunden gegenseitigen Fixierens etwas aus dem Konzept gebracht. Ich schüttelte nur den Kopf und wollte mich an ihr vorbeidrängen.

»Wohin gehst du?«, erkundigte sie sich sofort. *Durch das Loch in der Wand direkt nach Australien!*

»Nach oben«, antwortete ich und hetzte die Treppe hoch, bevor sie noch etwas einwenden konnte.

In meinem Zimmer begann ich meine Sachen auszuräumen. Den Coel Hen und meinen Portalschlüssel versteckte ich in dem kleinen Kästchen hinter den Büchern. Gerade als ich sicherheitshalber das Schwert auf dem Schrank noch ein bisschen weiter nach hinten schob, öffnete sich lautlos die Tür und meine Mutter kam hereingeschlichen. *Also echt! Als Nächstes bringe ich ihr Anklopfen bei!*

»Was ist?«, fragte ich alarmiert. Irgendwie war sie merkwürdig.

»Das Gleiche wollte ich dich gerade fragen«, antwortete sie nachdenklich. *Mutter-Tochter-Gespräch? Jetzt? Genau das, was ich vermisst habe.*

»Warum?«, fragte ich in einem Ton, den meine Mutter sicher als passiv-aggressiv klassifizierte. Eigentlich gehörte er mehr in die Seziere-mich-nicht-wie-ein-interessantes-Insekt-Kategorie, aber passt schon. *Liegt alles grob in der negativen Ecke!*

»Wie war es bei Paula?«, fragte sie. *So freundlich? Backen in unserer Küche etwa tatsächlich Außerirdische Plätzchen?*

»Schön.«

»Was habt ihr gemacht?« *Nichts, was du wissen willst.*

»Ach, so alles Mögliche«, antwortete ich ausweichend.

»Hast du auch jeden Tag gelernt?« *Immer noch nicht die Bedeutung des Wortes ›Ferien‹ begriffen?*

Ich hatte die faustdicke Lüge schon auf der Zunge. *Aber warum eigentlich?*

»Nein«, antwortete ich stattdessen.

Erschrocken schnappte sie nach Luft. Ihre Augen weiteten sich vor Entsetzen. *Nicht gelernt! Vier Tage! Mein Gehirn ist wahrscheinlich schon auf Rosinengröße geschrumpft!*

Sofort setzte sie zu ihrem Vortrag über die Hölle, die sich erstaunlicherweise nur ohne einen Hochschulabschluss abspielte, an.

»Ich werde deshalb sicher nicht gleich in der Gosse landen«, fiel ich ihr ungehalten ins Wort. Verblüfft hielt sie inne und funkelte mich wütend an.

»Junge Dame, nicht in diesem Ton. Der mag bei Paula zu Hause akzeptiert oder vielleicht sogar erwünscht sein. Hier aber ganz sicher nicht!«, wies sie mich spitz zurecht. Wusste ich es doch! Paulas Eltern waren für sie die reinsten Anarchisten!

»Mensch, Mama, jetzt halt einfach mal die Luft an!« *Ups! Salopper Umgangston mit Erziehungsberechtigten! Wie aufsässig!*

»Wie bitte?«, fauchte sie auch sofort schockiert. *Das Schrillen ihrer pädagogischen Alarmglocken war ohrenbetäubend.*

»In ein paar Wochen werde ich sechzehn und du behandelst mich immer noch wie ein Kleinkind«, motzte ich.

Sie presste ihre Lippen so sehr zusammen, dass von ihrem Mund nur noch eine verkniffene Linie zu sehen war.

»Ich will in meinem Leben ein paar Entscheidungen selbst treffen dürfen«, forderte ich eigensinnig.

Meine Mutter schien in schweigende Schockstarre gefallen zu sein. Ich redete einfach mal weiter: »Zum Beispiel möchte ich entscheiden, wann und wie viel ich lerne. Und ich will keine bescheuerte Nachhilfe oder Zusatzmotivation mehr, keine …«

»Bist du denn komplett von Sinnen? Wie soll das funktionieren?«, unterbrach mich meine Mutter. *Schön, dass du fragst!*

»Mit Vertrauen. Du wirst auf deine Erziehung und mich vertrauen müssen«, entgegnete ich ihr mit einem listigen Grinsen. *Ich weiß, ist wie springen und hoffen, aufgefangen zu werden. Kein schönes Gefühl! Aber komm, trau dich!*

Meine Mutter betrachtete mich nachdenklich. Ihr innerer Kontrollfreak lief sicher bereits Amok. Trotzdem wirkte sie erstaunlich ruhig.

»Gut«, antwortete sie nach einer Weile vorsichtig. *Häää? Einfach so?* Ich begnügte mich damit, zustimmend zu schweigen.

»Versuchen wir es«, räumte sie großzügig ein. *Ohne Wenn und Aber? Sicher?*

»Doch sobald deine Leistungen absinken, erkläre ich das Projekt für gescheitert«, ergänzte sie noch schnell. *Ah, da ist er ja, der Haken! Egal! Das wird zäh, aber es ist ein Anfang.*

Ich nickte. »Was ist mit Freizeit, Freunden und Weggehen?«, fragte ich sofort.

»Jetzt treib es bitte nicht auf die Spitze«, warnte sie mich mit eisigem Blick. *Okay, patt! Aber wir werden das verhandeln! Ganz sicher!*

Meine Mutter, mit dem Verlauf des Gesprächs sichtlich unzufrieden, erhob sich zögernd.

»In einer halben Stunde gibt es Abendessen«, verkündete sie auf dem Weg aus dem Zimmer.

»Und vergiss nicht, deine nassen Badesachen aufzuhängen«, ermahnte sie mich, bevor sie die Tür ins Schloss zog. Uff, gut, dass mir noch unsere Ausrede eingefallen war. Fast hätte ich nachgefragt, welche nassen Badesachen sie meinte.

Kaum war ich allein, atmete ich tief durch. *Strike! An alle Amazonen dieser Welt: Der Kampf geht weiter!*

Ich nahm ein Handtuch und meinen Bikini, präparierte beides im Badezimmer, um es dann unten im Wäschekeller aufzuhängen. Es gab Dinge, die würde ich mit meiner Mutter ausfechten, und andere, von denen sie einfach nichts wissen musste.

Während des gewohnt vitaminreichen Abendessens verschaffte sich meine Mutter eine detailgenaue und dennoch von der Wahrheit meilenweit entfernte Zusammenfassung der letzten Tage. Da es zwischen dem Glückskeks und meiner Mutter über ihre Freundinnen eine Verbindung gab, erwähnte ich zumindest die Existenz eines männlichen Austauschschülers im Hause Brunner. Prompt ging sie wie eine verspätete Silvesterrakete hoch. *Okay, dann lassen wir das doch lieber mal. Sie hat eindeutig genug für heute!*

Nachdem mich meine Mutter huldvoll in mein Zimmer entlassen hatte, summte mir ordentlich der Kopf. Mein Schlafdefizit machte sich langsam bemerkbar. Wie in Trance räumte ich den Rest meiner Tasche aus. Als ich meinen Laptop auf den Schreibtisch stellte und öffnete, erschien sofort der Platz des Hohen Rates auf dem Bildschirm. Der Raid würde erst in zwei Stunden beginnen. Ich hatte noch jede Menge Zeit. Sicherheitshalber verdunkelte ich den Bildschirm, bevor ich mich in meinen Ledersessel kuschelte, um zu lesen.

Ganz nach Programm kam tatsächlich meine Mutter vorbeigeschlichen.

»Geh doch ins Bett! Dir fallen ja die Augen schon im Sitzen zu«, ermahnte sie mich, während sie betont unauffällig mein Zimmer inspizierte.

»Ja, mach ich gleich«, antwortete ich, scheinbar vollkommen in mein Buch vertieft. Nachdem sie nichts Verdächtiges finden konnte, zog sie wieder ab, ließ aber die Tür offen.

»Florentine! Es ist spät«, hörte ich sie plötzlich rufen. War ich etwa eingenickt? Verwirrt schaute ich auf die Uhr. Nur noch eine knappe Stunde bis zum Raid. Ich war tatsächlich eingeschlafen. Um wach zu werden, ging ich duschen. Kalt! Na ja, unangenehm kühl. Es sollte mich wach machen, aber eigentlich bewirkte es nur, dass ich jetzt auch noch fror. Auf dem Weg zurück in mein Zimmer begegnete ich meiner Mutter.

»Hast du Zähne geputzt?«, fragte sie.

»Mama! Wie alt bin ich?«, erwiderte ich und probierte eine spöttisch nach oben gezogene Augenbraue. *Mann, fühlt sich das gut an!*

Meine Mutter verzichtete auf eine Antwort und begnügte sich damit, fassungslos den Kopf zu schütteln. *Sehr gut erkannt! Schluss mit dem verhuschten Mulleflupp! Sag Hallo zur Amazonentochter!*

Wahrscheinlich bereute sie es inzwischen zutiefst, mich zu Paula gelassen zu haben. Vier Tage Chaos und Gesetzlosigkeit! Das musste ja Spuren hinterlassen! *Und kleiner Tipp am Rande: Das bleibt jetzt so!*

»Gute Nacht, Florentine«, entgegnete sie müde.

»Nacht, Mama.«

26

Da mir trotz des zusätzlichen Pullovers und der zwei Paar Socken, die ich mir überzog, immer noch kalt war, kuschelte ich mich kurz in mein Bett, um mich für ein paar Minuten aufzuwärmen. Augenblicklich wurden meine Glieder schwer. Gleich würde ich wieder fit sein. Vielleicht nur ein ganz kurzes Nickerchen? Und weg war ich.

Bis mich ein lauter Schlag aus dem Tiefschlaf riss. Ich brauchte ein paar Sekunden, um zu realisieren, was es war. Oder besser gesagt, wer es war.

»Thosse!«, flüsterte ich schlaftrunken, da hörte ich bereits die Schlafzimmertür meiner Mutter. Sofort schaltete ich die Nachtischlampe aus.

»Ja?«, hörte ich Thosse im Finsteren vom Schreibtisch her antworten. Ich konnte gerade so seinen Umriss erkennen.

»Keinen Mucks! Rühr dich nicht!«, wisperte ich in die Dunkelheit und sprintete zur Zimmertür.

»Was war das?«, ging ich, kaum dass ich die Tür aufgerissen hatte, mit schreckgeweiteten Augen in die Offensive.

»Keine Ahnung«, murmelte meine Mutter verschlafen.

»Ich glaube, es kam von unten«, mutmaßte ich mit Blick zur Treppe. Meine Mutter hob lauschend den Kopf.

»Sicher?«, hakte sie ungläubig nach.

»Können wir nachschauen gehen?«, bat ich sie und bemühte

mich, ängstlich auszusehen. Tatsächlich drehte sie mit mir eine Runde durch den unteren Stock. Schaltete in jedem Zimmer das Licht an, um mich zu überzeugen, dass dort nichts Unheimliches war. Dann gingen wir wieder nach oben. Gemeinsam kontrollierten wir noch das Bad, das Gästezimmer und das Büro.

»Keine Ahnung, was das war. Vielleicht ein Erdstoß«, gähnte sie und tapste ins Schlafzimmer. *Noch ein paar Landungen vom Sonkuningr und sie lässt unter unserem Haus nach tektonischen Plattenrissen suchen.*

Ich wartete, bis sie verschwunden war, dann schlüpfte ich in mein Zimmer zurück und schloss die Tür hinter mir ab. Sich aus Angst vor Einbrechern einzuschließen, musste selbst meine Mutter akzeptieren.

Kaum hatte ich mich umgedreht, war er schon da. Zog mich in seine Arme. *Autsch! Ich hasse diese Rüstung.* Es war zu dunkel, um Einzelheiten zu erkennen. Aber mir reichte vollkommen, was ich fühlte.

Manchmal wird Sehen eindeutig überbewertet.

»Ist der Raid etwa schon vorbei?«, flüsterte ich nach einiger Zeit verwirrt.

Er brummte zustimmend, während er mir mit beiden Händen durch das Haar fuhr.

»Und? Gewonnen?«, japste ich und versuchte mich aus seiner Umarmung zu winden.

»Ja«, flüsterte er mir ins Ohr. *Wie ja? Einfach nur ja? Einzelheiten, bitte?* Offenbar war dem Kongeson nicht nach Erzählen. Er drängte sich dichter an mich. Ich spürte etwas kaltes Hartes an seinem Hals, das ziemlich unangenehm drückte. Plötzlich wurde mein Kopf mit einem heftigen Ziepen zur Seite gezogen. Mein Haar hatte sich in irgendetwas verfangen.

»Warte«, wisperte Thosse und machte sich an meinem Haar

zu schaffen. Der Widerstand löste sich, meine Strähne war wieder frei.

»Erzähl mir von dem Raid«, forderte ich ihn auf und tastete nach dem Lichtschalter. Sofort fiel unangenehm hell das Deckenlicht auf uns. Geblendet kniff ich die Augen zusammen, um sie im nächsten Moment fassungslos aufzureißen. Als Thosse die Hand, die er schützend über seine Augen gehalten hatte, sinken ließ, schnappte ich entsetzt nach Luft.

Sein Gesicht! Es sah aus, als wäre er mit rußigen Fingern durchgefahren. Die Augen traten gefährlich grün leuchtend aus der schwarzen Kriegsbemalung hervor. *Wohliges Kribbeln? Hä? Seit wann steh ich auf kriegerischen Körperkult?*

Ich musterte ihn entgeistert. Er hatte den Wildschweinhalsreif – *Verzeihung, Torques* – um den Hals liegen, der getragen deutlich an Wirkung gewann. Mein Blick fiel auf die breiten Metallspangen an seinen Unterarmen, in denen sich vorhin mein Haar verfangen haben musste.

»Du trägst Make-up und Schmuck in der Schlacht«, stammelte ich und schluckte trocken. Als er lachte, blitzten seine Zähne auf.

»Du jetzt auch«, grinste er, während er auf mich zukam und mir etwas von seiner Farbe aus dem Gesicht wischte.

»Warum siehst du heute so anders aus?«, hakte ich mit stockendem Atem nach. Er hatte erfolgreich jeden menschlichen Zug an sich eliminiert. Was übrig blieb, war die geballte animalische Ausstrahlung eines gesichtslosen Kriegers.

»Schon vergessen? Ich komme direkt von einem Raid«, erinnerte er mich mit sanftem Spott. *Was ihn nur noch unwiderstehlicher machte!*

»Ich habe dich schon in anderen Schlachten gesehen! An das könnte ich mich erinnern«, wisperte ich und hob langsam die Hand, um ihm vorsichtig über die Wange zu streichen. Es war, als müsste ich mich vergewissern, dass er es wirklich war. Plötzlich wusste ich, an wen er mich erinnerte.

»Du siehst wie einer der Alatoruden aus!«, stellte ich verblüfft fest.

»Ich bin ein Alatorud!« Thosses gutmütiges Lachen erfüllte sofort den Raum. Er polterte zum Schrank, um sein Schwert herunterzuholen. *Pssst! Leise! Außer, du möchtest meine Mutter kennenlernen.*

»Ich weiß, der Superus der Alatoruden, Sonkuningr von Askendor und Stammesführer der Traguner! Und wie sieht es mit dem Herrscher von Baskir aus?«, fragte ich listig.

»Der steht vor dir«, antwortete er stolz. Allerdings war ihm auch die Erleichterung deutlich anzumerken.

»Und? Hat dein neues Land noch Einwohner? Oder habt ihr sie alle niedergemetzelt?«, wollte ich von ihm wissen und setzte mich quer auf mein Bett, damit ich mich an der Wand anlehnen konnte.

»Sie haben sich ziemlich schnell ergeben. Als hätten sie von Anfang an gewusst, dass sie chancenlos waren«, antwortete er, während er das Schwert vom Schrank auf meinen Schreibtisch legte.

»Dann hatte Julien vielleicht doch recht«, überlegte ich laut.

Thosse, der inzwischen seinen Schwertgürtel abgeschnallt hatte und dabei war, Cape und Brustpanzer abzulegen, warf mir einen fragenden Blick zu.

»Julien war der Meinung, dass die freien Völker den Raid nur wollten, um sich dir unterwerfen zu können, bevor sie Uwe als ihren Herrscher hätten akzeptieren müssen«, erklärte ich, als Thosse sich neben mich setzte.

»Schmeichelhaft, aber nicht wahr. Ulfren hatte alle Meister des Zirkels hinter sich«, brummte er. Wusste ich es doch! *Einmal Stinktier, immer Stinktier!*

»Bist du dir sicher?«

»Ich habe ihre Protokolle gesehen.«

»Was passiert mit ihnen?«, wollte ich wissen und lehnte mich vorsichtig an seinen Arm.

»Den Meistern der Zirkel wird der Prozess gemacht«, knurrte er und entzog mir seinen Arm, aber nur, um ihn um mich zu legen.

»Und der Rest der freien Völker wird sich Tragun unterwerfen?«, fragte ich, während ich mich an ihn kuschelte. Er begann nachdenklich mit einer meiner Haarsträhnen zu spielen.

»Nein. Tragun ist groß und schwer zu kontrollieren. Das wird mit noch mehr Land nicht einfacher. Ich werde Baskir unter mein Protektorat stellen.«

Überrascht hob ich den Kopf. »Du lässt sie ungeschoren davonkommen?«, ereiferte ich mich.

»Hey, so rachsüchtig? Möchtest du irgendeinen Kopf auf dem silbernen Tablett serviert haben?«, fragte er lächelnd. *Cool! Das kann er veranlassen?*

»Umfasst das Angebot auch Lehrer an unserer Schule?«, wollte ich wissen. Sein atemberaubendes Lachen klang dann aber doch eher nach einem ›Nein‹! *Schade!*

»Ganz ungestraft werden sie nicht bleiben«, kam er auf meine ursprüngliche Frage zurück. »Ich werde ihren Zirkel übernehmen und die neuen Meister selbst bestimmen. Ein paar ihrer Rechte werden beschnitten werden. So frei wie bisher werden die Völker von Baskir nicht mehr leben«, erklärte er bestimmt, aber ohne jeden Groll in der Stimme. Ich musterte ihn aufmerksam. Die schwarze Farbe in seinem Gesicht machte es fast unmöglich, irgendeine Regung zu erkennen. Er zog mich zu sich, um mich zu küssen. *Alles klar! Stimmung ist gut! Sehr gut sogar.* Plötzlich hatte ich eine Idee!

»Muss man Zirkelmeister sein, um in diesem neuen Gremium zu sitzen?«, wollte ich von ihm wissen, als wir uns wieder voneinander gelöst hatten. Sein Griff in meinen Nacken wurde fester.

»Du denkst über die Vergabe von Mandaten nach, während ich dich küsse?«, knurrte er. *Auch wenn es schwerfällt! Ja! Und außerdem: Gleichstand, würde ich sagen!*

»Wer wusste nach unserem ersten Kuss, wo sein Portalschlüssel versteckt war?«, erinnerte ich ihn grinsend. Er bleckte die Zähne, doch bevor er mich beißen konnte, rollte ich auf die Seite.

»Gib Finn einen Sitz im Zirkel. Er hat ihn sich wirklich verdient.«

»Finn? Welchem Finn?«, hakte er irritiert nach. Auch die königliche Augenbraue hatte keine Ahnung, von wem ich sprach. *Mann, das mit dem absoluten Gedächtnis funktioniert aber nicht sehr zuverlässig!*

»Paulas Bruder, der Gnom des Epistemes, der geholfen hat, dich aus Gonnglam zu befreien. Er hat alles verloren«, erinnerte ich ihn.

Nachdenklich runzelte er die Stirn, stand auf und begann gedankenverloren im Zimmer auf und ab zu gehen. *Hey, so wichtig ist der Zwerg dann doch nicht! Komm wieder zurück!*

»Kokkivo! Vertrauter von Sankor! Ja, der wäre ein guter Zirkelmeister«, murmelte er. *Na super, daran kann er sich erinnern. Ich dachte eigentlich eher an eine seiner noch lebenden Figuren.*

»Sein Gnom ist zu Drachenfutter geworden«, warf ich ein.

»Den kriegen wir schon wieder aktiviert!« *Ja, vor allem ›wir‹! Oder spricht er jetzt im Pluralis Majestatis?*

»Warum musste eigentlich der Doppelgänger unbedingt gerettet werden?«, fiel mir ein, während ich ebenfalls aufstand. Das Bett verlor deutlich an Attraktivität, wenn Thosse nicht drin war.

»Es ist schon spät«, bemerkte Thosse und griff nach seinem Brustpanzer. *Moment? Er haut schon wieder ab?*

»Spät wofür?«

»Ich muss zurück!«

»Wozu?«

»Ich muss noch einiges erledigen«, räumte er verlegen ein und musterte mich. *Sieh in meine Augen! Sie rufen ›Geh nicht!‹. Erkennst du das?* Plötzlich lächelte er.

»Hast du vielleicht Lust, mich nach Tragun zu begleiten?«, fragte er leise. *Okay, dann sagen sie eben ›Nimm mich mit!‹. Auch in Ordnung!*

Ich nickte, ging zum Regal und kramte in meinem Kästchen nach dem Coel Hen.

Sein breites Lächeln nahm der Kriegsbemalung minimal den Schrecken.

»Du gibst ihn freiwillig zurück?«, spöttelte er, während er sich das Symbol seiner uneingeschränkten Macht auf den Finger steckte, und zog mich in seine Arme.

Nach einer erstklassigen Landung schaute ich mich Beifall heischend um. *Na, jemand registriert, wie souverän ich das inzwischen kann?* Fehlanzeige. Thosse, der als Erster gesprungen war, stand am Steinrondell des Hohen Rates und sortierte die Zügel seines Pferdes.

»Hast du gesehen, wie gut ich inzwischen springen kann?«, fragte ich, kaum dass ich in Hörweite war. Der Sonkuningr drehte sich irritiert zu mir um. Die königliche Augenbraue hob sich fragend. Wahnsinn. Das konnte man sogar unter der Kriegsbemalung erkennen.

»Was ist daran Besonderes?«, wollte Thosse wissen, als ich neben ihm stand. Ignorant!

»Ich finde immer noch, dass es ein kleines Wunder ist«, maulte ich leise, während Thosse sich bückte und einen meiner Knöchel umfasste.

»Und hopp, rauf mit dir«, kommandierte er und im nächsten Moment schoss ich neben seinem Hengst nach oben, als hätte jemand unter mir eine Rakete gezündet. Eh ich mich's versah, saß ich auf dem Pferderücken.

»Das wirkliche Wunder wäre, wenn du irgendwann mal allein auf ein Pferd steigen könntest«, grinste er. *Oh, warte! Das nächste Mal mach ich mich richtig schwer!*

»Dann zeig mir mal jemanden außer dir, der aus dem Stand auf ein ungesatteltes Pferd kommt«, zog ich ihn auf, während er sich auf den riesigen Rappen schwang, als wäre es eine Kleinigkeit.

Er fischte nach den Zügeln und trieb das Pferd an. Mein Blick fiel auf seine Hand. Der Coel Hen steckte wieder an seinem Finger. Endlich schienen die Dinge da zu sein, wo sie hingehörten. Zufrieden lehnte ich mich an ihn.

Wir ritten gemächlich durch die Nacht in Askendor. Ich atmete tief durch. Noch nie waren mir die Wälder so friedlich und ruhig erschienen.

»Wohin reiten wir?«, fragte ich und erschrak über den lauten Klang meiner eigenen Stimme.

»Einem Toten die letzte Ehre erweisen«, brummte er. *Aha! Bedeutet das in Askendor das Gleiche wie bei uns?*

»Wir gehen auf eine Beerdigung?«, fuhr ich entsetzt auf.

»Nicht ganz! Wir begraben unsere Leichen nicht.«

»Sondern?«

»Wir verbrennen sie!« *Oh, super! Mir fehlen vor Begeisterung die Worte!*

»Warte es ab. Es wird dir gefallen.« *Unbedingt! Einäscherung! Steh ich voll drauf!*

»Und wer wird feuerbestattet?«, wollte ich wissen. Ich glaubte, einen kurzen Ruck der Verwunderung zu spüren.

»Ulfren natürlich«, antwortete er überrascht.

»Du schleppst mich allen Ernstes auf Uwes Leichenfeier?«, hakte ich mit einem leichten Anflug von Panik nach. *Und behauptest, dass es mir gefallen wird?*

»Die rituelle Totenwache eines Stammesführers ist ein großes Ereignis«, entgegnete Thosse verständnislos. Ich zog es vor, still gegen meine Beklemmung anzukämpfen. Plötzlich fiel mir etwas auf.

»Uwe bekommt die Beisetzung eines Stammesfürsten? Warum?«

»Schon vergessen? Ich habe ihn dazu ernannt und ihm das Richtschwert von Baskir überreicht«, erinnerte mich Thosse.

»Ja, aber das war doch unter Zwang. Das gilt eigentlich gar nicht«, widersprach ich ihm. Er schwieg.

»Wenn du dich frei entscheiden könntest. Ohne majestätischen Druck und komische Schwertgesetze. Würdest du ihn dann auch nach dem hochherrschaftlichen Ritual beisetzen?«

»Ja«, antwortete er, ohne zu zögern. *Überraschend! Ich bin nachtragender!*

»Echt jetzt? Nach allem, was war?« Der Sonkuningr zog es vor, stumm weiterzureiten. Wahrscheinlich hatte er schon seinen abweisend majestätischen Feldherrenblick in die Ferne gerichtet.

»Und es macht dir wirklich überhaupt nichts aus?« So viel Großmut besaß keiner. Auch er nicht.

»Angenommen, Paula würde sich nach und nach in eine Soziopathin verwandeln«, begann er, als ich schon nicht mehr mit einer Antwort rechnete. »Ein Teil von ihr wäre doch immer noch Paula, deine beste Freundin, die mit dir durch dick und dünn gegangen ist.« *Verstehe! Trauert er wirklich nur um einen Freund?*

»Und das hat nichts damit zu tun, dass du tief in dir befürchtest, er könnte doch dein Bruder sein?«, fragte ich vorsichtig. Thosse lachte leise.

»Um ihm im Tod zu geben, was ich ihm sein Leben lang verwehrt habe? Das wäre doch ziemlich herablassend, oder?«

In der Ferne tauchte die Brücke nach Shongkliosh auf. Ich erinnerte mich an meinen ersten Ritt über diesen Höllenschlund und es kam mir vor, als läge er schon ewig zurück.

»Für welche geheime Mission brauchst du eigentlich den Doppelgänger?«, fiel mir plötzlich wieder die Frage ein, die er vorhin so souverän ignoriert hatte. Auch jetzt schien er sich um die Antwort drücken zu wollen. Aber mir konnte er nicht vormachen, dass er seine ganze Konzentration dafür brauchte, dieses Pferd zu lenken. *Ich habe gesehen, dass du gleichzeitig zehn Chars steuern und das Programm umschreiben kannst, vergiss das nicht!*

»Was ist mit dem Doppelgänger?«, wiederholte ich. Weiterhin keine Erklärung.

»Thosse?«

»Meine Güte, bist du stur«, knurrte er unbehaglich. Ich konnte mir das Grinsen nicht verbeißen.

»Ja, und das als Einzige von uns beiden!« Kein Kommentar seitens des majestätischen Dickschädels.

»Das Double?«, erinnerte ich ihn nach einer Weile und spürte, dass er unruhig das Gewicht verlagerte.

»Je länger du nichts sagst, desto spannender finde ich das Thema«, flötete ich leise vor mich hin.

»Ich sollte zuvor mit Julien reden!«

»Und alles, was du sagst, macht die Sache noch interessanter!«, fügte ich im gleichen Ton hinzu.

»Kannst du dir das nicht denken?«, fuhr er mich plötzlich an. *Huch! Brisantes Thema, oder was?* Erschrocken zuckte ich zusammen. Wäre da nicht sein Arm gewesen, den er um mich gelegt hatte, um die Zügel zu führen, hätte es mich glatt vom Pferd gehauen. Irritiert drehte ich mich zu ihm um. Sein rabenschwarzes Gesicht lag im Dunkeln.

»Was kann ich mir denken?«, fragte ich vollkommen verwirrt.

»Mit dem Double lässt sich Askendor praktisch von eurer Seite aus regieren«, erklärte er verlegen. *Warum so schüchtern?* Schämte er sich dafür, Angst zu haben, der Doppelgänger könnte in falsche Hände geraten? Das wäre doch nur ein Grund mehr, ihn abzuschalten!

»Und?«, fragte ich und hatte das Gefühl, immer noch kein Wort verstanden zu haben.

»Ich hatte mir überlegt ...« Pause.

»Jaa?«

»Es wäre doch ...« *Oh, schon wieder Pause!*

»Was denn?«

»Wir könnten doch ...« *Nein, nicht wirklich! Pause?*

»Thosse! Jetzt rede endlich! Und zwar in ganzen Sätzen!«, motzte ich ihn ungeduldig an.

»Ich brauche den Doppelgänger, wenn ich mehr Zeit mit dir verbringen möchte«, platzte er plötzlich heraus. Der verzweifelte Klang seiner Stimme hallte durch die Nacht. *Moment! Was? Das ergibt nur in einer Konstellation einen Sinn!*

»Du bleibst?!«, jubelte ich, als ich begriff, was er mir sagen wollte.

Ich versuchte ihn von meiner Position aus zu umarmen, was uns ziemlich aus dem Gleichgewicht brachte.

»Ja, schmeiß uns einfach runter«, knurrte der Sonkuningr, während er mich fest an sich drückte.

Die Frage, wie es jemals mit uns weitergehen sollte, hatte ich mir strikt verboten. Trotzdem war sie andauernd durch mein Gehirn geschwirrt. Und ehrlich, keine meiner Lösungen war auch nur annähernd so gut wie diese.

»Du bleibst wirklich?«, wisperte ich aufgeregt.

»Für eine Weile«, nickte er. »Falls Julien mich aufnimmt.« *Wehe, er weigert sich! Dann fehlen ihm aber ganz schnell ein paar lebenswichtige Teile!*

»Es wird sich nicht vermeiden lassen, dass ich ab und zu nach Askendor muss!«, räumte er vorsichtig ein. *Aber klar doch! Viel-*

leicht komme ich mit. Auf Wochenendurlaub! Thosse wollte bleiben! Ich konnte mein Glück kaum fassen.

»Wirst du zur Schule gehen?«, erkundigte ich mich ungläubig.

»Warum nicht?« Ich konnte das Grinsen in seiner Antwort hören. *Das wird ein Spaß werden! Reserviert für mich schon mal einen Logenplatz, wenn er Klatschen-Lehmann an die Wand rechnet!*

Da ich damit beschäftigt war, mir Thosse in meinem Leben vorzustellen, bemerkte ich erst nach einer Weile, dass wir von dem steilen Weg, der zum Vorhof der Burg führte, abgebogen waren. Jetzt ritten wir auf einem schmalen Pfad, der etwa in der Mitte um den Festungsberg herumführte. Nach einigen Metern endete der Wald neben uns und gab den Blick auf eine breite Talebene frei. Unter uns lag ein riesiges Gelände. Bereits aus der Ferne konnte man mehrere Feuer erkennen. Einzig in der Mitte lag ein großes Rechteck komplett im Dunkeln.

»Was ist das?«, wollte ich von Thosse wissen.

»Noctanbuk, unsere rituelle Feierstätte«, erklärte er mir und begann den Rappen in weiten Serpentinen den Hang hinunterzulenken.

Der Geruch von verbranntem Holz hing in der Luft.

»Wie kann alles nur so echt wirken?«, wunderte ich mich laut.

»Weil das vielleicht doch keine computeranimierte Welt ist?«, antwortete Thosse mit einer Gegenfrage.

»Was denn dann?«, wollte ich von ihm wissen.

»Ist die Vorstellung von zwei unabhängigen Welten mit selbstständigen Lebewesen, die durch dieses Spiel verbunden wurden, wirklich so kurios für dich?« *Und wie! ›Kurios‹ trifft es nicht einmal im Ansatz!*

»Und eine dieser Welten ist in einem Computer?«, erwiderte ich skeptisch.

»Schon vergessen?«, erinnerte mich der Sonkuningr, beugte

sich zu mir runter und flüsterte mir ins Ohr: »Du bist da auch mit drin. Was rein größentechnisch gar nicht möglich sein dürfte!«

»… und die Sache nicht logischer macht«, ergänzte ich unzufrieden, während er sich wieder aufrichtete. *Kann sein, dass es ein bisschen kleinlich ist, aber eigentlich möchte ich immer ganz gern wissen, wo im Universum ich mich gerade aufhalte.*

»Vielleicht haben wir noch ein Portal passiert und sind nun auf einer anderen Ebene. In einer anderen realen Welt, wenn das für dich besser klingt«, schlug er amüsiert vor. *Nein! Das tut es überhaupt nicht!* Ich schüttelte stumm den Kopf. Er neigte sich leicht nach vorne, um mein Gesicht sehen zu können.

»Hey, warum so verzweifelt?«, brummte er, nahm die Zügel in eine Hand und strich mir mit der freien tröstend über den Oberarm. Niedergeschlagen ließ ich meinen Kopf gegen seine Brust sinken.

»Weißt du mehr, als du mir sagst?«, fragte ich ängstlich.

»Nein«, antwortete er sofort entsetzt.

»Du hast doch das Höhlengleichnis gelesen«, unternahm er einen weiteren Versuch, mich aufzuheitern. *Kalt erwischt! Zählt auch die Zusammenfassung aus Wikipedia?*

»Na ja, sagen wir, das Buch liegt bei mir rum«, entgegnete ich etwas beschämt.

»Ich weiß, ich habe es dort gesehen.« *Ach ja?*

»Schon darin wird festgehalten …«, philosophierte er fröhlich darauflos, »… dass die Menschen dazu neigen, die spekulative Interpretation ihres Weltbildes bereits als Realität zu bezeichnen. Und dieser Text ist immerhin 2383 Jahre alt. Ihr lest übrigens ganz schön alte Bücher!« *Seine Mitschüler werden diesen Streber bereits nach dem ersten Schultag hassen!*

»Deshalb erscheint die Existenz von Fremdem und Unerklärlichem bedrohlich, ja sogar gefährlich, und wird als irreal verleugnet. Oder wie Marc es so schön erklärt hat: ›Die Menschen haben eine sehr eingeschränkte Sicht auf das, was sie für wahr halten!‹«

Super! Gibt sicher Eins mit Sternchen.

»Du dürftest von alldem eigentlich keine Ahnung haben!«

»Warum denn das?«, wunderte er sich lachend.

»Platon?«, erinnerte ich ihn streng. *Habt ihr keine eigenen Philosophen?*

»Den habe ich bei Julien gelesen. Das Buch lag dort rum und ich wollte wissen, für was du dich so interessierst«, murmelte er verlegen. *Na dann! Volltreffer, kann ich da nur sagen!*

»Und Norwegisch?«

»Usersprache!«

»Warum kannst du einen Computer bedienen? Warum lesen?«

»Warum nicht? Aber wieso tust du dich so schwer damit, die Dinge mit Gedankenkraft zu steuern?«, fragte er zurück.

»Und warum kannst du keine Signaturen wahrnehmen?« *Ja, das frage ich mich allerdings auch tagtäglich!*

»Und dir Dinge immer nur ungefähr merken?« *Jaaaa, ich hab's ja kapiert, du Schlaubischlumpf!*

»Das ist trotzdem alles andere als zufriedenstellend!«, murmelte ich.

»Warum kannst du es nicht einfach so nehmen, wie es ist? Mein Volk lebt und handelt nach seinem freien Willen, der sich zugegebenermaßen von eurem unterscheidet.«

Nette Idee! Aber da ist ein Denkfehler!

»Bist du dir da ganz sicher? Warum passt dann das Spiel Askendor so perfekt in eure Welt, die zufällig auch Askendor heißt?«

»Das Spiel, wie du es nennst, begann für uns mit einer riesigen Invasion unbekannter Wesen, die Chars genannt wurden und die wir zu beherrschen lernten.«

»Und zufällig haben die Programmierer exakt auf der Grundlage eurer Geschichte ein Spiel entwickelt?«, vergewisserte ich mich misstrauisch.

»Nenn es Gebiete, die sich überlappen, während sie in einem unendlichen Datenfluss abgesteckt werden«, versuchte er lässig meine Bedenken zur Seite zu schieben.

»Ich dachte eigentlich schon, dass Ideen Produkte individueller Denkleistung sind«, widersprach ich heftig.

»Weil du davon ausgehst, dass deine Gedanken nur von dir kontrolliert werden.« *Klar doch, von wem denn sonst?*

»Als ob du nicht davon überzeugt wärst, Herr deines Gehirns zu sein!«, warf ich ihm ungläubig vor. *Ausgerechnet du, Mister Kontrollmacke!*

»Mit allen Einflüssen, Impulsen und unbekannten Mächten, die mein Denken und Handeln lenken.«

»Unbekannte Mächte?« *Die intergalaktische Großhirnrinde? Oder mit wem ist er sonst noch vernetzt?*

»Erst kürzlich ist ein fremdes Wesen in meinen Kopf eingedrungen. Hat ein furchtbares Durcheinander angerichtet. Es hat sich zwischen all meine Gedanken geschoben und dirigiert jetzt noch viele meiner Handlungen«, begann er. *Tatsächlich?*

»Wie grausam!«, entfuhr es mir.

»Ja, das dachte ich anfangs auch!« *Nein, nur ich darf das sagen!* Ich puffte ihn in den Arm.

»Außerdem ist es echt gewalttätig!«, lachte er leise.

»Aber das ist ja schrecklich.«

»Ja, ich habe auch mit allen Mitteln versucht es zu bekämpfen«, erzählte er weiter, während er das Pferd von hinten auf das Gelände lenkte. Ein mächtiger Steinwall erhob sich ein Stück vor uns und versperrte die Sicht auf das Tal. Wir ritten auf einen breiten Durchgang darin zu.

»Was ist dann passiert?«, wollte ich wissen.

»Es wurde böse, richtig böse. Schrie und schimpfte viel, schlug um sich und entführte mich sogar!« Er stoppte und schwang sich vom Pferd.

»Das stimmt doch gar nicht«, beschwerte ich mich, während er mir von seinem Rappen half.

»Doch, so war es«, beharrte er, beugte sich zu mir herunter und fuhr leise fort: »Bis ich die Tatsache akzeptiert habe, dass es jetzt einfach da ist. Ich werde nie verstehen, warum alles so gekommen ist, aber ich würde es auch nie wieder loswerden wollen.«

Ich küsste ihn auf die schwarze Wange. »Nenn mich nicht ›es‹.«

Als er sich laut lachend wieder aufrichtete, sah ich vier Männer in Rüstung und wehendem Umhang, die in gebührendem Abstand von uns standen und warteten.

Auf ein minimales Kopfnicken des Sonkuningrs kamen sie näher. Cellach, Thosses Medicus, war der Einzige, den ich erkannte. Wenige Meter vor uns verneigten sich alle vier plötzlich tief und senkten ehrfürchtig die Köpfe. Thosse bedeutete ihnen mit einer Handbewegung aufzustehen. Erstaunlich, dass er bei diesem Königskram ernst bleiben konnte. Ich müsste mich vor Lachen wahrscheinlich wegschmeißen!

»Morcton, Dubghall, Cellach, Lailokkt«, grüßte er sie knapp, dann wandte er sich mir zu. Einer der Krieger nahm die Zügel seines Rappens und führte ihn weg.

»Cellach wird dich an deinen Platz bringen. Keine Angst. Du bist hier absolut sicher. Was immer du brauchst, Cellach wird dafür sorgen, dass du es bekommst«, erklärte er mir und küsste mich auf die Stirn. Ich konnte seinen Atem spüren, als er kaum hörbar flüsterte: »Du kannst alles von mir haben … außer den Thron.«
Na, wenn das mal kein Angebot ist!

Bevor ich etwas erwidern konnte, richtete er sich auf und schritt, von den anderen beiden Kriegern flankiert, durch den Durchgang in der Steinmauer.

Cellach stand augenblicklich neben mir und wies mir freundlich den Weg. Über einen seitlichen Erdhügel gelangten wir auf den Steinwall. Oben fühlte man sich wie auf einem gewaltigen Felsplateau. Das flackernde Licht der Pechfackeln, die den Rand säumten, sprang unruhig über die unebenen Kanten der mächtigen Steinquader. In der Mitte stand eine lange Tafel, an der sicher bequem dreißig bis vierzig Leute sitzen konnten. Vorsichtig schlich ich an den vorderen Rand des Walls. *Uh, doch so hoch! Und alles ohne Absperrung!* Mir wurde fast ein bisschen schwindelig, doch die Neugierde war größer und der Blick über das gesamte Gelände einfach phänomenal. Direkt unter mir erstreckte sich ein Feld, auf dem sicher mühelos fünf Fußballspiele nebeneinander hätten stattfinden können. Auch die vielen kleinen Feuer, die an beiden Längsseiten brannten, schafften es kaum, das dunkle Rechteck komplett zu beleuchten. Weit verstreut in der Senke loderten noch unzählige kleine Feuer. Fassungslos beobachtete ich die vielen Grüppchen von, ja, von was? Einwohner von Askendor? Menschen? Lebewesen? Es mussten Hunderte sein. Es fiel schwer, am Gedanken der personifizierten Steuerungsprogramme festzuhalten, wenn man sah, wie sie beisammensaßen, sich unterhielten, tranken, aßen, lachten. Immer wieder drangen unverständliche Wortfetzen zu mir herauf. Etwas unheimlich war das Ganze schon. *Träume ich vielleicht? Zumindest fühlt es sich ein bisschen so an!*

Plötzlich ertönten unter mir dumpfe langsame Schläge. Es war, als würde die Erde beben. Schlagartig änderte sich die Stimmung. Alle standen auf und sammelten sich in respektvollem Abstand am Rand des riesigen freien Areals.

Zwei lange Reihen schwarz gekleideter Männer mit Trommeln, so groß wie Ölfässer, schritten durch den Durchgang auf den Platz. Die Wucht ihrer Schläge wummerte ordentlich im Bauch. Kaum waren sie über die ganze Länge verteilt, blieben sie stehen und drehten sich zur Mitte des Feldes. Schlugen den immer gleichen sturen Rhythmus, zu dem nun ein Stück weiter innen auf jeder

Seite zwei Reihen mit je acht Kriegern und Kriegerinnen auf den Platz marschierten. Plötzlich erkannte ich Felstina von Rutjar unter ihnen. Interessiert schaute ich mir die Krieger genauer an und entdeckte Efnisien. *Die Spaßbremse? Bei etwas, das ziemlich offiziell wirkt? Interessant!*

Ripinett am Cijunt lief in der anderen Reihe mit. Als sie parallel zu den Trommlerreihen standen, hielten sie an. Kaum hatten sie sich zur Mitte gedreht, verstummten die Trommeln. Erwartungsvolle Anspannung hing in der Luft. Ich bemerkte, wie ich mich davon anstecken ließ.

Ganz unvermittelt begann eine einzige Trommel im gleichen Rhythmus wie vorhin zu tönen. Bam, bam, bam, bam. Einer mächtigen Maschine gleich drangen die Schläge durch die Stille. Dann sah ich Thosse. Mit einer brennenden Fackel in der Hand schritt er den Mittelgang entlang. Erhobenen Hauptes ging er mit wehendem Umhang durch die breite Gasse der Krieger direkt auf den großen Holzhaufen am Ende des Feldes zu. Fasziniert beobachtete ich ihn. Ohne seine lange Mähne wirkte er etwas weniger wie der unbezähmbare Wilde. Das kurze Haar ließ ihn härter erscheinen, ein bisschen unerbittlicher. Auf alle Fälle unterstrich es deutlicher seine majestätische Erhabenheit. Imposant! *Weiß eigentlich einer von euch, was für ein unglaublicher Kindskopf euer Sonkuningr sein kann?*

Thosse blieb vor dem mannshoch aufgeschichteten Feuerholz stehen und augenblicklich verstummte die Trommel. Erst jetzt sah ich, dass noch etwas obendrauf lag. Es dauerte einen Moment, bis ich es erkannte. Oder sollte ich »ihn erkannte« sagen?

»Cohae elm toret vadin danrimus!«, donnerte Thosses Stimme durch die Nacht. Dann senkte er die Fackel und entzündete den Holzstapel, der sofort lichterloh brannte. Hohe Flammen schlugen in den Nachthimmel.

Thosse blieb unbeweglich stehen, während aus den Reihen der

Krieger und Kriegerinnen drei hinter ihn traten. Es waren Ripinett am Cijunt, Felstina von Rutjar und – ich traute meinen Augen kaum – Svantjor nam Vorg. Mit dem schlichten schwarzen Umhang, so ganz ohne Accessoires, war er schwer zu erkennen. Kein Wunder, dass er mir bisher entgangen war.

»Mog Brano ke ...«, sprachen sie im Chor und schlugen sich dabei mit der Faust auf die Brust, um anschließend mit dem rechten Arm einen flachen Halbkreis zu beschreiben, »... hen tras smun ak mo!« Das war Tragmäisch!

Auf dem Feld setzten wieder die Trommeln ein. Im immer gleichen sturen Rhythmus. Auf einmal begannen die Krieger zu summen. Keine Melodie, sondern lediglich eine Aneinanderreihung von mehrstimmigen lang gehaltenen Tönen. Erst war es kaum hörbar. Doch nach und nach drang der brummende Klang über das ganze Areal und wurde immer kräftiger. Ich glaubte, das tiefe Vibrieren ihrer Stimmen spüren zu können. Im flackernden Schein des Feuers wirkten die summenden Krieger und Trommler zutiefst beeindruckend. Ein Schauer lief mir über den Rücken. Vielleicht hatte Thosse doch recht. Es war ergreifend. Und irgendwie gefiel es mir tatsächlich.

Die zwei Stammesfürstinnen und der Stammesfürst verließen durch die Mittelgasse das Feld. Nun stand Thosse allein vor dem riesigen Feuer. Was wohl in ihm vorging? Hatte er wirklich so sehr an Ulfren gehangen wie ich an Paula? *Wenn ich mir vorstelle, dass sie ... ein Worst-Case-Szenario de luxe mit Extradrama.*

Plötzlich änderte sich der Rhythmus. Die Trommeln wurden schneller, fordernder. Thosse drehte sich um, und als hätten alle auf dieses Zeichen gewartet, verteilten sie sich auf dem Feld. Er reihte sich zwischen den anderen ein. Das Summen ging in einen brummenden Gesang über. Die Krieger begannen zum Klang der Trommeln zu klatschen und zu stampfen, Schrittkombinationen kamen hinzu. Es wirkte wie ein Tanz, war aber schwerer, dunkler. Mein Blick fiel auf Thosse. Er strahlte über das ganze Gesicht. Überrascht beobachtete ich, wie er leidenschaftlich mitsang, klatschte und stampfte. Es war nicht zu übersehen, dass er voll in seinem Element war. Zwar versetzte es mir einen Stich, aber ich begriff auch, dass hier seine Welt war. Sein Zuhause. Seine Kultur. Hier gehörte er hin.

Kaum war der Tanz beendet, tauchte Thosse auf dem Steinwall auf. Gefolgt von allen Kriegern, die gerade noch unten mit ihm auf dem Platz gestanden hatten. Lärmend verteilten sie sich um die Tafel. Ich stand ein Stück abseits und keiner schien Notiz von mir zu nehmen.

Immer noch strahlend kam Thosse auf mich zu.

»Das war ziemlich beeindruckend! Du kannst echt gut tanzen«, spöttelte ich. Er lächelte, griff nach meiner Hand und zog mich ein Stück zu sich hin.

»Das lernst du nachher auch noch«, schmunzelte er. *Hurra!*

»Da wäre ich mir nicht so sicher!«, räumte ich vorsichtig ein.

»Oh, doch! ›Es‹ wird tanzen!« *Hat er es etwa schon wieder getan?*

»Nenn mich nicht ›es‹, sonst wird es gefährlich!«, motzte ich.

»Man darf dem Sonkuningr keinen Wunsch abschlagen!«

»Wieso glaube ich, dass du die Hälfte aller Gesetze einfach nur erfindest?«, bemerkte ich kopfschüttelnd.

»Meinst du? Vielleicht solltest du einfach nur froh sein, dass ich bei dir nicht auf dem Protokoll bestehe«, knurrte er grinsend und drückte sanft meine Hand.

»Komm!« Unsicher schaute ich rüber zur Tafel.

»Sind das alles …?«, erkundigte ich mich leise.

»Personifizierte Steuerungsprogramme?«, beendete er amüsiert meinen Satz. Ich konnte nur stumm nicken.

»Ja, das sind, wie du behauptest, die von den Menschen Geschaffenen«, flüsterte er mir belustigt zu. Ungläubig schaute ich in die Runde. Essen wurde aufgetragen. *Essen?* Und Wein ausgeschenkt. Sie prosteten einander zu, aßen, lachten, erzählten und zogen sich gegenseitig auf.

»Unglaublich«, entfuhr es mir überrascht. Mit einem breiten Grinsen legte Thosse den Arm um mich.

»Gib uns eine Chance«, flüsterte er mit rauer Stimme. Unsicher schlang ich meinen Arm um seine Taille. *Fällt mich jetzt gleich einer seiner Krieger an?*

»Ich habe nie behauptet, dass wir Menschen sind. Aber wir sind ganz sicher nicht von euch programmiert worden«, wisperte er in mein Ohr. Vorsichtig linste ich wieder zu der feiernden Meute.

»Und wer sind die alle?«, wollte ich mit misstrauischem Blick wissen.

»Das ...«, beantwortete er meine Frage, »... sind diejenigen, denen ich am meisten vertraue.«

»Das kann nicht sein«, flüsterte ich ihm verwirrt zu. »Da hinten sitzt Efnisien.«

Sein heiseres Lachen verfehlte auch diesmal seine Wirkung nicht.

»Efnisien ...«, erklärte er mir munter, »... würde, ohne mit der Wimper zu zucken, für mich durchs Feuer gehen.«

»Kunststück, er hat ja kein Schmerzempfinden«, erinnerte ich ihn. *Ist gut, bemüh die Augenbraue nicht! Ich weiß ja, was du meinst!*

Noch einmal ließ ich meinen Blick über die Anwesenden gleiten. Sie sahen wie zum Leben erweckte Computerfiguren aus. Vielleicht war es deshalb so schwer, sie als individuelle Lebewesen zu akzeptieren.

»Darf es uns nur nicht geben, weil du dir unsere Existenz nicht erklären kannst?«, klang plötzlich Thosses Stimme dicht an meinem Ohr.

Ignorant, oder? Vielleicht war es wirklich an der Zeit, umzudenken.